Désirée Rickenbacher

Das Kristallzepter

novum pro

Dieses Buch ist auch als
e-book
erhältlich.

www.novumverlag.com

Bibliografische Information
der Deutschen Nationalbibliothek:

Die Deutsche Nationalbibliothek
verzeichnet diese Publikation in
der Deutschen Nationalbibliografie.
Detaillierte bibliografische Daten
sind im Internet über
http://www.d-nb.de abrufbar.

Gedruckt in der Europäischen Union
auf umweltfreundlichem, chlor- und
säurefrei gebleichtem Papier.

© 2022 novum Verlag

ISBN 978-3-99131-049-5
Lektorat: Laura Oberdorfer
Umschlagfoto: Tanja Schenker
Umschlaggestaltung, Layout & Satz:
novum Verlag
Autorenfoto: Désirée Rickenbacher

www.novumverlag.com

Climate neutral
Print product
ClimatePartner.com/16547-2201-1002

... *für meine Freunde: für Tanja S.*, *das Bundesrad, für Marie-Ashley, Tony und Michi, die mir trotz zweier Jahren „Fernbeziehung" treu geblieben sind, und für Hiroyo, Katrin und Bibi, meine Japanerinnen ;)*

... *für meine Familie, die mich immer dabei unterstützt hat, weiterzuschreiben, trotz des Schreibmaschinengeklappers um fünf Uhr in der Früh.*

... *und für Hercules, meinen kleinen, vierbeinigen Seelenfreund, der trotz Schreibmaschinenlärm stets friedlich schnurrend unter meinem Pult im Sitzsack geschlafen hat.*

Kapitel I
~
Vom Mädchen und dem Einhorn

Die Sonne ging eben über einem pferdekopfförmigen Bergkamm auf und ihre Strahlen schossen in das kleine Dorf unter dem Berg. Sie beleuchteten die ebenerdigen Häuser mit den Strohdächern und die geräumigen Ställe mit den weitläufigen, umzäunten Koppeln. Auf den Koppeln grasten friedlich die Einhörner. Sie waren weitaus feingliedriger als gewöhnliche Pferde, ihr Fell schimmerte perlweiß und die Sonnenstrahlen brachen sich in den engen Windungen ihrer goldenen Stirnhörner. Ihre sanftmütig funkelnden Augen waren von einem tiefen, leuchtenden Blau und ihre Mähnen und Schweife waren lang und lockig. Der leichte Wind spielte mit den Strähnen. Unter einem uralten, knorrigen Baum stand ein etwa siebzehn Sommer altes Mädchen. Die Sonne beschien die schlanke, zierliche Figur des Mädchens, das nur in ein leichtes, hellbraunes Kleid gehüllt war, bei dem die Säume in Fetzen hingen. Das Kleid reichte bis knapp unter die Knie und die Ärmel bis an die Armbeugen. Die Haut des Mädchens war bronzebraun gebrannt und das dichte Haar schulterlang. Es war lackschwarz und schimmerte seidig im Morgenlicht, während die ersten Sonnenstrahlen blaue Reflexe in die leicht gewellten Strähnen zauberten.

„Miriya, komm sofort her!", durchbrach ein Ausruf die morgendliche Stille. Das Mädchen drehte sich um. Es hatte eine ovale Kopfform mit vollen, kühn geschwungenen Lippen und einer kleinen Nase. Die Augen waren groß und rehbraun, die Lider dicht bewimpert. Ein selbstbewusstes, trotziges Funkeln schimmerte in den Augen. Das Mädchen hatte eine hohe Stirn und hohe, wohlgeformte Wangenknochen, die seinem Gesicht einen eleganten, erhabenen Ausdruck verliehen.

„MIRIYA!", brüllte die Stimme und einige Einhörner hoben beunruhigt die edlen Köpfe. Das Mädchen lief leichtfüßig und kaum hörbar in ihren abgelatschten Ledermokassins. Vor einem der kleinen Häuschen stand eine dürre Frau mit Hakennase und stechenden Augen. Das Mädchen schob trotzig die Unterlippe vor.

„Miriya, du solltest schon lange die Ställe ausmisten. Wenn du nicht schleunigst im Stall bist, setzt es was", drohte die Frau giftig. Miriya wagte nicht, etwas zu erwidern. Sie fühlte sich müde und war nicht zu hitzigen Debatten aufgelegt. Die halbe Nacht hatte sie Bohnen gerüstet und gewaschen. Die Frau wischte sich die Hände an der schmutzigen Schürze ab und knallte Miriya die Türe vor der Nase zu. Diese stapfte wütend in den Stall, nahm sich eine Mistgabel und begann, wie eine Besessene im Heu herumzustochern. Einhörner waren reinliche Tiere, die nur auf Gras ihre Geschäfte erledigten. Deshalb war Miriyas Aufgabe sinnlos und Hinaya wusste das auch. Aber der Frau bereitete es höllischen Spaß, die elternlose Miriya herumzuhetzen. Hinaya lächelte zufrieden, wenn die Einhornzüchter Miriya mit Aufgaben zuschütteten und sie dann am Abend völlig abgekämpft nach Hause kam, nur um dort entsetzt einen riesigen Korb voller Bohnen oder andere langwierige Arbeiten vorzufinden, die sie dann auch noch erledigen musste. Hinaya war Miriyas Vormund und sie gewährte ihr nur dann ein Dach über dem Kopf, wenn Miriya ihr gehorchte. Ironischerweise hatte das Haus, in dem die beiden wohnten, Miriyas Eltern gehört. Es war Hinaya ohne ihre Zustimmung als „Entschädigung" versprochen worden für ihre Vormundschaft. Das Mädchen lockerte energisch das Stroh auf und als es danach aus dem Stall kam, klebten Strohhalme in seinen Haaren und auf dem Kleid. Sie wusch sich am Brunnen das Gesicht und trank ein paar Schlucke. Ihre Eltern, die ebenfalls im Einhornzüchterdorf Ke-Inda gelebt hatten, waren vor etwas mehr als zwei Sommern einem Basilisken zum Opfer gefallen. Miriyas Trauer saß noch immer tief und schürte ihren Hass gegen Hinaya.

Nach und nach erwachte das Dorf der Einhornzüchter zum Leben; die Erwachsenen trieben ihre Herden auf die Außenweiden, die Kinder lockerten das Stroh in den Ställen auf und die Frauen wuschen Wäsche, die sie an langen, zwischen den Häuschen aufgespannten Leinen zum Trocknen aufhängten oder sie gerbten Leder und schwatzten miteinander. Niemand kümmerte sich um die verstrubbelte Miriya. Elternlose Kinder wurden gemieden, sie galten als Hexen und man nahm an, dass sie das Unheil über ihre Eltern gebracht hatten. Miriya ertrug diese Geringschätzigkeit scheinbar gelassen, doch in ihrem Herzen tat es immer einen schmerzlichen Stich, wenn die Dorfbewohner schnell ihre Blicke abwandten oder die Mädchen, mit denen sie früher gespielt hatte, davonstoben, sobald sie sich näherte. Das wiederum bereitete Hinaya teuflische Freude. Sie war nach dem Tod von Miriyas Eltern unfreiwillig zu ihrem Vormund erklärt worden, da niemand diese Aufgabe übernehmen wollte und nur äußerst widerwillig hatte sie diese „Bürde" akzeptiert. Bis Miriya in einem Sommer volljährig wurde, würde sie bei Hinaya bleiben müssen.

„Miriya, schlag keine Wurzeln! Mach die Wäsche rasch, sonst bekommst du kein Mittagessen", bellte die alte Kuh und drückte dem Mädchen ein Bündel Wäsche in die Arme, das so schmutzig war, dass Miriya entsetzt keuchte und die Wäsche fallen ließ.

„Du ungeschicktes, dummes Ding", heulte Hinaya, „heute bekommst du gar nichts zu essen!"

Das genügte Miriya. Sie drehte sich auf den Fersen um, schwang sich über den Holzzaun, der das ganze Dorf umgab und rannte los. Das letzte, was sie hörte, war Hinayas kreischendes Geschimpfe.

Der Wind riss Miriya die Haare nach hinten und sie tanzten wie eine blau-schwarze Flagge hinter dem rennenden Mädchen her. Ke-Inda lag am Fusse des Pferdekopfberges In-Haya. Der Berg war ein einsamer Ausläufer eines mächtigen Gebirgszuges, der das ganze Land durchquerte. Er hieß In-Nuya. Am Fuße der Hügelkette zog sich eine smaragdgrüne, fruchtbare Ebene dahin. Vereinzelte dichte Wälder wechselten sich mit hohem Savannengras, glitzernden Seen und Schilfwäldern ab. Miriya suchte Zuflucht in „ihrem" Wald. Es war ein dichter Schilfwald, der halbmondförmig um einen winzigen Teich wuchs. Dort, umgeben von sich im Winde wiegendem Schilf, fühlte sie sich geborgen. Stundenlang konnte sie die verschiedenen Teichbewohner beobachten und studieren.

Sie konnte sich mit Tieren aller Art verständigen, hatte gelernt, ihr Verhalten richtig zu deuten und ihre Stimmen zu verstehen. Und die Tiere verstanden sie, akzeptierten sie in ihrem Territorium und führten sich äußerst zutraulich auf, wenn Miriya sich in ihren Schlupfwinkel zurückzog. Vermutlich spürten sie instinktiv, dass Miriya ein Kind der freien Natur war, wild und selbstständig. Ke-Inda fühlte sich mehr und mehr wie ein Gefängnis an und seit ihre Eltern nicht mehr waren, wuchs dieses beklemmende Gefühl von Tag zu Tag. Miriya lernte viel von den Tieren, viel mehr als sie es je von den Menschen in ihrem Dorf gelernt hatte. Sie konnte sich so leise bewegen wie eine Wildkatze, war biegsam und gelenkig wie das Schilf, das leise raschelnd im Wind tanzte, sie konnte Tierstimmen nachahmen und wusste viel über die Flora und Fauna. Auch hatten ihre Beobachtungen der Natur sie gelehrt, ihren Instinkten zu vertrauen und auf ihren Körper zu hören. Nach dem Spurt aus dem Dorf war Miriya keineswegs erschöpft, denn sie hatte gelernt, ausdauernd und geduldig zu sein.

Vorsichtig schlug sie sich durch das Schilf zu einem platten Stein, der mitten im Schilfwald lag. Sie setzte sich auf den warmen Stein und genoss die Sonne, beobachtete die Fische, Frösche, Schlangen und Vögel, die sich am Teich tummelten. Zerbrechlich anmutende Seerosen trieben wie kleine Schiffchen auf der Wasseroberfläche und Libellen mit schillernden Flügeln und geschäftige Bienen nutzten sie als Rastplätze.

Gegen Nachmittag verließ Miriya ihr lauschiges Plätzchen. Sie wanderte durch das kniehohe, smaragdgrüne Savannengras und warf sich der Länge nach auf den Boden, sobald sie Einhornzüchter sah. Wenn sie sich entfernten, stand Miriya auf und ging weiter. Es wurde heiß und die scharfen Konturen ihrer Umgebung verschwammen flirrend. Geflügelte Wühlmäuse, die sie Markis nannten, flogen piepsend durch die Luft. Sie liebten heiße Luft, weil sie dann ihre dünnen Flügel besser schlagen konnten. Das Gras strich um Miriyas Oberschenkel. Manchmal begegnete sie wilden Einhörnern, die kleiner, robuster und dunkler waren als ihre hochgezüchteten, domestizierten Verwandten. Ihr Fell war bläulich-weiß, das Horn silbrig und breiter gewunden. Auf einer

Flanke trugen sie hell- und dunkelblaue Muster, die schon bei ihrer Geburt da waren und wie der menschliche Fingerabdruck von Tier zu Tier einzigartig waren. Die Augen wilder Einhörner waren dunkelblau, beinah schwarz und strahlten feurig die Freiheit und den Stolz der energischen Tiere aus. Miriya fand, dass wilde Einhörner schöner waren als ihre gezüchteten Verwandten. Doch sie liebte alle Tiere genauso wie sie waren und mochte deshalb natürlich auch die zahmen Einhörner. Miriya wanderte zu einer tiefen Schlucht, in der es angenehm kühl war. Ein tosender Bergbach strömte hier aus dem In-Nuya. Er stürzte metertief von einer vorstehenden Felsnase in ein ausgewaschenes, kreisrundes Becken. Die ganze Schlucht war üppig mit Pflanzen und Bäumchen bewachsen und es lebten viele Tiere dort. Hinter dem Wasserfall spitzte sich die Schlucht zu und endete. Wassertropfen spritzten durch die angenehm warme Luft wie funkelnde Perlen. Sonnenstrahlen brachen sich in den Tropfen und ließen sie regenbogenfarben schimmern. Für Miriya war dies ein magischer Ort. Sie hatte ihn Ka-Nuya getauft. An diesem verzaubert anmutenden Plätzchen wohnten auch kleine Elfen. Für die meisten Geschöpfe sahen sie wie kleine, wandelnde Lichtpunkte aus, doch wer sich die Zeit nahm, sie näher zu betrachten, sah schillernde Libellenflügel, zierliche, in Blätter gewickelte Körper, lange, helle Locken und spitze Gesichter. Außer den Elfen und all den anderen Geschöpfen wohnte hier auch Sternensilber. Sternensilber war ein wildes Einhorn, das Miriya gefunden hatte, als es noch ganz klein war. Es war schrecklich verwundet gewesen und bis auf die Knochen abgemagert. Miriya hatte sich seiner angenommen, das Fohlen gepflegt und gefüttert und zugeschaut, wie es zu einem stattlichen Hengst herangewachsen war. Sternensilber war groß für ein wildes Einhorn, robust und kräftig gebaut. Die Muster, die seine Flanke schmückten, waren kreisförmig und die Verletzungen, mit denen Miriya den Hengst als Fohlen gefunden hatte, waren zu unregelmäßigen Narbenwülsten geworden, die die Kreise durchfurchten. Das Tier hatte schmale, filigran anmutende Fesseln und die volle, lange Mähne wogte in dichten Wellen über den anmutig gebogenen Hals. Miriya hatte farbige Wollbänder in die Mähne geflochten, zusammen mit kleinen Glöckchen und glücksbringenden Amuletten. Der Schweif war ebenfalls voll und wellig und berührte beinahe den Boden. Alles, Mähne, Schweif und Fell, hatte einen seidigen, gesunden Glanz. Miriya hatte ursprünglich angenommen, dass das Tier sie als ausgewachsenes Einhorn verlassen, sich einer Kleingruppe Junghengsten anschließen und mit ihnen herumziehen würde, wie das bei wilden Einhörnern üblich war. Stattdessen war Sternensilber bei dem Mädchen geblieben. Es schien als habe der Hengst sie als das einzige Mitglied seiner Herde akzeptiert und angenommen, und für Miriya war er ebenfalls das einzige Familienmitglied, das ihr noch geblieben war. Sie liebte ihn mehr als alles andere auf der Welt, eine Liebe, die Sternensilber erwiderte. An diesem Nachmittag kam er Miriya entgegen. Er schnaubte rau, wie immer, wenn er seine Schwester begrüßte. Sie hob die Arme und schlang sie fest um den Hals des Einhorns, das zärtlich mit den samtweichen Nüstern in ihrem Haar wühlte. In Miriyas Haaren befanden sich dieselben farbigen Wollbänder, dieselben kleinen Glöckchen und Amulette. Ihre Mutter hatte sie ihr eingeflochten, mit Hilfe ihres Vaters, der ihr die kleinen Objekte reichte, während sie flocht. Seit Kurzem trug Miriya auch einige Zöpfchen mit kleinen, schillernden Federn im Haar, um ihre Verbundenheit mit der Natur zu demonstrieren. Im Dorf rümpfte man die Nase ob so viel Eigenart, niemand hatte viel für Miriyas außergewöhnlichen Kopfschmuck übrig. Doch das Mädchen trug ihn mit Stolz, denn er stammte aus den Händen ihrer Eltern, genauso wie die vielen Bänder aus bunten Holzperlen, geschliffenen Halbedelsteinen und Leder, die sie um den Hals und die Handgelenke gebunden hatte. Miriya machte sich daran, auch Sternensilber einige Zöpfchen mit Federn in die Mähne zu flechten und als sie damit fertig war, artete ein zärtlich gemeinter Stups des Hengstes in ihr Hinterteil in ein ausgelassenes Spiel aus, bei dem sie sich gegenseitig mit Wasser bespritzten, Miriya laut lachend und johlend, Sternensilber freudig schnaubend. Es wurde langsam Abend und die Sonne versank in einem Meer aus rosarotem Licht und goldenen Wolkenfetzen hinter dem Horizont. Bis anhin hatte Miriya Sternensilber jeweils schweren Herzens sich selbst überlassen – der Hengst war wild und konnte in der freien Natur bestehen. Und obwohl es ihr immer beinah das Herz brach, wenn sie sich verabschieden musste, da Sternensilber ihr folgen wollte und sie ihn meistens nahezu gewaltsam daran hindern musste, sie zu begleiten, hatte sie sich bis jetzt noch nie dazu durchringen können, ihn einfach mitkommen zu lassen. Sie war sich nicht sicher, wie die Dorfbewohner auf das Tier reagieren würden. Doch vor Kurzem hatte sie endlich den Entschluss gefasst, Sternensilber mitzunehmen. Schließlich war er stark und unzähmbar, wenn man ihn nicht als Freund gewinnen konnte und als Wildtier wusste er sich sehr wohl zu verteidigen. Also sprang sie geschmeidig auf Sternensilbers Rücken und lenkte ihn mit den Knien und sanftem Druck in Richtung Dorf. Das Tier schien zu ahnen, dass es endlich mitkommen durfte, freudig und erwartungsvoll richteten sich die spitzen Ohren nach vorn. Miriya ließ ihn gewähren, als er sich ungestüm aufbäumte. Ihre Körper verschmolzen im letzten Licht der untergehenden Sonne und Sternensilber machte einen mächtigen Satz, bevor er in einen weichen, fließenden Galopp verfiel. Miriya konnte spüren, wie sich seine Muskeln unter dem bläulich-weißen Fell spannten, spürte unter ihren Schenkeln die breiten Stränge, als er ausholte und mit weiten, federleichten Sprüngen über die Savanne raste. Das Mädchen jauchzte überglücklich, während der Luftzug ihr Gesicht peitschte, ihre Haare flattern ließ und ihr Sternensilbers Mähne ins Gesicht wehte. Das Einhorn spürte ihre Freude, teilte sie. Er stieß ein Wiehern aus, kraftvoll und wunderschön. Sie hatte sich tief über seinen Hals gebeugt, die Beine entlang seinem geschmeidigen Körper an das seidige Fell gepresst und die Hände mit einigen Strähnen seiner Mähne umwickelt. Miriya ritt nie mit Sattel und Zaumzeug, denn Sternensilber war wild und sollte sich das auch bewahren. Nur sie, seine Schwester, duldete er auf seinem Rücken und das war auch gut so.

Die Sonne sandte ihre letzten Strahlen in einem bronzenen Schein über die Ebene und betonte Miriyas Hautfarbe. Das Dorf kam langsam in Sicht, Kleinherden perlweißer Einhörner schritten mit ihren Hirten auf die Stallungen zu. Sternensilber verfiel in einen federnden, leichten Trab, doch als er die domestizierten Tiere überholte, bäumten sich einige auf, andere wieherten schrill oder schnaubten freudig. Sie konnten die ungebremste Freiheit des Wildtieres und seiner Reiterin spüren. Die Hirten staunten mit offenen Mündern. Sternensilber beschleunigte plötzlich explosionsartig, Miriya spürte, wie sein Rücken sich kraftvoll bog. Dann sprang er graziös und voller Anmut über das Gatter und landete weich und sicher. Seine Flanken hoben und senkten sich nach diesem wilden, übermütigen Ritt. Er wandte sich um, hob den prächtigen Kopf und in diesem Augenblick schoss ein letzter, verirrter Sonnenstrahl über die Savanne und brach sich regenbogenfarben in den breiten Windungen des silbernen Stirnhornes.

Sternensilber drehte den schönen Kopf und fegte Miriya dabei beinahe mit seinem Horn, das ungefähr so lang wie ihr Unterarm war, von seinem Rücken. Die Dorfbewohner standen da und glotzten das Mädchen auf dem wilden Einhorn an. Ihre ungläubigen Blicke waren verständlich, schließlich hatte niemand je ein wildes Einhorn geritten, geschweige denn gezähmt. Sie galten als gefährlich, da man sie für unberechenbar und bösartig hielt, und waren eigentlich tabu. Niemand wagte sich an wilde Einhörner heran und wenn die Hirten ihnen mit den Herden begegneten, riefen sie die Zuchteinhörner zusammen und galoppierten auf ihnen davon. Und nun war da Miriya, dieses seltsame Waisenmädchen, auf einem jener unberechenbaren, wilden Einhörner. Ein Raunen ging durch die Menge, Kinder drängten sich zwischen den Beinen der Erwachsenen hindurch, um einen Blick auf das Einhorn und seine Reiterin erhaschen zu können. Der aufgehende Vollmond schickte sein silbernes Licht hernieder und ließ das bläulich-weiße Fell des Tieres unheimlich schimmern. Die fremdartigen Fellzeichnungen auf der Flanke traten hervor, als der Mond darauf schien. Ein Schatten glitt über die Gesichter der anwesenden Menschen und Miriya begriff mit einem Schlag, dass sie die Lage unterschätzt hatte. Die Leute in dieser Gegend hatten elternlose Kinder schon immer als magische Wesen, gar Hexen, abgestempelt, und Miriya hatte ihnen nun den endgültigen Beweis geliefert, würden die meisten Einhornzüchter doch die Zähmung eines wilden Einhorns eindeutig für Hexenwerk halten. *Darauf hätte sie eigentlich früher kommen können,* dachte sie ärgerlich. Dann schwang sie sich zaghaft von Sternensilbers Rücken. Es gab ohnehin kein Zurück mehr, mit den Folgen musste sie nun leben. *Solange Sternensilber dabei nichts zustieß, würde sie alles ertragen,* dachte das Mädchen, straffte stolz den Rücken und schritt an den gaffenden Leuten vorbei. Das wilde Einhorn folgte seiner Schwester. Ihm war die geladene Stimmung nicht entgangen und er beugte den Kopf und ließ die Ohren wachsam spielen. Die Dorfbewohner wichen sowohl vor ihr wie auch vor dem Einhorn zurück, eine Mischung aus Respekt, Angst und Verachtung auf den Gesichtern. Vor der Eingangstüre zum Haus ihrer Eltern stand Hinaya, mit verkniffenem Mund und geballten Fäusten wartete sie auf Miriya. Diese schritt trotzig auf die dürre Frau zu und wollte an ihr vorbeigehen. Doch Hinaya trat einen Schritt zur Seite, holte aus und verpasste dem Mädchen eine schallende Ohrfeige. Sternensilber stieß einen leisen, überraschten Laut aus. Fassungslos starrte Miriya ihren Vormund an, während die versammelten Leute ihre Zustimmung kundtaten. Sternensilber schnaubte unruhig und warf den gehörnten Kopf hoch. Seine pechschwarzen, glänzenden Hufe stampften auf dem Boden auf, was die Dorfbewohner nervös zurückweichen ließ. Miriya indessen hielt sich die brennende Wange. Sie wollte nicht weinen, nicht vor all den Leuten und vor Hinaya, aber der Schmerz und die Demütigung brannten beinah ebenso stark wie ihre schmerzende, pochende Wange und ihr Schädel dröhnte.

„Geh sofort auf dein Zimmer. Da bleibst du und wehe du kommst raus, dann bekommst du noch mehr Schläge", keifte Hinaya und holte erneut aus. Miriya duckte sich unter der heransausenden Hand, sie lief leichtfüßig mit Tränen des Schmerzes und der Scham in den Augen in ihr Zimmer, wobei sie die Zimmertüre laut zuknallte. Sie hatte nicht damit gerechnet, dass Hinaya blitzschnell den Schlüssel aus ihrer Schürze hervorholen und das Mädchen in ihrem eigenen Zimmer einsperren würde.

„NEIN, SPERR WIEDER AUF!", schrie Miriya und warf sich gegen die Türe. Doch Hinaya und die anderen Leute lachten nur hämisch.

Es war Mitternacht geworden, samtschwarze Nacht umfing Ke-Inda. Alles war ruhig, die Einhörner in ihren Stallungen schliefen oder zupften Heu aus den bereitgestellten Raufen. Ein Käuzchen schrie leise. Wolken hatten sich wie unförmige Wollknäuel über den Himmel verteilt, Sterne schimmerten hie und da. Als die Wolkendecke aufriss, schickte der Mond sein bleiches Licht hernieder. Es beleuchtete ein zusammengerolltes Bündel im kleinen Zimmerchen eines Hauses. Miriya lag zusammengekauert auf dem Boden ihres Gefängnisses und schluchzte. Aber sie hatte eine Entscheidung getroffen, einen Entschluss, der schon lange überfällig gewesen war. Als sie sicher war, dass Hinaya sich schlafen gelegt hatte, stand sie auf und sah nach, ob der Schlüssel noch im Schlüsselloch steckte. Sie hatte Glück. Also schob sie eine dünne Decke durch den Spalt unter der Türe und stocherte so lange im Schlüsselloch herum, bis der Schlüssel auf die Decke fiel. Dann zog sie die Decke sorgfältig zurück und nahm den Schlüssel an sich. Miriya trat an den klapprigen Schrank in ihrem Zimmer heran und wollte ihn aufmachen, ehe ihr einfiel, dass das sowieso keinen Wert hatte – Kleider besaß sie keine, bis auf das, was sie am Leibe trug und sie hatte praktisch keine sonstigen Besitztümer außer ihren Erinnerungen. Nur etwas verblieb ihr noch zu tun. Sie schloss die Zimmertüre auf und schlich in den Wohnraum. Dort ging sie zu dem großen Schrank. Darin gab es ein Geheimfach, das sie mit ihren Eltern angelegt hatte. Eine kindliche Spielerei, sie konnte sich noch gut daran erinnern, wie sehr sie sich darüber gefreut hatte und schwelgte einen Moment in dem Gefühl der Glückseligkeit und Verbundenheit, das sie mit ihren geliebten Eltern geteilt hatte. Es hatte ihr stets Genugtuung verschafft, zu wissen, dass Hinaya, die ihr gierig alles genommen hatte, was ihre Eltern hinterlassen hatten, keine Ahnung hatte, dass sich direkt unter ihrer Nase dieses Geheimfach befand mit den einzigen Gegenständen ihrer Eltern, die Miriya wirklich etwas bedeuteten. Sie langte hinter die Schrankwand und zog eine Holzplatte hervor. Darauf befestigt befanden sich diese wertvollen Gegenstände. Wertvoll, da sie mit liebevollen, glücklichen Erinnerungen an ihre Eltern verknüpft waren. Da war ein einfacher, jedoch kunstvoll verzierter Dolch mit Scheide und eine Steinschleuder mit einem Beutel voller Steine; Dinge die sie von ihrem Vater geschenkt bekommen hatte, der ihr einige Grundlagen zur Selbstverteidigung und zur Jagd mit der Steinschleuder beigebracht hatte in der Ansicht, dass dies Fähigkeiten waren, die seiner Tochter vielleicht eines Tages nützlich sein könnten. Er hatte nicht Unrecht. Dann waren da noch sorgfältig zusammengerollt ein weicher Ledergürtel mit einer dazugehörigen, robusten Seitentasche und eine schwere, bronzene Armspange, verziert mit Halbedelsteinen und Einkerbungen in der Form eines galoppierenden Pferdes, die sie sich um den Oberarm klemmte. Diese Gegenstände hatte ihr ihre Mutter gegeben, die Armspange war ein Erbstück. Miriya fädelte die Dolchscheide auf den Gürtel, schlang ihn sich dann um die Hüfte und steckte die Steinschleuder mitsamt dem Beutel voller Steine in die Seitentasche, die am Gürtel befestigt war. Sie setzte die Holzplatte zurück an die Ausgangsposition und wandte sich zum Gehen. Über der Eingangstüre hingen Glocken, die Hinaya angebracht hatte, um immer über Miriyas Bewegungen informiert zu sein und die ein unbemerktes Ein- und Ausgehen unmöglich machten. Deshalb schlich das Mädchen in ihr Zimmer zurück, schloss wieder ab und schob den Schlüssel unter dem Türspalt hindurch, als wäre er zufällig aus dem Schloss gefallen. Sie trat ans Fenster, wobei sie sich ein langes, widerstandsfähiges Seil, das sie auf ihrem Weg in den Wohnraum gefunden hatte, um den Oberkörper schlang. Dann pfiff sie leise eine rasche, kurze Tonfolge und schon kurze Zeit später tauchte Sternensilber nahezu geräuschlos vor ihrem Fenster auf. Wo er sich bis anhin aufgehalten hatte, konnte das Mädchen nicht sagen, aber er war offensichtlich klug genug gewesen, sich in der Nähe zu halten und auf ihr Zeichen zu warten. Miriya stieg mühelos aus dem Fenster direkt auf den Einhornrücken. Sie ließ Sternensilber im Schritt gehen, beugte sich geschmeidig herunter, um das Gatter zu öffnen und hinter sich zu schließen. Sie warf einen letzten Blick auf das Haus und das Dorf, in dem sie eine glückliche, erfüllte Kindheit hatte erleben dürfen, bis zu jenem schrecklichen Tag, an dem ihre Eltern nicht wiedergekommen waren und sie in ein schwarzes Loch aus Trauer und Unterdrückung gesunken war. Endlich hatte sie genug Kraft gesammelt, das alles hinter sich zu lassen. Ohne ihre Eltern bedeutete ihr der Ort nichts mehr. Sie wandte das Gesicht der Savanne zu, die wie ein samtener, leicht wogender Teppich vor ihr lag. Mit einem kurzen Nicken verabschiedete sie sich von ihrer Kindheit, drückte Sternensilber die Fersen sanft in die Seiten und sie galoppierten davon. Nur der Mond war Zeuge ihrer Flucht.

Das Savannengras wisperte und wogte wie ein silbergraues Meer. Der Mond sandte sein gedämpftes Licht durch wabernde Wolkenfetzen. Der kleine Teich, an dem Miriya am Tag zuvor in der Sonne gelegen hatte, schimmerte glatt wie ein Spiegel. Sternensilber galoppierte ausgelassen weiter. Er war erleichtert, dass er dieses seltsame, feindselige Dorf hinter sich lassen und dabei seine Schwester davontragen konnte. Miriya indessen spürte, wie ein schweres Gewicht von ihren Schultern donnerte. Mit jedem Galoppsprung, der sie weiter weg vom Dorf trug, konnte sie befreiter aufatmen. Kaum zu glauben, dass sie es zwei Sommer lang ausgehalten hatte. Doch ein bizarres Gefühl der Verpflichtung und die Angst, ihre Eltern „im Stich zu lassen" hatten sie gelähmt und unfähig gemacht, sich von ihrer vormals vertrauten Umgebung zu lösen. Nun, in der Natur auf Sternensilbers Rücken fühlte sie sich unendlich frei. Nachtaktive Wesen huschten durch das wippende Gras, flogen piepsend durch die kühle Nachtluft oder kletterten elegant durch die mit Silberlicht überzogenen Bäume. Runde Augen leuchteten in der Dunkelheit wie kleine Laternen. Bis jetzt war Miriya hellwach und freudig erregt gewesen, doch jetzt holte sie langsam der Schlaf ein. Sternensilber hatte seinen Gang verlangsamt und trottete mit wiegenden Schritten gemächlich durchs Savannengras. Mehrmals musste er anhalten, um Miriya wieder aufsteigen zu lassen, weil sie vor lauter Müdigkeit vom Rücken des Einhorns gerutscht war. Als sie schließlich in Ka-Nuya ankamen, glitt das Mädchen im Halbschlaf von Sternensilbers Rücken und ließ sich in die dichten Farnwedel plumpsen, wo sie endgültig einschlief. Sternensilber begrüßte mit einem freundlichen Schnauben die Elfen, die wie Glühwürmchen in seine Mähne flogen und ihn spielerisch an den Haaren zogen, bis er sie mit seinem Atem fortpustete. Kichernd überschlugen sich die kleinen Geschöpfe in seinem warmen Atemwind und ließen ihre filigranen Flügel flattern. Der Hengst ließ sich schließlich neben seiner Schwester nieder, und bettete seinen gehörnten Kopf neben den ihren in die Farne.

Miriya sah das Sonnenlicht durch ihre geschlossenen Lider. Es roch nach Wasser und Gras, sie hörte das Tosen eines Wasserfalls und spürte, wie Farnwedel sie im Gesicht kitzelten. Benommen öffnete sie die Augen, als ein Schatten sich vor die Sonne schob. Entsetzt kniff sie ihre Augen wieder zu – ein grelles, regenbogenfarbenes Licht war ihr wie eine Raubkatze ins Gesicht gefahren. Sie hob die Hand vor die geschlossenen Augen, um sich vor dem grellen Licht zu schützen. Es hatte sich tief in ihre Augen gebohrt und für einen Moment sah sie farbige Kreise und Punkte tanzen. Doch dann wurde das Vogelgezwitscher von einem rauen, kurzen Laut durchbrochen und sie spürte Sternensilbers weiche Nüstern in ihrem Gesicht, während seine verzierte Mähne ihren Hals kitzelte. Sofort schlug das Mädchen die Augen auf und blickte direkt in Sternensilbers feurige Augen, die unter den vollen, dichten Wimpernkränzen schimmerten wie Onyx mit einem Blaustich. Sie schlang die Arme um den kräftigen Hals des Einhorns und ließ sich von ihm auf die Beine ziehen. Die Schönheit Ka-Nuyas blendete sie einen Moment, genau wie zuvor schon Sternensilbers Horn im Sonnenlicht. Vögel sangen ausgelassen in den üppig mit grünem Laub bewachsenen Bäumchen, Elfen schwirrten kichernd und sich überschlagend durch die Luft und kleine Säugetiere jagten einander spielerisch durch die Farnwedel, die sich im Sonnenlicht bereits vollständig entrollt hatten. Auf Findlingen rund ums Wasser sonnten sich kleine Echsen und der Wasserfall fiel mit einem melodischen Rauschen in das kleine Steinbecken, das er im Laufe der Zeit kreisrund ausgeschliffen hatte. Die Wassertropfen, die einen feuchten Film in der Luft um den Wasserfall bildeten, reflektierten das Sonnenlicht in schillernden Regenbogenfarben und trotz der Sonnenwärme war es in der Schlucht angenehm kühl. Dies veranlasste Miriya dazu, ein Bad im Steinbecken zu nehmen, wohlig seufzend wusch sie sich den Schweiß und Schmutz von der Haut und aus den Haaren und genoss das Prickeln, das das kalte Bergwasser verursachte. Sternensilber stand ruhig und geduldig neben dem kleinen See und zupfte Gräser zwischen den Farnen hervor, die er träge kauend verspeiste. Miriya tauchte unter und als sie das Gesicht hob und die Wasseroberfläche sich wie ein sonnendurchfluteter Glasteppich über ihr ausbreitete, spürte sie, wie die Schmerzen, die Zweifel und Ängste davongespült wurden wie zuvor der Schmutz und Schweiß, der wie ein Film auf ihrer Haut gehaftet hatte. Sie hätte vor Glück weinen mögen. Stattdessen stieg sie aus dem Wasser, schüttelte die Haare aus und ließ sich dann von der Sonne trocknen, während sie ihr Kleid energisch wusch, es kräftig auswrang und zum Trocken an eines der Bäumchen hängte. Ein sanfter Windstoß kam auf und spielte mit dem Kleidungsstück, das so sauber war wie schon lange nicht mehr. Elfen schwirrten herbei und saugten genießerisch die Nässe aus dem Stoff, der sich in der Sonne erwärmte. Bienen, Hummeln und Schmetterlinge flogen durch die vom Blumenduft erfüllte Luft und taten sich am Nektar der Flora in der Schlucht gütlich. Miriya fuhr sich mit den Fingern durchs trocknende Haar. Es war nun seidenweich und geschmeidig, ihr Haarschmuck setzte bunte Akzente zwischen dem bläulichen Schwarz ihrer Wellen. Miriya seufzte erneut wohlig und streckte sich auf den warmen Steinen aus. Sternensilber indessen hatte sich in den Schatten hinter dem Wasserfall zurückgezogen und döste im Stehen vor sich hin. Als sie hungrig wurde, suchte sie Früchte und Nüsse zusammen, von denen sie wusste, dass sie nicht giftig waren. Ihre Mutter hatte sie bisweilen mitgenommen auf Streifzüge und gemeinsam waren sie durch die umliegenden Ländereien gewandert und ihre Mutter hatte ihr vieles gezeigt und erklärt. Sternensilber war dazu übergegangen, sich genussvoll stöhnend im seichten Uferwasser zu wälzen und sie schaute ihm dabei zu, während ihr der Saft einer besonders reifen Frucht übers Kinn tropfte. Miriya fühlte sich wie im Paradies. Nie wieder würde sie nach Ke-Inda zurückkehren.

Zur gleichen Zeit traf eine Gruppe von zwölf berittenen Männern in Ke-Inda ein. Sie trugen die dunklen Uniformen der königlichen Palastwache und waren braun gebrannt. Über ihren breiten Schultern trugen sie kunstvoll verzierte Lederköcher mit schwarz befiederten Pfeilen und lange Bögen. Ihre Reittiere waren gewöhnliche Pferde, kräftige, gut gebaute Tiere, die mit ihren in behauenem Silber eingefassten Zaumzeug und Sätteln erhaben und edel aussahen. Sie spürten die Anwesenheit dutzender Einhörner und warfen neugierig die Köpfe in die Luft. Die Reiter, die Autorität und Strenge ausstrahlten, stiegen auf dem Dorfplatz in der Mitte Ke-Indas ab. Während einige die Pferde hielten, lösten sich zwei Reiter aus der Gruppe. Sie waren allesamt hochgewachsene, muskulös gebaute Männer und die Dorfbewohner, die neugierig auf den Dorfplatz strömten, hielten einen respektvollen Abstand ein. Die beiden Männer liefen zielstrebig auf das einzige Häuschen zu, dessen Türpforte von zwei aus Holz geschnitzten Einhörnern gesäumt war. Es war das Haus des Dorfoberhaupts Gildo. Er öffnete nur widerstrebend die Türe. Obwohl Ke-Inda als einziges anerkanntes Dorf für die Einhornzucht mit ganz Kirk-Wana Handel betrieb, blieben die eigenbrötlerischen Dorfbewohner Fremden gegenüber stets misstrauisch. Zwar standen sie unter dem königlichen Schutz der Hauptstadt, doch Einhörner waren kostbar und man konnte nie vorsichtig genug sein. Gildo trug sein langes, mit grauen Strähnen durchwirktes Haar im Nacken zu einem Knoten geschlungen, durch den er ein abgebrochenes Einhornhorn gesteckt hatte. Seine Kleidung zeugte von seiner Vormachtstellung im Dorf und das Stirnband aus Leder, das er tief in die Stirn gezogen trug, wies ihn zusätzlich als Oberhaupt des Dorfes aus. Er senkte zum Gruß sein Haupt. Der Mann, der an die Türe geklopft hatte, erwiderte den Gruß kurz und knapp und drängte sich dann an Gildo vorbei ins Haus. Das Dorfoberhaupt schaffte es kaum, seine Überraschung zu verbergen, als der Reiter ihn dabei an der Schulter ins Haus dirigierte und die Türe hinter sich schloss. Der zweite Reiter postierte sich breitbeinig vor der Türe. Die Dorfbewohner tuschelten hinter vorgehaltenen Händen. Die Reiter der Palastwache standen still und ungerührt da wie Statuen aus poliertem Holz, die rechten Hände ruhten auf den Schwertknäufen, die sie an einem Ledergurt um die Hüften trugen. Die langen Schwerter in den geprägten Lederscheiden sahen gefährlich aus und niemand wagte es, sich den Fremden zu nähern. Im Haus drehte sich der fremde Mann zu Gildo um und fixierte das Dorfoberhaupt mit einem stechend scharfen Blick.

„Seid gegrüßt, Gildo von Ke-Inda. Die Königin schickt uns. Sie will wissen, ob sich in diesem Dorf ein Mädchen mit bunten Haaren aufhält."

Gildo fuhr zusammen. „Ihr meint Miriya?"

Der fremde Reiter zuckte mit den Schultern. Ihm war kein Name bekannt, nur diese eine Beschreibung.

„Die Beschreibung scheint auf jemanden zuzutreffen. Führt mich zu ihr", verlangte er. Die natürliche Autorität in seiner Stimme ließ Gildo erneut zusammenzucken. Er nickte und führte den fremden Mann zu Hinayas Häuschen.

„Hinaya, wo ist Miriya?", fragte das Dorfoberhaupt drängend, kaum hatte die Frau die Türe geöffnet. Ihm waren die Männer der Palastwache nicht geheuer und er wollte sie so schnell wie möglich loswerden.

„Sie ist weg, abgehauen", keifte Hinaya giftig, „mit dem verfluchten Einhorn."

Miriya prüfte, ob ihr Kleid schon getrocknet war und streifte es dann über. Sie fühlte, wie der Stoff, der zuvor starr vor Dreck gewesen war, sich jetzt sanft an ihre Haut anschmiegte und ihre zierliche Statur betonte. Miriya fühlte sich wie neu geboren, sie sprang mit Sternensilber herum, spielte Fangen mit Seidenhörnchen, die ihr laut schäkernd entwischten und dabei ihre langen, buschigen Schwänze mit dem cremefarbenen, seidenweichen Fell schnippten. Sie fing vorsichtig Elfen ein, die sie dann auf der flachen Hand hielt, wo die kleinen lustigen Geschöpfe grinsend saßen und die

Beinchen baumeln ließen. Sie waren mindestens ebenso neugierig auf Miriya, wie das umgekehrt der Fall war und schleppten am späten Nachmittag kirschartige Früchte für Miriya herbei, die so schwer schienen, dass sie dabei jeweils beinah abstürzten. Am Abend ging der Mond als eine silberne Scheibe am dunkelblauen Himmel auf. Sein Licht verwandelte den Wasserfall in flüssiges Silber. Die Sterne erschienen zaghaft, zumeist verborgen hinter bauschigen, dunklen Wolken mit ausgefransten Rändern. Sternensilber pustete Miriya seinen warmen Atem in den Nacken und stupste sie kurz und hart in den Rücken. Er hatte den ganzen Tag mehr oder weniger stehend zugebracht und wollte jetzt Auslauf. Und seine Schwester sollte ihn begleiten. Miriya hatte nichts dagegen einzuwenden. Geschmeidig wie eine Katze sprang sie auf Sternensilbers Rücken und ließ ihn gewähren. Der Hengst streckte sich, ließ seine Muskeln unter dem seidigen Fell spielen. Er trat aus der Schlucht heraus, hielt kurz die Nase witternd in den sanften Wind. Dann spürte Miriya, wie sich sein gesamter Körper einer Springfeder gleich spannte und mit einem mächtigen Satz galoppierte das Einhorn los. Der Wind wehte dem Mädchen ins Gesicht und ihr Herz jauchzte vor Glück. Sie beugte sich vor, wickelte einige Strähnen seiner Mähne um ihre Finger und überließ sich ganz dem Zusammenspiel der Muskeln und Sehnen, dem weichen Auf und Ab, als der Hengst weit ausholte und über die Savanne schoss. Es fühlte sich an, als wären sie eins, als gäbe es keinen Unterschied mehr zwischen ihrem Körper und dem seinen. Miriya vertraute dem Tier blind und er bedankte sich dafür, indem er ihr ebenfalls sein ungeteiltes Vertrauen und vollkommene Treue schenkte. Am kleinen Teich blieb Sternensilber auf einmal stehen. Das Schilf wogte wie silberne Flutwellen im sanften Wind. Miriya ließ sich vom Einhornrücken gleiten und sah auf die glatt daliegende, silbern schimmernde Oberfläche des Teiches hinaus. Sternensilber legte ihr von hinten den Kopf auf die Schulter und gemeinsam genossen sie die Nacht. Doch plötzlich veränderte sich die Atmosphäre; Tiere stießen kurze, scharfe Warnrufe aus, dann verstummten alle Geräusche. Der Wind schien schärfer zu werden und fauchend von allen Seiten zu kommen. Wellen brachen die zuvor glatte Oberfläche des Gewässers vor ihnen, das Schilf schien warnend zu winken. Der nächste Windstoss fuhr heulend durch das Schilfmeer. Dann konnte Miriya es riechen; der herbe Geruch von nassem Fell. Sie konnte das Klicken von Klauen hören, das heisere Atmen eines Raubtieres. Sternensilber spannte sich an, die Ohren wachsam in Richtung des Raschelns gerichtet, die Augen aufmerksam funkelnd. Während Pferde und Zuchteinhörner Fluchttiere waren, hatten sich Wildeinhörner im Verlauf der Evolution eine aggressivere Haltung angewöhnt. Sie wussten sich zu verteidigen, wussten um ihre harten Hufe und kraftvollen Zähne und wie sie Gebrauch machen konnten von ihrem Stirnhorn, das bei Zuchteinhörnern viel weicher und filigraner war und gerne mal abbrach.

Direkt vor ihnen teilte sich auf einmal der Halbmond des Schilfwaldes und ein großer Schatten glitt daraus hervor. Der Mond beschien struppig nasses, grau-weißes Fell, schimmernde Reisszähne und gelbe Augen. Ein gewaltiges Tier flog durch die Luft, trennte Miriya von Sternensilber und landete knurrend vor dem Mädchen im aufspritzenden Wasser. Schaurige Krallen gruben sich in die feuchte Erde des Teichufers. Ein riesiger Schattenwolf stand vor Miriya, die erschrocken erstarrte. Er reichte ihr bis fast an die Brust, seine gelb leuchtenden Augen, die das Mondlicht brachen, befanden sich auf ihrer Augenhöhe. Er knurrte leise und bedrohlich, die hochgezogenen Lefzen entblössten lange, elfenbeinfarbene Reisszähne. Schattenwölfe waren gefürchtet, sowohl von Menschen wie auch von Tieren und allen anderen Geschöpfen. Sie waren viel größer als gewöhnliche Wölfe und galten als erschreckend intelligent und blutrünstig. Im Gesicht und entlang den Seiten der stromlinienförmigen Körper wiesen Schattenwölfe charakteristische, schwarz-graue Fellzeichnungen auf, um den Hals und die Schultern hatten sie, ähnlich einer Löwenmähne, einen Kranz langen Fells. Eigentlich waren diese gefürchteten Raubtiere beheimatet im Tal der Hin-Kia, es war äußerst selten, dass die Tiere in ihrer Suche nach Nahrung die Pässe von In-Nuya überwanden und Streifzüge durch die Savannen und Ebenen Kirk-Wanas unternahmen. Sichteten Bewohner Schattenwölfe, wurden unverzüglich die Hin-Kia benachrichtigt, um Jagd auf die Tiere zu machen. Es war noch nie vorgekommen, dass Schattenwölfe bis in das Gebiet von Ke-Inda vorgedrungen waren und Miriya stand starr vor Entsetzen da und wagte nicht, sich zu rühren. Wie hypnotisiert blickte sie dem Tier in die gelben, gereizt funkelnden Augen. Dies schien den Wolf aggressiver zu machen. Sein Schwanz peitschte durch die Luft, als er sich duckte und knurrend das Mädchen ansprang. Ein schmerzlicher Ruck durchfuhr sie und drückte jegliche Luft aus ihren Lungen, als die riesigen Pfoten auf ihre Schultern trafen und sie zu Boden rissen. Heißer Atem strich über ihr Gesicht, er trug den metallenen Geruch von Blut mit sich, während Sabber auf ihre Stirn tropfte. Die Pfoten hielt er weiterhin auf ihre Schultern gepresst, die Krallen kurz davor in ihre Haut einzudringen. Sein Gewicht hinderte sie daran, Luft zu holen und sie keuchte panisch. Das Tier fixierte sie mit diesem stechenden, hungrigen Blick. Plötzlich durchzuckte beide ein Schlag. Der Wolf wurde von Miriya weggeschleudert und landete jaulend im Teich. Wasser spritzte auf und schäumte, als Sternensilber in den Teich sprang, die Zähne gefletscht, die Ohren gefährlich am Kopf angelegt. Diamantharte Hufe wirbelten durch die Luft. Der Schattenwolf, offensichtlich verblüfft ob der schmerzhaften Gegenwehr, sprang auf und entging knapp den Hufen, die seinen Schädel hätten eindrücken können. Stattdessen zog sich Sternensilbers Rücken zu einem kraftvollen Bogen zusammen, er kam mit den Vorderbeinen auf und trat gleichzeitig mit den Hinterhufen aus. Der so überraschte Wolf wurde in die Seite getroffen und erneut durch die Luft geschleudert. Das Einhorn bäumte sich auf, Mähne und Schweif gesträubt, ein angriffslustiger Funken in den Augen. Der Schattenwolf, überfordert mit dem drohend über ihm stehenden Tier, wandte sich um und trat lautlos den Rückzug an. Sternensilber schnaubte. Als er zurück auf die Vorderbeine fiel, bebte die Erde. Er blieb einen Moment stehen, wie um sich zu vergewissern, dass der Wolf auch wirklich weg war, dann kehrte er zu Miriya zurück, die sich in der Zwischenzeit aufgerappelt hatte und mit ihrer Steinschleuder bewaffnet dem Einhorn zu Hilfe hatte eilen wollen. *Nicht, dass sie mit der*

Steinschleuder viel Schaden hätte anrichten können, dachte sie beeindruckt, als ihr geliebter Bruder durchs Wasser watete und ihr die nassen Nüstern ins Gesicht drückte.

„Alles gut", sagte sie, „mir ist nichts geschehen." Sie drückte dem Hengst zum Dank einen Kuss auf die Nüstern. Da sah sie etwas in der Erde neben der Stelle schimmern, an der der Schattenwolf sich auf seiner Flucht durchs Schilf geschlagen hatte. Ein weiteres Merkmal, das Schattenwölfe von ihren kleineren Verwandten abhob, waren die langen, säbelzahnartigen Eckzähne, die sie zu jenen gefürchteten Jägern machten, die sie waren. Auf ihren Hetzjagden brachten sich die Wölfe nah an ihre Opfer heran und schlitzten ihnen mit diesen schaurigen Zähnen die Seiten auf. Miriya hob den abgebrochenen Eckzahn auf. Er machte einen leichten Bogen, lief am Ende spitz zu und hatte eine fein gezackte, messerscharfe Linie hinten. Sternensilber schnüffelte neugierig am Zahn. Dann veranlasste ein Geräusch die beiden dazu, die Köpfe zu heben. Ein hochgewachsener Mann war fast lautlos erschienen. Er hatte lange, lackschwarze Haare, dunkle Augen und trug Tierfelle als Kleidung. Ein Köcher mit Pfeilen und ein geschwungener Bogen hingen über der Schulter. Seine Augen wanderten wachsam umher.

„War das eben ein Schattenwolf?", wollte er besorgt wissen. Dann sah er den Eckzahn in ihrer Hand.

„In welche Richtung ist er gegangen?", fragte der Mann weiter. Er trug mehrere Seile um den Oberkörper geschlungen, und einen dicken Holzpfosten, an dem ein Netz befestigt war. Miriya wies ihm die Richtung und er nickte ihr dankend zu.

„Nicht viele überleben den Angriff eines ausgewachsenen Schattenwolfes. Schattenwölfe zögern nie, wenn sie Beute schlagen. Du musst etwas Besonderes an dir haben", sprach der Mann wohlwollend. Er schenkte Sternensilber einen bewundernden Blick, „ich habe noch nie gehört, dass wilde Einhörner gezähmt werden können, doch dieses scheint dir zu vertrauen."

„Ich habe ihn nicht gezähmt. Er ist mein Freund und Bruder", antwortete Miriya schlicht. Ihr Gegenüber hob eine Augenbraue, ein Lächeln umspielte seine Mundwinkel und erhellte sein Gesicht.

„Das ist eine gute Einstellung. Du scheinst tatsächlich etwas Besonderes zu sein", meinte er. Dann nahm er den Köcher und Bogen von seiner Schulter und hielt beides dem Mädchen hin. „Du hast mir heute geholfen. Ich möchte dir dies geben. Mögen sie dir eines Tages ebenfalls helfen, Hin-Taya."

„Hin-Taya ...?", brachte Miriya verblüfft heraus.

„Es bedeutet ‚Mädchen, das mit den Tieren spricht'", antwortete der Mann. Er drückte der überraschten Miriya seine Gaben ohne weitere Worte in die Hände, nickte ihr zum Abschied freundlich zu und wollte gehen.

„Gedankt sei dir", sagte Miriya, „aber das kann ich unmöglich annehmen." Er hielt kurz inne, erneut wanderte seine rechte Augenbraue in Richtung seines gleichmäßigen Haaransatzes. „Natürlich kannst du. Ich bestehe darauf." Dann richtete sich sein Blick auf die Armspange um ihren Oberarm. Er stutzte und tippte sie sanft an.

„Diese Armspange wurde von meinem Volk geschmiedet. Nicht viele gelangen in den Besitz eines so seltenen Schmuckes. Pass gut auf dich auf, Hin-Taya, die mit der Natur spricht." Er griff in eine verborgene Tasche, zog einen kleinen Gegenstand heraus und reichte auch das dem Mädchen. „Eines Tages wirst du dies brauchen. Jetzt lebe wohl, Hin-Taya. Auf das wir uns wiedersehen."

Und mit diesen Worten ließ er Miriya stehen und verschwand beinah lautlos in der Schneise, die der Schattenwolf bei seinem Rückzug in das Schilf geschlagen hatte. Miriya wollte ihm hinterherrufen, aber als sie sich umdrehte, war er schon außer Sicht. Sie besah sich den kleinen Gegenstand, den er ihr in die Hand gedrückt hatte. Es war eine aus einem Schattenwolf-Eckzahn geschnitzte, kunstvoll verzierte Flöte mit drei Blaslöchern. Als das Mädchen probeweise hineinblies, entlockte sie dem Instrument etwas, das wie ein melodisches Heulen klang. Sie steckte die Flöte in die Gürteltasche und warf einen Blick auf Köcher, Pfeile und Bogen. Der Köcher war aus geprägtem Leder gemacht, die Pfeile mit bunt gefärbten Federn befiedert. Der Bogen war schlicht und aus poliertem Holz gefertigt. Dennoch lag er leicht in der Hand, wohl auch dank der geschwungenen Form. Sie hängte sich den

Köcher über die Schultern, hakte den Bogen ein. Den Eckzahn, den sie gefunden hatte, befestigte sie an einem der Lederbände um ihren Hals, wo er zwischen Holzperlenketten und Leder knapp unterhalb ihrer Schlüsselbeine hing. *Was für eine seltsame Begegnung*, dachte sie verwundert. Mit einem Schattenwolf, der durch die Savanne strich, mochte sie nicht weiter Spazierengehen. Stattdessen schwang sie sich auf Sternensilbers Rücken und lenkte ihn zurück nach Ka-Nuya, wo sie erneut müde in die Farne glitt und in einen tiefen Schlaf fiel.

Kapitel II
~
Von fremden Reitern

„Ihr werdet dieses Mädchen suchen, bis ihr es gefunden habt. Wir sind ganz bestimmt nicht vergebens gekommen", sagte der fremde Reiter mit Nachdruck. Er warf der unsympathischen, alten Hexe, die wie eine übergroße Krähe im Türrahmen stand, einen drohenden Blick zu, der sie zusammenzucken ließ, als hätte er ihr stattdessen eine Ohrfeige gegeben.

„Wir behalten uns vor, hier zu warten, bis Ihr das Mädchen gefunden habt", wandte er sich nun an Gildo, der zutiefst unglücklich mit der Entwicklung der Dinge zu sein schien.

„Natürlich. Wir werden Euch und Euren Männern das Gästehaus richten", antwortete er und beugte den Kopf, während der Reiter an ihm vorbeitrat.

„Sie ist nicht hier. Wir warten", wies er die wartenden Männer an. Schon kurze Zeit später waren die Pferde abgeschirrt und mit Heu und Wasser versorgt und die Männer der Palastwache bezogen ihr Lager im Gästehaus. Die Bewohner Ke-Indas sahen die Fremden, die so plötzlich aufgetaucht waren und nach dem Waisenmädchen suchten, nur mit schrägen Blicken scheu an.

Miriya wachte auf, weil sie Wassertropfen auf ihrem Gesicht spürte. Sie öffnete die Augen und schaute in einen sturmgrauen Himmel, in dem der Wind weiße Wolkenfetzen vor sich hertrieb wie verirrte Schafe. Es regnete große Tropfen. Sternensilber stand unter einem Felsvorsprung und wieherte leise. Miriya schlüpfte ebenfalls unter das natürliche Regendach, kurz bevor der Himmel seine Schleusen öffnete und einen wolkenbruchartigen Regenfall niederprasseln ließ. Riesige Tropfen landeten klatschend auf Bäumen und Farnwedeln und wühlten die glatte Oberfläche des Sees auf. Kleine Wellen rollten plätschernd gegen das Ufer. Die Wolkenfetzen hatten sich unterdessen zu riesigen, schwarz-grauen Wolkentürmen zusammengeschlossen. Ein verästelter Blitz durchzuckte plötzlich den tobenden Himmel, für einen Herzschlag war alles in ein unheimliches, grelles Licht getaucht. Donner grollte dröhnend seine Antwort auf den Blitz. Der Boden schien zu beben, das Savannengras wogte und bog sich fauchend im schneidenden Wind. Elfen schwirrten panisch umher. Für Geschöpfe ihrer Größe waren die Regentropfen brutale Geschosse, wurden sie davon getroffen, konnten sie abstürzen oder gar erschlagen werden. Die meisten hatten sich rechtzeitig unter Felsvorsprüngen und in dichten Baumkronen verkrochen, doch einige, vom Nektarduft der Blumen wie berauscht, waren sitzengeblieben und vom Regen überrascht worden. Miriya beobachtete mit Respekt das unheimliche Naturschauspiel. Sie hielt sich die Ohren zu und drückte sich gegen Sternensilbers wärmende Flanke. Der Hengst hatte seine empfindlichen Ohren angelegt, schien aber nicht übermäßig beunruhigt. Plötzlich rollte ein gigantischer Blitz mit einem scharfen, sirrenden Geräusch übers Firmament und schlug krachend irgendwo in der Richtung ein, in der sich Ke-Inda befand. Miriyas Herz schien einen Schlag auszusetzen. Bei allen negativen Gefühlen, die das Einhornzüchterdorf in den letzten zwei Sommern seit dem Tod ihrer Eltern in dem Mädchen entfacht hatte, so war es doch ihre Heimat, in der sie glückliche Stunden als Kind und junge Erwachsene verlebt hatte. Auch waren ihr die Einhörner keineswegs gleichgültig. Sie stand da wie betäubt, mit offenem Mund, die Hände immer noch über ihren Ohren und sah hilflos zu, wie der schwarze Rauch eines lodernden Feuers sich in den sturmgrauen Himmel schraubte. Sie musste sich unbedingt vergewissern, dass niemandem, ob Mensch oder Tier, etwas geschehen war.

Die Dorfbewohner hatten alle Hände voll zu tun. Ein riesiger Blitz war fauchend in einen der Ställe gefahren und hatte ihn angezündet. Verletzt oder tot war glücklicherweise niemand, nicht einmal ein Einhorn. Schnell bildeten die Einhornzüchter im Regenschauer eine Kette zum Dorfbrunnen und reichten sich Holzeimer voll Wasser, um die Flammen zu bekämpfen. Die Männer der Palastwache behielten die Lage im Auge, schienen aber vorerst nicht gewillt, ins Geschehen einzugreifen. Ihr Kommandant stand mit verschränkten Armen gegen den Türrahmen gelehnt da und beobachtete das geschäftige Treiben mit hochgezogenen Augenbrauen, sein Vizekommandant stand neben ihm und stopfte eine kleine, elegant geschwungene Pfeife. Die Einhörner bockten, stiegen auf die Hinterbeine und wieherten schrill und ängstlich. Sie gebärdeten sich wie toll, während die Reittiere der Palastwache sich nach einem anfänglichen Schockmoment beruhigt hatten und jetzt ruhig dastanden und Regen und Wind trotzten.

Als die Lage aussichtslos wurde, befahl der Kommandant der Palastwache dann doch, dass man den Dorfbewohnern aushelfen solle. Schweigend bildeten sie eine zweite Kette und bekämpften den Brandherd von einer zweiten Seite. Das Feuer brannte trotz des starken Regens munter weiter und frass sich geschäftig durch Strohdach und Holzbalken des Stalles. Der starke Wind verteilte glühende Aschefetzen und plötzlich stand auch Hinayas Hausdach in Flammen. Die dürre Frau sprang schreiend herum und kreischte um Hilfe, was dem Anführer der Palastwache trotz allem Anstand und aller Zurückhaltung ein kurzes Grinsen entlockte. Die unsympathische Alte sah erneut wie eine übergroße, gerupfte Krähe aus, die orientierungslos herumhüpfte und allen im Weg stand. Gegen Abend hörte der Regen auf, der Wind nahm ab und die Wolken teilten sich, um der tiefstehenden Sonne einen Blick auf die verkohlten Überreste des Stalles und Hinayas Hauses zu gewähren. Zwei weitere Häuser waren ein Opfer der Flammen geworden, selbst mit tatkräftiger Hilfe der Palastwache hatte man dies nicht verhindern können. Wehklagend standen die Besitzer der Häuser vor den Ruinen und sammelten das zusammen, was sie aus dem Flammenmeer hatten retten können. Am lautesten klagte das alte Weib. Sie rang sich die Hände und schluchzte trocken. Die Luft war nun kühl und klar, wie vom Gewitter gereinigt und roch leicht salzig. In Ka-Nuya wagte man sich aus den Schlupfwinkeln. Miriya sprang kurzentschlossen auf Sternensilbers Rücken und lenkte ihn durch die regennasse, leicht dampfende Savanne. Der Teich, bei dem sie letzte Nacht auf den Schattenwolf getroffen war, hatte das umliegende Ufergebiet überflutet und sah schlammig und aufgewühlt aus. Sternensilber fiel in seinen wei-

chen, wiegenden Schritt und sie näherten sich langsam dem Dorf
der Einhornzüchter.

Hinaya war schluchzend vor den verkohlten Überresten ihres Häus-
chens zusammengebrochen. Jegliche Hoffnung auf Rettung hatte
sie verlassen, als sie gesehen hatte, dass nicht einmal die Männer
der Palastwache etwas gegen die Flammen in ihrem Häuschen hatten ausrichten können. Nun standen sie neben der wehklagenden
Frau und musterten diese etwas abschätzig. Strikt dazu ausgebildet,
in Notsituationen nicht die Nerven zu verlieren, konnten sie das
Verhalten der älteren Person nicht nachvollziehen oder billigen.
Die anderen Familien, die ihre Häuser verloren hatten, hatten sich
längst gefangen und begonnen, alles, was sie hatten retten können
in die zur Verfügung gestellten Übergangsunterkünfte zu verfrach-
ten. Die Reiter hatten ihr Bestes getan und das Feuer schließlich
zähmen können. Es hatte eine Weile gedauert, aber schlußendlich
hatte man gemeinsam alle Brandherde auslöschen können. Nun
standen die Dorfbewohner von Ke-Inda fassungslos um die verkohlten Überreste dessen, was am Morgen noch hübsche Holz-
häuser mit sorgfältig angebrachten Strohdächern gewesen waren.
Während die Einhornzüchter sich in erster Linie darauf konzen-
trierten, den Betroffenen zu helfen, sich um die verstörten Einhörner zu kümmern oder das Ausmaß der Schäden abzuschätzen,
wandten sich die Blicke der Palastwache einer plötzlichen Eingebung folgend ab von der Zerstörung, hinaus auf die Ebene jenseits der Umzäunung, die das Dorf umschloss. Nachdem das von
der Sonne erhitzte Gelände durch den Regen merklich abgekühlt
worden war, zogen nun glitzernde Nebelschwaden auf. Das Sonnenlicht der tiefstehenden Sonne filterte durch die Nebelfetzen
und ließ sie milchig verschwimmen. Plötzlich wandten sämtliche
Pferde und viele Einhörner ihre Köpfe, die Ohren gespitzt, die
Nüstern witternd in die Luft gestreckt. Die lärmigen Aufräumar-
beiten und das geschäftige Treiben im Dorf kamen zum Erliegen,
als alle auf einmal still wurden. Umrisse zeichneten sich in den
Nebelschwaden ab, langsam schälten sich Formen daraus hervor.
Ein wildes Einhorn schritt in majestätischer Erhabenheit auf das

Dorf zu. In die lange Mähne waren Amulette, farbige Bänder, kleine Glöckchen, die kaum hörbar waren und Zöpfchen mit Federn eingeflochten. Das sanfte, durch die Nebelschwaden gedämpfte Licht ließ das silberne Horn leuchten. Die Männer der Palastwache standen wie versteinert, die Dorfbewohner staunten mit offenen Mündern. Auf dem Rücken des wilden Einhorns wurde die zierliche Gestalt eines Mädchens sichtbar. Sie saß stolz, hoch aufgerichtet mit kerzengeradem Rücken ruhig und selbstsicher ohne Sattel und Zaumzeug auf dem mächtigen Tier. Ihre bronzebraune Haut schimmerte golden im Licht der untergehenden Sonne, das seidig schimmernde blau-schwarze Haar war auf die gleiche Weise verziert wie die Mähne ihres Reittieres. Ein Raunen ging durch die Menge, als Miriya das Gatter passierte und von Sternensilbers Rücken glitt. Das Einhorn hielt sich dicht hinter ihr, so dicht, dass sie die Wärme seines Körpers auf ihrem Rücken spüren konnte. Die Männer der Palastwache verneigten sich leicht. Ihr Kommandant trat vor und wollte etwas sagen, doch Hinaya, die sich bei Miriyas Anblick wieder gefasst hatte, schnitt ihm kreischend das Wort ab.

„Was fällt dir eigentlich ein, einfach so auf deinem verfluchten Einhorn zu verschwinden?! Das wird Konsequenzen haben, du –" Ihre Schimpftirade wurde vom Anführer ungeduldig im Keim erstickt, als er die Alte bestimmt zur Seite schob, weg von dem hübschen Mädchen. Sie sah ihn erstaunt aus großen, dicht bewimperten Augen an. Alles schwieg und starrte Miriya an.

„Du musst Miriya sein", sagte der Kommandant. Seine Stimme hatte einen angenehmen, wenn auch ein wenig heiseren Klang und die sanfte Bestimmtheit, mit der er sprach, wies darauf hin, dass er es gewohnt war, dass seinen Befehlen Folge geleistet wurde.

„Mein Name ist Keyan und ich komme aus Kirk-Wana, der Hauptstadt. Königin Raika schickt mich, dich zu ihr zu geleiten", fuhr der hochgewachsene, breitschultrige, junge Mann fort. Er beugte kurz den Kopf zum Gruß. Seine Wortwahl und sein Tonfall ließen keine Zweifel daran, dass Miriya keine Wahl blieb, als ihn zu begleiten. Er schien in ihren Augen einen Anflug Widerwillen zu erkennen.

„Morgen werden wir aufbrechen. Und du wirst mit uns nach Kirk-Wana kommen", fügte er mit Nachdruck hinzu. In den braunen Augen des Mädchens tauchte ein belustigtes, herausforderndes Funkeln auf. Als Kommandant der Palastwache wagten nicht viele Menschen es, Keyan so kühn in die Augen zu schauen und obwohl sie sich eben erst begegnet waren, kam er nicht umhin, von ihr fasziniert zu sein. Ihre singende, dunkle Stimme durchbrach seine Gedanken und er merkte erstaunt, dass er abgeschweift war.

„Und was will Ihre Majestät Königin Raika von mir?", wollte Miriya wissen. Ihre Augen fixierten seinen Blick und obwohl sie ihm nur bis knapp an die Nasenspitze reichte, hatte er das Gefühl, dass sie auf Augenhöhe sprachen.

„Das hat Ihre Majestät mir nicht offenbart. Es schien Ihr wichtig zu sein, dass wir dich so schnell wie möglich finden und zu Ihr bringen", antwortete er schließlich. Ein Anflug von Misstrauen glitt über ihr Gesicht mit den hohen Wangenknochen und den vollen Lippen. Ihr Einhorn schüttelte leicht den herrlichen, gehörnten Kopf. Sie schien ihre Optionen sorgfältig abzuwägen. Keyan hielt unwillkürlich die Luft an, bis sie endlich kurz nickte.

„Dann sollten wir Ihre Majestät wohl nicht mehr warten lassen", sagte sie schlicht und er, der Kommandant der Palastwache, spürte verwundert, dass *sie ihn* soeben aus ihrem Gespräch entlassen hatte. Gertenschlank und biegsam wie Schilf im Wind stand sie einen Augenblick reglos vor ihm, dann drehte sie sich ihrem Einhorn zu und flüsterte ihm leise Worte zu, die selbst Keyan, der direkt vor ihr stand, nicht zu hören vermochte. Das Einhorn wieherte leise und schnaubte so rau, dass den umstehenden Menschen eine Gänsehaut über den Rücken fuhr. Sternensilber hob den Kopf und blickte Keyan forschend an, als der junge Mann Miriya mit einer Geste einlud, ihm zu folgen. Dem wachen Auge des Kommandanten entging nicht, wie Hinaya Miriya hasserfüllt anblickte. Er beugte sich kaum merklich vor und sagte leise: „Wenn diese Hexe Hand an dich anlegt, kann sie was erleben."

Da wandte das Mädchen ihm ihr hübsches Gesicht zu und grinste ihn an. Keyan erwiderte das Grinsen. In dieser Nacht schlief Miriya zusammen mit den Männern der Palastwache im Gästehaus, neben dem Feuer, das die Reiter aus Kirk-Wana zum Kochen geschürt hatten. Während der Feuerschein die blauen Reflexe in ihrem Haar tanzen ließ, schlief sie friedlich dicht an Sternensilber gepresst, der es sich nicht hatte nehmen lassen, seiner Schwester in das Haus zu folgen. Die Männer musterten respektvoll das Mädchen, das es geschafft hatte, sich ein wildes Einhorn zum Freund zu machen.

Am nächsten Morgen zogen Nebelschwaden dicht über dem Savannengras dahin, man sah kaum bis zum anderen Ende des Dorfes. Die Sonne leuchtete fahl und gedämpft durch eine dichte Wolkenschicht und tauchte deren Ränder in goldenes, dunstiges Licht. Schon früh am Morgen, als es noch dunkel gewesen war, hatte Keyan sowohl seine Männer wie auch Miriya geweckt. Das Mädchen fand sich etwas verwirrt auf hartem Boden vor, jemand hatte ihr im Laufe der Nacht seinen Umhang als Decke überlassen und der weiche, warme Stoff fiel schwer von ihren Schultern, als sie sich benommen aufrichtete. Sternensilber blies ihr als Morgengruß freundlich seinen warmen Atem ins Gesicht. Miriya hob den schweren Umhang auf und blickte sich fragend um.

„Du hast mit den Zähnen geklappert", erklärte ein Mann, der in der allgemeinen Geschäftigkeit des Aufbruchs plötzlich neben ihr auftauchte. Er hatte die aschblonden Haare im Nacken mit einem Lederband zusammengefasst und seine kornblumenblauen Augen funkelten lustig, während er den dargebotenen Umhang an sich nahm und ihn sich wieder um die breiten Schultern schlang.

„Habt Dank", meinte Miriya. Dann kam Keyan und drückte beiden je eine Schüssel mit dampfendem Inhalt in die Hand. Es stellte sich als eine Art Brei heraus, der würzig und scharf war und jegliche Schläfrigkeit vertrieb. Miriya war sich indessen nicht sicher, ob sie dieses Lebensmittel wirklich mochte. Keyan bemerkte ihren skeptischen Blick und musste ob der krausgezogenen Nase unwillkürlich grinsen.

„Soll sehr gesund sein", meinte er bloß und nahm dem Mädchen, das ihn zweifelnd anblickte, die leere Schale aus der Hand.

Als die Sonne es endlich geschafft hatte, sich durch die Wolken zu arbeiten, brachen die Männer der Palastwache auf. Miriya schloss sich ihnen ohne Umschweife an. Im Einhornzüchterdorf bleiben kam für sie ohnehin nicht in Frage und wenn die Königin sie sehen wollte, würde sie sich wohl oder übel an den Hof begeben müssen, ungeachtet der mysteriösen Umstände. Verweigerung würde nicht geduldet werden. Miriya ritt wie gehabt ohne Sattel und Zaumzeug auf Sternensilber. Keyan hatte sie geheißen, neben ihm zu reiten. Die anderen elf Reiter ritten in kleinen Gruppen hinter ihnen, sprachen, lachten und scherzten ungezwungen miteinander und waren doch wachsam. Miriya, die sich die Palastwache immer als ernste, schweigsame, strenge Zeitgenossen ohne Humor und Persönlichkeit vorgestellt hatte, musste überrascht ihre Vorurteile revidieren, als sie sah, wie locker und doch diszipliniert die Männer sich verhielten. Die meisten wollten von Miriya auch nicht mit den üblichen Höflichkeitsfloskeln und Respektsbekundungen angesprochen werden, sondern bestanden auf informellen Umgangsformeln. Miriya war das nur recht, sie konnte mit der blumigen, unterwürfigen Sprache bei Hofe wenig anfangen und störte sich auch nicht daran, dass alle sie mit ihrem Namen und „du" ansprachen.

Die Nebelschleier schienen sich vor dem bläulich-weißen Wildeinhorn und dem prächtigen Rappen, den Keyan ritt, zu teilen. Ab und an drangen nun Sonnenstrahlen durch die Wolkenwand. Miriya konzentrierte sich auf Sternensilbers Horn, das die gelegentlichen Strahlen schimmernd brach und regenbogenfarbig zurückwarf. Der nachtschwarze Rappe mit dem seidigen Fell neben ihr schien ob des Einhorns nicht im Geringsten aus der Ruhe gebracht zu sein. Anmutig trug er seinen Reiter mit gleichmäßigen, weichen Schritten durch das Nebelmeer. Während Keyans Männer weiterhin fröhlich schwatzten und einander derbe Scherze zuriefen, ritten der Kommandant und das Mädchen schweigend nebeneinander her. Gegen Nachmittag verflüchtigten sich die Nebelschwaden endgültig und gaben den Blick frei auf In-Nuya, den riesenhaften Gebirgszug. Wie eine gewundene, graue Wand schlängelte er sich dahin und hatte scheinbar keinen Anfang und kein Ende.

„Überqueren wir In-Nuya?", brach Miriya neugierig das Schweigen. Sie war noch nie so weit weg von Ke-Inda gewesen und alles fühlte sich neu und aufregend an. Für sie bestand das Land Kirk-Wana aus weiten Ebenen mit smaragdgrünen, kniehohen Wiesen, dichten Wäldern, mit Seen, Tümpeln und Flüssen, mit Schilfwäldern und Schluchten wie Ka-Nuya. Der Anblick friedlich grasender Einhörner gehörte für sie ebenso dazu, wie der Anblick der auf ihre Holzstöcke gestützten Hirten, die sich leise miteinander unterhielten, sich mit Schnitzereien beschäftigten oder vor sich hindösten. Nun würde sie also ein ganz anderes Kirk-Wana kennenlernen. Und nicht zuletzt die Hauptstadt Kirk-Wana, die viele Einhornzüchter nicht ein einziges Mal in ihrem Leben besuchten.

„Ja. Wir werden über den In-Kara gehen", bestätigte Keyan und als er Miriyas blanke Miene sah, fügte er erklärend hinzu, „das ist einer der tiefer gelegenen Gebirgspässe und er liegt am nächsten." Das war das erste Mal seit ihrem Aufbruch, dass sie ein Wort miteinander gewechselt hatten.

In-Nuya war für die Bewohner Kirk-Wanas kein Hindernis. Viele der Gebirgspässe waren gut passierbar und man konnte innerhalb von zwei bis drei Tagen auf der anderen Seite sein. In-Kara war ein Pass, der zumeist von Handelsleuten benutzt wurde. Es bestand ein reger Austausch an Gütern zwischen den verschiedenen Besiedelungen und Bevölkerungsgruppen. Ke-Inda bildete eine Ausnahme, da dessen Bewohner auf das Züchten von Einhörnern spezialisiert waren, die kein Alltagsgut, sondern einen Luxus darstellten und dementsprechend nur an reiche Leute, meist an den Adel, verkauft wurden. Die Gebirgspässe waren der kürzeste Weg, um von der einen auf die andere Seite zu gelangen. Ein wesentlich längerer Weg führte entlang des Gebirgszuges bis ans Meer, wo man auf die andere Seite gelangen konnte. Es gab auch ein paar Wege, die unter dem Gebirge hindurchführten, die meisten davon vor langer Zeit von fleißigen Zwergen aus dem Stein gehauen. Doch in den meisten Fällen entschlossen sich die Reisenden für die Gebirgspässe, wo die Luft frisch und rein war und man die großartige Aussicht genießen konnte.

Gegen Abend kam die Gruppe um Keyan und Miriya am Fuße von In-Nuya an. Die Reittiere verlangsamten ihre Schritte, als sich alle um ihren Kommandanten sammelten.

„Reiten wir durch oder lagern wir hier?", wollte einer der Männer wissen.

„Wir dürfen Ihre Hoheit Königin Raika nicht länger als notwendig warten lassen", meinte Keyan und die Männer nickten zustimmend und trieben die Pferde wieder an. Den ganzen gewundenen Weg entlang waren in gleichbleibenden Abständen Fackeln an den Steinwänden angebracht. Händler mit kleinen Holzwägen, vor die Pferde oder Maulesel gespannt waren, kamen ihnen entgegen oder wurden von der Gruppe überholt. Sternensilber zog viele erstaunte Blicke auf sich, überall drehten sich Menschen nach dem wilden Einhorn um, das gleichmäßigen Schrittes neben dem prächtigen Rappen herging, der dem Einhorn in Schönheit und Anmut in nichts nachstand.

„Du musst der einzige Mensch in ganz Kirk-Wana sein, der ein wildes Einhorn seinen Freund nennen kann. Wie hast du das angestellt?", wollte Keyan wissen und in seiner Stimme schwang eine unerwartet kindliche Neugier mit. *Er mag vermutlich nicht viel älter sein als ich*, dachte sie erstaunt. Sein selbstsicheres Auftreten und die hochgewachsene, breitschultrige Statur ließen ihn nur merklich älter wirken.

„Ich habe Sternensilber als Fohlen gefunden. Er war schwer verletzt und fast verhungert. Ich kümmerte mich um ihn und als er gesund und kräftig war, blieb er einfach bei mir", erzählte Miriya. Sternensilber schien zu ahnen, dass ihr Gespräch von ihm handelte, denn er drehte die Ohren aufmerksam in ihre Richtung und neigte leicht den Kopf. Das Mädchen legte eine Hand an seinen Hals.

„Kurz um den letzten Vollmond nahm ich ihn mit nach Ke-Inda." Sie seufzte leise und wehmütig. „Ich dachte, die Dorfbewohner würden ihn akzeptieren. Schließlich ist er nicht viel anders als die Zuchteinhörner. Aber ich vergass –"

Sie brach plötzlich ab und wandte den Kopf. Keyan sah sie fragend an. In ihren sanften, braunen Augen schimmerten Schmerz und Trauer.

„Du brauchst nicht darüber zu sprechen, wenn du nicht möchtest", hörte er sich sagen, obwohl die Neugierde ihn gepackt hatte.

Sie nickte, fuhr aber fort. „Ich bin elternlos und deshalb werden mir im Dorf Hexenkräfte nachgesagt. Als ich Sternensilber mitbrachte, sahen die Dorfbewohner ihren Verdacht bestätigt. Hinaya sperrte mich ein und bestrafte mich. Deshalb bin ich in der Nacht ausgebrochen und mit Sternensilber davongerannt nach Ka-Nuya, einer Schlucht, die niemand sonst betritt."

Sie seufzte erneut und ließ gedankenverloren Strähnen von Sternensilbers Mähne durch die kleinen, wohlgeformten Hände gleiten. „Aber dann hat der Blitz eingeschlagen und ich wollte nachsehen, ob niemand verletzt wurde."

„Nach allem, was sie dir angetan haben", meinte er leise, mehr zu sich selbst als zu ihr. Wieder wandte sie den Kopf und ihre Blicke trafen sich.

„Ich bin da aufgewachsen", sagte sie achselzuckend und konzentrierte sich wieder auf den gewundenen Weg vor ihnen.

Wie eine silberne Scheibe schob sich der Mond vor die Wolken und tauchte alles in silber-weißes Licht. Die Pferde und das Einhorn arbeiteten sich stetig die Gebirgsstraße empor. Längst war der gleichmäßige Strom an Händlern und Reisenden versiegt, sie waren mehr oder weniger alleine. Miriya bestaunte unverhohlen die dichten Tannenwälder, aus denen der Duft würzigen Harzes strömte, die ehemaligen Gletscherseen, die vor langer Zeit vom zurückweichenden Hauptgletscher getrennt worden waren und wie Spiegel in ihren ausgewaschenen Steinbetten glitzerten. Winzige Häuschen, schräg und mit Strohdächern gedeckt, säumten sporadisch den Weg zum Pass. Einige wenige Gasthäuser dienten als günstige Übernachtungsmöglichkeiten. Es schienen raue, laute Plätze zu sein, Licht flutete aus den Fenstern und man hörte Gesang und geschäftiges Treiben. Fremdländisch anmutende Menschen kümmerten sich um zottige Esel oder Ponys, rieben deren Fell mit Stroh ab oder tränkten die Tiere fürsorglich. Ochsen standen wiederkäuend daneben, Pferde dösten im Stehen. Es musste schon gegen Mitternacht sein, als sie endlich die Passhöhe erreichten. Die bis anhin angenehm breite Bergstrasse weitete sich zu einem unregelmässigen Platz aus, um den sich Häuschen, Gasthöfe und Gasthäuser mit Ställen aneinanderschmiegten.

„Wir ruhen hier für eine Weile, dann gehen wir weiter", befahl Keyan mit einem Seitenblick auf Miriya, die sich trotz aller Willenskraft kaum mehr auf Sternensilbers Rücken halten konnte. Zu viele neue Eindrücke und unvorhergesehene Ereignisse hatten das Mädchen hundemüde gemacht. Die Männer der Palastwache führten ihre Reittiere auf ein Stück Wiese etwas außerhalb des Platzes und ließen die Tiere grasen. Alles legte sich schlafen, während Keyan, der Munterste von allen, Wache halten würde. Miriya fiel in einen tiefen, bleiernen Schlaf, während Sternensilber sich den Reittieren anschloss und friedlich graste.

Schrilles Wiehern drang wie ein Blitz zu Miriya vor und riss sie aus dem Schlaf. Sternensilbers Stimme würde sie aus tausenden wiedererkennen, und sie spürte instinktiv, dass ihr Einhorn gequält wurde. Wie von einer Tarantel gestochen fuhr sie hoch und sah sich wild um. Alle Müdigkeit war vergessen. Aus den Augenwinkeln registrierte sie, dass Keyan im Sitzen eingeschlafen war und drehte sich vollends zu ihm um. Zum ersten Mal sah sie seine ebenmässigen Gesichtszüge, die scharfgeschnittenen Konturen seiner Nase, der Wangenknochen und Lippen, was ihm einen edlen, gelassenen Ausdruck verlieh. Er mochte um die zwanzig Sommer alt sein, wie die meisten seiner Männer, mit denen sie im Verlauf des Nachmittags einige wenige Worte gewechselt hatte. Ihr Blick verweilte auf seinem Gesicht, musterte das dunkle, dichte Haar, das ihm in nachlässigen Wellen auf die Schultern fiel, die geschwungenen Augenbrauen über den dunklen Augen, die nun natürlich geschlossen waren –. Da, wieder das durchdringende Wiehern! Miriya fuhr zusammen, für einen Moment wütend auf sich selbst, dass sie sich derart hatte ablenken lassen. Sie sah sich suchend um. Sternensilber stand abgesondert von den Reittieren der Palastwache, fünf Männer standen um ihn herum. Wie sie es geschafft hatten, Seile um den Kopf und die Fesseln des Einhorns zu schlingen war Miriya schleierhaft – vermutlich hatte auch Sternensilber nach diesem langen, ereignisreichen Tag ein wenig vor sich hingedöst. Während vier der Männer sich mit aller Kraft in die Seile hängten, um das erboste Tier daran zu hindern, um sich zu beissen oder auszuschlagen, hatte der fünfte Mann Sternensilber brutal am Kopf gepackt und versuchte, das silberne Horn abzusägen. Einhornhörnern, insbesondere den Hörnern wilder Tiere, wurden seit jeher Zauberkräfte nachgesagt. Viele Männer hätten freiwillig einige Finger geopfert, hätten sie dafür im Gegenzug ein Einhornhorn bekommen, was auch der Grund war, dass Ke-Inda so abgelegen und isoliert lag und auf Geheiß des Hofes zumeist nicht auf offiziellen Karten verzeichnet war. Nur wenige Artefakte waren noch kostbarer als Einhornhörner, darunter Drachentränen. Sternensilber wieherte erneut, seine Stimme eine Mischung aus Wut und Hilflosigkeit. Miriya unterdrückte einen zornigen Aufschrei. Sie wirbelte herum, und rannte auf den Mann mit der Säge in den Händen zu. Ohne lange zu überlegen, rammte sie den Mann und beide gingen sie zu Boden. Die Männer waren allesamt groß, stämmig und ein feingliedriges Mädchen wie Miriya hätte wohl kaum eine Chance gehabt, wären die Männer auf einen Angriff gefasst gewesen. Doch Miriya hatte eine solche Wut im Bauch und das Überraschungsmoment auf ihrer Seite und der Mann fiel um wie ein gefällter Baum. Die Säge beschrieb einen silbernen Bogen und landete in einiger Entfernung im Wiesengras. Miriyas Hand flog zu dem Dolch an ihrer Seite und sie hieb auf alle Seile ein, die sie erreichen konnte. Glücklicherweise war die Klinge trotz der langen Lagerzeit scharf und sie schaffte es, zwei Seile durchzutrennen, bevor die Männer reagieren konnten. Dann hatte sich der erste Mann wieder aufgerichtet, die anderen Männer grunzten überrascht, als Sternensilber sich in die verbliebenen Seile warf. Während die Männer, deren Seile Miriya durchgeschnitten hatte, durch das plötzliche Nachlassen des Zuges ihr Gleichgewicht verloren hatten, konnten die übriggebliebenen zwei Männer sich nicht gegen das zornig schnaubende Einhorn, das nun einen mächtigen Ausfallschritt machte, behaupten. Sie fielen wie reife Früchte und ließen die Seile fallen. Sternensilber schlug aus, sprang dann zitternd zur Seite und versuchte, sich aus den Schleifen der Seile zu befreien. Miriya wollte ihm zu Hilfe kommen, doch als sie aufsprang, bekam der Mann hinter ihr sie an den Haaren zu fassen und zog sie daran in die

Luft. Schmerzerfüllt schrie das Mädchen auf und versuchte, Boden unter die Füße zu bekommen. Keyan und seine Männer fuhren aus dem Schlaf empor, gerade als Sternensilber den Rücken kraftvoll bog und erneut ausschlug, diesmal gezielt und mit mehr Wucht. Seine Hufe trafen einen der Männer, die sich gerade wüste Schimpfworte schreiend vom Boden aufgerappelt hatten, auf Hüfthöhe und schleuderte ihn gegen einen naheliegenden Baum. Der Mann stieß einen heulenden Schmerzlaut aus, bevor er gegen den Stamm krachte und bewusstlos zusammensackte. Zeitgleich schaffte es Miriya in der allgemeinen Hektik, sich umzudrehen und die Beine in den Bierbauch des Mannes, der sie immer noch an den Haaren hochhielt, zu stemmen. Er gab einen überraschten Laut von sich, als die Luft schlagartig aus seinen Lungen wich und taumelte rückwärts. Miriya bekam seinen Arm zu fassen und drehte sich aus dem Klammergriff des Mannes, während sie beide hinfielen. Sie landeten schwer, Miriya halb auf dem Mann. Mit einem scheußlichen Splittern krachte sein Schultergelenk aus der Pfanne, er heulte vor Schmerz auf und hielt sich den Arm, der in einem unnatürlichen Winkel aus der ausgerenkten Schulter ragte. Miriya hingegen kam geschmeidig wie eine Katze auf die Füße, schnellte vorwärts und tauchte geschickt unter der ausgestreckten Hand eines anderen Mannes hindurch. Sie wirbelte herum und stellte ihm ein Bein, worauf er kopfvoran in einen Baum taumelte und bewusstlos liegenblieb. Inzwischen hatte sich Sternensilber zornentbrannt auf die Hinterbeine aufgerichtet, die schimmernden Zähne gebleckt, die Ohren gefährlich am Kopf angelegt. Die beiden verbliebenen Männer, die das Einhorn im Schach hielt, wichen mit angstverzerrten Gesichtern zurück. Miriya wandte sich an den Mann mit der ausgerenkten Schulter, der mittlerweile auf die Knie gesunken war und seinen Arm schützend umfasste. Ihm war anzusehen, dass er nicht mit so viel Gegenwehr gerechnet und das Mädchen obendrein völlig unterschätzt hatte. Sie trat zu ihm, ihre Augen funkelten ebenso wild und gefährlich wie die Augen des wilden Einhorns hinter ihr.

„Tut sowas *nie wieder* mit *irgendeinem* Tier", fauchte sie und hätte ihm eine Ohrfeige verpasst, hätte nicht Keyan, der ihr ursprünglich hatte zu Hilfe eilen wollen, dann aber innegehalten hatte, ihre kleine Hand zu fassen bekommen und sie zurückgehalten.

„Ich glaube, sie sind genug gestraft", meinte er beschwichtigend. Miriya fuhr mit zornfunkelnden Augen zu ihm herum, Sternensilber stieß einen kurzen Laut der Überraschung aus.

„Nicht, dass sie's nicht verdient hätten, ich verstehe dich natürlich", fügte der junge Mann rasch hinzu, als Miriya ihm ihr Handgelenk entzog, dem Mann am Boden noch einmal einen eisigen Blick zuwarf und dann zurücktrat. Jammernd und klagend rappelten sich die Halunken auf, sammelten ihre verletzten Freunde zusammen und verzogen sich in eine der Spelunken. Miriya hingegen eilte zu ihrem Einhorn, das sich unter die Bäume zurückgezogen hatte, als Keyan eingegriffen hatte. Die Männer der Palastwache musterten das fremde Mädchen bewundernd. Sie mochte zwar zierlich, beinah zerbrechlich aussehen, war aber anscheinend wehrhafter und härter im Nehmen als mancher Junge aus der Hauptstadt im selben Alter. Miriya beachtete die unverhohlenen Blicke nicht, sondern streifte dem Einhorn die Seilreste ab und flüsterte ihm beruhigende Worte ins Ohr. Sie selbst zitterte jetzt wie Espenlaub. Jemand tippte ihr leicht auf die Schulter.

„Alles in Ordnung?", wollte Keyan wissen. Sie hob den Blick, schaute in seine ausdrucksstarken, moosgrünen Augen, die vorsichtiges Mitgefühl zeigten.

„Alles gut", brachte sie schlotternd heraus. Sie wollte sich keine Blöße geben und keine Schwäche zeigen. Und sie wollte vor allem niemandem zur Last fallen. Sie zwang sich, ihm kurz bestätigend zuzulächeln. Es fühlte sich mehr wie eine Grimasse an. Er hob eine Augenbraue, erwiderte aber nichts und nahm ihre Bemühung schweigend zur Kenntnis. Dann wandte er sich seinen Männern zu. „Wir reiten weiter."

Sie ritten schweigend dahin. Die Fackeln am Wegesrand warfen zuckende Schatten auf die von abertausenden Füßen glattgelaufene Bergstraße. Nebel trat wie Wasser aus den umliegenden Tannenwäldern hervor und langsam kündigte der Hauch einer schwachen Dämmerung den herannähernden Morgen an. Plötzlich schrie jemand vor ihnen um Hilfe. Sternensilber blieb stehen und spitzte die Ohren, die übrigen Pferde taten es ihm gleich. Man hörte das Zersplittern von Holz und jemand kreischte erneut laut um Hilfe. Der Nebel war zu dicht, als dass man etwas hätte erkennen können, die Fackeln am Wegesrand nunmehr als gedämpfte tanzende Lichtkugeln sichtbar. Miriya trieb einem inneren Instinkt folgend Sternensilber an, wobei sie Keyans Warnung missachtete, die dieser einen Herzschlag zuvor ausgesprochen hatte. Die Sicht wurde nicht besser, stattdessen hatte das Mädchen das Gefühl, die feuchten Nebelschwaden drangen wie Watte in Nase und Mund ein und verstopften ihre Ohren. Dann sah sie undeutliche Schemen im Zwielicht vor ihr. Die Fackeln spendeten nur wenig Licht und flackerten trübe. Ein großer, zerstörter Käfig stand mitten auf der Straße, davor ein angespannter Ochse, der angstvoll mit den Augen rollte. Daneben lagen zwei Personen auf dem Boden, eine davon in zottiges Fell gehüllt, die andere stellte sich beim Näherkommen als Händler heraus, dessen Glieder seltsam verdreht waren. Ein dunkler Fleck unter ihm wurde immer größer. Hinter dem Händler stand ein kleiner Handkarren, der völlig zertrümmert war. Weiße und braune Hühnerfedern waren überall verstreut. Der in Felle gekleidete Hin-Kia lag mühsam auf die Ellenbogen aufgestützt da und versuchte erfolglos, auf die Beine zu kommen. Miriya staunte nicht schlecht, als sie den Mann erkannte: Es war derselbe Mann, der ihr die Flöte, den Bogen und den Köcher voller Pfeile geschenkt hatte. Sternensilber hob die Nüstern in den Wind, sein Körper unter ihren Schenkeln spannte sich wachsam an. Ein kurzes Zittern lief durch die Flanken des wilden Einhorns.

„Hin-Taya", flüsterte der Mann heiser, als Miriya von Sternensilbers Rücken glitt und sich über den Hin-Kia beugte. Er hatte sich ein Bein ausgerenkt und konnte deshalb nicht aufstehen, schien aber ansonsten unverletzt zu sein. Dann trug der aufkommende Wind ihr einen vertrauten Geruch nach Raubtier zu. Bevor das Mädchen reagieren konnte, flog ein großer Schatten durch die Luft und der Schattenwolf mit dem abgebrochenen Eckzahn stand knurrend zwischen ihr und dem Hin-Kia.

„Hin-Taya, mein Geschenk!", stöhnte der und wollte sich um den Hals des Wolfes klammern, doch das Tier wich geschickt aus und sprang fauchend über das Mädchen hinweg, das sich instinktiv duckte. Ihre Knie schlugen schmerzhaft auf dem Steinboden auf. Der Wolf blickte sie unverwandt an, sie starrte auf seine Nase, um ihn nicht noch mehr zu reizen. Sie richtete sich auf, während Sternensilber angriffslustig schnaubend auf der Stelle tänzelte. Kerzengerade stand sie im Nebel, zwischen dem Einhorn und dem Schattenwolf. Durch die Nebelschwaden sah Miriya die Reiter der Palastwache näherkommen, mühsam ihre Pferde bändigend, die scheuten und sich wie toll aufführten ob dem scharfen Geruch des Wolfes vor ihnen. Der Nebel schien sich um sie zu verflüchtigen, als würde auch er den riesenhaften Wolf fürchten. Miriya konnte den Blick nicht von den bösartig glühenden Wolfsaugen abwenden, obschon sie krampfhaft versuchte, sich auf die glänzende Nase des Tieres zu konzentrieren. Hinter sich konnte sie Sternensilber hören, der sich scheinbar darauf vorbereitete, dem geduckt dastehenden Raubtier entgegenzutreten. Sie musste etwas tun! Obwohl wilde Einhörner äußerst wehrhaft waren, war es dennoch ein großes Wagnis, es zweimal mit einem Schattenwolf aufzunehmen und dabei zweimal als Sieger hervorzugehen.

Benutze die Flöte, schoss es dem erstarrten Mädchen durch den Kopf. Mit zitternden Händen langte sie in ihre Seitentasche und holte die Zahnflöte daraus hervor, wobei sie den Wolf unverwandt anstarrte. Vage nahm sie wahr, dass Keyan inzwischen geräuschlos vom Pferd gestiegen war und sich vorsichtig näherte, das Schwert gezogen, seine Schritte achtsam und genau bemessen. Viel deutlicher konnte Miriya aber sehen, dass der Schattenwolf fast unmerklich seine Position veränderte: Die Pfoten breiteten sich auf dem harten Untergrund aus, der Rücken wölbte sich leicht, Muskelstränge spannten sich unter dem zottigen Fell an. Im selben Moment, in dem das Tier zum Sprung ansetzte, blies Miriya ihren ersten Ton. Der Wolf erstarrte. Die Wolfsohren zuckten. Anstatt das Mädchen anzuspringen, machte er einen Satz auf sie zu. Miriya hätte schreiend davonlaufen mögen, doch einer plötzlichen Eingebung folgend blieb sie zur Salzsäule erstarrt stehen und spielte mit verängstigt zusammengekniffenen Augen einfach weiter. Sie konnte hören, wie Sternensilber einen kurzen, erschrockenen Laut von sich gab, wie Keyan, der nun dicht hinter dem Wolf stand, scharf Luft einsog. Sie wagte fast nicht, Luft zu holen, als das große Tier sich ihr so weit näherte, dass die Haare seines Fellkragens ihre Arme kitzelten. Miriya wagte einen Blick zwischen ihren Wimpern hervor und fand die halbgeöffnete Schnauze mit den messerscharfen, totbringenden Zähnen nur einen Fingerbreit von ihrem Gesicht entfernt. Ihr Herz setzte aus. Der Schattenwolf neigte den Kopf leicht. Die Spannung war nun beinah greifbar. Alles schien den Atem anzuhalten und niemand wagte, sich zu bewegen. Sogar die verängstigten Pferde schienen wie erstarrt. Die heulenden Klänge der Flöte schwangen melodisch durch die nebelverhüllte Luft, als der Wolf urplötzlich ruckartig den Kopf hob.

Das war's, dachte Miriya entsetzt. Das Maul öffnete sich, näherte sich gefährlich und dann schoss die violette Zunge hervor und leckte dem Mädchen einmal über das ganze Gesicht. Vollkommen aus der Fassung gebracht ließ sie die Flöte fallen. Der Schattenwolf richtete zaghaft den Schwanz auf, als er sich weiter nach vorne lehnte und sie mit der feuchten Schnauze anstupste. Völlig auf dem falschen Fuß erwischt, verlor Miriya das Gleichgewicht und plumpste mit einem überraschten Laut auf ihren Hintern. Der Schattenwolf wedelte nun offenkundig mit dem Schwanz, hechelte freundlich und stupste das Mädchen erneut beinah spielerisch in die Seite. Fassungslos und teilweise mit offenen Mündern starrten die versammelten Männer das riesenhafte Raubtier an, das sich nun von Miriya löste und mit federnden Schritten völlig entspannt durch die wie Ölgötzen dastehenden Männer, Pferde und das Einhorn spazierte. Seelenruhig näherte sich der Wolf Keyan, der wie versteinert mit halb erhobenem Schwert dastand und sich nicht rühren konnte. Wie aus Stein gehauen stand er da, während das Tier sorgsam und interessiert die Schwertklinge beschnüffelte. Der erhobene Arm begann unter dem Gewicht des Schwertes zu schmerzen und die Klinge fing an, ob der Anstrengung sie still zu halten, merklich zu zittern. Miriya, die sich schnell von ihrem Schreck erholt hatte, bemerkte es und pfiff leise durch die Zähne, ähnlich wie sie es auch tat, um Sternensilber zu sich zu rufen. Jetzt legte das Einhorn lediglich den Kopf schief, unschlüssig ob der Schattenwolf immer noch einen Feind darstellte. Das Tier hatte bei Miriyas Pfiff die Ohren aufmerksam in ihre Richtung gedreht und ließ nun von seiner Schnüffeltour ab. Schwanzwedelnd trabte er zu Miriya, die eine Hand ausstreckte. Er steckte seine Schnauze hinein, während sie ihn mit der anderen Hand hinter den Ohren kraulte. Fasziniert ließ sie ihre Finger durch das Fell des Schattenwolfes fahren. Ohne die Drohgebärden erkannte sie die majestätische Schönheit des Tieres, die stolze, aufrechte Haltung und die geballte, nun sorgfältig zurückgehaltene Kraft.

Der Hin-Kia stieß einen kurzen, prustenden Laut aus und brach damit den Bann.

„Sehr gut, Hin-Taya", sagte er, heiser vor Schmerz. Erleichterung, aber auch Erschöpfung schwang in seiner Stimme mit. Er schnippte leise mit dem Finger und der Schattenwolf zuckte mit den Ohren, entzog vorsichtig den mächtigen Kopf den Händen des Mädchens und trottete zu dem Mann, der sich immer noch nur mühsam auf den Unterarmen aufstützte. Ein freundschaftlicher Stups mit der Schnauze in die Seite des Hin-Kia ließ denselben vor Schmerzen unterdrückt aufstöhnen. Er murmelte etwas in einer fremden, singenden Sprache, die einen seltsam sprunghaften Rhythmus aufwies und puffte den Schattenwolf in die Flanke. Das Tier hechelte schneller, es wirkte, als würde es lachen. Mit einem Plumps ließ es sich neben dem Hin-Kia nieder, den Kopf auf die Vorderpfoten gestützt als könne es kein Wässerchen trüben. Keyan stieß seinerseits einen verhaltenen, kurzen Laut aus, der wie eine Mischung aus Erleichterung und Aufatmen klang. Der junge Mann steckte das Schwert zurück in die Scheide, schüttelte kurz den Arm aus und blies sich beiläufig einige Strähnen aus der Stirn, während die restlichen Männer endlich ihre Reittiere beruhigen konnten und Sternensilber sich ebenfalls entspannte. Dennoch blieb das Einhorn auf der Hut und musterte den Schattenwolf hin und wieder misstrauisch aus den Augenwinkeln. Inzwischen beugte sich Keyan über den am Boden liegenden Händler und prüfte wider besseren Wissens, ob der Mann noch über einen Puls verfügte. Auf die fragenden Blicke seiner Männer hin schüttelte er kurz den Kopf.

„Was ist hier vorgefallen?", wollte der Kommandant der Palastwache wissen. Mit einem wachsamen Blick auf den liegenden Wolf näherte er sich dem Hin-Kia und ging vor ihm, neben Miriya, in die Hocke. Der in Felle gewickelte Mann verzog das Gesicht.

„Ich wollte den Pass überqueren, um Toa", er deutete mit einem Nicken auf den Wolf, „nach Hause zu bringen". Das Tier hob den Kopf, als sein Name fiel und Keyan wäre vor Schreck beinah auf dem Hosenboden gelandet, hätte er sich nicht dazu gezwungen, die ihm antrainierte Selbstbeherrschung zu bewahren. Miriya spürte, wie er stattdessen heftig zusammenzuckte.

„Da war dieser Händler mit seinen Hühnern. Viel zu kleiner Käfig für so viele Tiere. Einige mussten geblutet haben. Wenn Toa schlecht gelaunt ist, in großen Menschenmassen und Blut riecht, kann er sich nicht beherrschen. Die Instinkte …", erklärte der Hin-Kia stockend. Das Bein musste ihm große Schmerzen verursachen. Sein Gesicht war nach der ganzen Aufregung langsam aschfahl geworden und sein Atem kam in ungleichmäßigen Zügen, als er weitersprach. Der Schattenwolf, mehr als nur erbost darüber, dass er in den einengenden Käfig gesperrt worden war, um den Pass zu überqueren, hatte dem Geruch von Blut nicht widerstehen können. Er hatte den Käfig zertrümmert, den Hin-Kia zu Boden gerissen und sich auf Händler und Hühner gestürzt. Beide hatten keine Chance gegen den zornigen Wolf gehabt und jegliche Besänftigungsversuche waren vergebens gewesen. Als der Händler um Hilfe geschrien hatte, war es um die restliche Beherrschung des Wolfes geschehen gewesen.

„Dann bist du aufgetaucht", schloss der Hin-Kia und warf Miriya einen dankbaren Blick zu. Das Mädchen lächelte aufmunternd zurück. Sie konnte sehen, dass die Augen des Mannes vor Schmerzen verschleiert waren, auf seiner Stirne bildeten sich Schweißtropfen. Keyan musste es ebenfalls gesehen haben, denn er richtete sich auf und sagte: „Lasst mich euch helfen."

Er fasste den Mann unter den Schultern an, und zusammen mit einem seiner Männer und mit Miriyas Hilfe wuchteten sie ihn auf die Überreste des Ochsenkarrens. Der Ochse spielte nervös mit den Ohren. Er hatte sich während der ganzen Zeit still verhalten und nur ab und an ein sorgenvolles Brummen ausgestoßen.

„Ich kann versuchen, das Bein einzurenken, aber es wird ziemlich schmerzhaft werden", informierte Keyan den Hin-Kia. Dieser zuckte mit den Schultern und signalisierte dem jungen Mann seine Zustimmung.

„Kannst du ein Auge auf den Wolf werfen, während ich das Bein einrenke?", wandte der Kommandant der Palastwache sich an Miriya. Diese nickte und wandte sich Toa zu, der sie erwartungsvoll anblickte. Sie führte ihn einige Schritte weg vom Ochsenkarren und unter die Tannen am Wegesrand. Die übrigen Männer unter Keyan hatten damit begonnen, den Handelspfad frei zu räumen und die Spuren des Massakers zu entfernen. Sternensilber gesellte sich zum Ochsen und beschnupperte interessiert das unbekannte Tier, das misstrauisch sein eines Horn beäugte. Unterdrückte Schmerzlaute sagten Miriya, dass Keyan dabei war, das Bein einzurenken. Sie kraulte den Schattenwolf hinter den Ohren und versperrte ihm absichtlich die Sicht auf das Geschehen beim Karren. Das Tier schien zu ahnen, dass seinem Reisegefährten geholfen wurde, denn obwohl er jeweils besorgt die Ohren spitzte, wenn der Hin-Kia seine Schmerzen bekundete, blieb er bei Miriya und ließ sich von ihr ablenken. Nach einer Weile rief ihr Keyan zu, dass er fertig sei.

„Wir müssen ihn zurück auf die Passhöhe bringen. Da gibt es bestimmt einen Heilkundigen, der sich um ihn kümmern kann", meinte der junge Mann, während der Hin-Kia mit kreideweißem, schweißglänzendem Gesicht am Ochsenkarren hing und versuchte, sich nichts anmerken zu lassen. Sie ließen ihn eine Weile verschnaufen und Kräfte sammeln, dann brachten sie ihn auf dem, was vom Ochsenkarren übriggeblieben war, zurück auf die Passhöhe. Die Männer der Palastwache führten ihre Pferde an den Zügeln, Keyan lotste den Ochsen und Miriya lief ein wenig versetzt schräg vor der Gruppe her. Sternensilber, der sich mittlerweile mit dem Gedanken angefreundet zu haben schien, dass der Schattenwolf keine Bedrohung für Miriya darstellte, lief dicht hinter ihr her, so dass sie seinen warmen Atem im Nacken spürte. Toa trottete seinerseits dicht neben Miriya her und ihr linker Arm verschwand beinah bis zum Ellenbogen im Fell seines Kragens, wo sie zur Beruhigung ihre Hand auf seinen Nacken gelegt hielt. Es sah eindrücklich aus, wie das schlanke Mädchen daherkam, flankiert von einem wilden Einhorn und einem riesenhaften Wolf. Die Reiter aus Kirk-Wana kamen nicht umhin, anerkennend die Augenbrauen zu heben. Ihre Achtung vor dem fremden Mädchen wuchs von Tat zu Tat.

Mittlerweile war es Morgen geworden und der Nebel verzog sich langsam. Der Himmel war sturmgrau und die Fackeln flackerten im aufkommenden Wind. Die Passstraße war zum Leben erwacht und die Anzahl Reisender nahm zu. Sobald diese jedoch das Mädchen mit dem wilden Einhorn und dem Schattenwolf zu Gesicht bekamen, wich jegliche Farbe aus deren Gesichtern und sie versuchten, so weit wie möglich auszuweichen. Der sonst zu dieser Stunde schon relativ dicht belebte Platz auf der Passhöhe war verlassen und ohne Menschen, als die seltsame, bunt zusammengewürfelte Gruppe ankam. Die beiden Männer, die die Leiche des Händlers mitgenommen hatten, entfernten sich, um sich darum zu kümmern, während Keyan vorschlug, dass die übrigen Männer sich daran machten, einen Heilkundigen zu finden. Miriya blieb bei Wolf, Einhorn, Ochse und Pferden auf dem Platz zurück. Der Hin-Kia war sehr still geworden und hielt die Augen geschlossen. Das Mädchen sah sich um. Hinter den Fenstern lugten bleiche Gesichter hervor, einige Schlüssel drehten sich hörbar in ihren Schlössern, was durch die unwirkliche Stille hallte wie ein Peitschenknall. Schließlich kamen die Reiter aus Kirk-Wana in Begleitung eines hageren, hochgewachsenen Mannes zurück, dessen schneeweißes Haar einen Kranz um den Kopf bildete und dessen langer Bart seidig über seine Brust fiel. Er trug einfache, sorgfältig verarbeitete Kleidung und einen großen, vollen, schwer anmutenden Lederbeutel über der Schulter. Obwohl er Ruhe und Gelassenheit ausstrahlte, schien er beim Anblick des Schattenwolfes ein wenig nervös zu werden. Miriya konnte es ihm nicht verdenken. Der Heilkundige nahm sich des Hin-Kia an und es wurde ausgehandelt, dass der Verletzte beim Heiler bleiben durfte, solange er den Schattenwolf im Griff hatte. Der Hin-Kia konnte kaum noch die Augen aufbehalten, schwor aber, dass Toa niemandem gefährlich werden würde. Der Abschied fiel kurz aus, da der Hin-Kia am Ende seiner Kräfte war und der Heilkundige ihn dringend hinlegen wollte. Toa fuhr Miriya zum Abschied einmal mit der Zunge quer übers Gesicht, stupste sie dann freundschaftlich an und folgte dem Hin-Kia ins Häuschen des Heilers. Die zwölf Reiter und das mysteriöse Mädchen stiegen auf ihre Reittiere und ritten davon.

Kirk-Wana die Hauptstadt lag direkt an einem Ausläufer von In-Nuya, den man Kirk-Ijnda genannt hatte. Die fast senkrecht in die Höhe ragenden Felswände schimmerten kalkweiß und schiefergrau und bildeten eine natürliche Umfriedung der Hauptstadt, die teilweise in die Felsen gebaut worden war. Gegen vorne wurde Kirk-Wana sichelförmig von einem Festungswall umgeben, der zu beiden Seiten in die Felswände überging und aus gleichmäßig behauenen, hellgrauen Steinblöcken mit weißer Maserung gebaut war. Die Häuser in der Hauptstadt waren teilweise aus denselben hellgrauen, weiß marmorierten Steinblöcken und teilweise aus Holz gebaut, während die Häuser im hinteren Teil der Stadt aus dem Felsen des Berges gehauen waren. Sie waren mit roten Schindeln oder gelben Strohbündeln gedeckt, waren neben-, über- und untereinander gebaut, mit Hängebrücken, Leitern oder schmalen, gewundenen Gässchen verbunden. Sackgassen suchte man vergebens, und mitten durch die Stadt führte eine breite Straße vom Haupttor bis zum Versammlungs- und Marktplatz, die einzige schnurgerade Straße in der ganzen Stadt. Hinter dem Marktplatz aus farbigen Mosaiksteinchen lag ein mit weißem Marmor gesäumter, quadratischer See, der den Wasserfall, der einer überragenden Felsnase Kirk-Ijndas in großer Höhe entsprang, auffing. In glitzernden Kaskaden fiel Wasser mit einem überraschend leisen Murmeln in das Becken, dessen Boden wie der Marktplatz mit farbigen Mosaiksteinen belegt war. Der Eingang zum Palast Ihrer Hoheit Königin Raika lag direkt hinter dem Wasserfall und war überdacht. Eine geschwungene, breite Treppe führte zum massigen Tor empor. Das elegante, schlanke Gebäude war aus demselben hellen, grau-weißen Stein gebaut wie der Festungswall, wobei es zur Rückseite hin nahtlos in die Felsen Kirk-Ijndas überging. Die hohen Bogenfenster wiesen Buntglasscheiben auf, die Szenen aus der Gründungszeit des Königreiches und der Hauptstadt zeigten. Vor dem einzigen Eingang zum Palast standen sechs Wachen, die in die gleichen dunklen, eleganten Uniformen gewandet waren wie Keyan und seine Männer. Der Palast war so gebaut, dass ein schmaler Turm direkt in der Mitte des Gebäudes stand und am Wasserfall vorbei einen Ausblick über die ganze Stadt und darüber hinaus in die Ebenen jenseits des Festungswalles bot. Der Mittelturm wurde von zwei halb so hohen Türmen flankiert, die zusammen das Dach des Gebäudes bildeten. Die Häuser Kirk-Wanas kamen bis an die grau-weißen Außenmauern der Palastumfriedung heran und lehnten sich sogar dagegen. Zur linken Seite ging der Palast innerhalb der Umfriedung in einen Wintergarten über, in dem allerlei Arten von Pflanzen und Bäumen zusammen mit Geschöpfen wie Elfen und Kolibris wohnten. In der Gartenmitte liefen die verschlungenen Wege, die mit weißem Kies bestreut waren, zu einem runden Platz zusammen, in dessen Mitte ein orchideenförmiger Steinbrunnen stand.

Die Gemächer Ihrer Hoheit Königin Raika lagen zuoberst im Mittelturm, dem man den Namen Kajira gegeben hatte. Seine kleineren Zwillingsbrüder zur Linken und zur Rechten hießen Cyrta und Tjino. Ihre Hoheit Königin Raika stand am bunten Turmfenster von Kajira und schaute hinaus. Sie stand unbeweglich neben einem zierlichen Stuhl mit hohen Lehnen und spähte in die Ferne. Sie war von schmalem, sportlichem Wuchs, woran das tägliche Treppensteigen von und zu ihren Gemächern im Turm nicht unschuldig war. Hüftlanges, weiß schimmerndes, hellblondes Haar umrahmte in dichten, glatten Strähnen das ovale Gesicht mit der kleinen Stupsnase und den großen, ausdrucksstarken Augen in der Farbe blauer Veilchen. Blutrote, volle Lippen und ein energisches Kinn gaben ihr einen bestimmten, selbstsicheren Ausdruck, während die von dichten, hellblonden Wimpern gesäumten

Augen der Königin eine gewisse Weichheit verliehen. Die Haut, die ebenmäßig über die feinen Gesichtszüge verlief, war rein und schimmerte elfenbeinfarben. Zarte Hände strichen energisch einige Strähnen hinter die kleinen, wie delikate Muscheln geformte Ohren zurück. Die feinen Augenbrauen zogen sich zusammen, als die Königin den Horizont nach Keyans Truppe absuchte.

„Keyan ist immer noch nicht zurück. Ich hoffe schwer, das Mädchen mit den bunten Haaren existiert wirklich", meinte Raika. Obwohl sie sich eigentlich durch eine engelsgleiche Geduld auszeichnete, schwang ein Hauch Ungeduld und Dringlichkeit in ihrer angenehmen, klangvollen Stimme mit. Ihre Zofe Sarahi nahm nickend den Kommentar zur Kenntnis, ohne zu wissen, was sie darauf erwidern sollte. Stattdessen kämmte sie weiter das seidige Haar der Königin. Dann türmte sie die blonden Flechten kunstvoll am Hinterkopf auf, steckte sie mit perlenbestückten Nadeln fest und flocht kleine, goldene Blumen in die lose liegenden Strähnen ein. Die Königin seufzte, verließ kurz darauf ihren Posten am Fenster, stieg vor Sarahi her die Stufen hinab und begab sich in den Speisesaal. Sie war unglücklicherweise früh zur Witwe geworden, als ihr frisch angetrauter Gatte von einem heimtückischen Fieber dahingerafft worden war. Seither lebte sie alleine im Palast, umgeben von ihren Dienern, Gesellen, Zofen und Wachen und sonstigen Bediensteten. Raika bemerkte kaum, wie köstlich die Suppe schmeckte. Gedankenverloren löffelte sie die dampfende, cremige Brühe und dachte an Keyan und an den Auftrag, den sie ihm erteilt hatte. Er war mit zwanzig Sommern relativ jung, um zum Kommandanten der Palastwache befördert zu werden und viele ihrer Berater waren unschlüssig oder gar dagegen gewesen, einen solchen Jungspund zum obersten Befehlshaber der einzigen Armee zu machen, die Kirk-Wana besaß. Dennoch hatte er sich als weise Wahl erwiesen, war durch und durch zuverlässig und hatte seine Königin noch nie enttäuscht. Seit fast einem halben Mond war er nun schon unterwegs und langsam machte sich Ihre Hoheit Königin Raika ernsthaft Sorgen.

Kapitel III
~
Von der Bitte der Königin

Die Sonne war im Verlaufe des Morgens am von Wolkenfetzen durchzogenen Himmel aufgetaucht. Als sie auf den höchsten Punkt ihrer Bahn am Himmelszelt geklettert war, hieß Keyan die Gruppe an, eine Pause einzulegen. Miriya war trotz ihrer Ausdauer schrecklich müde und die Ereignisse auf dem Pass hatten sie zusätzlich erschöpft. Der Kommandant der Palastwache hatte aus den Augenwinkeln beobachtet, wie das Mädchen immer wieder weggenickt war und ein paar Mal sogar drohte, vom Rücken des Einhorns zu rutschen. Als er nun neben Sternensilber trat, um Miriya beim Absteigen behilflich zu sein, sah sie ihn kurz aus von Müdigkeit verschleierten Augen an, nicht einmal mehr in der Lage so zu tun als wäre sie einigermaßen wach. Ohne ein Wort sank sie vom Rücken des Einhorns und Keyan musste einen hastigen Schritt auf das Tier zumachen, um dessen Reiterin aufzufangen. Sie murmelte etwas Unverständliches, drückte ihr Gesicht seitlich gegen seine Brust und schlief einfach ein. Sternensilber sah den jungen Mann prüfend an, ein merkwürdiges Glitzern in den aufmerksamen Augen. Nach einigen Herzschlägen befand er wohl, dass seine Schwester in den Armen des Fremden gut aufgehoben war und gesellte sich zu den übrigen Reittieren in den Schatten einiger Tannen. Sie waren ein gutes Stück vorangekommen und hatten die Ebene jenseits des Passes erreicht. Die dunkelgrünen Tannenwälder waren schon vor einer Weile lichter geworden und mittlerweile fanden sich nur noch einzelne Gruppen an mutigen Ausläufern am Wegesrand vor, der sich langsam ausweitete und in eine Ebene smaragdgrünen Grases überging.

Keyan sah an sich herab auf die schlafende Miriya und musste unwillkürlich lächeln. Was für ein eigentümliches, exotisch anmutendes Mädchen sie doch war! Aus der Nähe fielen ihm die dichten Wimpern auf, die wie kleine, schwungvoll gebogene Fächer ihre Augen umrahmten. Ein sanfter Luftzug spielte mit einigen Strähnen ihres seidigen, blau-schwarzen Haares und ließ die Glöckchen darin kaum hörbar klingeln. So nahe fiel ihm auch auf, dass sie angenehm roch, ein dezenter Geruch, der ihn an sonnengewärmtes Savannengras, Holz und Sommerblumen erinnerte. Er trug sie in den Schatten der nahestehenden Tannen, unter denen schon die Reittiere standen und legte sie gegen einen Stamm gelehnt sanft auf den Boden. Sorgsam schob er ihr seinen zu einem Bündel geformten Umhang unter den Kopf und drapierte den Rest über ihre schmale, zierliche Figur. Sternensilber gesellte sich zu ihnen, blies ihm kurz seinen warmen Atem ins Gesicht, als er sich wieder aufrichtete und ließ sich mit einem Plumps neben seiner Schwester nieder.

„Eine aussergewöhnliche junge Frau", meinte Nylo, sein Stellvertreter, der unbemerkt neben Keyan getreten war.

„Das ist sie wohl. Ich beginne, zu verstehen, warum die Königin sie sehen will", erwiderte der.

„Weißt du denn, warum Ihre Hoheit genau nach dem Mädchen gesandt hat?", wollte Nylo vorsichtig wissen, einen fragenden Ausdruck in den schiefergrauen Augen. Keyan seufzte leise.

„Sie konnte mir nichts Genaues sagen, nur, dass ich nach dem Mädchen mit dem bunten Haar suchen solle und dass es sich an einem Ort aufhalte, an dem es Einhörner gäbe", antwortete der junge Mann, „aber was auch immer sie von Miriya will, es muss wichtig sein und Miriya scheint die Einzige zu sein, die dafür geschaffen ist." Es war das erste Mal, dass er ihren Namen laut ausgesprochen hatte und es fühlte sich seltsam vertraulich an. Bevor er dem Gefühl auf die Spur kommen konnte, meinte sein Vizekommandant: „Wir sollten nicht allzu lange hierbleiben. Wenn die Pferde zu viel Gras fressen, werden sie träge und wir sollten bei Einbruch der Nacht die Ebene überquert haben, wenn du mich fragst."

Keyan nickte zustimmend und nach einer Weile der Ruhe und Entspannung entschlossen sie gemeinsam, aufzubrechen. Während die Männer die Reittiere sattelten und aufzäumten, beugte sich der Kommandant über das schlafende Mädchen und berührte sie sanft an der Schulter. Sie schlug die Augen auf und für einen Moment krauste sich die hübsche, kleine Nase unwillig. Miriya sah in Keyans Gesicht. Die Augen waren von einem dunklen, leuchtenden Moosgrün, die vollen Lippen von Bartstoppeln umgeben. Seine halblangen, dichten Haare waren etwas verstrubbelt und einige Strähnen fielen ihm aufrührerisch in die Stirn.

„Wir brechen auf", sagte er mit seiner angenehmen, leicht rauen Stimme fast entschuldigend. Miriya brummte etwas und stand auf. Sternensilber tat es ihr gleich, nicht ohne zuvor demonstrativ gegähnt zu haben. Die großen, weißen Zähne schimmerten beeindruckend. Wie eine Katze streckte das Mädchen die steifen Glieder, während Keyan seinen Umhang vom Boden aufhob.

„Hab Dank für den Umhang", sagte Miriya und schenkte ihm ein Lächeln. Er nahm den Dank mit einem Nicken zur Kenntnis. Dann stiegen alle auf und sie ritten weiter.

Die Reiter aus Kirk-Wana schafften es tatsächlich, die Ebene bis zum Abend zu durchqueren und waren dabei ein gutes Stück von In-Nuya weggeritten. Als die Sonne, die sich mehr oder weniger den ganzen Tag lang neckisch hinter Wolkenfetzen versteckt gehalten hatte, hinter dem Horizont verschwand, erreichten sie einen dunklen Wald, der still zwischen sanften, kaum erkennbaren Hügeln lag. Keyan hob prüfend den Blick und schien etwas abzuwägen, dann wandte er sich den anderen zu. „Wenn wir gut vorankommen, können wir morgen schon in Kirk-Wana sein."

Nylo erhob die Stimme. „Ich würde vorschlagen, dass wir noch ein Stück weiterreiten. So können wir Zeit sparen."

Die anderen Reiter gaben zustimmende Laute von sich, einige nickten. Keyan warf Miriya einen fragenden Blick zu und diese nickte ebenfalls. Sie hatte zwar nicht allzu lange geschlafen, musste aber zugeben, dass es erholsam gewesen war.

Sie lenkten ihre Reittiere unter die Bäume des gefährlich ruhigen Waldes. Es waren alte Bäume, seltsam knorrig und verknotet und behangen mit Misteln. Mächtige Spinnennetze wogten leicht im Luftzug, Kleintiere oder Vögel konnte man keine hören. Die Stille war merkwürdig bedrohlich und legte sich wie ein samtenes Tuch um die Reiter. Miriya hatte ein ungutes Gefühl im Bauch.

Sie fühlte, dass Sternensilber und die übrigen Pferde nervös waren. Auch den Männern der Palastwache musste das unruhige Spiel der Pferdeohren und das aufgeregte Schnauben der Tiere aufgefallen sein. Sie blickten sich wachsam um, die Hände an den Schwertknäufen. Während Keyan noch erwog, alle umkehren zu lassen, verweigerten sich einige Pferde, die Augen angsterfüllt aufgerissen und mit zitternden Flanken blieben sie stehen und wollten nicht weiter. Auch Sternensilber, der sonst so furchtlos Gefahren trotzte und sich sogar dem Schattenwolf ohne Zögern entgegengeworfen hatte, wirkte aufgebracht und unsicher und Miriya konnte fühlen, wie auch seine Muskeln sich anspannten, um zu verweigern.

„Seid ihr auf der Hinreise auch durch diesen Wald gekommen?", fragte Miriya Keyan halblaut. Ihre Stimme klang seltsam hohl in der schrillen, pfeifenden Stille des Waldes. Der junge Mann schüttelte verneinend den Kopf. Sie waren einen anderen Weg gekommen, einen längeren entlang In-Nuya, auf dem sie alle Städte und Dörfer abgeklappert hatten, in denen wohlhabende Menschen wohnten, die Einhörner hielten. Es waren nicht viele gewesen – Einhörner als Haustiere außerhalb der Hauptstadt waren selten – aber Keyan hatte ausschließen wollen, dass sie in ihrer Suche nach dem Mädchen mit den bunten Haaren etwas übersahen.

Plötzlich fuhr raschelnd ein kurzer, scharfer Windstoß durch die Baumkronen. Miriya glaubte, etwas fauchen zu hören. Unwillkürlich griff sie nach der Zahnflöte in ihrer Seitentasche und umschloss sie mit der Faust. Sternensilber rollte entsetzt mit den Augen und machte einen Satz, den Miriya nur mühsam abfangen konnte. Sie keuchte erschrocken auf, als die anderen Pferde anfingen, schrill und angsterfüllt zu wiehern, sich panisch aufzubäumen und auszuschlagen. Das wilde Einhorn warf sich herum und blieb zitternd stehen, um es seiner Schwester zu ermöglichen, ihre Balance wiederzufinden. Während sie noch ums Gleichgewicht kämpfte, wurde sie auf einmal gewahr, dass auf dem weichen, feuchten Waldboden riesige Abdrücke von Hühnerfüßen zu sehen waren. In diesem Augenblick hörten sie ein grauenvolles Kreischen aus dem Herz des Waldes, hoch und dünn und schrill. Äste knackten, als sich ein mächtiger Körper seinen Weg durch das dichte Unterholz bahnte, während Zweige splitterten und der Boden leicht erzitterte. Und mit einem Mal war alles wie in Watte verpackt. Miriyas Kopf war wie leergefegt. Sie sah aus den Augenwinkeln wie die Reiter darum kämpften, ihre Pferde zu kontrollieren, die wie von Sinnen um sich schlugen und traten und sich in Kreisen drehten. Es sah aus als befänden sie sich unter Wasser, alles schien schrecklich verlangsamt zu sein. Und plötzlich erschienen dem Mädchen Bilder. Ihre Mutter lächelte sie freudestrahlend an, die hüftlangen, blau-schwarzen Haare wie üblich zu einem dichten Zopf zusammengefasst. Ihr Vater neben der schlanken Gestalt ihrer Mutter hob grinsend eine Hand zum Gruß und der Schalk funkelte in den haselnussbraunen Augen. Miriyas Herz zog sich zusammen, schmerzhaft versuchte sie, Luft zu holen. Sie wollte vom Rücken des zitternden Einhorns gleiten und ihren Eltern in die Arme fallen. Als sie schon im Begriff war, genau dies zu tun, ertönte irres, hohes Gelächter, das in ihren Ohren schmerzte und sie sah zu ihrem Entsetzen, wie eine unsichtbare Gestalt ihren Eltern tiefe Wunden beifügte und an ihren Armen und Beinen zerrte. Grauenvolle, herzzerreißende Schmerzensschreie wurden laut, überall war Blut. Miriya wollte schreien, aber das gackernde Lachen übertönte sie.

„Ein Basilisk. *RAUS HIER!*", brüllte plötzlich jemand dicht an ihrem Ohr. Den Befehl musste niemand wiederholen. Die Pferde warfen sich herum wie ein Tier und rasten zwischen den Bäumen hindurch. Sternensilber setzte sich ebenfalls in Bewegung, er schloss mit gewaltigen Sprüngen zu Keyan auf seinem Rappen auf und rannte dicht neben dem Reittier des Kommandanten her. Seite an Seite krachten sie durchs Unterholz. Miriya hingegen war völlig in die schrecklichen Gedanken des herantobenden Basilisken versponnen.

„Nein", wimmerte sie, „meine Eltern … Ich muss ihnen helfen …!" Keyans Herz setzte einen Schlag aus, als er realisierte, dass das Mädchen mitten im Galopp vom Einhorn steigen wollte, die Augen merkwürdig glasig und voller Tränen. Ihre Verzweiflung war beinah greifbar. Er warf sich nach vorne und bekam sie im letzten Moment zu fassen. In vollem Galopp schaffte er es knapp, Miriya zu sich in den Sattel zu ziehen, aber es ging alles andere als sanft vonstatten. Hart schlug das Mädchen auf dem Sattelknauf auf und die Verbindung zum Basilisken riss durch die Erschütterung ab. Sie konnte ihn wütend kreischen hören, während sie wie aus einer Trance erwachte. Es fühlte sich an, als würde sie aus dem Wasser auftauchen kurz vor dem Ertrinken. Miriya keuchte und klammerte sich Halt suchend an Keyan. Sie barg den wirren Kopf an seiner Schulter und versuchte, ihre Gedanken zu ordnen und den Wirbelwind an Gefühlen zu beruhigen. Keyan hielt sie eng an sich gepresst. Dann waren sie aus dem gefährlichen Wald, doch niemand vermochte es, die panischen Pferde zu zügeln und sie galoppierten immer weiter. Sternensilber preschte voraus. Miriya klammerte sich benommen an Keyan, sie sah aus wie jemand, der jegliche Orientierung verloren hatte und nicht begriff, was um sich herum geschah. Vor ihrem inneren Auge sah sie immer noch die schrecklichen Bilder ihrer verstümmelten Eltern und deren herzzerreißende Schreie hallten in ihren Gedanken wie ein Echo wider. Nur langsam fand sie in die reale Welt zurück und als die Pferde und das Einhorn sich endlich zügeln ließen und sie anhielten, wusste sie wieder, wo sie war. Mit der Erkenntnis setzte der Schock ein.

„Alles in Ordnung?", fragte Keyan vorsichtig, als sie anfing, unkontrolliert zu zittern. Miriya wollte etwas sagen. Sie hob den Kopf und öffnete den Mund, doch als ihre Blicke sich kreuzten und sie den besorgten Ausdruck in seinen warmen Augen sah, konnte sie sich nicht mehr beherrschen. Stattdessen brach das Mädchen völlig aufgelöst in Tränen aus und barg den Kopf an Keyans Brust. Sie zitterte nun heftig am ganzen Körper, schwere Schluchzer schüttelten die zierlichen Schultern. Er hielt still, hielt sie einfach wortlos an sich gedrückt, eine Hand strich beruhigend über ihre Haare, während die anderen Reiter betroffen schwiegen. Sternensilber stieß einen mitfühlenden Laut aus, ein leises Schnauben, das das Mädchen aus seiner Schockstarre zu holen schien. Das Einhorn kam ganz nah an den Rappen und seine Reiter heran und drückte Miriya die weichen, warmen Nüstern ins tränennasse Gesicht. Da hob sie die Arme, griff dem Tier in die Mähne und ließ sich,

Sternensilbers Kopf umklammernd, von dem Sattel auf den Boden sinken. Dort saß sie und weinte nun still in Sternensilbers Mähne. Das schöne Tier ließ zu, dass sie seinen Kopf mit zitternden Fingern umklammerte und hielt still, die Augen geschlossen, das Horn silbern schimmernd im Licht des aufgehenden Mondes. Es dauerte eine Weile, bis Miriya sich wieder unter Kontrolle hatte und als sie endlich den Kopf hob und die Tränen trocknete, war es schon Nacht. Sie hatte erwartet, dass die zwölf Reiter ihren Gefühlsausbruch gleichgültig zur Kenntnis nehmen würden, mit der gelassenen, ruhigen Professionalität der ausgebildeten Soldaten, die sie alle waren. Doch dann richtete sie sich auf und nahm die betroffenen, mitfühlenden Gesichter und das betretene Schweigen wahr. *Soldaten sind wohl auch nur Menschen,* dachte sie überrascht und schämte sich plötzlich dafür, dass sie sich ihren Gefühlen so offenkundig hingegeben hatte.

„Wir können eine Pause machen", wandte sich Keyan vorsichtig an Miriya. Der junge Mann war abgestiegen und musterte sie nun. Aus irgendeinem Grund konnte das Mädchen fühlen, wie ihr Gesicht unter dem besorgten Blick des Kommandanten zu glühen begann. Wie lächerlich sie wohl ausgesehen haben musste! Bestimmt hielten sie nun alle für eine zartbesaitete Heulsuse, die sich nicht einmal gegen die heraufbeschworenen Gedankenbilder eines Basilisken hatte wehren können. Auf der anderen Seite waren selbst ihre Eltern machtlos dagegen gewesen. Während ihr Tod zuvor völlig ungreifbar und unbegreiflich für sie gewesen war, hatte Miriya zum ersten Mal eine lebhafte Vorstellung, wie ihre Eltern ums Leben gekommen waren. Ein schmerzhafter Stich fuhr ihr durchs Herz und ein erstickender Kloß im Hals sagte ihr, dass sie trotz aller Willenskraft wieder zu weinen anfangen würde, wenn sie alle weiterhin mit diesem Gesichtsausdruck anstarren würden. Sogar die Pferde schienen Mitgefühl zu haben.

„Mir geht es gut. Wir können weiterreiten", sagte Miriya. Ihre Stimme klang heiser vom Weinen und fühlte sich rau an, ihre Beine waren noch immer zittrig. Dennoch richtete sie sich auf, straffte die Schultern und schaffte es irgendwie, einigermaßen würdevoll auf Sternensilbers Rücken zu steigen.

Sie legten den Rest der Reise ohne eine einzige Rast zurück und kamen in den frühen Morgenstunden zu einem flachen Ausläufer In-Nuyas. Der Himmel war wolkenlos und die aufgehende Sonne tauchte alles in ein sanftes, weiches Rosarot. Sie hielten kurz beim Ausläufer und alle Reiter versuchten, sich einigermaßen frisch zu machen. Uniformen wurden abgeklopft, Schwerter und Bögen gerichtet, Zaumzeug und Sattelgurte geordnet und Haare gekämmt. Dann stiegen alle wieder auf und sie ritten um den Ausläufer herum und standen urplötzlich am Rande eines ausladenden Talkessels. Die Ausläufer, die den Talkessel säumten, hießen laut Nylo Kirk-Wio und Kirk-Ijnda. Vor ihnen lag unverkennbar die Hauptstadt Kirk-Wana, eindrucksvoll und riesenhaft schmiegte sie sich an die nahezu senkrechte Bergflanke Kirk-Ijndas. Schmuck gepflasterte Straßen führten durch gold-gelbe Getreidefelder und umzäunte Koppeln, auf denen Milchbeutler und Kühe friedlich nebeneinander grasten. Eine beeindruckende Festungsmauer reichte von Felswand zu Felswand halbkreisförmig um die Stadt herum, doch Kirk-Wana war im Verlauf der Zeit stark gewachsen, was es nötig gemacht hatte, die kleinen, ineinander verwinkelten Häuschen auch außerhalb der Mauern zu erbauen. Umgeben von den kleinen, für die Hauptstadt so typischen Bauten erhob sich der königliche Palast anmutig und erhaben, verschleiert nur von dem beinah durchsichtigen Vorhang glitzernden Wassers, das hoch oben aus einer weit überragenden Felsnase Kirk-Ijndas gefächert entsprang. Majestätisch und elegant erhoben sich drei Türme aus dem Quadrat des Palastes. Der mittlere überragte seine ihn flankierenden Zwillingstürme. Miriya konnte ihr Erstaunen kaum verbergen – sie war ebenerdige Häuser mit genügend Abstand für Einhörner und Handkarren dazwischen gewohnt, doch hier schienen klare Grenzen zwischen den verwinkelten Gebäuden zu verfließen. Man hatte scheinbar platzsparend bauen wollen und dabei Häuschen ineinandergeschoben oder übereinander aufgestapelt. Sie wurden verbunden durch schmale Gässchen, Hängebrücken und Leitern aus Holz oder Seil. Das Ganze erinnerte Miriya an die riesigen Ameisenhäufen, die sie manchmal in den lichten Wäldern ihrer Heimat bewundert hatte. Geschäftiges

Treiben füllte die Gässchen und Dächer, die gerade ausgerichtete Hauptstraße und den dahinterliegenden Marktplatz.

Die Männer der Palastwache schienen sich ob dem Anblick ihrer Stadt unverkennbar zu freuen; sie strafften merklich die nach Tagen im Sattel steifen Glieder und richteten sich in den Sätteln auf. Frauen und Kinder auf den Feldern und Koppeln wandten sich um, es wurde gelacht und gewinkt und eine Gruppe barfüßiger Mädchen und Jungen mit roten Wangen und leuchtenden Augen rannten eine Weile jubelnd neben den Reitern her, bis sie zum mächtigen Eingangstor des Befestigungswalles kamen. Die zwei enormen Torflügel waren weit geöffnet und an den Wänden des Walles befestigt, Wachen konnte man keine sehen. Ein steter Strom an Menschen floss aus und in die Stadt, überall wurde gescherzt und gelacht. Die Milchbeutler, die neben den mit ihnen verwandten Kühen wie große, struppige Fellberge mit geschwungenen Hörnern aussahen, hoben erstaunt die breiten Köpfe und musterten das vorbeigehende Einhorn mit träger Neugier. Wiederkäuend taten es ihnen die weiß-schwarz gefleckten Kühe gleich. Miriya sah zum ersten Mal Milchbeutler und Kühe, wusste aber von Erzählungen ihrer Eltern, dass meistens beide Rassen gleichzeitig gehalten wurden, da sich ihre Milch voneinander unterschied; die Milch von Milchbeutlern war dickflüssiger, reichhaltiger und cremiger als die der Kühe und wurde nicht nur zur Produktion von Esswaren benutzt, sondern auch für Produkte zur Haut- und Haarpflege. Nicht nur den Nutztieren waren das wilde Einhorn und seine exotisch anmutende Reiterin aufgefallen. Auch die Menschen auf den Sträßchen, die Bauernfrauen und Handwerker, die pausbäckigen Kinder und Händler starrten das Duo mit unverhohlener Neugier an. Um die zwölf Reiter und das Mädchen auf dem Einhorn bildete sich eine Gasse, sobald sie das Tor passiert hatten und sich innerhalb der Befestigungsmauer befanden. Während sie der schnurgeraden Hauptstraße entlang auf den quadratischen Marktplatz zuritten, drehten sich viele Leute nach ihnen um. Einige starrten Miriya unverwandt an, andere schauten nur verstohlen hin. Es gab Menschen, die das, was sie in der Hand hielten, erstaunt fallen ließen und Frauen, die ihre

Kinder zu sich zogen und ihnen das wilde Einhorn zeigten und erklärten. Niemand, der nicht wenigstens einmal im Umkreis Ke-Indas gewesen war, hatte je ein wildes Einhorn zu Gesicht bekommen und neben den ebenfalls seltenen, wenn auch weitaus geläufigeren Zuchteinhörner ging die Existenz ihrer wilden Verwandten zumeist unter. Miriya kümmerte sich nicht um die Blicke. Nach dem Schock mit dem Basilisken war ihr die neuartige, interessante Umgebung eine willkommene Abwechslung und verdrängte zum ersten Mal vollständig die Bilder ihrer grauenhaft gequälten Eltern, die ihr seit dem Vorfall wie auf die Netzhaut eingebrannt waren. Sie schaute sich ihrerseits unverhohlen neugierig um, musterte die Wäsche, die wie bunte, flatternde Wimpel zum Trocknen zwischen den Häuschen an langen Leinen aufgehängt war, die zufrieden wirkenden Menschen in den einfachen, aber sauberen Kleidern, die Händler und Kaufleute, die aufgrund ihrer fremdartigen Kleidung aus der Menge herausstachen, und ebenso die Adelsleute, die sich manchmal unters Fußvolk begaben und deren Kleider aus kostbaren, fließenden Stoffen gemacht waren, die in der Sonne schimmerten. Sternensilber schnaubte ob der vielen fremden Gerüche, die durch die Gassen wehten und drehte wachsam die Ohren nach den Kindern, die spielend und lärmend in kleinen Gruppen durch die Gassen jagten. Einige Mädchen in Miriyas Alter blieben stehen, als sie die Männer der Palastwache sahen und warfen sich kindlich kichernd bedeutungsvolle Blicke hinter scheu vorgehaltenen Händen zu. Miriya ging durch den Kopf, dass Keyans Männer wohl begehrte Junggesellen waren und für einen Moment fragte sie sich, wie viele Reiter aus ihrer Gruppe wohl schon verheiratet waren, denn ab fünfzehn Sommern galt man als heiratsfähig und bis einundzwanzig Sommer waren die meisten Mädchen schon verheiratet. *Außer man ist elternlos*, dachte Miriya etwas zynisch, das schmälerte in einer abergläubischen Region mit kleinen Dörfern wie Ke-Inda die Chancen auf das, was Eltern als eine „gute" Heirat betrachteten, erheblich.

Sie erreichten den Marktplatz und mussten sich vorsichtig durch die engen Ladenstraßen und vielen Marktgehern hindurchfädeln, was Miriya aus ihren Gedankengängen riss. Dann kamen sie am quadratischen Wasserbecken hinter dem Platz an. Das Mädchen bestaunte den Wasserfall, der nahezu geräuschlos mit einem sanften Murmeln und weit gefächert in durchsichtigen Kaskaden und abertausenden Glitzerperlen in das Becken fiel. Es erinnerte sie an ihre kleine Schlucht. Für einen Moment hatte sie Heimweh nach Ka-Nuya. Sie wurde erneut abgelenkt, als die Reiter zeitgleich abstiegen und ihre Pferde den herbeigeeilten Stallburschen überließen. Nach der langen, anstrengenden Reise und ihrem Zusammentreffen mit dem Basilisken sahen die Tiere verstrubbelt und erschöpft aus und ließen sich willig, in was sie wussten war Richtung Stall, führen. Miriya ließ sich ebenfalls vom Rücken des Einhorns gleiten. Der Hengst beäugte den Stallburschen, der an seiner Seite stand ebenso misstrauisch, wie dieser ihn. Miriya zog den Kopf Sternensilbers am Horn sanft zu sich herab, flüsterte ihm einige Worte ins Ohr, worauf sich das Tier beruhigte und den nervös wirkenden Stallburschen ins Visier nahm.

„Keine Sorge", meinte Miriya mit Blick auf das skeptisch verzogene Gesicht des Jünglings, „Sternensilber wird dir folgen." Der Stallbursche, ein rothaariger Junge mit kecken Sommersprossen und saphirblauen Augen, nickte ergeben, legte dem Tier vorsichtig die Hand auf die Schulter und Sternensilber ließ zu, dass der Junge ihn wegleitete.

„Miriya", sagte Keyan und bedeutete dem Mädchen, neben ihm die Treppenstufen emporzusteigen. Die übrigen Reiter schlossen sich ihnen in einer Zweierreihe an. Seit dem Zwischenfall mit dem Basilisken hatte Miriya Keyan nicht mehr in die Augen schauen können, ohne dass ihr schamvolle Hitze ins Gesicht schoss. Der junge Mann hingegen schien das Ganze gelassen zu nehmen und hatte mit keinem Wort und keiner Geste verraten, dass er nun eine niederere Meinung von Miriya haben könnte. Sie passierten das große, ebenfalls doppelflügelige Eingangstor, vor dem Wachen postiert standen. Sie grüßten Keyan, ihren Kommandanten, respektvoll, riefen den übrigen Männern derbe Willkommensworte zu und musterten das fremde Mädchen anerkennend von oben bis unten. Wohl zu eingehend, denn Miriya entging nicht, dass

Keyan den Wachen einen warnenden Blick zuwarf, der ihnen das anzügliche Grinsen von den Lippen wischte.

Ihre Hoheit Königin Raika saß gespannt auf ihrem scharlachrot ausgepolsterten Thron und strich ihr zartgrünes Kleid glatt. Sie wollte einen guten ersten Eindruck hinterlassen, schließlich würde sie das fremde Mädchen um einen großen Gefallen bitten müssen. Schon von Weitem war sie unübersehbar gewesen; stolz und auf eine ruhige, bescheidene Art selbstsicher, hoch aufgerichtet auf ihrem wilden Einhorn reitend, Pfeil und Bogen geschultert und die bunten Haare spielerisch im Wind wehend. Raika war sich sicher, dass noch niemand hier so etwas zu Gesicht bekommen hatte und sie fragte sich unwillkürlich, ob sie wohl dadurch unbeabsichtigt zu viel Aufmerksamkeit auf die Aufgabe gelenkt hatte, die sie dem Mädchen unterbieten würde. Auf der anderen Seite war der Traum klar wie Kristall gewesen. *Zerbrich dir nicht den Kopf über Dinge, die vielleicht gar nicht sind*, dachte die Königin und schüttelte kurz beinah unmerklich den Kopf, wie um die Gedanken zu vertreiben. Sie rückte daraufhin die feingeschmiedete Krone auf ihrem Haupt zurecht, in dem Moment in dem die hellen, scharfen Trompetenklänge das Eintreffen ihres Kommandanten und seiner Truppe verkündeten und die Torflügel zum Thronsaal aufgestoßen wurden. Die Mitglieder der Gruppe wurden laut angekündigt. Raikas Berater, die in den dafür vorgesehenen, weich gepolsterten Stühlen in kurzem Abstand zu ihr neben dem Podest mit dem Thron Platz genommen hatten, richteten sich verstohlen neugierig in ihren Sitzen auf. Keyan führte das Mädchen vor den Thron, gefolgt von seinen Männern, die sich respektvoll und tief verbeugten, wie das Hofprotokoll das vorschrieb. Keyan selbst verneigte sich ebenfalls und das Mädchen neben ihm warf ihm einen kurzen, verstohlenen Blick zu und tat es ihm gleich, ahnungslos, dass sie soeben die für Männer vorgesehene Floskel ausgeführt hatte. Sarahi, die jeweils schräg hinter Raikas Thron stand, musste sich ein amüsiertes Schnauben unterdrücken. Raika selbst war dieses „Missverständnis" vollkommen entgangen. Sie musste sich entschieden daran hindern, das Mädchen mit offenem Mund anzustarren. Aus der Nähe betrachtet war sie auffallend hübsch, von zierlichem Wuchs und scheinbar biegsam und kräftig wie eine junge Weide. Bei Hof würde sie auf jeden Fall viele Blicke auf sich ziehen.

Das muss auch Keyan aufgefallen sein, dachte Raika amüsiert, als sie den kurzen Seitenblick ihres Kommandanten bemerkte. Der verhielt sich normalerweise auf eine freundliche, unvoreingenommene Art distanziert gegenüber Mädchen, auch wenn Raika im Verlaufe seiner Dienstzeit einige hoffnungsvolle, schmachtende Blicke junger Damen aufgefallen waren, die der junge Mann scheinbar nie bemerkte. Bei dem Mädchen mit den bunten Haaren verhielt es sich aber augenscheinlich anders.

Ich kann es ihm nicht verdenken, dachte die Königin mit einem Grinsen. Dann straffte sie sich und erhob sich.

„Eure Hoheit, Königin Raika von Kirk-Wana, lasst mich euch Miriya von Ke-Inda vorstellen", sagte Keyan formell. Wie er selbst, stand auch die junge Frau neben ihm selbstbewusst und aufrecht da und musterte die Königin aufmerksam. Ihre „bunten" Haare waren auf eigentümliche, interessante Art und Weise geschmückt, ihre Kleidung einfach und abgenutzt, aber sauber. An der Hüfte baumelten an einem auffälligen Gürtel eine Seitentasche und ein kurzer Dolch und um ihren Hals hing zwischen einer Vielzahl bunter Lederbänder und Holzperlenketten etwas, das wie ein abgebrochener Eckzahn eines Schattenwolfes aussah.

Sehr interessant, dachte Raika freundlich lächelnd, als das Mädchen beim Klang seines Namens respektvoll den Kopf neigte. Ihre Hoheit Königin Raika trat die drei flachen Stufen zum Thronpodest herab und nickte der Fremden erhaben zu. Sie lächelte herzlich.

„Willkommen in Kirk-Wana, Miriya aus Ke-Inda. Ich habe dich schon lange erwartet."

Als Miriya in den Thronsaal geleitet worden war, hatte sie sich einen staunenden Blick kaum verkneifen können. Die hohen, filigran gewölbten Säulen, die die mit Blumenschnitzereien verzierte Decke elegant trugen, die schmalen, geschlitzten Buntglasfenster, die beinah vom Boden bis zur Decke reichten und die dennoch gemütliche, einladende Atmosphäre des Raumes beeindruckten sie mehr, als sie sich hätte eingestehen wollen. Alles war in hellen, cremefarbenen Weißtönen gehalten, Teppiche, Vorhänge und Stoffbezüge hingegen waren scharlachrot und gesäumt mit goldenen Stickereien und Troddeln. Die Königin selbst, die in ein schimmerndes, zartgrünes Kleid gehüllt war und etwas vor ihrem Hofstaat auf dem Thronpodest inmitten scharlachroter, schimmernder Polster saß, war hübscher, als sie sich das je hätte ausmalen können. Beinah hätte sie ihre Zunge verschluckt, als Keyan ihren Namen verkündete und maskierte ihre Überraschung mit einem respektvollen Nicken.

„Seid gegrüßt, Eure Hoheit", sagte Miriya, unsicher was als höflich gegenüber der Königin gelten mochte. Die Umgangsformen in Ke-Inda waren rau, bestenfalls freundlich-ruppig gewesen, die Reiter der Palastwache hatten sie ungezwungen um das „Du" gebeten. Sie hatte keine Ahnung, wie sie sich der Königin gegenüber verhalten sollte. Nach kurzem Zögern, das ihr wie eine halbe Ewigkeit vorkam, entschied Miriya sich, ihrer selbst treu zu bleiben und sie wählte einen respektvoll direkten Ton. „Ich fühle mich geehrt, von Euch auf diese Weise empfangen zu werden, wenn ich auch den Grund für diese Ehre nicht kenne."

Für einen Moment fragte sie sich, ob sie zu direkt gewesen war, doch die Königin lächelte wohlwollend. Ihre Stimme erklang voll und melodiös, wie ein Glockenspiel im Wind. „Miriya, heute Abend möchte ich Euch zu Ehren ein Festmahl auftragen lassen. Alle Anwesenden sind eingeladen, daran teilzunehmen."

Sie blickte Miriya tief in die Augen. „Alle übrigen Fragen werden danach geklärt werden." Sie nickte dem Mädchen abermals freundlich zu. „Ihr seht alle müde aus. Bitte ruht euch vorerst ein wenig aus. Ich freue mich, euch alle heute Abend zum Essen wiederzusehen."

Alle Anwesenden verneigten sich daraufhin dankend. Die Königin entließ sie lächelnd mit einer eleganten Handbewegung und verschwand dann durch eine kaum sichtbare Türe im hinteren Bereich des Thronsaales, ihre Berater und die Zofe folgten in kurzem Abstand.

Miriya war zusammen mit der Gruppe um Keyan aus dem Thronsaal gegangen. Daraufhin ließ der Kommandant seine Männer abtreten und diese begaben sich in ihre Quartiere oder Wohnungen, um sich auszuruhen und für das Festessen am Abend herzurichten. Keyan selbst stand ein wenig unschlüssig neben dem Mädchen, dem anzusehen war, dass es nicht recht wusste, wohin es gehen sollte. Er wollte sie nicht einfach allein stehen lassen, ein Gedanke, der ihn verwunderte.

„Ich werde dann mal wohl zu Sternensilber in den Stall gehen", meinte Miriya, die sein Zögern bemerkt hatte und ihm kein Klotz am Bein sein wollte. Er wollte eben erwidern, dass ihre jetzigen Kleider vollkommen unangemessen für das Festessen sein würden, als zwei Zofen zusammen mit der Frau herbeigeeilt kamen, die zuvor schräg hinter dem Thron der Königin gestanden hatte.

„Miriya aus Ke-Inda", sagte letztere freundlich lächelnd, „wir sind hier, um Euch auf Eure Gemächer zu begleiten."

Miriya hob eine Augenbraue fragend, als sie Keyan ihr Gesicht zuwandte. Dieser nickte aufmunternd. „Ich werde dich dann später beim Festessen sehen."

Er nickte den Zofen zum Abschied kurz zu und Miriya kam nicht umhin, das nervöse Kichern zu vernehmen, als der junge Mann sich umdrehte und von dannen schritt. Die Zofe, die gekichert hatte, ein dralles, junges Ding mit blonden Locken und grasgrünen Augen, schlug sich beschämt die Hand vor den Mund, als sie die Blicke des fremden Mädchens auf sich spürte.

„Miriya aus Ke-Inda, mein Name ist Sarahi. Ich bin die erste Zofe Ihrer Hoheit, der Königin Raika und sie hat mich mit der Aufgabe betraut, Euch für das Festessen heute Abend vorzubereiten", stellte sich die älteste der drei Zofen vor. Sie mochte um die dreißig Sommer alt sein und strahlte Freundlichkeit und Ruhe aus, vermischt mit einer bestimmten Autorität gepaart mit jahrelanger Erfahrung. Miriya konnte sie auf Anhieb gut leiden, hätte sich aber auch nicht getraut, ihr zu widersprechen.

„Dies sind Ewa und Maya, sie werden mir behilflich sein und Euch nach Möglichkeit Eure Wünsche erfüllen", fuhr die erste Zofe Ihrer Hoheit fort und alle drei machten zur gleichen Zeit einen kleinen Knicks. Miriya erwiderte linkisch den Knicks und ließ sich widerstandslos von den Frauen fortführen. Sie bemerkte nicht, dass Keyan in einigem Abstand stehen geblieben war und ihr in Gedanken versunken hinterherblickte.

Eine ganze Weile später – die Sonne war schon auf ihrem Weg hinter den Horizont – bestaunten alle herbeigeeilten Bediensteten des Palastes das fremdländisch wirkende Mädchen mit der Bronzehaut. Die Zofen hatten Miriya zuerst entkleidet und sie in einem Bad eingeseift und mit weichen Schwämmen abgeschrubbt, während im heißen, milchigen Wasser duftende Schaumkronen an dem erstaunten Mädchen vorbeigetrieben waren. Ihre Haare wurden sorgfältig ausgekämmt, mit duftenden Tinkturen gewaschen und behandelt und schließlich zum Trocken in Tücher eingeschlagen. Dann wurde Miriya selbst in ein riesiges, flauschiges Tuch gewickelt und in das Ankleidezimmer geleitet, wo sie dampfend und rosig vor Hitze saß und so verdutzt ob der Geschehnisse war, dass sie sich zunächst nicht einmal wehrte, als Ewa und Maya sich daran machen wollten, ihren Haarschmuck aus den Strähnen zu lösen. Zum Glück hatten Miriyas Eltern ganze Arbeit geleistet und der Schmuck ließ sich nicht einfach entfernen. Schließlich hatte sich Miriya so weit gesammelt, dass sie darauf bestand, den Schmuck im Haar zu belassen und da es das Gesamtbild nicht zu stören schien, unterließen die Zofen das Unterfangen und machten sich stattdessen an die Wahl des passenden Kleides. Es war nicht einfach, ein Kleid auszuwählen, denn das Mädchen war die Stoffe und engen Schnitte nicht gewohnt und konnte sich nicht wirklich damit anfreunden, Bekleidung zu tragen, die so gänzlich unpraktisch war und ihre Bewegungen dermaßen einengte. Schließlich einigte man sich auf ein vergleichsmäßig einfaches Kleid aus blassgoldener Seide, das am Oberkörper enganliegend war und die zierliche Figur und schmalen Hüften Miriyas betonte, während es von der Hüfte abwärts leicht ausgestellt in weichen, fließenden Bahnen ihre Beine umschmeichelte und auf der linken Seite bis übers Knie hochgerafft war. Die Träger des Kleides waren aus einem durchscheinenden, weichen Stoff gefertigt und lagen tief auf den Schultern, wobei sie den Blick freigaben auf die feingeformten Schlüsselbeine und den schlanken Hals. Das Kleid hatte lange, bauschige Ärmel, die statt einer Naht offen waren und in gleichmäßigen Abständen entlang der Ärmellänge von kleinen, glitzernden Perlenbroschen mit Goldumrahmungen zusammengehalten wurden. Dieselben goldumrahmten Perlenbroschen säumten die Ränder des Kleides und funkelten bei jeder Bewegung des Mädchens geheimnisvoll im Licht. Miriyas Haare waren im trockenen Zustand dank der ungewohnten Pflege noch schimmernder und seidiger als sonst, die blauen Reflexe fuhren wie kleine Flammen durch das Lackschwarz ihrer welligen Strähnen. Ewa und Maya hatten eine gefühlte Ewigkeit damit verbracht, Miriyas Haare mit wohlduftendem Öl einzureiben und die einzelnen Strähnen sorgfältig in sich einzudrehen, um sie dann mit Perlennadeln am Hinterkopf hochzustecken. Einige Strähnen wurden dekorativ um die elegante, ovale Kopfform des Mädchens drapiert. Passend zum Kleid legte man Miriya ein Geschmeide feiner Goldkettchen mit winzigen Perlen dazwischen um den Hals. Ihre eigenen Holz- und Lederketten hatte Sarahi zusammen mit den restlichen Kleidungsstücken und Gegenständen, die das Mädchen von Ke-Inda mitgebracht hatte, zum Reinigen beiseitegelegt. Nun stand Miriya vor dem bodenlangen Spiegel, etwas unbeholfen in den durchsichtigen, zierlichen Glasschuhen, und fühlte sich als wäre ihr Kopf in eine Vielzahl an Schraubstöcken gedreht. Sämtliche Bediensteten, die nahe genug gewesen waren, um herbeizueilen, als Ewa und Maya zusammen mit Sarahi stolz ihr Werk präsentierten, standen in andächtiger Stille da und starrten die hübsche, junge Frau ehrfürchtig an, die etwas steif dastand und schüchtern lächelte. Dann kam Ihre Hoheit Königin Raika in den Raum und alle Bediensteten verstreuten sich hastig. Auch Raika konnte nicht umhin, das Mädchen, das nun in den schönen Kleidern zu einer jungen Frau geworden zu sein schien, unverhohlen bewundernd anzustaunen; die schlichte Eleganz, mit der sie sich aufrecht hielt, das zaghaft Schüchterne, das die ungewohnte Kleidung in ihr hervorbrachte und die stolze Kraft und Stärke, die dennoch von ihr ausgingen.

„Wunderschön", sagte Raika lächelnd und trat neben Miriya. Diese zog kurz ungläubig die Nase kraus. Probeweise bewegte sie die Arme um den Körper.

„Auf Sternensilber kann ich damit wohl definitiv nicht springen", meinte sie ergeben gleichmütig, als hätte sie sich bereitwillig in ein Schicksal gefügt. Ein Funke Schalk schlich sich in die warmen, dunklen Augen.

„Es müssten in der Tat eine ganze Reihe unglücklicher Verknüpfungen geschehen heute Nacht, wenn du tatsächlich gezwungen wärst, auf Sternensilbers Rücken springen zu müssen", erwiderte Raika milde, korrekt annehmend, dass Miriya mit Sternensilber ihr wildes Einhorn meinte. Erst dann fiel ihr auf, dass sie Miriya unbewusst mit „du" angesprochen hatte. *Du magst sie,* dachte sie erstaunt und erfreut zugleich, *das Schicksal hat es gut gemeint.* Der jungen Frau aus Ke-Inda war das „du" nicht entgangen, ebenso wenig wie die damit einhergehende, aufkommende Vertrautheit. Miriya war das nur recht; die Königin war ihr sympathisch und bis jetzt hatten ihre Instinkte sie noch nie betrogen. Raika legte ihr die Hand auf den Arm.

„Lass uns nun nach unten gehen. Die Männer der Palastwache, die dich zu mir geleitet haben, warten schon. Und natürlich die anderen Leute", sagte die Königin und fügte auf Miriyas fragenden Blick erklärend hinzu, „Hier ist es Brauch, dass alle Mitglieder der Bevölkerung an Festen teilhaben dürfen. Geteilte Freude ist doppelte Freude. Dafür ist der Versammlungs- und Marktplatz vorgesehen, den du bestimmt bemerkt hast, als du angekommen bist."

„Das finde ich eine gute Idee", erwiderte Miriya, die daran dachte, wie Gildo zu den seltenen Gelegenheiten, wenn Gäste sich nach Ke-Inda „verirrt" hatten, diese in seinem Häuschen ohne Beisein der Dorfbewohner zu bewirten pflegte. Nur bei den Dorffeiern war es jeweils üblich gewesen, Speis und Trank zu teilen und ausgelassen zu festen.

Die Königin lächelte erneut engelsgleich und bot Miriya dann ihren Arm an. Die junge Frau hakte sich bei der Königin unter und so vertraut betraten sie die geschwungene Treppe nach unten, die sie vor den Thronsaal bringen würde.

Keyan hatte ein Bad genommen und war, wie die elf Männer, die ihn nach Ke-Inda begleitet hatten, in die zeremonielle Uniform für besondere Anlässe gekleidet. Gemeinsam standen sie am Fuße der ausladend geschwungenen Treppe und warteten auf die Königin. Und natürlich auf Miriya. Ihre Hoheit erschien auf dem oberen Treppenansatz, eine feengleiche Gestalt in einem eisblauen, mit glitzernden Kristallen bestickten Kleid, das hochgeschlossen war, und einen aufwändigen Kragen und raffiniert gelegte Ärmel aufwies, die sich wie ein wallender Umhang über den Rücken ergossen. Der schmale, filigran gearbeitete Reif aus ineinander verflochtenen Blüten und Ranken, den sie als Krone trug, war in die geflochtenen Haare eingearbeitet und schimmerte im Fackellicht. Neben der Königin ging schüchtern lächelnd eine junge Frau, den Arm in den Arm Ihrer Hoheit gelegt und scheinbar ein wenig unsicher auf den glitzernden Glasschuhen. Wie zwei Elfen schwebten die beiden atemberaubend schönen Frauen Seite an Seite die Treppe hinunter auf die wartenden Männer der Palastwache zu. Beide Frauen lächelten auf die gleiche, himmlische Weise, beide bewegten sich anmutig und elegant, keine Bewegung wirkte fehl am Platz. Sie hätten Schwestern sein können, hätte ihr Äußeres sich nicht so gänzlich voneinander unterschieden: Während Haare und Haut der Königin hell, beinah durchscheinend erstrahlten, schimmerten die Haare und Haut der jungen Frau neben ihr dunkel und geheimnisvoll. Sie kamen die Stufen herab und blieben neben den Männern stehen. Und da erkannte Keyan endlich, wer neben der Königin stand – *Miriya*! Er konnte sich gerade noch daran hindern, sich seine Überraschung anmerken zu lassen und verbeugte sich stattdessen förmlich im Gleichtakt mit seinen Männern. Als er sich wieder aufrichtete, sah er, dass Miriya ihr Gesicht ihm zugewandt hatte, ohne ihn direkt anzuschauen. Dies hatte sie seit dem Vorfall mit dem Basilisken nicht mehr getan. Vermutlich schämte sie sich für ihren Gefühlsausbruch, obwohl er nicht genau verstand, warum. Schließlich war es allgemein bekannt, dass Basilisken grauenhafte Bilder vor dem inneren Auge ihrer Opfer heraufbeschworen, um diese zu manipulieren.

„Lass uns gehen", sagte die Königin und unterbrach den Gedankengang ihres Kommandanten. Obwohl er sich nichts hatte anmerken lassen, war Raika, die ein Auge für Nuancen und winzige Veränderungen in den Gesichtern ihrer Gegenüber hatte, nicht entgangen, dass Miriyas Anblick etwas in ihm ausgelöst hatte. Sie ging mit Miriya am Arm an der Palastwache vorbei und ließ sich im Thronsaal ankündigen. Miriya warf Keyan im Vorübergehen unbemerkt einen verstohlenen Blick zu; der junge Mann sah frisch gewaschen und in der schmucken Uniform noch besser aus, als ihr ohnehin schon aufgefallen war. Doch bevor sie den Gedanken weiterstricken konnte, öffneten sich die Torflügel zum Thronsaal unter Trompetenfanfare und Ankündigung der Königin und das Festessen nahm seinen Lauf.

Miriya saß auf dem den Ehrengästen vorbehaltenen Platz direkt neben Ihrer Hoheit Königin Raika und hatte das Gefühl, in dem Kleid zu ersticken. Obwohl es aus angenehm weichen, fließenden Stoffen gefertigt war und nirgends einschnitt, so verlangte es doch eine unnatürlich aufrechte Haltung und schränkte ihre Bewegungsfreiheit ein. Schuld daran war zum einen der enganliegende Schnitt des Kleides, zum anderen der riesige Ausschnitt, der den Ansatz ihrer kleinen, wohlgeformten Brüste nur gerade eben zu verdecken vermochte. Nicht auszudenken, was geschehen würde, wenn sie sich zu weit vorlehnen würde! Schon jetzt fand sich Miriya, die nicht an einen solchen Menschenauflauf und an solch großes, offenkundiges Interesse an ihrer Person gewohnt war, im Zentrum der allgemeinen Aufmerksamkeit vor, was sie trotz ihres selbstbewussten Auftretens ein wenig nervös und linkisch werden ließ. Die vielen Menschen im Thronsaal, die sich lachend und scherzend laut und lärmig unterhielten, die Vielzahl an aufwändig dekorierten Speisen, die auf silbernen Platten vor sich hin dampften und all die fremdartigen, zum Teil recht intensiven Gerüche formten ein Kaleidoskop an Empfindungen, die zusammen mit den visuellen Eindrücken auf die junge Frau aus Ke-Inda einprasselten. Nach dem Hauptgang kam jemand auf die Idee, dass man tanzen könnte und sofort scharten sich Männer um Miriya, um sie zum Tanz aufzufordern. Neben ihr erwies die Königin einem ihrer Berater, einem hochgewachsenen, älteren Mann mit einem Gesicht wie eine freundliche Bulldogge, die Ehre und ließ sich auf die freigeräumte Tanzfläche führen. Beim Aufstehen warf sie Miriya einen schelmischen, auffordernden Blick zu. Miriya, die noch nie in ihrem Leben in einem solchen Rahmen getanzt hatte, wehrte entschuldigend lächelnd alle Aufforderungen ab und floh vor den enttäuschten Blicken auf den Balkon, der entlang einer Seite des Thronsaales verlief und über eine einzige, doppelflügelige Buntglastüre zugänglich war. Dort blieb sie in einigem Abstand zur Türe an der verzierten Brüstung stehen und sog tief die angenehm kühle Nachtluft ein. Der Himmel war größtenteils wolkenlos und von einem tiefen, dunklen Mitternachtsblau, an dem die Sterne beruhigend glitzerten und funkelten. Sie schloss für einen Moment die Augen und genoss die relative Stille auf dem Balkon, dann drehte sie sich um und stützte sich sorgfältig auf dem breiten Geländer ab, um das ausgelassene Treiben im Thronsaal zu beobachten. Raika schien eine begnadete Tänzerin zu sein und konnte sich vor Aufforderungen kaum retten. *Ihre bezaubernde Schönheit mochte ebenfalls ein Faktor dabei sein*, dachte Miriya bewundernd. Sie war so vertieft in ihre Gedanken und Beobachtungen, dass sie den hochgewachsenen Mann, der aus dem Saal trat, erst bemerkte, als er sich schon zu ihr gesellt und sich neben ihr an die Balkonbrüstung gelehnt hatte.

„So viel Tumult bist du vermutlich nicht gewohnt", stellte Keyan fest. Miriya fuhr aus ihren Gedanken auf und konnte sich gerade so daran hindern, einen Satz zur Seite zu machen. Nicht nur weil es nicht angebracht war, sondern auch, weil sie vermutlich in diesen Schuhen niemals eine passable Landung hingelegt hätte. Keyans Körper neben ihrem strahlte eine angenehme Wärme und Gelassenheit aus. Dennoch konnte sie fühlen, dass sie nervös wurde. Sie schämte sich immer noch ein bisschen für ihren unkontrollierten Gefühlsausbruch.

„Es ist fremd für mich. So viele Menschen und so viel Essen. Alles ist laut und riecht und alle starren mich an und wollen mit mir sprechen −", antwortete sie, ihre Stimme dankbarerweise gleichmäßig und ruhig. Dann kam ihr in den Sinn, dass Keyan dieser Art von Veranstaltungen wohl häufig beiwohnte und ihm dies wahrscheinlich gefiel und sie schluckte das, was ihr eben noch auf der Zunge gelegen hatte. Sie warf ihm einen scheuen Blick aus den Augenwinkeln zu, doch er grinste nur, was sein Gesicht, das sonst eher ernst und gleichmütig wirkte, zum Strahlen brachte und ihrem Herz eine kurze Doppelschicht bescherte.

Sie schob es auf ihre Verlegenheit und fragte stattdessen: „Magst du diese Art von Veranstaltungen?"

„Nicht besonders, wenn ich ehrlich bin", sagte er leichthin, „ich bin lieber draußen in der Natur als eingepfercht in Räumen mit vielen Menschen."

Er warf ihr einen kumpelhaften Blick zu und sie erwiderte ihn ein wenig beschämt. Es war das erste Mal, dass sie ihm seit dem Vorfall mit dem Basilisken wieder bewusst und direkt in die Augen schaute und die Intensität ließ ihn kurz den Atem anhalten. Sie senkte den Blick wieder und fixierte ihre Hände, die verlegen mit dem Stoff ihres Kleides spielten.

„Was im Wald geschah-", sie zögerte kurz, um den aufkommenden Kloß in ihrem Hals unter Kontrolle zu bringen, „... das mit dem Weinen tut mir leid. Das war kindisch und unangebracht." Sie hob wieder den Blick in seine ausdrucksstarken Augen. Sein Gesicht, zuvor noch heiter und verschmitzt, hatte einen ernsten, aufmerksamen Ausdruck angenommen.

„Du brauchst dich nicht zu entschuldigen. Niemand macht dir einen Vorwurf", sagte er sanft. „Basilisken zwingen uns, grausame Bilder zu sehen. Es hätte jeden von uns treffen können."

„Meine Eltern-", sagte Miriya und wusste für einen Moment nicht, warum sie dieses Thema angeschnitten hatte. „Sie wurden durch einen Basilisken getötet. Ich habe mich immer gefragt, wie das geschehen konnte. Sie waren beide so stark-" Sie blickte wieder auf ihre Hände, die jetzt leicht zitterten. Keyan legte instinktiv seine Hand tröstend auf ihre Schulter. Ihre nackte Haut unter seiner Handfläche schien kleine, knisternde Impulse zu verursachen, die seinen Arm hinaufrieselten und seinen Herzschlag beschleunigten. Erst jetzt wurde den beiden bewusst, wie dicht sie beieinanderstanden. So dicht, dass sie die Wärme des anderen spüren konnten. Keyans Hand auf ihrer Schulter fühlte sich beinah heiß an und die Berührung ließ etwas in ihrem Bauch flattern. Sie konnte seine ruhigen, gleichmäßigen Atemzüge hören, als er sich ihr zuwandte und noch näherkam. Ihr Gehirn war wie leergefegt, aber instinktiv erwiderte sie seine Bewegung, bis sie so dicht voreinander standen, dass sein angenehmer, würzig-lederiger Duft ihre Nase füllte und seine Wärme sie umfing wie ein weiches Tuch. Sie hob den Kopf, schaute ihm in die ernsten Augen. Er hob eine Hand sanft an ihr Kinn und die Berührung durchzuckte sie beide wie ein Blitz. Sie schloss die Augen und spürte, wie er näherkam –

Die Türe zum Balkon schwang auf und ein Schwall Musik und Gelächter ergoss sich in die stille, sternenklare Nacht. Miriya und Keyan machten einen hastigen Schritt auseinander und drehten sich der Person zu, die sich kurz suchend umblickte und sie dann bemerkte.

„Miriya. Ich habe mich schon gefragt, wo du bist", sagte Ihre Hoheit Königin Raika heiter. Sie trat zu den beiden jungen Menschen, die seltsam entrückt und leicht verlegen nebeneinanderstanden. Keyan spürte einen Anflug von Röte auf seinem Gesicht und hoffte, dass die Dunkelheit der Nacht ihn nicht verriet.

„Ich empfehle mich", sagte er mit einer kurzen Verbeugung und ging zurück in den Thronsaal. Miriya drehte sich um, legte die Hände auf die Balkonbrüstung und versuchte, ihre Gefühle zu ordnen, ohne sich etwas anmerken zu lassen. Die Königin trat neben sie und legte ebenfalls ihre Hand aufs Geländer. Ihr Blick ruhte auf der jungen Frau in dem blassgoldenen Kleid neben ihr.

„Meine Berater wollten zuerst nicht zulassen, dass ich Keyan zum Kommandanten befördere", sagte Raika nachdenklich.

„Konntet Ihr sie vom Gegenteil überzeugen?", gab Miriya höflich zurück, sorgsam darauf bedacht, die Röte auf ihren Wangen zu verbergen und ihre Stimme beiläufig und normal klingen zu lassen.

„Nein", sagte Raika süffisant, „aber ich habe das letzte Wort. *Er* war es, der sie vom Gegenteil überzeugte." Sie grinste Miriya keck an und diese kam nicht umhin, das Grinsen zu erwidern. *Es war schon erstaunlich*, dachte sie, obwohl diese Leute sie weitaus weniger gut kannten als die Dorfbewohner Ke-Indas, behandelten sie die junge Frau doch um ein Vielfaches freundlicher und ohne Vorurteile. Raika wandte den Blick ab und ließ ihn über die Stadt und die Landschaft unter ihnen schweifen. Sie wirkte nun gedankenverloren und ernst.

„Miriya", begann sie, ohne den Blick von der Landschaft zu nehmen, „der Grund, warum ich dich habe suchen lassen-" Sie holte tief Luft und wandte sich der fragend blickenden jungen Frau zu.

„Ich habe von dir geträumt."

Eine Zofe weckte Miriya durch sanftes Rütteln. Sie blinzelte verschlafen, nur unwillig schlug sie die weichen Laken zurück und stieg aus dem riesenhaft anmutenden Bett. Ihre Hoheit Königin Raika hatte es in der vergangenen Nacht bei ihrer kryptischen Aussage belassen und Miriya versichert, dass sie am folgenden Morgen alles erklären würde. Seitdem zerbrach sich die junge Frau den Kopf darüber, was die Königin wohl gemeint haben könnte. Wer sandte denn bitte schön eine ganze Reitertruppe plus den Kommandanten der einzigen Streitmacht im Land aus, um ein Mädchen mit bunten Haaren zu suchen, das in einem Traum vorgekommen war?!

„Seid gegrüßt, Miriya", sagte Ewa, die sie wachgerüttelt hatte, mit einem kleinen Knicks. Miriya brummte etwas Unverständliches und hob eine Hand zum Gruß. Das ganze Nachdenken und Grübeln ob der mysteriösen Worte der Königin, hatte ihr eine unruhige Nacht beschert. Außerdem hatte sie das, was beinah mit Keyan passiert wäre, nicht losgelassen und sie hoffte, dem jungen Mann heute nicht gleich am frühen Morgen über den Weg zu laufen.

„Die Königin wünscht, mit Euch das Frühstück einzunehmen", informierte Maya Miriya. Sie stand am Fußende des Bettes und richtete sorgfältig die Gegenstände, die man dem Mädchen aus Ke-Inda zum Reinigen abgenommen hatte. Seufzend blies sich Miriya einige Strähnen aus dem Gesicht und ließ halbherzig zu, dass Ewa ihre Haare vorsichtig kämmte. Die Zofe wollte die schimmernden Wellen zu einer Frisur hochstecken, aber Miriya, deren Kopfhaut noch immer von der vergangenen Nacht ziepte und die einen Anflug von Kopfschmerzen verspürte, ließ dies nicht zu. Stattdessen stand sie, so wie sie war, auf, schüttelte die Haare kurz aus, wusch sich das Gesicht mit kaltem Wasser und einem weichen Schwamm ab, den Maya bereitgestellt hatte und wollte sich dann zum Frühstück aufmachen.

„Vielleicht solltet Ihr wenigstens einen Überwurf überziehen", schlug Ewa hilfsbereit vor. Miriya sah an sich hinunter: Sie trug ein hauchdünnes Nachthemd aus kühlendem, cremefarbenem Seidengarn, das knapp über ihren Knien endete, nur fingerbreite Träger aufwies und praktisch nur aus filigran verarbeiteter Spitze bestand. Es hatte schon auf ihrem Bett gelegen, als sie in ihr Schlafgemach geführt worden war und Miriya, die bis jetzt im Sommer nackt und im Winter in einem einfachen, sackähnlichen Kleid geschlafen hatte, war begeistert gewesen von dem fließenden, weichen Spitzenkleid. Dass man damit nicht in einem Palast herumlaufen konnte, war der jungen Frau gar nicht in den Sinn gekommen. Sie blickte fragend und ratlos Ewa an, die ins Ankleidezimmer eilte und ihr einen zartgrünen Überwurf aus Seide und dazu passende Seidenpantoffeln brachte, während Maya ob dem hilflosen Blick Miriyas verstohlen kicherte. Letztere ließ sich von Ewa wortlos in das herbeigeholte Kleidungsstück kleiden, schlüpfte in die Pantoffeln und verließ ihre Gemächer nach einem kurzen Nicken als Dank an die Zofen. Die junge Frau fühlte sich wie zerschlagen und hinter ihren Schläfen pochte leise ein stechender Kopfschmerz. Sie lief wie eine Schlafwandelnde durch die Gänge des Palastes. Vor dem Thronsaal wurde sie von einem Bediensteten aufgeklärt, dass Ihre Hoheit ihr Frühstück nicht im Thronsaal einzunehmen pflegte, sondern in einem kleineren Sitzungszimmer im ersten Stock. Der junge Bursche schielte dabei immer wieder begehrlich in Miriyas Ausschnitt, die es schließlich bemerkte und ihren Überwurf enger um den Körper zog und mit verschränkten Armen festhielt. Sie warf dem frechen Jüngling einen dunklen Blick zu und dieser murmelte rasch eine Entschuldigung und eilte von dannen. Miriya machte sich in die ihr beschriebene Richtung auf und erklomm die geschwungene Treppe, die sie in der Nacht zuvor so engelsgleich heruntergeschwebt war. Momentan fühlte sie sich weniger engelsgleich denn je und verfluchte sich insgeheim für ihre Entscheidung, im Nachthemd zum Frühstück zu gehen. *Fehlte nur noch, dass Keyan sie so zu Gesicht bekam*, dachte sie verdrossen, als sie vor der doppelflügeligen Türe stand, die in den Frühstücksraum führte. Hilfsbereit öffnete ein Bediensteter ihr die Türe und kündigte sie mit einer Verbeugung an. Das Sitzungszimmer war ein großer, heller Raum mit bogenförmigen, hohen Fenstern, die alle in eine Richtung auf einen kleinen, überdachten Balkon führten. Die Fenster waren teilweise aus Buntglas und brachen sanft das hereinflutende Sonnenlicht in verschiedenen Farben. Ein riesiger, runder Tisch stand in der Mitte des lichtdurchfluteten Raumes, umgeben von einer Vielzahl an bequem aussehenden, scharlachrot ausgepolsterten Stühlen. Pflanzen standen in großen Kübeln aus weißem Marmor oder rankten sich an dafür vorgesehenen Ziersäulen empor. Am Tisch, mit dem Rücken zur Fensterfront, saß die Königin. Sie war schon perfekt zurecht gemacht und trug an diesem Morgen ein rostrotes, weit fließendes Kleid mit einem breiten, hellbraunen Gürtel, der mehr an ein Mieder erinnerte und ihre schmale Taille betonte. Sie warf einen milde verwunderten Blick auf Miriya in ihrem Nachthemd, dem Überwurf und den Pantoffeln. Neben ihr saß, komplett in seiner Alltagsuniform, wenn auch etwas verschlafen dreinblickend, Keyan. Miriya entfuhr ein kurzes, entsetztes Keuchen und sie ließ die Enden ihres Überwurfes fallen. Nur mit ihrem Spitzennachthemd bekleidet, der Überwurf nutzlos von ihren Schultern hängend, stand sie da und fühlte sich entsetzlich nackt, während die Königin mit Kauen aufhörte und sie erstaunt anstarrte und Keyan ob Miriyas schockierter Miene ein amüsiertes Grinsen zeigte.

„Guten Morgen, Miriya", meinte er wie beiläufig, „gut geschlafen?"

Sie raffte den Überwurf beschämt zusammen, während ihr die Hitze ins Gesicht stieg. Undeutlich murmelte sie: „Ja, bestens. Nur die weiche Matratze bin ich nicht gewohnt."

„Bitte setz dich doch", sagte Raika, die sich wieder gefangen hatte, „wir haben einiges zu besprechen. Aber zuerst Frühstück."

Sie winkte einem Bediensteten, der im Türbogen auf Befehle gewartet hatte, und dieser verschwand und kehrte kurz darauf mit einem Tablett voller Essen zurück. Miriya setzte sich etwas abseits an den runden Tisch und aß rasch und schweigend, während Raika und Keyan sich leise unterhielten. Sobald die junge Frau ihr Frühstück beendet hatte, winkte die Königin sie näher heran und sie setzte sich auf den Stuhl gleich neben Raika. Diese nahm ihre Hände in die ihren.

„Miriya, verzeih mir", begann Raika, „ich muss dich um einen großen Gefallen bitten. Seit einiger Zeit habe ich immer wieder den gleichen Traum. Ich sehe ein Mädchen mit bunten Haaren, das mir dabei verhelfen wird, meine wahre Gestalt als Regentin zu erlangen."

Miriya starrte sie unverständig an. Sie hatte keinen blassen Schimmer, wovon die Königin sprach.

„Vielleicht hast du bemerkt, dass auf den Buntglasfenstern im Palast Geschichten abgebildet sind. Es sind Geschichten Kirk-Wanas aus alten, vergangenen Zeiten. Manche sind wahr, manche sind Märchen und manche klingen so unwahrscheinlich, dass sie in Legenden übergegangen sind. Aber eine der Geschichten besagt, dass jedem Herrscher über Kirk-Wana eine bestimmte Gestalt vorbestimmt ist. Diese Gestalt bringt die besten Eigenschaften des jeweiligen Herrschers zur Geltung und vollen Entfaltung und beschert Kirk-Wana Jahre voller Frieden, Wohlstand, Zufriedenheit und Gesundheit."

„Aber-", Miriya unterbrach die Königin kleinlaut, „Es herrschen bereits Frieden und Wohlstand in Kirk-Wana. Und die Menschen sehen alle ziemlich zufrieden und gesund aus."

„Noch", erwiderte Raika sorgenvoll, „Aber es ziehen Stürme auf. Alte Bündnisse drohen zu zerbrechen. Seit mein Mann, der König, verschieden ist, werden Zweifel aus dem Volk laut. Ich bin die erste weibliche Regentin seit langem, in einer langen Dynastie an Königen und die Menschen fragen sich, ob ich wirklich fähig bin, an der Spitze Kirk-Wanas zu stehen. Unter der Herrschaft des Regenten in seiner wahren Gestalt kann Kirk-Wana zu seiner wahren Größe finden und die Menschen werden begreifen, dass ich durchaus dafür geschaffen bin, Königin zu sein."

Raikas Hände auf Miriyas hatten sich während ihrer Erklärung angespannt und waren nun beinah schmerzhaft um die Hände der jungen Frau geklammert. „Bitte verstehe, Miriya. Ich liebe mein Volk und dieses Land. Und ich möchte mein Bestes geben, um allen gerecht zu werden. Doch dazu brauche ich deine Hilfe."

Sie sah Miriya nun direkt an, ein flehentliches Funkeln in den veilchenblauen Tiefen ihrer Augen. Keyan neben ihr sah aus, als würde er diese Geschichte ebenfalls zum ersten Mal hören, obwohl er sein Gesicht sorgfältig neutral hielt und nur still und regungslos lauschte.

„Wie könnte ich denn helfen?", fragte Miriya und bemerkte nicht mal, dass ihre Stimme beinah ein Flüstern war. „Ich bin nur ein einfaches Mädchen aus einem kleinen Dorf. Ich habe keine besonderen Fähigkeiten und keine verborgenen Talente."

Raika schüttelte leicht lächelnd sanft den Kopf und strich der jungen Frau eine Haarsträhne hinters Ohr. „Das stimmt nicht, Miriya. Die Zeit wird dir das zeigen. Das Schicksal hat uns zusammengeführt und schon allein deshalb bist du etwas ganz Besonderes. Nur durch *dich* werde ich meine wahre Gestalt erlangen. *Du* bist die Auserwählte, die das Kristallzepter finden wird."

Die Königin sagte das mit so viel Nachdruck, dass die Worte wie greifbar im Raum standen und Miriya es nicht wagte, zu widersprechen.

„Das Kristallzepter?", fragte Keyan und meldete sich zum ersten Mal zu Wort. Raika wandte sich zu ihm um und legte ihm eine Hand auf den Unterarm, während die andere Hand immer noch auf Miriyas ruhte.

„Das Kristallzepter aus den alten Legenden. Es erkennt nur den rechtmäßigen Regenten an und gewährt ihm seine wahre, vorbestimmte Gestalt. Vor langer Zeit ging es verloren und niemand hat es bis jetzt wiedergefunden. Ich möchte, dass du Miriya auf ihrer Suche begleitest und sie unterstützt. Diese Aufgabe kann ich nur dir anvertrauen, Keyan."

Der junge Mann warf Miriya einen raschen, undefinierbaren Blick zu. In seinen Augen war ein Hauch von Zweifel und Verwirrung sichtbar. Miriya konnte das nachvollziehen.

„Wie sollen wir ein Kristallzepter finden, das vor uns niemand gefunden hat?", gab sie ihren geteilten Zweifeln Ausdruck.

„Ich bin mir ganz sicher, dass es nur dir gelingen kann, das Kristallzepter zu finden. Du bist die Auserwählte", sagte Raika bestimmt. Sie schien in keinster Weise an ihren Träumen zu zweifeln. Keyan sah so aus, als wäre er da anderer Meinung. Aber wer widerspricht schon der Königin.

„Bitte, Miriya. Ich bitte dich aus tiefstem Herzen um diesen Gefallen", sagte die Königin mit fester Stimme. Sie hatte wieder beide Hände auf Miriyas Hände gelegt und sich ihr komplett zugewandt. Ein dünnes Stimmchen in Miriyas Kopf riet ihr, sich nicht auf eine solch haarsträubende Reise ohne Hand und Fuß einzulassen und einfach nach Ke-Inda zurückzukehren. Doch eine wesentlich lautere Stimme appellierte an ihre Abenteuerlust: *Ist es nicht das, was du immer wolltest? Weg von Ke-Inda, hinaus aus dem Dorf und die Welt entdecken? Was hast du schon zu verlieren?* Und dann war da noch eine Stimme, die aus jenen Tiefen ihres Herzens zu sprechen schien, die ihr bis anhin gänzlich unbekannt gewesen waren: *Du wärst mit Keyan unterwegs!* Die junge Frau zog kurz die Nase kraus und verjagte entschieden letzteren Gedanken. Dies sollte nicht ihre Motivation sein, der Königin zu helfen. Ihre Neugier und ihr Entdeckungsdrang überwogen. Sie würde es tun, nicht primär um ihrer selbst willen, sondern weil die Königin einen offenen, aufrichtigen Eindruck machte und sie sie schon ins Herz geschlossen hatte.

Miriya nickte leicht. „Wenn ich Euch damit helfen kann, dann werde ich die Reise auf mich nehmen."

Ein beinah überirdisches Strahlen breitete sich auf Raikas Gesicht aus. „Wirklich? Das würdest du für mich tun? Dir gebühren mein ewiger Dank und meine Hochachtung."

Sie wandte sich an Keyan. „Und würdest du sie begleiten?"

Der junge Mann brauchte wesentlich weniger Zeit, sich zu entscheiden, sondern warf Miriya einen erneuten, kurzen Seitenblick zu und nickte dann knapp. Die Königin schien sich kaum halten zu können vor Freude, übte sich aber dennoch in vornehmer Zurückhaltung. Ihre Augen glitzerten freudig und ihre Wangen leuchteten zartrosa. Sie sprach auch ihm ihren tiefsten Dank aus, während Miriya ihm ihrerseits dankbar zunickte. Daraufhin meinte Raika, dass sie am besten so schnell wie möglich aufbrechen sollten.

„Eure Reittiere und Ausrüstung sind bereits vorbereitet worden. Ihr könnt aufbrechen, sobald ihr euch selbst gerichtet habt", informierte sie die beiden vom Schicksal zu Reisegefährten gemachten jungen Menschen.

„Salina wird euch ebenfalls begleiten", sagte die Königin dann und gab ein Zeichen. Einige Augenblicke später kündigte der Bedienstete, dem das Zeichen gegolten hatte, Salina aus der grünen Bibliothek an und die Türe öffnete sich für eine Frau in Miriya und Keyans Alter. Sie war auf eine schlaksige Art athletisch und bewegte sich seltsam katzengleich, vollkommen geräuschlos und kraftsparend. Ihr Haar war buschig und lang, und wies ein Schildplattmuster auf, das Miriya nur von den Katzen Ke-Indas kannte. Als die junge Frau nähertrat und den erforderlichen Knicks machte, sah Miriya nicht nur, dass ihre Augen Katzenaugen auf unheimliche Weise glichen, mit geschlitzten, im hereinflutenden Licht der Morgensonne zu ovalen Stecknadelköpfen verengten Pupillen und bernsteinfarbenen, mit rostroten Flecken gesprenkelten Iris. Sie sah ebenfalls, dass die junge Frau einen Katzenschwanz hatte, mindestens armlang, aus langem, buschig-seidigem Fell mit demselben Schildplattmuster, das auch ihre Haare zeigten. Miriya konnte gerade so eben verhindern, dass ihr die Kinnlade hinunterfiel. Salina grinste zur Begrüßung breit und entblößte einen Satz Reißzähne, wie Katzen sie haben.

„Das ist Salina", sagte Raika unnötigerweise, „sie gehört den Feenvölkern an. Sie ist ein Lehrling in der grünen Bibliothek und studiert die Schriften seit einigen Sommern. Sie kennt sich sehr gut aus und hat sich bereit erklärt, euch nach Kräften zu unterstützen."

Miriya hatte keine Ahnung, was die grüne Bibliothek war, doch Keyans Blick nach zu schließen, musste es sich um eine renommierte Institution handeln.

Salina lehnte sich lässig gegen die Stuhllehne neben Miriya und sah auf die junge Frau herab.

„Es ist mir eine Ehre, Eure Bekanntschaft zu machen, Auserwählte. Auf das unsere Reise fruchtvoll sein wird", sprach sie und ihre Stimme war ein angenehmes Schnurren mit einem singenden Akzent, der darauf hindeutete, dass ihre Muttersprache nicht die gemeine Sprache Kirk-Wanas war.

„Freut mich", gab Miriya lahm zurück und rückte ihren Überwurf zurecht. *Das versprach, eine interessante Reise zu werden*, dachte die junge Frau überwältigt.

Ihre Hoheit Königin Raika hatte freundlich, aber bestimmt darauf bestanden, dass sie bald aufbrechen sollten. Deshalb fand sich Miriya schon kurze Zeit später in den königlichen Stallungen vor, wo sie versuchte, Sternensilbers stürmische Begrüßung abzuwehren. Sie lief immer wieder Gefahr, von seinem Horn aufgespießt zu werden, das er in seiner Freude vollkommen vergessen zu haben schien. Keyan musste grinsen, als er Miriyas Gesichtsausdruck sah, der eine Mischung aus freudiger Glückseligkeit und vorsichtiger Besorgnis war, während sie sich erneut unter dem Horn wegduckte. Der junge Mann prüfte den Sattelgurt seines Rappens, der den passenden Namen Onyx trug, und führte das prächtige Tier dann hinaus auf den Platz vor den Stallungen, wo Salina schon auf sie wartete. Die Auszubildende der grünen Bibliothek trug eine grob gewobene, seitlich geschlitzte Wolltunika in Tannengrün über braunen, bauschigen Beinkleidern, die sie über kniehohen Lederbeinlingen trug. Ihr Reittier war ein struppiges, robust aussehendes Pony mit wachen Augen und strubbeliger Mähne, das vermutlich der Fellfarbe wegen Kupferfell hieß. Als Miriya mit Sternensilber auftauchte, hob Salina beide Augenbrauen und pfiff kurz anerkennend durch die Zähne.

„Ein prachtvolles Tier", sagte sie freundlich. Ihre Katzenaugen, an die sich Miriya erst noch gewöhnen musste, schimmerten keck und lustig. Sie schien eine Frohnatur zu sein. Miriya schenkte ihr ein breites Lächeln. Obwohl ihr die katzenhaften Züge der jungen Frau etwas unheimlich erschienen, so mochte sie doch die linkische, aufgestellte Art der angehenden Bibliothekarin. Es war das erste Mal, dass sie jemanden von den Feenvölkern kennengelernt hatte. In Ke-Inda erzählte man sich viele Geschichten über diese Geschöpfe, die zumeist Mischwesen waren und von denen einige Bevölkerungsgruppen der Magie mächtig waren. Salina, ein Mischwesen aus Mensch und Katze, gehörte der Bevölkerungsgruppe an, die man in weiten Kreisen gemeinhin als Waldkobolde bezeichnete. Die Feenvölker selbst bevorzugten meistens ihre eigenen Namen und auch Salina hatte auf dem Weg in die Stallungen auf drollige wenn auch bestimmte Art klar gemacht, dass sie die Bezeichnung Waldkobold nicht mochte.

„Wie wollen wir nun vorgehen?", wollte Keyan wissen. Seine Ausbildung hatte ihn praktisches Denken und strategisches Vorgehen gelehrt und nun wollte er einen Plan. Salina zuckte nachlässig mit den Schultern.

„Ich habe in den Schriften keine eindeutigen Hinweise auf einen möglichen Aufenthaltsort des Zepters gefunden. Basierend auf den wenigen Informationen, die ich sammeln konnte, würde ich vorschlagen, dass wir um Kirk-Ijnda herumreiten und dann In-Nuya entlang in Richtung Ozean reisen. Alles weitere können wir unterwegs besprechen", meinte sie. Keyan war anzusehen, dass ihn diese ungenaue Ausführung nicht wirklich überzeugen konnte. Dennoch nickte er zustimmend und schwang sich in den Sattel. Miriya schloss sich ihnen an und gemeinsam ritten sie los. Über den Dächern von Kirk-Wana blickte ihnen Ihre Hoheit Königin Raika noch lange vom Turmfenster des Palastes aus nach.

„Mögen die großen Gottheiten ihre schützenden Hände über ihnen ausbreiten", murmelte sie, als die drei Gestalten hinter den steinernen Flanken Kirk-Ijndas verschwanden.

Kapitel IV
~
Von Katzenaugen und Vogelfedern

Die drei Reisegefährten umrundeten Kirk-Ijnda, was bis in den späten Nachmittag hinein dauerte. Dann standen sie vor einem Wald, der sich scheinbar endlos über die Ebene ausbreitete.

„Müssen wir da durch?", fragte Miriya beunruhigt und dachte unwillkürlich an das Erlebnis mit dem Basilisken. Ein eiskalter Schauer jagte ihr über den Rücken und sie fühlte, wie ihr Magen sich schmerzhaft zusammenzog. Keyan blieb die heftige Reaktion nicht verborgen, auch wenn sie versuchte, sich nichts anmerken zu lassen. Für einen Moment wollte er nichts lieber tun, als ihr seine Hand beruhigend auf die Schulter zu legen. Er schüttelte unbemerkt den Kopf, wie um den Gedanken zu vertreiben. Salina schaute Miriya etwas schräg aus ihren bernsteinfarbenen Augen an, die nun, da die Sonne nicht mehr so intensiv schien, größere Pupillen aufwiesen.

„Ja", meinte sie nur, „so kommen wir direkt an den Fuß von In-Nuya. Ihre Hoheit Königin Raika hat das als höchstwahrscheinlichen Pfad vorgeschlagen."

Miriya holte tief Luft und versuchte, durch die Stämme hindurch etwas zu erspähen. Durch das dichte Blätterdach drang fast kein Sonnenlicht und die Blätter raschelten leise in der sanften Brise. Eine Berührung an ihrer Schulter ließ sie aus düsteren Gedanken hochfahren. Keyan hatte Onyx dicht an Sternensilber herangetrieben und ihr seine Hand auf die Schulter gelegt.

„Dieser Wald fühlt sich anders an", meinte er beruhigend. Aufrichtiges Mitgefühl schimmerte in seinen ruhigen Augen und Miriya hätte sich am liebsten an ihn geschmiegt. Stattdessen nickte sie zustimmend. „Lass uns reiten."

Salina blickte kurz fragend vom einen zum anderen, hob eine Augenbraue grinsend an und trieb dann wortlos Kupferfell an. Miriya und Keyan folgten auf Sternensilber und Onyx. Der Wald lag ruhig da. Ab und an vernahmen Miriyas scharfe Ohren das

Gekicher von Waldelfen und ein Knacken im Unterholz, verursacht von kleinen Tieren. Obwohl recht dunkel, war der Wald jedoch nicht bedrohlich und die junge Frau entspannte sich ein wenig. Bald mussten sie absteigen, da die Bäume zu dicht beieinanderstanden und die Äste tiefer reichten und teilweise ineinander verworren waren. Sternensilber bahnte sich krachend einen Weg durchs Unterholz, seine breite, muskulöse Brust wirkte wie ein Pflug. Die anderen folgten hinter Miriya einfach der Schneise, die das wilde Einhorn hinterließ. Sie liefen, bis tatsächlich kein Lichtschimmer mehr durchs dicht verästelte Unterholz drang und sie sich sicher waren, dass die Sonne untergegangen war und dem Mond Platz gemacht hatte. Kurz nachdem Salina diesen Gedanken geäußert hatte, erreichten sie eine Lichtung, die dicht mit Farnen bewachsen war, die zusammengerollt im silbernen Mondlicht wogten. Sternensilber musste mit seinen einhorneigenen Sinnen diese Schneise wahrgenommen haben. Durch die Öffnung in den Bäumen konnte man die Sterne funkeln sehen.

„Vielleicht sollten wir hier eine Rast einlegen", sagte Salina, die Nase in die Luft gestreckt, als würde sie diese prüfen. Miriya drehte sich zu ihr um und zuckte erschrocken zusammen. Die Augen der Koboldfrau reflektierten das Mondlicht wie Katzenaugen. Die Pupillen waren nun riesig im schwachen Schein der abnehmenden Mondscheibe.

„Entschuldige", meinte Miriya, die bemerkt hatte, dass Salina ihre Reaktion aufgefallen war.

„Keine Sorge. Ihr werdet euch schon daran gewöhnen", meinte die Katzenfrau gleichmütig, zuckte kurz mit dem Schwanz und grinste aufmunternd. Anscheinend war Miriya nicht die Einzige gewesen, die beim Anblick der Augen zusammengezuckt war. Als die junge Frau sich umdrehte, blickte Keyan sie entschuldigend an. Salina sog erneut schnuppernd Luft ein. „Ich glaube, hier sollten wir sicher sein."

Keyan pflichtete ihr bei und sie begannen zu dritt, ein behelfsmäßiges Lager aufzustellen, während die Reittiere, in Onyx' und Kupferfells Fall ihrer Zaumzeuge entledigt, zwischen den Farnen nach Gras suchten. Sie schürten ein Feuer und saßen um die fröh lich züngelnden Flammen herum. Salina verteilte eine Ration getrockneter Fleischstreifen, während sie Wasser aus den mitgeführten Beuteln tranken. Sternensilber ließ sich mit einem Plumps neben seiner Schwester nieder und sie lehnte sich gegen seine warme Flanke. Die Ereignisse des Tages hatten sie müder gemacht, als sie sich eingestehen konnte und schon bald wurden ihre Augenlider verdächtig schwer. Das letzte, was Miriya noch hörte, war, wie sich Keyan und Salina leise flüsternd miteinander unterhielten.

Ein panischer, schriller Schrei riss Miriya aus dem Schlaf. Entsetzt öffnete sie die Augen und setzte sich mit einem Ruck auf. Der Schrei hatte so schmerz- und grauenerfüllt geklungen, dass es ihr einen Schauer über den Rücken jagte. Ihr Herz raste. Halb erwartete sie, wieder ihre Eltern vor sich zu sehen, doch auf den ersten Blick sah alles aus, wie zuvor. Doch die Atmosphäre hatte sich gänzlich verändert; das Farn rauschte und wogte bedrohlich, Onyx, den Keyan zur Sicherheit lose an einen tiefhängenden Ast gebunden hatte, rollte entsetzt mit den Augen und stieg immer wieder auf die Hinterbeine hoch, während er versuchte, sich loszureißen. Kupferfell lag wie ein felliger, unförmiger Findling inmitten des Farns und rührte sich nicht. Sternensilber stand hinter Miriya, nervös zitternd, den Kopf gesenkt. Er zupfte die junge Frau an ihrem Kleid, wie um sie dazu zu bewegen, aufzustehen. Ein erneuter Hilfeschrei ließ Miriya aufspringen. Salina rannte in ihr Gesichtsfeld, panisch schreiend und sich schüttelnd, über ihren Oberkörper verteilten sich faustgroße Gebilde. Keyan versuchte, die Katzenfrau zu erreichen, einen gezückten Dolch in der Hand. Doch Salina rannte blind vor Panik ziellos herum und versuchte, sich die Tunika vom Leib zu reißen. Miriya wollte Keyan zu Hilfe eilen, doch bevor sie auch nur einen Schritt auf ihn zu machen konnte, knallte ihr unvermittelt etwas Hartes ins Gesicht und sie ging zu Boden. Sternensilber stieß ein entsetztes Schnauben aus und sprang wiederholt in die Luft, alle vier Beine von sich werfend und bockend. Der Ball, der Miriya im Gesicht getroffen hatte, rollte an ihr herunter bis auf ihren Bauch, wo er sich zu ihrem Entsetzen in zwei unterschiedlich große Bälle teilte. Jetzt sah die junge Frau auch die drei Beinpaare, dünn und knotig wie Spinnenbeine, die sich in ihr Kleid krallten. Daumengroße, lampenartige Augen glühten kalt und rot in dem kleineren der beiden Bälle, der sich als Kopf herausstellte, verbunden durch einen dürren Hals mit dem größeren Ball, der den restlichen Körper darstellte. Das Geschöpf stieß schaurige, schlürfende Laute aus, während ein ekelerregender Rüssel mit dreieckiger Spitze über ihren Bauch tastete. Miriya schrie, und ihr erster Impuls war es, das abscheuliche Geschöpf so weit wie möglich von sich wegzuschleudern. Sie griff nach dem weichen, struppig behaarten Körper, doch das Wesen hatte Widerhaken an den Spinnenbeinen und hielt sich beharrlich und aggressiv zischend am Kleid der jungen Frau fest. Panisch wehrte sie den Rüssel der Kreatur ab, der jetzt tastend über ihre Hände und Arme glitt. Dabei kam ihr der Dolch an ihrer Hüfte in den Sinn und mit zitternden Fingern schaffte sie es, die Klinge aus der Scheide zu ziehen und stieß blindlings zu. Das Wesen stieß ein schrilles, trötendes Geräusch aus, während sein Blut über Miriyas Hände und Arme lief und endlich konnte sie die Widerhaken lösen und die widerwärtige Kreatur abschütteln. Voller Ekel sprang die junge Frau auf die Beine, ihr Herz raste, ihr Oberkörper war von dem Blut des Geschöpfes besudelt und sie sah nun, dass seine Artgenossen wie ein dichter Teppich zwischen den Farnen herumwuselten. Salina war verstummt und nirgends zu sehen und als Miriya sich über Kupferfell beugte, sah sie zu ihrem Entsetzen, dass mehrere der Kreaturen ihre Rüssel in den Hals des Ponys gebohrt hatten. Die grauenvollen, schlürfenden Laute ließen sie würgen.

„Miriya!", schrie Keyan über den Tumult, den die zuvor noch stillen Geschöpfe nun veranstalteten. Er stand breitbeinig in einer Schneise und benutzte den Dolch, um sich und Onyx vor den Angriffen der grässlichen Kreaturen zu schützen. Miriya öffnete den Mund, um zu antworten, aber hinter ihr wieherte Sternensilber voller Panik und als sie zu ihm herumwirbelte, sah sie mehrere der Wesen auf dem Rücken des Einhorns.

„*Nein!*", rief sie, nun nicht nur schockiert, sondern auch wütend, gerade in dem Augenblick, als Sternensilber sich mit aller

Kraft gegen einen Baum warf und die Kreaturen so von seinem Rücken schüttelte. Als Miriya zu ihm hinübereilte, stolperte sie durch die erloschene Feuerstelle. Funken stoben auf, die Glut schimmerte kurz rot auf, und die Wesen wichen vor dem Licht zurück. *Sie haben uns erst angegriffen, als das Feuer aus war*, schoss es Miriya durch den fieberhaft arbeitenden Kopf. Ohne weiter nachzudenken, sank sie auf die Knie und versuchte, das Feuer wieder zu entfachen. Fieberhaft arbeitete sie, mit zitternden Fingern und rasendem Herzen und ließ den Zunder ein paarmal fallen, bevor ein Funke sprang. Sie zwang sich zur Ruhe, während Sternensilber hinter ihr Welle um Welle der Kreaturen abwehrte und sie niedertrampelte. Keyan sah, was Miriya vorhatte, konnte ihr aber nicht zu Hilfe eilen. Die Wesen waren überall, wuselten durchs Farn und warfen sich gegen seine Beine. Allein schienen sie nicht viel ausrichten zu können, doch ihre schiere Masse, die Flut an wimmelnden, kriechenden Körpern und die schrillen, entnervenden Geräusche, die sie ausstießen, war nahezu überwältigend. Plötzlich erhellte ein Lichtschein die Schneise im Wald – Miriya war es endlich gelungen, das Feuer wieder zu entfachen. Brennende Äste landeten inmitten der Geschöpfe und sie kreischten schrill. Panik machte sich nun unter ihnen breit, als die Flammen um sich griffen, und die Kreaturen wurden von Jägern zu Gejagten. Sie wichen überstürzt vor dem Feuerschein zurück und verzogen sich lärmend in den Wald. Dann war mit einem Schlag alles still. Keyan stand schweratmend vor Onyx auf der Lichtung, den Dolch immer noch in einer Abwehrhaltung erhoben. Wie zu groß geratene Glühwürmchen brannten an verschiedenen Stellen Äste zwischen den Farnen, wobei die mit Feuchtigkeit getränkten Pflanzen langsam das Feuer erstickten. Ein leises Fauchen war von den erlöschenden Brandherden zu hören und der Geruch nach Rauch und verbrannten Haaren lag in der Luft. Sternensilber räusperte sich und schüttelte sich aus, als wolle er die Berührungen der unheimlichen Kreaturen aus seiner Erinnerung verbannen. Miriya stand reglos dicht neben der Feuerstelle, in der die Flammen nun fröhlich tanzten. Im Licht der Situation wirkte dies fast unanständig vergnügt. Salina rührte sich nicht, still und seltsam verkrümmt lag sie zwischen den Farnen und ihre weitgeöffneten Augen, die stumpf ins Leere starrten, ließen keinen Zweifel daran, dass für sie jede Hilfe zu spät war. Auch Kupferfell hatte keine Chance gehabt. Keyan bückte sich über die tote Katzenfrau und schloss ihr sanft die Augen. Vor ihrem Mund stand weißer Schaum, ihr Körper sah merkwürdig eingesunken aus. Obwohl er sie nicht lange gekannt hatte, fühlte sich Keyan ob dem Anblick unendlich traurig. In Kirk-Wana herrschte Frieden, er und seine Männer trafen den Tod zumeist nur in Form von Unfällen an, was trotz des unorganisiert anmutenden Chaos' der Hauptstadt nur selten vorkam.

Sternensilber war neben Onyx getreten und die beiden Reittiere knabberten einander beruhigend am Rücken. Keyan beobachtete sie kurz, um sich zu sammeln, doch da stieg ihm der Geruch verbrannter Haut in die Nase. Er wandte sich dem einzigen Feuer zu, das noch brannte und realisierte, dass Miriya, noch immer in Schockstarre, noch immer zur Salzsäure erstarrt, einen glühenden Ast umklammert hielt. Sie schien nicht zu bemerken, dass die Glut ihre Haut verbrannte.

„Miriya", sagte Keyan laut, erreichte aber nur, dass Onyx und Sternensilber kurz innehielten und die Ohren spitzten. In großen Schritten war der junge Mann bei Miriya. Einen kurzen Moment zögerte er, dann berührte er sie an der Schulter und sie drehte das Gesicht zu ihm. Erschöpfung und ein hoffnungsloser Ausdruck lagen in ihren weitgeöffneten Augen, die ob dem Rauch tränten. Ruß und Schweiß verschmierten ihre Wangen und ihr Kleid war mit dunkelgrünem Blut besudelt. Keyan versuchte sanft, den Ast aus ihrer verkrampften Hand zu lösen.

„Nein!", sagte sie heftig, der Aufschrei mehr ein Aufschluchzen, „nein, nicht. Wir brauchen das noch!" Sie wehrte sich dagegen, des Astes entledigt zu werden. Tränen traten in ihre Augenwinkel. „Bitte, nicht wegnehmen. *Bitte!*"

„Miriya", sagte Keyan erneut laut, „Miriya, alles gut. Es ist vorbei. Lass los." Sie ließ den Ast mit einem unterdrückten Aufschrei fallen. Er sah Brandblasen auf ihrer Handfläche, dann begann sie zu zittern, als der Schock langsam nachließ.

„Miriya", flüsterte er beruhigend und zog sie in seine Arme. Erschüttert registrierte er, dass er selbst mindestens genauso aufgewühlt war, wie die junge Frau und sie schien es ebenfalls zu spüren, denn sie tat es ihm gleich und für eine lange Zeit standen sie bewegungslos neben dem Feuer und hielten einander schweigend in den Armen.

Sie begruben Salina und Kupferfell in mühsamer Handarbeit auf der Lichtung, damit keine Aasfresser sich über die sterblichen Überreste hermachen konnten.

„Ruhe in Frieden, Salina von der grünen Bibliothek. Eines Tages werde ich dich wiedersehen", sagte Miriya ernst, die Hand fast zärtlich auf die frisch aufgeworfene Erde gelegt. Keyan murmelte leise etwas, was sie nicht hören konnte, dann berührte er kurz seine Stirn, seinen Mund und legte die Hand dann auf seine Brust, über sein Herz. Sie benutzten die Schneise, die Sternensilber am vorangegangenen Tag ins Unterholz gedrückt hatte, um zurück aus dem Wald zu kommen. Die unverkennbare Gestalt Kirk-Ijndas tauchte vor ihnen auf.

„Wir reiten um den Wald herum", sagte Keyan. Seine Stimme klang dumpf und hohl. Miriya nickte nur. Sie fühlte sich unendlich müde und stumpf. Noch nie hatte sie dem Tod direkt ins Gesicht geblickt und obwohl nach dem Tod ihrer Eltern tiefe Trauer und Bosheit ihren Alltag bestimmt hatten, Schmerzen, Leid und Todesangst waren ihr fremd. Die Leichen ihrer Eltern hatte sie nie gesehen. Keyan schien ebenfalls in Gedanken versunken. Sie ließen ihren Reittieren freien Lauf und ritten parallel dem Wald entlang. Sie ritten, bis es Abend, Nacht, Morgen, Mittag und wieder Abend wurde. Unermüdlich, mit kerzengeraden Rücken, die Gesichter zu eisernen Masken der Entschlossenheit verzogen, versuchten sie schweigend, den Tod von Salina und Kupferfell zu verarbeiten. Niemand sagte ein Wort, nur die Hufe der Reittiere trommelten in einem stetigen Rhythmus auf den steppenartigen Boden der Ebene und Onyx' Sattelleder oder Zaumzeug knirschten manchmal. Sternensilber schnaubte ab und an rau. Neben ihnen verlief dicht und dunkel der Wald, hinter ihnen wurde Kirk-Ijnda immer kleiner und kleiner und verschwamm in der flirrenden Mittagswärme genauso wie in der samtschwarzen Nacht.

Als sie das erste Mal anhielten, konnte Miriya ihr Hinterteil beinah nicht mehr spüren. Ein dumpfer Schmerz und verkrampfte Muskeln zogen sich vom Halswirbel bis zum Steißbein, das Gesäß war taub. Obwohl sie Salina kaum gekannt hatte, beschäftigte ihr Tod sie ungemein. Die Katzenfrau war lebensfroh und aufgestellt gewesen und ihre Art hatte sie Miriya trotz der ungewohnten, katzenhaften Merkmale sympathisch gemacht. Einige Tage mehr und sie wären vermutlich gute Freundinnen geworden. Ein schmerzhafter Stich fuhr durch ihr Herz. Es wäre die erste Freundin seit langem gewesen. Beißend brannten Tränen in ihren Augen, die sie mühsam zurückhielt. Als sie steif neben Sternensilber stand, begann das Blut wieder, durch ihre Beine zu zirkulieren. Schmerzhaft kribbelten die Glieder und es fühlte sich an, als wäre sie in einen Ameisenhaufen getreten. Sie stöhnte kurz auf, und machte einige taumelnde Schritte auf Füßen, deren Zehen sie nur langsam wieder spüren konnte.

„Miriya …?", brach Keyan die Stille. Er sprang von Onyx' Rücken und fluchte unterdrückt auf, als er hart auf den Füßen aufkam. Auch ihm waren Beine und Hinterteil eingeschlafen, die Glieder steif und verkrampft.

„Pause", sagte sie zwischen zusammengebissenen Zähnen und massierte sich mit schmerzerfülltem Gesicht die Beine.

„Gute Idee", gab er zurück und tat es ihr gleich.

Es tat gut, endlich wieder zu sprechen, nachdem sie sich beide so lange in Schweigen gehüllt hatten. Sie einigten sich darauf, sich einen Augenblick auszuruhen und die Reittiere grasen zu lassen. Beide waren sie erschöpft und energielos und was nur eine kurze Pause hätte werden sollen, dehnte sich aus, als beide in einen traumlosen, bleiernen Schlaf fielen.

Miriya wachte einmal vor Keyan auf und setzte sich auf. Sie fühlte sich erstaunlich frisch und ausgeruht. Aufmerksam betrachtete sie die Umgebung, die sie zuvor in ihrem erschöpften Zustand kaum wahrgenommen hatte. Neben ihnen verlief noch immer der vermaledeite Wald, dunkel und schweigend, und in der Ferne konnte sie gerade noch Kirk-Ijnda ausmachen, so klein wie ihr Daumennagel. Um sie herum wuchs dürres, karges Gras auf dem scheinbar unfruchtbaren Boden und das Wildeinhorn und der Rappe hatten während ihrem Schlaf ganze Arbeit geleistet und der meisten Vegetation in unmittelbarer Nähe den Garaus gemacht. Nun standen sie Seite an Seite nebeneinander und dösten vor sich hin. Über ihnen zogen riesige Wolkenfetzen majestätisch über den blauen Himmel und dem Sonnenstand nach war es früher Nachmittag. Lärmend und fröhlich pfeifend schlugen sich ab und zu Vögel aus dem dichten Blätterwerk des Waldes und schraubten sich in die klare Luft. Neben Miriya hatte sich Keyan lang ausgestreckt und schlief immer noch friedlich. Es war das erste Mal, dass sie ihn derart entspannt im Liegen schlafen sah. Dennoch beugte sie sich über ihn, um ihn zu wecken, schließlich war von einer kurzen Pause die Rede gewesen. Für einen Moment schwebte ihre Hand zögernd über seiner Schulter, ihr Herzschlag beschleunigte sich. *Stell dich nicht so an*, dachte sie augenrollend und packte ihn fest an der Schulter.

„Keyan", sagte sie mit leicht erhobener Stimme, „aufwachen!"

Seine Reaktion kam ohne Umschweife und vollkommen unerwartet: Er riss die Augen auf, starrte sie einen Herzschlag lang entsetzt an und sprang dann wie von einer Giftschlange gebissen auf. Erschrocken wich Miriya zurück. Auf eine solche Reaktion war sie nicht gefasst gewesen.

„Verzeih mir", brachte sie hervor. Er starrte sie schwer atmend an, eine Hand auf die Brust gepresst, wo sein Herz ohne Zweifel heftig gegen den Brustkasten trommelte. Dann atmete er auf und entspannte sich, als er registrierte, dass keine Gefahr drohte.

„Verzeih *mir*", sagte er seinerseits und ließ sich neben der jungen Frau nieder, „ich bin es nicht gewohnt, von jemandem geweckt zu werden."

Sie nahm die Entschuldigung mit einem Kopfnicken zur Kenntnis und einige Atemzüge lang saßen sie schweigend nebeneinander und blickten auf die Landschaft. Dann wandte sich Keyan an Miriya: „Wollen wir weitergehen?"

Sie nickte erneut und die beiden stiegen auf ihre Reittiere und brachen auf, immer parallel zum Wald. Gegen Abend verschwand endlich der dichte, dunkle Wald und machte einem braunen, sandigen Boden Platz. Dürres Gras wuchs in Büscheln aus dem brüchigen Untergrund, einige verkrüppelte, kleine Bäumchen streckten knorrige Ästchen wie Finger in den dunkel werdenden Himmel. Mit einem Mal warf Onyx unruhig den Kopf in die Höhe und schnaubte ängstlich. Keyan sah seinen Rappen kurz prüfend an und ließ seinen Blick dann aufmerksam über die Ebene schweifen. Miriya tat es ihm gleich. Sternensilber ließ sich zwar nichts anmerken, doch sie konnte fühlen, wie sich unter dem seidigen Fell alle Muskeln anspannten.

„Was ist wohl jetzt los?", meinte sie, ein wenig nervöser als gedacht. Keyan sah sie ratlos an. Er hatte Onyx nahe an Sternensilber herangebracht, sodass sein Bein beinahe ihren Schenkel streifte. Dann warf auch das wilde Einhorn unvermittelt den Kopf in die Höhe und schnaubte überrascht auf. Miriya öffnete den Mund, um etwas zu sagen, aber in diesem Moment fühlten sie beide, wie der karge Boden leicht zu vibrieren anfing. Ein dumpfes Beben in der Distanz schwoll zu einem unheilschwangeren Grollen heran und die stärker werdende Vibration ließ kleine Steinsplitter und lose Grasbüschel tanzen. Neben ihnen durchfuhren einige Risse den trockenen Boden wie verästelte Blitze. Onyx bäumte sich schrill wiehernd auf, während Sternensilber ruckartig den gehörnten Kopf in die Höhe warf.

„Was ist das?", keuchte Miriya, sich mühsam an Sternensilber krallend. Keyan, damit beschäftigt, seinen Rappen unter Kontrolle zu halten, war ebenso ratlos wie die junge Frau. Er hatte im Verlauf seiner Karriere schon viel gesehen, war viel herumgekommen und Zeuge von Dingen geworden, die sich andere nicht einmal in ihren kühnsten Träumen hätten ausmalen können, aber auf dieses plötzliche, seltsam gleichmäßig verlaufende Erdbeben konnte er sich keinen Reim machen.

„Ich habe keine Ahnung", rief er gegen das lauter werdende Grollen an, „kannst du etwas sehen?"

„Da drüben!", schrie Miriya und deutete auf eine dunkle Sandwolke, die wirbelnd immer größer wurde. Dann keuchten sie beide überrascht auf, als sie erkannten, was die Sandwolke verursachte: Riesige, behäbig aussehende Tiere stürmten auf sie zu. Sie hatten sandfarbenes Fell, große, von rosafarbenen Adern durchzogene Ohren und armlange, rüsselförmige Schnauzen. Die säulenartigen Beine endeten in verhornten Flächen und durch das große Körpergewicht waren die Giganten scheinbar nicht in der Lage, mehr als ein Bein auf einmal zu heben. Dennoch kamen sie rasch und donnernd näher, wie eine gewaltige Springflut.

„Sandbeutler! Weg hier!", brüllte Keyan, der mit seinen geschulten Augen die herantobenden Gestalten ebenfalls ausgemacht hatte und wendete Onyx scharf. Sternensilber warf sich herum und preschte hinter dem Rappen her, der in weiten Sprüngen über die karge Ebene raste. Seite an Seite galoppierten sie dahin, die pechschwarzen Hufe trommelten ein irres Stakkato auf den trockenen Boden, Mähnen und Schweife wehten ihm Wind und Sternensilbers Amulette und Verzierungen klirrten hell. Miriya wandte sich kurz um, erstaunt, dass der Rappe, den sie für ein wenig überzüchtet und nervös gehalten hatte, so gut mit Sternensilber, der der Wildnis entsprungen war, mithalten konnte. Dicht hinter dem wilden Einhorn rannte er mit federndem Galopp, in den Augen die gleiche Entschlossenheit und Unverfrorenheit wie sein Herr, der tief über den Hals des Pferdes gebeugt im Sattel saß, vollkommen ruhig und hochkonzentriert. Reiter und Ross schienen wie füreinander geschaffen zu sein.

„Pass auf!", schrie Keyan in diesem Augenblick und Miriya bekam einen Schlag in die Magengegend, der ihr alle Luft mit einem Keuchen aus den Lungen drückte. Sie sackte zusammen und nur ihrem blitzschnellen Reaktionsvermögen war es zu verdanken, dass sie auf Sternensilbers Rücken blieb. Mit Tränen in den Augen realisierte sie, als sie keuchend Luft holte, dass sie in ihrer wilden Flucht dem Waldrand wieder nähergekommen waren und einer der tiefstehenden Äste für den schmerzhaften Schlag verantwortlich gewesen war. Keyan atmete erleichtert auf, als er sah, dass Miriya sich trotz der Kollision hatte auf dem Rücken ihres Reittieres halten können. Ein Blick über die Schultern sagte ihm jedoch, dass ihre Lage ziemlich aussichtslos war. Obwohl Sternensilber und Onyx beides schnelle, ausdauernde Reittiere waren, würden sie den Sandbeutlern dennoch nicht entkommen können. Taten der Rappe und das Wildeinhorn zwei Galoppsprünge, nahmen die riesenhaften Säugetiere einen Schritt und nicht einmal die großen Sätze, mit denen sie dahinpreschten, änderten etwas an der Situation. Sein Gehirn arbeitete fieberhaft an einem Ausweg, seine Züge blieben ruhig. Aufgeben war nicht seine Stärke.

„Das werden wir nicht schaffen", brüllte Miriya, die mittlerweile ebenfalls den Ernst der Lage erfasst hatte, über den ohrenbetäubenden Lärm der heranbrausenden Giganten. Sie mussten versuchen, sich zurück in den vermaledeiten Wald zu schlagen, koste es, was es wolle. „Wir müssen–", setzte sie an.

Kräftige Arme packten die junge Frau samt Einhorn und hoben sie in die Luft. Sternensilber stieß einen kurzen, überraschten Laut aus, als seine Hufe sich vom Boden lösten. Er versuchte, sich zu wehren, ließ es dann aber bleiben. Neben ihnen wurden Onyx und Keyan ebenfalls in luftige Höhen gehoben. Je zwei Handpaare umfassten die Oberschenkel der Reittiere, kräftige Hände und sehnige Arme, die zu Männern und Frauen in langen, weitschwingenden Gewändern mit breiten Gürteln gehörten. Miriya blickte der Frau, die am nächsten bei ihr war, ins Gesicht, aus dem sie stechende, eisblaue Adleraugen anschauten. Ihre Haut war wettergegerbt und dunkel und langes, glattes Haar wehte in dichten Strähnen über ihre Schultern und ihren Rücken. Ein seltsames Rauschen blendete das dröhnende Dahindonnern der Sandbeutler aus und erst da realisierte Miriya, dass hinter dem Kopf der Frau kräftige, mit anthrazitfarbenen Federn gefiederte Schwingen schlugen, die aus ihrem Rücken wuchsen.

„Sei gegrüßt, Miriya aus Ke-Inda", sagte die Vogelfrau lässig, „wir bringen euch nach Ayara, unserem Dorf."

Sie blieben nur für eine kurze Zeit in der Luft, doch die kräftigen Schwingen der Vogelmenschen trugen sie in sicherer Höhe über den Baumkronen weit in den Wald hinein, in dem sie eben erst Salina verloren hatten. Von oben konnte Miriya sehen, dass die Vegetation sich leicht veränderte, je weiter sie sich dem Herz des

Waldes näherten: Die Randregion, in die sie mit der Katzenfrau und Kupferfell vorgestoßen waren, war jenes dunkle, dichte, ineinander gewachsene Gewirr, durch das sie sich mit Sternensilbers Hilfe durchgeschlagen hatten. Dann, gegen das Herz des Waldes hin, wuchsen die Bäume sichtbar höher, aber auch luftiger, mit mächtigen Stämmen und weitgefächerten Kronen standen sie erhaben dicht an dicht. *Es müssen unvorstellbar alte Bäume sein,* dachte Miriya fasziniert. Von Zeit zu Zeit gewahrte sie kleine Schneisen im Wald, ähnlich der Lichtung, in der sie jene schicksalshafte Rast gemacht hatten, die ihnen Salina und Kupferfell geraubt hatte. Die junge Frau schluckte schwer. Ihre Gedanken wurden unterbrochen, als sie bemerkte, dass sie auf eine der Schneisen zusteuerten. Knallend spreizten die Vogelmenschen ihre Flügel in den Gegenwind und breiteten die Federn zu schimmernden Fächern aus, um ihren Sinkflug zu kontrollieren. Je näher sie dem farnbewachsenen Boden kamen, desto unruhiger wurde Sternensilber und als er endlich wieder festen Untergrund unter den Hufen spürte und die Vogelmenschen ihn losließen, schnaubte er erbost und warf den gehörnten Kopf zurück. Die Frau und der Mann zu seiner Rechten wichen elegant einige Schritte zurück. Neben ihnen landete die Gruppe um Keyan und Onyx sicheren Schrittes, ihre geflügelten Retter ließen den Rappen los und traten zurück.

„Willkommen in Ayara", sagte die Vogelfrau mit den eisblauen Augen und neigte zur Begrüßung den Kopf. Sie lächelte erhaben und wies auf den Wald. Sie waren nun unverkennbar nahe dem Herz des Waldes. Um sie herum erhoben sich die Bäume in schwindelerregende Höhen und ihre Äste fächerten sich erst gegen die Kronen hin aus.

„Wo sind denn eure Häuser?", fragte Miriya vorsichtig, nachdem sie für einige Momente verständnislos in die Tiefen des Waldes gestarrt und erfolglos versucht hatte, eine Siedlung auszumachen. Die Vogelmenschen lachten nur auf. Keyan öffnete den Mund, vielleicht, um eine Erklärung verlauten zu lassen, doch da setzten sich ihre Retter in Bewegung, die Lippen zu verschmitzten Grinsen verzogen und bedeuteten den Geretteten, ihnen aus der Lichtung in den Wald zu folgen. Miriya lief hinter den geflügelten Menschen her, Sternensilber auf den Fersen. Ihr Herz pochte nervös ob der Aussicht, wieder in die Untiefen dieses Forstes zu tauchen, obwohl dieser Teil des Waldes heller und luftiger schien und die friedliche Atmosphäre keine bedrohlichen Gedanken aufkommen ließ. Keyan, der mit Onyx neben ihr ging, schien ihr Zögern zu bemerken. Er trat fast unmerklich näher an sie heran, ohne sie zu berühren. Dann blieben die Vogelmenschen auf einmal stehen und die Frau mit den eisblauen Augen stieß unvermittelt einen kurzen, schrillen Schrei aus, der dem eines Raubvogels auf Beutezug glich. Miriya und Keyan zuckten beide heftig zusammen, ebenso wie Sternensilber und Onyx. Von oben ertönte ein erneuter, schriller Schrei. Einer der Vogelmänner, der neben Keyan zum Stehen gekommen war, deutete in die ungefähre Richtung, aus der der Schrei gekommen war.

„Wir wohnen dort oben", meinte er erklärend und schraubte sich mit zwei kräftigen Flügelschlägen in die Höhe. Kurz nachdem er aus ihrem Sichtfeld verschwunden war, senkte sich eine Strickleiter einem nahen Baumstamm entlang nach unten.

„Wir bitten euch, die Strickleiter zu nehmen. Wir kümmern uns derweil um die Tiere", sagte die Frau mit den eisblauen Augen. Miriya warf Keyan einen kurzen, fragenden Blick zu. Sollten sie die Gastfreundschaft ohne Hinterfragen annehmen? Der junge Mann nickte ihr kurz aufmunternd zu und Miriya nahm die rauen Fasern der Strickleiter in die Hand. Sie hangelte sich geschickt und flink wie ein Eichhörnchen daran empor, während Sternensilber und Onyx es zögerlich zuließen, dass die Vogelmenschen sie erneut um die Oberschenkel anfassten und sich mit ihnen in die Luft erhoben. Keyan folgte Miriya mit langsameren, bedächtigen Bewegungen, sorgfältig Schwert und Dolch aus dem Weg seiner Beine haltend. Der Aufstieg schien eine gefühlte Ewigkeit zu dauern. Die Vogelmenschen mit den Reittieren waren schon im Geäst verschwunden und die Muskeln in Miriyas Armen und Beinen begannen zu brennen. Als sie schon dachte, dass sie sich langsam nicht mehr halten konnte, packten sie kräftige Arme unter den Schultern und halfen ihr, durch eine Öffnung auf eine hölzerne Plattform zu klettern, die um den Baum herum am Stamm angebracht war. Miriya wischte sich unauffällig den Schweiß von der Stirn und versuchte, zu Atem zu kommen, während Keyan auf die gleiche Weise auf die Plattform geholfen wurde. Dann standen sie beide nebeneinander da und konnten kaum die Münder geschlossen halten vor Staunen: Von der kleinen Plattform, auf der sie standen, führten schmale, grob aus Holz und Seilen gefertigte Hängebrücken mit Geländern in alle Richtungen. Hier, in der obersten Schicht des uralten Herzes des Waldes, in den weitgefächerten, mächtigen Baumkronen war eine gesamte Stadt auf hölzernen Plattformen errichtet. Ein organisiertes Gewirr aus Holzstegen und Hängebrücken verband unzählige Plattformen, die rund gehalten und um die Baumstämme herum befestigt waren. Wabenartige Häuschen schmiegten sich auf den Plattformen an die Baumstämme. Auf einer benachbarten, weitaus größeren Plattform wurden Sternensilber und Onyx in einen kleinen Korral dirigiert. Sie schienen ebenso fassungslos von dem Anblick der Stadt zu sein, wie ihre Reiter. Die Siedlung, die sich so nahtlos und vollkommen natürlich in ihre Umgebung einfügte, pulsierte mit Leben – überall sah man Vogelmenschen in den anscheinend typischen, weichfallenden Gewändern mit den breiten Gürteln, die ihrer Arbeit nachgingen oder über die Plattformen flanierten. Kinder jagten sich kichernd durch die Baumkronen und vollführten waghalsige Flugmanöver.

„Ich heiße euch nochmal willkommen in Ayara", sagte die Vogelfrau mit den eisblauen Augen neben ihnen und riss sie aus ihrem ehrfürchtigen Schweigen. Ein amüsierter Unterton schwang in ihrer Stimme mit.

„Mein Name ist Ki-Ara, Miriya aus Ke-Inda. Ich freue mich, deine Bekanntschaft zu machen", stellte sie sich vor und knickste leicht. Miriya erwiderte die Begrüßung wie automatisch. Dann runzelte die junge Frau die Stirn. „Wie kommt es, dass Ihr meinen Namen kennt …?"

Keyan schien noch zu gefangen vom Anblick Ayaras, als dass er einen Ton herausgebracht hätte, aber er zwang sich dennoch, den Blick von dem emsigen Treiben abzuwenden und sich zu Ki-Ara umzudrehen.

„Ich hatte ja keine Ahnung- ", brachte er schließlich heraus und Miriya realisierte, dass ihm Ki-Ara nicht fremd war. Die Vogelfrau lachte kurz auf. Weiße, ebenmäßige Zähne blitzten in dem gutmütigen, scharf geschnittenen Gesicht auf.

„Ayara kann einem die Sprache verschlagen, wenn man es zum ersten Mal sieht, nicht wahr, Kommandant Keyan?", meinte sie aalglatt, „ich habe nicht zu viel versprochen."

Er warf ihr einen schwer zu deutenden Blick zu, offensichtlich jeglicher Worte beraubt ob des fantastischen Anblickes der Stadt. Bevor er etwas erwidern konnte, fuhr Ki-Ara mit einem Augenzwinkern in Richtung Miriya fort: „Ihre Hoheit Königin Raika hat wohl einige Stämme der Feenvölker von eurem Unterfangen in Kenntnis gesetzt mit der Bitte, euch auf eurer Reise behilflich zu sein, sollten wir aufeinander treffen", meinte sie. Ihre Stimme hatte einen rauchigen, angenehmen Klang, wobei ihr Tonfall vermuten ließ, dass sie nicht geneigt war, Befehlen zu gehorchen, die sie selbst nicht guthieß. *Da haben wir vermutlich Glück gehabt*, ging es Miriya durch den Kopf und sie dachte mit einem Schaudern an die säulenartigen Beine der gewaltigen Tiere, die Keyan als Sandbeutler bezeichnet hatte.

„Bitte lasst mich euch Ayara zeigen. Ihr scheint die Stadt sehr faszinierend zu finden. Und vermutlich wollt ihr eure Reise erst dann fortsetzen, wenn die Wanderung der Sandbeutler aufgehört hat", sagte Ki-Ara. Dem hatten weder Miriya noch Keyan etwas entgegenzusetzen und so folgten sie der Vogelfrau über eine der vielen Hängebrücken.

„Dies sind unsere Lagerhäuser und Gemeinschaftsräume. Und in einigen der Häuser können Gäste untergebracht werden", erklärte Ki-Ara weiter, als sie über eine der Plattformen liefen. Die Frau, die ihre Schwingen nun auf dem Rücken gefaltet hatte, hatte einen eigenartig schwingenden Gang, der sie auf eine einmalig elegante Art linkisch erscheinen ließ, als wäre sie nicht daran gewohnt auf festem Boden zu gehen.

„Was ist das?", wollte Miriya interessiert wissen. Sie hatte unter den größten, zentral in der Siedlung gelegenen Plattformen eine Vielzahl an tropfenförmigen Gebilden ausgemacht, die an stark aussehenden Strängen am Holz der Plattformen angebracht waren.

„Das sind unsere Kobeln zum Schlafen", meinte die Vogelfrau. „Wir fühlen uns am wohlsten in der Luft", fügte sie erklärend hinzu. Miriya staunte. Die Kobeln waren groß genug, einen erwachsenen Mann aufzunehmen und aus allen möglichen Materialien gefertigt – Ästen, Blättern, Gras, Stroh, Stofffetzen. Wie schützende Stacheln ragten hie und da Tannenzweige aus dem Geflecht und im Innern schienen die Gebilde mit etwas ausgepolstert, was wie aufgebauschte, cremefarbige Wolle aussah.

„Sejamwolle", sagte Ki-Ara. Sie flog zu einem der Kobeln, pflückte eine Handvoll der Wolle daraus und drückte sie Miriya in die Hand. Sie war wunderbar weich und widerstandsfähig.

„Wir züchten sie eigenhändig für den Eigenbedarf, aber auch für den Handel. Unsere Sejamwolle zeichnet sich dadurch aus, dass sie besonders seidig ist und sehr dünn versponnen werden kann, ohne die Widerstandskraft zu verlieren", fuhr die Vogelfrau fort. Sie zeigte Miriya und Keyan die Lagerhäuser, wo die Wolle in großen Ballen gelagert wurde, sowie die Vorratshäuser, die von der Gemeinschaft genutzt wurden. Für das Feenvolk der Vogelmenschen schien die Gemeinschaft in allen Aspekten des alltäglichen Lebens wichtig zu sein – bis auf die Kobeln zum Schlafen und kleine, persönliche Dinge wie Kleidung und Schmuck wurde alles geteilt und gemeinsam verwaltet. Wie kleine Zahnräder, die sauber ineinandergriffen, arbeiteten die Vogelmenschen zusammen und jedes Mitglied der Stadt hatte eine Aufgabe und einen Platz in der Gesellschaft. Miriya, die von den Einhornzüchtern viel mehr Individualität und Einzelarbeit kennengelernt hatte, war sehr fasziniert von dieser Art des Zusammenlebens und der Zusammenarbeit. In Ke-Inda lebte man dies nur innerhalb der Familieneinheiten, während die Züchter in ihrer Arbeit eher lose Gemeinschaften formten, die sich zumeist auf das gemeinsame Hüten der Herden und Ratschläge in der Haltung und Zucht der Tiere beschränkten. Keyan derweil, der das Zusammenspiel verschiedener Menschen und Aufgaben vom Palast her teilweise kannte, schien eher von der Tatsache fasziniert zu sein, dass Ayara eine funktionierende Stadt war, die inmitten der Baumkronen vollständig verborgen von der übrigen Welt lag. Er stellte einige interessierte Fragen zur Architektur und Bauweise und aus ihrem Gespräch erkannte Miriya, die aufmerksam lauschte, dass Ki-Ara Keyan wohl schon einige Male im Palast über den Weg gelaufen war, dass sie aber nie wirklich viele Worte über die üblichen Höflichkeitsfloskeln hinaus ausgetauscht hatten. So war Miriya Sejamwolle zwar gänzlich unbekannt, aber der junge Mann wusste, dass diese Wollart verschiedensten Bevölkerungsgruppen als Handelsgut diente und dass die Sejamwolle der Vogelmenschen sich durch ihre feine, elegante, aber widerstandsfähige Qualität auszeichnete, wofür sie hochgeschätzt und weitbekannt war.

„Wir ziehen die Sejampflanzen auf Feldern, die wir etwas außerhalb der Stadt gebaut haben. Man kann sie nur fliegend erreichen", erklärte Ki-Ara. Sie hatten ihren Rundgang beendet und saßen nun neben einem der Gästehäuschen am Rande der Plattform. Während Keyan einen Sicherheitsabstand haltend gegen die Außenwand der Hütte gelehnt dastand, ließen Miriya und Ki-Ara die Füße über den Rand der Plattform baumeln. Die junge Frau genoss das etwas nervöse, aber aufregende Gefühl, das ihr der Blick in die schier endlose, grüne Tiefe bescherte. Die Vogelfrau neben ihr saß Miriya und Keyan zugewandt, ein Bein aufgestellt und den Ellenbogen eines Arms auf das angezogene Knie gestützt und beantwortete geduldig und gründlich die Fragen ihrer Gäste.

Inzwischen war es Abend geworden. An den Geländern, um Äste gewunden und an den Plattformen und Häuschen angebracht hingen kleine, tropfenförmige Glasgefäße, die mit dem Einbruch der Nacht sanft zu leuchten begannen. Es war ein grünlich-gelbliches, fluoreszierendes Licht, das magisch anmutete. Als Miriya sich neugierig über eines der Gefäße beugte, sah sie, dass das Glas gegen beide Seiten hin offen war. Gegen unten war die Öffnung frei und kreisrund, gegen oben hin war Sejamwolle durch die Öffnung geschoben worden, was das Gefäss am Seil befestigte, an dem es zusammen mit unzähligen Kopien hing. Die Sejamwolle schien getränkt zu sein mit einem goldenen, dickflüssigen Sirup und die junge Frau sah zu ihrem Erstaunen, dass das Licht von daumen-

langen Glühwürmchen produziert wurde, die sich am Sirup labten. Ki-Ara lachte, als sie Miriyas überraschten Gesichtsausdruck
sah. „Wir versuchen, im Einklang mit der Natur zu leben. Die
Wolle ist mit Honig getränkt, die Glühwürmchen können kommen und gehen, wie sie wollen."

„Das ist toll!", sagte Miriya aufrichtig. Ihr Gesicht leuchtete
im Schein der Glühwürmchen begeistert und zum ersten Mal seit
Salina lächelte sie wieder. Keyan spürte, wie sein Herz einen Satz
machte und er erkannte, wie sehr er dieses Lächeln bereits vermisst
hatte. *Wie seltsam*, dachte er, *du kennst sie erst seit so kurzer Zeit.*

Später am Abend, als die Glühwürmchen in ihren Glasgefäßen
die einzige Lichtquelle geworden waren, lud Ki-Ara Miriya und
Keyan ein, an ihrem Abendessen teilzunehmen. Alle Vogelmenschen hatten beim Einbruch der Nacht ihre Beschäftigungen beendet und waren nun im Siedlungskern versammelt. Auf langen
Bänken saßen sie beieinander, aßen und besprachen die Tages-
geschäfte, scherzten und lachten. Miriya und Keyan saßen etwas
am Rande der Plattform, überwältigt von dem, was sie gesehen
hatten und immer noch sahen. Miriya fiel auf, dass allen Vogelmenschen die stechenden, scharfen Adleraugen gemein waren,
auch wenn die Farbkombinationen variierten. Alle trugen sie dieselben Gewänder, weich fließend und an der Taille von den breiten Gürteln zusammengehalten, aber man sah die verschiedensten Farben und auch die Federn der Flügel unterschieden sich
in ihren Färbungen und schienen sich an den jeweiligen Haar-
farben anzupassen.

„Kann ich da sitzen?", fragte eine Jugendliche mit verschmitzten, spitzbübischen Zügen. Sie mochte nur wenige Sommer jünger sein als Miriya selbst und ihre Stimme war hell und klangvoll.

„Natürlich", meinte Miriya, „sei gegrüßt."

„Sei gegrüßt. Ich heiße Sia-Ara, Miriya aus Ke-Inda", gab das
Vogelmädchen zurück und nickte auch Keyan zum Gruß freundlich zu. Sie stellte ihre Schale dampfenden Essens auf den Tisch
und schwang die Beine über die Bank, um sich zu setzen. Mit einem lauten Seufzer ließ sie sich auf die Bank plumpsen.

„Langer Tag?", fragte Keyan. Sia-Ara, deren dunkle Haut im Schein der Glühwürmchen schimmerte, warf ihre glatten, sandfarbenen Strähnen zurück und streckte kurz die ebenfalls sandfarbenen Schwingen. Ihre grünen Adleraugen funkelten.

„Kann man so sagen", meinte sie, „heute war auf den Sejamfeldern der Teufel los." Sie nahm einen Schluck der heißen, dicken Suppe, die purpurroten Dampf in die kühle Nachtluft steigen ließ.

„Ein Rudel Tirpoltiere hat über Nacht die Felder verwüstet und Wolle geklaut. Keine Ahnung, wofür *die* Wolle brauchen", erzählte sie zwischen zwei Schlucken.

„Tirpoltiere?", fragte Miriya verdutzt. Sia-Ara stellte ihre Schale ab.

„Sei froh, bist du ihnen noch nie begegnet", meinte sie, einen bitteren, leicht angewiderten Ausdruck im Gesicht, „sie jagen in riesigen Rudeln, allein sind sie nicht besonders gefährlich, solange man den Knochenrüssel vermeidet."

Sie zeichnete mit den Händen kugelförmige Umrisse in die Nachtluft.

„Sie sind nicht besonders groß, sehen aus wie übergroße Wollknäuel mit einem dünnen Hals und Spinnenbeinen, absolut widerwärtig", fuhr sie fort, ohne zu bemerken, dass sowohl Miriya wie auch Keyan sich beinah sichtbar versteiften.

„Der Knochenrüssel ist gefährlich, weil wenn sie es schaffen, den durch die Haut zu stechen, ist alles aus. Der Speichel von Tirpoltieren ist hochkonzentriert und zersetzt alles. Kommt der in den Körper, reichen schon winzige Mengen aus, dass sich alles auflöst, Organe und Knochen und Blut, alles. Und die Biester schlürfen dann einfach den Saft aus, wirklich eklig. Niemand will so sterben", erzählte Sia-Ara weiter. Miriyas Gesichtszüge waren zu einer Maske des Grauens erstarrt und sie starrte das Vogelmädchen aus großen, entsetzten Augen an. So waren Salina und Kupferfell also gestorben. Ihr Magen begann, zu rebellieren und sie konnte fühlen, wie sie in kalten Schweiß ausbrach. Sia-Ara deutete ihre Reaktion falsch. „Keine Angst, bis auf den Speichel sind sie wie gesagt ziemlich schwach. Ein Feuerchen und sie sind weg. Sie mögen keine Helligkeit."

Miriya stand ruckartig auf. Sie konnte wieder Salinas schrille Hilferufe hören, das widerwärtige Schlürfen der Tirpoltiere, als sie ihre Rüssel in Kupferfells Körper versenkt dessen Inneres ausschlürften, als wäre es eine dickflüssige Suppe. Ihr Magen drehte sich ihr um. Sie stolperte über die Bank, warf sich herum und rannte davon, mühsam die Tränen unterdrückend.

„Was hat sie?", fragte Sia-Ara verdattert und schuldbewusst, „habe ich etwas Falsches gesagt?"

„Wir haben eben erst jemanden an diese Tiere verloren", erklärte Keyan, der ebenfalls aufgestanden war, als Miriya hochgefahren war, knapp.

„Oh", machte das Vogelmädchen, „entschuldige!"

Keyan gab ihr mit einem Wink zu verstehen, dass sie sich keine Sorgen zu machen brauchte. Dann kletterte er über die Bank und folgte Miriya.

Er fand die junge Frau bei Sternensilber und Onyx im Korral, wo sie bebend und lautlos schluchzend das Gesicht in die verzierte Mähne ihres Bruders vergraben hatte. Keyan stand eine Weile ratlos da, dann betrat er den teilweise überdachten Korral und trat geräuschlos zu dem liegenden Einhorn. Sternensilber gab ein diskretes Schnauben von sich, erhob sich vorsichtig und anmutig und gesellte sich zu Onyx, der am anderen Ende des Korrals am bereitgestellten Heu knabberte. Keyan ging vor Miriya in die Hocke und sie sah ihn aus trostlosen Augen an. Ihre Wangen waren tränennass und sie las in seinen Augen die Traurigkeit, die auch sie befallen hatte, als sie Sia-Aras Erklärungen gehört hatte. Salinas und Kupferfells Tod waren noch immer sehr frisch. Doch es stand auch Mitleid in den moosgrünen Tiefen seiner Augen. Er hob eine Hand an Miriyas Wange und fing die Träne auf, die sich aus ihren dichten Wimpern gelöst hatte und nun eine glitzernde Spur über ihre Haut zog.

„Ich bin bei dir", sagte er leise, seine Stimme rauer als sonst und ein wenig belegt. Sie nickte leicht, nahm seine Hand und drückte ihr heißes, tränennasses Gesicht an die warme Handfläche. Er wollte sich nach vorne lehnen, wollte seine Stirn an die ihre legen, um ihr so nahe wie möglich zu sein. Stattdessen fuhren sie beide auf, als sie das nun vertraute Rauschen von Schwingen hörten. Sia-Ara landete graziös auf der Plattform vor dem Korral.

„Hier seid ihr!", sagte sie und in ihrer Stimme schwang ein Anflug von Erleichterung mit.

„Bitte entschuldigt meine ausführlichen Erklärungen von eben. Ich wusste ja nicht-", sie brach verlegen ab. Miriya wischte sich die Wangen trocken und trat aus dem Schatten des Unterstandes.

„Du konntest es auch nicht wissen. Mach dir keine Gedanken", sagte sie und ihre Stimme klang seltsam hohl in ihren Ohren.

„Habt ihr euren Freund lange gekannt?", fragte Sia-Ara mitfühlend. Keyan trat neben Miriya.

„Nein, gar nicht. Aber es war trotzdem schlimm", antwortete diese schlicht. Die ruhige, warme Präsenz des jungen Mannes neben ihr beruhigte sie, wie das sonst nur bei Sternensilbers Anwesenheit der Fall war. Das Vogelmädchen nickte nur verständnisvoll. Sie berührte Miriya kurz am Arm, dann wandte sie sich um.

„Ihr solltet euch ausruhen und eure Kraftreserven auffüllen", meinte sie und klang erwachsener als sie war, „die Sandbeutler sollten die Ebene nun passiert haben und ihr könnt morgen vermutlich weiterreisen."

Miriya und Keyan konnten dem nur beipflichten. Sie wünschten Sia-Ara eine gute Nacht, bevor sie sich schweigend zu ihren Gästehäuschen aufmachten und sich in ihren jeweiligen Hütten zur Ruhe legten.

„Die Sandbeutler sind ohne Zweifel weitergezogen", sagte Ki-Ara lächelnd. Sie war eben von einem kurzen Erkundungsflug zurückgekommen. Neben ihr landete Sia-Ara graziös auf der Plattform und Miriya fragte sich, wie ihr am vergangenen Abend nicht hatte auffallen können, wie ähnlich sich Mutter und Tochter sahen. Sia-Ara mochte helles Haar und grüne Augen haben, aber der scharfe Schnitt des Gesichts, die spitzbübische Nase und die geschwungenen Lippen waren dieselben wie die ihrer Mutter.

„Das heißt, wir werden weiterziehen müssen", sagte Miriya mit einem dankenden Nicken. Sie war ausgeruht und entspannt nach einem tiefen, traumlosen Schlaf erwacht, trotz ihres Gefühlausbruchs vom vergangenen Abend. Aber das sich ausweinen hatte gut getan und ihr geholfen, Salinas Tod zu akzeptieren und zu verarbeiten. Als Keyan aus seiner Gästehütte trat, konnte sie sehen, dass es ihm ähnlich ergangen war. Auch er sah frisch und ausgeruht aus und begrüßte sie mit einem vertrauten Lächeln, das ein Flattern in ihrer Magengegend auslöste. Die Vogelmenschen brachten Sternensilber und Onyx, die ebenfalls erholt aussahen, auf den Boden außerhalb des Waldes zurück, wo sie die Tiere mit ihren Reitern aufgefasst hatten. Bevor sie dasselbe mit Miriya und Keyan machen konnten, nahm Ki-Ara die junge Frau zur Seite und führte sie etwas abseits hinter die Gästehäuschen.

„Miriya aus Ke-Inda", begann die Vogelfrau und hielt ihren Blick mit eisblauen Adleraugen, „als Ihre Hoheit uns über deine Reise aufklärte, fragte ich mich, warum sie ausgerechnet dich ausgesucht hat. Viele Bewohner Kirk-Wanas, Menschen wie auch andere Geschöpfe und Angehörige der Feenvölker, haben seit jeher das Kristallzepter gesucht und keinem ist es jemals gelungen, es zu finden. Ich fragte mich, was bei dir wohl anders sein könnte." Ki-Ara wirkte ernst, feierlich. Miriya lief ein kleiner Schauer über den Rücken. Sie hatte Keyans Gesprächen mit Ki-Ara am vorangegangenen Tag entnommen, dass die Vogelfrau eine enge Freundin der Königin sein musste und fragte sich nun unwillkürlich, worauf die Unterhaltung abzielte.

„Dann habe ich dich getroffen. Du magst zwar denken, dass wir uns nur flüchtig kennenlernen konnten, aber das hat gereicht. Ich weiß, warum du die Auserwählte bist. Warum Königin Raika dich in ihren Träumen gesehen hat. Kirk-Wana spricht zu dir", fuhr Ki-Ara fort und legte der jungen Frau die Hände auf die Schultern.

„Kirk-Wana spricht zu dir auf eine Art, wie ich sie noch nie erlebt habe. Und du antwortest, auch wenn du dir dessen vermutlich nicht bewusst bist. Die meisten Bewohner Kirk-Wanas haben verlernt, auf das Land zu hören, das sie beherbergt. Die Feenvölker mögen die letzten Geschöpfe sein, die dies bisweilen noch beherrschen. Es ist eine Gabe, Miriya. Sei dir dessen bewusst und vertrau darauf. Sie wird dich nie fehlleiten, wenn du dich entscheidest, darauf zu hören."

Ki-Ara trat einen Schritt zurück und zog etwas aus den Tiefen ihres Gewandes hervor. Es war eine Feder, schimmernd und blütenweiß und so lange wie Miriyas Unterarm.

„Ich möchte dir dies mit auf den Weg geben, Miriya aus Ke-Inda. Ich hoffe, du kannst eines Tages ihre Hilfe beanspruchen. Trage ihr Sorge", sagte die Vogelfrau. Miriya wusste nicht, was sie erwidern sollte. Sie legte ihre Hände auf die Schultern Ki-Aras und drückte ihre Stirn kurz an die Stirn der Vogelfrau.

„Ich bedanke mich von ganzem Herzen, Ki-Ara aus Ayara", sagte sie bewegt, „für dein Geschenk und deine Worte. Und für eure Gastfreundschaft."

Ki-Ara drückte sanft ihre Hände als Antwort, dann bedeutete sie Miriya, die Feder in die Seitentasche an ihrem Gürtel zu stecken und zu dem wartenden Keyan zurückzukehren. Die Vogelfrau ließ es sich nicht nehmen, Miriya und Keyan zu deren Reittieren zu eskortieren. Sicher landete die Gruppe neben Sternensilber und Onyx.

„Pass gut auf Miriya auf, Kommandant Keyan", sagte Ki-Ara zum Abschied, „sie ist etwas ganz Besonderes." Der junge Mann nickte nur. *Ich weiß*, dachte er bei sich. Sia-Ara warf sich ungestüm um Miriyas Hals, um ihr auf Wiedersehen zu sagen, dann traten die Vogelmenschen zurück und Keyan und Miriya stiegen auf ihre Reittiere.

„Seid gegrüßt, Menschen aus Ayara", sagte Miriya und legte ihre rechte Hand auf die Stelle auf ihrer Brust, unter der sie ihr Herz schlagen fühlen konnte, „mögen sich unsere Pfade in Zukunft wieder kreuzen."

Ki-Ara und ihre Gefährten nickten sanft mit dem Kopf und unter dem Rauschen kräftiger Flügelschläge entschwanden sie in den blauen Himmel.

Kapitel V

~
Von Nymphen und Seeungeheuern

Sia-Ara hatte Keyan einen Weg beschrieben, auf dem sie zurück auf ihre ursprünglich geplante Route parallel zu In-Nuya gelangen konnten.

„Wir müssen die Ebene in diese Richtung durchqueren", erklärte der junge Mann Miriya, während sie nebeneinander durch die karge, sandige Landschaft ritten, „dann sollten wir laut Sia-Ara im Verlaufe des heutigen oder morgigen Tages zu einer Art Oase kommen."

„In Ordnung", machte Miriya und nickte zur Bekräftigung, dass sie auf Keyans navigatorische Fähigkeiten vertraute. Sie hatte die Feder, die Ki-Ara ihr geschenkt hatte, aus der Seitentasche gezogen und betrachtete sie gedankenverloren.

„Schon merkwürdig", meinte sie, „eben noch war ich nur das komische Mädchen mit dem wilden Einhorn, das in einem Dorf voller konservativer Bewohner feststeckte und jetzt reite ich im Auftrag der Königin durch Kirk-Wana."

„Also, ein bisschen komisch bist du immer noch", sagte Keyan beiläufig. Es war leichthin und als Scherz über seine Lippen gekommen und für einen Moment befürchtete er, er sei zu unbefangen und kollegial mit der jungen Frau umgesprungen. Doch Miriya lachte nur kurz auf, die ebenmäßigen Zähne blitzten in der Sonne.

„Ich befürchte, ich scheine komische Dinge anzuziehen", gab sie bedeutungsvoll zurück, die Brauen neckisch gehoben. Er griff die Bedeutung hinter ihrem gutmütigen, blitzschnell geführten Gegenschlag grinsend auf. Sein Lachen ließ ihr Herz sich für einen Moment überschlagen. *Gut pariert, Raubkatze*, dachte er anerkennend und amüsiert. Sie fuhr indessen fort.

„Ich meine, Ki-Ara in Ehren, aber …", sie wedelte ein wenig ratlos und immer noch grinsend mit der Feder, „wie soll mir denn eine Feder zu Hilfe eilen können?"

Er zuckte nachlässig mit den Schultern.

„Das nächste Mal kannst du damit vielleicht die Sandbeutler kitzeln?", schlug er vor. Ihr Lachen erklang glockenhell und ließ sein Herz warm werden. Sie warf ihm einen spitzbübischen Blick zu, der ihre Augen funkeln ließ wie dunkler Bernstein. Dann steckte Miriya die Feder wieder ein und amüsierte sich eine Weile damit, sich Keyans Vorschlag vorzustellen. Sie warf ihm aus den Augenwinkeln einen kurzen Seitenblick zu und erwischte sein stolzes, anmutiges Profil. Wie sich ihre Beziehung doch verändert hatte. Noch vor einem Mond waren sie Fremde gewesen, nicht mehr als eine Zweckgemeinschaft, die im Auftrag Ihrer Hoheit Königin Raika ins Leben gerufen worden war. Doch dann hatten unerwartete Geschehnisse, widrige Umstände und die zarten, sanften Winke des Schicksals sie näher zusammengebracht, als dass sie beide sich das je hätten ausmalen können. Miriya genoss dieses neugewonnene Gefühl der Nähe und des gegenseitigen Vertrauens. Ihre Gespräche wurden länger, persönlicher, umfangreicher. Ihre gelegentlichen Scherze und das gegenseitige Necken, mit dem sie sich wie schüchterne Wildtiere vorsichtig, respektvoll und aufmerksam zugleich aneinander herantasteten, ließen ihr seit dem Tod ihrer Eltern eher misstrauisches, zurückhaltendes Herz aufgehen. Anhand seiner Reaktionen konnte sie erkennen, dass es Keyan ähnlich erging: Aufgrund seiner verantwortungsvollen Aufgabe als Kommandant der Palastwache eher ernst, bedacht und zurückhaltend unterwegs, ließ er mehr und mehr von seiner sorgfältig vor der Öffentlichkeit verborgen gehaltenen, übermütigen und freundlichen Art durchblicken. Ihre blitzschnellen Wortgefechte trugen sie durch den Tag und als es dämmerte, stellten sie überrascht fest, wie weit sie schon vorangekommen waren.

„Schau", sagte Keyan und legte Miriya eine Hand auf den Unterarm. Sie folgte mit ihrem Blick seinem ausgestreckten Arm und erkannte nicht weit entfernt die Oase, die Sia-Ara Keyan beschrieben hatte. Sie ragte aus der sandigen Einöde empor wie eine fruchtbare Insel inmitten eines gelben Ozeans. Der trockene Boden wich wie von Zauberhand zarten Grashalmen und dann streckten Farne sich gegen den Himmel und die Bäume, die vereinzelt in der Mitte des grünen Fleckchens Erde wuchsen, rauschten einladend in der sanften Brise, die die untergehende Sonne über die Ebene zu schicken schien. Während sich die Farne unter dem Verlust des Sonnenlichtes zu ihrer Nachtruhe einrollten, erschienen Elfen wie kleine Glühwürmchen. Eine Quelle plätscherte sanft mitten durch die Oase, rollte emsig murmelnd über die glattgeschliffenen Steine ihres Bettes. Miriya und Keyan kümmerten sich Seite an Seite um ihre Reittiere und als der Mond sein silbernes Licht auf die Oase warf, legten sie sich nebeneinander in die Farnwedel und schliefen ein.

Miriya und Keyan zogen rasch weiter. Sie hielten sich an die Anweisungen, die Sia-Ara dem jungen Mann mit auf den Weg gegeben hatte, rasteten dann, wenn ihre Reittiere eine Pause und Nahrung brauchten und arbeiteten sich zeitsparend und effizient voran. Dem Vogelmädchen zufolge mussten sie einen weiteren Ausläufer In-Nuyas umrunden und würden dann direkt auf den gewaltigen Gebirgszug stoßen, zu dem sie dann parallel entlangwandern konnten in ihrer Suche nach dem Kristallzepter. Miriya, von der schieren Größe In-Nuyas überwältigt, begann langsam zu rätseln, wie viele Ausläufer das beeindruckende Gebirgsmassiv quer durch Kirk-Wana haben mochte. Es mussten viele mehr sein, als sie sich in ihrem kleinen Einhornzüchterdorf ausgemalt hatte. *Wie ein riesiges Flusssystem, das sich ständig gabelt*, dachte sie. Dabei war In-Nuya nicht besonders hoch, nur die Gipfel des Hauptgebirges waren schneegekrönt und da laut Miriyas Eltern keiner der Ausläufer das Hauptmassiv an Höhe übertraf, fanden sich nicht viele schneebedeckt.

Die Zeit verging, Tag und Nacht wechselten sich in einem unaufhaltsamen Rhythmus ab und bald schon war beinah ein Mond vergangen, seit sie von der Hauptstadt aufgebrochen waren.

„Wir sind am Ausläufer", informierte Keyan Miriya wenige Tage vor dem Vollmond. Er war ein Stück vorausgeritten und hatte sich jetzt im Sattel umgedreht. Miriya, die dösend auf Sternensilbers Rücken saß, schreckte beim Klang seiner Stimme auf und wäre beinahe vom Rücken des wilden Einhornes geglitten. Sie richtete sich unverzüglich auf und streckte stolz den Rücken, als wäre nichts gewesen. Keyan musste grinsen. Dieser Ausläufer

In-Nuyas war, wie erwartet, nicht sehr hoch und streckte sich in einem unförmigen Halbrund in die Ebene hinaus, als wäre er aus starrem Wachs, das aus einer Kerze geflossen war.

„Da führt eine schmale Schlucht durch den Ausläufer", meinte Keyan, „vielleicht ist das eine Abkürzung." Der Spalt war schmal, gerade breit genug für ein Reittier samt Reiter, und schien sich durch das Gestein des Ausläufers zu schlängeln.

„Ich weiss nicht ... Abkürzungen haben uns bisher wenig Glück gebracht", gab Miriya zu bedenken. Sie führte ihr wildes Einhorn dicht an den Eingang zur Schlucht heran. Ein sanfter Wind fuhr daraus hervor und spielte mit ihren Haaren. Die Schlucht schien tatsächlich durch den Ausläufer hindurchzuführen. Sternensilber hob die Nüstern witternd in die Brise. Er schien entspannt, mit neugierig aufgestellten Ohren und von der Schlucht ging keine Bedrohung aus. Vielleicht konnten sie es dieses Mal wirklich riskieren. Keyan ließ Onyx neben Sternensilber anhalten und blickte die junge Frau fragend an.

„In Ordnung. Lass es uns versuchen", meinte sie und nickte bekräftigend. Die beiden stiegen ab und nach einigem hin und her ließ Keyan Miriya widerwillig mit Sternensilber vorangehen.

„Es wäre mir wohler, wenn ich vorne wäre", brummte der junge Mann, Onyx locker am Zaumzeug führend, mit Blick auf Sternensilbers Hinterteil. Keyan hatte argumentiert, dass er im Falle einer Attacke die Gruppe verteidigen konnte. Dass Miriya vorausging, ließ ihm keine Ruhe, seine Beschützerinstinkte rebellierten. Aber die junge Frau hatte seine Argumente mit einer entschiedenen Handbewegung beiseite gefegt. Mit ihren Instinkten und mit Sternensilber zusammen konnte sie die Gruppe einfacher durch das schattige Halbdunkel der Schlucht navigieren, schließlich war sie sich dieses Umfeld von Ke-Inda her gewohnt. Und sie fühlte sich deutlich ruhiger mit dem Gedanken, nicht nur ihren vierbeinigen Bruder hinter sich zu wissen, sondern auch darauf vertrauen zu können, dass Keyan ihr Rückendeckung geben würde. Die Schlucht blieb schmal, die rauen Felswände zogen sich zu beiden Seiten nahezu senkrecht in die Höhe und bildeten hoch über ihren Köpfen ein natürliches Dach. *Der Einschnitt muss den Ausläufer beinah in seiner Gänze spalten*, dachte Miriya besonnen. Ihre Augen hatten sich schon vor einer Weile an das Halbdunkel ihrer Umgebung gewöhnt und sie konnte erkennen, dass der Pfad vor ihnen seltsam sauber und frei von Steinbrocken oder Vegetation war. *Als würde jemand ihn räumen und pflegen.* Sie musste unwillkürlich einen Schauer unterdrücken. Ihre Stimmen hatten unheimlich von den Wänden widerhallt, zurückgeworfen in einem merkwürdig wispernden Echo und sie waren schon bald nach ihrem Eintritt in die Felsspalte verstummt. Die Reittiere blieben ruhig, konzentriert arbeiteten sie sich voran. Doch plötzlich blieben Sternensilber und Onyx ruckartig stehen und spitzten die Ohren.

„Miriya, alles in Ordnung?", wollte Keyan an Sternensilbers mächtigem Körper vorbei beunruhigt wissen. Sie wollte gerade antworten, als sie es ebenfalls hörte. Ein sanftes Wispern aus der Dunkelheit vor ihnen, wie ein feiner Wind, der den Felswänden entlangstrich, einem seltsamen Eigenleben folgend. Hinter sich hörte sie Keyan leise keuchen, als auch er langsam die Töne erfasste, die sich vibrierend in der Dunkelheit bildeten. Etwas folgte im Windschatten der Brise, wie unsichtbare, zart tastende Finger, die über die Haut der Geschöpfe in der Mitte der Schlucht strichen.

„Wer seid ihr?"

„Was seid ihr?"

„Wozu seid ihr hier?"

Geflüsterte Worte wehten sanft aus der Dunkelheit heran. Etwas strich über Miriyas Gesicht, ein leiser Hauch. Keyan drückte sich an dem wilden Einhorn vorbei und umfasste Miriya am Oberarm mit der Absicht, sie hinter sich zu bringen. Sie beide spürten, dass da etwas, *jemand* war. Der Chor an körperlosen Stimmen war gerade laut genug, als dass man ihn nicht mit einem plötzlichen Windstoß verwechseln konnte, die Worte kaum hörbar und doch merkwürdig klar.

„Fürchtet uns nicht", wisperten die Stimmen, „noch *nicht*." Kindliches Lachen plätscherte wie Wellen um sie herum.

„Kommt näher …"

„So nah …"

„Ihr seid so nah …"

Ein Schauer kroch über Keyans Haut. Die tonlosen, kaum vernehmbaren Stimmen flößten ihm ein rastloses Unbehagen ein, das er bis anhin selten verspürt hatte, nicht einmal in unbekannten oder schwierigen Situationen. Miriya ließ sich von ihm an sich ziehen, umschlang ihn mit beiden Armen. Sie schien aufmerksam, aber nicht verängstigt zu sein und ihre Ruhe ließ ihn gelassener werden. Er löste seine Finger vom Schwertknauf. Auch die Reittiere schienen nicht panisch, sondern eher aufmerksam gespannt. Das körperlose Etwas strich um sie herum, mehr spielerisch als bedrohlich anmutend.

„Ihr müsst euch nicht vor uns fürchten …"

„Kommt zu uns …"

„Wer unser Reich betritt, muss auch hereinkommen …" Wieder ertönte das geisterhafte, perlende Lachen.

„Glaubst du, das sind Geister?", fragte Keyan, seine Lippen dicht an Miriyas Ohr. Seine Bartstoppeln kitzelten sie angenehm und für einen Wimpernschlag vergaß sie fast den Chor aus körperlosen Stimmen.

„Nein, ich glaube nicht", meinte die junge Frau. Sie löste sich von Keyan, der sie unwillig freigab und schritt an Sternensilber vorbei weiter hinein in die samtene Dunkelheit.

„Mutiges Mädchen …"

„Oder töricht …"

„Wir werden sehen …"

Und mit diesen letzten Worten flackerte weiter vorne in der Schlucht plötzlich ein Licht auf, gedämpft und golden hob es sich von etwas ab, das wie Kupfer aussah. Zwei schlanke Gestalten materialisierten sich vor was sich beim näheren Hinsehen als hohes, schmales Tor entpuppte. Der tonlose Chor verstummte, zog sich zurück in Richtung Tor wie durchscheinende Nebelschwaden. Stattdessen erhob sich eine männliche Stimme, gütig und sanft. „Tretet näher, Fremdlinge."

Miriya fasste sich ein Herz und lief auf die Gestalten zu, nachdem sie ihre eine Hand in Keyans gelegt hatte. Sternensilber und Onyx schienen immer noch eher neugierig als ängstlich zu sein.

„Wer ein wildes Einhorn seinen Bruder nennen kann, kann nicht böser Natur sein", sagte die linke Gestalt, die eben schon das

Wort an sie gerichtet hatte. Der Mann, dessen feine Gesichtszüge von überirdischer Schönheit waren, reichte Miriya bis knapp ans Kinn. Die blauesten Augen, die Miriya je gesehen hatte, schimmerten in seinem Gesicht, das von dunklen, leicht gewellten Haaren umrahmt wurde. Die Haare fielen seidig weit über die schmalen Schultern und wurden von einem feinen Silberreifen aus der hohen Stirn gehalten. Seine Gewänder waren blassblau und einfach, aber aus edlen Stoffen gefertigt, die bei Bewegung leise raschelten.

„Willkommen in der Schlucht der Nymphen", sagte der Mann, als sie nahe genug waren, „bitte, tretet ein, Fremdlinge."

Mit diesen Worten zogen er und sein Gefährte die Torflügel auf, die wie zarte Schmetterlingsflügel aussahen. Das goldene Licht schien vom Tor selbst auszugehen und nun, da es geöffnet wurde, erlosch das Schimmern. Miriya machte einen zögerlichen Schritt über die Schwelle und sog scharf die Luft ein: Hinter dem Tor weitete sich die schmale Schlucht zu einer riesigen, langen, hohen Halle aus, in deren gewölbter Decke große, runde Löcher eingemeißelt worden waren, durch die das Sonnenlicht der Nachmittagssonne wie Säulen aus Licht hereinfiel. Der Boden war dicht mit smaragdgrünem Gras bewachsen, das bei jedem Schritt unter den Füßen federte. Auf der rechten Seite der Halle wuchs eine Stadt aus dem schroffen Felsen, gehauen aus dem Stein des Ausläufers ging ein schwaches Schimmern von den schmucken Bauten aus, die filigran aus dem Stein gearbeitet worden waren. Hohe, geschlitzte Bogenfenster, gewölbte Zwiebeldächer, edle Säulen und ineinandergeschlungene Bogen herrschten vor. Um die Säulen und Bögen, entlang der Wände und Dächer klammerten sich fremdartige Kletterpflanzen mit großen Blüten, wanden sich dunkelgrüne Ranken um den hellen Stein. Die Stadt war flankiert von je einem goldgelben Weizenfeld und auf Weiden darum herum grasten Milchbeutler. Der Felswand neben der Stadt entsprang munter murmelnd eine Quelle, die durch ein System runder, geschliffener Steinkanäle in verschiedene Richtungen gelenkt wurde. Die Menschen in der Schlucht der Nymphen waren allesamt extrem schlank und außergewöhnlich feingliedrig und Männer wie Frauen eher von kleinem Wuchs. Sie hatten helle, beinah durchscheinende Haut, durch die sich filigran geformte Knochen deutlich abzeichneten und die feinen Haare fielen lang und gewellt weit über ihre Rücken. In den ebenmäßigen Gesichtern standen die Augen klar und rein. Miriya konnte kaum den Mund geschlossen halten und sie spürte, dass es Keyan hinter ihr genauso ging. Die Menschen hier waren auf eine zerbrechliche, blumenartige Weise überirdisch schön, bewegten sich lautlos und schwebend und schienen aus sich heraus leicht zu schimmern.

„Das sind Nymphen", wisperte Keyan an Miriyas Ohr und sie zuckte kurz zusammen.

„Ich wusste nicht, dass es so viele von ihnen gibt", sagte der junge Mann staunend.

„Folgt mir", sagte die männliche Nymphe, die sie am Tor empfangen hatte, nachdem sie das Tor hinter sich geschlossen hatte. In Abwesenheit anderer Pläne folgten Miriya und Keyan ihr ohne Widerspruch, noch immer total überwältigt von dem Anblick der Nymphenschlucht. Sternensilber und Onyx folgten ihnen entspannt. Die Nymphe führte sie über die grasbewachsene Ebene in die Nymphenstadt. Die Hauptstadt Kirk-Wana war unvorstellbar schön gewesen, königlich und elegant anmutend und voller Leben und Lachen. Die Nymphenstadt war auf eine ganz andere Art schön. Alles erinnerte an Blätter und Blüten, war filigran und nahezu zerbrechlich und schimmernd und durchscheinend. Die Pflastersteine waren glattgeschliffen, sorgfältig unordentlich angeordnet, als wäre es eine Laune der Natur gewesen, die die Steine gesetzt hatte. Die Gebäude unterstanden einer seltsam imperfekten Symmetrie und waren scheinbar willkürlich um das größte, zentralste Gebäude angeordnet. Ein blondgelockter Knabe rannte ihnen lachend entgegen und warf sich der männlichen Nymphe in die Arme.

„Mein Sohn", erklärte sie lachend, während der Bube die Neuankömmlinge neugierig musterte. Dann stockte die Nymphe.

„Wie unhöflich von mir. Ich habe mich noch gar nicht vorgestellt!"

Diese simple Äußerung holte sowohl Keyan wie auch Miriya zurück auf den Boden der Tatsachen. Beide starrten den Mann erwartungsvoll an.

„Ich heiße Krokus. Und das ist mein Sohn Goldquirl", stellte sich die Nymphe feierlich vor und verbeugte sich leicht, „meine Aufgabe ist das Bewachen des Tores."

Keyan straffte sich neben Miriya und trat einen Schritt vor. Nun, da er sich von seinem Staunen erholt hatte, war er wieder ganz der Kommandant der Palastwache, undurchschaubar, unnahbar und auf ruhige, bescheidene Art selbstsicher und mit einer natürlichen Autorität.

„Mein Name ist Keyan aus Kirk-Wana und das ist Miriya aus Ke-Inda. Wir sind im Auftrag Ihrer Hoheit Königin Raika unterwegs", sagte er, die leicht raue Stimme formell und neutral gehalten. Miriya konnte nicht umhin, für einen Moment beeindruckt zu sein, hatte sie in den vergangenen Tagen doch eine ganz andere Seite des jungen Mannes gesehen. Plötzlich sah sie den Kommandanten in ihm wieder und war daran erinnert, welch große Verantwortung er stolz aufgerichtet und scheinbar mühelos auf seinen Schultern trug. *Kein Wunder, dass Königin Raika ihm ihr Leben anvertraut*, dachte sie.

„Bitte lasst mich fragen, wohin ihr uns bringt", sagte Keyan in diesem Augenblick und unterbrach ihre Gedankengänge abrupt. Krokus neigte lächelnd den Kopf.

„Er bringt euch zu uns, Keyan aus Kirk-Wana …"

„Tut er das …?"

„Wir werden sehen. Wir werden sehen …"

Das Flüstern des körperlosen Chores schien wie ein sanfter Wind durch die Stadt zu streichen, genauso zerbrechlich und flüchtig wie die Bewohner und Gebäude derselben. Die Nymphen um sie herum schienen den wispernden Stimmen keine Beachtung zu schenken.

„Ihr bringt uns also zu eurem Herrscher?", meinte Keyan vorsichtig.

„Wir haben keinen Herrscher", antwortete Krokus vergnügt und setzte seinen Sohn wieder auf dem Boden ab, „wir bestimmen alle gemeinsam."

Keyan sah ihn zweifelnd an. „Und wie macht ihr das?"

Krokus schien ihm seinen zweifelnden Tonfall nicht übel zu nehmen. Gut gelaunt und immer noch freundlich lächelnd erklärte er geduldig. „Wir haben einen Rat aus sechs Mitgliedern, die immer wieder ausgetauscht werden. So hat jede Nymphe die Chance, mitzusprechen. Ich bringe euch jetzt zum Ratszimmer."

Keyan schien ob der Tatsache, dass es keinen bestimmten Herrscher gab, ziemlich verblüfft zu sein und sie schritten schweigend hinter Krokus her, der sie durch säulengestützte Gänge, durch Säle mit hohen, geschlitzten Bogenfenstern und durch Zimmer mit kunstvollen Intarsien führte. Der Miene des jungen Mannes entnahm Miriya, dass er nicht allzu viel von einem Rat erwartete, der ständig erneuert wurde und somit aus „Laien" bestehen musste. Für Miriya selbst, aufgewachsen im kleinen Ökosystem eines Dorfes, dass sich zu großen Teilen selbst ernährte und verwaltete, war diese Regierungsform nicht ganz so abwegig. Krokus öffnete eine Türe und ließ sie eintreten in ein Zimmer, dessen Decke von kunstvoll geschmückten Säulen gestützt wurde, die wie ineinander gedrehte Ranken aussahen. Ein langer, blank polierter Tisch nahm fast den gesamten Raum ein und war gesäumt von Stühlen mit hohen, in sich gedrehten Lehnen und blassroten, blätterartigen Polstern. Fünf Nymphen saßen am Tisch, gekleidet in Gewänder aus demselben einfachen, aber edel anmutenden Stoff wie ihn auch Krokus trug. Es waren drei weibliche und zwei männliche Nymphen, allesamt überirdisch wirkende, unnatürlich schöne Wesen mit langem, wallendem Haar und leuchtenden Augen. Sie schauten auf, als sie Sternensilbers und Onyx' stampfende Huftritte hörten und erst da wurde Miriya und Keyan bewusst, dass ihre Reittiere ihnen die ganze Zeit über getreu gefolgt waren. Miriya verzog das Gesicht in einer entschuldigenden Geste und wollte ihr wildes Einhorn hinaus vors Gebäude führen, aber Krokus winkte lächelnd ab und setzte sich dann zu den Nymphen an den Tisch. Miriya und Keyan blieben vor dem Tisch stehen und fühlten sich seltsam linkisch und fehl am Platz. Nymphen schienen von Natur aus ein sorgloses, heiteres Gemüt zu haben, was sie vergnügt, aber auch ein wenig naiv wirken ließ. Miriya konnte plötzlich verstehen, warum Keyan nicht überzeugt war von der Wirksamkeit ihrer Regierungsform.

„Seid gegrüßt, Fremdlinge", wandte sich eine der weiblichen Nymphen an sie, „welche Umstände führen euch nach El-Kira?"

Sie lächelte freundlich, wie es auch der Rest der versammelten Nymphen tat und ihre Augen leuchteten arglos und kindlich. *Das Gemüt von Kindern*, dachte Miriya interessiert. Dennoch vermochten ihre scharfen Ohren, die Stimme zu identifizieren: Sie musste dem körperlosen Chor angehört haben, der sie hergebracht hatte. Miriya musterte ihre Gastgeber wider Willen, während Keyan ihre Geschichte erzählte und die gelegentlichen Fragen der Nymphen beantwortete. Sie schienen ihm förmlich an den Lippen zu hängen, vollkommen gefangen von den Geschehnissen, die Keyan und Miriya in ihre Mitte gebracht hatten. Als der junge Mann fertig war, herrschte für einen Moment Stille.

„Setzt euch doch. Ihr müsst müde sein", sagte eine zweite Nymphe vergnügt und Miriya und Keyan setzten sich wie automatisch und ohne Widerworte. Dann, wie auf ein geheimes Kommando hin, äußerten sich plötzlich alle Nymphen auf einmal. Sie sprachen eine fremde Sprache, etwas, das wie sanftes, plätscherndes Vogelgezwitscher klang und Miriya konnte nun deutlich den Chor der flüsternden Stimmen heraushören. Sie schienen zu diskutieren, alle durcheinander und doch in einem stetigen Wechsel. Mit Händen und Armen und Gesichtsausdrücken unterstrichen sie ihre Worte, verschafften sich Gehör. Kratzend fuhren die Stühle zurück, als die Nymphen mit einem Mal aufstanden und fortfuhren, aufeinander einzureden. Keyan neben Miriya schaute dem Spektakel mit versteinertem Gesicht und milde erstaunt funkelnden Augen zu. Für Miriya klang das Ganze, wie wenn eine Gruppe Spatzen in einem Busch saß und miteinander kommunizierte. Ihr wurde ein wenig schwindelig. Krokus schien zu spüren, dass den Reisenden ihr Verhalten befremdlich zu sein schien, denn er versuchte, das aufgeregte Gezwitscher zu schlichten. Mit ausgebreiteten Armen stand er da und redete beruhigend auf seine Gefährten ein, wobei seine Versuche, was auch immer sie bezwecken sollten, fruchtlos zu sein schienen. Er verschränkte stattdessen die Arme und spähte mit kindlicher Aufmerksamkeit von einer zur anderen Nymphe. Wie auf ein geheimes Signal verstummten plötzlich alle Nymphen, zogen die Stühle wieder an den Tisch heran und setzten sich, lächelnd die Gewänder glatt streichend, wieder ruhig hin. Sie wandten sich alle gleichzeitig Miriya und Keyan zu, die, ebenfalls gleichzeitig, unbehaglich auf ihren Stühlen zusammensackten.

„Wir haben eine Übereinkunft erreicht", sagte eine der männlichen Nymphen stolz.

„Ihr könnt euch hier ausruhen", griff die nächste Nymphe den Satz auf.

„Doch wenn die Sonne das nächste Mal ihren Zenit erreicht, müsst ihr weiter", beendete eine dritte Nymphe feierlich.

Und so fanden sich Keyan und Miriya bald darauf in einem Gebäude wieder, in das Krokus und Goldquirl sie geführt hatten. Es war ein kleines, schmuckes Häuschen, gänzlich bestehend aus ineinander gewundenen rankenartigen Säulen. Die Fensteröffnungen waren umgeben von großblättrigen Kletterpflanzen mit riesigen, purpurnen Kelchen als Blüten. Obwohl die Nymphen allesamt merklich kleiner und zierlicher waren als Miriya und Keyan, waren sämtliche Gebäude ausgestattet mit hohen Decken, Fenstern und Türen, sodass sich weder Miriya noch Keyan den Kopf anstießen. Die Betten hingegen waren eine andere Sache. Nicht einmal Miriya konnte sich lang ausstrecken, was es für Keyan schlicht unmöglich machte. Zudem schienen die Nymphen anzunehmen, dass sie ein Paar waren, denn sie hatten ihnen, ohne nachzufragen, ein Doppelbett zugeteilt, was Miriya leicht errötend zur Kenntnis nahm. Auch Keyan schien ob der fraglosen Annahme der Nymphen leicht peinlich berührt zu sein.

„Ich kann auf dem Boden schlafen", bot er nach einem kurzen Räuspern an, nachdem er sichergegangen war, dass Krokus und Goldquirl außer Hörweite waren. „Ich kann mich ohnehin nicht ausstrecken im Bett und so hast du mehr Platz."

Miriya erwiderte, dass es ihr nichts ausmachen würde, ihrerseits auf dem Boden zu übernachten, aber er bestand darauf und bereitete sich ein Lager am Fußende ihres Bettes zu. Sternensilber und Onyx hatte man auf eine Koppel außerhalb der Stadt gebracht und Miriya und Keyan hatten sichergestellt, dass es ihnen an nichts fehlte.

„Glaubst du, wir werden das Kristallzepter finden?", fragte Miriya, nachdem sie beide eine Weile lang schweigend in der samtenen Dunkelheit gelegen und einander beim Atmen zugehört hatten, beide sich sehr bewusst ob der Präsenz des jeweils anderen. Sie hörte Keyan langsam Luft ausstoßen.

„Ich glaube daran, dass Raikas Träume nicht ohne Bedeutung sind. Wenn sie dich als Auserwählte gesehen hat, dann wird das auch stimmen", antwortete er schließlich. Seine Stimme wehte wie eine angenehme Brise durch die Nacht und jagte ihr merkwürdigerweise einen behaglichen Schauer über den Rücken.

„Du scheinst ihr sehr zu vertrauen", meinte sie nachdenklich und es war eine schlichte, wertungsfreie Aussage, kein Angriff oder Zweifel. Er lachte leise und jagte ihr damit einen erneuten Schauer über die Haut. *Reiss dich gefälligst zusammen*, dachte sie energisch mit ungeduldig krausgezogener Nase.

„Wir sind zusammen aufgewachsen", erzählte er, „mein Vater war vor mir Kommandant der Palastwache und wir hatten eine Unterkunft im Schloss."

„Dann kennst du sie wohl besser als die meisten."

„Vermutlich", meinte er schlicht.

„Wo ist dein Vater jetzt?", wollte Miriya wissen, neugierig mehr über Keyan zu erfahren. Zwar hatten sie viele lange Gespräche gehabt, seit sie von den Vogelmenschen aufgebrochen waren, aber er war nie wirklich redselig gewesen, wenn es um seine Familie und sein Alltagsleben gegangen war und Miriya hatte nicht aufdringlich sein wollen. Es folgte eine lange Stille und die junge Frau befürchtete schon, dass sie zu weit gegangen war. Als sie zu einer Entschuldigung ansetzen wollte, brach er das Schweigen plötzlich. In seiner Stimme schwang ein bitterer Unterton mit.

„Er ist tot. Dahingerafft von einem Fieber. Niemand konnte genau sagen, was es war, aber zu der Zeit hatten viele Menschen in der Hauptstadt ähnliche Symptome."

„Das tut mir leid. Ich hätte nicht fragen sollen." Sie fühlte sich schrecklich töricht. Wie hatte sie nur annehmen können, dass sie die Einzige war, deren Eltern verstorben waren. Wie hatte sie nur so selbstsüchtig sein können, anzunehmen, dass nur sie eine tragische Geschichte mit sich herumtrug.

„Es muss dir nicht leidtun, Miriya", sagte Keyan mit Nachdruck. Sie konnte sehen, dass er sich aufgerichtet hatte. Seine Umrisse zeichneten sich verschwommen in der samtenen Dunkelheit ab, wie er auf einen Arm gestützt dasaß, den Kopf in ihre Richtung gedreht.

„Niemand trägt Schuld an seinem Tod. Es hätte jedem passieren können. Sein Tod war der Grund, warum ich so rasch und so jung zum Kommandanten befördert worden war. Niemand wollte jemanden so Unerfahrenes in dieser Position, aber Raika hat mir blind vertraut und seither immer den Rücken gestärkt. Ich verdanke ihr enorm viel."

„Ich verstehe", sagte Miriya leise, „danke, dass du mir das anvertraut hast."

Sie konnte mehr hören als sehen, wie er lächelte. Sein charmantes, jungenhaftes Lächeln, das sein Gesicht zum Strahlen brachte. Mit einem Mal wollte Miriya nichts lieber tun, als sich zu ihm auf den Boden zu kuscheln.

„Ich danke *dir*", sagte er stattdessen leise. Dann wünschte er ihr einige Herzschläge später eine gute Nacht und legte sich schlafen. Und während sie seinen gleichmäßigen, ruhigen Atemzügen lauschte, schlief auch sie bald darauf tief und fest ein.

„Woher kommst du?", fragte ein braungelockter Knabe, der vergnügt hüpfend neben Miriya herging. Sie musste lächeln. Seit sie am Morgen ihr Nachtlager verlassen hatten, erstaunlich frisch und ausgeruht, folgte ihnen eine ganze Schar neugieriger Nymphenkinder auf Schritt und Tritt und stellte unentwegt Fragen. Sie hatten offensichtlich über Nacht ihre anfängliche Scheu abgelegt, ebenso wie ihre Eltern, die sich jedoch kichernd im Hintergrund hielten. Einer Nymphe zu begegnen, fühlte sich an wie ein sanfter Windstoss, der kurzzeitig um einen herumstrich, wie ein Blatt, das von einer Brise vor sich hergetrieben wird und an einem vorbeiglitt. Es hatte den ganzen Morgen gedauert, sich daran zu gewöhnen und Keyan neben Miriya war noch immer leicht angespannt. Miriya selbst hatte sich an die nebulöse, flatterhafte Präsenz der Nymphen gewöhnt, so wie sie alles nahm wie es kam und sich schnell an neue Umstände anpasste.

„Wieso hat das Pferd ein Horn auf der Stirn?", fragte ein blondgelocktes Mädchen und schickte sich an, Sternensilber in die Mähne zu greifen. Das Einhorn ließ es geduldig mit sich geschehen. Überhaupt waren die Reittiere erstaunlich gelassen ob der Präsenz der Nymphen, aber Miriya nahm an, dass diese als Geschöpfe der Natur wohl auf einer gewissen Ebene vertraut wirkten. Die kindliche, aufrichtige Art und der Anschein, dass sie kein Wässerchen trüben konnten, schienen ihr Übriges zu tun. *Ob sie sich bei Gefahr wohl tatsächlich in Bäume oder Blumen verwandeln*, fragte sich die junge Frau interessiert. Ihre Eltern hatten ihr manchmal Gutenachtgeschichten von Nymphen erzählt, die sich in ebendies verwandelten, um Verfolgern zu entkommen.

Krokus bahnte sich einen Weg durch die Kinderschar, die vergnügt lachend in alle Richtungen davonstob wie Wassertropfen.

„Falls ihr hungrig seid, bitte ich euch, mir zu folgen", wandte er sich an Miriya und Keyan, die eben damit fertig geworden waren, ihre Reittiere zu pflegen und in Onyx' Fall für die Weiterreise vorzubereiten. Die beiden folgten also Krokus und Goldquirl und wurden in ein Zimmer des Ratsgebäudes geführt, das mit dicken, weichen Teppichen in Fliederfarben ausgelegt war. Auf niederen, kleinen Tischchen standen Behältnisse gefüllt mit einer dickflüssigen, gelb-orangen Flüssigkeit. Sie ließen sich mit untergeschlagenen Beinen an den Tischchen nieder und kosteten vorsichtig von der Flüssigkeit. Es schmeckte wie süßer, mit Blumennektar durchwirkter Honig und war ziemlich sättigend. Kaum waren sie fertig mit Essen, trat eine weibliche Nymphe ein, gewandet in ein typisches, wallendes Kleid, mit braunen Ringellocken, die weit über ihre Taille reichten. Die leuchtenden Augen hatten die Farbe von Lavendel und es überraschte Miriya nicht im Mindesten, als sie sich als Lavendel vorstellte.

„Seid gegrüßt", sagte Lavendel und machte eine linkische Handbewegung, „ich hoffe, ihr habt gut geruht."

Als Miriya und Keyan beide nickten, glitt ein kindliches Strahlen über die ebenmäßigen, überirdischen Züge der Nymphe. Krokus strahlte ebenfalls.

„Ich muss mich nun von euch verabschieden", meinte er daraufhin, „möge eure Reise zu eurem Vorteil ihren Ausgang finden." Die männliche Nymphe verbeugte sich kurz, winkte beiden Reisenden zu und verschwand dann mit Goldquirl, der Miriya vor dem Weggehen nonchalant einen Abschiedskuss auf die Wange drückte. Lavendel blieb lächelnd zurück.

„Schon bald hat die Sonne ihren Zenit erreicht. Ich muss euch bitten, weiterzureisen", sagte sie.

Keyan erhob sich. Neben der zerbrechlich zierlichen, kleinen Nymphe sah er aus wie ein Riese, hochgewachsen und breitschultrig wie er war. Miriya stand ebenfalls auf.

„Wir danken euch für eure Gastfreundschaft", sagte Keyan förmlich.

Lavendel nickte strahlend und sah sehr selbstzufrieden aus. Sie hob eine geschlossene Hand aus den Falten ihres Gewandes und zeigte ihnen eine Glaskugel von der Größe eines Eis. Im Innern der Kugel drehten sich pastellfarbene, nebelartige Schlieren träge im Kreis.

„Es war uns eine Freude, euch zu beherbergen. Bitte nehmt dies als kleines Abschiedsgeschenk", sagte sie und drückte Miriya die Glaskugel in die Hand. „Nicht viele Fremdlinge finden ihren Weg nach El-Kira und nicht viele Fremdlinge, die wir außerhalb antreffen, sind uns freundlich gesinnt. Es ist schön, zu wissen, dass es auch Ausnahmen gibt", schloss sie dankbar lächelnd ihre Rede. Miriya dankte ihr aufrichtig für die hübsche Glaskugel und verstaute sie dann sicher in ihrer Seitentasche.

„Ich bin die Hüterin des Zinntores und werde euch den Weg zum Ausgang zeigen", sagte Lavendel als nächstes. So machten sich Miriya, Keyan, Sternensilber und Onyx zusammen mit Lavendel in die entgegengesetzte Richtung zu Krokus' Tor auf. Zu Fuß schritten sie durch diese unterirdische Oase, während Nymphenkinder ihnen lachend und jubelnd folgten. Sonnenstrahlen schienen hell durch die Öffnungen in der Felsdecke, wie Strahlenkränze aus goldenem Sonnenlicht. Es dauerte eine ganze Weile, bis sie zum anderen Ende El-Kiras kamen. Dort angekommen, öffnete Lavendel ihnen das Tor und ließ sie passieren. Vor ihnen lief die Schlucht so schmal und schattig wie zuvor auf der anderen Seite zusammen.

„Hier trennen sich unsere Wege", sagte die Nymphe, „Ich wünsche eine gute Reise. Möge euch immer die Sonne scheinen."

Miriya und Keyan verbeugten sich dankend, sprachen ebenfalls Abschiedsworte aus und machten sich dann auf in die Schlucht, gefolgt von Sternensilber und Onyx. Hinter ihnen schloss sich das Tor.

„*Geht einfach geradeaus …*"

„*Ihr werdet euren Weg schon finden … Oder auch nicht …*"

„*Hoffentlich …*", wisperten die körperlosen Stimmen der derzeitigen Ratsmitglieder.

„*Lebt wohl …*"

„*Möge euch immer die Sonne scheinen …*", hauchte der Chor ein letztes Mal.

Wie von Sia-Ara beschrieben, stießen sie bald nach dem Ausläufer El-Kira auf dessen Ursprungsgebirge In-Nuja. Tag für Tag folgten sie dem gigantischen Gebirgszug, bis sie zu einem riesigen See kamen. Miriya hatte zuerst gedacht, dass sie bereits am Meer angekommen waren, das das Land Kirk-Wana wie ein schützender Wall gänzlich umschloss. Der See, an dem sie nun ein einfach gehaltenes Nachtlager aufbauten, war in der Tat riesig. Er erstreckte sich entlang In-Nujas Flanken über eine unvorstellbar große Fläche und breitete sich aus, soweit das Auge reichte. Zur einen Seite hin fielen In-Nujas Felswände in kantigen, gezackten Klippen schroff und steil in das dunkle, grün-blaue Wasser des Sees, die übrigen Seiten waren flache, kieselübersäte Ufer, die langsam in grasige Ebenen übergingen.

„Wie sieht unser Plan für die nächste Zeit aus?", fragte Miriya, als sie nebeneinander an einem kleinen Lagerfeuer saßen und ihren Reittieren beim Grasen zuschauten. Samtig schwarze Nacht umhüllte sie wie eine angenehm kühle Decke, am mitternachtsblauen Himmel funkelte eine Vielzahl an Sternen hell und klar und die Luft war erfüllt von Geräuschen wie dem energischen Zirpen von Grillen und dem zaghaften Quaken von Fröschen. Ein Paar nachtaktiver Vögel sang in einem naheliegenden Gestrüpp ein melodiöses, einträchtiges Duett.

Keyan seufzte. „Ich habe keine Ahnung, wie wir weiter vorgehen sollten. Um ehrlich zu sein, hatte ich gehofft, dass entweder Ki-Ara oder die Nymphen einen Hinweis auf den Standort des Zepters geben würden. Aber-"

„Es ist frustrierend", meinte Miriya, etwas entmutigt, „wir suchen die Nadel im Heuhaufen."

„Einem riesigen Heuhaufen", ergänzte Keyan. Es war leichthin gesagt und als Witz gedacht, aber im Kern wahr. Das Land Kirk-Wana war riesig und es gab viele unentdeckte, unerforschte Winkel und Verstecke, ganz zu schweigen von den anderen Inseln rund um Kirk-Wana herum. *Was, wenn das Kristallzepter sich gar nicht in Kirk-Wana befand*, dachte Miriya ernüchtert und schaute den vergnügt tanzenden Flammen eine Weile schweigend zu. Sie hatte die Knie angezogen und mit den Armen umschlungen und ihr Kinn auf die gefalteten Unterarme gelegt.

„Die Suche kann ewig dauern ohne Hinweise", meinte sie. Keyan, der sich neben ihr lang ausgestreckt und auf die Arme gestützt in den Nachthimmel gestarrt hatte, zuckte mit den Schultern.

„Ich kann mir eindeutig Schlimmeres vorstellen, als ewig mit dir auf der Suche zu sein", sagte er wie beiläufig. Sie konnte fühlen, wie ihr die Hitze ins Gesicht stieg und war froh um die maskierende Dunkelheit.

„Hast du denn niemanden, der auf dich wartet?", fragte sie leise. Er beugte sich vor und zog die Knie an, um die Ellenbogen auf die Oberschenkel zu legen. Sie fühlte seinen Blick ernst und aufmerksam auf sich gerichtet.

„Nein", sagte er ruhig, „da ist niemand. Die meisten Damen am Hof sind mir zu oberflächlich oder fühlen sich mehr wie Familie für mich an."

„Wie Familie?"

„Raika zum Beispiel, sie ist mehr wie eine Schwester für mich. Und mit der Dienerschaft bin ich praktisch aufgewachsen."

„Ich verstehe", sagte Miriya, „Sternensilber ist meine Familie."

„Du hast also auch niemanden?"

„Nein, niemanden", sagte sie und schüttelte langsam den Kopf. Keyan entspannte sich merklich neben ihr und sie fühlte zu ihrer Überraschung, dass auch sie erleichtert war ob der Information, dass es da niemanden für ihn gab. *Wie kann es sein*, dachte sie verdattert, *dass wir uns erst seit so kurzer Zeit kennen und ich mich schon fühle, als wäre er mein Fels in der Brandung.*

„Miriya", sagte er da knapp und legte ihr seine Hand auf den Oberarm. Seine Stimme klang vorsichtig wachsam, seine Augen waren auf die schwarze Fläche gerichtet, die der See war. Sie folgte seinem Blick. Der gespiegelte Sternenhimmel verschwamm unter sich sanft kräuselnden Wellen, als in der Mitte des Sees etwas die glatte Oberfläche durchbrach. Sternensilber und Onyx hoben forschend die Köpfe. Keyan neben ihr änderte seine Position so, dass seine Schwertseite frei war und er leicht auf die Füße kommen konnte. Miriyas Hand flog an ihren Dolch. Eine Weile warteten sie angespannt, während kleine Wellen sanft murmelnd über die glattpolierten Kiesel des Ufers rollten. Dann entspannten sich die Reittiere wieder und senkten ihre Köpfe, um weiterzugrasen. Sternensilber schnaubte kurz und warf Miriya einen beruhigenden Blick zu.

„Muss ein Tier gewesen sein", meinte diese unsicher. Die vergangenen Geschehnisse hatten sie eindeutig misstrauischer und wachsamer werden lassen.

„Vielleicht ein Fisch", bestätigte Keyan, die Hand vom Schwertknauf nehmend. Er wandte sich an die junge Frau am Lagerfeuer, deren Züge von den erlischenden Flammen geheimnisvoll erhellt wurden und bronzen schimmerten. Sie sah etwas schläfrig aus.

„Wir sollten uns schlafen legen und morgen am See entlang In-Nuya folgen", sagte er und Miriya stimmte ihm zu.

Am nächsten Morgen wurden sie von der aufgehenden Sonne und dem heiteren Gezwitscher von Vögeln geweckt. Am Himmel trieben bauschige Wolkenfetzen wie Schafe dahin, die Sonne sandte dazwischen ihre Strahlen hinab, die sich glitzernd im See brachen. Miriya und Keyan wanderten am See entlang, immer parallel zu In-Nuya und unterhielten sich angeregt. Sternensilber und Onyx trotteten gemütlich und entspannt dahin. Niemand bemerkte wie die Oberfläche des Sees erneut in Bewegung geriet. Als kleine Wellen leise gurgelnd über Kieselsteine schwappten, schenkte dem niemand große Beachtung. Dann hörten sie jemanden rufen, laut und eindringlich und seltsam atemlos.

„*PASST AUF!*"

Und plötzlich brach die Hölle los. Tosend teilte sich das Wasser. Die Reittiere machten erschrockene Sätze zur Seite, als lange, riesenhafte Fangarme wie Geschosse aus dem schäumenden Wasser schnellten. Erstarrt vor Entsetzen registrierte Miriya, dass die Unterseiten der braun-grünen Fangarme dicht besetzt waren mit Reihen von Saugnäpfen so groß wie ihre ausgebreitete Hand. Mehr nahm sie nicht wahr, denn sie hatte alle Hände voll zu tun, sich auf Sternensilbers Rücken zu halten. Ohnmächtig musste sie zusehen, wie die Fangarme mit voller Wucht Onyx und Keyan, die näher am Ufer gegangen waren, zu Boden warfen. Der Rappe schrie schmerzerfüllt auf, sein Reiter wurde im hohen Bogen aus dem Sattel geschleudert. Während Onyx noch versuchte, auf die Beine zu kommen, wurde er von den Fangarmen gepackt und in Richtung See gezogen. Panisch wieherte er.

„ONYX", brüllte Keyan, rappelte sich auf und eilte seinem treuen Freund zu Hilfe, die Hand am Schwertgriff.

„Keyan, PASS AUF!", schrie Miriya, aus ihrer Erstarrung erwachend als sie sah, wie ein weiterer Fangarm aus den Fluten schoss, hoch aufgerichtet. Sie trieb Sternensilber an, wollte sich zwischen Keyan, Onyx und den See bringen, doch es war zu spät. Mit todbringender Wucht senkte sich der Fangarm, holte aus und schlug zu. Keyan wurde durch die Luft geschleudert wie eine Stoffpuppe und knallte mit voller Wucht gegen eine Gruppe von Findlingen, die der See wohl vor unendlich langer Zeit da hatte liegen lassen. Miriya konnte ihn vor Schmerz schreien hören und ihr Herz setzte aus, als sie sah, wie er zu Boden sank und unbeweglich liegen blieb. Onyx kreischte panisch und schrill, ein Schrei so voller Angst und Hoffnungslosigkeit, dass der jungen Frau alle Haare zu Berge standen und sich ihr Herz noch mehr zusammenzog. Der Hengst kämpfte mit dem Mut der Verzweiflung gegen die Kraft der Fangarme an, die ihn mit ruckartigen Bewegungen ins Wasser zogen. Doch er hatte keine Chance. Mit schreckensgeweiteten Augen musste Miriya mit ansehen, wie das Tier im brodelnden, tosenden Wasser verschwand, die Augen weit aufgerissen, die Beine nutzlos um sich schlagend. Dann war der Rappe weg, mit einem grausamen, saugenden Geräusch schlossen sich die Fluten, die Wellen wurden weniger und ebbten schließlich ganz ab. Einige Herzschläge lang starrte Miriya vollkommen versteinert, mit rasendem Herzen und Tränen in den Augen auf den Punkt, an dem der stolze Rappe verschwunden war. Unter ihr bebte Sternensilber vor Furcht, blieb aber still stehen.

„Onyx", schluchzte sie hilflos auf. Und dann „*Keyan!*"

Kapitel VI
~
Von Abschied

Keyan lag auf der Seite und konnte sich nicht rühren. Glühend heiße Schmerzen jagten durch seinen Körper, pochend und sengend und lähmend, als hätte sich ein Raubtier in seine rechte Seite verbissen und würde daran zerren und ziehen. Ihm war speiübel und eiskalt und egal wie sehr er sich anstrengte, sein Sichtfeld blieb unscharf, während bunte Punkte vor seinen Augen tanzten. Ihm brach der kalte Schweiß aus und er musste alle ihm verbliebene Kraft aufwenden, um sich nicht zu übergeben.

„*Keyan!*", hörte er aus weiter Ferne, wie durch Watte und es dauerte eine ganze Weile, bis er registrierte, dass es sein Name war. Ein hohles, hohes Klingen hallte in seinen Ohren wider. Dann spürte er Hände, zarte warme Finger. Der Duft nach sonnendurchflutetem Savannengras, nach Holz und Sommerblumen. *Miriya.* Er versuchte, zu sprechen, seinen Blick auf sie zu fokussieren, aber es gelang ihm beides nicht. Undeutlich sah er das bronzefarbene Oval ihres Gesichtes, die dunklen Strähnen ihrer Haare. *Miriya.* Er konnte fühlen, dass ihre Hände zitterten, während ihre Finger sanft sein Gesicht umfingen.

„Keyan. Sag etwas", flehte sie, ihre Stimme ebenso zittrig wie ihre Hände, „bitte, sag etwas!"

Mit letzter Kraft konzentrierte er sich auf ihr Gesicht und sie rutschte in Fokus. Braune Augen, aufgerissen und voller Angst und unterdrückter Tränen. Die vollen Lippen sorgenvoll verzogen, bemüht, nicht zu schluchzen. Sie war nur eine Handbreite von seinem Gesicht entfernt.

„M… Miriya", brachte er heraus, ein heiseres Flüstern, dem unendliche Schmerzen innewohnten. Seine Zähne klapperten aufeinander. Er wollte seine Hand heben und ihr die Haare hinter die Ohren schieben, sie beruhigen. Er konnte sich nicht bewegen.

„Keyan! Oh ihr Götter-" Ihre Stimme war ebenfalls heiser, voller Angst und Sorge und voller Ohnmacht, „bleib still. Beweg dich nicht."

„Miriya ... Onyx ..."

„Bitte lieg still. Oh ihr Götter, was soll ich nur tun?!" Sie wiegte den Oberkörper vor und zurück, eine Geste absoluter Hilflosigkeit. Ihre Stirn berührte die seine fast und er schaffte es unendlich langsam, seine Hand zu heben und in ihren Haaren zu versenken. Ihre Stirnen berührten sich.

„Sei ruhig ...", brachte er hervor und biss mit eiserner Entschlossenheit Gallenflüssigkeit zurück, die sich in seinem Mund sammelte, „... alles ... alles in Ordnung ..."

„*Nichts* ist in Ordnung, Keyan", stammelte sie, „ich kann dich doch nicht so liegen lassen."

„K... keine Sorgen. Sorge dich ... sorge dich nicht um mich."

Sie musste wohlauf sein, dachte er, *sonst hätte sie nicht herrennen können.*

„Onyx ...", keuchte er, „was ist mit ihm ...?"

Da begann sie, zu schluchzen. Heftige, trockene Schluchzer, die sie schüttelten und ihm durch Mark und Bein gingen. Er biss die Zähne zusammen, Schmerzen durchfuhren ihn wie glühender Draht. „Ruhig ... alles gut", machte er.

Mit einem Mal keuchte sie erschrocken auf und fuhr hoch. Ihre Haare wurden mit einem Ruck seiner Hand entzogen und sein Arm fiel kraftlos neben seinen gebrochenen Körper, nutzlos. Eine neue Welle aus Schmerz überfiel ihn, gnadenlos und brutal. Und kalte Angst schnürte ihm das Herz ab. War Miriya eben von diesem Ungeheuer weggerissen worden? *Nein!* Nein, das durfte nicht sein. Er versuchte, sich aufzurichten, aber seine rechte Seite gehorchte ihm kein bisschen. Das Letzte, was er verschwommen wahrnahm, bevor die Welle aus Schmerz über ihm zusammenschwappte und ihm das Bewusstsein raubte, war ein bärtiges Gesicht hinter einer kleineren Gestalt, die Miriya war. Das bärtige Gesicht schien in einer Glaskugel zu stecken. Dann wurde es schwarz um ihn.

Miriyas Herz raste und nur mit Mühe hatte sie einen Aufschrei unterdrücken können, als eine nasse, kalte Hand sich auf ihre Schulter gelegt hatte. Sie war auf- und herumgefahren und hatte sich einem breitschultrigen Mann mit seltsam grünlicher Hautfarbe gegenüberkniend gefunden. Er trug einen langen, gelockten Bart, von dem Wasser in kleinen Rinnsalen über den kräftigen Oberkörper rann, der an ein Fass erinnerte. Haare und Bart waren schlohweiß und sahen aus, als wären sie aus Seetang, das zusammen mit anderen Wasserpflanzen sowohl Bart wie auch Haare durchzog. Sein Kopf steckte unter einer Art Glaskugel, die auf etwas wie breiten, wattierten Stoffbahnen auf seinen Schultern auflag. Miriya starrte den Mann an und in ihrer aufgewühlten, hilflosen Verfassung dauerte es mehrere Herzschläge, bis sie erkannte, dass sein Körper von der Hüfte abwärts in einen langen, grün-blau geschuppten Fischschwanz mit kräftigen, gelblichen Flossen überging. Er kauerte, mühsam auf die Hände mit den hauchdünnen Schwimmhäuten zwischen den Fingern gestützt, hinter ihr und seine sympathischen, markanten Gesichtszüge mit den buschigen Augenbrauen und der knollenförmigen Nase drückten unverhohlenes Mitleid aus. Die leuchtend blauen Augen hingegen drückten eine geradezu unverschämte Ruhe und Gelassenheit aus. Er lehnte sich zurück und gestikulierte. Sprechen schien er nicht zu können. Hinter ihm wand sich eine Frau aus dem Wasser des Sees. Knirschend zog sie ihren Fischschwanz über das Kieselsteinufer. Sie ähnelte dem Mann, wie nur eine Tochter dem Vater ähneln konnte, hatte aber zierlichere, feiner gezeichnete Gesichtszüge und keine Knollennase. Ihr Haar war leuchtend rotbraun und fiel wild und ungezähmt bis auf ihre Hüften. Ihre Brüste wurden von großen, perlmuttglänzenden Muscheln bedeckt, die von Lederschnüren locker zusammengehalten wurden. Um den Hals klirrten Muschelketten leise, als sie sich neben ihren Vater an Land zog, mit sichtbarer Mühe ihrem Heimatelement entsteigend. Sie trug ebenfalls diesen komischen Glashelm und schien nicht sprechen zu können. Beide gestikulierten ruhig, geduldig, beruhigend. Miriya rüttelte sich aus ihrer Erstarrung, während Sternensilber unsicher Keyan anstieß. Der junge Mann hatte das Bewusstsein verloren, was vermutlich gut war. Er sah schlimm aus; sein ganzer Körper lag merkwürdig verdreht da, sodass sein rechter Arm in einem unnatürlichen Winkel unter dem Oberkörper begraben war. Sein rechtes Bein war zweifelslos aus dem Hüftgelenk gerissen, eine Handbreite über dem Knie klaffte eine schreckliche Wunde, aus der entzwei gesplitterte Knochenreste wie bleiche Finger ragten. Blut tränkte den Stoff seiner zerfetzten Uniform und bildete eine Lache unter seinem Knie. Er musste im Flug instinktiv seinen Rücken und den Kopf geschützt haben, denn sein Gesicht war unverletzt, wenn auch entsetzlich bleich. Galle floss aus seinem Mundwinkel in seine Bartstoppeln und Miriya war plötzlich froh, dass er einigermaßen auf der Seite lag. Sein Anblick schnürte ihr das Herz ab, Panik und Ohnmacht rollten in Wellen durch ihren Körper, aber sie zwang sich, ruhig zu bleiben und ihr verzweifeltes Schluchzen zu unterdrücken. Hysterisches Gehabe würde ihr jetzt nicht helfen. Und ihm auch nicht. Der Mann tippte ihr auf die Schulter. Seine Gestik bedeutete ihr, ihn näherkommen zu lassen. Sie bewegte sich zögerlich, drehte sich auf ihren Knien und beobachtete den Fischmann, während Sternensilber ihre Nähe suchte, um sie zu trösten. Der Mann zog Keyan vorsichtig in eine bequemere Position. Die Hände glitten geschickt und wendig über den gebrochenen Körper, suchten und fanden bestimmte Punkte, drückten und massierten sie. Der junge Mann stöhnte kurz, seufzte dann wie entspannt auf. Er erlangte aber nicht das Bewusstsein. Miriyas Brust zog sich zusammen. Würde er sterben? *Was wenn er stirbt*, dachte sie, verzweifelt die Hände ringend. *Was wenn er stirbt und ich nie erkunden könnte, wieviel er mir wirklich bedeutet?* Trauer und Hoffnungslosigkeit drohten sie zu übermannen. Die Frau legte ihr tröstend eine Hand auf die Schulter und drückte sie kurz. Sie gestikulierte, zog die junge, völlig verstörte Frau in Richtung Wasser. Der Mann hatte unterdessen Keyan geschultert und bewegte sich langsam und mühsam ebenfalls in Richtung Wasser.

„Was macht ihr mit ihm?", fragte Miriya und ihre Stimme klang dünn und tonlos. Die Wasserfrau gestikulierte abermals, legte die Hände auf ihre Brust, wo ihr Herz war, wohl um zu zeigen, dass ihre Absichten rein waren und sie helfen wollten. Sie bedeutete Miriya, ihr ins Wasser zu folgen. In Abwesenheit anderer Optionen gehorchte die der Fischfrau, aber nicht bevor sie Sternensilber verabschiedet und ihm eingeschärft hatte, sich vom Wasser fernzuhalten und in der Nähe auf sie zu warten. Kurz darauf befand sich Miriya bis zum Hals im beißend kalten Wasser des Sees. Die Kälte revitalisierte sie und machte ihren Kopf frei. Neben ihr senkte der Fischmann Keyan ins kühle Nass, nahm dann einen tiefen Atemzug, zog seinen Glashelm aus und stülpte ihn dem bewusstlosen jungen Mann über. Gleich darauf verschwanden die beiden Männer im kühlen Blaugrün des Sees und ließen Miriya mit ihrer Begleiterin zurück, die ebenfalls ihren Helm auszog und ihn der jungen Frau anbot. Diese nahm ihn ohne Zögern an und stülpte ihn sich über. Wohin auch immer sie Keyan brachten, sie würde mitkommen. Es war ein seltsames Gefühl, die Glaskugel zu tragen, als wäre sie mit dem Kopf in eine fremde Sphäre eingetaucht. Das Material, aus dem der Helm gemacht war, wirkte zwar wie Glas, fühlte sich aber merkwürdig lebendig und fließend an, wie gehärtetes Wasser.

Die Wasserfrau tauchte zur Gänze unter und wartete knapp unter der Wasseroberfläche auf Miriya, die probehalber einige Atemzüge in der Glaskugel machte. Dann warf sie Sternensilber einen letzten Blick zu und stellte sicher, dass das Einhorn außer Reichweite der Fangarme blieb, sollte das Seeungeheuer zurückkommen. Das Tier würde auf seine Schwester warten und kommen, sobald Miriya nach ihm rufen würde. Einigermaßen beruhigt ließ sie sich in die Fluten sinken. Schmale, erschreckend starke Hände zogen sie vollends ins Wasser. Rotbraune Haarflechten trieben um den Oberkörper der Frau, als sie sich sorgfältig versicherte, dass die Glaskugel richtig auf Miriyas Schultern saß und wasserdicht war. Vor ihnen glitt der Fischmann mit kräftigen Stößen seiner Schwanzflosse durch die grünblaue Landschaft. Miriyas Begleiterin nahm sie bei der Hand und folgte dem Mann. Die beiden Fischwesen hielten ihre Gäste wider Willen eng an sich gepresst, damit sie den stromlinienförmigen Körpern keinen Widerstand boten. Sie schwammen mit kräftigen, ruhigen Flossenstößen dem Grund entlang in Richtung der Mitte des gewaltigen Sees. Der See war tiefer, als Miriya sich das hätte vorstellen können, eine bergige Landschaft mit schroffen Riffen und abfallenden Klippen. Es sah beinah so aus, als wäre der See mit Meerwasser gespeist, denn allerlei Muscheln und Seepflanzen überzogen die der Sonne zugeneigten, höher gelegenen Fleckchen und Krebse eilten geschäftig zwischen bauschigen Schwämmen und wogenden Anemonenwäldern dahin. Bunte Fischschwärme schwammen den Klippenwänden entlang und Seepferdchen klammerten sich an knochigen Korallen fest. Gegen die Seemitte hin wurde der Boden nach und nach sandiger, ein feiner, weiß glitzernder Belag, der von den Felsen In-Nuyas stammen musste. Ein faustgroßer Tintenfisch trieb keck an Miriya vorbei und sie erschauderte bei dem Gedanken daran, dass irgendwo in den blaugrünen Untiefen sein riesenhafter Verwandter vermutlich gerade Onyx verspeiste. Ihr Herz, ob der unglaublichen Unterwasserlandschaft etwas leichter geworden, zog sich erneut schmerzhaft zusammen.

Die Wassermenschen trugen sie und Keyan durch die Rifflandschaft, die sich allmählich absenkte. Das Tageslicht wurde weniger, der Untergrund eintöniger. Vor ihnen tauchte ein mit wogenden Algen verhängtes Loch in einer senkrecht abfallenden Klippe auf. Es war kaum zu erspähen und Miriya bemerkte es erst, als die Wassermenschen anhielten und einen Moment in der Senkrechten im Wasser schwebten. Der Mann teilte den dichten Algenvorhang und verschwand mit Keyan dahinter. Bei Miriya kamen Bedenken auf. Was, wenn die Wassermenschen sie direkt in die Höhle des Ungeheuers brachten, damit dieses sein schreckliches Werk vollenden konnte? Auf einmal war ihr die regelrechte Umarmung der Wasserfrau unangenehm. Trotz der Nässe klebte ihre schuppenartige Haut an Miriyas und die Kiemen hinter den Ohren, die sich bei jedem Atemzug weiteten und wieder zusammenzogen, ließen eine leichte Übelkeit in ihr aufkommen. Sie versteifte sich, wehrte sich leicht gegen den Griff der Fischfrau. Diese ließ sie erstaunt los.

„Magst du nicht mehr?", fragte sie, ihre Stimme ein sanftes, fließendes Plätschern, das durch die wellenförmige Wasserbewegung träge an Miriyas Ohren gelang. Die junge Frau starrte ihre scheinbare Retterin an und sank unwillkürlich einige Armlängen ab, bevor sie sich hastig mit den Armen rudernd an der gleichen Stelle halten konnte.

„Du sprichst?!", platzte sie heraus. Es fühlte sich komisch an, unter dem Glashelm zu sprechen, als würde der Sauerstoff, den die verhärtete Wasserschicht in die Kugel zu filtern schien, wie Blasen in ihren Mund dringen.

„Natürlich spreche ich", sagte sie und trotz der ernsten Situation schwang ein amüsierter Unterton in ihrer Stimme mit. Ein süffisantes Lächeln enthüllte zwei Reihen perlweisser, spitz zulaufender Zähne, die dicht an dicht gereiht hinter den vollen Lippen saßen und Miriya an ein Fangeisen erinnerten. „Aber an der Wasseroberfläche trägt die Luft unsere Stimmen nicht gut. Ich weiss nicht, woran es liegt."

„Ach so", machte Miriya verdattert, „entschuldige." Sie zögerte kurz. „Könnt ihr Keyan helfen? Wird er überleben?"

Die Wasserfrau verzog nachdenklich das Gesicht und spreizte die mit Schwimmhäuten versehenen Hände. „Das hängt ganz von seinem Überlebenswillen ab. Und von der Stärke seiner Verletzungen. Aber mein Vater ist ein erfahrener Heiler. Wenn es eine Überlebenschance gibt, dann bei ihm."

„Bitte gebt euer Bestes", antwortete Miriya, die beschlossen hatte, dass sie wohl oder übel ihrer beider Schicksal in die schwimmhautversehenen Hände ihrer scheinbaren Retter legen würde. „Ich kann ihn nicht verlieren."

Die Wasserfrau lächelte aufmunternd: „Wie gesagt, wenn ihm jemand helfen kann, dann ist es mein Vater." Sie hob den Algenvorhang einladend an und bot Miriya ihre Schulter an, um sich daran festzuhalten. Gemeinsam schwammen sie durch das Loch und hinter ihnen schlossen sich die grün-roten Algen zuverlässig und schützten den Zugang vor unerwünschten Eindringlingen.

Miriyas Augen wurden groß und rund; vor ihnen erstreckte sich ein langer Gang, der in den Fels In-Nuyas gehauen war. Der Gang war gesäumt von kleinen, runden Behältern, die augenfällig aus dem gleichen Material gefertigt waren, wie Miriyas Helm. Kleine Feuer brannten in den wie Luftblasen aussehenden Behältnissen, die Flammen seltsam träge und fließend. Ein weiterer Vorhang aus wogenden, roten und gelben Algen versperrte die Sicht auf das, was hinter dem Gang lag. Der Boden war ebenfalls aus dem feinen, weißen Sand, der hier im Laufe der Zeit wellenförmig aufgeworfen worden war. An kleine Felsvorsprünge klammerten sich enggewundene Muscheln, die ein geheimnisvolles Licht ausstrahlten. Die beiden Frauen glitten Seite an Seite durch den Gang und die Fischfrau teilte den Algenvorhang am Ende mit gespreizten Fingern. Sie kamen in einen Saal, von dem viele, mit weiteren Algenvorhängen behangene Gänge abbogen. Träge drifteten die verschiedenfarbigen Stränge im sanften Strom des Wassers. Algenbüschel, Muscheln und Korallen gaben dem runden Saal auf wundersame Weise eine heimelige Atmosphäre. In der Mitte des Saales stand eine Statue im Sand, die einen kräftigen, stämmig gebauten Fischmann darstellte. Er hielt einen mächtigen Dreizack in der einen Hand und einen runden Gegenstand in der anderen. Stolz aufgerichtet, der Fischschwanz elegant auf dem sandigen Untergrund aufgestützt und die Flossen gespreizt stand er da, Haupthaar und Bart ebenso wild und mit Wasserpflanzen durchwirkt wie bei Keyans Retter. Die steinernen Augen der Statue zeigten einen gütigen und dennoch intensiven Ausdruck, der durch Mark und Bein ging. Auf seinem stolz erhobenen Haupt saß eine Krone aus Korallen und der Steinkörper der Statue trug einen wallenden Umhang aus geflochtenen Algensträngen, die mit glitzernden Schnüren durchwirkt zu sein schienen. Die Statue war augenscheinlich aus Marmor und sah aus, als wäre sie erst am Morgen versenkt worden.

„Das ist Neptun", erklärte die Wasserfrau und gab der Statue einen ehrfürchtigen Wink.

„Vater hat den Menschenmann bestimmt schon in unserem Krankenflügel untergebracht", sagte sie weiter und wies Miriya den Weg zu einem weiteren, mit Algen verhängten Gang. Dahinter befand sich eine geräumige Unterwasserhöhle, die von einer Mischung aus kopfgroßen Muscheln und den glasartigen Feuergefäßen beleuchtet wurde. Entlang der Wände standen riesenhafte Muscheln, groß genug, einen erwachsenen Mann aufzunehmen.

Wenige dieser Betten waren besetzt: Ein junger Wassermann lag mit bandagiertem Arm in einem davon, im Bett daneben schlief ein kleines Mädchen, dem auf den ersten Blick nichts zu fehlen schien. Allerdings verlief ein Schlauch von seiner Nase zu etwas, das wie ein rechteckiger Glaskasten aussah und das Mädchen mit Atemluft zu versorgen schien. Zwei Wasserfrauen, die scheinbar Heiler waren, beugten sich über die kleine Patientin und berieten sich leise. Ganz am anderen Ende der Bettreihen trieb der Wassermann, ihr Retter, neben einem der Betten. Als er seine Tochter sah, kam er ihnen entgegengeschwommen. Er begann, leise mit ihr zu sprechen in einer abgehackten Sprache voller Klicklaute und Zungenschnalzen. Miriyas Blick wanderte an Vater und Tochter vorbei zu der Gestalt im Muschelbett. Der Wassermann hatte Keyan seiner Kleidung bis auf den Lendenschurz entledigt. Reglos lag der junge Mann da. Seine rechte Seite war beinah komplett einbandagiert, Bein und Arm geschient. Dunkle Blutergüsse begannen sich auf Brustkorb und Rippen zu zeigen, sein Gesicht war leichenblass, aber sein Gesichtsausdruck entspannt. Miriya wurde von ihren Gefühlen übermannt und begann, leise zu schluchzen. Den stolzen, gutgebauten Kommandanten der Palastwache so gebrochen und verletzlich zu sehen, tat ihr tief im Herzen und der Seele weh, an Orten, von denen sie nicht einmal gewusst hatte, dass es sie gab. *Was machst du nur mit mir*, dachte sie hilflos und gleichzeitig durchströmte sie ein warmes Gefühl. Sein Kopf war nicht mehr länger in der Glaskugel, die stattdessen von demselben Schlauch ersetzt worden war wie beim schlafenden Fischmädchen. Die dünne, biegsame Röhre war unter der Nase von Ohr zu Ohr gespannt, lief dann unter dem Kiefer zusammen und führte zum Kasten neben dem Bett, der leise summte. Sie wollte sich zu ihm ans Bett setzen und seine Hand nehmen, aber kurz bevor sie Kontakt mit seinem Arm machen konnte, stießen ihre Finger gegen etwas, was sich wie eine beinah gänzlich durchsichtig erscheinende, fließende Wasserblase anfühlte.

„Er hat schlimme Prellungen, Quetschungen und sein Arm und Bein sind beide ausgerenkt und mehrfach gebrochen. Einige

Rippen sind ebenfalls gebrochen", erklärte der Wassermann, der unbemerkt neben Miriya geschwommen war.

„Wird er durchkommen?", fragte Miriya ängstlich.

„Er hat viel durchgemacht", meinte der Heiler, „und man kann nicht abschätzen, ob seine inneren Organe Schaden genommen haben. Außerdem atmet er schlecht, aber das liegt vermutlich an den gebrochenen Rippen."

Er sah Miriyas Blick hinter ihrer Glaskugel und fügte hinzu: „Er scheint hart im Nehmen zu sein, und schon ein paarmal etwas eingesteckt zu haben. Überlebt er die Nacht, stehen seine Chancen nicht schlecht. Solange er kein Blut spuckt und das Bewusstsein wiedererlangt, gibt es Hoffnung."

Miriya nickte zum Zeichen, dass sie ihn verstanden hatte. Abermals wollte sie nach seiner Hand greifen, aber die beinah unsichtbare Blase, die bei Berührung leicht regenbogenfarbig schillerte, hinderte sie daran.

„Momentan ist es das Beste für ihn, im Wasser zu liegen, da sein Körper so sein Eigengewicht nicht tragen muss und so keine Druckstellen entstehen. Aber die menschliche Haut ist nicht gemacht dafür, lange unter Wasser zu sein. Die Blase, die du fühlst, ist ein Schutzfilm für seine Haut. Man kann hindurchfassen, aber du musst vorsichtig sein, damit sie nicht platzt", erklärte der Fischmann. Er warf der jungen Frau, die abgekämpft und todmüde neben ihm stand, einen prüfenden Blick zu.

„Er braucht Ruhe und gute Pflege. Und auch du solltest dich vom Schock erholen. Wenn du magst, kann dir Xylen das Bett neben ihm richten."

Miriya warf der Tochter des Wassermannes, die dieser mit einem Nicken ins Gespräch einbezogen hatte, einen dankbaren Blick zu. „Das wäre lieb."

Die Wasserfrau nickte und machte sich daran, das Bett vorzubereiten. Auch Miriya bekam einen Schutzfilm für die Haut. Außerdem bekam sie statt des umständlichen Glashelms ebenfalls einen Schlauch und einen tragbaren Kasten, scheinbar aus gehärtetem Wasser, der für sie Atemluft filterte. Sie saß auf ihrem bereitgestellten Bett und sah der Wasserfrau zu, wie sie die Schutzblase immer größer und weiter ausdehnte, um Miriya zu umschließen, während sie erklärte: „Du kannst dich in den Hallen Neptuns frei bewegen, aber verlasse niemals unsere Höhlen. Der Kraken draußen ist immer hungrig und du wärst unmöglich schnell genug."

„Euch sei für eure Hilfe gedankt", wandte sich Miriya an die Wasserfrau, „ich wüsste nicht, was ich ohne euch getan hätte." Sie umfasste die schwimmhautbesetzten Hände der Frau mit ihren eigenen, die jetzt von der gleichen schillernden Blase umgeben waren, wie Keyan. Xylen lächelte.

„Wir helfen gern. Laut Vater wurden wir früher sogar ab und zu von Landmenschen besucht. Aber jetzt wissen nicht mehr viele um die Wassermenschen und die Existenz meines Volkes ist in Vergessenheit geraten.." Sie legte forschend den Kopf schräg.

„Verrätst du mir deinen Namen? Ich weiß, dass der junge Mann Keyan heißt, aber wie heißt du?"

„Miriya. Aus Ke-Inda. Wir sind im Auftrag Ihrer Hoheit Königin Raika unterwegs", antwortete sie automatisch. Sie fühlte sich unendlich müde und erschlagen und seltsam perspektivlos. Es war wohl nahezu gänzlich ausgeschlossen, dass Keyan bald wieder vollkommen genesen würde und obwohl der Gedanke schwer wie Blei wog, musste sie wohl oder übel in Erwägung ziehen, alleine weiterzureisen, wollte sie den Auftrag der Königin weiterführen. Wie sie das ohne Keyan schaffen sollte, war ihr schleierhaft. *Glaub ein bisschen mehr an dich selbst,* sagte eine innere Stimme leicht eingeschnappt, *bis jetzt hast du auch immer alles allein geschafft!* Sie seufzte leise.

„Ich glaube, er wird durchkommen, Miriya aus Ke-Inda. Er scheint robust. Und er hat einen Grund zum Überleben", sagte Xylen, die ihren Seufzer gehört hatte, aufmunternd und drückte ihre Hände fest.

„Einen Grund?", fragte Miriya wie betäubt. Sie fühlte sich, als wäre ihr Kopf vollgestopft mit Watte oder Sejamwolle und konnte kaum noch die Augen offenhalten. Xylen beendete das Erstellen des Schutzfilmes, dann drückte sie die junge Frau sanft in die Kissen und deckte sie fürsorglich zu. Sie lächelte und kurz bevor Miriya ins Land der Träume glitt, sagte sie leise: „Sein Grund zu überleben. Vater hat gesagt, dass er während der Behandlung immer wieder deinen Namen geflüstert hat."

Keyan wachte aus seiner Ohnmacht auf und augenblicklich war das Raubtier wieder da und zerfleischte seine rechte Seite. Pochend und dröhnend und brennend fuhren Wellen aus Schmerz durch seinen Körper und raubten ihm den Atem. Wieder brach ihm kalter Schweiß aus und er schluckte verbissen die Galle hinunter, die in seinen Mund geschossen war. Er fühlte sich entsetzlich schwach, so schwach und verletzlich wie noch nie in seinem Leben. Dunkel nahm er wahr, dass er fast vollständig nackt war, bis auf seinen Lendenschurz und ein winziger Teil seines schmerzgebeutelten Gehirnes hoffte, dass es nicht Miriya gewesen war, die ihn hatte ausziehen müssen. Onyx kam ihm in den Sinn und eine andere Art Schmerz gesellte sich zu dem bereits vorhandenen. Verlust und Trauer, so tief und lähmend, dass er die Tränen nicht zurückhalten konnte. Sein treuer Freund, der Gefährte, den er gekannt und der ihn begleitet hatte, seit er ein kleines Fohlen gewesen war. Einfach weg. Trockene Schluchzer schüttelten ihn und sein malträtierter Brustkasten brannte wie Feuer. Keyan war zu sehr mit seinen Schmerzen beschäftigt, als dass er hätte wahrnehmen und verarbeiten können, wo er sich befand. Alles, was sich außerhalb der Reichweite seiner Arme befand, war verschwommen und dunkel, fast schattenhaft. Für einen kurzen Moment fragte er sich fast panisch, ob er wohl gestorben war und das der Tod war. *Dann würde dir aber vermutlich nichts mehr wehtun*, teilte ihm das letzte bisschen Verstand mit, das nicht damit beschäftigt war, Schmerzen zu bewältigen. Er zwang sich, ruhig zu atmen, was schwierig war und er war froh um den dünnen Schlauch, der ihn durch die Nase mit Sauerstoff zu versorgen schien. Dann zuckte ein anderer Gedanke durch seinen Kopf. *Miriya!* Was war geschehen, nachdem er das Bewusstsein verloren hatte? War sie auch vom Ungeheuer verschleppt worden? Er wollte sich aufrichten, um Hilfe rufen, aber seine rechte Körperseite gehorchte ihm nicht. Und war außerdem dicht und fest mit etwas bandagiert, das sich wie Algen anfühlte. Es war merkwürdig kühlend. Dann schob sich eine Hand in sein

Gesichtsfeld und er zuckte zusammen, als er die Schwimmhäute zwischen den Fingern registrierte.

„Keine Angst", drang eine Stimme an seine Ohren, von weit weg und seltsam fließend und blubbernd wie Wasser. Die Hand legte sich beruhigend mit sanftem Druck auf seinen Brustkorb. „Sei ruhig. Miriya geht es gut", sagte die Stimme. Ein Gesicht mit schuppenartiger, grünlicher Haut und leuchtend blauen Augen folgte freundlich lächelnd der Hand. Ein dichter, rotbrauner Haarteppich umrahmte das Gesicht und füllte sein gesamtes limitiertes Blickfeld. Er versuchte, etwas zu sagen, aber Worte zu artikulieren, löste eine neue Welle an Schmerz aus und für einen Moment kämpfte er darum, nicht das Bewusstsein zu verlieren.

„Sag nichts. Du musst dich ausruhen und deine Kräfte schonen", sagte Xylen, die über seinen sowie Miriyas Schlaf gewacht hatte, wie ihr Vater ihr das aufgetragen hatte. Er gab es auf, etwas sagen zu wollen. Auch ohne Worte schien die Fischfrau die Frage in seinem von Schmerzen verschleierten Blick deuten zu können. „Es geht ihr gut. Sie liegt im Bett neben dir und schläft." Dann zögerte Xylen kurz. „Das Pferd haben wir leider nicht retten können. Es tut mir leid."

Er sah für einen Moment so aus, als würde er wieder in Tränen ausbrechen, hatte sich dann aber unter Kontrolle. Die Wasserfrau konnte sehen, wie er gegen Schmerzen und Trauer ankämpfte.

„Lass es fließen", sagte sie, „so verkrampfst du dich nur zusätzlich."

Er schien ihr zu gehorchen, denn er entspannte sich kaum merklich.

„Ich gebe dir etwas zu trinken, damit du weiterschläfst. Im Schlaf erholt sich der Körper besser", informierte sie ihn. Einen Augenblick lang verschwand sie gänzlich aus seinem Gesichtsfeld und er konnte nur schwach leuchtende Punkte ausmachen, die den Raum, in dem er lag, erhellten. Er drehte mühsam den Kopf und der pochende Schmerz in seinen Schläfen verstärkte nur seine Übelkeit. Angestrengt versuchte er, seinen Blick zu fokussieren. Neben seinem Bett sah er eine Gestalt, zusammengerollt wie eine Katze. Bronzene Haut und blau-schwarze Haare. *Miriya.* Er konnte keine Einzelheiten ausmachen, und dann war Xylen wieder da und nahm sein gesamtes Blickfeld und das bisschen Aufmerksamkeit, das er noch zusammenkratzen konnte, ein. Sie half ihm, eine kühle, neutral schmeckende Flüssigkeit zu schlucken, die sich wie flüssiges Eis angenehm in ihm ausbreitete und schon bald schwappte eine Woge aus Schlaf über ihn und er nickte weg, dankbar, sich dem Schmerz und der Trauer entziehen zu können.

Als er das nächste Mal zu sich kam, befand sich Miriya neben ihm im Muschelbett. Es war heller und sie war im Sitzen eingeschlafen und zusammengesunken, sodass ihr Gesicht nur eine Handbreite von seinem entfernt auf dem Kissen ruhte. Er betrachtete die entspannten, feinen Gesichtszüge, die vollen Lippen, die kühn geschwungenen Brauen. Für einen Moment vergass er den Schmerz und die Trauer und eine friedliche Ruhe kam über ihn. Sie musste irgendwie gemerkt haben, dass sie beobachtet wurde, denn sie zuckte kurz zusammen und hob dann träge die dichtbewimperten Lider. Ihre warmen, rehbraunen Augen fanden die seinen.

„*Keyan!*", flüsterte sie und ihre Augen füllten sich mit Tränen der Erleichterung.

„Miriya", brachte er zwischen zusammengebissenen Zähnen hervor. Er wollte sie berühren, ihr die Tränen aus den Wimpern lösen, aber sein Körper weigerte sich weiterhin, seinen Befehlen zu gehorchen. *Was*, dachte Keyan in seinem benebelten Zustand mit einem Anflug von Galgenhumor, *für einen Kommandanten wohl ein Armutszeugnis war.* Miriya richtete sich auf: „Möchtest du Wasser? Oder etwas anderes?"

Ich möchte an Land sein und auf Onyx neben dir reiten, um das Kristallzepter zu suchen, wollte er sagen, aber der Gedanke schnürte ihm die Kehle zu. Sie flocht ihre Finger in die seinen, vorsichtig darauf bedacht, ihm nicht noch mehr Schmerzen zuzufügen und die Blasen, die sie beide umgaben, nicht zu zerstören. Worte schienen ihr zu entfliehen und sie begnügte sich damit, ihm federleicht die Haare aus der Stirn zu streichen, eine Geste so intim und gefühlvoll, dass sein Herz einen schmerzhaften Satz machte. Er wusste es da, wusste, dass er nie mehr ohne sie sein wollte und die Stärke dieser Gewissheit verschlug ihm die Sprache. Nicht, dass er ohnehin nichts herausgebracht hätte, mit jedem Fingerbreit seines Körpers vor Schmerz schreiend.

„Werde rasch wieder gesund, Keyan", sagte sie leise, „sodass wir bald zusammen weiterziehen können."

Er registrierte die Worte wie dumpfe, dröhnende Schläge einer riesigen Glocke. Und sein Herz wurde schwer wie Blei, als eine zweite Gewissheit sich in seinem schmerzgebeutelten Gehirn einnistete. Sie *konnte* nicht auf ihn warten. Sie *musste* weiterziehen, musste das Kristallzepter für Raika finden. Ohne ihn.

„Miriya ...", machte er, seine Stimme noch rauer als gewöhnlich und belegt vor Schmerzen, „Miriya ... nicht warten ... Du kannst nicht warten ..."

Sie fixierte ihn mit diesen großen, warmen, braunen Augen und er las in ihrem Blick, dass sie zu ebendieser Gewissheit schon gekommen war, es aber nicht wahrhaben wollte.

„Ich kann dich doch nicht hier zurücklassen", sagte sie mit erstickter Stimme und legte ihm die freie Hand auf die Brust, wo sein Herz schmerzhaft gegen die gebrochenen Rippen pochte.

„Du musst ... Raika ... das Zepter. Ist wichtiger ..."

Sie starrte ihn einen Moment totunglücklich an und er wollte nichts lieber tun, als sie in die Arme zu schließen und sein Gesicht in ihr nach Sommerblumen duftendes Haar zu drücken. Dann nickte sie knapp, löste sich sanft von ihm und wischte sich mit einer energischen Bewegung die Tränen aus dem Gesicht.

„Versprich mir, dass du schnell gesund wirst", sagte sie leise und eindringlich.

„Versprochen", würgte er hervor, „bitte ... pass auf dich auf ..."

„Versprochen", wiederholte sie ihn und er sah zu seiner Erleichterung das alte Feuer und die alte Verwegenheit in ihren Blick zurückkehren. Mit aller Kraft konzentrierte er sich, den Schmerz nur einen wertvollen Herzschlag lang im Schach zu halten. Seine linke Hand griff nach ihrem Oberarm, gerade in dem Moment, in dem sie aufstehen wollte. Er sah Überraschung in ihre Augen treten. Mit letzter Kraft zog er sie zu sich herab. Seine Lippen fanden die ihren, warm und weich. Ihr Duft nach sonnengetränktem Savannengras und Holz füllte seine Nase und blendete die Schmerzen für einen Moment aus. Sie erwiderte den Kuss einen Herzschlag lang, dann lösten sie sich voneinander.

„Komm … gesund zurück … zu mir", flüsterte er heiser.

Sie nickte tapfer lächelnd. „Und bis dahin solltest du besser wieder wohlauf sein, Keyan aus Kirk-Wana."

Xylen brachte Miriya zurück zum Ufer, nachdem sich die junge Frau vom Wassermann namens Xanos verabschiedet und ihm das Versprechen abgenommen hatte, sich gut um Keyan zu kümmern. Xanos hatte es ihr trotz des Ernsts der Lage breit grinsend versprochen. Ihm war die Abschiedsszene nicht entgangen.

Knapp unter der Wasseroberfläche wandte sich Xylen nun an Miriya.

„Es ist schade, dass du schon weiterziehen musst", sagte sie bedauernd.

„Wir werden uns bestimmt wiedersehen, wenn ich zurückkomme", erwiderte Miriya inbrünstig. Trotz der kurzen Zeit, die sie mit der Wasserfrau verbracht hatte, hatte sie sie bereits ins Herz geschlossen.

„Bis es so weit ist, wünsche ich dir viel Glück bei deiner Suche", meinte Xylen lächelnd und nahm Miriyas Hände in die ihren, „mögen dir die Götter gewogen sein!"

Sie drückte Miriyas Hände ein letztes Mal, dann gab diese ihr das Atemgerät zurück und ging an Land. Sie sah winkend zu, wie Xylen sich im Wasser umwandte und pfeilschnell in den grün-blauen Tiefen verschwand. Dann nahm Miriya einen tiefen Atemzug. Zum Glück war es sonnig und warm, denn sie war buchstäblich nass bis auf die Haut. Die junge Frau stapfte weg vom See, blieb dann stehen und hob zwei Finger an die Lippen. Ein schriller Pfiff ertönte, auf den hin sich Sternensilber hinter einer Reihe Findlingen hervorschob und ihr freudig entgegeneilte.

„Sternensilber", sagte sie leise, als er vor ihr stand und seinen mächtigen, edlen Kopf senkte, um die Stirnregion unter dem Horn gegen Miriyas Stirn zu legen und es klang beinah wie ein Schluchzen. Sie vergrub ihre Hände in seiner Mähne und für eine Weile standen sie einfach still beieinander. Der aufkommende Wind spielte mit Haaren und Mähne und trocknete ihr Kleid. Dann atmete die junge Frau tief ein und wieder aus.

„Lass uns gehen", sagte sie mit fester Stimme und stieg auf. Ein letztes Mal glitt ihr Blick über die nun spiegelglatte, grün-blaue Fläche des Sees und sie sandte Keyan einen stillen Abschiedsgruß. Ihre Augen füllten sich mit Tränen, als ihr vollends bewusst wurde, was ihr Herz schon seit einer Weile im Unterbewusstsein mit sich herumtrug. Nämlich, dass es schon längst diesem jungen Mann gehörte.

Sternensilber schnaubte laut, machte seine Nüstern frei und sie wandte den Blick ab vom See und richtete ihn stattdessen in die Ferne. Sie drückte ihrem vierbeinigen Bruder sanft die Schenkel in die Flanken und der kräftige Hengst schnellte vorwärts. In weiten Sprüngen jagte er über die Ebene, übermütig und glücklich, dass seine Schwester wieder bei ihm war. Und Miriya ließ ihn gewähren, die Hände fest in seine Mähne gekrallt und den Wind im Gesicht genießend. Endlich wurde ihr Herz wieder ein wenig leichter und Sternensilbers Übermut übertrug sich auf sie. Sie ließ den Hengst kräftig ausgreifen und genoss das Spiel seiner Muskeln unter dem seidigen Fell und das Gefühl, eins zu sein mit ihrem Reittier. Eine ganze Weile rasten sie so dahin und endlich ließen sie den See hinter sich zurück. Dann verfiel Sternensilber in einen flotten, kraftsparenden Trab und sie folgten In-Nuya, bis es dunkelte. Da fanden sie eine kleine Baumgruppe, von denen hie und da einige auf den sanften Hügeln der Ebene, durch die sie reisten, sprossen. Sternensilber legte sich schnaufend nieder und Miriya rollte sich an seinem Bauch zusammen. Sie schliefen bis Sonnenaufgang, dann setzten sie ihre Reise fort. Miriya hatte nach wie vor keine Ahnung, nach was sie ausschauen sollte. Salina hatte in einem ihrer wenigen Gespräche einmal erwähnt, dass sie in Schriften der grünen Bibliothek auf den Hinweis gestoßen war, dass das Kristallzepter sich eventuell gar nicht in Kirk-Wana selbst befand, sondern auf einer der vielen kleinen Inseln, die zum Hauptland gehörten. Überhaupt hatte Salina so gewirkt, als wäre sie die Einzige gewesen, die sich im Mindesten auf diese Suchaktion vorbereitet hatte. Vermutlich war ihr Wissen auch der Grund gewesen, dass Raika sie gebeten hatte, Miriya und Keyan zu begleiten. *Jeglichen Vorteil, den wir gehabt haben, ist mit ihrem Tod ebenfalls gestorben*, dachte Miriya traurig. Sternensilber unter ihr trabte unermüdlich dahin. Die Landschaft veränderte sich kaum merklich mit In-Nuya als einzige Konstante zu ihrer Seite. Vor ihnen wurden die grasbewachsenen Hügel steiler und steiler, der Untergrund härter und steiniger. Die Gruppen üppiger Laubbäume, die hie und da über die Ebenen verteilt waren, wurden von Tannen abgelöst und vermehrt trafen sie auf riesenhafte Findlinge, die ein einstiger Gletscher vor langer Zeit von In-Nuyas Gipfel in die Täler getragen haben musste.

Wie es Keyan wohl geht, fragte sich Miriya. Noch immer glaubte sie, seine Lippen auf den ihren zu spüren, wenn sie sich die Szene wieder ins Gedächtnis rief. Warm und weich, und es hatte sich so richtig angefühlt. Ein Echo des Kribbelns, das beim Kuss durch ihren Körper gefahren war, stellte ihr die Haare auf den Unterarmen auf und sie musste unwillkürlich lächeln.

Der Weg stieg stetig, grünes Gras wurde von felsigem Untergrund abgelöst und Sternensilber verlangsamte seinen Trab zu einem raschen Trott. Seine lackschwarzen Hufe fanden sicheren Trittes durch loses Geröll und harte Grasbüschel. Doch mit einem Mal blieb er stehen, so abrupt, dass Miriya, die in Gedanken versunken gewesen war, fast über seinen Hals nach vorne auf den Boden gerutscht wäre.

„Was ist denn?", fragte sie, leicht beunruhigt. Der Hengst antwortete mit einem auffordernden Schnauben und verlagerte sein Gewicht auf die Vorderläufe, wie um sich vorzubeugen, ohne einen Schritt zu machen.

„Hast du dir einen Kieselstein eingetreten?", wollte Miriya besorgt wissen. Sie stieg ab und wollte nach dem Vorderbein des Einhorns greifen, doch stattdessen stupste es sie sanft mit den Nüstern an und pustete ihr warmen Atem ins Gesicht. In seinen Augen las sie eine gewisse Dringlichkeit.

„Da vorne?", fragte sie prüfend und er warf den Kopf nach oben und wieherte leise.

„Na gut, wie du meinst." Sie stapfte über den unebenen, felsigen Boden, um sich den weiteren Weg anzusehen. Und taumelte entsetzt zurück; vor ihr ging der natürliche Pfad, dem sie bisher gefolgt waren, nahtlos in eine fast senkrecht in die Tiefe führende Felswand über. Weit unten vermochte die junge Frau einen hellen Mischwald zu erkennen, in dem die dunklen Tannen wie Tupfen hervorstachen. Dann wurde ihr ob der schwindelerregenden Tiefe einen Wimpernschlag lang fast schwarz vor den Augen und sie ließ sich auf die Knie sinken.

„Nein!", sagte sie laut und verzweifelt. Ein Windstoß, der von unten her auf die Felswand traf, fuhr heulend über den Rand des Abgrundes.

„*Nein!*", heulte sie ihrerseits. Es war vollkommen ausgeschlossen, dass Sternensilber dieses Hindernis überwinden konnte und darum herumreiten würde ewig dauern und sie In-Nuya aus dem Blick verlieren lassen. *Wer weiß wohin sie geraten würde und wieviel Zeit sie verlieren würde.*

„*Nein*", schluchzte sie auf. Auf einmal wurde alles zu viel und schnürte ihr die Luft ab. Sie hatte Keyan zurücklassen müssen. Sie konnte, *wollte* nicht auch noch Sternensilber zurücklassen. Der Hengst trat vorsichtig neben sie und die Steine, die er lostrat, fielen leise klappernd in die Tiefe der Felswand, die wie abgeschnitten in der Landschaft klaffte. Trostlos sah Miriya ihren Bruder an, ihren Seelenverwandten, ihre Familie.

„Da kommst du nicht runter", sagte sie, vorsichtig darauf bedacht, die Panik und Hoffnungslosigkeit aus ihrer Stimme zu verbannen. Dennoch versagte ihre Stimme. Sternensilber stand still neben ihr und sah sie aus seinen großen, sanften Augen ruhig an. In den Tiefen dieser Augen sah sie, dass er verstanden hatte. Dass er ihr zustimmte. *Ich komme da nicht runter*, schien sein fester Blick zu sagen, *aber du schon.* Und ihr Herz, noch immer roh und schmerzend von ihrem Abschied von Keyan, zog sich weiter zusammen, als ihr mit schwindelerregender Klarheit und Ohnmacht bewusst wurde, dass sie das Einzige, was ihr nach Keyan noch wichtig im Leben war, ebenfalls zurücklassen musste. Ihren stolzen Hengst, dem sie blind vertraute, den sie von klein auf kannte und lieben gelernt hatte und der ihr ein Bruder und die einzige Familie war, die sie noch hatte. Mit tränenfeuchten Wangen griff sie ihm in die Mähne und zog den Kopf zu sich herab. Leise weinte sie eine Weile in sein schimmerndes, seidiges Fell, dann riss sie sich zusammen.

„Hör gut zu, Sternensilber", sagte sie bestimmt und das wilde Einhorn spitzte die Ohren. „Du musst nach Kirk-Wana zurückkehren. Zu Königin Raika. Und da auf mich warten. Hörst du?" Er schnaubte leise und wieherte rau.

„Halte dich vom See fern und vermeide Wälder. Und pass gut auf dich auf", fuhr sie mit ihren Anweisungen fort, ihre Stimme fest, wenn auch von Tränen erstickt. Das wilde Einhorn schnaubte abermals und blies ihr seinen Atem ins Gesicht, wie um ihre Tränen zu trocknen. In seinen Augen las sie Verständnis, erkannte, dass er genau wusste, was er zu tun hatte. In Kirk-Wana würde er sicher sein und Raika würde ihm gut Sorge tragen, bis sie zurückkehrte. Sie drückte Sternensilber einen langen Kuss auf die weichen Nüstern, dann ließ sie ihn gehen. Er drehte sich zögernd um. Auch er trennte sich nur mit äußerstem Widerwillen von seiner geliebten Schwester. Dennoch erkannte das Wildtier mit seinen natürlichen Instinkten untrüglich, dass es hier tatsächlich kein Weiterkommen für ihn gab. Er trabte zurück in die Richtung, aus der er eben gekommen war und blieb nach einer Weile noch einmal in Miriyas Sichtweite stehen. Ein lautes, kräftiges Wiehern durchbrach das Säuseln des Windes und ließ der jungen Frau einen Schauer über den Rücken rieseln. Das schöne Tier bäumte sich auf, kraftvoll und stolz stand es für einen Moment auf den Hinterbeinen und die Sonne brach sich blitzend in den silbernen Windungen des Hornes. Dann fiel Sternensilber zurück auf die Vorderbeine, schenkte seiner Schwester nochmal einen letzten Blick und sprengte dann davon, zurück nach Kirk-Wana.

Miriya blieb zurück und fühlte sich einsamer und verlassener als je zuvor in ihrem Leben. Was nach dem Leben im Einhornzüchterdorf nach dem Tod ihrer Eltern etwas bedeuten wollte. Nachdem sie ihren Gefühlen eine Weile freien Lauf gelassen hatte, riss sie sich zusammen und straffte sich. *Genug geweint*, dachte Miriya entschlossen, *jetzt musst du Keyan und Sternensilber stolz ma-*

chen. Sie wandte sich um. Die hypnotisierende Tiefe der Felswand schien ihr entgegenzuspringen und ihr Herz flatterte nervös. Benommen kauerte sie sich vor dem Abgrund nieder und versuchte, eine Route zu planen. Etwa fünf Manneslängen unter ihr sah sie ein schmales Felsband, das gross genug schien, sie tragen zu können. Sie würde vorerst da hinunterklettern und dann weiterschauen.Vorsichtig machte sie sich daran, ihr Unterfangen in die Tat umzusetzen. Nach nicht einmal der Hälfte des Weges bereute sie ihren voreiligen Entschluss bereits: Ihre Arme und Beine rebellierten ob der ungewohnten Belastung, langsam wich die Kraft aus ihren Gliedern. Sie wurde schneller müde als gedacht, was sie unachtsam werden ließ und außerdem hatte sie die Distanz zu der Felsnase unter ihr gewaltig unterschätzt. Wie eine Fliege klebte sie an der beinah senkrechten Felswand, Finger und Zehen krampfhaft in kleinste Risse verkeilt und der Wind fuhr heulend um sie herum und zog unangenehm an ihr. *Ich möchte dir dies mit auf den Weg geben, Miriya aus Ke-Inda. Ich hoffe, du kannst eines Tages ihre Hilfe beanspruchen,* kamen ihr plötzlich Ki-Aras Worte in den Sinn.

Die Feder! Konnte das die Lösung sein? Würde die Feder ihr wirklich helfen? Ein Funken Hoffnung keimte in ihr auf. Unter schmerzhaften Verrenkungen und in ständiger Angst, den Halt zu verlieren, gelang es Miriya, die Feder aus der Seitentasche heraus zu fummeln. Mit zitternden Beinen presste sie eine Wange gegen die von der Sonne aufgewärmte Felswand, schweißnasse Finger krampfhaft um die Feder geklammert. Blütenweiß und vollkommen nutzlos schimmerte die Feder im Sonnenlicht, während ihr der Schweiß übers Gesicht, den Rücken und zwischen den Brüsten herunterlief und ins Kleid sickerte. Erwartungsvoll und verzweifelt starrte sie die Feder an und wartete darauf, dass etwas geschehen würde. Und kam sich mit jedem Herzschlag dämlicher vor. Was hatte sie erwartet? Dass die Feder auf magische Weise zu fliegen anfing? Oder ihr Flügel verleihen würde?

„Hilf mir …?", sagte sie probehalber, mehr aus Ermangelung an Alternativen, als aus wirklicher Überzeugung. Die Feder fing das Sonnenlicht golden ein, als wolle sie mit ihrer Schönheit prahlen und der Wind ließ ihre Spitze flattern, als würde sie Miriya neckisch zuwinken. Aber nichts geschah. Außer, dass das Zittern in Miriyas Armen und Beinen zunahm und ihre Muskeln unerträglich zu brennen begannen. Mit schrecklicher Gewissheit realisierte sie, dass sie nicht mehr länger weder vor, noch zurück konnte. Zuviel Kraft hatte sie schon verbraucht. *Ganz ruhig*, sagte sie zu sich selbst. *Nimm einen Schritt nach dem anderen, du kannst es schaffen. Nur nicht nach unten schauen. Nicht nachdenken.* Sie griff mit der Hand, in der sie die Feder hielt, in eine Felsspalte. Das dumme Ding zurück in die Seitentasche zu stecken, würde zu viel Kraft kosten. Unendlich langsam senkte sie ihren Körper zitternd einen Schritt nach unten, tastete mit den Zehenspitzen nach einem Vorsprung oder einer Spalte. Ein unheilvolles Knacken ließ ihr Herz einen Schlag aussetzen. Mit schockierender Klarheit realisierte sie, dass der Vorsprung, auf den sie ihre Zehen gesetzt hatte, ihrem Gewicht nicht standhielt. Erschöpft und abgekämpft wie sie war, hatte die junge Frau keine Chance. Einen Moment schien die Zeit stillzustehen und Miriya verharrte scheinbar in der Luft, doch im nächsten Augenblick ruderte sie wild mit den Armen und stieß einen gellenden Panikschrei aus, als sie wie ein Stein in die Tiefe stürzte. In ihrer Hand tat die Feder ihr nicht einmal den Gefallen, irgendeine Regung zu zeigen. Zischend fuhren Luft und Felswand an ihr vorbei, rasend schnell fiel sie dem Abgrund entgegen und die Feder schien im Fallwind zu tanzen. Verzweiflung erfüllte Miriya, ohnmächtige, schiere Verzweiflung und sie schrie wie von Sinnen.

„Hilfe! *Hilf mir! BITTE!*"

Der Wind riss ihr die Worte von den Lippen. Für einen Moment passierte rein gar nichts und Hoffnungslosigkeit schwappte über die junge Frau wie eine Woge aus eiskaltem Wasser. Dann glühte die Feder plötzlich golden auf. Zunächst dachte Miriya, dass es die Sonne war, die die Feder zum Strahlen brachte, doch schon war das Strahlen unerträglich hell und weiß und es gab einen lauten Knall. Miriya ließ die Feder erschrocken los, als sie in einer perlweißen Wolke förmlich zu explodieren schien. Ungebremst setzte Miriya ihren Fall in die Tiefe fort, die Wolke hing für einen Wimpernschlag in der Luft und entfernte sich entsetzlich schnell. Miriyas letzte Hoffnung war wortwörtlich in der Luft verpufft. Dann ertönte ein lauter, gellender Schrei. Der Schrei eines Raubvogels. Aus der Wolke brach ein mächtiger Adler mit strahlend weißem Gefieder hervor. Er teilte die kräftigen Schwingen, warf sich herum und stürzte der jungen Frau nach in die Tiefe. Pfeifend fuhr der Wind durch die angelegten Schwingen, fingerlange, gefährlich scharfe Krallen streckten sich Miriya entgegen. Mühelos umschlossen die Fänge die Oberarme der jungen Frau und der Adler ging in einen kontrollierten Sinkflug über. Miriya starrte das wunderschöne Tier mit geöffnetem Mund an. Einzelne Federn im perlweißen Gefieder schimmerten golden, die scharfen, stechenden Augen waren stahlgrau, gesprenkelt mit grünen und blauen Flecken, die wie Edelsteine funkelten. Der mächtige Schnabel war scharf und gebogen und von einem fast schwarzen Braun, das auch die ausdrucksstarken Augen umrahmte. Die braunschwarzen Fänge um Miriyas Oberarme trugen tödliche, goldene Krallen und hielten die junge Frau sicher gepackt.

„Und ich dachte schon, du würdest nie ‚bitte' sagen", seufzte der Adler. Er hatte eine ähnliche angenehm rauchige Stimme wie Ki-Ara. Miriya war viel zu erleichtert, nicht mehr wie ein Stein in die Tiefe zu stürzen, als dass sie genug Energie gehabt hätte, um sich daran zu erschrecken, dass der Adler sprechen konnte. Und viel zu groß war. Stattdessen akzeptierte sie diese Kuriosität mit einer Gelassenheit, die sie für einen Moment selbst überraschte. Als wäre es das normalste der Welt, sich mit einem Raubvogel von der Größe eines ausgewachsenen Mannes zu unterhalten, fragte sie die erstbeste Frage, die ihr in den Sinn kam: „Wie heißt du?"

„Mein Name ist Aria", antwortete der Adler und kniff die Augen kurz zusammen, „und jetzt halt den Schnabel, ich muss mich konzentrieren.Es sei denn, du ziehst abstürzen dem hier vor?"

Miriya verneinte hastig und sagte nichts mehr. Tief unter ihr raste die Landschaft dahin, eine hellgrüne, mit dunkelgrünen Punkten gesprenkelte Masse aus Laub und Nadeln. Ihr Herzschlag begann sich zu normalisieren und sie entspannte sich ein wenig. Der Flug des Adlers war sanft und sicher, als würde sie auf einer Feder nach unten gleiten. Was, wie sie kurz so amüsiert wie erstaunt dachte, eigentlich auch der Fall war. Dann kam der Boden näher und näher und Aria spreizte die Federn ihrer Schwingen, um zu bremsen. Pfeifend strömte Luft durch ihre Flügel und sie balancierte Luftlöcher geschickt aus. Dann schlug sie kräftig mit den Schwingen, um ihren Körper in der Waagrechten zu halten, was Miriya die Chance gab, Füße voran auf festem Boden zu landen. Der Adler ließ ihre Oberarme los und ihre Beine gaben nach. Stöhnend kam sie auf den Knien auf dem Boden auf und stützte sich auf kraftlos zitternden Armen ab.

„Elegant ist anders", schnaubte Aria. Sie war neben der jungen Frau elegant gelandet und faltete nun die mächtigen Schwingen vogeltypisch an den Körper. Miriya keuchte, als sie versuchte, ihre rebellierende Bein- und Armmuskulatur in den Griff zu bekommen. Alle Gliedmaßen zitterten unkontrolliert und sie konnte sich nicht vorstellen, je wieder auf die Beine zu kommen, geschweige denn zu gehen. Auf einmal war sie froh, dass weder Keyan noch Sternensilber sie jetzt sehen konnten. Was für einen erbärmlichen Anblick sie wohl bieten musste. Der riesenhafte Raubvogel neben ihr jedenfalls schien ihren Gedankengang zu teilen. Er senkte den mächtigen, scheinbar nur aus Muskelfleisch, Haut und Federkleid bestehenden Körper, als würde er sich auf ein Ei setzen, dass er auszubrüten hatte und musterte die junge Frau aus scharfen, stechenden Adleraugen. Miriya fühlte sich, als würde sie vom Scheitel bis zu den Zehenspitzen durchleuchtet.

„Du verwandelst mich nicht zurück?", fragte der Adler vorsichtig und legte den Kopf schräg. Miriya blickte zu ihm auf, zum ersten Mal realisierend, dass ihr das mächtige, majestätisch schöne Tier in seiner jetzigen, zusammengekauerten Stellung bis an die Schultern reichen würde, wenn sie aufrecht stehen könnte. Sie kniff die Augen gegen das Sonnenlicht zusammen: „Wie macht man das?"

Aria schaute sie einen Augenblick lang vollkommen verblüfft an, wobei sie für einen Moment mehr wie eine Eule denn wie ein Adler aussah. Dann begann sie, krächzende Laute auszustoßen, die Miriya etwas verspätet und überrascht als Lachen identifizierte.

„Du weißt nicht, wie man mich zurückverwandelt?!"

Miriya schüttelte etwas beschämt den Kopf. Sie hatte schließlich auch nicht gewusst, dass aus der kleinen Feder ein riesiger Adler werden würde, wenn man sie höflich darum bat!

„Soll ich dir was sagen, Mädchen?", meinte Aria amüsiert, „ich weiß es auch nicht. Vielleicht ist das aber auch besser so. Deine Seitentasche ist nicht eben angenehm mit all dem Ramsch, den du da drin mit dir herumträgst." Hätte der Adler einen menschlichen Mund gehabt, hätte er jetzt vermutlich gegrinst. Bei dem harten, gefährlich anmutenden Schnabel schnellten jedoch nur die Mundwinkel nach oben.

Miriya stieß sich vom Boden ab, um sich mit schmerzverzerrtem Gesicht aufzurichten und hinkte probehalber einige Schritte weit. Ihre Muskeln schrien und protestierten brennend gegen die Bewegung. Sie würde nur im Schneckentempo weiterkommen. Aria legte den Kopf erneut schief.

„Vielleicht ist es in der Tat besser so. Ohne mich bist du verloren."

„Ich kann gut auf mich selbst aufpassen", meinte Miriya zwischen zusammengebissenen Zähnen. Sie war sich darüber im Klaren, dass ihre schnippische Antwort keinesfalls angebracht war im Anbetracht der Tatsache, dass der Adler ihr eben das Leben gerettet hatte. Aber ihr ganzer Körper schmerzte und was sie momentan am wenigsten gebrauchen konnte, war ein altkluger, zu groß geratener Vogel. Aria klackte mit dem Schnabel.

„Ganz schön frech für jemanden, der eben noch um meine Hilfe gebettelt hat", meinte sie süffisant. Bescheidenheit schien nicht in ihrem Wortschatz zu stehen. Miriya wandte sich wortlos ab und humpelte auf den nahegelegenen Mischwald zu, den sie von der Felswand oben gesehen hatte. Da packte sie sanft ein Schnabel am Oberarm.

„Ich scherze nur, Mädchen. Lass mich erst herausfinden, aus welchem Holz du geschnitzt bist. Ki-Ara hat dir meine Feder anvertraut und sie wird einen guten Grund dafür gehabt haben", sagte Aria, die nahezu geräuschlos aus ihrer Kauerstellung aufgestanden und der jungen Frau hinterhergegangen war. „Schließlich bin ich das kostbarste Geschenk, das sie dir hätte mitgeben können", fuhr sie nonchalant fort, „einzigartig, du verstehst."

Miriya konnte nicht anders, sie musste sich ein Grinsen verkneifen. Sie verstand nur zu gut: Raue Schale, weicher Kern.

„Ein einzigartiges Großmaul?", fragte sie, eine Augenbraue erhoben. Aria blinzelte einen Moment überrascht, dann funkelten ihre Augen schalkhaft auf und ihre Mundwinkel fuhren wieder nach oben.

„Ich glaube, wir werden uns gut verstehen", sagte sie dann und drehte sich seitwärts, „und jetzt hör auf zu faseln und steig endlich auf. Deine Gehversuche kann ja niemand mitansehen!"

Miriya grinste jetzt offen. Sie griff der wortgewandten Adlerdame vorsichtig ins dichte Gefieder, schwang sich auf den stromlinienförmigen Rücken und hielt sich fest. Aria stieß einen adlertypischen, gellenden Schrei aus, spreizte die Flügel, stieß sich kraftvoll ab und gewann mit einer beinah erschreckenden Leichtigkeit an Höhe.

„Gut festhalten", krächzte sie, „ich sammle dich nicht noch einmal auf."

Kapitel VII
~
Von Pfeil und Bogen

Sie waren die Nacht und den ganzen nächsten Tag ohne große Unterbrüche durchgeflogen. Aria flog ab und an weitläufige Schleifen, um sich zu orientieren, ein- oder zweimal landeten sie kurz, damit Miriya ihre immer noch schmerzenden Glieder ausstrecken und ein paar Schritte hinken konnte. Die Adlerdame beobachtete sie in der Zwischenzeit mit einer Mischung aus Mitleid und Mitgefühl, sagte aber nichts ob der kläglichen Versuche der jungen Frau, ihre Muskeln nach dem mörderischen Abstieg zu entspannen. Aria war, wie Miriya schnell herausgefunden hatte, eine angenehme, gutmütige Zeitgenossin, die sich ihren weichen Kern nur ungern anmerken ließ und die junge Frau begann rasch, die Gesellschaft der Adlerdame zu genießen. Nichtsdestotrotz dachte Miriya oft an Sternensilber und hoffte, dass er sicher nach Kirk-Wana zurückkehren würde. Mindestens genauso oft, wie sie sich errötend eingestehen musste, kreisten ihre Gedanken um Keyan. *Was hat er bloß mit mir angestellt*, dachte sie, zur Hälfte amüsiert, zur Hälfte leicht alarmiert.

„Wenn jemand so grinst, ist meistens ein Mann involviert", bemerkte Aria trocken. Hätte die Adlerdame Augenbrauen gehabt, hätte sie diese jetzt wohl forschend hochgezogen. Miriya fragte sich unwillkürlich, wie der Adler ihr Gesicht während des Fliegens hatte sehen können, aber dann registrierte sie die Bedeutung hinter Arias Worten, errötete ertappt bis zu den Haarwurzeln und murmelte etwas Unverständliches.

„Oh", machte diese triumphierend, „ich habe Recht! Und dabei habe ich dein Gesicht nicht mal gesehen!"

Miriya zog es vor, zu schweigen. Die Gefühle, die sie für Keyan zu empfinden begonnen hatte, waren frisch und jung und sie wollte sie erst für sich selbst erkunden und erforschen. Es war etwas ganz Persönliches, Intimes, das sie mit niemandem teilen mochte. Noch nicht.

„Weißt du, es ist nicht gut, eine Mauer aus Schweigsamkeit um sich zu tragen", sagte Aria. Miriya schaute fragend auf den weißgefiederten, mit goldenen Federn durchwirkten Nacken des Adlers.

„Vor allem ist es nicht gut, wenn man nichts von seinem Mitreisenden hört und vor Langeweile beinah einschläft", fuhr Aria fort, ihre rauchige Stimme vermochte mühelos den vorbeipfeifenden Wind zu übertönen. Jetzt musste Miriya grinsen.

„Du bist müde?", fragte sie vorsichtig. Sie konnte spüren, wie sich Arias Gefieder sträubte. Die Adlerdame klackte unmutig mit dem Schnabel: „Ich und müde? Wo denkst du denn hin!"

Unmut, der gespielt ist, dachte Miriya, immer noch grinsend. Sie konnte nicht umhin, den müden Unterton in der Stimme Arias herauszuhören und die Schläge der Schwingen hatten einiges an Kraft und Eleganz eingebüßt. Sie waren auch schon lange unterwegs und ihre Pausen waren äußerst kurz gewesen, musste Miriya der Adlerdame einräumen.

„Aber schlafen ist vielleicht gar keine schlechte Idee. Immerhin fliegen wir schon länger als einen Tag", griff Aria ihre Gedankengänge auf, „du brauchst bestimmt Ruhe."

Miriyas Grinsen wurde breiter und sie war froh, dass die Adlerdame ihre gehobenen Augenbrauen nicht sehen konnte. Stattdessen bejahte sie brav, was Aria vorgeschlagen hatte, wohlwissend, dass sie der stolzen Adlerdame einen Gefallen tat. Wenn sie sich keine Schwäche eingestehen und vor Miriya ihr Gesicht wahren wollte, dann würde sie eben mitspielen. Also ließ sie zu, dass der Adler im schwindenden Abendlicht einen geeigneten Platz für ein Nachtlager suchte. Das Tier zog zunächst weite Kreise über dem Meer aus hell- und dunkelgrünen Baumwipfeln und suchte sich schließlich eine breite Tanne mit ausladender Krone aus.

„Da kannst du unmöglich landen, oder?", wollte Miriya beunruhigt wissen und klammerte sich unwillkürlich um den Hals der Adlerdame fest. Zwar war die Tanne groß und kräftig, doch die Spitze schien beängstigend schmächtig im Vergleich zum gewaltigen Körper des Adlers zu sein. Außerdem war die Tanne dicht an dicht umgeben von anderen Bäumen und nur die Spitze ragte aus dem Blättermeer. Aria brachte den Körper wortlos ein wenig mehr in die Vertikale. Ihre Schwingen sträubten sich, die Schwungfedern brachen die entgegenströmende Luft pfeifend, als der riesige Vogel die Fänge ausstreckte und an den Stamm der Tanne gekrallt landete. Ihre Landung wurde begleitet vom Knacken und Splittern kleiner und größerer Äste, die Tanne ächzte und schien kurz heftig das Haupt zu schütteln. Einen Moment lang sah Miriya sie beide durch das undurchdringlich scheinende Dickicht fallen, die Spitze der Tanne immer noch in Arias Fängen, aber dann beruhigte sich das Schaukeln und die Tanne hielt stand. Die Adlerdame ließ Miriya von ihrem Rücken aus auf einen der dickeren Äste nahe dem Stamm klettern.

„Und hier soll ich schlafen?", fragte Miriya und kam sich schrecklich naiv vor. Die anbrechende Dunkelheit und das dichte Geäst würden es ihr beinah unmöglich machen, die Tanne hinunter auf festen Boden zu klettern, um ihr Nachtlager aufzuschlagen. Aria kniff die Augen zusammen und bedachte die junge Frau mit einem ihrer stechenden, alles durchleuchtenden Blicke. Sie sträubte die Federn kurz und breitete dann ihre Schwingen wieder aus.

„Bleib genau hier sitzen", sagte sie überflüssigerweise und stieß sich ab. Schreiend wankte Miriya hin und her und schaffte es gerade noch, sich an einem herausragenden Ast schräg über ihr festzuhalten, als die Tanne unter dem verlorenen Gewicht erneut gefährlich weit schaukelte. Der Adler gewann unter den Augen der erstarrten jungen Frau schnell an Höhe.

„*Aria*! Du kannst mich doch nicht einfach hier zurücklassen", brüllte sie, „*ARIA!*"

Der Adler flog eine Schlaufe und sie konnte hören, wie sie lässig rief: „Ich kann fast alles, Miriya."

Dann verriet nur noch ein vereinzeltes, goldenes Blitzen in der aufkommenden Dunkelheit die Position des mächtigen Vogels.

„Ich fasse nicht, dass du tatsächlich geglaubt hast, dass ich dich im Stich lasse", sagte Aria später trocken. Sie war weggeflogen, um sich Material für ein notdürftiges Nest zu suchen, damit Miriya beruhigt schlafen konnte. Nach einer langen Weile, die Miriya schreiend und halb ohnmächtig vor Zorn und ein wenig Panik zugebracht hatte, war sie zurückgekommen und hatte schweigend das Nest gebaut, wobei sie der schweratmenden jungen Frau mit den zornig funkelnden Augen zwischendurch einen leise vorwurfsvollen Blick zugeworfen hatte.

„Naja, du könntest dich auch erst erklären", meinte Miriya gedämpft. Sie hätte die Adlerdame am liebsten rupfen mögen, als diese nonchalant mit einem Schnabel voll Nistmaterial zurückgekehrt war, nachdem sie selbst sich die Stimme heiser gebrüllt hatte. Nun kuschelte sie sich versöhnlich in das warme Nest, das zu großen Teilen von Aria selbst ausgefüllt wurde. Sie hatte sich aufgeplustert, als würde sie Eier bebrüten und ihr warmes, weiches Gefieder wirkte wie eine Daunendecke. Miriyas letzten Kommentar ließ sie unbeantwortet und betrieb stattdessen wortlos Gefiederpflege. In kurzen, eleganten Bewegungen ließ sie ihren Schnabel wie einen Kamm durch ihr Gefieder gleiten, begradigte einige Federn und ordnete diejenigen Federn wieder ein, die Miriya bei ihrem Ritt auf dem Rücken der Adlerdame durcheinandergebracht hatte. Als sie nach einer Weile innehielt und sich nach Miriya umschaute, war die junge Frau tief und fest eingeschlafen. Also steckte auch sie ihren Kopf unter den Flügel und schlief ein.

Der Mond am Himmel deutete die baldige Ankunft eines neuen Tages an, als Aria ein Geräusch hörte. Sie fuhr wachsam aus dem Schlaf hoch. Das Geräusch wiederholte sich. Knallend hallte das Brechen eines Astes durch die stille Nachtluft. Es klang, als ob eine Armee mittelgroßer Wesen den breiten Stamm der Tanne hinaufkletterte oder es zumindest versuchte. Kurze, knappe Atemstöße drangen an die Ohren des Adlers. Aria spähte über den Rand des Nestes in die Tiefe, doch nicht einmal ihre Adleraugen vermochten es, mehr auszumachen als schwache Bewegung am Fuße der Tanne. Dennoch, ihre Federn sträubten sich und mit dem untrüglichen Instinkt des Wildtieres, das sie war, spürte sie, dass die Wesen unter ihnen nichts Gutes im Schilde führten. Ein schabendes Geräusch zeigte ihr an, dass was immer von unten an sie herankommen wollte, nun begonnen hatte, den Stamm der Tanne mittels Klauen zu erklimmen. Sie hatte genug gehört. Ohne Vorwarnung spreizte sie die Schwingen und der Luftwiderstand erzeugte ein Knallen wie von einem Peitschenschlag. Miriya fuhr mit einem überraschten Laut aus dem Schlaf hoch und wäre beinah in die Tiefe gestürzt, als Aria sich aus dem behelfsmäßigen Nest abstieß und dabei das locker errichtete Konstrukt zerstörte. Gerade noch rechtzeitig erinnerte sie sich an die junge Frau und fischte eine vor Schreck erstarrte Miriya aus den Trümmern des Nestes, die nun auf die kletternden Wesen herabregneten. Miriya in den Fängen haltend schwang Aria schwerfällig in der Dunkelheit herum und versuchte, an Höhe zu gewinnen. Unter ihr kämpfte Miriya damit das, was sich gerade abspielte, zu verarbeiten. Mit offenem Mund starrte sie die Überreste des Nestes an, in dem sie vor einem Herzschlag noch tief und fest geschlafen hatte. Und vor ihren Augen gingen die Trümmer, die traurig in den obersten Ästen der Tanne hingen, in Flammen auf. Etwas explodierte knallend und die Spitze der strammen Tanne fing Feuer. Glut wirbelte durch die Luft wie feurige Glühwürmchen.

„Was ist das?", rief Miriya schlaftrunken und alarmiert zugleich.

„Keine Ahnung", antwortete Aria, ebenfalls schreiend, „aber ich wäre ungern geröstet worden."

Sie schraubte sich nun kraftvoll in die Höhe, vollführte eine Rolle in der Luft und schmiss Miriya gekonnt auf ihren Rücken. Die junge Frau hatte kaum Zeit, vor Überraschung zu schreien, schon saß sie mit schockiert geöffnetem Mund auf dem Rücken der Adlerdame und krallte sich hastig an den Nackenfedern fest, als Aria einen Bogen flog und mit einem Sicherheitsabstand an der brennenden Tanne vorbeiglitt. *Wohl aus Neugier*, dachte Miriya verschlafen. Sie sah im Licht der Flammen kleine, geduckte Schatten auf den umliegenden Bäumen hocken. Bösartig funkelnde, gelbe Lampenaugen spiegelten die tanzenden Brandherde wider und Miriya glaubte, glatte, schuppige Haut grünlich schimmern zu sehen. Eines der Wesen hob wütend keifend die krallenbewehrte Tatze, ein Artgenosse hob den Kopf in Richtung Adler und öffnete den Mund. Miriya dachte zunächst, dass er seiner Wut um die entflohene Mahlzeit Luft machen wollte, doch das

Geschöpf spie ihnen stattdessen einen tiefroten Flammenball entgegen, der fauchend durch die Luft fuhr und gefährlich nahe an Arias Schwinge verpuffte.

„Aufpassen!", brüllte Miriya unnötigerweise, als sie sah, dass einige von Arias Federn ob der Hitze an der Spitze verkohlten. Die anderen Kreaturen öffneten nun ebenfalls ihre mit grässlichen Fangzähnen bewehrten Mäuler.

„Halt dich gut fest", krächzte Aria. Sie stieß einen gellenden Adlerschrei aus, der durch die stille Nacht hallte wie ein Alarm und die Geschöpfe zusammenzucken ließ. Mit raschen, geschickten Flügelschlägen arbeitete sie sich nach oben, weg von den seltsamen Feuerwesen und hinaus in den offenen Luftraum. Pfeilschnell entfloh sie der Reichweite der Kreaturen und als Miriya über die Schulter blickte, sah sie, wie diese dem entschwindenden Adler in unbändiger Wut nutzlose Feuerstöße hinterhersandten.

„Was waren das denn für Wesen?", fragte Miriya atemlos nach einer langen Weile, in der Aria in den zartrosa Sonnenaufgang hineinflog.

„Keine Ahnung", meinte die Adlerdame, „aber sie sahen ein wenig wie Waldtrolle aus."

„Ich wusste nicht, dass Waldtrolle Feuer spucken können", entgegnete Miriya erstaunt. Die Wunder der Natur …

„Das wusste ich auch nicht! Vielleicht haben sich ein paar davon mit Drachen gepaart", schlug Aria leichthin vor und glich elegant ein Luftloch aus. Miriya verbrachte eine kurze Zeit damit, sich dieses leicht alarmierende Bild aus dem Kopf zu schlagen.

„Wohin fliegen wir eigentlich?", fragte sie dann den Adler.

„Du hast gestern gesagt, dass du das Kristallzepter suchst", sagte Aria sachlich. Miriya bejahte und spürte, wie ihr Herz vor Aufregung schneller zu schlagen begann. „Weißt du denn, wo es ist?"

Sie konnte spüren, wie die Adlerdame fast auf menschliche Weise mit den Schultern zuckte. „Nein, ich habe keine Ahnung."

Miriya seufzte enttäuscht. Aria musste ihre Enttäuschung wohl vernommen haben, denn sie fuhr fort: „Ich weiss nicht genau, warum ich das weiss, aber es gibt seit unvorstellbar langer Zeit das Gerücht, dass sich ein kristallener Gegenstand in den Tiefen des

Ausläufers In-Hinaii befindet. Wenn du keinen besseren Vorschlag hast, würde ich empfehlen, dass wir diesem Gerücht nachgehen." „Du hilfst mir also bei der Suche nach dem Zepter?", fragte Miriya gespannt. Es musste mal eine Zeit gegeben haben, in der die Adlerdame nicht in ihre Federngestalt gebannt gewesen war, denn die junge Frau hatte bald herausgefunden, dass Aria viele Geschichten und Legenden Kirk-Wanas kannte und, für einen Adler, sehr belesen und weit herumgekommen zu sein schien. So jemanden auf ihrer Reise dabeizuhaben wäre bestimmt äußerst hilfreich. Zumal Aria fliegen konnte und sie deshalb rascher vorankommen würden als per Einhorn oder Pferd oder zu Fuß.

„Natürlich helfe ich dir, dich kann man ja nicht allein lassen, ohne dass Wälder abgefackelt werden", krächzte die Adlerdame barsch. Miriya wollte lautstark etwas erwidern, aber Aria flog eine rasche Schleife und die junge Frau hätte sich beinah die Zunge abgebissen in dem Versuch, dem Adler eine schlagfertige Antwort zu geben.

Eine Weile lang flogen sie schweigend dahin und genossen den spektakulären Sonnenaufgang, dann setzte Aria zur Landung an.

„Das war eben eine ziemlich hektische Flucht. Gib mir einen Moment zum Verschnaufen", meinte sie dann würdevoll. Miriya stimmte einer Rast zu und Aria lief etwas unbeholfen zu einem Baum und legte sich in dessen Schatten schlafen. Miriya war zu aufgeregt, um wieder einzuschlafen. Stattdessen wanderte sie ein wenig herum und versuchte, eine Quelle aufzuspüren. Der Wald, über dem sie zuvor noch gekreist waren, war einer hügligen Ebene mit hellgrünem, knöchelhohem Gras gewichen. Hie und da ragten flache Gesteinshügel wie braun-graue Riesenfindlinge aus dem Grasmeer und vereinzelt erhoben sich mächtige Bäume mit ausladenden Kronen aus dem scheinbar fruchtbaren Boden. Die Sonne schien nun freundlich vom wolkenlosen Himmel und es war angenehm warm. Miriya näherte sich der am nächsten liegenden Gesteinsformation auf ihrer Suche nach Frischwasser. Als sie näherkam, bemerkte sie ein unförmiges Loch, das in den Hügel gegraben worden war und groß genug war, Miriya zur Gänze aufzunehmen. Neugierig wollte sie sich die Höhle näher ansehen, doch da vernahmen ihre scharfen Ohren das Plätschern von Wasser und die Höhle war vergessen. Durstig kniete sich die junge Frau vor den Bach, der emsig murmelnd dem Felsen entsprang und trank in langen Zügen das köstliche, kühle Nass. Sie bemerkte den großen Schatten nicht, der sich aus dem unförmigen Loch der Höhle und in die Höhe schob, träge tanzend. Stattdessen trank sie vergnügt das klare Quellwasser, das ihre Sinne erfrischte und angenehm kühl prickelnde Spuren auf ihrer Haut hinterließ. Dann klatschte plötzlich etwas Warmes, Flüssiges auf ihre Schulter und rann klebrig ihren Oberarm herunter. Ihr Herz blieb stehen, als sie erkannte, dass ein unnatürlicher Schatten sich über sie geschoben hatte. Mühsam unterdrückte sie den Reflex, panisch aufzuspringen und versuchte stattdessen, die schwarze, klebrige Flüssigkeit zu ignorieren. Sie beugte sich gezwungen ruhig vor und nutzte die spiegelnde Qualität der heiter dahinplätschernden Quelle, um sich ein Bild zu machen von dem, was hinter ihr stand. Und das Herz sank ihr schmerzhaft pochend in die Magengegend. Hinter ihr stand hochaufgerichtet, eine riesige Schlange. Sie hatte ihr Nackensegel drohend aufgestellt und musste von der hässlichen, stumpfen Schnauze bis hin zum spitzen Ende des Schwanzes an die vier bis fünf Manneslängen messen. Ein eisiger Schreck fuhr der jungen Frau durch sämtliche Glieder und lähmte sie vollständig. Eine tiefschwarze, gespaltene Zunge fuhr in regelmäßigen Abständen prüfend durch die Luft. Hypnotisierende, giftgelbe Augen starrten sie unverwandt an, lauernd und wartend. Miriya wunderte sich für den Bruchteil eines Herzschlages, warum die Schlange noch nicht zugestoßen hatte, doch sämtliche Sinne schrien, dass dies im Augenblick wohl kaum relevant war. Dann öffnete die Schlange ihre Schnauze langsam und entblößte die weiche, rosa Mundhöhle mit den langen, spitzen Giftzähnen. Gleich würde das Tier zustoßen. Dunkel registrierte Miriya die tiefschwarzen Schuppen der Schlange und die hellgelbe Zeichnung auf der Innenseite des Nackensegels, dann schoss der dreieckige Schlangenkopf blitzschnell vor und die junge Frau reagierte instinktiv. Sie warf sich zur Seite, gerade schnell genug, um den zuschnappenden Kiefern der Schlange zu entgehen. Das Tier zischte wütend, richtete sich ruckartig auf und stieß fauchend erneut herab. Und erneut entging Miriya nur knapp den wohl todbringenden Giftzähnen, doch die Schlange erwischte sie mit dem Kopf und stieß sie gegen die Felsbrocken ihres Habitats. Der Aufprall presste alle Luft aus Miriyas Lungen und für einen Moment sah sie Sterne vor den Augen tanzen und Schwärze lauerte am Rand ihres Sichtfeldes. Der geschuppte Leib der Schlange schob sich vor, tiefschwarz glänzende Windungen schleiften über den Boden. Und Miriya stieß einen Schrei aus, kaum dass ihre Lungen wieder mit Luft gefüllt waren. Es war ein gellender, langer Schrei, panisch und hysterisch und Aria, die zu weit weg eingeschlafen war, konnte ihn dennoch nicht hören. Und trotzdem nahm jemand die Not der jungen Frau wahr.

Die Schlange schüttelte wütend den Kopf und blähte ihr Nackensegel drohend. Miriyas Schrei schien sie überrascht zu haben, aber sie erholte sich schnell davon und stieß erneut zu. Dieses Mal stieß sich Miriya mit voller Kraft von den Felsen ab, gegen die die Schlange sie geschleudert hatte. Jeder Muskel in ihren Beinen rebellierte schmerzgeplagt, als sie nach vorne schnellte und unkontrolliert am aufgerollten Körper der Schlange vorbeitaumelte. Krampfhaft versuchte sie, das Gleichgewicht zu erlangen, um der Schlange davonlaufen zu können, aber ihr eigener Schwung warf sie nach vorne auf alle viere. Ein scharfer Schmerz am Hinterkopf erinnerte sie an den Bogen, den der Hin-Kia ihr gegeben hatte und den sie immer über eine Schulter geschlungen bei sich trug.

Der Bogen! Die Schlange fauchte wütend, warf sich auf den Boden und wandte sich in Richtung Miriya, gerade als diese aufsprang und mit panischen Bewegungen den Bogen von den Schultern löste. Es schien Ewigkeiten zu dauern, einen Pfeil aus dem Köcher zu fummeln, während sich die Schlange pfeilschnell näher schob. Miriya hatte keine Ahnung, wie man Pfeil und Bogen benutzte, aber die Steinschleuder machte im Hinblick auf die schildförmigen Schuppenplatten der Schlange wenig Sinn. Ungeschickt spannte sie mit der Kraft der Verzweiflung den Bogen und ließ den Pfeil los. Harmlos schwirrte das Geschoss eine Manneslänge an der sich wieder aufrichtenden Schlange vorbei und besaß nicht einmal den

Anstand, im Boden stecken zu bleiben. Stattdessen kam er flach auf dem Boden auf und Miriya hätte beinah hysterisch aufgelacht. Sie wollte einen Schritt nach hinten machen und es nochmals versuchen, aber in ihrer Panik und Hast stolperte sie linkisch über die eigenen Füße und fiel vor der Schlange auf den Hintern. Diese verlor keine Zeit ob dieser für sie glücklichen Fügung: Das Dreieck ihres Kopfes schoss vor und Miriya schloss entsetzt die Augen und hob die Arme schützend vors Gesicht. Dann, ein dumpfer Knall. Ein fauchendes Kreischen. Und ein lautes, bedrohliches Knurren. Miriya hörte das Schleifen schwerer Körper im Gras und Wasser spritzte laut plätschernd auf. Sie öffnete die Augen, als ein Luftzug im Gesicht ihr sagte, dass etwas mit Fell sie soeben knapp verfehlt hatte. Neben ihr landete Toa mit tödlicher Eleganz auf den krallenbewehrten Pfoten, stieß ein raues Bellen aus, das mehr wie ein Knurren klang und griff die Schlange erneut an. Seine dolchartigen Fangzähne fanden den weichen, ungeschützten Hals der Schlange und diese ringelte sich unter Schmerzen. Der riesige Körper tanzte zuckend, als sie versuchte, den Schattenwolf abzuschütteln. Ihr langer Schwanz peitschte unkontrolliert durch die Luft und traf Miriya, die mit offenem Mund dem Kampf zuschaute, in die Seite. Die junge Frau heulte schmerzerfüllt auf, als sie wie eine Stoffpuppe zur Seite gefegt wurde und Toa ließ los. Er trabte zu Miriya, erkundigte sich mit einem feuchten Stoß seiner Schnauze, dass ihr nichts geschehen war. Dabei kehrte er der Schlange den Rücken lange genug zu, dass das schmerzgeplagte Tier zustoßen konnte.

„Pass auf!", brüllte Miriya. Jaulend wurde der gewaltige Wolf durch die Luft gewirbelt und gegen die Gesteinsformation geschleudert. Miriya hatte ein kurzes, entsetzliches Déjà-vu, als ihr siedend heiß in den Sinn kam, dass Keyan auf ähnliche Weise außer Gefecht gesetzt worden war. „TOA!"

Doch der Schattenwolf rappelte sich auf und ging erneut zum Angriff über. Er schien mit einem Bein zu hinken und seine Bewegungen hatten etwas an Eleganz und Kraft verloren, aber er warf sich knurrend auf die riesenhafte Kobra, die ihn Schwäche witternd, fauchend attackierte. Miriya dachte schon, dass Toa verloren war. Entsetzt öffnete sie den Mund, um zu schreien. Da sauste ein langer Pfeil singend durch die Luft und bohrte sich mit nahezu spielerischer Leichtigkeit in den malträtierten Hals der Schlange, genau an der Stelle die Haut durchschlagend, wo harte Schuppen in weiche Unterhaut übergingen. Ein ganzer Hagel von Pfeilen flog durch die Luft, traf die Schlange zielgenau im verwundbaren Kopf- und Halsbereich und fuhr tief ins Fleisch des Tieres, das schmerzerfüllt kreischte. Das Dreieck des Kopfes tanzte zuckend durch die Luft, wiegte sich vor und zurück, als die Schlange schwankend in ihre Höhle fliehen wollte. Die tiefschwarz glänzenden Windungen ihres geschuppten Leibes zogen sich in einem letzten, tödlichen Krampf zusammen, dann erstarb jegliche Bewegung und das Tier brach tot zusammen, lang ausgestreckt auf halbem Weg zur Sicherheit ihrer Behausung. Toa setzte sich schwer auf sein Hinterteil, die lange Zunge hing aus dem in einem Hecheln weitgeöffneten Maul. Drei in Fell gekleidete, muskulöse Gestalten stiegen über den leblosen Leib der Schlange und Miriya, halb weinend vor Erleichterung, vernahm eine ihr bekannte Stimme, die mit einem neckischen Unterton sagte: „Also, das mit dem Bogenschießen müssen wir dringend üben, Hin-Taya!"

Aria hatte mit gespielter Gleichgültigkeit auf den Vorfall reagiert.

„Das soll dich lehren, deinen hübschen Kopf nicht in komische Löcher zu stecken", hatte sie verschlafen gebrummt, als Miriya sie aufgebracht geweckt und ihr erklärt hatte, warum sie in Begleitung dreier, fellbehangener Menschen und eines riesenhaften Wolfes war. Die Hin-Kia waren von dem riesigen Vogel beeindruckt. Sie tauschten sich hastig und leise in der fremden Sprache aus, die Miriya auf dem Pass schon vernommen hatte, als der Hin-Kia mit Toa gesprochen hatte. Der hatte sich ihr mit dem Namen Taren vorgestellt, nachdem er belustigt bemerkt hatte, dass dies nun schon das dritte Mal war, dass ihre Wege sich zufällig kreuzten.

„Wir sind einfach füreinander bestimmt, Hin-Taya", hatte er leichthin gemeint und sie gutmütig angegrinst. Er war ein gutaussehender Mann, hochgewachsen und schlank, mit langen, muskulösen Gliedmaßen. Er bewegte sich mit der selbstbewussten

Eleganz eines Raubtieres, das sich seiner Ausstrahlung durchaus bewusst war. Das lange, lackschwarze Haar trug er im Nacken verknotet, so dass es nicht in die hohe Stirn fiel. Sein Profil war etwas abgeflacht, die Nase stand eher flach und breit im Gesicht und der Mund war ebenfalls breit und ausdruckstark. Die Augen waren mandelförmig und standen gegen die Schläfen hin etwas schräg und sie waren von einem intensiven, durchdringenden, dunklen Goldton, was in einem deutlichen Kontrast zur wettergegerbten, rotbraunen Haut stand. Aria machte bei seiner Bemerkung ein Geräusch, das verdächtig nach einem anzüglichen Pfeifen klang, starrte Miriya aber arglos an, als diese die Augenbrauen hob.

„Bitte lasst mich euch in unser Tal einladen", meinte Taren. Er musste das Geräusch der Adlerdame ebenfalls vernommen haben, denn er zwinkerte ihr schelmisch zu. Miriya verdrehte theatralisch die Augen. Doch sie akzeptierten die Einladung. Eine Pause an einem sicheren Ort schien ihnen eine gute Idee zu sein im Anbetracht der Tatsache, dass sie so Pläne schmieden und ihr weiteres Vorgehen in Ruhe besprechen konnten. So machten sie sich bald auf den Weg ins Tal der Hin-Kia, Miriya mit den Hin-Kia und einem hinkenden Toa zu Fuß, Aria Kreise ziehend am Himmel. Die junge Frau warf dem mächtigen Schattenwolf einen besorgten Blick zu. Das Tier ließ sich so gut wie nichts anmerken, hinkte aber dennoch merklich und sie konnte Schmerz durch die wilden Augen flackern sehen, wenn immer es den verletzten Lauf belasten musste. Ein paarmal blieb Toa stehen und leckte sich ausgiebig die betroffene Stelle, dann schloss er wieder hinkend auf.

„Sei unbesorgt, Hin-Taya", sagte Taren, als er ihren Blick bemerkte, „der Speichel von Schattenwölfen hat eine heilende Wirkung. Er simuliert bloß ein wenig, um genug Aufmerksamkeit zu bekommen." Toa neben Miriya stieß einen leisen Seufzer aus, als sein Menschenfreund dies erklärt hatte und Taren verdrehte die Augen. Daraufhin hörte der Wolf tatsächlich wie beiläufig auf zu hinken und trabte den Rest des Weges flott neben der jungen Frau her, die ob der heilenden Wirkung seines Speichels sehr fasziniert war.

„Also hätten wir dir auf dem Pass gar keinen Heiler zu suchen gebraucht?", wollte sie forschend wissen.

„Naja …", erwiderte Taren, sein Gesicht etwas skeptisch verzogen, „es stimmt schon, dass wir uns die heilende Wirkung des Wolfsspeichels zu Nutzen machen, aber es wirkt um ein Vielfaches schneller bei den Wölfen als bei uns. Es war also doch von Vorteil, einen Heiler zu haben." Er grinste ihr verschmitzt zu. „Obwohl, er war schon ziemlich erstaunt, wie schnell ich wieder auf den Beinen war."

Sie musste lachen ob dem selbstzufriedenen Gesichtsausdruck, den nun nicht nur Taren, sondern auch Toa zur Schau stellte. Die beiden waren offensichtlich aus demselben Holz geschnitzt, und zudem ein eingespieltes Team. Über ihnen stieß Aria einen gellenden Adlerschrei aus und Taren hob den Blick.

„Ah!", sagte er, „wir sind da."

Vor ihnen sank die von Hügeln durchzogene Ebene zu einem flachen, ebenerdigen Talkessel ab. Dichtes, weiches Gras bedeckte den Talboden wie einen dunkelgrünen Teppich und darauf erhoben sich ebenerdige, langgestreckte Häuserreihen, gruppiert um einen flachgetretenen, mit Kieselsteinen befestigten Platz. Die Häuser waren aus Holz und Fellen gefertigt und mit Schieferplatten gedeckt, die von den naheliegenden Hügelketten stammen mussten. Wie Holzschlangen schlängelten sie sich halbmondförmig um den Dorfkern. Es herrschte reges Treiben: Frauen, Männer und Kinder, allesamt in Felle gekleidet, gingen ihren alltäglichen Geschäften nach. Zwischen den Bäumen rund ums Dorf hingen Wäscheleinen oder es waren Felle zum Trocken und Auslüften aufgezogen worden. Frauen hängten laut plaudernd und lachend Wäsche auf, Männer fertigten Lanzen und Pfeile an und diskutierten angeregt miteinander, während sie die Klingen schliffen. Kinder jagten einander quietschend und kreischend um die Häuser und ließen Trauben perlweißer Hühner auseinanderstieben. Etwas vom Dorf entfernt befand sich ein Trainingsplatz mit Zielscheiben, auf dem einige schlaksige Jugendliche im Pfeilschießen unterwiesen wurden. Und dann waren da die Schattenwölfe, die wie selbstverständlich zwischen den Menschen weilten. Drei der mächtigen, wunderschönen Tiere lösten sich von einer ganzen Gruppe, die lang ausgestreckt unter einigen Bäumen lagen und kamen Toa entgegen. Dieser stand dicht neben Miriya und stieß ein leises, kurzes Heulen aus, kaum waren die drei Wölfe nahe genug herangekommen. Zwei der Wölfe waren ähnlich gebaut wie Toa, wenn auch etwas kleiner und ein Tier war sichtbar kleiner und zierlicher und musste wohl ein Weibchen sein. Die drei Wölfe hoben interessiert die Ohren und begannen, mit den Schwänzen zu wedeln. Sie näherten sich der jungen Frau, der trotz des freundlichen Gehabes der Tiere ein wenig flau im Magen wurde. Sie wusste nicht recht, was tun und streckte den Wölfen vorsichtig ihre Hände zum Beschnuppern entgegen. Interessiert witterten die Tiere, beschnupperten ihre Arme, ihren Oberkörper und stießen die feuchten Schnauzen in ihre seidigen Haare. Miriya hielt still und vertraute darauf, dass Toa schon eingreifen würde, wenn das Verhalten feindselig werden würde. Schließlich war es Taren, der dem etwas aufdringlichen Beschnuppern ein Ende bereitete, indem er Toa einen freundschaftlichen Klaps auf das Hinterteil gab. Der Schattenwolf stieß einen kurzen, grollenden Laut aus und die restlichen Tiere ließen von Miriya ab. Sie bedachten die Adlerdame, die mit rauschenden Schwingen elegant gelandet war, mit einem kurzen, aufmerksamen Blick und kehrten dann zur Gruppe unter den Bäumen zurück, die interessiert die Köpfe gehoben hatte. Das Weibchen blieb bei Toa und knuffte ihn herzlich, aber hart mit dem Kopf an. Der männliche Wolf zwickte sie zur Antwort neckisch in die Flanke, dann trabten sie zusammen davon und gesellten sich ebenfalls zum restlichen Rudel.

„Sein Weibchen", erklärte Taren, „sie heißt Seera. Schattenwölfe bleiben ein Leben lang mit dem gleichen Weibchen zusammen. So kommt es nicht zu Streiten und jeder weiß, wer zu wem gehört."

Sie sahen Toa und Seera eine Weile dabei zu, wie sie in trauter Zweisamkeit etwas abseits vom Rudel nebeneinander hockten und sich zärtlich beknabberten. Dann schüttelte Taren lachend den Kopf, murmelte etwas, das wie „Traumpaar" klang und drehte sich dann zu Miriya um. Ein lustiges Funkeln tanzte in seinen Augen, um die sich amüsierte Lachfältchen gebildet hatten.

„Nun zu dir, Hin-Taya", meinte er und begann, von Ohr zu Ohr zu grinsen, „du gehst hier nicht eher weg, als bis du anständig Bogenschießen gelernt hast." Sie riss den Mund auf, um empört zu protestieren, doch er erstickte ihren Versuch, indem er einen Finger bestimmt auf ihre Lippen legte.

„Keine Widerrede, ernsthaft", er schnaubte, um ein Lachen zu unterdrücken, „das vorhin war eine Schande."

Miriya befreite sich.

„Vielen Dank für's Kompliment", warf sie spielerisch schnippisch zurück. Er hob lachend beide Hände in einer entschuldigenden Geste und sie musste ob seinem gespielt zerknirschten Gesichtsausdruck ebenfalls lachen.

Neben ihnen verdrehte Aria theatralisch die Augen.

„Das kann ja heiter werden!"

Am nächsten Morgen wurde Miriya unfreiwillig früh aus dem Schlaf gerissen. Sie hatte sich eigentlich darauf gefreut, einmal einfach schlafen zu können, ohne sich Gedanken um feuerspeiende Waldtrolle oder heimtückische Tirpoltiere machen zu müssen. Doch Toa hatte sie schon in aller Frühe geweckt, indem er sich leise zu ihr gesellt und schließlich ihr Gesicht mit seiner Zunge bearbeitet hatte. Mit einem spitzen Schrei war Miriya aus dem Schlaf gefahren und gegen den Schattenwolf geprallt wie gegen eine Steinwand. Es hatte einige schockerstarrte Atemzüge gedauert, bis Miriya realisiert hatte, wo sie war und wer die riesige, pelzige Gestalt neben ihr im Bett war. Dann hatte Taren sein grinsendes Gesicht in ihr Sichtfeld geschoben.

„Der Trainingsplatz ist frei für euch, eure Hoheit", hatte er charmant gesagt. Dann hatte er an der Art, wie sie das Laken hoch gegen ihre Brust hielt, gemerkt, dass sie nackt geschlafen hatte und sein Grinsen war entgleist. Hastig hatte er Toa zu sich gerufen und vor der Hütte auf Miriya gewartet. *Ein Punkt für mich*, dachte die junge Frau schadenfroh, als sie sich ankleidete und sich zu Taren gesellte, der sich übertrieben laut und peinlich berührt räusperte und sich dann für sein Eindringen entschuldigte.

„Keine Sorge", meinte Miriya grinsend und klopfte ihm beruhigend auf den Unterarm.

„Nächstes Mal warn mich vor", entgegnete er und fand sein gutmütiges Grinsen wieder. Miriya lachte. Sie mochte die kumpelhafte, unkomplizierte Art des jungen Mannes, die allen Hin-Kia zu eigen zu sein schien. Taren bestand darauf, dass sie noch vor dem Frühstück ihre erste Übungseinheit hinter sich bringen sollten. Deshalb gingen sie in Begleitung von Toa und Seera an der schlafenden Aria vorbei zum Trainingsplatz und begannen Miriyas Training.

Als die Sonne wie ein goldener Ball am Horizont aufging, stand Miriya in Schweiß gebadet auf dem Übungsplatz und verfluchte insgeheim die Tatsache, dass sie sich mehr oder weniger freiwillig für diesen Wahnsinn gemeldet hatte. Die vergangenen Stunden hatte sie damit zugebracht, „in sich hineinzugehen", wie Taren das nannte. Dabei musste sie hüftbreit still dastehen, die Arme locker an den Seiten hängend, die Augen geschlossen.

„Entspanne dich, Hin-Taya", instruierte der Hin-Kia die junge Frau mit ruhiger Stimme, „atme tief in den Bauch ein und langsam wieder durch die Nase aus. Konzentriere dich auf deinen Körper und wie er in diesem Augenblick in seiner Umgebung steht. Fühle den Wind, rieche das Gras, lausche auf die Vögel. Versuche, eins zu werden mit deiner Umgebung und bringe deinen Atem und deinen Herzschlag in Einklang mit der Natur."

Miriya fühlte sich ganz und gar nicht im Einklang mit der Natur. Statt sich zu entspannen und in sich hineinzuhorchen, ging ihr Atem zunehmend unregelmäßig und stoßweise in ihrem Versuch, bewusst zu atmen und ihre Umgebung zu spüren. Ihr Kopf, den sie eigentlich von allen Gedanken hätte leeren sollen, war voll von Bildern von Sternensilber und Keyan und allerlei nutzloser Gedankenfetzen, die sie als Teil der Übung hätte loslassen sollen. Frustriert seufzte sie auf und öffnete die Augen wieder. Neben ihr stand Taren in derselben Haltung wie sie, die Augen entspannt geschlossen und die Gesichtszüge vollkommen gelöst. Sein Atem ging gleichmäßig und ruhig und sein Körper, so dicht neben ihrem, strahlte angenehme Wärme aus. Sie ertappte sich dabei, wie sie ihn mit Keyan verglich.

„Du bist überhaupt nicht entspannt, Hin-Taya", murmelte er zwischen den Lippen hindurch, die Augen immer noch geschlossen, die Augenbrauen gehoben.

„Ich hab's ja versucht, aber –", begann sie zu lamentieren, übertrieben kindisch in ihrer Frustration.

„Dann versuch's nochmal!", befahl Taren grinsend, immer noch ohne die Augen zu öffnen. Hinter ihnen machte Toa ein Geräusch, das wie ein abfälliges Schnauben klang. Miriya hätte sie beide am liebsten geohrfeigt. Stattdessen zwang sie sich, Ruhe zu bewahren, bewegte sich zurück in ihre Ausgangsposition und versuchte, in sich zu gehen. Sie schaffte es auch in ihren nächsten Versuchen nicht, sich komplett zu lösen und in Einklang mit ihrer Umgebung zu kommen und schließlich verkündete Taren, dass sie nun so oder so einfach weitermachen würden.

„Das wird schon", meinte er mit Blick auf ihre verdrießliche, enttäuschte Miene, „gib dir etwas Zeit, Hin-Taya!"

Danach ließ er sie in übelkeitserregend langen Wiederholungen lächerlich wirkende Übungen ausführen. Sie hatte noch keinen einzigen Pfeil auf die aufgestellten Zielscheiben abschießen dürfen und wurde langsam ungeduldig. Taren, so unkompliziert und locker er auch war, stellte sich als sehr strengen Lehrer heraus, der peinlich genau auf Kleinigkeiten bedacht war und Miriya ständig freundlich, aber bestimmt korrigierte.

„Atme tief und ruhig, Hin-Taya", sagte er, während er dicht hinter ihr stehend die Haltung ihrer Bogenhand zum gefühlt tausendsten Mal korrigierte. Sie konnte seinen Atem im Nacken spüren und ihren Schweiß zwischen den Brüsten hinunterperlen fühlen. Obwohl sie eigentlich sehr geduldig und überhaupt nicht aufbrausend war, brodelte es mittlerweile in ihr wie in einem erwachenden Vulkan kurz vor dem Ausbruch. Dabei war sie weniger auf Taren wütend, der geduldig und hilfsbereit war, sondern auf sich selbst. *Wie kannst du dich nur so dämlich anstellen, wenn alle in Kirk-Wana darauf vertrauen, dass du dieses Zepter bald findest*, dachte sie wutentbrannt und war zornig und enttäuscht auf sich selbst. Sie konnte Keyans Gesicht sehen, mit skeptisch erhobenen Augenbrauen, und Sternensilbers große Augen, die vorwurfsvoll funkelten. *Was, du kannst es immer noch nicht richtig*, schienen die Augen zu fragen.

„*Mach ich ja*", fauchte sie mit Nachdruck als Antwort auf Tarens Aussage und blies sich verbissen eine Strähne aus der schweissnassen Stirn.

„Tust du *nicht*", entgegnete er sanft, aber ebenfalls mit Nachdruck. Miriya ließ den Bogen ruckartig fallen und wirbelte auf der Stelle herum. Schweißverklebte Strähnen peitschten Tarens Gesicht, sie funkelte ihn an. Für einen Moment sah sie aus wie ein zorniges, in die Enge getriebenes Wildtier, das ob seiner ausweglosen Lage zum Kämpfen gezwungen war. Die Luft zwischen ihnen schien beinah zu knistern. Dann stieß sie zischend Luft aus und rieb sich die Augen.

„Entschuldige bitte. Ich bin normalerweise nicht so ungeduldig", sagte sie dann und richtete ihren Blick auf den seinen. Sanftheit war in ihre wunderschön wilden Augen zurückgekehrt und sie wirkte ehrlich zerknirscht. Taren konnte ihr unmöglich böse sein. Er zuckte mit den Schultern und lächelte sie versöhnlich an.

„Schon gut", meinte er und legte ihr eine Hand auf die Schulter, „mach eine Pause."

Dann pflückte er ihren Bogen vom Boden, stellte sich dahin, wo sie eben vor ihrem Ausbruch gestanden hatte, atmete einmal tief ein und aus und fixierte die Zielscheibe mit seinem festen, intensiven Blick. Er richtete die breiten Schultern aus, straffte den Rücken, hob locker die Arme. In einer fließenden, mühelosen Bewegung griff er nach einem Pfeil aus dem Köcher, den er lässig über seine Schulter geschlungen hatte, zog die Bogensehne straff, visierte die am weitesten entfernte Zielscheibe an und ließ den Pfeil los. Schwirrend sirrte er durch die Luft und blieb vibrierend mitten im schwarz angemalten Bereich stecken.

„Voll ins Schwarze", murmelte Miriya bewundernd, „und es hat so einfach ausgesehen!"

„Gib dir Zeit, sei geduldig und gestehe dir Fehler ein, Hin-Taya, dann schaffst du das auch bald", meinte Taren leichthin und kitzelte sie mit dem befiederten Ende eines Pfeils neckisch am Hals. Sie wehrte ihn mit gespielter Empörung ab.

„Ich werde mein Bestes geben", versprach sie, plötzlich wieder voller Zuversicht.

„Davon bin ich überzeugt, Hin-Taya."

Es war, als hätte Tarens Demonstration die Blockade in Miriya gelöst. Nach einem herzhaften Frühstück machte sie sich motiviert wieder ans Üben. Sie war nun bestrebt, die richtige Handhabung des Bogens zu erlernen und mit wiedergewonnenem Feuereifer bei der Sache. Konzentriert und zielgerichtet führte sie Tarens Instruktionen aus, wiederholte geduldig jede Bewegung, bis sie saß. Gegen Mittag schmerzten ihre Armmuskeln von den ungewohnten Bewegungsabläufen und sie musste eine längere Pause einlegen, während der sie im Sonnenlicht ausgestreckt döste und sich um ein Haar einen prächtigen Sonnenbrand eingefangen hätte, wenn Aria sie nicht in den Schatten gejagt hätte.

„Wie unverantwortlich", brummte die Adlerdame kopfschüttelnd.

Kurz darauf machte sich Miriya an eine weitere Trainingseinheit und gegen Abend war sie in der Lage, Pfeile auf die am nächsten stehende Zielscheibe abzufeuern, ohne dass diese nutzlos zu Boden fielen. Dennoch schlingerten die meisten gefährlich auf ihrem Weg zur Zielscheibe und einige prallten harmlos von der Oberfläche der Scheibe ab. Taren musste sich ein paarmal das Lachen verkneifen, wenn er Zeuge wurde, wie Miriyas hoffnungsvoll leuchtender Gesichtsausdruck jäh enttäuscht zusammenfiel. *Was für ein erstaunliches Wesen sie doch ist*, dachte er bei sich und musterte die zierliche, straff dastehende Gestalt, die unermüdlich zum nächsten Pfeil griff, bis sie den Köcher leergeschossen hatte und die Nacht hereinbrach.

„Schluss für heute", sagte er dann, und half ihr, die Pfeile wieder aufzusammeln und in den Köcher zurückzustecken, „gute Arbeit!"

Sie dankte ihm mit einem breiten Lächeln.

„Magst du nachher zu mir in die Hütte kommen ?", wollte er wissen, „ich kann uns etwas kochen."

„Klingt gut!", gab Miriya zurück. Er nickte grinsend und machte sich dann von dannen. Miriya erkundigte sich zunächst nach Aria, die mehr oder weniger den ganzen Tag entweder schlafend oder fliegend zugebracht hatte. Die Adlerdame war gerade dabei, intensive Gefiederpflege zu betreiben.

„Fertig geschäkert?", fragte sie wie beiläufig, nachdem sie ihre Flügel ausgeschüttelt hatte und an ihrer Brust mit der Federpflege weitermachte.

„Geschäkert?", fragte Miriya verständnislos. Die Adlerdame sah sie kurz aus zusammengekniffenen Augen an.

„Sei nicht naiv. Er mag dich. *Sehr.*"

Miriya lachte kurz ungläubig auf. „Du irrst dich. Wir sind Freunde!"

Aria beehrte ihre Antwort mit bedeutsamem Schweigen, zuckte bloß ungelenk mit den Schultern und fuhr mit ihrer Gefiederpflege fort.

„Ich gehe mich waschen, dann essen wir zu Abend", informierte die junge Frau ihre Reisepartnerin.

„In Ordnung", meinte die ungerührt, „grüße deinen *Verehrer* von mir!"

Miriya verwarf ihren Kommentar grinsend mit einer Handbewegung, bevor sie sich zum Waschhaus begab und sich von kichernden, hilfsbereiten Mädchen zeigen ließ, wie sie die Utensilien benutzen musste. Als sie mit Waschen fertig war, war es komplett dunkel geworden und die Mondsichel stand silbern schimmernd am violett schattierten Nachthimmel. Einzelne Sterne funkelten magisch am Firmament. Die Fensteröffnungen der Häuser im Tal der Hin-Kia leuchteten im warmen, orangen Licht von bauchigen Butterkerzen auf, die die Hin-Kia aus der Milch der robust gebauten, stämmigen Mufflons gewannen, die sie auf weitläufigen Koppeln rund um das Dorf hielten. Die Tiere mit ihrem dichten, wolligen Fell in verschiedenen Braun- und Grauschattierungen und den glänzenden, ausladend geschwungenen Hörnern hatten Miriya den ganzen Tag lang neugierig beim Üben zugeschaut, geduldig wiederkäuend und vollkommen unberührt von der Tatsache, dass sie ihr Habitat mit riesigen Schattenwölfen teilten, die sie mit einer einzigen Bewegung hätten reißen können.

Miriya fühlte sich nach dem Waschen wieder rundum wohl in ihrer Haut und mehr im Einklang mit der Natur, als sie sich während des Trainings von jenem Tag je gefühlt hatte. Ihre Wangen glänzten rosig, das Haar war wieder seidenweich und sie hatte den angenehmen Duft der Butterseife in der Nase, die die Hin-Kia zum Waschen benutzten. Sie hatte ihr Kleid ebenfalls einem Waschgang unterzogen und die Mädchen, die ihr das Waschhaus erklärt hatten, hatten ihr Kleidung bereitgelegt. Die leichte Wolltunika lag angenehm auf der Haut und der Überwurf aus Fell, der um die Taille mit einem breiten Ledergurt zusammengehalten wurde, umschmeichelte wärmend ihre Figur. In weichen Ledermokassins eilte sie zu Tarens Hütte und klopfte an. Der junge Mann öffnete umgehend, als habe er auf sie gewartet und ließ sie eintreten.

„Willkommen in meinem bescheidenen Zuhause", machte Taren grinsend und verbeugte sich scherzhaft. Sie erwiderte theatralisch seine Geste mit einem tiefen Knicks. Die Hütte war in der Tat bescheiden, aber gemütlich eingerichtet: Auf dem Boden lagen flauschige, aus Mufflonwolle gewobene Teppiche und eine Sitzbank unter der Fensterfront war weich mit etlichen Fellen und Kissen ausgepolstert. Von der Decke hingen kleine Behälter für die bauchigen Butterkerzen, die ihr oranges, warmes Licht fröhlich flackernd in den Raum warfen. Ein runder, grob gezimmerter Holztisch nahm die zentrale Position im Hauptraum ein und mit Fellen verhangene Türbogen führten ins Schlafzimmer und in ein Waschzimmer. Eine Vielzahl von Holzstühlen stand aufeinandergestapelt versteckt in einer Ecke und zwei davon waren an den Tisch gezogen, auf dem in Holzschalen eine Anzahl dampfender Fleischgerichte verführerisch dufteten. Nachdem Miriya in den letzten paar Tagen von getrockneten Fleischstreifen und Früchten, sowie ab und an von frischen Beeren und Wurzeln gelebt hatte, lief ihr beim Anblick der Speisen das Wasser im Mund zusammen.

„Das riecht wirklich lecker!", meinte sie schwärmerisch, die feine Nase wie ein witterndes Tier in die Luft gereckt. Taren lachte leise und schob ihr den Stuhl hilfsbereit hin. Die Speisen waren einfach in der Zubereitung, aber wunderbar würzig und lecker, das Fleisch sorgfältig weichgekocht. Miriya genoss jeden Bissen und plauderte dabei angeregt mit Taren, der ihr viel von seinen Aufgaben als zukünftiges Oberhaupt der Hin-Kia erzählte. Sein Vater, der momentan in einem benachbarten Tal weilte, um dort einige Abkommen neu zu verhandeln, gab ihm nach und nach mehr Verantwortung ab, so dass er bald in seinen, laut Taren, wohlverdienten Ruhestand treten konnte. Miriya war ebenfalls sehr interessiert an ihrem Zusammenleben mit den riesigen Schattenwölfen.

„Niemand weiß genau, wie das zustande kam", ließ Taren sie wissen, „aber dieses Zusammenleben besteht seit unvorstellbar langer Zeit. Es kann auch sein, dass es seit Anbeginn der Zeiten so gewesen ist. Niemand kann sich an eine Zeit erinnern, an der wir nicht unser Leben mit den Schattenwölfen geteilt hätten. Sie sind unsere Verbündeten und unsere Freunde und wir können und wollen ohne sie nicht leben. Ähnlich wie du und Sternensilber. Und ich hoffe schwer, dass die Schattenwölfe unser Zusammenleben ebenfalls so sehen." Er grinste schelmisch. „Ich glaube, Toa würde mir ab und an gerne einen Klaps auf den Hinterkopf geben, wenn er könnte."

„Das kann ich durchaus nachvollziehen", meinte Miriya gedankenlos.

„Wie?! Was soll das denn heißen!", empörte sich Taren gespielt entrüstet. Sie hob lachend die Hände. „Du kannst einem mit deinen ganzen Korrekturen schon ein bisschen auf die Nerven gehen!" Sie meinte es als Witz und er schien ihre Absicht zu verstehen.

„Weil Präzision beim Bogenschießen wichtig ist", meinte er würdevoll und warf ihr einen bedeutsamen Blick aus lustig funkelnden Augen zu. Sie verdrehte dramatisch die Augen. „Wie auch immer. Das Essen war auf jeden Fall köstlich. Falls es als Lehrer nicht klappt, solltest du Koch probieren."

Er warf den Kopf in den Nacken und lachte herzhaft. Miriyas erfrischende Ehrlichkeit und ihre messerscharfen Antworten ließen ihn, der normalerweise nie um Worte verlegen war, zwischendurch sprachlos werden. *Was für eine erstaunliche junge Frau sie doch war*, dachte er amüsiert. Jetzt streckte sie sich wohlig seufzend aus und schob den leergegessenen Teller vorsichtig von sich. Sie waren im Verlauf des Abends ohne Absicht näher zueinander gerutscht und als er sich ebenfalls zurücklehnte und den Arm auf die Stuhllehne legte, um sich ihr zuzuwenden, realisierte er erst, wie nahe beieinander sie waren. Das Kerzenlicht ließ ihre bronzene Haut warm schimmern und er konnte ihren körpereigenen Duft nach Savannengras und Holz riechen, vermischt mit dem dezent herben, ihm so vertrauten Geruch nach Butterseife und Fell. Als sie ihm ihr Gesicht zuwandte, las er kurz Überraschung in ihren rehbraunen Augen, die aus der Nähe betrachtet wie schimmerndes Tigerauge aussahen. Sie war eine schöne junge Frau, nicht nur äußerlich, sondern auch von Innen. Er beugte sich vor. Miriya spürte, wie sie selbst unter seinem intensiven Blick aus diesen goldenen Augen erstarrte. Ihr Kopf war plötzlich wie leergefegt. Er beugte sich weiter vor und legte seine Hand auf ihre Schulter. Warm und schwer lag sie da und wanderte zärtlich in Richtung Nacken, um sie zu sich zu ziehen. Ihr Herz schien auszusetzen, als er seine Stirn an ihre legte. Völlig perplex und regungslos saß sie da und ließ zu, dass er sie näher an sich zog. Seine Lippen legten sich weich und warm auf die ihren. Und dann fuhr ein einziger Gedanke wie ein schmerzhafter, blitzartiger Ruck durch ihren Kopf: *Keyan!*

„*STOP!*" Wie vom Blitz getroffen sprang sie auf. Für einen Moment starrten sie sich an, gleichermaßen schockiert und verwirrt. Taren sah, wie Panik und Trauer und Angst über ihre hübschen Züge flackerten.

„Bitte", brachte sie stockend hervor, „bitte nicht!" Sie schlug die Hände vor den Mund, drehte sich auf den Fersen um und rannte aus der Hütte, als wäre eine weitere Kobra hinter ihr her.

„Miriya, warte!", rief er ihr hinterher, „warte, ich wollte dich nicht verletzen. *Es tut mir leid!*" Er machte sich auf, ihr zu folgen, sein Herz in einem wilden, verwirrten Stakkato klopfend. Was hatte er getan, dass sie so reagiert hatte? Er war sich keiner Schuld bewusst. Aber ihr Blick, mit dem sie ihn gemustert hatte, hatte ihn tief getroffen. Er lief langsam, um ihr Zeit zu lassen, sich zu fangen und kam erst nach einer gefühlten Ewigkeit zur Gästehütte, in der sie untergebracht war. Zögernd klopfte er an die Türe, aber sie antwortete nicht.

„Miriya", sagte er leise, „lass mich reinkommen."

Sie reagierte nicht und er drückte probeweise gegen die Türe. Sie war nicht verschlossen und er trat ein. Im silbernen Licht des Mondes sah er sie auf dem Bett kauernd, eingewickelt in Felle, das Gesicht abgewandt. Sie weinte und wurde von stummen Schluchzern geschüttelt. Ihr Anblick brach ihm fast das Herz. Hilflos stand er kurz unentschlossen im Türrahmen, dann fasste er sich ein Herz, schloss die Türe und setzte sich behutsam neben die junge Frau auf die Bettkante. Eine ganze Weile saßen sie nebeneinander, er schweigend, sie schluchzend. Dann brach er sein Schweigen.

„Miriya", sagte er sanft, flüsternd, „es tut mir leid. Ich wollte dich nicht verletzen." Er fühlte sich schlecht, wollte am liebsten ebenfalls in Tränen ausbrechen und seine Stimme klang belegt und zerknirscht. „Ich schätze, ich wurde einfach von Gefühlen übermannt. Bitte verzeih mir!"

Da hob sie ihr Gesicht. Es war tränenfeucht und ihre Augen blickten unendlich traurig und unendlich verwirrt. So traurig und verwirrt, dass er nicht anders konnte. Er nahm sie in die Arme, zog sie sanft an sich und wiegte sie beide leicht vor und zurück, wobei er beruhigende Worte in seiner Sprache flüsterte. Miriya beruhigte sich, hörte auf zu schluchzen. Sie barg ihren Kopf an seiner Schulter, ihre zitternden Finger fanden seine Hände und drückten sie sanft.

„Ist gut", sagte sie leise, „dich trifft keine Schuld." Er erwiderte erleichtert den Druck ihrer Finger, führte eine ihrer kleinen Hände an seine Lippen und drückte ihr zum Dank einen Kuss auf den Handrücken.

„Du bist mir nicht böse? Ich wollte dich ehrlich zu nichts zwingen", meinte er zögernd. Sie drehte sich leicht in seiner Umarmung, brachte ihr Gesicht näher an seine Schulter, um zu ihm aufzusehen.

„Ich bin dir nicht böse. Verzeih meine Reaktion", antwortete sie stockend. In ihren Wimpern glitzerten noch immer Tränen wie kleine Kristalle.

„Nichts zu verzeihen, Hin-Taya", sagte er leise und strich ihr in einer zärtlichen Geste Haare aus dem verweinten Gesicht. Sie drückte sich an ihn, ihre Hände hielten noch immer seinen Arm umfasst.

„Du musst wissen, ich mag dich sehr", fuhr sie fort, ihre Stimme kaum hörbar, aber fest. Er konnte spüren, dass sie ihn nicht verletzen wollte, aber jetzt, da er wieder klar denken konnte, fühlte er, dass etwas unausgesprochen zwischen ihnen stand. Nicht etwas. *Jemand.* Und dann dämmerte es ihm.

„Keyan", stellte er ruhig fest und erinnerte sich an den bestimmten, hilfsbereiten Kommandanten der Palastwache, der sich auf dem Pass ohne Vorbehalte um ihn gekümmert hatte. „Du bist in Keyan verliebt!"

„Er wäre beinah gestorben und ich-", sie keuchte schmerzerfüllt auf, „ich hätte ihn eben beinah verraten." Sie brach ab und begann, wieder zu schluchzen. Er fragte nicht, was passiert war und warum Keyan beinah gestorben wäre, aber nachdem sie sich wieder beruhigt hatte, sprudelte es nur so aus ihr heraus. Sie erzählte ihm alles von Salina und Keyan und dem monströsen Kraken und er hielt sie einfach in den Armen und hörte ihr still zu. Dann hielt sie erschöpft inne und realisierte, wie gut es ihr getan hatte, das alles loszuwerden. Taren hatte sein Kinn an ihren Kopf gelehnt und mit halbgeschlossenen Augen aufmerksam gelauscht.

„Meine Güte", murmelte er nun, „ich hatte ja keine Ahnung. Ein Glück ist er mit dem Leben davongekommen."

Sie hob den Kopf, starrte ihn milde überrascht an. „Du hegst keinen Groll gegen ihn?"

Er lachte leise und kniff sie in die Nase, die sie ungehalten krauszog.

„Warum sollte ich? Er ist ein nobler Mann und er hat mir geholfen, wo er mich auch hätte liegenlassen und weiterziehen können. Die meisten Menschen betrachten uns Hin-Kia als minderbemittelte, in Felle gekleidete Barbaren." Er hielt kurz inne.

„Außerdem", meinte er augenzwinkernd, „außerdem kann ich ihn nur zu gut verstehen!"

Jetzt musste sie lächeln. „Du bist ein herzensguter Mensch. Ich hoffe, wir können Freunde bleiben."

Er erwiderte ihr Lächeln aufrichtig, verschmitzt grinsend. „Natürlich bleiben wir Freunde, Hin-Taya. Und es gibt nichts, was du dagegen tun kannst!"

Ihre Hoheit Königin Raika hockte im Wintergarten und schaute den Kolibris und Elfen gedankenverloren bei ihren Spielereien zu. Sie hatte Sarahi in den Palast zurückgeschickt, weil sie allein sein wollte. Seufzend strich sie sich eine Strähne der zum Zopf gezwirbelten Haare aus dem Gesicht und beobachtete, wie die Elfen glockenhell kichernd versuchten, mit den Kolibris mitzuhalten. Die emsigen kleinen Vögelchen eilten von Blüte zu Blüte, steckten die langen, schlanken Schnäbel in die Kelche und labten sich am Nektar. Im Halbdunkel der herannahenden Nacht funkelten die gefiederten, stromlinienförmigen Körper wie Edelsteine in sattem Rubinrot, Fuchsia, Topasblau und Smaragdgrün. Raika seufzte und strich die Falten ihres langen, tannengrünen Kleides zurecht, das mit Korallen und Muscheln bestickt war und bauschige Ärmel aufwies. Sie hatte aufgehört zu zählen, wie lange sie schon auf ein Überlebenszeichen Miriyas oder Keyans wartete. Eigentlich hatte sie gehofft, dass Salina als angehende Bibliothekarin der grünen Bibliothek ab und an eine Nachricht schicken würde. Wie es den dreien wohl ging? Hatten sie schon handfeste Hinweise gefunden, die sie zum Kristallzepter führen würden? Raika war noch immer voller Hoffnung, auch wenn ihre Berater skeptisch waren, dass das Unterfangen fruchten würde. Wie oft hatte sie schon ihren Entscheid gegenüber ihren Ratgebern verteidigen müssen. Sie wurde es langsam leid! Gerade am Morgen dieses Tages hatten ihr sämtliche Mitglieder den Rat gegeben, sich nach geeigneten Kandidaten umzuschauen, um erneut zu heiraten. *Sie haben keine Ahnung,* dachte Raika leicht bitter, *keine Ahnung, dass ich nicht bereit bin für eine zweite Heirat.* Ihr verstorbener Ehemann war ihr Ein und Alles gewesen. Nicht nur hatte er anerkannt, dass er die Königswürde durch den Bund mit ihr, der rechtmäßigen Königin, erhalten hatte, er hatte auch darauf bestanden, sie zu gleichen Teilen an allen Regierungsgeschäften teilnehmen zu lassen. Dank ihm hatte sie eine aktive Rolle als Königin innegehabt, was ihrer Mutter und deren Vorgängerinnen für viele Jahrhunderte verwehrt geblieben war. Er hatte sie respektiert und gefördert, hatte ihre Meinung stets gleich gewichtet wie die seine und ihr nie das Gefühl gegeben, dass sie „nur" seine Gemahlin war. Er hatte ihr das Gefühl gegeben, dass sie *seine* Frau war, jemand Spezielles, Einzigartiges und sie hatte ihn dafür geliebt. Hatte geliebt, dass er ihr Selbstentscheidungsrecht und Unabhängigkeit zugestanden hatte, dass er ihrer Stimme Gehör verschafft und Respekt vor ihr verlangt hatte. Sein Tod hatte ein tiefes Loch hinterlassen, nicht nur in ihrem Alltag, sondern auch in ihrem Herzen und ihrer Seele. Er war ihr nicht nur Ehemann gewesen, sondern auch bester Freund und Seelenverwandter. Niemand könnte je seinen Platz an ihrer Seite und in ihrem Herzen einnehmen. Raika spürte, wie eine einzelne Träne ihre Wange hinunterrann und als schillernde Perle auf dem fließenden Stoff ihres Kleides landete. Eine Elfe flog herbei und bewunderte die Träne. *Wieso brauche ich überhaupt einen Mann,* dachte Raika verstimmt. Sie wusste, dass es in der langen Geschichte Kirk-Wanas Königinnen gegeben hatte, die die alleinige Regierungsgewalt innegehabt hatten. Aber an irgendeinem Punkt war diese Tradition auf unerklärliche Weise verschwunden und hatte einem patriarchalischen System Platz gemacht. So sehr sie sich auch mit der Geschichte Kirk-Wanas befasst hatte und so sehr sie in langen Stunden in der grünen Bibliothek mehr hatte herausfinden wollen, sie hatte keine niedergeschriebenen Erklärungen dafür gefunden. Nichts, was ihr hätte helfen können, ihren alleinigen Anspruch auf den Thron zu festigen. Nicht, dass das hätte nötig sein sollen, schließlich war sie es gewesen, die das königliche Blut in die Ehe mitgebracht hatte; ihr Vater, der vorherige König, hatte ihren Ehemann bei dessen Heirat mit Raika als Schwiegersohn und Thronfolger adoptiert. Und nun hatten ihre Ratgeber den Vorschlag einer zweiten Heirat auf den Tisch gebracht. *Wieso wollen sie nicht einsehen, dass ich auch ohne Mann regieren kann,* dachte Raika hilflos, *bis jetzt habe ich es doch auch geschafft!* Es machte sie wütend und traurig und ohnmächtig. Sie fühlte sich ausgeliefert und als hätte sie ihre Stimme verloren. Es wurde immer schwieriger, alle Berater im Zaum zu halten und die intriganteren unter ihnen schmiedeten bestimmt schon Pläne, wie man die Königin zur Ruhe setzen konnte.

Raika seufzte noch lauter. Es hatte keinen Zweck, sich zu sorgen und in Selbstmitleid und Trauer zu suhlen. Die Königin straffte sich entschlossen, stieg in ihre Glaspantoffeln und wollte den Wintergarten verlassen. Ihre Schritte knirschten auf dem weißen Kieselpfad, als sie zwischen den Pflanzen hindurchschritt. Ein helles, klingendes Pochen ließ sie aufhorchen. Es hallte durch den ganzen Wintergarten und ließ sämtliche Bewohner verstummen. Elfen und Kolibris und Schmetterlinge verbargen sich hastig in Blüten und hinter Blättern und kleine Laufvögel und Säugetiere schlugen sich ins Unterholz und verharrten. Überrascht drehte sich die Königin um. Der Wintergarten mit seinen gläsernen Wänden stand an einem Ort gegen den Palast gelehnt, den eigentlich niemand betrat. Wer mochte das sein? Das Pochen ertönte erneut. Raika schob die gefächerten Blätter eines Laubbusches vorsichtig zur Seite und spähte durch die Vegetation. Ihre Augen wurden groß: Draußen, vor der Glaswand des Wintergartens, stand Miriyas wildes Einhorn. Sein Horn schimmerte im Halbdunkel der Dämmerung, die langsam ins samtige Mitternachtsblau der Nacht überging. Aus großen, wilden Augen starrte das wunderschöne Tier Raika direkt in die Augen. Diese öffnete den Mund, wollte einen Stallburschen rufen, doch sie besann sich eines Besseren. Erregung stieg in ihr auf, als sie mit raschen Schritten an die Stelle eilte, an der sich eine Tür nach draußen versteckte. Sie war eigentlich für den Notfall gedacht, als Evakuierungsmöglichkeit, diente Raika aber ab und an dazu, sich heimlich aus dem Palast zu stehlen und unerkannt unters Volk zu mischen, um ein Gespür für ihre Untertanen zu bekommen und zu behalten. Mit zitternden Fingern tastete sie nach der versteckt angelegten Türklinke und stieß die Türe aus Glas auf. Sternensilber wartete geduldig auf sie. Ein leichter Abendwind spielte mit Mähne und Schweif, ließ die kleinen Amulette und Glöckchen leise klirren. Raika war dem Einhorn noch nie so nahe gewesen und die wilde, verwegene Schönheit und Eleganz des Tieres raubte ihr beinah den Atem. Es strahlte eine solch intensive, kraftvolle Aura aus Stolz, Stärke und Unbeugsamkeit aus, dass Raika nichts weiter tun konnte, als bewegungslos dazustehen und in die ausdrucksvollen Augen zu starren. Diese Augen! Sie hätte stundenlang dastehen und in diese unendlichen, schimmernden, dunkelblauen Tiefen starren können. Es war wortwörtlich magisch. Doch dann schnaubte Sternensilber leise und trat näher. Seine Nüstern waren gebläht, seine Flanken hoben und senkten sich schwer und sein Fell war zerzaust, wie Raika bei näherem Hinsehen feststellte. Ein kleiner Schauer lief über ihren Rücken.

„Was ist mit Miriya passiert?", flüsterte sie tonlos. Das Einhorn senkte den Kopf, drehte ihn leicht und brachte ein Auge auf eine Höhe mit den ihren. Ein seltsames, trauriges Schimmern schien sich in dem Auge zu zeigen. Raikas Herz zog sich schmerzhaft zusammen.

„Ist sie-", sie würgte und erstickte beinah an dem Wort, „ist sie *tot*?"

Sternensilber schnaubte. Es klang wie ein Nein und Raika war willens, dies zu glauben. *Wie Miriya wohl mit ihm kommuniziert*, fragte sie sich.

„Was ist mit Keyan?", fragte sie weiter. Erneut schnaubte das Einhorn und sie wertete es erneut als ein Nein. Erleichterung machte sich breit.

„Salina?", wollte sie wissen. Dieses Mal war sie sich ganz sicher, dass ein todtrauriges Flackern in den Augen des Tieres erschien. Er stieß einen Laut aus, der dem Winseln eines Hundes ähnelte und Raika wusste, dass dies nur etwas Schlechtes bedeuten konnte.

„Oh ihr Götter", stammelte sie betroffen, „Salina-"

Die junge Katzenfrau hatte sie bei ihren Streifzügen durch die grüne Bibliothek stets begleitet und unterstützt, hatte in Raika nicht die Königin von Kirk-Wana gesehen, sondern einfach nur eine Frau, die es nach Wissen dürstete. Sie hatten viele lange, interessante Gespräche geführt und viel gelacht und gescherzt. Ein trockenes Schluchzen brach aus ihr hervor, als sie die zitternden Hände auf den Mund legte in einer Geste hilflosen Schockes. Sie hatte die Gesellschaft der heiteren, intelligenten Salina stets genossen. Nun würde sie sie scheinbar nie mehr wiedersehen. Raika lehnte sich gegen Sternensilbers Schulter und schluchzte eine Zeit lang still vor sich hin. Das Einhorn rührte sich nicht, stand still neben der Königin und langsam verlangsamte sich sein Atem. Dann straffte sich Raika wieder und ließ einen Stallburschen kommen.

„Vielen Dank", flüsterte sie dem Tier, das jetzt erschöpft aussah und dessen Magen sie grummeln hören konnte, zu. Dann hieß sie den Stallburschen, sich gut um Sternensilber zu kümmern, ihn zu pflegen und zu verwöhnen. Das Wildeinhorn folgte dem Burschen mit gesenktem Kopf, nachdem es Raika zum Abschied seinen warmen Atem aufmunternd ins Gesicht geblasen hatte. Ihre Hoheit Königin Raika blickte Sternensilber hinterher, bis dieser hinter dem Stallburschen um die Kurve verschwunden war. Aufgeregt schlug ihr Herz gegen die Rippen. Solange Miriya und Keyan noch lebten, bestand Hoffnung!

Kapitel VIII
~
Von der Legende

Keyan seufzte frustriert. Er hatte keine Ahnung, wie lange er nun schon bei den Wassermenschen war, aber es kam ihm wie eine Ewigkeit vor. Eine Ewigkeit ohne Miriya. Er konnte kaum glauben, wie sehr er ihr Lachen vermisste und die Art, wie sie seine Scherze ohne Umschweife knallhart zurückpfefferte. Er vermisste ihren Duft nach Savannengras in der Sonne, nach Holz und Sommer und ihre Angewohnheit die Nase kraus zu ziehen, wenn sie nachdachte. Wenn er seine Augen schloss, sah er sie vor sich, die zierliche, elegante Gestalt, die sich stets stolz aufgerichtet hielt; die seidig glänzenden, blau-schwarzen Wellen und die rehbraunen Augen schimmernd wie Tigerauge; die vollen, geschwungenen Lippen in dem Oval ihres Gesichts. Diese Lippen! Er glaubte, ihre weichen, zarten Lippen immer noch auf den seinen zu spüren, wo sie zaghaft und behutsam seinen Kuss erwidert hatten. *Oh Mädchen*, dachte er ergeben und begann zu grinsen, *was hast du nur mit mir gemacht?*

„Oh", meinte eine Stimme atemlos, „wir haben einen guten Tag heute, nicht wahr?"

Xylens Kopf tauchte aus den schwarzen Fluten auf, die Lippen zu einem wissenden Grinsen verzogen. Sie wusste genau, woran der junge Mann dachte, wenn er so glücklich aussah. Vor einiger Zeit hatten Xylen und ihr Vater Xanos Keyan aus dem Krankenflügel in eine unterirdische Höhle verlegt, die auf unerklärliche Weise mit Frischluft versorgt wurde. Keyan selbst vermutete, dass die Höhle ebenerdig zum Uferlevel des Sees im Innern In-Nuyas lag und durch Spalten im Gestein mit der Außenwelt verbunden war. Es war eine kleine Höhle, aber Xylen hatte sich Mühe gegeben, die notdürftige Unterkunft so angenehm wie möglich einzurichten. Sein Lager war weich ausgepolstert mit Ballen getrockneten Seegrases und die Wände der Höhle waren mit fluoreszierenden Muscheln und einigen Kerzen ausgestattet. Neben

Keyans Lager auf Kopfhöhe hatte Xylen ein kleines Tischchen hingestellt, auf dem Trinkwasser und Tinkturen standen, die sie oder ihr Vater ihm in regelmäßigen Abständen zu trinken gaben. Keyan war noch immer unfähig, sich zu bewegen und große Teile seines Körpers waren weiterhin einbandagiert und geschient. Der Schmerz hatte nachgelassen und beschränkte sich größtenteils auf Momente, in denen er seinen einen funktionstüchtigen Arm bewegte oder den Kopf drehte. Dann schoss glühend heißer Schmerz in Wellen durch seine rechte Seite, sandte tanzende Sternen vor seine Augen und raubte ihm den Atem. In Anbetracht dieser Tatsache war alles, was er machen konnte, still dazuliegen und seinen Gedanken nachzuhängen, die meisten um Miriya kreisten. *Wo sie jetzt wohl war?*

Xylen hievte sich neben ihm aus dem Wasser in eine sitzende Position, während ihr langer Fischschwanz im Wasser blieb. Sie trug die Glaskugel, die ihr das Einatmen von Frischluft ermöglichte und in der es ihr schwierig war, zu sprechen. Die mysteriöse Fähigkeit des gehärteten Glases ließ es zu, dass sie bei ihm sitzen konnte, reduzierte ihre Stimme aber auf ein atemloses Flüstern, in dem sie mühsam mit ihm sprach. Sie wusste um seine Langeweile und versuchte, ihm so oft wie möglich Gesellschaft zu leisten. Dann erzählte sie ihm flüsternd von den Legenden der Seemenschen, von ihren Traditionen und von den alltäglichen Dingen im Leben einer Wasserfrau. Manchmal gesellte sich Xanos dazu, manchmal begleitete sie ihr Angetrauter, ein kräftig gebauter Wassermann mit breiter Brust und gelbem Haar namens Marlin. Keyan schätzte ihre Bemühungen und lauschte interessiert ihren Geschichten, aber er wurde zunehmend ungeduldiger. Er war es sich nicht gewohnt, untätig herumzuliegen und seine zum Ruhen und Stillhalten gezwungenen Gliedmaßen juckten vor unterdrücktem Tatendrang und dem Ruf nach Bewegung.

„Wie war dein Tag?", fragte Keyan und umschiffte geschickt die Frage nach seinem Befinden. Xylen ließ ihn gewähren. Sie atmete langsam und bedeutungsvoll aus, was die Innenseite ihres Glashelmes mit einem feinen Film beschlug. Dazu verdrehte sie die Augen.

„Der Kraken gebärdet sich wie toll. Es muss bald Vollmond sein", berichtete sie. Das riesige Monster schien Phasen zu haben, in denen es die mehr oder weniger friedliche Koexistenz mit den Wassermenschen bis fast zum Zerreißen ausreizte, worauf der Rat der Ältesten, dem Xylens Vater ebenfalls angehörte, jeweils in Erwägung zu ziehen schien, dem Ungeheuer auf den Leib zu rücken.

„Er hat schon wieder Reisende am Ufer attackiert und dieses Mal gab es keine Überlebenden", fuhr die Wasserfrau fort und spielte nervös mit einer Strähne ihrer rotbraunen Mähne. Sie seufzte tonlos, aber er konnte es am Heben und Senken ihres Brustkorbes erkennen.

„Kein Wunder, dass sich niemand traut, mit uns Kontakt aufzunehmen! Seit der Kraken eingezogen ist, sind wir praktisch abgeschnitten von der Außenwelt."

Niemand wusste mehr genau, wann der Kraken aus dem Meer, das über unterirdische Wege den See mit Salzwasser speiste, in das riesige Gewässer gereist war. Laut Xylen und Xanos war das nun mächtige Tier schon da gewesen, seit sie beide denken konnten und man hatte es stets dazu benutzt, die Abenteuerlust waghalsiger Wassermenschenkinder im Zaum zu halten. Keyan dachte mit einem unwillkürlichen Schaudern an die riesigen Tentakeln und die furchtbaren, gurgelnden Geräusche des Wassers, als Onyx von den Fluten verschlungen worden war. Beim Gedanken an seinen treuen Freund zog sich sein Herz schmerzhaft zusammen. Dennoch, sie hatten riesiges Glück gehabt, Miriya und er, dass sie beide und Sternensilber mit dem Leben davongekommen waren. Marlin hatte ihm anvertraut, dass er noch nie zuvor von Überlebenden gehört hatte.

Xylen fuhr mit ihren Ausführungen fort und er hörte ihr zu, die Augen halb geschlossen. Ihre geflüsterten Worte drangen an seine Ohren wie das angenehme, murmelnde Rauschen von Wasser auf Ufersand und er ließ sich von der Strömung ihrer Erzählungen davontragen.

Der schwarze Bereich der Zielscheibe und die Spitze des Pfeiles verschmolzen miteinander. Konzentriert stand Miriya still und gerade wie eine Statue im Licht der aufgehenden Sonne und ließ die Sehne los. Der Pfeil schoss singend durch die frische Morgenluft. Noch während sie den Pfeil auf seine Reise schickte, realisierte die junge Frau, dass sie doch tatsächlich die falsche Zielscheibe anvisiert hatte. Die hinterste statt die mittlere! Der Pfeil sauste zischend an der mittleren Zielscheibe vorbei und bohrte sich mit einem dumpfen Laut ins Gras vor der hintersten Zielscheibe. Vibrierend blieb er stecken. Sie stieß Luft aus. Wenigstens flogen ihre Pfeile mittlerweile gerade und brachten die nötige Kraft auf, Oberflächen zu durchschlagen. Bis sie eine solche Präzision an den Tag legen konnte wie Taren, würden vermutlich Jahre vergehen. Der junge Hin-Kia nickte anerkennend mit dem Kopf. Er stand mit verschränkten Armen neben Miriya und hatte blitzschnell erkannt, welcher Fehler ihr unterlaufen war. Inzwischen beschränkte er sich darauf, Fehler in ihrer Handhabung des Bogens sporadisch zu identifizieren und hatte davon ablassen können, sie andauernd zu korrigieren. Durch lange Stunden des Übens und mit der Beharrlichkeit und Geduld, die die junge Frau eigentlich auszeichneten, hatte Miriya die Basis des Bogenschießens erfolgreich verinnerlicht.

„Nicht schlecht", meinte Taren und fügte grinsend hinzu, „wenn du die richtige Zielscheibe anpeilen würdest, würdest du sogar etwas treffen!"

Lachend wich er ihrem Bogen aus, den sie ihm in die Seite hatte hauen wollen.

„Oder macht meine Anwesenheit dich nervös?", zog er sie aus sicherer Distanz auf. Sie streckte ihm kindisch die Zunge heraus und lief, um den Pfeil zurückzuholen. Dabei musste sie einfach grinsen. Nach dem Zwischenfall in Tarens Hütte und ihrer Aussprache hatte der junge Mann sich nichts mehr anmerken lassen. Ohne Groll oder Aufdringlichkeit hatte er sie weiterhin mit derselben gutmütigen, lockeren Art behandelt wie immer und so die Basis gelegt für die anhaltende, tiefe Freundschaft, die nun zwischen den beiden herrschte. Miriya war unendlich erleichtert und dankbar für seine Akzeptanz und seinen Respekt. Sie hatte schon befürchtet, dass sie ihn verlieren würde oder die aufkommende Freundschaft im Keim erstickt hatte. *Aber nein*, dachte sie froh, *er hat ein Herz aus Gold.* Und eine gesunde Portion Selbstbewusstsein, wie er in seinen gelegentlich anzüglichen, aber harmlos gemeinten Scherzen ab und an demonstrierte. Sie konterte normalerweise gnadenlos, was ihm unglaubliches Vergnügen zu bereiten schien. Miriya hatte gemerkt, dass die meisten Hin-Kia Mädchen in ihrem Alter sich Taren gegenüber entweder scheu oder sehr respektvoll gaben und nicht viele besaßen den Schneid, ihm Paroli zu bieten oder ihm zu widersprechen.

„Es gibt im Dorf niemanden, zu dem ich mich hingezogen fühle", hatte Taren ihr in einem ihrer langen Gespräche nach dem alltäglichen Training einmal anvertraut, „aber wenn ich Vaters Rolle vollends übernehme, werde ich in die umliegenden Hin-Kia Dörfer reisen müssen und bestimmt jemanden finden." Sein ungetrübter Optimismus machte es für Miriya leicht, sich ob ihrer Zurückweisung nicht schuldig zu fühlen und sie wünschte ihm von ganzem Herzen, dass er bald eine ihm ebenbürtige, kluge, starke Frau finden würde, die ihn glücklich machen konnte.

„Wir machen eine Pause", rief er ihr zu, als sie mit dem Pfeil zu ihm zurückkehrte.

In diesem Moment kündigten goldene Reflexe am Himmel Arias Rückkehr an. Die Adlerdame war noch vor Sonnenaufgang auf einen ihrer Ausflüge gegangen und schien jetzt zurückzukommen. Miriya runzelte erstaunt die Stirn. Normalerweise blieb der Adler viel länger weg und unternahm viel ausgedehntere Streifzüge am Himmel. Ein gellender Adlerschrei ließ Toa, Seera und ihr Rudel, die allesamt friedlich unter einer Baumgruppe beieinander lagen und sich gegenseitig das Fell leckten, die Köpfe heben. Hin-Kia Kinder blieben erstaunt stehen und die Erwachsenen unterbrachen ihre Beschäftigungen, als der Adler wie ein Stein vom Himmel fiel und schwer neben Miriya und Taren landete. Bevor Miriya oder Taren etwas sagen konnte, krächzte sie dringlich: „Bergtrolle!"

„Wie?", machte Taren verdutzt und völlig auf dem falschen Fuß erwischt.

„Bergtrolle", wiederholte die Adlerdame mit einer Dringlichkeit, die Miriya einen Schauer über den Rücken jagte. „Sie sind auf dem Weg hierher."

Tarens Miene wurde schlagartig ernst.

„Wie viele?", fragte er knapp.

„Neun Stück", antwortete Aria. Erst jetzt fiel Miriya auf, dass die Adlerdame außer Atem war. Taren wirbelte herum und rief einem Jüngling etwas auf Hin-Kia zu. Dieser lief los und verschwand zwischen den Häusern. Toa und Seera erhoben sich wachsam, während der Rest des Rudels sich ebenfalls aufrichtete.

„Mütter und Kinder in die Hütten", sagte Taren, halb an Miriya gewandt, halb an das gute Dutzend Kinder, das ihnen beim Training zugeschaut hatte. Während die Kinder ohne Widerspruche davonstoben, protestierte Miriya: „Ich kann helfen!"

„Nein, Miriya!", sagte Taren bestimmt, „Bergtrolle sind gefährlich und unberechenbar und deine Fertigkeiten als Bogenschütze sind nicht wirksam genug." Aria klapperte zustimmend mit dem Schnabel.

„Du wärst mehr Hindernis als Hilfe, Miriya", sagte sie gewohnt direkt und schonungslos. Die junge Frau musste sich widerwillig eingestehen, dass die beiden wohl Recht hatten. Bergtrolle, so hatte ein Hin-Kia Mädchen ihr einmal im Waschhaus erzählt, lebten in In-Nujas steinigeren Hängen, in Höhlen, die der Sonne zugewandt waren, und kamen nur ab und zu in die Ebenen hinaus. Sie zogen zwischen Sommer- und Winterhöhlen hin und her, zumeist in Familienbanden von zehn bis fünfzehn Tieren. Laut dem Hin-Kia Mädchen waren Bergtrolle plumpe Geschöpfe, deren dicke, graue Haut sie mit der Bergwelt ihres natürlichen Habitats verschmelzen ließ. Miriya hatte noch nie einen Bergtroll zu Gesicht bekommen, aber die Wesen schienen im ausgewachsenen Zustand zwei bis drei Manneslängen groß zu sein und ab und zu Hin-Kia Dörfer zu überfallen. Dabei raubten sie Mufflons, zerstörten Hütten und plünderten die Nahrungsspeicher. Sogar Schattenwölfe schienen Schwierigkeiten zu haben, gegen die riesenhaften Kreaturen anzukommen, denn deren Haut war dick und steinähnlich und schier unmöglich zu durchstoßen, wenn man nicht genau wusste, worauf man zielen musste. Taren, der Miriya am Ellenbogen gepackt durch das Dorf zu ihrer Gästehütte brachte, zählte auf: „Nur für den Fall, solltest du Gebrauch vom Bogen machen müssen, ziele auf den Hals oder die Achseln, da ist die Haut dünner."

Miriya wurde bei dem Gedanken, jemanden mit ihren Pfeilen zu erschießen, ganz flau im Magen. Sie hatte Bogenschießen vor allem deshalb erlernen wollen, um sich im Notfall zur Wehr setzen und etwaige Angreifer in die Flucht schlagen zu können. Dass sie den Bogen auch als totbringende Waffe einsetzen könnte, hatte sie nie im Sinn gehabt und deshalb auch nicht in Betracht gezogen. Sie ließ sich von Taren in ihre Hütte bugsieren und schloss die Türe hinter ihm. Er selbst eilte in Richtung Dorfplatz, dicht gefolgt von Toa, der seine Ohren wachsam aufgestellt hatte. Aria hatte verkündet, dass sie den Vorstoß der Bergtrolle vom Himmel aus beobachten würde um sicherzugehen, dass die Geschöpfe nicht einfach auf der Durchreise waren. Miriya war dabei nicht entgangen, dass die Adlerdame nicht wirklich überzeugt geklungen hatte. Die Hin-Kia gingen die mögliche Bedrohung mit der gelassenen Routine von Menschen an, die sich auf solche Situationen vorbereitet hatten. Mit beeindruckendem Gleichmut zogen sich die Mütter mit ihren Kindern in ihre Hütten zurück und verriegelten die Türen, während die übrigen Hin-Kia sich mit Bogen, Pfeilen und Wurfspeeren bewaffneten und sich auf dem Dorfplatz versammelten, wo sie Tarens ruhigen Anweisungen lauschten. Die Schattenwölfe hatten sich ebenfalls auf dem Dorfplatz eingefunden. Die Atmosphäre hingegen schien sich von Herzschlag zu Herzschlag aufzuladen. Eine Spannung lag über dem Dorf, knisternd und unangenehm, wie die drückende Stille kurz vor einem Gewittersturm. Die Hin-Kia und ihre Schattenwolf-Gefährten verteilten sich im Dorf, wobei sie eine Angriffslinie zu bilden schienen. Eine grimmig dreinblickende Frau mit einem hässlich gezackten Wurfspeer bezog in der Nähe von Miriya Stellung. Ihr Schattenwolf, ein Weibchen mit auffällig langem Kragenhaar, stellte sich neben sie. Hätte Miriya gewollt, sie hätte wohl die Luft im Dorf mit ihrem Dolch in Scheiben schneiden können. Alles wartete

angespannt und konzentriert auf das Eintreffen der Trolle. Dann
konnte man das Trappeln von Hufen vernehmen, als die Mufflons
panisch blökend versuchten, sich ins Dorf zu retten. Ein markerschütterndes Brüllen ertönte und Miriya stürzte ans Fenster.
Entgegen Arias Hoffnung waren die Bergtrolle ins Dorf eingefallen. Mit erschreckender Leichtigkeit durchbrachen sie die Ver-
teidigungslinie der Hin-Kia, bis Miriya auffiel, dass diese bewusst
Lücken in ihren Reihen öffneten, um die Trolle in bestimmte
Richtungen zu lenken. Pfeile flogen durch die Luft und Miriya
konnte Kampflärm hören. Dann streckte ein Bergtroll seine hässliche Fratze um die Ecke und die junge Frau schrie erschrocken
auf. Das Geschöpf war tatsächlich riesig, mit einem unförmigen
Körper und komisch geformten Gliedmaßen. Einzelne raue Haare wuchsen statt eines Fells aus der steinartigen Haut des Wesens
und die kleinen, gelben Augen glühten heimtückisch und straften
die Dummheit, die man Trollen allgemein nachsagte, Lügen. Das
Geschöpf schob sich zur Gänze um die Hausecke und der Schattenwolf neben der Hin-Kia ging knurrend zum Angriff über. Der
Bergtroll bewegte sich behäbig und langsam, doch als er seine unförmige Faust wie eine Keule niedersausen ließ, traf er den Wolf
mit knochenbrechender Wucht. Das Tier wurde jaulend durch
die Luft geschleudert und knallte gegen eine Hüttenwand in der
Nähe. Die Hin-Kia rief etwas in ihrer Sprache, wog ihren Speer
kurz mit spielender Leichtigkeit in der Hand und warf ihn dann in
einer einzigen, fließenden Bewegung in Richtung Troll. Die Kreatur hatte sich nach der Wolfsattacke auf die Vorderpfoten niedergelassen und Miriya konnte sehen, dass sie sich so vermutlich fort-
bewegte, ähnlich wie Affen das taten. Der Speer der Hin-Kia traf
den Troll über der Stelle, wo bei einem Menschen das Schlüsselbein gewesen wäre und drang tief in die Haut ein. Der Bergtroll
stieß einen hohlen, kreischenden Laut aus und brach zusammen,
während Blut aus seinem Maul tropfte. Hinter ihm tauchten zwei
weitere Hin-Kia auf, die sicherstellten, dass das Geschöpf tot war.
Die Hin-Kia kümmerte sich in der Zwischenzeit um ihren Schattenwolf, der schwankend auf die Beine gekommen war und sich
hinkend zu ihr gesellte. Dann hörte Miriya ein dumpfes Klatschen,

gefolgt von schmerzerfüllten Schreien und sie sah, wie ein weiterer Troll die beiden Hin-Kia von hinten überraschte und niederschlug. Beide blieben reglos liegen. Miriya schlug die Hände vor dem Mund zusammen. Ihr Herz raste. Die Hin-Kia, die sich über ihren Schattenwolf gebeugt hatte, war waffenlos!

„*Achtung!*", brüllte Miriya. Da stieß Aria im Sturzflug vom Himmel und schlug blitzschnell zu. Goldene Krallen blitzten auf, ein Wirbel aus weißen Federn rauschte über den Troll hinweg und er fasste sich gurgelnd an die Kehle und sank auf die Knie. Die Hin-Kia wirbelte herum, gerade schnell genug, um den Troll zu Boden gehen zu sehen. Sie nickte dem Adler, der sich wieder in den Himmel emporschraubte, dankbar zu. Die verbliebenen Trolle röhrten zornig auf, als sie sahen, wie die Adlerdame ihren Artgenossen fällte. Wie von Sinnen wüteten die Wesen im Dorf, schlugen wahllos zu und mähten Hin-Kia und Schattenwölfe gleichermaßen nieder. Die getroffenen Menschen blieben meist stöhnend liegen und wurden von Müttern und Kindern hastig in Hütten gezerrt. Türen knallten und Schlösser knackten. Aria stieß gellende Adlerschreie aus und fällte zielgerichtet einen weiteren Troll. Die getroffenen Schattenwölfe kamen knurrend wieder auf die Beine. Sie waren um einiges robuster gebaut, als ihre menschlichen Freunde. Zwei mächtige, männliche Schattenwölfe kreisten einen kleineren Troll ein, zwangen ihn mit gezielten Bissen in die Knie und sprangen ihm dann an die Gurgel. Die Kreatur brüllte zornig, konnte sich aber nicht verteidigen. Die Wölfe verbissen sich in seiner weichen Halsregion und erstickten ihn nach und nach laut knurrend. Überall rannten verstörte Mufflons durch das Dorf und blökten schockiert. Die Hin-Kia gruppierten sich um die verbliebenen Trolle und bearbeiteten sie mit ihren Speeren, die sie geschickt und elegant handhabten. Miriya konnte Taren sehen, wie er Seite an Seite mit Toa und Seera einen weiteren Troll im Schach hielt und langsam in die Knie zwang. Dann erschütterte ein Knall ihre Hütte und sie schrie erschrocken auf. Ein Hin-Kia war gegen ihre Unterkunft geschleudert worden und liegen geblieben. Miriya handelte instinktiv: Sie entriegelte die Türe, warf sie hastig auf und begann, den stöhnenden Mann in ihre Hütte zu ziehen. Der

Hin-Kia versuchte, ihr behilflich zu sein, aber er war ein großer, muskulöser Mann und sie hatte Mühe, ihn zu stützen. Schwitzend und mit vereinten Kräften schafften sie es mit lähmender Langsamkeit über die Schwelle und gerade als Miriya über die Beine des Hin-Kia springen und die Türe zuwerfen wollte, wurde sie brutal an den Beinen gepackt und in die Höhe gerissen. Sie wusste nicht, wie ihr geschah und vergaß vor Entsetzen, zu schreien. Alles drehte sich und als sie sich wieder einigermaßen gefangen hatte, starrte sie kopfvoran in die hässliche Fratze eines riesigen Bergtrolls. Ein spitzer Schrei entfuhr ihr, ging aber im allgemeinen Kampflärm und dem hilflosen Blöken der Mufflons unter. Die Kreatur verzog das Gesicht zu einem freudlosen, hinterhältigen Grinsen, roch mit bebenden Nüstern kurz an der erstarrten jungen Frau und warf sie sich dann grob über die Schulter. Er klemmte sie schmerzhaft mit seinem Kopf an seiner Schulter fest und sie japste laut auf, als er sich mit brutaler Kraft auf die Vorderpfoten niederließ und sich aus dem Dorf heraus davonmachte. Verzweifelt versuchte Miriya, sich zu lösen, doch es fühlte sich an, als wäre sie in eine Felsspalte gefallen und würde feststecken.

„HILFE", schrie sie ohnmächtig und trommelte mit den Fäusten nutzlos auf den Rücken des Trolls. Die steinartige, harte Haut riss ihre eigene Haut auf und ihre Fäuste waren im Nu rau und blutverschmiert. Eine Hin-Kia sah sie und wollte ihr zu Hilfe eilen, doch einer der verbliebenen Trolle versperrte ihr den Weg und fing sie in vollem Lauf ab. Sie brach stöhnend zusammen und blieb reglos liegen. Miriya schrie grauenerfüllt auf. Am Rand des Dorfes trafen sie auf zwei weitere Trolle, die schlaffe Mufflons wie Stoffpuppen über die Schultern geworfen hatten und sich ebenfalls auf dem Rückzug befanden. Dann brach sich Sonnenlicht funkelnd in goldenen Federn. Aria stieß herab, um Miriya zu befreien. Doch die Trolle hatten offensichtlich überraschend schnell dazugelernt. Einer der drei erwischte die Adlerdame, die auf Miriya fokussiert war, mit voller Wucht. Miriyas entsetzter Schrei wurde von dem ohrenbetäubenden Knall übertönt, als die Adlerdame ungebremst auf dem Boden aufkam, sich mehrmals unkontrolliert überschlug und schließlich bewegungslos liegenblieb.

„*ARIA*!!!", brüllte Miriya aus vollem Hals. Sie konnte scharlachrote Flecken in dem perlweißen Gefieder sehen, als der Troll beschleunigte und mit ihr davonrannte. Die verbliebenen Trolle schlossen sich ihnen an. Mit fassungslos geöffnetem Mund und Tränen in den Augen musste Miriya hilflos zulassen, dass sie von den Bergtrollen verschleppt wurde.

Taren eilte durchs Dorf, um sicherzustellen, dass alle Trolle tot waren und sich Heiler um die verwundeten Hin-Kia und Schattenwölfe kümmerten. Der Adler war vom Himmel verschwunden und Taren nahm an, dass er bei Miriya war. Einige Mufflons brachen aus den Trümmern eines Nahrungsspeichers hervor und blieben zitternd und verstört stehen. Nach und nach öffneten die Mütter vorsichtig ihre Türen, traten heraus um zu helfen.

„Taren", rief jemand. Der junge Mann drehte sich zu seinem Freund um, der ihm entgegenkam. „Taren, der Adler. Er wurde verwundet."

„Was?!", machte Taren ungläubig, „Wo ist sie?"

Sein Freund führte ihn zum Dorfrand, wo Aria lag. Sie sah aus wie eine riesige, perlweiße Pfütze mit goldenen Reflexen. Schwer atmend hob und senkte sich ihr Brustkasten in langsamen Zügen. Sie lag auf der Seite, ihre Fänge unter ihr begraben und einer ihrer Flügel wirkte zerfleddert und blutig.

„Aria", sprach der Hin-Kia sie sanft an. Er berührte sie am Hals, legte ihr behutsam die Hand auf die Stelle, wo ihre Halsschlagader pochte. Der Adler öffnete ein vor Schmerz verschleiertes Auge.

„Taren", krächzte sie benommen, „Taren, sie haben-" Sie versuchte, sich aufzurichten, schob sich schwankend und ums Gleichgewicht kämpfend in eine sitzende Position.

„Sie haben Miriya", brachte sie schließlich schweratmend hervor. In ihren Adleraugen war jegliche stechende Schärfe einem besorgten, schmerzerfüllten Funkeln gewichen.

„*WAS*?!" Er starrte sie einige Herzschläge lang an, ohne richtig zu verarbeiten, was sie gesagt hatte, aber als es zu ihm durchgesickert war, machte sich ein mulmiges, lähmendes Gefühl in ihm breit. Er musste sich neben dem verletzten Adler hinkauern und nahm kurz den Kopf zwischen die Hände, als er eine aufkeimende Welle aus Panik erfolgreich niederkämpfte. Toa gesellte sich mit Seera zu ihnen und begann ungefragt, das Gefieder der Adlerdame sorgfältig mit der Zunge zu bearbeiten. Seera half ihm dabei. Aria war zu sehr von Schmerzen und Sorgen eingenommen, um zu reagieren und ließ es widerstandslos geschehen.

Miriya war von den Bergtrollen verschleppt worden! Nur die Götter wussten, was die gefährlichen Geschöpfe mit der jungen, wehrlosen Frau anstellen würden. Was, wenn sie sie fressen würden? Taren stöhnte kurz auf und Toa warf ihm einen prüfenden Blick zu. Dann trat Zora zu ihm, ein weiterer Freund. Er ging neben Taren in die Knie.

„Wir sollten den Adler zu einem Heiler bringen. Wenn die inneren Organe nicht beschädigt wurden, kann er überleben", meinte Zora. Taren nickte nur, unfähig etwas zu sagen. Sein Kopf arbeitete fieberhaft daran, sich einen Rettungsplan für Miriya auszudenken. Zora kümmerte sich derweil darum, dass Aria weggebracht und fachgerecht versorgt wurde. Während Seera mit der Adlerdame mitging, blieb Toa neben Taren stehen, der sich aufgerichtet hatte.

„Oh ihr Götter", meinte der Hin-Kia an Toa gewandt, den Blick in die Ferne gerichtet, wo In-Nuya sich majestätisch in die Höhe erhob, „wie holen wir Hin-Taya nur wieder da heraus?"

Miriyas Widerstand war in dem Moment gebrochen, als sie Aria wie tot auf dem Boden liegen gesehen hatte. Sie zitterte am ganzen Körper, während ihr Kopf wie leergefegt war und ihre sämtlichen Gliedmaßen sich bleischwer anfühlten. Reglos ließ sie es zu, von dem schnaufenden Bergtroll weggetragen zu werden. Schuldgefühle bohrten sich stechend in ihr Herz wie glühende Nadeln. *Wenn du nicht gewesen wärst, würde Aria jetzt noch leben*, fuhr es ihr durch den Kopf. Sie schluchzte trocken auf, darum bemüht, sich ob dem heftig schaukelnden Gang des Trolls nicht auf die Zunge zu beißen. *Wer sagt denn, dass sie tot ist*, ließ eine hoffnungsvolle Stimme in ihrem Kopf verlauten. Miriya schluckte den Kloß herunter, der sich in ihrer Kehle gesammelt hatte. Die Nerven zu verlieren, würde niemandem weiterhelfen.

Die verbliebenen Trolle bewegten sich für ihre Körpergröße und -masse erstaunlich schnell vorwärts und schon bald konnte die junge Frau anhand des Gerölls und des stetig ansteigenden Pfades erkennen, dass sie am Fuße In-Nuyas angekommen waren. Miriya ertappte sich dabei, wie sie beeindruckt feststellte, dass auch In-Nuya, obwohl es ein durchgehender Gebirgszug war, ständig seinen Charakter änderte und sich der Landschaft und den Wesen, die in seiner Nähe lebten, anzupassen schien. In diesen Gefilden spross karges Moos auf grauen, gezackten Felsen, der Pfad wurde unwegsam und steil und verschwand schließlich vollends, als die Trolle ein Geröllfeld emporkraxelten. Sie hatten sich schon auf der Ebene mit erstaunlicher Geschwindigkeit fortbewegt, doch hier, in ihrem angestammten Habitat, waren sie sogar noch schneller und kletterten behände und geschickt immer höher. Miriya sah hoffnungslos, wie klein das Dorf der Hin-Kia geworden war: Winzige, pelzige Punkte in der Ferne zeigten ihr an, dass die Schattenwölfe ausschwärmten, zwischen den daumennagelgroßen Hütten eilten Hin-Kia hin und her und weitere Punkte bildeten dichte Gruppen, die wohl Mufflons sein mussten. *Sie werden mich nie und nimmer finden*, dachte Miriya und der Schock dieser Erkenntnis brachte Gefühl in ihre Gliedmaßen zurück. Sie heulte auf, teils wütend, teils verzweifelt, und begann, trotz Schmerzen wieder auf den Rücken des Trolls einzutrommeln. Ihre strampelnden Füße trafen auf Widerstand und sie trat fest zu. Die Kreatur grunzte erbost, hob sie grob von seiner Schulter und klemmte sie unter einen gigantischen Arm. Miriya konnte Knochen knacken hören und hielt still, um sich nicht das Rückgrat oder eine Extremität zu brechen. Wäre sie verletzt, würde auch ihre letzte Hoffnung auf Flucht entschwinden. Entsetzt erkannte sie, dass dürres Moos nun von Schnee ersetzt wurde. In eisigen Krusten lag das Weiß auf den unwirtlich gezackten, schroffen Felsen und Geröllblöcken. Es wurde empfindlich kalt und der Schweiß auf ihrem Gesicht begann, zu gefrieren. Sie schlotterte und klapperte mit den Zähnen, als die Trolle eine scharfe Kurve kletterten und zurück auf moosbesetzten Grund kamen. Die kalten Winde ließen allerdings nicht nach, sondern pfiffen aggressiv heulend durch Ritzen und Kämme und über die dahineilenden Trolle. Miriya schloss die Augen und konzentrierte sich erneut darauf, sich nicht aus Versehen auf die Zunge zu beißen. Dann hörte der Wind plötzlich auf und es wurde dunkel und wärmer. Sie waren in einer Höhle angekommen. Der Bergtroll hob sie grob an den Füßen hoch und schmiss sie dann achtlos wie eine Stoffpuppe in eine Ecke der primitiv anmutenden Behausung. Miriya, vor Kälte, Angst und Schock wie gelähmt, blieb einfach liegen, krümmte sich in die Embryostellung zusammen und fiel schließlich in einen unruhigen, von Alpträumen geplagten Schlaf, aus dem sie immer wieder schlotternd und zitternd hochschreckte.

Miriya erwachte, als ihr der eklige, süßliche Geruch von frischem Blut und rohem Fleisch in die Nase stieg. Sie unterdrückte ein Würgen und öffnete ihre Augen einen Spaltbreit. Dank ihrem unruhigen Schlaf hatte sie nicht vergessen können, wo sie war und wie sie hierhergekommen war. Vor ihr auf dem Boden konnte sie aus zusammengekniffenen Augen im Halbdunkel der Höhle einen Haufen rohen Fleisches in einer Blutlache ausmachen. Würgend fuhr sie auf und taumelte zurück, bis sie mit dem Rücken gegen die schroffe Felswand stieß. Sorgfältig darauf bedacht, sich nicht zu übergeben, schob sie sich am Fleisch vorbei. Vor sich konnte sie den Höhlenausgang sehen. Die Bergtrolle schienen offensichtlich nicht sehr besorgt, dass sie sich davonstehlen könnte, denn sie konnte keinen der Kolosse in der streng riechenden Höhle ausmachen, die sich neben ihr weiter und tiefer in den Felsen schraubte. Wankend erreichte sie den Höhlenausgang und musste für einen Moment die Augen gegen das blendend weiße Licht eines bewölkten Tages schließen. Wie lange sie in der Höhle gewesen war konnte sie nicht sagen, aber der Ausblick, den sie einige Herzschläge später vor sich sah, ließ ihr das Herz in die Kniekehlen sinken: Wo sie auch hinsah, erblickte sie nur kahles Gestein, schmutzig weiße Schneefelder und wütende Gewitterwolken, die sich am Himmel zu fantastisch anmutenden Gebilden zusammenballten. Einzelne verirrte Schneeflocken wurden mit den heulenden Windstößen durch die Luft getrieben. Ein Schauer lief über Miriyas Rücken. Sie sah sich vorsichtig nach ihren Entführern um, aber die mussten sich auf die Jagd nach Nahrung gemacht haben oder die Mufflons, die sie erbeutet hatten, irgendwo in Ruhe verspeisen. Eine bessere Gelegenheit würde sie vermutlich nicht bekommen! Wenn sie einfach immer bergab lief, würde sie irgendwann zurück in die Ebene gelangen und wohl in der Lage sein, das Dorf der Hin-Kia wiederzufinden. Miriya setzte sich in Bewegung, taumelnd und schwerfällig. Sie fühlte sich elend und erfroren bis auf die Knochen. Der Wind riss jammernd an ihren Kleidern und ihren Haaren und binnen weniger Herzschläge waren ihre Nase, ihre Fingerspitzen und ihre Zehen taub vor Kälte. Doch dann hörte sie hinter sich ein röhrendes Brüllen, dass ihr durch Mark und Bein fuhr. Ihr Herzschlag schien auszusetzen. *Die Trolle*, dachte sie panisch, *sie haben bemerkt, dass ich weg bin!* Sie schlug alle Vorsicht in den Wind und begann, talwärts zu rennen. Neben ihr rasselten einige Steine in die Tiefe und sie beschleunigte ihre Schritte zusätzlich. Ein langgezogenes Schneefeld tauchte vor ihr auf und sie watete durch die knöcheltiefe Schneeschicht. Stolpernd und rutschend sprintete sie vorwärts. Und hatte plötzlich keinen Boden mehr unter den Füßen.

„*NEEEeeein!*", jaulte sie entsetzt, als sie in die schwarze, klaffende Felsspalte fiel, die der Schnee vor ihrem Blick verborgen hatte. Sie fiel ins Bodenlose, zusammen mit den gezackten Scharten der Eisschicht, die über der Felsspalte gelegen und die sie durchstoßen hatte. Viel schneller als gedacht, schlug sie hart und heftig auf. Instinktiv rollte sie sich ab und konnte so zumindest einen Teil der Wucht, mit der sie aufkam, abfangen. Unkontrolliert trudelte sie durch die Dunkelheit und überschlug sich heulend mehrere Male, bevor eine Wand ihrem Sturz ein schmerzhaftes Ende setzte. Stöhnend blieb sie liegen. Jeder Knochen im Körper schien zu schmerzen, ihre Knie und Fußgelenke pochten wütend und ihre Lungen fühlten sich an wie mit Eiskristallen gefüllt. Sie blieb keuchend liegen und die Dunkelheit schien sich schwindelerregend um sie zu drehen. Dann landete etwas schwer auf ihrer Brust. Japsend wollte sie auffahren, doch das Gewicht drückte sämtliche Luft aus ihren Lungen und Funken begannen wie Glutfetzen vor ihren Augen zu tanzen. Ihre Hände fuhren in einer abwehrenden Bewegung zu dem schweren, warmen Gewicht auf ihrer Brust, ihre kalten Finger griffen in flauschiges Fell. Erschaudernd drückte sie den Gegenstand von sich und endlich strömte wieder Luft in ihre Lungen. Keuchend machte sie einen tiefen Atemzug. Ihre Augen begannen, sich langsam an die Dunkelheit zu gewöhnen und sie gewahrte die katzengroßen Fellknäuel, die um sie herumstanden. Für einen panischen Augenblick dachte die junge Frau, dass es sich um zu groß geratene Tirpoltiere handelte, doch dann sah sie spitze Ohrmuscheln und buschige Schwänze und entspannte sich erleichtert. Eines der Fellknäuel trat vor. Schemenhaft nahm Miriya ein rosa Näschen und bernsteinfarbene Katzenaugen wahr. Lange Schnurrhaare streiften ihren Arm, als das flauschige Wesen sich ihr aufmerksam witternd näherte. Sie fühlte samtene, warme Pfötchen auf ihrem Oberschenkel, als das Geschöpf sein Gesichtchen näher an das ihre brachte.

„Wer bist du?", fragte das Wesen Miriya misstrauisch und die junge Frau zuckte zusammen. Sie hatte nicht erwartet, dass das katzenartige Geschöpf sprechen konnte.

„M… Miriya. Ich bin Miriya", stammelte sie verblüfft. Die kleine, pelzige Kreatur betrachtete sie einen Moment lang, ohne eine Regung zu zeigen. Das halbe Dutzend anderer Fellknäuel um sie herum rührte sich ebenfalls nicht, aber die Luft in der engen Spalte wurde ob der Präsenz vieler lebender, atmender, Wärme abgebender Wesen zunehmend stickig. Dann schnippte das Geschöpf, das halb auf ihrem Schoß saß, mit dem Schwanz. Es schien eine zustimmende Geste zu sein.

„Miriya", sagte es, ihren Namen behutsam aussprechend als wolle es prüfen, wie die einzelnen Silben sich in seinem Maul anfühlten. „Wir sind die Hüter der Legenden."

„Hüter der Legenden-", echote Miriya, ein wenig einfältig. Sie fand es schwierig, sich in der samtigen Dunkelheit auf das Fellknäuel vor sich zu konzentrieren. Dass ihr Körper schmerzte und pochte wie eine einzige riesige Verstauchung, half dabei nicht im Geringsten.

„Ich glaube, du solltest mitkommen", meinte das kleine, schwarze Tier bestimmt. Die übrigen Fellknäuel, bis jetzt schweigend und reglos, nickten zustimmend. Einige erhoben sich und trippelten los, mit Schwänzen wie kleine Fähnchen erhoben, in Richtung von was Miriya mit angestrengt zusammengekniffenen Augen als niedrigen Tunnel identifizierte. Die junge Frau sah nicht wirklich eine alternative Option, weshalb sie sich mit einem schmerzerfüllten Zischen mühsam erhob, sich Schnee und Dreck vom halbstarren Kleid klopfte und sich dann auf alle Viere niederließ, um den katzenartigen Fellknäuel zu folgen. Wie winzige, glühende Laternen leuchteten die Augen der Tiere im Dunkeln, wann immer sie sich nach Miriya umsahen, um sich zu erkunden, dass die junge Frau ihnen immer noch folgte. Die Luft im Tunnel war stickig und roch abgestanden, als wäre hier schon lange keine Frischluft mehr eingedrungen. Keuchend schob Miriya sich vorwärts und obwohl sie kein Problem mit kleinen, engen Räumen und Tunneln hatte, wurde ihr etwas flau bei dem Gedanken, dass sie in diesem Loch steckenbleiben könnte. Gerade als sie den Kreaturen mitteilen wollte, dass sie nicht mehr mitkommen wollte, war der Gang zu Ende und sie konnte sich aufrichten, obwohl ihr Kopf nur um wenige Fingerbreiten vom Dach der runden Höhle entfernt war, in die sie gelangt waren. Verwundert blickte sie sich um. Die Luft in der Höhle war frischer, es war angenehm warm und trocken. Entlang der gewölbten Höhlenwände zogen sich stufenförmige Vertiefungen spiralförmig von der Decke bis zum Boden. Die katzenartigen Wollknäuel benutzten die Vertiefungen als Stege, auf denen sie entlangtrippelten und Miriya erkannte schließlich, dass von diesen Simsen aus Löcher in den Wänden zu den Unterschlüpfen der Geschöpfe führten. Durch sämtliche Wände der Höhle zogen sich Adern leuchtender Pyrillsteine in goldgelb, grasgrün, lavendelviolett und kornblumenblau, die das Habitat der katzenartigen Kreaturen in ein sanftes, beinah unwirklich scheinendes Licht tauchten. Miriya traute ihren Augen nicht. Während des Festessens zu ihren Ehren hatte ihr Raika im Rahmen eines Gespräches mit einem ihrer Berater anvertraut, dass Pyrillsteine sehr selten und nicht künstlich zu züchten waren. Sie hatte offensichtlich noch nie Kontakt mit diesen Geschöpfen gehabt.

„Gefällt dir, was du siehst?", fragte das schwarze Fellknäuel und riss Miriya aus ihren Gedanken. Die kleine, flauschige Kreatur stand zu ihren Füßen und hatte das Köpfchen in den Nacken gelegt. Miriya konnte die Adern sehen, die sich durch die kleinen, durchscheinenden Dreiecke seiner Ohren zogen.

„Verzeiht die Frage, aber was seid ihr?", retournierte Miriya die Frage, weil ihr nichts Besseres einfiel.

„Wir sind Höhlentiere", meinte das katzenartige Geschöpf schlicht. „Die Bewohner Kirk-Wanas haben uns längst vergessen. Niemand ist interessiert an alten Geschichten und staubigen Erzählungen."

Miriya schwieg betreten. Was hätte sie auch sagen können? Schließlich hatte sie ebenfalls nicht von der Existenz der Höhlentiere gewusst.

„Ich kannte jemanden, der euch sehr interessant gefunden hätte", sagte sie schließlich halblaut, als Salinas freundlich grinsendes Gesicht vor ihrem inneren Auge auftauchte, „sie ist leider verstorben."

„Das ist bedauerlich", erwiderte das Höhlentier mit höflicher Anteilnahme.

„Du sagtest ihr seid Hüter der Legenden", sagte Miriya, um das Thema zu wechseln. „Was bedeutet das?"

„Wir bewahren die Geschichte und die Legenden von Kirk-Wana. Wir halten die Erinnerungen am Leben. Schon vor der großen Katastrophe, die uns in Vergessenheit geraten ließ, hüteten wir das Wissen und die Erinnerungen von Kirk-Wanas Ursprüngen und Werdegängen."

„Katastrophe?", wollte Miriya wissen. Ihre Eltern hatten ihr einige Legenden und Gründungsgeschichten rund um Kirk-Wana erzählt, zumeist als Gutenachtgeschichten, wie das viele Eltern zu tun pflegten. Darin war jedoch nie die Rede von einer Katastrophe gewesen. Sie tauchte aus ihren Gedanken auf wie aus einem Teich und fand die Augen des schwarzen Höhlentiers nachdenklich funkelnd auf sich gerichtet.

„Dein Unwissen zeigt nur einmal mehr, dass Menschen unangenehme Ereignisse einfach verdrängen", meinte es, wobei die Aussage mehr wie eine neutrale Feststellung, denn wie ein Vorwurf klang. „Bitte folge mir."

Es schnippte mit dem Schwanz und lief davon. Miriya folgte, vorsichtig darauf bedacht, nicht den Kopf an der Decke anzuschlagen oder versehentlich eines der umherwuselnden Höhlentiere zu treten. Die meisten der bei näherem Hinsehen verschiedenfarbigen, flauschigen Wollknäuel hatten sich mittlerweile in ihre kleinen Behausungen zurückgezogen und aus den Löchern entlang der spiralförmigen Simse starrten Miriya kleine Laternenaugen nach. Sie folgte dem schwarzen Höhlentier in eine zweite, kleinere Höhle, in die sie geduckt eintreten musste. Diese Höhle war langezogen, die Adern aus Pyrillsteinen verdichteten sich und wurden breiter und größer. Etwas, das wie rechteckige Gärten voller komischer, pilzförmiger Pflanzen aussah, war in ordentlichen Reihen angelegt worden. Das Höhlentier ließ sich auf sein Hinterteil nieder, die Hinterbeine mit den kleinen, pinken Pfötchen links und rechts vom Körper ausgestreckt. Miriya setzte sich mit gekreuzten Beinen neben eines der Beete und musterte das katzenartige Wesen neugierig.

„Ich werde dir von der großen Katastrophe erzählen", sagte das Höhlentier, „auch bekannt als ‚Legende vom kristallenen Zepter'."

Miriya hätte beinahe einen Satz gemacht. Sie schnappte nach Luft.

„Die Legende vom kristallenen Zepter?!", keuchte sie. Ihr Herz begann, vor Aufregung wie wild zu schlagen. Das Höhlentier sah sie kurz an. Seine Augen glitzerten im Licht der Edelsteinadern. „Das Schicksal kennt Mittel und Wege, diejenigen, die ihm vertrauen, zu dem zu führen, was sie suchen."

Miriya nickte überwältigt davon, dass sie endlich auf einen handfesten Hinweis zum Kristallzepter gestoßen war. Das Höhlentier räusperte sich kurz, dann sprach es und die junge Frau nahm nichts mehr um sich herum wahr, außer der gleichmäßigen, beruhigend anmutenden Stimme des Fellknäuels vor ihr.

„Vor unendlich langer Zeit lebten hier auf Kirk-Wana alle Völker in Frieden. In-Nuya existierte noch nicht und alle Wesen waren glücklich und zufrieden. Doch dann begann das Zeitalter der Könige und jedes Volk erklärte einen Herrscher. Missgunst und Hass keimten in den Herzen der Kreaturen Kirk-Wanas, nicht nur zwischen den Völkern herrschte plötzlich Argwohn und Feindseligkeit, sondern auch innerhalb der Völker. Jeder schaute sich eifersüchtig nach seinem Nachbarn um und es wurde ständig verglichen und wettgeeifert. Die Könige erkannten, dass es so nicht weitergehen konnte und sie kamen zusammen, um gemeinsam eine Lösung zu finden. Stattdessen entstanden auch unter den Mächtigsten des Landes Uneinigkeiten. Jeder hielt seine Lösung für geeigneter und schließlich gingen sie im Streit auseinander. Krieg suchte das friedliebende Land heim. Herrscher hetzten ihre Schutzbefohlenen gegen andere, feindlich gesonnene Völker auf. Tausende starben unter den Schwertstreichen ihrer Brüder, Unschuldige wurden gefangen genommen und verendeten kläglich in Kerkern. Mächtige Burgen wurden errichtet, das Land bis zur Erschöpfung ausgebeutet und bis zur Unkenntlichkeit zerstört. Doch in ihrem blinden Zorn vergaßen die Bewohner Kirk-Wanas eines: Die Natur rächt sich für das, was ihr und ihren Kindern angetan wird. Die Steinbrüche waren erschöpft, nachdem die habgierigen Geschöpfe die Erde aufgerissen und sich tief in die Erdschichten gegraben hatten. Ganze Wälder waren in Flammen aufgegangen oder den Äxten der Kreaturen Kirk-Wanas zum Opfer gefallen. Wasser war rar geworden und die Erde wurde dadurch brüchig und zerfurcht und verlor ihre Fruchtbarkeit. Auf den zerstörten Ebenen tobten blutige Schlachten, Land war befestigt und von Wehren und Burggräben verunstaltet." Miriya spürte, wie eisige Schauer ihren Rücken und ihre Arme hinunterjagten. Sie hatte ja keine Ahnung gehabt! Atemlos lauschte sie weiter dem Höhlentier.

„Und da griff die Natur ein. Eines Tages begann die Erde, zu beben. Burgen und Wehrtürme, Grenzmauern und Schützengräben fielen in sich zusammen, Millionen von Geschöpfen starben. Die Erde tat sich auf, verschlang die Ruinen, die sie so lange verunstaltet und gequält hatten und bäumte sich dann auf. In-Nuya

entstand. Nur wenige Kreaturen und Bevölkerungsgruppen über-
lebten dieses Erdbeben und es war erst der Anfang der großen Katastrophe. Nachdem die Erde sich gewehrt hatte, bäumte sich der
Ozean auf. Mächtige Wellen überspülten tosend das Land, alles
wurde überschwemmt. Was die Erde nicht erwischt hatte, wurde
von den Wassermassen fortgespült. Es begann, sintflutartig zu regnen. Blitze zuckten und Donner rollten über das blutrot getünchte
Firmament, monatelang ergossen sich Wassermassen hernieder und
durchtränkten die brachliegende, karge Erde. So konnte sich diese
regenerieren und als es endlich aufgehört hatte, zu regnen und alles getrocknet war, war die Erde bereit, wieder Samen aufzunehmen. Smaragdgrüne Ebenen wuchsen, mächtige Flüsse, kristallkla-
re Seen und kräftige Bäume entstanden, dichte Wälder breiteten
sich aus. In-Nuya bildete sich zu heutiger Größe aus. Die wenigen Geschöpfe, die überlebt hatten, waren durch die große Katastrophe näher zusammengerückt. Ohne gegenseitige Hilfe wären
sie nicht mit dem Leben davongekommen. Streitigkeiten, Fehden,
Eifersucht, all das war unwichtig geworden, Nebensächlichkeiten
im Kampf ums Überleben. Man vereinte sich, gelobte, nicht die
gleichen Fehler zu wiederholen. Damit ihr Leidensweg nicht vergessen ging, wurde das Kristallzepter angefertigt. Man gründete
Kirk-Wana, die Hauptstadt. Doch dann war es an der Zeit, eine
Regierungsform zu finden und erneut drohte der wiedergefun-
dene Friede durch Uneinigkeiten ruiniert zu werden. Doch dann
nahm eine der Anwesenden das Kristallzepter, mahnte die aufge-
brachte Menge. Sie sprach von Frieden und Einigkeit, dass man
ohne Hass und Missgunst einen König finden musste, dass man
nicht töricht wieder in gleiche Muster zurückfallen durfte. Da öffnete sich der Himmel und Sonnenstrahlen ließen das kristallene
Zepter funkeln und leuchten. Und in diesem Moment verwandelte sich die Frau, die selbstlos und zum Wohle aller gesprochen
hatte, in eine gewaltige Löwin. Sie wurde zur Königin Kirk-Wanas und herrschte viele Jahre lang gütig und weise. Das Kristallzepter wurde verehrt und respektiert. Es wählte die nachfolgenden Königinnen oder Könige aus, verwandelte die Auserwählten
in Tiere, die ihre inneren Stärken reflektierten und sie zu geeig-

neten Herrschern Kirk-Wanas machten. Alles war wieder friedlich und im Gleichgewicht."

„Wie kommt es denn, dass das Zepter nicht mehr in Kirk-Wana ist?", platzte Miriya heraus, als das Höhlentier eine Pause zum Verschnaufen machte. Das Wesen sah sie einen Moment lang tadelnd an, wie eine Mutter ihr vorlautes Kind ansieht. Miriya entschuldigte sich kleinlaut.

„Wie ich bereits gesagt habe: Wir tendieren dazu, schlimme Ereignisse verdrängen zu wollen. Die große Katastrophe, deren Geschichte mündlich von Herrscher zu Herrscher übertragen wurde, geriet in der Bevölkerung immer mehr in Vergessenheit. Man wurde bequem, mochte sich nicht an längst vergangene Unannehmlichkeiten erinnern. Stimmen wurden laut. Man begann, an den Fähigkeiten der erwählten Königinnen und Könige zu zweifeln. Leise nur, wenige Geschöpfe nur. Aber es reichte, um einen Funken Unmut und Zweifel aufglühen zu lassen. Die Königsfamilie fragte sich, warum die Königswürde nicht einfach von einer Generation zur nächsten übertragen werden konnte, ohne das aufwändige, langwierige Prozedere, das die Wahl des Thronfolgers durch das Kristallzepter jeweils darstellte. Die damalige Königin, sie war ein mächtiger Adler, ein wunderbares Tier, sprach sich gegen eine Umkehrung der Traditionen aus. Sie erinnerte die Völker daran, was vor der großen Katastrophe passiert war und warum man das Kristallzepter geschaffen hatte. Niemand wurde gerne daran erinnert. Niemand denkt gern an die eigene Fehlbarkeit. Der Funke an Unmut und Zweifel sprang über, immer mehr Geschöpfe sprachen sich öffentlich gegen das Kristallzepter aus. Man hielt eine Zusammenkunft aller Völker ab, etwas, was seit der großen Löwin Bast nicht mehr notwendig gewesen war. Die Adlerkönigin appellierte erneut an ihre Schutzbefohlenen, doch sie wurde überstimmt. Da leuchtete das Kristallzepter wütend auf, ein gleißendes Licht blendete alle und als die Versammelten wieder sehen konnten, erkannten sie, dass das Zepter ihre Königin in eine Feder verwandelt hatte, eine grausame Mahnung. Die Völker begannen, die Macht des kristallenen Zepters zu fürchten und sie schlossen sich zusammen, um es irgendwo zu verstecken, wo es niemand je wieder erreichen konnte. Fortan wurde die Herrschaft über Kirk-Wana von Vater zu Sohn übertragen oder von Vater zu Schwiegersohn, falls es keine männlichen Blutsverwandten gab. Das Zepter aber geriet im Laufe der Zeit in Vergessenheit. Niemand erinnert sich mehr daran. Außer uns. Mein Volk ist zu Wächtern geworden. Zu Wächtern der Legenden. Und unser größter Schatz ist die Legende vom kristallenen Zepter."

Das Höhlentier verstummte und bedeutungsschwere Stille wirkte auf die junge Frau ein, die mit offenem Mund dasaß und die pelzige Kreatur mit dem rosafarbenen Näschen anstarrte. Dann klickte etwas in ihrem benebelten Kopf, verwirrt umherirrende Gedanken bündelten sich, wirbelten herum, nahmen Form an. Die Form eines riesenhaften, perlweißen Adlers mit goldenen Federn und einer aufrichtigen, brutal direkten Art.

„*Aria*!", stieß Miriya keuchend heraus. „Aria war die Adlerkönigin von Kirk-Wana!"

Plötzlich machte vieles einen Sinn; warum die Adlerdame so viel von Kirk-Wanas Geschichte kannte; warum sie manchmal den Anschein abgab, aus einer ganz anderen Zeit zu stammen; warum sie um das Kristallzepter wusste. Sie war *da* gewesen, hatte das Zepter in den eigenen Händen gehalten. *Sie* war in einen Adler und dann in eine Feder verwandelt worden und hatte so die langen Jahrzehnte überdauert. Im Dämmerschlaf. Als Feder. Miriya spürte, wie erneut ein Schauer über ihre Haut fuhr.

„Ja", meinte das Höhlentier und hörte sich an, als würde seine Stimme aus weiter Ferne kommen. Miriya riss sich zusammen.

„Die Königin damals hieß Aria", bestätigte das Fellknäuel. Miriya starrte es an. Eine Welle aus Adrenalin durchflutete ihren Körper. Sie war ihrem Ziel so nahe wie nie zuvor.

„Wo ist das Zepter?", flüsterte sie heiser, mit zitternder Stimme.

Das Höhlentier musterte sie mit einem prüfenden Blick. „Das Schicksal hat dich hierhergeführt, Miriya aus Ke-Inda. Es sieht etwas in dir."

Das pelzige Geschöpf pausierte, legte den Kopf schräg.

„Das Zepter ist nicht hier", meinte es dann sanft, beinahe entschuldigend. Miriyas Schultern sackten zusammen, ihr angespannter Körper wurde schlaff. Der Schmerz, der sanft pochend in ihrem gesamten Körper hallte und den sie während der Erzählung des Höhlentieres und ob der Aufregung vergessen hatte, meldete sich mit Nachdruck zurück.

„Das Zepter liegt in In-Hinaii", sagte da ein zweites, beiges Höhlentier, das sich unbemerkt zu ihnen gesellt hatte. Der Name In-Hinaii ließ bei Miriya eine Glocke klingeln. Hatte nicht Aria auch diesen Namen verwendet?

„Du meinst den Ausläufer?", fragte sie vorsichtig hoffnungsvoll. Das beige Höhlentier setzte sich auf die gleiche Weise hin, wie sein schwarzpelziger Artgenosse. Bedächtig musterte es die junge Frau aus bernsteinfarbenen Augen.

„In-Hinaii ist kein Ausläufer In-Nuyas. Das ist ein verbreiteter Irrglaube", meinte es sachlich, „In-Hinaii ist eine kleine Insel vor Kirk-Wanas Küste. Ursprünglich war In-Hinaii mit dem Festland verbunden und ist tatsächlich In-Nuya entsprungen. Aber im Lauf der Zeit ist die Verbindung durch den Ozean verschwunden und In-Hinaii ist eine Insel geworden."

Miriya nickte. Die Worte der Höhlentiere hatten ihr wieder Hoffnung geschenkt. Wie von Salina schon vorgeschlagen würde sie also In-Nuya weiter folgen bis zum Meer. Da würde sie die Insel und hoffentlich auch das Kristallzepter finden.

„Mehr Informationen haben wir nicht. Die Kontakte zur Außenwelt sind schon vor langem abgebrochen und niemand konnte uns berichten, was du auf In-Hinaii vorfinden wirst. Aber denke immer daran, dass niemand wollte, dass das Zepter auffindbar ist", meinte das beige Höhlentier. Miriya nickte abermals.

„Ihr habt mir sehr geholfen. Gedankt sei euch", sagte sie und verneigte sich leicht. Die Höhlentiere schienen das lustig zu finden, sagten aber nichts. Das schwarze Höhlentier stand auf, schnippte zum Abschied mit dem Schwanz und verschwand dann in der Nebenhöhle. Das beige Höhlentier hingegen wandte sich wieder Miriya zu. „Ich zeige dir einen sicheren Weg nach draußen."

Sie gingen zurück in die Haupthöhle und kamen von da aus in einen Gang, der ähnlich niedrig war wie derjenige, durch den sie hergekommen waren. Miriya ließ sich leise fluchend auf alle Viere nieder und kroch hinter dem Höhlentier her. Sein Schwänzchen war aufgerichtet wie eine Fahne, die ihr den Weg wies. Miriya kam nur langsam voran, alles tat ihr weh und die Luft war wieder stickig und dicht in dem engen Tunnel. Sie spürte, dass es abwärts ging und musste ihre Handballen bei jeder Vorwärtsbewegung in den Tunnelboden graben. Das Höhlentier lief schweigend voraus und wartete ab und zu, bis Miriya wieder aufgeschlossen hatte. Die junge Frau verlor jegliches Zeitgefühl. Es schien ihr als wären Tage vergangen, bis sie in der Ferne einen stecknadelgroßen Fleck Licht erblickte. Langsam wurde er größer und die Luft frischer. Schließlich saß Miriya keuchend und blinzelnd im Tageslicht. Das Höhlentier neben ihr wagte sich nicht aus dem schattigen Höhleneingang heraus, der gut getarnt kaum sichtbar hinter dichten Büschen verborgen lag.

„Alles Gute, Miriya aus Ke-Inda. Vertraue auf das Schicksal und deine Fähigkeiten und lasse dich von der Natur leiten. Du bist die Auserwählte, vergiss das nicht", meinte das Fellknäuel würdevoll, bevor er zum Abschied mit dem Schwanz schnippte und im Tunnel verschwand. Miriya winkte ein „Auf Wiedersehen" und als sie sich nach einer Weile ans Sonnenlicht gewöhnt hatte und sich noch einmal nach dem Tunnel umsehen wollte, konnte sie den Eingang auf mysteriöse Weise nicht mehr finden. Sie befand sich am Fuße In-Nuyas und konnte in der Ferne die Rauchsäulen sehen, die sich vom Dorf der Hin-Kia in die Luft kräuselten. Erleichterung durchflutete sie. Sie war weit entfernt von Schnee und Bergtrollen. Und sie wusste endlich, wo sie suchen musste. Schwankend stemmte sie sich auf die Füße, machte sich auf in Richtung Dorf. Je näher sie dem Dorf kam, desto schwerer wurde jedoch ihr Herz. Hatte Aria den Angriff der Bergtrolle überlebt? Was war mit Taren, mit Toa und Seera? Einen weiteren Verlust könnte sie nicht ertragen. Als sie vor sich plötzlich die riesenhafte Silhouette eines Schattenwolfes sah und Toa sie einen Herzschlag später mit wedelndem Schwanz und seiner schlabbrigen Zunge begrüßte, wollte sie vor Erleichterung weinen.

„Toa!", stammelte sie und grub ihre Hände in das Kragenfell des Tieres, „Wie gut, dass du überlebt hast!"

Der Wolf sah sie an, als wäre er ein klein wenig beleidigt, dass Miriya ihm dies nicht hundertprozentig zugetraut hatte. Sie kraulte ihn lächelnd hinter den Ohren. Dann hob er die Schnauze in den Himmel und stieß ein lautes, kraftvolles Heulen aus, das bis zu den Felswänden In-Nuyas drang und von den Flanken der Gebirgsfront zurückgeworfen wurde. Die Antwort erklang wenige Wimpernschläge später aus der Richtung, in der das Dorf lag. Dennoch dunkelte es bereits ein, als Miriya in Toas Begleitung endlich in der Siedlung ankam. Der Schattenwolf war geduldig an ihrer Seite gelaufen und hatte es zugelassen, dass sie sich zeitweise auf ihn stützte. Jetzt ließ er die junge Frau, die völlig erschlagen war, stehen und trabte zwischen den Hütten hindurch. Seera kam ihnen entgegen und hinter ihr rannte Taren wild gestikulierend in ihre Richtung.

„Miriya", rief er und seine Stimme überschlug sich vor Glück. Er schloss die junge Frau in seine Arme, fest und heftig, und drückte sie erleichtert. Sie konnte kaum die Augen offenhalten.

„Miriya, wir dachten schon das Schlimmste", meinte er erstickt, das Gesicht in ihren Haaren vergraben, „nicht einmal Seera konnte den Hauch einer Spur erschnüffeln und sie hat eine der empfindlichsten Nasen des ganzen Rudels."

Er löste seine Umarmung und betrachtete sie, die Hände warm und fest auf ihren Schultern. Sie war unfähig, irgendwas zu sagen. Ihr Gehirn, vollkommen übermüdet und erschöpft, weigerte sich, zu arbeiten.

„Ihr Götter, du siehst vielleicht miserabel aus", sagte er betroffen und entlockte ihr mit seiner direkten Aussage ein müdes Lächeln. Sie versuchte es mit Galgenhumor.

„Ich fühle mich blendend", stammelte sie und ihre Zunge schien ungelenk über die Worte zu stolpern. Taren konnte sie gerade noch auffangen, als die Müdigkeit ihren Tribut forderte und Miriya an Ort und Stelle ins Land der Träume glitt.

Als Miriya aufwachte, befand sie sich wieder in ihrer Gästehütte. Jemand hatte sie gewaschen, ihre Abschürfungen und blauen Flecken versorgt und sie in frische Kleider gesteckt. Neben ihr, lang ausgestreckt auf der Decke, in die sie bis zum Kinn eingewickelt war, lag Taren und schien zu dösen. Als er ihre Bewegung spürte, öffnete er die Augen.

„Miriya", sagte er leise, „du weißt gar nicht, wie froh ich bin, dass dir nichts passiert ist." Seine Augen schimmerten verdächtig, seine Stimme versagte. Sie fand seine Hand und drückte sie tröstend. Beide schwiegen sie, bis er sich wieder in der Gewalt hatte.

„Was ist mit Aria?", fragte Miriya dann vorsichtig. Der junge Mann stieß seufzend Luft aus. Er richtete sich auf und blickte Miriya unsicher auf der Bettkante sitzend an.

„Wir haben alles getan, was wir konnten, Hin-Taya", meinte er dann und ihr Herz wurde schwer wie Blei. „Sie schläft, seit du von den Bergtrollen entführt wurdest. Das ist jetzt bestimmt drei oder vier Tage her und nichts und niemand kann sie aufwecken. Unsere Heiler wissen nicht weiter."

Sie richtete sich neben ihm im Bett auf und umarmte hilflos ihre Knie.

„Glaubst du, sie wird sterben?", murmelte sie dann und als sie Taren in die Augen sah, funkelten Tränen in den rehbraunen Tiefen. Er seufzte erneut.

„Noch ist nichts verloren. Sie atmet selbstständig. Entweder wird sie einfach sanft entschlafen oder sie braucht diesen Schlaf zur Regeneration und wacht auf, sobald sich ihr Körper erholt hat", meinte er tröstend und legte ihr beruhigend eine Hand auf den Unterarm.

„Ich weiß jetzt, wo das Kristallzepter ist", meinte sie nach einer Weile des Schweigens.

„Dann musst du wohl weiterziehen, Hin-Taya", entgegnete er leise, beiläufiger als er sich fühlte. Der Gedanke, dass sie allein weiterreisen musste, tat ihm im Herzen weh. Dennoch konnte er sie nicht begleiten und er wusste, ohne zu fragen, dass sie niemandes Hilfe verlangen würde.

„Bitte kümmere dich gut um Aria", sagte sie und die Worte kamen ihr besorgniserregend vertraut vor. Vermutlich war es besser, wenn sie allein weiterreisen würde. Sie wollte keine weiteren Freunde verlieren. Dies war ihre Aufgabe und sie würde sich nun mit aller Kraft darauf konzentrieren, diese zu beenden.

Taren drückte ihr einen freundschaftlichen Kuss auf die Stirn: „Das werde ich natürlich tun, Hin-Taya. Pass du nur auf dich auf und komm heil zurück." Und mit einem Anflug des ihm eigenen, unkomplizierten Humors fügte er verschmitzt grinsend hinzu, „schließlich brauchst du noch ganz viel Übung im Bogenschießen, meine Liebe!"

Raika unterdrückte mit aller Kraft eine Reaktion, aber ihr Herz wollte beinah aus der Brust springen vor Aufregung. Sie glättete ihr fliederfarbenes Brokatkleid mit gezwungener Ruhe, bevor sie sprach.

„Und wie lange ist es her, dass Miriya bei euch war?", fragte sie die Vogelfrau, die aufrecht vor ihr stand und sie aus ihren stechenden, eisblauen Augen aufmerksam musterte. Ki-Ara, ähnlich wie Salina, hatte Raika nie wie die Königin von Kirk-Wana behandelt. Wohl brachte sie ihr Respekt und Achtung entgegen, aber die Vogelfrau sah sie vor allem als Freundin. Jetzt verschränkte sie sanft lächelnd die Arme und neigte den Kopf ergeben.

„Das muss jetzt beinah einen Mond her sein, Raika", meinte sie geduldig, „und Miriya und Keyan waren wohlauf. Leider ist Salina Tirpoltieren zum Opfer gefallen."

Die Vogelfrau hatte Salina von der grünen Bibliothek nicht gekannt, aber Raika hatte ihr mehr als einmal von der jungen, intelligenten Katzenfrau erzählt, die ihre Stunden in den Untiefen der Archive in der grünen Bibliothek so kurzweilig gemacht hatte. Ihr Verlust schmerzte sie, das konnte Ki-Ara in den veilchenblauen Augen sehen.

„Ich habe ihr Aria mitgegeben", meinte Ki-Ara dann. Raikas Augen wurden groß.

„Du hieltest es für angemessen", meinte sie dann, nachdem sie eine Weile überlegt hatte und Ki-Ara hörte die nicht gestellte Frage ohne Schwierigkeiten. Arias Feder war ein wertvolles Besitztum, das den Vogelmenschen viel bedeutete. Sie jemandem mitzugeben, der nicht einmal von den Feenvölker stammte, war ein großer Schritt.

„Durchaus", meinte sie ohne Umschweife, „ich bilde mir ein, eine gute Menschenkenntnis zu haben. Und ich bin mir sicher,

Miriya wird sich der Feder würdig erweisen. Sie ist in der Tat eine außergewöhnliche Person, Raika. Mit ihrer Hilfe kann Aria vielleicht wieder lebendig werden!"

„Vielen Dank, dass du dich so gut um die beiden gekümmert hast, Ki-Ara", meinte Raika. Sie stand auf und umarmte ihre langjährige Freundin, die sie aufgrund ihrer beider Verpflichtungen nur selten zu Gesicht bekam. Die Vogelfrau erwiderte die Umarmung herzlich. Beide Frauen zuckten zusammen, als etwas mit bestimmten Schlägen gegen die Buntglasscheibe des naheliegenden Fensters klopfte.

„Was ist das?", fragte Ki-Ara erstaunt und blickte sich um. Raika eilte wortlos zum Fenster und ließ ein vogelartiges Wesen von der Größe eines Kolkraben herein. Das Geschöpf, dessen Körper von federnartigem, grün-blau schillerndem Fell bedeckt war, faltete die fledermausähnlichen Schwingen in Dreiecke, an deren Enden kleine, krallenbewehrte Pfoten saßen. Auf diese Pfoten gestützt, bewegte sich das Tier geschickt vorwärts und betrat den Raum. Goldene Augen blieben an der Königin haften. Ein sanftes Grummeln entwich der Kehle des merkwürdigen Geschöpfes, das weder Raika noch Ki-Ara je gesehen hatten.

„Es trägt etwas bei sich", sagte Ki-Ara, die die kleine Ledertasche, die dem Wesen auf den Rücken geschnallt war, gesehen hatte. Das Geschöpf gurrte zustimmend und drehte sich, sodass Raika besseren Zugang zu dem Beutel hatte. Sie zog eine Glaskugel daraus hervor, die groß genug war, dass sie mühelos mit einer Hand umfasst werden konnte. Beide Frauen besahen sich die seltsame Glaskugel, die aussah, als wäre sie aus festem Wasser geformt worden. Sie bemerkten kaum, dass das Wesen zufrieden mit dem langen, mit blau-grün schillernden Federn besetzten Schwanz zuckte und sich dann an den Früchten gütlich tat, die in einer Schale auf einem kleinen Beistelltischchen neben dem Fenster standen.

„Hast du so etwas schon einmal gesehen?", fragte Raika unsicher, gerade als die Kugel von innen heraus zu glühen anfing. Es war ein warmes, glitzerndes Licht, nicht beständig und in wellenförmiger Bewegung, wie eine leuchtende Luftblase gefangen in Wasser.

„Seid gegrüßt, Eure Hoheit Königin Raika", sprach eine sanft plätschernde Stimme aus den Tiefen der Luftblase. Raika und Ki-Ara sogen überrascht die Luft ein und um ein Haar hätte Raika die Kugel fallen gelassen.

„Mein Name ist Xylen von In-Mar. Ich gehöre dem letzten Stamm der Feenvölker aus dem Wasser an und spreche zu Euch mit Neuigkeiten." Raika und Ki-Ara beugten sich nun so weit über die Glaskugel, dass ihre Köpfe sich berührten.

„Euer Kommandant, Keyan aus Kirk-Wana, ist durch ein See-ungeheuer, den Kraken, verletzt worden und unfähig, aus eigener Kraft zu Euch zurückzukehren." Raika stöhnte erschrocken auf, Ki-Ara verzog schmerzerfüllt das Gesicht.

„Seit einigen Tagen ist Keyan aus Kirk-Wana allerdings transportfähig. Wir bitten Euch daher, jemanden zu schicken, der ihn sicher in die Hauptstadt zurückbringen kann. Er muss liegen und darf sich nicht zu stark bewegen. Bitte berücksichtigt dies bei der Wahl eurer Transportmittel. Folgt Mayla, sie kann euch ohne Umwege herführen. Es wird uns eine Ehre sein, Eure Gesandten zu empfangen."

Die Kugel glühte noch einmal kurz auf, dann erstarb das Licht und das Glas zerfloss zu Wasser und bildete eine kleine Pfütze zu Füßen der Königin und der Vogelfrau, die wie vom Donner gerührt dastanden. Dann drehten sich beide gleichzeitig zu dem Geschöpf um, das Mayla sein musste und starrten es wortlos an. Mayla hob den Schnabel, der mit winzigen Fangzähnen besetzt war, aus einer matschigen Orange, gurrte leise und zufrieden und blies dann schnaubend Fruchtfleisch aus den Nasenöffnungen.

Kapitel IX

~

Von Teleportern und Sümpfen

Miriya wartete noch zwei volle Tage darauf, dass Aria aus ihrem Schlummer erwachte, aber der Zustand der Adlerdame veränderte sich nicht. Er wurde aber auch nicht schlechter, wie Taren und die Heiler betonten, als Miriya mit den Tränen kämpfte. Seera hatte es sich zur Gewohnheit gemacht, neben dem Adler zu liegen, dicht an das perlweiße Gefieder geschmiegt und Taren wertete das als ein gutes Zeichen.

„Läge sie im Sterben, würde Seera nicht bei ihr bleiben. Schattenwölfe lassen ihre Artgenossen für gewöhnlich alleine, wenn deren Zeit gekommen ist", meinte er tröstend.

„Das klingt ein wenig herzlos", wandte Miriya ein und warf Toa, der neben Taren stand, einen schrägen Seitenblick zu.

„Nicht herzlos, Hin-Taya", sagte der Hin-Kia sachlich, „aber schwache Tiere halten das Rudel auf. Es ist nur natürlich für sie, sterbende Artgenossen zurückzulassen. Zudem sondern sich Tiere automatisch von selbst vom Rudel ab, wenn sie spüren, dass es an der Zeit für sie ist, zu gehen." Toa öffnete sein Maul einen spaltbreit und hechelte. Es sah aus, als würde er Miriya zustimmend anlächeln. Sie knuffte ihn sanft in die Seite und der riesige Wolf schob seine feuchte Nase in ihr Ohr. Sie schauderte und unterdrückte ein kindliches Quieken. Dann stieß sie seufzend Luft aus.

„Morgen werde ich weiterziehen", sagte sie dann bestimmt. Taren konnte hören, dass sie unterbewusst wohl nicht ganz so entschlossen war, wie sie klang. Dennoch, jetzt da sie wusste, wo das Zepter verborgen lag, gab es für Miriya nur noch eine Option: So schnell wie möglich zur Insel In-Hinaii zu kommen, um das Zepter zu bergen und zu Raika zu bringen. *Wie lange sie jetzt schon unterwegs sein mochte*, dachte Miriya. Sie hatte aufgehört, Tage zu zählen und den Überblick verloren, wie viele Monde schon vergangen waren. Was es umso dringlicher machte, das Kristallzepter so schnell wie möglich zu finden, schließlich wollte sie die Königin nicht ewig warten lassen.

„Es wird ein wenig einsam und traurig sein, nicht mehr jeden Morgen dein hübsches Gesicht zu sehen", meinte Taren, halb im Ernst, halb als Scherz und sie warf ihm ein schiefes Grinsen zu. Er hatte sie in den letzten zwei Tagen beim üblichen Training besonders gefordert und ihr einige Tricks und Kniffe beigebracht, die ihr im Notfall das Leben retten könnten. Sie betrachtete ihn nachdenklich, während er gedankenverloren mit Toa raufte. Das große Tier entblößte spielerisch knurrend die Lefzen, wedelte dabei aber mit dem Schwanz. Einige halbstarke Rudelmitglieder sahen interessiert zu. Taren war fast vollständig unter dem mächtigen Wolf begraben. Er war in der Zeit, die sie bei den Hin-Kia verbracht hatte, wie ein Bruder für sie geworden und sie konnte durchaus nachvollziehen, was er mit seiner Aussage gemeint hatte. Auch sie würde sich traurig und einsam fühlen. Aber alles in allem war es vermutlich tatsächlich das Beste, wenn sie allein unterwegs sein würde.

Taren hatte es geschafft, Toa von sich zu schieben und die beiden Freunde saßen nun keuchend nebeneinander und sahen sich auf so drollige Weise ähnlich, dass Miriya einfach lachen musste.

„Lass uns einen gemütlichen Abend verbringen", sagte der Hin-Kia grinsend, als er sich aufgerappelt hatte. Toa stieß ein kurzes, heiseres Bellen aus. Miriya nickte bejahend.

Sie brach am nächsten Morgen noch vor Sonnenaufgang auf. Nebelschwaden zogen über das Grasmeer hinweg und es war angenehm kühl. Miriya hatte sich wieder in ihr eigenes Kleid gehüllt, den Pelzüberwurf, den die Mädchen im Badehaus ihr geschenkt hatten, aber anbehalten. Sie hatte die frühen Morgenstunden vor ihrer Abreise am Lager der Adlerdame verbracht, sich an Arias weiches Gefieder geschmiegt und auf deren langsamen, beruhigend gleichmäßigen Atemzüge und Herzschläge gelauscht. Dann hatte sie sich flüsternd verabschiedet und Seera, die wie üblich neben dem Adler lag, ein letztes Mal hinter den Ohren gekrault. Taren und Toa waren die Einzigen, die so früh schon wach waren und sie ein Stück weit begleiteten. Schweigend liefen sie alle nebeneinander, Taren hatte einen Arm um Miriya gelegt.

„Ich kann Keyan einen Besuch abstatten und ihm sagen, dass es dir gut geht. Und wohin du gehst", bot er schließlich an. Seit er vom Schicksal des jungen Mannes, den er trotz ihres recht kurzen Aufeinandertreffens sehr respektierte, gehört hatte, musste er immer mal wieder an ihn denken. *Hätten wir mehr Zeit miteinander gehabt, wären wir vermutlich Freunde geworden*, dachte er manchmal. Er war neugierig, ob er in der Zukunft über Miriya auch mehr Kontakt zu dem Kommandanten der Palastwache haben würde.

„Gäbe es denn eine Möglichkeit?", fragte Miriya vorsichtig. Der See schien ziemlich weit vom Tal der Hin-Kia entfernt zu sein und Taren hatte seine Aufgaben und Verpflichtungen. Er grinste sie an. „Wo ein Wille ist, ist bestimmt auch ein Weg, Hin-Taya."

Sie musste ebenfalls grinsen, als er dies so nonchalant sagte.

„Vermutlich wäre es gar nicht schlecht, wenn Keyan und Raika wüssten, wo ich bin und wo ich hingehe. Und vor allem, dass ich weiß, wo das Zepter ist", meinte sie schließlich. Taren nickte. „Ich werde schauen, was sich machen lässt. Versprochen."

Sie drückte dankbar seine Hand. Vor ihnen breitete sich die Grasebene aus, gesäumt von In-Nuyas felsigen Flanken auf einer Seite. Hügel und Baumgruppen zogen sich durch die Ebene und langsam ging die Sonne auf.

„Es wird wohl Zeit, dass wir umkehren, Hin-Taya", meinte Taren sanft. Sie standen sich kurz wortlos gegenüber, dann fielen sie einander in die Arme und drückten sich fest.

„Pass auf dich auf, Miriya", flüsterte er an ihrem Ohr.

„Vielen Dank für alles", antwortete Miriya und versuchte, den Kloß in ihrem Hals zu ignorieren. Sie trennten sich widerstrebend und Miriya wandte sich zum Gehen, nachdem sie Toa zum Abschied einen Kuss auf die feuchte Schnauze gedrückt hatte.

„Pass gut auf dich auf, Miriya", wiederholte Taren, „komm heil zu uns allen zurück!"

Sie hob die Hand, warf ihm einen Kuss zu. „Ihr auch, passt auf euch auf. Und tragt Aria Sorge."

Dann wandte sie sich um und ging davon, schnellen Schrittes und ohne sich nochmals umzusehen, damit Taren und Toa ihre Tränen nicht sahen. Der Schattenwolf stieß zum Abschied ein Heulen aus, langgezogen und laut, das ihr erst recht die Tränen in die Augen trieb. Als sie sich schließlich doch ein letztes Mal umsah, erhaschte sie noch einen Blick auf den hochgewachsenen, in Felle gekleideten jungen Mann und den stolzen, mächtigen Schattenwolf, bevor sie hinter einem Hügel verschwanden. *Die Götter sollen mit euch sein*, dachte Miriya und wischte sich entschlossen die Tränen aus dem Gesicht, *wir werden uns bestimmt wiedersehen!*

Miriya lief und lief und lief. Das Grasmeer schien sich unendlich dahinzuziehen und zu Fuß fühlte sie sich schrecklich langsam. Vorbei waren die Zeiten, in denen sie vom Rücken Sternensilbers aus die Landschaft im steten Trott hatte vorbeiziehen sehen oder in denen sie auf Arias Rücken elegant durch die Lüfte gesegelt war. Sie orientierte sich an In-Nuya, hielt sich stets parallel zu dem riesigen Felsmassiv und versuchte, jeden Tag so lange wie möglich zu laufen. Bei Sonnenaufgang brach sie jeweils auf, ging die Sonne unter, suchte sie sich einen sicheren Schlafplatz. Sie war längst nicht mehr so ungeschickt und naiv unterwegs, immer wachsam und auf der Hut und nicht mehr gewillt, sich durch neugieriges, unachtsames Verhalten unnötig in Gefahr zu begeben. Auch hatte sie sich mittlerweile so gut wie nie zuvor an das Leben in der freien Natur ohne befestigte Häuser oder gewährleistete Nahrungsmittelversorgung gewöhnt und sich daran angepasst. Dennoch vermisste sie Gesellschaft. Manchmal bildete sie sich ein, Sternensilbers Schnauben zu vernehmen oder sie glaubte, das Rauschen von Arias Schwingen zu hören. Sie vermisste die langen, teils ernsten, teils scherzenden Austausche mit Keyan oder die alten, längst vergessenen Geschichten und Sagen, die Aria ihr jeweils erzählt hatte. Und dann stand sie eines Nachmittags plötzlich und vollkommen unvermittelt am Ende des Grasmeeres. Vor ihr liefen die smaragdgrünen Hügelebenen wie abgeschnitten in eine spröde, verdorrte Landschaft über. Sand überzog die kargen Böden wie ein krümeliger Teppich und was Miriya zunächst für riesige, seltsam anmutende Felsauswüchse gehalten hatte, entpuppte sich beim näheren Hinsehen aus zusammengekniffenen Augen als Sandbeutler. Die riesigen Kolosse schienen ihre Wanderung beendet zu haben. Gemütlich und träge standen sie in kleinen Gruppen zusammen und taten sich am üppigen Gras der Savannen gütlich. *Kein Wunder hört das Grasmeer so plötzlich auf*, dachte Miriya fasziniert, als sie einem der Giganten, dem sie sich vorsichtig genähert hatte, dabei zuschaute, wie er mit der rüsselförmigen Schnauze armdicke Grasbüschel ausrupfte und sie bedächtig in den Mund schob.

„Ganz schön faszinierend, oder?", fragte eine Stimme betont beiläufig. Die junge Frau machte einen Satz und fuhr herum. Trotz ihrer geschärften Sinne und Wachsamkeit hatte sie niemanden kommen hören.

„Natürlich hast du niemanden kommen hören. Ich bin ein Teleporter", meinte grinsend der Junge, der hinter ihr stand. Er hatte strubbeliges, schwarzes Haar und intensiv leuchtende, hellgrüne Augen.

Du kannst Gedanken lesen, dachte Miriya ungläubig, überrascht und empört zugleich.

„Aber nur die Gedanken am nächsten an der Oberfläche", meinte der Junge, dessen Augen lustig funkelten. Er hatte den dünnen, schlaksigen Körper eines Heranwachsenden mitten im Wachstumsschub und seine Stimme brach ab und an mit dem Quieken, das den Stimmbruch begleitete. Er mochte nicht viel jünger als Miriya sein, vielleicht drei oder vier Sommer. Nebst seinen auffällig intensiven Augen waren es seine Ohren, die auffielen. Sie waren groß, delikat geformt und liefen spitz zu. Unübersehbar ragten sie aus dem ungezähmten Haarschopf des Jungen und als er ihren verwunderten Blick bemerkte, wackelte er grinsend damit. Sie musste wider Willen lächeln. Er schien nett zu sein und keine Gefahr darzustellen.

„Ja genau", meinte er verschmitzt, „ich bin total harmlos." Wie um dies zu demonstrieren breitete er die Arme aus und drehte sich langsam einmal um die eigene Achse. Er war in ein sackähnliches Gewand gekleidet, das um die Hüfte mit einem schmalen Gürtel zusammengehalten wurde, von dem allerlei Kurioses hing. Neben ihnen schnaubte einer der Sandbeutler und wandte sich um. Eine Wolke aus Sand und Staub wurde aufgewirbelt, als das gigantische Tier sich umdrehte. Miriya bemerkte, dass die riesigen Pflanzenfresser, die schon zuvor in kleinen Gruppen beieinandergestanden hatten, jetzt noch näher zusammengerückt waren.

„Sie haben ihre Jungen in die Mitte genommen", meinte der Junge, ein milder Anflug von Neugier und Sorge zugleich auf dem Gesicht.

„Droht Gefahr?", fragte Miriya recht einfältig. Er lachte laut. „Vielleicht bin ich ja doch gefährlicher, als ich aussehe!"

Sie hob eine Augenbraue herausfordernd und blickte ihm direkt in die Augen.

„Oder", meinte er grinsend, „es ist einfach das Gewitter, das da aufkommt."

Sie wandte sich um und sah, dass er Recht hatte: Während sie damit beschäftigt gewesen war, den Sandbeutlern beim Grasen zuzusehen, hatten sich riesige Gewitterwolken aufgetürmt, wo sie zuvor nur einige Regenwolken gesehen hatte. Pechschwarz und schiefergrau standen sie am Himmel und bauschten sich bedrohlich auf. Ein scharfer Wind kam auf und zog und zerrte empfindlich kühl an ihren Kleidern und Haaren. Das Wetter hatte sich unerwartet schnell massiv verschlechtert.

„Puh", seufzte der Junge, „ich weiß ja nicht, wie es dir geht, aber ich möchte nicht mehr hier sein, wenn das Gewitter losgeht. Gewitter hier können ziemlich kräftig werden."

Sie sah sich nach einem Unterstand um, aber es gab weit und breit keine Möglichkeit, sich irgendwo unterzustellen. *Vielleicht kann ich mich unbemerkt zur nächsten Gruppe Sandbeutler dazustellen,* dachte sie skeptisch und wollte schon loslaufen, als der Junge ihr eine Hand auf den Oberarm legte.

„Oder du kannst mit mir mitkommen", sagte er dieses Mal mit einem ernsten Gesichtsausdruck.

„Wie meinst du das? Es gibt weit und breit keinen Unterschlupf und ich nehme nicht an, dass du einen herbeizaubern kannst", fragte sie.

Er lachte wieder laut auf, als hätte sie etwas unglaublich Komisches gesagt. Dann blickte er sie an, ein amüsiertes Funkeln in den hellgrünen Augen. „Ich kann keinen Unterschlupf herbeizaubern, aber ich kann uns ‚wegzaubern‘, wenn du so willst." Es bedurfte keines Gedankenlesens, um zu erkennen, dass sie keine Ahnung hatte, wovon er sprach. Die ersten Regentropfen klatschten schwer auf ihre Köpfe.

„Ich bin ein *Teleporter*", sagte er, wobei er das Wort bedeutungsvoll betonte, „das heißt, ich kann meinen Standort nach Belieben ändern. Ich zeig's dir."

Und mit einem peitschenden Knall verschwand er von einem Herzschlag auf den anderen, nur um gleich darauf mit einem weiteren peitschenden Knall auf ihrer anderen Seite wieder aufzutauchen, über beide Ohren grinsend ob ihrem fassungslosen Gesichtsausdruck. Sie öffnete den Mund, um etwas zu sagen, doch in dem Moment zuckte mit einem Krachen ein erster, verästelter Blitz über das sturmgraue Firmament. Beide fuhren sie zusammen.

„Stell mir die Fragen später", machte er hastig und packte sie erstaunlich kräftig bei den Armen. Was auch immer er dann tat, es fühlte sich an als würde ihr gesamter Körper im Bruchteil eines Wimpernschlages in Abermillionen von kleinsten Teilchen explodieren, während ihre Umgebung dasselbe zu tun schien. Bevor sie auch nur den Hauch einer Chance hatte, zu reagieren, setzte sich ihr Körper scheinbar im Bruchteil eines weiteren Wimpernschlages mit einem Knall wieder zu einem Ganzen zusammen und um sie herum materialisierte sich eine felsige Landschaft mit unwirtlichen Hängen und im Windschatten von großen Felsbrocken angelegten Gärtchen, die wie zufällig zusammengewürfelt aussahen. Miriya sog keuchend Luft ein und ihre Beine gaben zitternd unter ihr nach. Sie fühlte sich schrecklich orientierungslos und für einen Moment drehte sich alles um sie. Der Junge ging neben ihr in die Hocke und musterte sie kurz besorgt.

„Alles in Ordnung? Es fühlt sich die ersten paar Male wohl komisch an, aber es ist reine Gewöhnungssache", meinte er, die Arme locker auf die Knie gestützt.

„Wo bin ich?", brachte sie atemlos hervor. Erst bei sehr genauem Hinsehen erkannte sie, dass zwischen die schroffen Felszacken und Gesteinsbrocken dicke Seile gespannt waren, an denen dichte Planen befestigt waren, die kleine, dreieckige Hütten formten, gedrungen und dicht gegen die Felsen geschmiegt. Sie waren aus braun-grauem Stoff und fügten sich nahtlos und beinah unsichtbar in die felsige Umgebung ein. Jetzt wurde Miriya auch bewusst, dass sie mitten in einer Siedlung kniete. Ein kleines haselnussbraunes Fellknäuel wuselte zwischen Geröll hervor und für einen Moment dachte Miriya, dass es ein Höhlentier war, bis das Hündchen die Zunge über ihre Hände sausen ließ und sie den freundlich wedelnden Stummelschwanz gewahrte.

„Du bist in In-a, meinem Dorf", erklärte der Junge, „und ich bin Darijo."

„Miriya, aus Ke-Inda. Ich wurde von Ihrer Hoheit Königin Raika auf eine Reise geschickt", antwortete die junge Frau, vollkommen automatisch und ohne viel zu überlegen. Für einen Moment dachte sie, sie würde über ihre eigene Zunge stolpern, so lange hatte sie mit niemandem mehr gesprochen.

„Freut mich", sagte Darijo höflich auf eine nonchalante, schalkhafte Art und Weise, die Miriya entfernt an Taren erinnerte. Ihr Herz zog sich kurz zusammen. „Du kannst hierbleiben, solange das Gewitter wütet. Und dann kann ich dich zurückbringen."

„Wo sind wir hier denn?", wollte Miriya wissen, nachdem sie sich vorsichtig erhoben und kurz umgeschaut hatte. Weit und breit sah man nur Gebirge, weiter oben glitzerten Schneefelder. Unter ihnen erstreckte sich ein atemberaubendes Panorama der smaragdgrünen Ebenen, die sie nur Tage zuvor vermutlich durchquert hatte.

„Wir sind mitten in In-Nuya. Ayara liegt auf der anderen Seite des Passes, den du da oben siehst", erklärte er augenscheinlich fachkundig.

„Ayara?!", echote sie ungläubig.

„Ja. Wir treiben Tauschhandel mit ihnen. Sejamwolle gegen Bergkräuter und Rohmetalle, die wir hier aus dem Berg holen", sagte er.

Sie fühlte sich schwindelig, als ihr bewusst wurde, welche Distanz sie in nicht einmal einem Wimpernschlag durchquert hatten. Nicht nur waren sie den ganzen weiten Weg zurück zum Dorf der Vogelmenschen gesprungen, sie waren auch auf die andere Seite In-Nuyas gelangt. Dann kam ihr ein Gedankenblitz, wie ein Rettungsanker tauchte er zwischen ihren verwirrt dahintreibenden Gedankenfetzen auf und sie stürzte sich dankbar auf ihn.

„Kannst du mich auch nach In-Hinaii bringen?", fragte sie und fühlte, wie ihr Herz vor Aufregung schneller zu schlagen begann. Darijo, der sich wohl aus Höflichkeit darauf verlegt hatte, ihr die Chance zu geben, ihre Gedanken auszuformulieren, anstatt sie einfach selbst zu lesen, legte den Kopf schief. In diesem Moment kam eine Frau aus einem der zeltartigen Hütten und das Hündchen, das fröhlich schnaufend um ihre Füße gewuselt war, hüpfte ihr entgegen. Sie war kräftig gebaut, mit ausladenden Hüften und einem großen Busen und ihr strubbeliges, schwarzes Haar und das von feinen Linien gezeichnete Gesicht mit den hellgrünen, leuchtenden Augen ließen keinen Zweifel daran, dass sie Darijos Mutter war.

„Darijo, wo warst du denn so lange? Dein Vater hat nach dir gesucht! Er hat gesagt, er braucht dich heute Nachmittag in den Minen", meinte sie und hob das vor Freude vibrierende Hündchen in ihre Arme. Sie sah Miriya und hob fragend die kräftigen Augenbrauen. „Wer ist das denn?"

„Miriya aus Ke-Inda. Ich habe sie vor einem Gewitter gerettet", erklärte Darijo. Er grinste, als seine Mutter Miriya freundlich zunickte.

„Du sollst helfen, die Erze nach Ayara zu bringen. Vielleicht ist Sia-Ara auch da", sagte sie dann und zwinkerte ihm verschwörerisch zu, das gleiche Grinsen im Gesicht wie ihr Sohn, der jetzt leicht errötete.

„Kennst du In-Hinaii, Mutter?", fragte er und umging damit geschickt die Frage, die Miriya auf der Zunge brannte. Die Frau legte den Kopf auf die gleiche Weise schief, wie es Darijo kurz zuvor ebenfalls getan hatte und schien einen Moment im Gedächtnis nach Erinnerungen an den Namen zu kramen. „Nein, kenne ich nicht. Muss wohl ein Ausläufer von In-Nuya sein?"

„Kein Ausläufer", warf Miriya ein, „eine Insel in der Nähe von Kirk-Wanas Küste."

„Es tut mir leid, Miriya aus Ke-Inda, aber wir können nur an Orte teleportieren, an denen wir schon mal waren", sagte Darijo zerknirscht.

Wäre ja auch zu einfach gewesen, dachte Miriya ironisch.

„Keyan", machte Xylen aufgeregt. Sie war wie ein Wirbelwind aus den Tiefen des Wassers aufgetaucht und die Geschwindigkeit, mit der sie durch die Oberfläche gestoßen war, ließ Wasser rauschend über den Höhlenboden schwappen und bespritzte klatschend den jungen Mann, der aus einem unruhigen Schlaf aufgeschreckt war und sich nun fluchend die schmerzende rechte Seite hielt.

„Entschuldige", meinte Xylen zerknirscht. Obwohl es Keyan schon bedeutend besser ging, bereiteten ihm vor allem die gebrochenen Rippen und das gebrochene Bein weiterhin große Schmerzen. Doch ihres Vaters Tinkturen waren dafür gedacht, schnell und zuverlässig zu heilen und Xanos war sehr zufrieden mit Keyans Fortschritten. Dem jungen Mann selbst konnte es nicht schnell genug gehen.

„Was ist wohl so wichtig, dass du gleich die Höhle flutest?", wollte Keyan etwas ungehalten und mit zusammengebissenen Zähnen wissen. Er war unwillkürlich zusammengezuckt, als Xylen so unvermittelt und stürmisch aufgetaucht war, was eine Welle aus Schmerz durch seinen geschundenen Körper gejagt hatte.

„Wir haben Ihre Hoheit Königin Raika kontaktiert, um ihr von dir zu berichten und sie hat eine Antwort gesandt", sprudelte es aus der Wasserfrau hervor. Sie hüpfte aufgeregt im Wasser auf und ab und sandte kleine, ringförmige Wellen gegen das Ufergestein, gefährlich nahe an Keyans Lager heran. Dieser war jetzt vollends wach und eine Welle aus Aufregung löste die Schmerzen in seinem Körper ab. „Wie? Was hat sie gesagt?"

„Sie schickt Ki-Ara aus Ayara, um dich nach Kirk-Wana zu bringen. Ist das nicht toll? Du kannst endlich nach Hause gehen!", sagte Xylen und nahm die Hand des jungen Mannes. Kurz sah sie einen Anflug von Enttäuschung in seinen aufgeregt flackernden

Augen und sie realisierte, dass er gehofft hatte, Miriya würde ihn abholen kommen.

„Miriya geht es bestimmt gut", meinte sie, „und in Kirk-Wana wirst du auf jeden Fall mehr von ihr erfahren als hier."

Er nickte. Sein Gehirn schien nur langsam das Ausmaß dieser Nachricht zu erfassen. Er konnte nach Hause! Sie würden ihn nach Kirk-Wana zurückbringen und er würde endlich mehr über Miriyas Schicksal erfahren. Es bedeutete aber auch, dass er die Wassermenschen würde verlassen müssen und obwohl er sich hier schrecklich unnütz und gefangen vorkam, so waren ihm Xanos, Xylen und Marlin doch ans Herz gewachsen. Sie schien seinen Gedankengängen folgen zu können und er nahm sich vor, in Kirk-Wana wieder vermehrt sein professionelles, unlesbares Selbst zu sein.

„Wir bleiben natürlich Freunde, Keyan aus Kirk-Wana", meinte Xylen zuversichtlich. Sie schenkte ihm das Grinsen voller spitzer Haifischzähne, an das er sich erst hatte gewöhnen müssen und fügte hinzu, „wir erwarten natürlich auch ab und zu deinen Besuch. Mit Miriya!"

Darijos Mutter lud Miriya in ihre Zelthütte ein und bot ihr mit mütterlicher Freundlichkeit Tee und runde, brotartige Kekse an, die süß und gleichzeitig würzig schmeckten. Ehe Miriya sich versah, saß sie mit untergeschlagenen Beinen auf den weichen Kissen, die den Boden der Hütte bedeckten, hatte das schwanzwedelnde Hündchen im Schoß liegen und ein halbes Dutzend der Kekse gegessen. Darijo lümmelte sich neben ihr auf die Kissen, streckte sich seufzend lang aus und steckte sich die Kekse zur Gänze in den Mund, worauf er mit ausgebeulten Wangen angestrengt kaute und versuchte, keine Krümel versehentlich wiederauszuspucken.

„Iss nicht so unappetitlich", wies ihn seine Mutter kopfschüttelnd zurecht, „von wem hast du das bloß?"

„Du musst also nach In-Hinaii?", fragte sie dann Miriya im netten Plauderton. Darijo rappelte sich auf und hörte interessiert zu.

„Ja. Ich wurde von Königin Raika auf eine Mission geschickt und was ich suche, befindet sich auf In-Hinaii", meinte Miriya, die vorsichtig darauf bedacht war, nicht zu viele Informationen preiszugeben. Das Unterfangen war laut Raika nie ein Geheimnis gewesen, dennoch wollte sie achtsam sein, wem sie was anvertraute.

„In-Hinaii", meinte Darijos Mutter gedankenverloren, „wie seltsam, dass die Insel so unbekannt ist."

Es gab rund um den Kontinent Kirk-Wana eine Vielzahl von Inseln, manche größer, manche kleiner, manche besiedelt und manche gänzlich unbewohnt. Miriyas Eltern hatten ihr immer fantastische Geschichten von anderen, geheimnisvollen Kontinenten erzählt, die gemeinsam mit Kirk-Wana in diesem riesigen, alles umgebenden Ozean existierten und Miriya hatte ihnen immer gespannt und neugierig gelauscht. Aria hatte ihr einmal erklärt, dass man durchaus von einigen anderen Kontinenten wusste, doch während man mit küstennahen Inseln und Inselgruppen regen Kontakt und florierende Handelsbeziehungen pflegte, waren die Interaktionen mit diesen viel weiter weg gelegenen Kontinenten wesentlich seltener. Der Seeweg war weit und gefährlich wegen der Seeungeheuer und nicht freundlich gesinnten Meeresbewohner, der Luftweg mühsam und beschwerlich, da es Gürtel aus Turbulenzen und auftriebslosem Raum zu geben schien. Laut der Adlerdame konnten große Flugtiere wie sie insbesondere in gewissen Regionen über dem Meer kaum fliegen, ohne große Mengen an Energie aufzuwenden, was enorm kräftezehrend war.

Miriya verstand, was Darijos Mutter sagen wollte: Die Tatsache, dass die nähergelegenen Inseln faktisch praktisch zu Kirk-Wana dazugehörten, obwohl die darauf hausenden Völker unabhängig waren und man daher viel über die Eilande wusste, warf tatsächlich die Frage auf, warum In-Hinaii nicht bekannt war. Für Miriya, die in ihrem kleinen, isolierten Einhornzüchterdorf nie viel von der Außenwelt mitbekommen hatte, war dies keine erstaunliche Tatsache, aber Darijos Volk schien viel herumzukommen, schon aufgrund ihrer so einzigartigen Fähigkeiten und auch viel Handel zu betreiben und mussten eindeutig mehr von Kirk-Wana wissen, als die meisten Menschen in Ke-Inda.

„Kirk-Wana wird wohl nie aufhören, uns zu erstaunen", meinte Darijos Mutter nach einer Weile des stillen Dasitzens und Kekse-

Essens halb vergnügt, halb bewundernd. Das Hündchen in Miriyas Schoß hob den Kopf, als sie alle feste Schritte hörten, die sich der Zelthütte näherten. Ein bulliger, kräftiger Mann steckte seinen Kopf durch die Zeltöffnung.

„Darijo", sagte er mit der Stimme eines Mannes, der es sich gewohnt war, Lärm mit gehobener Stimme übertönen zu müssen, „da bist du ja!" Miriya zuckte unwillentlich zusammen, obwohl sie den Mann eigentlich hatte kommen sehen.

„Junge, sei so gut und hilf uns kurz mit den Kisten", bat er seinen Sohn. Darijo machte einen Laut irgendwo zwischen einem für pubertierende Jugendliche so typischen, entnervten Schnauben und einem zustimmenden Brummen. Er stopfte sich unter den drohend funkelnden Augen seiner Mutter einen weiteren Keks zur Gänze in den Mund und folgte dann seinem Vater.

„Diese Kinder", meinte die Mutter mit amüsierter Stimme, aus der man einen gewissen empörten Unterton nicht überhören konnte. Sie ließ dem ein resigniertes Seufzen folgen. „Ich nehme an, du hast noch keine Kinder?"

Miriya starrte sie kurz an, eine Mischung aus Entgeisterung und Überraschung auf den hübschen Gesichtszügen.

„Nein", sagte sie dann, „keine Kinder und keinen Ehemann." Die Frage war durchaus berechtigt, schließlich gab es Bevölkerungsgruppen, in denen Miriya in ihrem Alter schon einige Sommer verheiratet und vermutlich schon mit Kind gewesen wäre. Dennoch erwischte sie Miriya auf dem falschen Fuß. Sie musste unwillkürlich an Keyan denken und vermisste ihn plötzlich ziemlich heftig.

„Ja, du bist nicht viel älter als mein Junge, würde ich sagen", meinte Darijos Mutter leichthin, „du hast noch viel Zeit."

„Er ist unsterblich verliebt in Sia-Ara aus Ayara", sagte sie dann, ihre Stimme ein verschwörerisches Flüstern. Sie zwinkerte lustig und ähnelte ihrem Sohn damit mehr, als sie sich vermutlich bewusst war. Miriya musste ob dem kumpelhaften Verhalten der Mutter schmunzeln.

„Sie ist ein hübsches Mädchen", meinte sie dann zustimmend.

„Oh, du kennst sie also?", fragte die Mutter erstaunt.

„Kennen ist vermutlich übertrieben", wandte Miriya ein, „aber ich habe sie kurz kennengelernt."

„Ach so", machte Darijos Mutter, „das letzte Mal, als ich sie gesehen habe, war sie ziemlich beschäftigt, weil ihre Mutter nach Kirk-Wana gegangen war."

„Ki-Ara?"

„Ja, genau. Sie ist eine gute Freundin der Königin und hat sie anscheinend vor kurzem wieder einmal besucht."

„Ach so", brachte Miriya nur heraus. *Das heißt,* dachte sie gleichzeitig mit einem Anflug von Anspannung, *dass Ki-Ara Raika höchstwahrscheinlich von unserer Begegnung erzählt hat!* Wie sie wohl auf die Neuigkeiten von Salinas Tod reagiert hatte?

Die Mutter wollte etwas hinzufügen, aber ein hüpfendes Hündchen und ein flinker Trott kündigten Darijos Rückkehr an und einige Wimpernschläge später saß der schlaksige Junge schon wieder beschäftigt kauend neben Miriya.

„Was für ein Nimmersatt du bist", seufzte die Mutter, „du wirst dir den Appetit fürs Abendessen verderben. Habt ihr die Kisten nach Ayara gebracht?"

„Ja, hat nicht lange gedauert. Ki-Ara ist zwar wieder da, aber sie bereitet sich auf eine Exkursion vor", berichtete Darijo.

„Oh, wo geht sie denn hin?", wollte Miriya interessiert wissen.

„Anscheinend hat Ihre Hoheit Königin Raika sie gebeten, ihren Kommandanten nach Kirk-Wana zurückzuholen. Er scheint schwer verletzt zu sein und kann nicht aus eigener Kraft zurückreisen."

„Oh, wie schrecklich. Hoffentlich geht alles gut", rief die Mutter aus.

Keyan! Miriya wurde es heiß und kalt zugleich und sie konnte spüren, wie die Hitze in ihr Gesicht stieg. Wenn er reisefähig war, dann war er vermutlich auf dem Weg der Besserung. *Den Göttern sei gedankt,* dachte sie und eine Welle der Erleichterung durchflutete sie warm und angenehm und trieb ihr einige Tränen in die Augen, die sie durch eine beiläufige Seitenbewegung verbarg.

„Hat sie noch mehr darüber gesagt?", fragte sie, sobald sie sicher war, dass ihre Stimme sie nicht verraten würde. Darijo zuckte lässig die Schultern. „Nein, nicht viel. Nur dass es vermutlich länger gehen würde, weil sie vorsichtig sein müssen. Anscheinend müssen sie den Kommandanten im Liegen transportieren."

„Puh, das klingt tatsächlich ernst", machte die Mutter und ihr Gesicht drückte aufrichtiges Mitleid aus. Dann schien sie sich auf Miriyas Anwesenheit zu besinnen und wandte sich wieder an die junge Frau. „Liebes, möchtest du bei uns Abendessen? Du kannst auch hier übernachten, wenn du möchtest."

„Habt Dank für das Angebot, aber ich sollte so schnell wie möglich weiterreisen", entgegnete Miriya.

„Ich schau mal nach, ob es schon aufgehört hat zu regnen", meinte Darijo.

„Du könntest sie auch so nahe wie möglich zum Meer bringen, dann muss sie nicht ganz allein die Wüste der Sandbeutler durchqueren", warf seine Mutter ein und zwinkerte Miriya zu. Diese lächelte dankbar. Darijo, dem anzusehen war, dass ihm diese Lösung nie in den Sinn gekommen wäre, öffnete den Mund in erstaunter Bewunderung.

„Das wäre sogar besser!", kommentierte er dann grinsend.

„Gib mir einen Moment Zeit, Liebes", meinte die Mutter, „ich stelle dir ein kleines Proviantpacket zusammen!"

Wenig später fand sich Miriya neben Darijo stehend an der Stelle wieder, an der sie zuvor im Dorf angekommen waren, mit einem kleinen, bequemen Rucksack, in dem Darijos Mutter allerlei Esswaren und einen Beutel voller Wasser verstaut hatte, in ihren Armen. Sie schlang den Beutel aus festgewobener Sejamwolle um die Schultern und winkte der Mutter zum Abschied noch einmal zu. Dann umfasste Darijo ihre Oberarme.

„Bist du bereit?", fragte er.

„Nein", machte Miriya halbbatzig, der diese Art der Fortbewegung nicht wirklich zusagte. Der Junge lachte nur laut auf und einen Herzschlag später waren sie wie zuvor in gefühlte Millionen kleinster Teile explodiert und wieder zusammengefügt worden. Darijo wartete, bis Miriya sich vom Teleportieren erholt hatte.

„Viel Glück bei deiner Aufgabe", meinte er dann.

„Darijo", sagte sie rasch, „könntest du Ki-Ara von mir erzählen, wenn du sie das nächste Mal siehst? Bitte sag ihr, dass ich weiß, wo ich suchen muss und dass ich hoffentlich bald auf dem Heimweg bin. Und falls irgendwie möglich, lass bitte Taren von den Hin-Kia wissen, dass Keyan wieder in Kirk-Wana ist."

Er nickte hilfsbereit. „Natürlich, werde ich machen. Alles Gute!"

„Vielen Dank! Pass auf dich auf und richte deiner Mutter nochmals herzlichen Dank aus", sagte Miriya. Eine Weile standen sie etwas peinlich berührt da und wussten nicht, ob sie sich zum Abschied umarmen sollten, doch dann hob Darijo einfach eine Hand zum Gruß, winkte grinsend und war nur einen Wimpernschlag später mit dem typischen peitschenden Knall verschwunden.

Xanos und Xylen hatten den ganzen Morgen damit zugebracht, Keyan reisefertig zu machen. Seine Prellungen und Quetschungen sowie der Arm und das Bein, die beide ausgerenkt gewesen waren, waren auf dem besten Weg der Besserung, während die Brüche bei Bewegung noch immer schmerzhaft waren und ihn nahezu komplett bewegungsunfähig machten. Die beiden Wassermenschen hatten ihn für den Transport regelrecht eingeschnürt, sein rechter Arm und sein rechtes Bein waren geschient und beides mit breiten, widerstandsfähigen Algenbandagen an seinen Körper gebunden. Was von seiner Kleidung und seiner Ausrüstung noch geblieben war, hatten sie sorgfältig in einen Beutel gepackt, zusammen mit einem ganzen Arsenal an Döschen, Flaschen und Tinkturen und den passenden Anleitungen dazu. Der junge Mann selbst war in ein leichtes Gewand aus getrocknetem und geflochtenem Seegras gekleidet, das knapp bis zu seinen Knien reichte und das ihm Marlin gegeben hatte. Der Fischmann war losgeschickt worden, um Ki-Ara und ihre Delegation an Helfern zu empfangen. Einige Fischmenschen waren dazu abkommandiert worden, den Standort des Kraken herauszufinden und ihn falls nötig vom Krankentransport abzulenken.

„Schmerzt oder drückt irgendwas?", fragte Xanos und befühlte zum wiederholten Mal prüfend die eng sitzenden Bandagen. Keyan grinste freudlos. „Naja, ist alles etwas eng."

„Das muss so sein", informierte ihn Xylen nun schon zum zweiten Mal. Sie boxte ihn sanft in den gesunden Arm, das einzige Körperteil, das er momentan frei bewegen konnte, denn seine Beine waren zur Unterstützung der verletzten Seite zusammengebunden.

„Sei ein Mann!", befahl sie mit neckisch hochgezogenen Augenbrauen und dem Haifischgrinsen, das er ein bisschen vermissen würde. Xanos sah seine Tochter verständnislos an und sie winkte ab.

„Wir heben dich jetzt auf eine Trage", informierte der Fischmann Keyan und dieser bereitete sich mental auf Schmerzen vor. Er biss die Zähne zusammen, als Xanos und Xylen ihn mithilfe von weiteren Fischfrauen, die im Krankenflügel tätig waren, auf eine Trage hoben und ihn sorgfältig hineinbetteten. Sie zurrten ihn an Beinen und um den Oberkörper fest und halfen ihm dann, eine der Kugeln aus gehärtetem Glas überzustülpen. Kurz darauf tauchten sie, und Xanos und Xylen machten sich mit der Trage sorgfältig auf den Weg aus der heimischen Höhle, durch das bunte Korallenriff hinauf an die Wasseroberfläche.

Je näher sie der Wasseroberfläche kamen, desto blendender wurde das Licht für Keyan, der nur noch an das schummrige Halbdunkel seiner Höhle gewohnt war. Er schloss die Augen, um ihnen Zeit zu lassen, sich ans Licht zu gewöhnen. Tun konnte er ohnehin nichts.

„Alles in Ordnung?", wollte Xylen besorgt wissen und ihre Stimme klang ungewohnt laut und melodisch unter Wasser.

„Es blendet", meinte er knapp, ohne die Augen zu öffnen.

„Ja, lass die Augen besser einen Moment geschlossen", pflichtete ihm Xanos bei. Kurz nachdem er das gesagt hatte, durchbrachen sie die Wasseroberfläche und nahmen ihm die Glaskugel ab. *Endlich wieder frische Luft!* Er atmete tief ein und prompt fuhr ein scharfer Schmerz durch seinen Brustkorb und er stieß die Luft keuchend wieder aus.

„Keyan!", rief eine bekannte, rauchige Stimme. Sie klang betroffen. Der junge Mann öffnete vorsichtig die Augen, als der Schmerz ein wenig verebbt war und sah die Vogelmenschen am Ufer stehen. Neben Ki-Ara und Sia-Ara standen vier Vogelmänner vor einem Traggerüst, in dessen Mitte wohl seine Bahre festgemacht werden würde. Alle trugen neutral gehaltene

Reisegewänder und hatten die Schwingen auf den Rücken gefaltet. Und alle starrten ihn mit einer unverhohlenen Mischung aus Besorgnis und Betroffenheit an. Auf Ki-Aras Schulter saß ein merkwürdiges Flugtier, das an eine Mischung aus Vogel und pelziger Fledermaus erinnerte. Blau und Grün schillerte das pelzartige Gefieder im verhaltenen Sonnenlicht eines bewölkten, frischen Nachmittags.

„Seid gegrüßt, Ki-Ara aus Ayara", flüsterte Xanos neben ihm so laut wie möglich und beugte erhaben den Kopf, der jetzt in Keyans Glaskugel steckte. Xylen tat es ihm gleich und ihr Glashelm streifte beinah die Wasseroberfläche. Marlin, der bis jetzt neben den Vogelmenschen am Ufer gesessen und die Schwanzflosse im Wasser hatte treiben lassen, ließ sich ins Wasser gleiten und gesellte sich zu den zwei Wassermenschen.

„Seid gegrüßt, Xanos und Xylen von In-Mar. Es ist uns eine Ehre, eure Bekanntschaft zu machen", erwiderte Ki-Ara würdevoll den Gruß und die Vogelmenschen beugten alle gleichzeitig ihre Köpfe.

„Wie ich sehe hat euch Mayla gut geführt", sprach Xylen. Ein Lächeln umspielte ihre Lippen. „Ich hoffe, ihr habt ohne Schwierigkeiten hergefunden."

„Mayla hat uns in der Tat gut geführt. Es gab keine Schwierigkeiten", sagte Ki-Ara. Sie war zusammen mit Sia-Ara dicht am Wasser in die Knie gegangen, um in etwa auf Augenhöhe mit den Wassermenschen zu sein.

„Seid gegrüßt, Ki-Ara, Sia-Ara", meinte Keyan und hob die Hand zum Gruß.

„Keyan", sagte Sia-Ara und nahm seine erhobene Hand in die ihren, „wie gut, dich wiederzusehen!"

„Die Freude ist ganz meinerseits. Obwohl ich wünschte, es wäre ein Wiedersehen unter anderen Umständen", sagte er und merkte, wie das laute Sprechen ihm wegen der straff angezogenen Bandagen Schwierigkeiten bereitete. Seine malträtierten Rippen protestierten pochend und scharf gegen die Enge und jeder Atemzug jagte ihm einen stechenden Schmerz durch den Körper, den er zu ignorieren versuchte.

„Keyan, wir waren so besorgt", meinte Ki-Ara und legte ihm sanft die Hand auf die Schulter.

„Wir wussten nicht mal, ob du ansprechbar sein wirst", fügte Sia-Ara hinzu und er sah kurz Tränen in ihren Augen schimmern, bevor sie sie entschieden wegblinzelte.

„Alles nur halb so schlimm", sagte er beschwichtigend, überwältigt und etwas peinlich berührt ob so viel Anteilnahme von Geschöpfen, mit denen er nur sehr kurz Zeit verbracht hatte. Neben ihm stieß Xylen ein ungläubiges Schnauben aus. Er spürte ihren Blick auf sich ruhen, konnte förmlich spüren, wie sie die Augenbrauen auf die für sie typische Art und Weise gehoben hatte.

„Halb so schlimm, sagt er", wisperte sie dann und in ihrer Stimme schwang Komik mit, „und das Einzige, was er bewegen kann, ist ein Arm."

Marlin schnaubte, ein unterdrücktes Auflachen, aber Xanos musterte seine Tochter wortlos.

„Es hätte tatsächlich viel schlimmer sein können", meinte er dann, Xylens scherzhaft gemeinte Aussage komplett ignorierend. Keyan musste ob ihrem ergebenen Gesichtsausdruck grinsen. Die junge Wasserfrau hatte sich längst damit angefreundet, dass ihr Vater seinen Sinn für Humor selten mit ihr teilte. Marlin grinste ebenfalls und legte einen Arm beschwichtigend um die Schultern seiner Verlobten.

„Grauenvoll!", meinte Sia-Ara, die Xylens Sinn für Humor im Gegensatz zu Xanos offensichtlich zu teilen schien und tätschelte kurz Keyans Hand, bevor sie losließ und sich aufrichtete. „Ich hoffe, es wird nicht allzu schmerzhaft, dich in unserer Tragevorrichtung zu befestigen."

„Ihre Hoheit Königin Raika lässt ihren herzlichen Dank ausrichten. Sie wird nicht vergessen, wie gut ihr euch um ihren Kommandanten gekümmert habt. Und sie hofft, dass wir in Zukunft vermehrt in Kontakt bleiben", sagte Ki-Ara, während Sia-Ara mit den Vogelmännern das mitgebrachte Gestell vorbereitete. Mayla suchte sich diesen Moment aus, um elegant von der Schulter der Vogelfrau aus ins Wasser zu tauchen. Sie drehte sich in geschmeidigen Schrauben um Xylen und Marlin und tauchte schließlich zwischen ihnen wieder auf, zufrieden gurrend.

„Oh", machte Ki-Ara überrascht, „sie kann schwimmen! Was für ein außerordentliches Geschöpf."

„Nicht wahr", pflichtete ihr Xylen bei und streichelte Maylas Kopf. Das Wesen schloss genießerisch die Augen. „Seidentaucher. Sie sind leider extrem selten geworden. Sehr klug und wenn man einmal ihre Freundschaft gewonnen hat, dann sind sie äußerst treu." Das Wesen hielt sich mit den kleinen Pfötchen an Xylens Schulter fest und kniff der Wasserfrau mit dem von kleinen, spitzen Fangzähnchen gesäumten Schnabel zärtlich in die Finger.

Die Vogelmänner kamen zurück, hinter ihnen Sia-Ara.

„Lass uns anfangen", meinte diese. Sie kniete sich neben ihre Mutter.

„Jetzt musst du vermutlich die Zähne ein wenig zusammenbeißen, Keyan", sagte Ki-Ara und klopfte dem jungen Mann, der vom Sonnenlicht, der ungewohnten Aufmerksamkeit und der Aufregung ganz benommen war, aufmunternd auf die Schulter. Er nickte nur und schloss wieder die Augen. Die Vogelmänner packten seine Bahre an den vier Ecken, Ki-Ara und Sia-Ara unterstützten sie vom Land, Xylen, Marlin und Xanos vom Wasser aus. Keyan musste tatsächlich die Zähne zusammenbeißen: Obwohl alle versuchten, so vorsichtig wie möglich zu sein, fuhr ihm jeder noch so kleine Stoß schmerzhaft und sengend durch sämtliche Glieder und er hoffte inständig, dass niemand die Schmerzenstränen in seinen Augenwinkeln sah. Er versuchte, sich schmerzerfüllte Laute zu verkneifen und ballte die gesunde Hand zur Faust. Ki-Ara, aufmerksam wie sie war, bemerkte seine Bemühungen dennoch und legte eine Hand auf seine Faust.

„Gleich haben wir's geschafft", meinte sie leise. Ein erneuter Ruck ließ in unwillentlich aufstöhnen. Dann stand die Bahre ruhig im Traggestell und war sicher festgezurrt. Keyan ließ sich einen Moment Zeit, den Schmerz abebben zu lassen, dann öffnete er die Augen. Xylen, Marlin und Xanos saßen am Ufer, ihre Schwanzflossen im Wasser treibend.

„So trennen sich unsere Wege für den Moment", meinte Xylen. Sie lächelte ihr Haifischlächeln, was die Vogelmänner ein wenig aus dem Konzept zu bringen schien.

„Ich werde unsere Gespräche vermissen", sagte sie. Marlin nickte schweigend.

„Komm uns bald besuchen", fügte er dann hinzu. Xanos pflichtete dem nickend bei.

„Vielen Dank für alles", sagte Keyan und seine Stimme klang erschöpft und heiser, „ich werde es euch nie vergessen. Und natürlich werde ich euch besuchen kommen."

„Bring Miriya mit", sagte Xylen mit einem verschmitzten Zwinkern. Dann verabschiedeten sie sich förmlich von den Vogelmenschen und alle versprachen, in Kontakt zu bleiben. Die Wassermenschen winkten ihnen allen ein letztes Mal zu und waren bald darauf zusammen mit Mayla in den Fluten verschwunden.

„,Bring Miriya mit'?", brach es nach einer Weile des Schweigens neugierig aus Sia-Ara hervor. Ihre Mutter hob nur eine Braue und warf dem Kommandanten der Palastwache einen kurzen Seitenblick zu.

„Das hatte man kommen sehen", meinte sie bloß und ihre Tochter nickte wissend. Keyan beschloss, nicht darauf einzugehen. Er fühlte sich vollkommen müde, matt und erschöpft und sein ganzer Körper pochte schmerzhaft von den Strapazen. Sia-Ara beließ es dabei. Stattdessen positionierten sich die Vogelmenschen rund um das Traggestell. Ki-Ara versicherte sich noch einmal, dass alles gut festgeschnürt war und schlang sich den Beutel mit Keyans Ausrüstung und den Tinkturen über die Schultern. Schwer baumelte der Sack vor ihrem Bauch.

„Wir fliegen jetzt los. Falls du Schmerzen haben solltest, falls dir kalt oder schlecht wird, bitte melde dich", sagte sie, eine Hand auf Keyans Schulter. Er nickte nur und schloss schicksalsergeben die Augen.

Die Vogelmenschen führten ihre Hände durch die Schlaufen am Traggestell und schlangen sich die Taue fest um jeweils ein Handgelenk. Dann öffneten sie behutsam die Flügel, stellten sicher, dass sie einander beim Fliegen nicht behindern würden und flogen dann los.

Bald bin ich wieder Zuhause, tröstete sich Keyan über die Schmerzen hinweg und biss die Zähne zusammen. *Und Miriya wird hoffentlich bald zurück zu mir kommen.*

Darijo hatte Miriya bis an den Rand eines ausgedehnten Sumpfgebietes teleportiert.

„Weiter kann ich dich leider nicht bringen", hatte er entschuldigend gemeint und sie vor Moorstrudeln, Treibschlamm und Moorschleichern gewarnt. Auf ihre Frage, wie Moorschleicher denn aussehen würden, hatte er vage riesenhafte Umrisse in die Luft vor sich gemalt.

„Sie können recht groß werden. Sehen aus wie Flunder und sind kaum von ihrer Umgebung zu unterscheiden. Meistens leben sie in der Nähe von Moorstrudeln", hatte er hilfsbereit erklärt, „sie fressen, was die Moorstrudel von ihren Opfern übriglassen. Sei also vorsichtig, wo du hintrittst."

Wie unglaublich beruhigend das geklungen hat, dachte Miriya mit einem Anflug von Galgenhumor, als sie vorsichtig durch den knöchelhohen Morast watete. Jedem ihrer Schritte folgte ein lautes, schmatzendes Geräusch, der Boden war aufgeschwemmt und braun-grau gesprenkelt. Winzige Inseln festen Landes waren über diese unheimlich anmutende Landschaft verteilt und auf ihnen wuchsen spärlich Grasbüschel und Moorpflanzen. Einige wenige verkrüppelte Bäume streckten ihre kahlen, knorrigen Äste wie mahnende Zeigefinger in den sturmgrauen Himmel. Hie und da stiegen Blasen träge an die Oberfläche des Sumpfes und zerplatzten blubbernd und klatschend. Miriya nahm an, dass sich Moorstrudel und Treibschlamm wohl in diesen eher flüssigen Abschnitten des Sumpfgebietes verbargen. Deshalb stellte sie sorgfältig sicher, dass sie auf mehr oder weniger festem Land blieb. Zu ihrer Rechten erhob sich etwas, was wie ein niedriger Wald aus dichten, graugrünen Büschen aussah. Lianen verliefen in einem weiten, verästelten Netz über den schlammigen, teilweise leise zischenden Boden, über dem Nebelfetzen hingen. Miriya lief eine Gänsehaut über den Rücken. Warum hatte Darijo sie bloß ausgerechnet hierher teleportiert?

„Durch den Sumpf ist der direkteste Weg ans Meer. Du schaffst es bestimmt", hatte er ihr Mut zu machen versucht, voller jugendlicher Zuversicht und Leichtsinn. *Solange du auf festem Boden bleibst, passiert dir schon nichts*, versuchte sich die junge Frau zu beruhigen. Sie hatte einen armdicken Ast zu einem Fühler umfunktioniert, mit dem sie behutsam den Boden vor sich auf seine Festigkeit testete. Und dann wurde sie plötzlich mit einem schmerzhaft festen Griff um den linken Knöchel gepackt und ruckartig von den Beinen gerissen. Mit einem Aufschrei landete sie schwer mitten im Morast, Schlamm und Erde spritzten auf und sie ließ ihren „Fühler" fallen. Bäuchlings lag sie im stinkenden Schlamm und ehe sie sich zusammenreimen konnte, was eben passiert war, wurde sie in ruckartigen, harten Stößen an ihrem Knöchel durch die Sumpflandschaft gezogen. Sie begann, zu strampeln und sich zu wehren, versuchte, sich an vorbeikommenden Ranken und Wurzeln festzuklammern, aber was auch immer ihren Knöchel umschlungen hielt, zog sie unbarmherzig zu sich. Miriya wollte um Hilfe schreien, doch sie erreichte nur, dass eine riesige Menge Schlamm in ihren Mund gelang und sie beinah erstickte. Hustend und würgend unterließ sie ihre Fluchtversuche für einen Augenblick. Und wurde plötzlich völlig unvermittelt und gänzlich überraschend senkrecht in die Luft gehoben. Schlamm und Schlick flog in alle Richtungen und sie schrie erschrocken und schmerzerfüllt auf. Verzweifelt wollte sie die Schlinge um ihren Knöchel lösen, doch dann erkannte sie schlagartig, wo sie war und was sie in ihrer Gewalt hatte und vergaß alles um sich herum für einen schreckerstarrten Moment. Ein lauter, gellender, panischer Schrei entfuhr ihren Lippen. Sie befand sich kopfüber am Rand des buschartigen Waldes, den sie zuvor zu ihrer Rechten gesehen hatte. Die buschartigen Auswüchse stellten sich beim näheren Hinsehen als riesenhafte Blätter heraus, die jeweils einen mannesgroßen, schmutzig weißen, bauchigen Blumenkelch umschlossen. Die Öffnung, aus der die Staubblätter ragten, war gen Himmel gerichtet und wurde von einer Reihe nach außen gebogener, kronenförmiger Blütenblätter gesäumt. Was Miriya fälschlicherweise für harmlose Lianen gehalten hatte, war nichts anderes als eine Art Fangblätter der Pflanzen! Ein ganzer Wald erstreckte sich unter der hilflosen jungen Frau und es roch nach Tod und Fäule. Dieser durchdringende Gestank war es, der Miriya aus ihrer Schockstarre erwachen ließ.

„*Lass mich los!* *SOFORT!*", schrie sie die Pflanze an, was vollkommen nutzlos und irrsinnig erschien und lediglich eine Ausgeburt ihrer ohnmächtigen Hilflosigkeit und aufkommenden Hysterie war. Als Antwort öffnete die Pflanze ihre Blütenblätter knurrend und Miriya sah entsetzt, dass dort, wo die Kron- in die Kelchblätter übergingen, ein runder Schlund war, dicht besetzt mit gelblichen, gefährlich gekrümmten Zähnen, die sich gierig öffneten und wieder schlossen. Im unteren Teil des bauchigen Blütenkelchs schien eine durchsichtige Flüssigkeit zu sein. Bevor Miriya auch nur Anstalten machen konnte, zu reagieren, ließ die Pflanze ihren Knöchel los und sie fiel kopfüber in den weit geöffneten Kelch. Schreiend und um sich schlagend flog sie durch die Luft und bekam den Zipfel eines der kronenförmigen Aufsätze am Rand der Kronblätter zu fassen. Verzweifelt klammerte sie sich daran fest und hoffte, es würde sich ob ihrem Gewicht nicht allzu weit nach unten biegen. All ihre Instinkte schrien ihr zu, dass sie weder die durchsichtige Flüssigkeit noch den Schlund mit den Zähnen erreichen durfte. Der Rucksack, den Darijos Mutter ihr mitgegeben hatte und den sie nur lose über eine Schulter gehängt hatte, geriet ins Rutschen, als sie fieberhaft versuchte, an dem Kronblatt hochzuklettern und sich über den Blütenkelch in temporäre Sicherheit zu schwingen. Ehe sie reagieren konnte, rutschte der gesamte Beutel über ihre Schulter und fiel mit einem ekelerregenden, saugenden Klatschen in die durchsichtige Flüssigkeit. Der Schlund hörte augenblicklich auf, zu arbeiten und öffnete sich erwartungsvoll. Es zischte laut und sie roch den Geruch nach verbrannten Naturfasern, als sie schreckerstarrt zuschaute, wie der Rucksack sich blubbernd und zischend auflöste, während er langsam durch die dickflüssig scheinende Masse zum Schlund hinabsank. Die Blume harrte wartend aus und sobald die schwindenden Reste des Beutels den Schlund berührten, schloss sich dieser wie ein Fangeisen mit einer schnappenden Bewegung, die Miriya mit bloßem Auge kaum nachvollziehen konnte. Sie zog unwillkürlich die Beine an. Ihr gesamter Körper begann, zu zittern. Nicht nur vor Angst, sondern auch vor Anstrengung. Es war nur eine Frage der Zeit, bis sie in was vermutlich die Gallenflüssigkeit der Pflanze war, fallen, verdaut und gefressen werden würde. *Gib nicht kampflos auf*, schrie eine Stimme in ihrem Kopf. Sie krallte die Hände in die zähe Wand des Kronblattes und versuchte erneut, sich daran hochzuziehen. In diesem Moment ging ein Ruck durch die gesamte Pflanze und sie fauchte laut. Es dauerte einen Augenblick ehe Miriya erkannte, dass die Pflanze sich schüttelte, um sie zum Loslassen zu bewegen. Sie keuchte erschrocken und verlagerte ihre Anstrengungen darauf, sich an Ort und Stelle zu halten, anstatt hochzuklettern. Fieberhaft arbeitete ihr Gehirn. Irgendetwas musste sie doch bei sich tragen, dass ihr helfen könnte. Vielleicht konnte sie sich mit dem Dolch freischneiden. Sie bohrte die Finger einer Hand tief in die harten Pflanzenfasern und hörte, wie die Pflanze wütend fauchte. Als sie sicher war, dass sie einigermaßen festen Halt hatte, riskierte sie es, die andere Hand an die Hüfte gleiten zu lassen. Ihre zitternden Finger schlossen sich um den Dolch. Die Pflanze schüttelte sich energisch und Miriya stieß ein Stoßgebet gen Himmel. Sie spürte, wie sie langsam den Halt verlor. Keuchend brachte sie den Dolch auf Kopfhöhe und stieß zu. Die Pflanze ließ ein röhrendes Heulen verlauten und schüttelte sich so stark, dass Gallenflüssigkeit an den Kelchblättern hochspritzte und zischend Löcher in Miriyas Mokassins fraß. Sie schrie erschrocken auf. Der Dolch indessen war nutzlos im harten, dichten Gewebe des Kronblattes stecken geblieben. Miriya hielt sich daran fest und begann, mit der freien Hand verzweifelt durch ihre Seitentasche zu wühlen. Ihre Finger stießen gegen kühles Glas. *Die Nymphenkugel!* Vielleicht konnte sie damit etwas bewirken. Sie nestelte die Kugel hervor, hielt sie in der Hand. Die Schlieren im Innern der Kugel drehten sich schneller und sie schien leise zu summen, aber ansonsten konnte sie keinerlei Veränderungen feststellen.

„Hilf mir", keuchte sie halb im Delirium von der Anstrengung, sich an der wütenden, sich aufbäumenden Pflanze festzukrallen. Nichts geschah.

„Bitte?", fügte sie probehalber hinzu, aber das Resultat war dasselbe. Nichts geschah. Zornig fauchend bäumte sich die Pflanze erneut auf und Miriya ließ mit einem spitzen Schreckensschrei die Kugel fallen. Entsetzt schaute sie zu, wie das Geschenk der Nymphen langsam und scheinbar unberührt von der Gallenflüssigkeit in Richtung des Schlundes sank und dann durch das stinkende, schwarze Loch verschwand. Tränen der Wut und Hilflosigkeit traten in ihre Augen.

„*Nein!*", keuchte sie ohnmächtig. Sie konnte, *wollte* nicht hier enden, so kurz nachdem sie endlich, *endlich* wusste, wo das Kristallzepter verborgen war. Sie wollte zurück nach Kirk-Wana kehren, Raika das Kristallzepter überreichen. Und sie wollte Sternensilber wiedersehen. Und Keyan.

Sie schwang sich herum und versuchte, mit aller Kraft den Dolch aus der Blütenwand zu ziehen. Es musste einen Weg geben, sich aus dieser misslichen Lage zu befreien. Sie zog und zerrte und sägte und die Pflanze schüttelte sich außer sich vor Wut. Lange Fangblätter peitschten auf die junge Frau ein und versuchten, sich um ihre Arme, Beine und um ihren Hals zu schlingen. Und dann strahlte plötzlich ein helles Licht. Es kam von unten und umfing Miriya wie eine wärmende, schützende Decke. Sie keuchte. Die Pflanze erzitterte. Dann hörte Miriya ein hohes Summen, geflüsterte Worte, so leise, dass sie nur ganz knapp als Sprache identifizierbar waren. Der körperlose Gesang von Nymphen. *Die Nymphenkugel!* Ein schrilles, schmerzerfülltes Kreischen löste sich aus dem Innern der Pflanze. Sie zitterte und schüttelte sich, krümmte sich, als wollte sie etwas loswerden. Miriya schrie auf und krallte sich mit aller Kraft an den Dolch und das Kronblatt. Der Schlund arbeitete, weitete sich und schloss sich. Die Pflanze stieß würgende Laute aus, gurgelnd lief Gallenflüssigkeit ab. Das Strahlen der Nymphenkugel wurde intensiver und Miriya konnte sie sehen, dicht hinter dem Schlund. Die Pflanze warf sich herum, Fangblätter wirbelten panisch durch die Luft, als sie versuchte, den gläsernen Gegenstand aus ihrem Mund zu entfernen. Hustend und spuckend krümmte sie sich zusammen und bog dann all ihre Kron- und Kelchblätter nach außen in dem Versuch, sich von der lästigen

Kugel zu befreien. Miriya wurde schreiend aus der Pflanze katapultiert, den Dolch in ihrer Hand. Keuchend warf sich die Pflanze von Seite zu Seite, würgte und spuckte, während ihre Fangblätter zitternd und bebend um sich schlugen. Die Wurzeln der Pflanze stöhnten und krachten, als sie sich beinah selbst entwurzelte. Ein quietschender Knall, ein träges Schmatzen und die Kugel wurde aus dem Schlund katapultiert und landete mit einem dumpfen *Plonk* zu Miriyas Füßen. Sie starrte die Kugel entgeistert an, während diese langsam erlosch. Die Schlieren im Innern wurden langsamer und drehten sich wieder spiralförmig und elegant um sich selbst. Die Pflanze erzitterte, hustete ein letztes Mal und raffte dann alle Kelch-, Kron- und Fangblätter zu einem riesigen, zitternden Knopf zusammen. Die Fangblätter benachbarter Pflanzen begannen, sich in Richtung Miriya zu schlängeln. Die junge Frau schrie auf, packte Kugel und Dolch und rannte Hals über Kopf davon, weg von diesem mörderischen Wald aus fleischfressenden Pflanzen. Wie ein panischer Hase hastete sie im Zickzack durch den Sumpf. Vergessen war all die Vorsicht und vergessen waren die Warnungen, die Darijo ihr mit auf den Weg gegeben hatte. Sie wollte nur eins: Weg von hier! Vollkommen kopflos preschte sie durch das Sumpfgebiet, blieb mit Kleidern an knorrigen Bäumen hängen und riss sich keuchend los. Immer weiter trugen sie ihre Füße in den nun löchrigen Mokassins, bis sie plötzlich, ohne Vorwarnung einfach im Sumpf stecken blieb. Die Wucht ihrer eigenen Bewegung katapultierte sie nach vorn und zum zweiten Mal an diesem Tag landete sie unsanft und erschrocken schreiend auf dem Bauch im Morast, während ihre Knöchel eisern festgehalten wurden. Für einen irrsinnigen Moment glaubte sie, die Mörderpflanzen wären in der Lage, ihre Fangblätter so weit auszudehnen. Doch dann gab der Sumpf ein schlürfendes Schmatzen von sich und Miriya erkannte zu ihrem maßlosen Entsetzen, dass sie in ihrer Panik mitten in einen Moorstrudel getreten war. Langsam und erbarmungslos wurden ihre Füße vom Schlamm und Morast eingesogen und die braune, zähflüssige Masse arbeitete sich mit lähmender Stärke fingerbreit um fingerbreit ihre Beine empor. Miriya keuchte. Sie war zu erschöpft, um zu schreien.

Ihre Finger wühlten den Schlamm vor ihr auf in dem Versuch, etwas zu finden, an dem sie sich festhalten konnte. Ihre Atmung kam in Stößen, die mehr wie ein trockenes Schluchzen klangen und sie zitterte angeekelt, als der Moorstrudel sich über ihre Knie schob. Ohne Hast zog er sie hinab in seine Mitte. Miriya wehrte sich mit allem, was ihr einfiel, aber sie war am Ende ihrer Kräfte, vollkommen ausgelaugt von ihrem Kampf mit der fleischfressenden Pflanze und der darauffolgenden Hatz durch die trostlose Sumpflandschaft. Als der Strudel die Mitte ihrer Oberschenkel erreicht hatte, gab sie erschöpft auf und ließ es willenlos geschehen, dass die braune Masse sie immer weiter einsog. Sie dachte an die Personen, die sie liebte, ihre Eltern, Sternensilber. Keyan. Dann kamen ihr Aria, Taren, Toa, Ki-Ara, Sia-Ara und Salina in den Sinn. Raika. *Es tut mir leid*, dachte sie, *es tut mir so leid*. Ein trockenes Schluchzen hob ihre Brust. Der Moorstrudel erreichte ihre Hüften. Sie erschauderte, hoffte, dass es nicht wehtun würde. Goldene Reflexe tanzten vor ihren Augen.

Kapitel X
~
Von Wiedersehen
und neuen Bekanntschaften

Goldene Reflexe?! Ein Gedanke schoss durch Miriyas wie leerge-fegten Kopf, ein letzter, glorreicher Hoffnungsschimmer. *ARIA! Das war doch nicht möglich?!* Sie fuhr hoch, schüttelte den Kopf. Sie musste sich getäuscht haben. Der Moorstrudel röhrte und schob sich bis zu ihrem Bauchnabel vor. Sie keuchte angeekelt. Und dann hörte sie es. Das Rauschen riesiger Schwingen. *Aria!* Sie hob bebend den Kopf, Hoffnung glühte wie ein Funke im Ascheberg auf. Ein Adlerschrei hallte gellend über das Sumpfgebiet und der Moorstrudel fauchte. Und dann landete sie, schwer und schmat-zend im Sumpf, in all ihrer Pracht und Herrlichkeit. Morast und Schlamm spritzten auf, perlenweiße Federn schimmerten im trü-ben Zwielicht. Miriya starrte die Adlerdame einen Augenblick lang fassungslos und mit offenem Mund an, während der Strudel sie nun hastiger einzusaugen schien und sich mit größerer Dring-lichkeit zu ihrem Brustkorb vorarbeitete.

„Was starrst du mich denn noch so dämlich an, Mädchen", heulte Aria, *„halt dich endlich fest!"*

Und ohne viel Federlesens packte sie Miriya, die immer noch vollkommen schockgefrostet schien, bei den Armen und begann, zu ziehen. Der Moorstrudel kreischte wütend. Miriya schrie schmerz-erfüllt auf, als er seine schlammigen Fänge um ihre Hüften krall-te, während Aria sie gleichzeitig an den Armen in die entgegen-gesetzte Richtung zog. Warnend knackten ihre Schultergelenke. Miriya fühlte sich, als würde sie entzweigerissen. Jeden Moment mussten ihre Arme auskugeln oder sogar ausreißen. Doch statt des erwarteten Knackens und Splitterns ertönte plötzlich ein feuchtes, schmatzendes Geräusch und der lähmende Griff um ihre Hüften lockerte sich. Aria schnaubte und verdoppelte ihre Anstrengungen.

„Hilf … mit …!", keuchte sie, sämtliche Federn gesträubt und die Flügel abgespreizt. Ihre Fänge gruben sich in den schlammigen Untergrund. Miriya begann, zu strampeln und sich zu winden. Der Moorstrudel röhrte wütend und zischte. Und dann gab der Sumpf Miriya frei und mit einem ekelerregenden, schmatzenden Geräusch zog Aria sie aus dem Morast, packte sie ohne Umschweife um die Hüften und flog davon. Miriya war viel zu erschöpft um zu protestieren. Schweigend flogen sie dahin und Miriya musste einen Moment eingenickt sein, denn als sie die Augen wieder öffnete, war die Sumpflandschaft unter ihnen verschwunden und einem riesigen Geröllfeld gewichen, das aussah, als wäre es vor nicht allzu langer Zeit von In-Nuyas Gipfeln herabgestürzt. Die kräftigen Tannen, die in dieser eher unwirtlichen Landschaft Wurzeln geschlagen hatten, straften diesen Eindruck Lügen. Knorrig und mit mächtigen, ausladenden Wurzeln und breitgefächerten, dunkelgrünen Kronen sahen sie aus, als stünden sie seit Anbeginn der Zeiten da. *Oder zumindest seit nach der großen Katastrophe*, dachte Miriya benommen. Aria hielt auf ein Fleckchen Erde zu, das einigermaßen eben schien und von großen Tannen beschattet war. Sorgfältig deponierte sie Miriya auf dem Boden, wo diese mit wackligen Knien zu Boden sank. Sie hatte noch immer den Gestank des Sumpfes in der Nase, dieser säuerliche Geruch nach Fäule und Verwesung. Unwillkürlich erschauderte sie und umarmte sich schutzsuchend.

„Dich kann man tatsächlich keinen Herzschlag lang allein lassen", krächzte Aria, nachdem sie gelandet und die Flügel umständlich auf den Rücken gefaltet hatte. Miriya erkannte, dass sie ihre linke Seite schonte und ihre Bewegungen da alles andere als fließend waren. Dann fuhr es ihr wie ein Blitz in den Schädel – *der Adler lebte!* Miriya entwich ein erleichtertes Schluchzen, das Aria besorgt aufsehen ließ. Die junge Frau sprang trotz aller Müdigkeit auf die Beine und fiel der Adlerdame unvermittelt um den Hals.

„Aria", stammelte sie in die weichen Federn, überwältigt vor Erleichterung und Glück, „ich dachte schon, du würdest niemals wieder aufwachen!"

„Sah wohl einen Moment lang nicht so gut aus", brummte die Adlerdame, etwas aus dem Konzept gebracht ob so vieler Emotionen.

„Du bist nicht mehr aufgewacht!", sagte Miriya mit Nachdruck und schaffte es, Aria trotz aller Erschöpfung vorwurfsvoll anzublinzeln.

„Du hast eben auch mehr tot als lebendig ausgesehen", wandte die Adlerdame ein und sträubte ihr Gefieder. „Wie hast du das wieder hingekriegt?"

„Ich wäre beinah von einer *Pflanze* gefressen worden", antwortete Miriya. Sie genoss den spitzen Austausch, den sie so sehr vermisst hatte und war nicht bereit, nachzugeben. Aria seufzte schicksalsergeben. „Noch etwas, was nur du hinkriegst!"

Die beiden starrten sich einen Moment lang wortlos an und beide schienen um eine passende Weiterführung der Konversation zu ringen. Dann überwog die Müdigkeit und Miriya brach in leicht hysterisches Gelächter aus.

„Ich wäre beinah von einer Pflanze *und* vom *Sumpf* gefressen worden", wiederholte sie ungläubig und setzte sich an Ort und Stelle wieder hin, „und ich bin unglaublich müde und alles tut weh."

„Ich schätze, das wird einem ‚Danke, dass du mir erneut das Leben gerettet hast' am nächsten kommen", meinte Aria und legte den Kopf schief. Ihre scharfen Adleraugen funkelten gutmütig und etwas gerührt. Sie zerzauste der wankenden jungen Frau liebevoll die schlammverkrusteten Haare. „Es ist schön, dich wiederzusehen."

Sie sträubte erneut das Gefieder, legte sich hin, als würde sie ein Ei bebrüten und offerierte Miriya den rechten Flügel.

„Ruh dich aus, ich pass auf", meinte sie und ehe sie den Satz zu Ende gebracht hatte, hatte Miriya sich an ihre Seite unter den Flügel gekuschelt und war eingeschlafen.

„Was für ein Katastrophenmagnet", murmelte Aria leise und legte ihren Flügel vorsichtig um die schlafende Gestalt.

„Wieso hast du mir verschwiegen, dass du einst Königin von Kirk-Wana warst?", wollte Miriya wissen. Sie war nach einem langen, wohltuenden Schlaf aufgewacht, wohlig gegen die Flanke des riesigen Adlers gepresst und von dessen Schwinge warm bedeckt. Aria plusterte sich auf, schüttelte sich kurz und glättete dann erhaben ihr Gefieder. Sie sah aus, als würde sie sich für einen Kampf bereit machen.

„Es hätte keine Rolle gespielt, Miriya", meinte sie dann langsam und nachdrücklich, „das Zepter verwandelte mich in eine Feder, dazu bestimmt, erst dann wieder in einen Adler zurückverwandelt zu werden, wenn ich den richtigen Personen in die Hände falle."

Sie legte den Kopf kurz schräg, ganz so als würde sie nicht ganz fassen können, wie ausgerechnet Miriya eine „richtige Person" sein konnte.

„Es hätte *wohl* eine Rolle gespielt. Du hättest mir so viel mehr Informationen geben können!", machte die junge Frau, die mit untergeschlagenen Beinen und einem vorwurfsvollen Blick im schlammverkrusteten Gesicht vor dem Adler saß.

„Das stimmt nicht. Hörst du mir überhaupt zu? Genau deswegen habe ich nichts gesagt. Du hast zu hohe Erwartungen. Ich war eine *Feder*, ich habe nach meiner Verwandlung nichts mehr mitbekommen, außer wenn direkt aus nächster Nähe zu mir gesprochen wurde. Und die Vogelmenschen nahmen mich ohne viel Federlesens zurück nach Ayara, damit niemand auf dumme Gedanken kommen konnte. Ich war nicht dort, als man beschloss, was mit dem Zepter passieren soll."

„Woher wußtest du denn von In-Hinaii?", gab Miriya unumwunden zurück. Aria schwieg einen Augenblick, eine sehr untypische Geste für die sonst so wehrhafte, wortgewandte Adlerdame. „Wie ich schon sagte", meinte sie dann nachdenklich, „es gibt gewisse Dinge, die ich irgendwie einfach weiß. Als wären es fremde Gedankenfetzen, die irgendwie in mein Unterbewusstsein gelangt sind". Sie hielt kurz inne und fuhr dann fort, „nur deshalb weiß ich, was möglicherweise mit dem Kristallzepter passiert ist."

„Sie haben es versteckt", sagte Miriya in Gedanken versunken und realisierte erst jetzt, dass sie Aria bis jetzt gar nicht von ihrem Abenteuer im felsigen Innern In-Nuyas hatte berichten können. „Als die Bergtrolle mich entführt haben, konnte ich entwischen und bin durch eine Spalte in ein unterirdisches Tunnelsystem gefallen, das von Höhlentieren bewohnt ist."

Aria hob den Kopf und sah sie scharf an, „die Höhlentiere haben bis jetzt überlebt?"

„Ja", meinte Miriya erstaunt ob der Tatsache, dass Aria um die Höhlentiere wusste, wo diese doch selbst gesagt hatten, dass niemand mehr sich an sie erinnern konnte. „Du kennst sie?"

Die Adlerdame plusterte erneut das Gefieder auf. Sie entfaltete einen Flügel und streckte ihn aus. Weiße Federn breiteten sich wie ein riesenhafter Fächer auf dem Boden aus.

„Du hast Schmerzen", stellte Miriya beunruhigt fest.

Aria tat ihre Besorgnis, mit was bei einem Menschen als Schulterzucken gegolten hätte, ab. „Keine Sorge. Die Hin-Kia haben sich gut um mich gekümmert. Ich bin nur noch nicht gewohnt, lange Strecken mit einem Extragewicht zu fliegen."

„Und ja, ich weiß um die Höhlentiere. Sie waren schon zu meinen Zeiten als Königin selbsternannte Hüter der Legenden und der Schöpfungsgeschichte Kirk-Wanas. Doch viele Geschöpfe meiner Zeit waren skeptisch, dass sie es schaffen würden, dieses Wissen weiterzugeben, ohne es niederzuschreiben. Und es gab viele, die unsere Vergangenheit nicht vergessen wollten. Man beschloss mit der Zustimmung der Höhlentiere, einen Ort zu gründen, an dem dieses Wissen niedergeschrieben und verwahrt werden würde."

„Die grüne Bibliothek", hauchte Miriya einer plötzlichen Eingebung folgend. Aria nickte kurz.

„Wie du nun aber weißt, hat das alles nichts gebracht. Es scheint, dass manche Geschöpfe einfach nicht aus begangenen Fehlern lernen. Insbesondere, wenn sie nicht direkt von den Auswirkungen der Fehler betroffen sind."

„Warst du da, als die große Katastrophe passierte?", wollte Miriya wissen. Der Adler blickte sie erneut kurz und scharf an.

„Sei nicht albern. Das war lange vor meiner Zeit. Aber meine Vorfahren gaben die Geschichte weiter, dazu entschlossen, sie nicht in Vergessenheit geraten zu lassen. Deshalb sprach ich mich auch so deutlich dagegen aus, wieder einzelne Könige zu ernennen. Es hätte nur wieder im selben Desaster geendet. Machthungrige Wesen werden normalerweise taub, wenn es um Mahnungen und Vorsicht geht."

Miriya nickte verständnisvoll. Sie konnte Arias Gedankengänge durchaus verstehen. Eine Weile blieben sie beide still und lauschten dem Gesang einzelner Vögel, die in den ausladenden Tannenkronen über ihnen geschäftig herumwuselten.

„Warum hat Ki-Ara mir deine Feder anvertraut?", meinte Miriya dann leise, „du musst das Wertvollste sein, was die Vogelmenschen besitzen."

Aria lachte leise ihr typisches Adlerlachen.

„Das ist eine Frage, die ich mir auch ab und zu stelle. Insbesondere jedes Mal, wenn ich dich wieder einmal aus einer vertrackten Situation fischen muss", meinte sie dann und als Miriya mit empört geöffnetem Mund hochschaute, sah sie den gutgemeinten Schalk in den Adleraugen glitzern.

„Spaß beiseite", sagte Aria und wurde plötzlich ernst, „Ki-Ara hat dir die Feder anvertraut, weil sie gespürt hat, was auch ich spüre. Und die vielen anderen Wesen, die du auf deinem Weg hierher angetroffen hast."

Miriya hob fragend eine Augenbraue.

„Du hast etwas Besonderes an dir, Miriya", fuhr Aria fort, „du magst es selbst nicht merken, aber die Wesen, all die Geschöpfe, die Natur, sie vertrauen dir. Taren nennt dich ‚Hin-Taya', das ist kein Zufall. Du bist von der Natur berührt, mit ihr verbunden. Du vermagst es, die Natur zu lesen und auf deren Stimmen zu lauschen, wie niemand, den ich je getroffen habe. Deshalb hat dir Ki-Ara die Feder gegeben. Weil sie instinktiv wusste, dass, wenn du das Zepter nicht finden kannst, es auch niemand anders kann."

Es dauerte eine Weile, bis die Worte bei Miriya ankamen und als deren Bedeutung vollends einsank, war sie zu Tränen gerührt und sprang auf, um dem Adler um den Hals zu fallen und ihren Gefühlsausbruch zu verbergen. Aria hielt uncharakteristisch still und sagte nichts. Die Vögel über ihnen schmetterten enthusiastisch ihr Lied in die kühle, frische Luft hinaus.

„Eure Hoheit Königin Raika, Ki-Ara aus Ayara ist soeben mit Kommandant Keyan eingetroffen", informierte Sarahi die Königin. Obwohl die Zofe normalerweise verhalten und gelassen war, sah Raika den Anflug von Aufregung in ihren Augen funkeln. Ihr eigenes Herz setzte einen Schlag lang aus und fuhr dann fort, in doppelter Geschwindigkeit zu schlagen. *Endlich*, dachte sie. Raika erhob sich ruckartig. Raschelnd bewegte sich das zitronengelbe Kleid, das in schweren Bahnen um ihren schlanken Körper drapiert war und um ihren Hals von silbernen, perlmuttbesetzen Spangen zusammengehalten wurde, träge um ihre Beine.

„Der Kommandant wird eben im Krankenflügel untergebracht. Die Heiler haben mich angehalten, ihm einen Moment der Ruhe zu gönnen, damit er sich von den Strapazen der Reise erholen kann", fuhr Sarahi fort. Raika setzte sich schwer wieder auf ihren Stuhl, auf dem sie schon eine gefühlte Ewigkeit gesessen hatte, um Keyans Rückkehr zu erwarten. Sie schürzte die Lippen und ließ ihre Hände über den geschmeidigen Stoff ihres Kleides gleiten, wie sie es immer tat, wenn sie nervös oder ungeduldig war. In diesem Moment klopfte es laut und bestimmt an die Tür ihrer Gemächer. Es gab nur eine Person, die so an ihre Tür klopfte.

„Ki-Ara", rief Raika, „bitte trete ein!"

Sie fuhr erneut aus ihrem Stuhl hoch und eilte der Vogelfrau entgegen, die in ihren Reiseumhang gehüllt und mit ihrer Tochter Sia-Ara im Schlepptau eintrat, festen Schrittes, die Schwingen ordentlich auf dem Rücken gefaltet. Raika fiel ihr um den Hals und erntete dafür einen überraschten Blick von Sia-Ara, die respektvoll geknickst hatte. Sarahi nahm die junge Vogelfrau am Arm. „Lass uns zusammen in den Wintergarten gehen, Sia-Ara. Wir sollten Ihrer Hoheit einen Augenblick allein mit Ki-Ara einräumen."

Sia-Ara nickte zustimmend und folgte der Zofe aus den Gemächern. Raika lächelte kurz. Sie wusste genau, dass Sarahi ebenso erpicht darauf war, von Keyans Zustand zu hören. Der junge Kommandant der Palastwache war sehr beliebt sowohl im Schloss als auch im Volk und die meisten schätzten und achteten sein ruhiges, besonnenes Wesen und die freundliche, höfliche Zurückhaltung und zugleich bestimmte, vertrauenserweckende Kompetenz, mit der er Urteile fällte und seine Meinung darbot. Auch Sarahi bildete da keine Ausnahme.

„Wie geht es ihm? Ist alles gut gegangen?", wollte Raika wissen. Sie nahm Ki-Ara an den Händen und führte sie zu dem kleinen, elegant verschlungenen Beistelltisch, an dem sie eben noch wartend gesessen hatte. Ki-Ara nahm bedächtig im zweiten Stuhl Platz und stieß langsam die Luft zwischen den Zähnen aus.

„Er sieht besser aus als erwartet", begann sie, „aber er muss immer noch große Schmerzen haben und scheint sehr schwach zu sein."

Raika nickte. Das hatte sie sich bereits gedacht.

„Er würde sich natürlich nie anmerken lassen, wie sehr er leidet", meinte Ki-Ara mit einem schrägen Lächeln und verdrehte die Augen in einer theatralischen Geste. Auch das hatte Raika erwartet. Die Tatsache, dass die Vogelfrau trotz der ernsten Lage scherzen konnte, ließ sie unvermittelt entspannter werden. So schlimm konnte es also nicht um Keyan stehen.

„Hat er etwas gesagt?", fragte sie Ki-Ara. Diese lächelte jetzt entschieden schelmisch.

„Er hat nicht viel gesagt und muss irgendwann während unserer Reise das Bewusstsein verloren haben", sagte sie und Raika wollte sie gerade fragen, was daran denn so lustig war, als die Vogelfrau fortfuhr. „Das Einzige, was er von da an ab und an geflüstert hat, ist Miriyas Namen."

Sie schenkte der Königin einen bedeutungsvollen Blick, das schelmische Grinsen immer noch auf ihrem Gesicht und widergespiegelt in den gehobenen Brauen.

„Aah, ich verstehe", sagte Raika langsam. Ihre Blicke trafen sich und sie musste das Grinsen der Vogelfrau erwidern. Wer hätte gedacht, dass Keyan sein Herz ausgerechnet jener wilden, unabhängigen jungen Frau schenken würde. *Andererseits* dachte sie bei sich, immer noch abwesend grinsend, *es passt tatsächlich*. Und sie hätte sich ihn auf der anderen Seite auch gar nicht mit einer der schüchternen, teilweise etwas oberflächlichen jungen Frauen bei Hofe vorstellen können.

„Sie machen ein gutes Paar", meinte Ki-Ara sachlich.

„Das stimmt", pflichtete ihr Raika bei, „lass uns hoffen, dass sie bald zu uns zurückkommt!"

Es dauerte einen ganzen Tag, bis die Heiler Raika erlaubten, Keyan einen Besuch abzustatten. Ki-Ara war zusammen mit Sia-Ara und den restlichen Helfern zurück ins Dorf der Vogelmenschen gekehrt, mit dem Versprechen, bald wieder vorbeizuschauen. Außerdem hatte Raika sichergestellt, dass der Kontakt zu den Wassermenschen in Zukunft nicht abbrechen würde. *Hätte ich gewusst, dass es noch Wassermenschen in den Gewässern Kirk-Wanas gibt, hätte ich schon längst reagiert,* dachte sie, als sie zappelig vor der Türe zum Krankenflügel wartete und ihre Finger über den kunstvoll gerafften Stoff ihres mitternachtsblauen Kleides gleiten ließ, um ihre Nerven zu beruhigen. Sie hatte fast nicht geschlafen und ihre Gedanken waren immer wieder zu ihrem Kommandanten im Krankenflügel gewandert, der schwer verletzt dalag. *Was würde sie wohl vorfinden?*

Die Türen zum Krankenflügel schwangen auf und eine Heilerin, die wie eine kleine, graue Maus aussah, knickste und ließ die Königin passieren. Diese gemahnte sich zu Zurückhaltung und zwang sich, langsam und erhaben die Zweierreihen an leeren Betten hinabzuschreiten bis zu dem Bett, dessen Privatsphäre gewährender Vorhang zurückgeschlagen war, um den jungen Mann zu zeigen, der matt und bewegungslos dalag. Man hatte ihn gewaschen und in saubere Kleidung gehüllt und er war so in die Laken gebettet worden, wie das Xanos' Anweisungen empfohlen hatten. Keyans Körper war aus dem engen Griff der stützenden, geschienten Reiseverbände befreit worden und die Heilerin hatte, wieder Xanos' Empfehlungen entsprechend, die gebrochenen, ausgerenkten Glieder locker in die beigelegten Seealgenverbände gewickelt. Auf dem Beistelltisch neben Keyans Kopf standen etliche Tiegel und Fläschchen mit geheimnisvoll anmutenden Flüssigkeiten neben den palasteigenen Heilmitteln, mit denen die Heilerin die Behandlung des jungen Mannes komplementiert hatte.

Als Raika näherkam und sah, dass Keyan ihren Bewegungen aus müden, wenn auch aufmerksamen Augen folgte, war es um ihre königliche Zurückhaltung geschehen. Sie behielt ihren langsamen, beiläufigen Schritt lange genug bei, um Keyans Überraschung zu erkennen, als sie in einen flotten Laufschritt verfiel und ihn ohne viel Überlegen in die Arme schloss, so gut es ging.

„Keyan, oh ihr Götter! Zum Glück lebst du noch", seufzte sie und merkte zu ihrem Entsetzen, dass ihre Stimme mehr wie ein Aufschluchzen, als wie die Stimme der Königin klang. Er stöhnte kurz auf und sie merkte, dass sie ihn zu sehr drückte. Sie stammelte eine Entschuldigung und wich zurück. Seine gesunde Hand fand die ihre und drückte sie fest.

„Eure Hoheit", brachte er hervor, ebenfalls mühsam seine Gefühle unterdrückend. Königin Raika wiederzusehen, brachte ihm eine angenehm kühle, gigantische Welle der Erleichterung, die ihn überflutete und Wasser in seine Augen trieb. Er zwinkerte energisch die Tränen weg und merkte, wie sie dasselbe tat. Beide lachten kurz nervös auf. Die Königin sah müde und erschöpft aus, auch wenn sie sich Mühe gab, sich nichts anmerken zu lassen und ihre Finger in seiner Hand fühlten sich kalt und fiebrig zugleich an.

„Ihr seht müde aus", stellte er leise fest, „ich hoffe, es ist nicht meinetwegen."

Sie schenkte ihm ein Lächeln, das einen Bergtroll zum Schmelzen gebracht hätte und drückte sanft seine Hand.

„Mach dir keine Sorgen", erwiderte sie. Sie löste ihre Finger aus seiner Hand, zog einen Stuhl neben sein Bett und setzte sich umständlich, mühselig die gerafften Stoffbahnen zähmend, die um ihren Körper drapiert waren und an den Schultern mit perlenbesetzten Goldspangen zusammengehalten wurden.

„Bitte, erzähl", sagte Raika dann und hielt den müden Blick aus moosgrünen Augen entschlossen fest. Keyan rückte den Oberkörper in eine bequemere Position und wartete einen Augenblick, bis die Schmerzen verebbten. Dann erzählte er, langsam und mit vielen Pausen. Er erzählte, was mit Salina passiert war, wie sie Ki-Ara getroffen hatten und was zu seinen Verletzungen geführt hatte. Raika lauschte aufmerksam, räumte ihm gelegentliche Pausen ein und gab ihm währenddessen Wasser zu trinken. Sie fühlte sich fiebrig, unwohl. Ständig wechselte sie kaum merklich ihre Position auf dem Stuhl und fuhr mit den Fingern über den mitternachtsblauen Stoff ihres Kleides, um das Zittern zu beruhigen, das in Wellen durch ihren Körper lief. *Es ist bloß die Aufregung*, sagte sie sich und musterte den jungen Mann, der leise und zögernd seine Geschichte darlegte, die Stimme noch heiserer als gewöhnlich, die Augen halb geschlossen. Er sah furchtbar aus, wenn man an den Anblick des stolzen, aufrecht dastehenden Kommandanten mit den breiten Schultern und den strahlenden, moosgrünen Augen gewohnt war. Die Müdigkeit und Schmerzen ließen sein Gesicht gräulich und eingefallen wirken, seine Augen hatten den wachen Glanz verloren und funkelten matt und erschöpft. Die Hälfte seines Körpers war mit Bandagen umwickelt und auf Kissen und Stützen hochgelagert und es brauchte keinen Heiler, um ihr zu sagen, dass jeder Atemzug und jedes Wort ihn Mühe kostete und ihm Schmerzen bereitete. *Wir hätten ihn wohl besser bei den Wassermenschen gelassen, bis er ohne Hilfe zurück hätte kommen können*, dachte sie zerknirscht. In diesem Moment pausierte Keyan und öffnete vollständig die Augen, um sie anzublicken. Sie realisierte, dass er seine Erzählungen beendet hatte.

„Könnte ich ein bisschen Wasser haben?", fragte er. Sie nickte und hielt ihm das Glas an die Lippen. Ihre Finger zitterten leicht und er warf ihr über den Rand des Glases einen prüfenden Blick zu. Raika sah vollkommen erschöpft aus, etwa so ausgebrannt und müde, wie er sich nach seinem langen Bericht fühlte. Ihre Hand, die sie auf seine Schulter gelegt hatte, um ihn zu stützen, während er trank, fühlte sich nun fiebrig und *heiß* auf dem leichten, durchlässigen Stoff seines Oberteils an.

„Seid Ihr sicher, dass alles in Ordnung ist?", meinte er, als sie das Glas fahrig abgestellt und sich wieder zu ihm umgedreht hatte. Anstatt einer Antwort riss Raika plötzlich die Augen auf. Mit einem Schlag war alle Farbe aus ihrem Gesicht gewichen und sie stieß ein lautes, raues Stöhnen aus. Keyan zuckte erschrocken zusammen. „Raika!"

Sie fiel in sich zusammen wie eine Marionette, der man die Fäden durchtrennt hatte. Mit einem erstaunlich lauten Knall kam sie unter den entsetzten Augen des jungen Mannes auf dem Boden auf.

„*Raika!*", rief er hilflos und fühlte sich schrecklich nutzlos. Sarahi kam herbeigerannt und drehte die Königin auf den Rücken. Keyan richtete sich unter Schmerzen auf den gesunden Ellenbogen auf und für einen kurzen Moment wurde ihm schwarz vor den Augen und er musste all seine Willenskraft aufbieten, um nicht ohnmächtig zu werden. Raika, den Kopf in Sarahis Schoß geborgen, während die mausähnliche Heilerin herbeieilte, wurde in einem Herzschlag steif wie ein Holzbrett. Sämtliche Muskeln in ihrem Körper zogen sich zusammen, krampften und verhärteten sich, während sie zu zittern anfing, so stark, dass ihr Kopf auf Sarahis Schoß hin und her schlug.

„So tut doch was", stieß die Zofe hervor. Die Heilerin, die neben Ihrer Hoheit kniete, blickte ratlos und schockiert. Weitere Heiler eilten herbei.

„Raika", machte Keyan vom Bett aus. Der leere, verschleierte Blick aus den weit aufgerissenen, glasigen Augen ging ihm durch Mark und Bein. Ihre Pupillen schoben sich nach oben unter die Lider, bis nur noch das Weiße ihrer Augen sichtbar war und sie sog keuchend und stoßweise Luft ein, während ihr ganzer Körper sich schüttelte wie unter schrecklichen Krämpfen. Sie warf sich herum, stöhnte scheinbar tief gequält. Es war ein solch durchdringender, animalischer Laut, dass es allen Anwesenden eine Gänsehaut über den Rücken jagte. Die Heilerin schob der Königin ein Kissen unter den Kopf, andere Heiler hielten sanft Hände und Füße fest. Die Königin wehrte sich gegen die Berührungen, ihre Augen schienen aus den Höhlen kullern zu wollen. Und dann stieß sie plötzlich einen schrillen, durch Mark und Bein gehenden Schrei aus, der durchdrungen war von Angst, Schmerz und Ohnmacht. Daraufhin wurde sie schlagartig schlaff. Ihre Atmung beruhigte sich, ihre Augen schlossen sich und ihre Gliedmaßen entspannten sich. Einzig ihre ungesunde, schneeweiße Hautfarbe blieb, während kleine Schweißperlen ihre Stirn hinunter rannen. Auf ihrem mitternachtsblauen Kleid breiteten sich Schweißflecken wie Blut aus.

„Königin Raika", sagte Sarahi sanft und schaffte es, ihre Stimme ruhig zu halten. Sie strich der Königin einige Haarsträhnen aus dem Gesicht, tupfte Schweiß von den nun entspannten Zügen. „Königin Raika, könnt Ihr mich hören?"

Sie reagierte nicht. Stumm und schlaff lag sie da, als würde sie schlafen. Die blasse Haut spannte sich wächsern über die zarten Gesichtszüge.

„Legt sie aufs Bett", befahl Keyan, endlich wieder Herr seiner Stimme. Sein Inneres schien vor Schreck zu Eis erstarrt, sein Herz hämmerte schmerzhaft gegen seinen Brustkorb. Die Heiler, noch immer starr vor Schock, hoben die Königin an Keyans Seite, während zwei davonstoben, um das Nachbarbett bereit zu machen.

„Raika", flüsterte Keyan, den Mund an ihrem Ohr, während Sarahi sicherstellte, dass die Königin nicht vom Bett rutschen konnte. Die Zofe wirkte besonnen und routiniert wie immer, aber das furchtsame, ratlose Flackern in ihren Augen zeigte, wie besorgt sie war.

„Was hat sie nur?", fragte sie Keyan flüsternd. Der junge Mann brachte es fertig, sich mit einem Arm unter Schmerzen in eine aufrechtere Position zu bringen, die es ihm erlaubte, sich halb über die Königin zu beugen. Er schüttelte den Kopf, ebenso ratlos und beunruhigt wie Sarahi, die hilflos begann, Raika über den Kopf zu streichen, wie um sie zu beruhigen.

„Sie war vollkommen wohlauf, als ich sie heute Morgen eingekleidet habe", brachte sie hervor und es klang, als würde sie demnächst in Tränen ausbrechen. Sarahi war zusammen mit Raika und Keyan im Schloss aufgewachsen und seit jeher an der Seite der Königin. Über die Jahre war eine tiefe, bedingungslose Freundschaft entstanden und die beiden standen sich trotz ihres unterschiedlichen Status nahe wie Schwestern. Der Anblick der reglosen Königin brach Sarahi beinah das Herz und auch Keyan hatte Mühe, das eben Geschehene zu verarbeiten. Plötzlich sog die Königin scharf die Luft ein und stöhnte leise. Sie öffnete die Augen, die verwirrt und glasig umherschwammen, bis sie Keyans moosgrünen Blick fanden. Raika packte ihn erstaunlich fest an der Schulter und er konnte nur knapp ein schmerzvolles Aufstöhnen unterdrücken.

„Miriya …", hauchte Raika und es klang, als würde der Name all ihre Luft aus den Lungen saugen. Unter den entsetzten Blicken ihres Kommandanten und ihrer Hauptzofe erschlaffte sie daraufhin wieder und schloss die Augen. Keyan und Sarahi starrten die Königin, die jetzt nur noch schwach atmete und immer noch weiß wie ein Leinentuch war, alarmiert an.

„Miriya?", wiederholte Keyan und eine eiskalte Welle der Angst schlug über ihm zusammen.

Miriya und Aria waren schon seit einiger Zeit unterwegs durch die Lüfte Kirk-Wanas auf dem Weg zum Meer. Die felsige Landschaft unter ihnen war erneut smaragdgrünen, sanft hügligen Ebenen gewichen, auf denen verstreut kleine Dörfer und größere Städtchen lagen, umrahmt von goldgelben Feldern und Weiden voller Milchbeutler oder Schafe. Rostrote Ziegeldächer schimmerten in der frischen Luft und sie konnten Bauern sehen, die energisch daran arbeiteten, Getreide zu schneiden. Kinder und Frauen beteiligten sich, sammelten die geschnittenen Halme zusammen und banden sie so zu ordentlichen Bündeln. Esel- und Ochsenkarren wurden lachend und scherzend beladen und in die Dörfer und Städtchen zurückgeführt.

„Es sieht so friedlich aus", seufzte Miriya. Aria hatte ihr am ersten Tag ihrer Weiterreise erzählt, wie sie kurz nach Miriyas Abreise aus dem Dorf der Hin-Kia plötzlich aufgewacht war. Schwach, aber am Leben. Die Heiler hatten sie erfolgreich aufgepäppelt und mit Hilfe von Toas und Seeras Speichel war die Adlerdame erstaunlich rasch genesen. Worauf Taren sie gebeten hatte, loszufliegen und Miriya zu suchen.

„Eine weise Entscheidung, wie mir scheint. Dieser Mann hat einen sechsten Sinn", hatte Aria gemurmelt, „und er weiß genau, dass du dich immer in Schwierigkeiten bringst!"

Dem hatte Miriya nichts entgegnen können. Aria war buchstäblich in letzter Sekunde erschienen und hatte sie gerettet. Nun schon zum zweiten Mal!

„Da gäbe es noch etwas zu klären", meinte die Adlerdame nun und unterbrach Miriyas Gedankengänge. Sie klang ernst.

„Was denn?", fragte Miriya und beugte sich vor über den Hals des Adlers, um ihn gegen den Flugwind besser zu verstehen.

„Ich kann dich nicht bis nach In-Hinaii fliegen, meine Gute", eröffnete Aria ihr düster. Miriya konnte aus ihrem Tonfall heraushören, wie sehr es ihr widerstrebte, dies zuzugeben. Dennoch war sie für einen Moment schockiert und unfähig, eine

Antwort zu geben. Ihre stärkste Verbündete konnte ihr nicht bis zum Schluss weiterhelfen? Wie sollte sie denn dann auf die Insel kommen?

„Es tut mir sehr leid, Miriya. Ich bin noch nicht vollständig geheilt und der Luftraum über Kirk-Wanas Meer ist bisweilen knifflig zu manövrieren. Es gibt auftriebslose Räume und starke Wirbel und Strömungen, denen ich in normaler Verfassung nur mit viel Kraftaufwand Herr werden kann. In meinem momentanen Zustand würde ich unser Todesurteil fällen. Wenn wir abstürzen, kann ich dich unmöglich beschützen", sagte Aria, wobei sie ihre Stimme sorgfältig neutral hielt. Miriya nickte nur wie betäubt, ehe ihr einfiel, dass Aria das im Fluge gar nicht sehen konnte.

„Es tut mir wirklich leid, Miriya", meinte die Adlerdame aufrichtig. Die junge Frau strich dem mächtigen Tier beschwichtigend über das schimmernde Gefieder. Dann schwiegen sie lange, bis Miriya plötzlich in der Ferne ein blaues Funkeln gewahrte. *Der Ozean!* Sie waren da! Der jungen Frau wurde es schwer ums Herz, als Aria viel später, kurz vor der Dämmerung, zur Landung ansetzte. Die grasbewachsenen Ebenen gingen stetig über in sandige Hügel. Die Luft fühlte sich frisch und rau an und roch nach Algen und Salz. Aria legte sich neben einem größeren Hügel zur Nachtruhe hin und Miriya schmiegte sich wie inzwischen üblich an ihre warme, weiche Flanke. Sie schliefen ein, ohne viel Worte zu verlieren, beide dazu entschlossen, die gemeinsame Zeit noch zu genießen und sich dabei gegenseitig wortlos mit ihrer bloßen Anwesenheit und Nähe zu bekräftigen und zu ermuntern.

„Wirst du hier auf mich warten?", fragte Miriya am nächsten Morgen, ihre Stimme unsicherer als sie eigentlich geplant hatte. Der Gedanke, dass Aria sie nicht begleiten konnte, erfüllte sie mit einer tiefgründenden, unerklärlichen Unruhe.

„Miriya, ich habe mir überlegt, dass es mehr Sinn macht, wenn ich zurückfliege. Nach Kirk-Wana. Ich kann der Königin berichten, was geschehen ist und wir können Verstärkung schicken, die dich zurück zur Hauptstadt geleiten kann, sobald du das Zepter hast", erwiderte Aria. „Mit Hilfe der Teleporter könnten wir innerhalb weniger Herzschläge hier sein. Ich muss sie nur erst herbringen, damit sie wissen, wohin sie sich teleportieren müssen."

Miriya nickte wortlos. Es machte Sinn. So würden sie das Kristallzepter schnellstmöglich zurück zu Königin Raika bringen können.

„Ich verstehe", sagte sie, „das klingt nach einem guten Plan. Und ich werde versuchen, das Kristallzepter so schnell wie möglich zu finden und hierher zu bringen. Und dann werde ich auf euch warten."

Aria nickte zustimmend. Dann zerzauste sie der jungen Frau zärtlich die Haare mit den Flügeln.

„Miriya, ich wünsche dir viel Glück. Ich weiß, dass du es schaffen wirst. Vertraue auf deine Fähigkeiten und deine Instinkte. Lass dich von der Natur leiten. Höre auf dein Herz. Wir werden uns hier wiedersehen, wir werden auf dich warten", sagte die Adlerdame dann.

„Vielen Dank für alles. Ohne dich wäre ich nie so weit gekommen", flüsterte Miriya und umarmte Aria herzlich. „Wir werden uns bald wiedersehen. Bis dahin mögen die Götter ihre schützenden Hände über dich ausbreiten. Richte Kirk-Wana liebe Grüße aus!"

„Mögen die Götter *dich* beschützen, Miriya. Bis bald!"

Mit diesen Worten breitete die Adlerdame ihre mächtigen Schwingen aus, warf Miriya einen letzten, aufmunternden Blick zu und erhob sich in die Lüfte. Sie stieß zum Abschied einen ihrer typischen, gellenden Adlerschreie aus und die Sonne fing sich funkelnd in den goldenen Federn. Miriya winkte Aria zu, bis sie zu einem stecknadelgroßen Knopf am Himmel zusammengeschrumpft war und wischte sich dann die Tränen aus den Augenwinkeln. Dann drehte sich die junge Frau entschieden um. Vor ihr erstreckte sich ein weitläufiger Strand aus weißem, feinem Sand. Dahinter schimmerte das unendliche Blau des Ozeans, der Kirk-Wana umgab. Zu ihren Füßen liefen saftige Grasbüschel langsam in sandige Dünen aus, hie und da fingen weiße Muscheln das Sonnenlicht auf. Eine Weile lang stand Miriya unbeweglich, wo sie war und ließ die sanfte, frische Meeresbrise über ihre Haut streichen, während sie aufs glitzernde Wasser hinausschaute. Schneeweiße Gischtkronen tanzten gelegentlich auf den Wellenkämmen. Der

Luftraum über dem Ozean schien tatsächlich beinah gänzlich leer und ohne Vögel zu sein. Entlang dem Strand hingegen ließen sich einige große, stromlinienförmige Möwen in den Aufwinden treiben, die am Rande der windstillen Zone Strudel entstehen ließen. Die Luft roch angenehm nach Salz und Algen und war frisch und prickelnd. Miriya ließ ihren Blick schweifen. Weit und breit nur dunkelblaues Wasser am Horizont und einige Inseln in der Ferne. In Ke-Inda hatte es nirgends größere Gewässer gegeben, weshalb sie nie richtig schwimmen gelernt hatte. Nach In-Hinaii schwimmen würde also keine Option sein. Sie beschloss, zunächst einmal die Insel ausfindig zu machen. Laut Aria war es das am nächsten an der Küste gelegene Eiland, das sie ansteuern musste, direkt in einer Linie mit In-Nuyas Gipfeln. Die junge Frau folgte mit ihren Augen der grauen Wand In-Nuyas, die gegen den Strand hin merklich abflachte und schließlich in einer Gruppe aus sanft gewölbten Dünen im Meer verschwand. Miriya lief in Richtung Wasser und der Sand rieselte kaskadenartig unter ihren Füßen weg, als sie eine besonders große Düne hinablief. Ihre Mokassins waren bei ihrem Zusammentreffen mit der Monsterpflanze übel in Mitleidenschaft gezogen worden und schließlich entledigte sie sich der löchrigen Schuhe. Weiter unten begegnete sie einer kleinen Gruppe katzengroßer Geschöpfe, die vom Kopf bis zu den Hüften wie kleine, geschuppte Bären aussahen und deren Körper von den Hüften abwärts in ein gedrungenes Paar Schwanzflossen ausliefen. Sie lagen sich sonnend in flachen Kuhlen, die sie wohl zuvor in den Sand gegraben hatten und schauten friedlich und entspannt aus. Ihre Schuppen glänzten braun-schwarz im Sonnenlicht und als Miriya sie passierte, hoben einige träge blinzelnd die sandverkrusteten Schnauzen. Ein Jungtier rollte sich auf den Bauch, als es die junge Frau erblickte und robbte in flapsigen Bewegungen auf sie zu, leise Laute ausstoßend, die wie eine Mischung aus Hundebellen und Katzenmiauen klangen. Seine klugen Augen glitzerten wie schwarze Käfer und es verzog die breite Schnauze, als würde es Miriya freundlich angrinsen. Sie sank auf ihre Knie und kraulte dem zutraulichen Tier das Kinn. Genießerisch schloss es die Augen und hielt andächtig still. Dann stupste es Miriya plötzlich spielerisch mit der linken Vorderpfote an und robbte in Richtung Wasser, das in funkelnden Wellen an den Sandstrand rollte. Das Tier drehte sich erwartungsvoll zu Miriya um und stieß Geräusche aus, die wie ein bellendes Lachen klangen.

„Ich kann nicht besonders gut schwimmen", meinte Miriya entschuldigend, ehe ihr einfiel, dass die Kreatur sie wohl nicht verstehen würde. Allerdings schien Sternensilber sie irgendwie auch verstehen zu können. Das Tier, das man gemeinhin Bärenfisch nannte, legte den Kopf auf drollige Weise schief, sah sie kurz fragend an und tauchte dann geschickt in die nächste, heranrollende Woge. An Land eher langsam und flapsig, so war der Bärenfisch unter Wasser pfeilschnell und wendig. Er schoss davon, schlug einen rasanten Haken und katapultierte sich dann spielerisch aus den Fluten. Miriya musste lachen, denn das Wesen sah noch immer so aus, als würde es sie angrinsen. Sie näherte sich dem Meer, bis die Brandung ihre Füße umspülte. Das Wasser war kühl, beinah kalt. Leise gluckernd rollten Wellenkämme, gekrönt mit Gischtwolken heran und entluden sich am Strand, wo sie besitzergreifend weit hinauf am Sand emporkrochen und sich dann ebenso schnell zurückzogen. Dort, wo das Wasser hinreichte, schimmerte der helle Sand perlengleich und gab den Blick frei auf feingerillte Muscheln, herangespülte Krebschen und wogende Algen, die sich nahe dem Wasser in der immerwährenden Strömung angesiedelt hatten und zwischen denen Krill hindurchflitzten. Einige große, pechschwarze Krebse mit abstrakten, weißen Zeichnungen auf dem Panzer krabbelten über den Strand und hinterließen winzige, wellenförmige Spuren. Hinter Miriya setzte sich die Gruppe Bärenfische in Bewegung und folgte ihrem Artgenossen in die Fluten. Die junge Frau schaute den Tieren eine Weile zu, wie sie einander spielerisch jagten, durch das Wasser schnellend wie kleine, funkelnde Pfeile. Silberne Fischleiber blitzten in den Wellentälern auf. Miriya beschloss, parallel zum Ozean in Richtung In-Nuya zu laufen. In der Verlängerung des Gebirgszuges hatte sie schon beim näher ans Wasser herantreten eine Insel erspäht. Das musste In-Hinaii sein.

Es dauerte beinah den ganzen Vormittag und bis in den frühen Nachmittag, bis Miriya nahe genug an In-Nuya und In-Hinaii herangekommen war, dass sie mehr Details ausmachen konnte. In-Hinaii schien von der Form her beinahe kreisrund zu sein und war dicht von Urwald bewachsen. Ein schmaler, felsiger Streifen Strand ging nahtlos in ein undurchdringlich erscheinendes Dickicht an Urwaldriesen, buschigen Farnen und mächtigen Palmen über. Es gab keine Zeichen von Zivilisation und die Insel sah seltsam einsam und verlassen aus. Die dichte Vegetation ließ sie aussehen wie eine überwachsene, außer Kontrolle geratene Topfpflanze, die aus allen Nähten platzte.

Wie soll ich nur da rüberkommen, dachte Miriya und eine eiskalte Woge der Hilflosigkeit stieg in ihr auf. Schließlich hatte sie den Punkt erreicht, von dem sie dachte, dass er am wenigsten weit von der Insel entfernt war. Dennoch schien die Distanz unüberwindbar zu sein. Verloren und allein stand sie am Strand, während die Wellen sanft ihre Füße umspülten und um sie herum Bärenfische und Krebse im Ufersand herumwuselten. Der Wind, der gegen Mittag hin etwas stärker und frischer geworden war, riss an den Verzierungen in ihren Haaren, die auf mysteriöse Weise jede Strapaze und jeden Waschgang bis jetzt überlebt hatten.

So wird Raika ihr Zepter nie bekommen, dachte Miriya. Ein Anflug von Verzweiflung mischte sich in die Hilflosigkeit und sie umarmte sich selbst. Sie musste es zumindest mit Schwimmen versuchen. Eine andere Möglichkeit sah sie nicht. Wenn sie In-Nuyas Linie unter Wasser folgte, so konnte sie vermutlich immerhin darauf bauen, dass das Wasser nicht allzu tief werden würde. Immerhin musste der Gebirgszug unter Wasser wieder ansteigen, um In-Hinaii zu bilden. Die junge Frau tat einen tiefen Atemzug, dann trat sie schicksalsergeben in die Brandung und watete langsam in die Fluten. Das Wasser war jetzt, da der Wind aufgefrischt hatte, kalt und sandte Schauer über ihre Haut. Gurgelnd umspülte der Ozean ihre Oberschenkel.

„Das würde ich an deiner Stelle nicht tun", meldete sich eine Stimme hinter ihr hilfsbereit zu Wort.

Kapitel XI

~

Von Inseln, die verschwinden

Miriya fuhr erschrocken herum und wäre beinah rücklings ins Meer gestürzt. Unelegant und ungeschickt kämpfte sie einen kurzen Moment lang, um ihr Gleichgewicht wiederzufinden. Dann fokussierte sie ihren Blick auf die Umgebung. Hinter ihr stand niemand. Weit und breit waren nur Strand, Krebse und Bärenfische zu sehen.

„Sieh näher hin", machte die Stimme fröhlich.

Miriya senkte den Blick. Vor ihr, knapp oberhalb der Wassergrenze, saß ein Geschöpf, das an einen Otter erinnerte. Sein Fell war hell, so hell wie der Sand des Strandes, weshalb die junge Frau es bei ihrem prüfenden Blick zuvor glatt übersehen haben musste. Nun richtete es sich halb auf und die große, feucht glänzende Knopfnase zuckte witternd. Das Tierchen hatte große, blaue Unschuldsaugen und winzige, kaum sichtbare Ohrmuscheln. Die rundliche Schnauze wurde von einem Kranz Barthaare umrahmt, zwischen den Pfötchen sah man Schwimmhäute. Der Schwanz war das Einzige, was entschieden anders aussah: Statt des flachen, paddelförmigen Schuppenschwanzes eines Otters hatte die Kreatur einen breiten, kurzen Katzenschwanz, der in einem Büschel längerer, dunkler gefärbter Haare endete.

„Du sprichst?", fragte Miriya, nach all ihren Begegnungen auf ihrer Reise nur noch halb so überrascht ob der Tatsache, dass auch Wesen sprechen konnten, die in keinster Weise menschlich aussahen. Das Geschöpf legte den Kopf schräg, was ihm einen drolligen, allerliebsten Anblick verlieh.

„Was suchst du?", fragte es neugierig.

„Ich muss auf die Insel da", sagte Miriya und zeigte mit dem Finger auf In-Hinaii.

„Dann würde ich nicht schwimmen, wenn ich du wäre", erwiderte das Tierchen.

„Wieso denn nicht?", fragte Miriya nun entschieden verzweifelt. Sie *musste* auf die Insel kommen, koste es, was es wolle. „Wieso sollte ich nicht schwimmen?"

„Wegen der Meerweiber natürlich", informierte das Geschöpf sie, in einem Tonfall als würde es die junge Frau für total bescheuert halten. „Du bist wohl nicht aus der Umgebung?"

„Nein. Ich bin vom anderen Ende Kirk-Wanas", antwortete Miriya, während sie vorsichtig aus dem Wasser watete. Sie wusste nicht, was Meerweiber waren, aber wenn sie laut dem Tierchen gefährlich waren, würde es vermutlich nicht schaden, sich *nicht* in ihr Territorium zu begeben. Das Wesen sah ihr aufmerksam zu, wie sie ans Land schritt und dann in die Hocke ging. Dann schnippte es mit dem Schwanz und sah zu der jungen Frau hoch.

„Meerweiber sind fürchterliche Bestien. Sie locken Menschen ins Meer, indem sie sich in wunderschöne junge Frauen oder Männer verwandeln und sobald die armen Seelen tief genug im Wasser sind, zeigen sie ihr wahres, hässliches Wesen und ziehen ihre Opfer in die Tiefe", erklärte die Kreatur. Miriya lief eine Gänsehaut über den Rücken. Zum Glück war sie nicht geschwommen.

„Dann sollte ich wohl wirklich nicht schwimmen", seufzte sie stattdessen in einem Versuch, ihr Schaudern zu überspielen. „Aber ich muss auf die Insel. Weißt du, wie ich dahin kommen kann?"

Das Wesen schien die Frage eine Weile abzuwägen.

„Kannst du denn schnell schwimmen?", wollte es dann wissen.

„Sehe ich denn so aus?", fragte Miriya und breitete hilflos die Arme aus.

„Ich glaube, schwimmen können wir vergessen", beschied ihr das Geschöpf entschieden nach einem kurzen Blick auf Miriyas Arme und Hände und die nicht vorhandenen Schwimmhäute. Das Tierchen schwieg eine Weile und das kleine, niedliche Gesicht verzog sich in angestrengte Falten, als es versuchte, eine Lösung zu finden. Und plötzlich änderte sich die Fellfarbe in einer wellenförmigen Bewegung von Schnauze zu Schwanz und das Wesen war auf einmal blau. So blau wie der murmelnde, rauschende Ozean vor ihnen. Miriya keuchte fassungslos. „Wie machst du das?"

„Ich bin ein Fabeltier. Fabeltiere können ihre Fellfarbe nach Belieben ändern", erklärte das possierliche Tierchen, als wäre dies ein alltägliches Gesprächsthema in seinem Leben.

Vermutlich war es das auch, dachte Miriya benommen.

„Ich heiße übrigens Mo", stellte sich das Fabeltier höflich vor.

„Aha", meinte Miriya lahm.

„Und du bist …?", plapperte Mo fröhlich weiter, anscheinend vollkommen ahnungslos, dass Miriya noch immer dabei war, alle Fakten zu verarbeiten, die das Fabeltier ihr in den letzten paar Herzschlägen geliefert hatte.

„Miriya", antwortete sie, als das Schweigen langsam unangenehm wurde.

„Miriya. Das ist ein schöner Name", sagte Mo vergnügt, „bitte warte hier auf mich, in Ordnung?"

Das Fabeltier wandte sich zum Gehen und in der Drehung änderte es seine Fellfarbe zu kanariengelb. Miriya verzog gequält das Gesicht.

„Wo gehst du hin?", fragte sie, um sich ihre Überraschung nicht anmerken zu lassen.

„Ich finde ein Transportmittel für uns", antwortete Mo heiter und watete nun ihrerseits ins Wasser.

„Ich dachte, man sollte nicht schwimmen!"

„Ja. *DU* sollst nicht schwimmen. Du bist zu langsam und zu unwiderstehlich für Meerweiber. *Ich* hingegen bin nur ein kleiner, unappetitlicher Fellknäuel", entgegnete Mo, schnippte kokett mit dem Schwanz und war gleich darauf wie ein kleiner, kanariengelber Pfeil in den Fluten verschwunden. Miriya blieb allein und verdutzt am Strand zurück und setzte sich erstmal hin. Sollte sie dem Fabeltier tatsächlich vertrauen und auf seine Rückkehr warten? Ihre Instinkte nickten ihr energisch zu und sie setzte sich bequemer hin und ließ warmen Sand durch ihre Finger rieseln. Während sie den weißen Körnern zuschaute, wie sie in fließenden, beinah wasserähnlichen Rinnsalen über ihre Haut kullerten, wanderten ihre Gedanken zu Keyan.

Was er jetzt wohl machte? Und wo er wohl war? War er immer noch in Xanos' und Xylens Obhut? Und war Sternensilber sicher in Kirk-Wana angekommen? Hatte Darijo Ki-Ara von ihrem Zusammentreffen erzählt oder war Aria ihm zuvorgekommen? Und wusste Raika, dass sie das Zepter beinah gefunden hatte oder wartete sie noch immer ahnungslos in ihrem Palast in Kirk-Wana auf Neuigkeiten?

Miriya seufzte und ließ ihren Blick über die unendlichen Weiten des Ozeans schweifen. Wenn alles gut ging, würde sie schon bald die Antworten auf all ihre Fragen wissen.

Keyan hatte veranlasst, dass sein Bett direkt an Raikas Bett herangeschoben wurde und die Heiler hatten dem nur zu gern Folge geleistet, denn es minimierte die Wahrscheinlichkeit, dass die Königin bei ihren gelegentlichen Krampfanfällen aus dem Bett fiel. Keyan lag schwer gegen Kissen gestützt in einer halb aufgerichteten Position, die ihm mehr Schmerzen bereitete, als er zugeben mochte, ihm aber auch die Möglichkeit gab, sich zu Raika hinüberzubeugen. Die Königin lag in ihrem Bett und warf unruhig den Kopf hin und her. Sie murmelte wirre Wortfetzen, die niemand verstand, nicht einmal Sarahi, wenn sie ihr Ohr beinah an Raikas Lippen drückte. Die Zofe saß auf der anderen Bettseite, das Gesicht sorgenvoll verzogen und beugte sich manchmal über die Königin, um ihr die Schweißperlen abzutupfen, die sich auf der wächsern weißen Stirn sammelten. Manchmal zuckte Raika zusammen und machte abwehrende Bewegungen und ab und an hatte sie einen kurzen Krampfanfall, der, wenn auch unschön und beunruhigend anzusehen, niemals so stark wurde, wie ihr erster Anfall vier Tage zuvor. Sie hatte Fieber und war nicht ansprechbar, ihre Haut ein wächsernes Weiß und ihre Haare stumpf und glanzlos. Sarahi versuchte in regelmäßigen Abständen, ihr einen dickflüssigen Nahrungsbrei zu füttern, der zu großen Teilen im Kissen und in den Haaren der Königin endete. Unten im Thronsaal kümmerten sich die königlichen Berater um jene Männer, die sie als mögliche Ehemänner Raikas auserwählt hatten und die vor wenigen Tagen eingetroffen waren, nur um die Königin bettlägerig und unpässlich vorzufinden. Die Situation war alles andere als entspannt und der gesamte Palast war in großer Sorge um das Wohlergehen der Königin.

Raika stieß einen leisen Schrei aus und Keyan griff unwillkürlich nach ihrer Hand, die wirr und ziellos durch die Luft schoss.

„Raika", sagte er leise, während er die klammen, fiebrig heißen Finger drückte. Er wusste nicht, was er tun konnte und die Heiler waren ebenfalls vollkommen ratlos. Sie drehte sich ruckartig und stieß unsanft gegen seine gesunde Seite. Er unterdrückte ein schmerzvolles Stöhnen, während Sarahi aufsprang und die Königin zurechtrückte.

In diesem Moment öffnete sich die Türe zum Krankenflügel und Ki-Ara trat ein. Sarahi sprang auf. „Ki-Ara, wie ist das möglich? Du bist doch eben erst nach Ayara zurückgekehrt!"

Die Vogelfrau eilte den Gang zwischen den Betten hindurch auf sie zu, ihr tannengrünes Gewand wogte um sie herum.

„Ein Teleporter hat mich hergebracht, nachdem deine Nachricht angekommen ist. Wie geht es Raika?", sagte sie, ihre Stimme knapp und voller Sorge. Sie langte nach der Hand der Königin und hielt sie einen Moment in den ihren.

„Sie hat Fieber und ist im Delirium", antwortete Sarahi erstickt.

„Weiß man, was der Auslöser ist?", fragte Ki-Ara. Ihre Augen fanden Keyans moosgrünen Blick und hielten das deutlich wachere Funkeln einen Herzschlag lang fest. Der junge Mann seufzte und ließ dann seinen Blick über Raikas unruhige Züge gleiten.

„Niemand weiß, was los ist. Sie hat mich besucht und ist mittendrin zusammengebrochen", antwortete er dann.

„Die Heiler meinen, wir können nur darauf warten, dass sie wieder aufwacht. Aber wenn sie nicht bald zu Bewusstsein kommt, wird es für sie lebensgefährlich. Sie nimmt kaum Nahrung und nur wenig Wasser zu sich", ergänzte Sarahi, ihre Stimme gezwungen ruhig und gleichmäßig. Ki-Ara setzte sich mit untergeschlagenen Beinen ans Fußende von Raikas Bett, wobei die Spitzen ihrer gefalteten Schwingen über den Bettrand fast bis zum Boden reichten.

„Dann warten wir gemeinsam", meinte sie entschieden. Weder Keyan noch Sarahi protestierten. Beide nickten müde und lächelten die Vogelfrau dankbar an.

„Unterdessen nimmt es euch vielleicht Wunder, welche Neuigkeiten mir der Teleporter, der mich netterweise hergebracht hat, übermittelt hat", beschied sie den beiden, mehr an Keyan gewandt als an Sarahi. Das Herz des jungen Mannes tat einen ungewollten Hüpfer.

„Was für Neuigkeiten?", meinte er, sein Mund plötzlich trocken. Da lächelte Ki-Ara und hob eine Augenbraue und Keyan spürte, wie eine fiebrige Aufregung in ihm anstieg. Er war zutiefst beunruhigt gewesen, als Sarahi ihm erzählt hatte, dass Sternensilber allein nach Kirk-Wana zurückgekommen war und sich nun etwas traurig und verloren in einer der Boxen im königlichen Stall aufhielt. Keyan wusste, dass Miriya sich nur unter den widrigsten Umständen von ihrem Bruder trennen würde und er hatte die Zeit, in der er sich nicht Sorgen um Raika machte, damit verbracht, sich darüber den Kopf zu zerbrechen, warum in aller Welt das wilde Einhorn hier war. Auch der Hengst selbst würde sich nur gezwungenermaßen von seiner Schwester entfernen.

„Der Teleporter hat mich wissen lassen, dass er nur wenige Tage zuvor einer jungen Frau mit bunten Haaren begegnet ist, die auf dem Weg zur Küste war", sagte Ki-Ara mit klarer Stimme und ihre Augen lächelten Keyan warm an.

„Miriya", brachte dieser heraus. Es war mehr ein erleichtertes Flüstern als eine laut ausgesprochene Feststellung und für einen Moment fühlte er sich, als würde sein Herz vor Glück bersten. Sie war am Leben und sie war wohlauf! Sein Blick fand Sarahis und er erkannte, dass auch sie erleichtert und froh war über diese Neuigkeit.

„Sie teilt uns mit, dass sie wohlauf ist und nun weiß, wo sie das Kristallzepter finden wird. Es liegt auf einer Insel namens In-Hinaii verborgen und sie befindet sich auf dem Weg dahin", berichtete Ki-Ara weiter.

„Darijo hat auf Miriyas Wunsch hin auch den Stamm der Hin-Kia kontaktiert und Taren aus Hin-Kia schickt seine Grüße an dich und wünscht dir eine rasche Genesung", fuhr die Vogelfrau fort. Da lachte Sarahi leise auf. Ki-Ara und Keyan sahen sie fragend an.

„Seht ihr nicht?", meinte die Zofe, „Ihre Hoheit hat immer gesagt, dass Miriya etwas Besonderes ist. Die Vogelmenschen, die Wassermenschen, die Hin-Kia, die Teleporter, wir; sie verbindet uns alle. Völker, die teilweise von der Karte Kirk-Wanas verschwunden waren, kommunizieren wieder miteinander. Dieses Mädchen ist tatsächlich etwas Besonderes!"

Miriya fühlte die Wut in sich brodeln. Noch immer saß sie untätig am Strand und wartete auf Mos Rückkehr. Sobald die Nacht angebrochen war, hatte sie sich hinter einige Dünen zurückgezogen und eine Weile schlafen gelegt. Nun war es schon beinah Morgen, ein heller werdender Lichtstreifen am Horizont kündigte den baldigen Sonnenaufgang an und die Sterne, die am mitternachtsblauen Nachthimmel einen beeindruckenden, glitzernden Bogen übers Firmament gezaubert hatten und hell und klar vom stillen Ozean gespiegelt worden waren, verblassten nach und nach. Und noch immer keine Spur von Mo.

Sie muss sich wohl irgendwo ob meiner idiotischen Gutgläubigkeit ins Fäustchen lachen, dachte Miriya erbost, als sie sich zurück an ihre Ausgangsposition knapp über der Wasserlinie begab und sich auf ihr Hinterteil fallen ließ. In der Nacht hatte die Ebbe den Ozean zurückweichen lassen, doch nun krochen die Wassermassen langsam wieder höher. Es würde ein schöner Tag werden. Der Himmel war beinah wolkenlos und der salzige Wind, der noch am Nachmittag zuvor Miriyas Haare zerzaust hatte, war zu einem kaum merkbaren Luftzug geworden. Neben Miriya schleppte sich eine Gruppe Bärenfische an den Strand und grub sich die charakteristischen, flachen Kuhlen, in denen sie sich von der nächtlichen Jagd nach Krill, Fischen, Krebsen und kleinen Tintenfischen erholten. Als der goldene Lichtstreifen am Horizont den Ozean zum Funkeln brachte, stand Miriya auf. Sie hatte genug. Mo hatte sie wohl nur zum Narren gehalten. Sie musste wohl oder übel einen eigenen Weg auf die Insel finden. Sie wollte sich eben umdrehen, um am Strand entlang zu den letzten sichtbaren Auswüchsen In-Nuyas zu laufen, um eine Siedlung zu finden, wo sie vielleicht ein Boot ausleihen konnte, als ein lautes Blubbern sie innehalten ließ. Miriya fuhr herum. Vor ihr brodelte und schäumte die spiegelglatte Fläche des Ozeans plötzlich, als würde etwas Riesiges aus den Fluten aufsteigen. Ein eisiger Schauer rieselte über Miriyas Rücken. Ihre sämtlichen Sinne schrien, dass sie die Beine in die Hand nehmen sollte. Das Ganze sah der Krakenattacke schrecklich ähnlich und Miriya schrie panisch auf und warf sich herum, um so schnell wie möglich davonzulaufen. Halb erwartete sie, dass sich glitschige, schleimige Tentakeln um ihre Fußknöchel winden würden und allein die Vorstellung davon reichte aus, um eine lähmende Welle aus Panik und Schock in ihr auszulösen.

„Halt, warte! Wo willst du denn hin?", übertönte eine piepsige Stimme das Wüten des Wassers. Dann war Mo plötzlich neben ihr, eifrig durch den Sand wuselnd und mit scharlachrotem Fell. Miriya bremste abrupt und als Mo es ihr gleichtat, verlor sie ob des scharfen Stopps den Halt und kugelte wie ein roter Ball einige Schritte weiter durch den Sand. Keuchend blieb das kleine Tierchen liegen, während hinter ihnen das Brodeln und Röhren des Meeres langsam verebbte. Zurück blieb das ungute, aber ebenso sichere Gefühl, dass jemand hinter ihnen stand und sie beobachtete. Miriya wagte nicht, sich umzudrehen. Stattdessen fixierte sie ihren Blick auf Mo, die nun schnaufend auf die Beinchen kam und sich energisch den Sand aus dem feucht glänzenden Fell schüttelte.

„Ich habe dein Transportmittel gefunden", brachte sie zwischen zwei keuchenden Atemstößen hervor. Sie musste lange und schnell geschwommen sein, bevor sie Miriya über den Strand hinweg hinterhergerannt war. Und das musste mit ihren verhältnismäßig kurzen Beinchen relativ schwer gewesen sein.

„Mein Transportmittel?", echote Miriya ebenfalls außer Atem, obwohl sie, wie sie sich schamvoll eingestehen musste, deutlich weniger weit hatte rennen müssen. Sie schob es auf die Panikattacke. Mo gestikulierte in einer fast menschlich anmutenden Geste in Richtung Meer. Tapfer drehte Miriya sich um. Und schnappte nach Luft. Einen kurzen Moment lang schien sich alles zu drehen. Eine riesenhafte Seeschlange hatte den Kopf aus dem Wasser gehoben und starrte sie aus Augen an, die von einem durchdringenden Grün waren und geschlitzte Pupillen aufwiesen. Der Kopf allein hatte etwa die Länge eines ausgewachsenen Mannes, die Augen des Monsters waren beinah so groß wie Miriyas Kopf. Lange Barteln ragten über dem langgezogenen Mund bis auf den Sand hinab. Die Schuppen des geschmeidig anmutenden Leibes schillerten wie eine Öllache auf dem Boden in allen Regenbogenfarben, aber die zugrunde liegende Farbe musste pechschwarz sein. Wie lange die Seeschlange im Ganzen war, erschloss sich Miriya nur schwer, aber es mussten mindestens an die achtzehn Manneslängen sein. Ein gezackter Kamm lief dunkelgrün über den Rücken, vom Kopf bis zum Schwanzende und endete auf der Schnauze in einem leicht gebogenen Horn. Der Koloss verzog den Mund zu einem Grinsen, das wohl freundlich gemeint war, Miriya aber erschrocken zurückprallen ließ. Es entblößte die langen, dünnen Fangzähne, die der Seeschlange aus dem Kiefer wuchsen. Eine gespaltene Schlangenzunge lag entspannt im Unterkiefer. Miriya war sich schrecklich bewusst, dass das Monster sie hätte verspeisen können, ohne einmal zu kauen. Sie taumelte einige Schritte zurück, verlor im Sand das Gleichgewicht und landete unsanft auf ihrem Hinterteil, was ihr alle verbliebene Luft aus den Lungen presste. Keuchend saß sie da und starrte die Seeschlange wie hypnotisiert an. Mo trat neben sie und musterte sie kurz besorgt.

„Alles in Ordnung? Du wirkst etwas schockiert", meinte sie fürsorglich.

Miriya starrte sie einen Moment wortlos an.

„Schockiert? Ich? Du machst Witze. Warum sollte ich denn schockiert sein?", brachte sie dann hervor, aber die Ironie in ihrer Stimme klang eindeutig lahmer, als sie geplant hatte. Mo schien ihre offenkundig ironische Aussage für bare Münzen zu nehmen. Sie zuckte mit dem Schwanz und wies mit der Schnauze auf das Seemonster.

„Das ist Ajak. Er bringt uns nach In-Hinaii", stellte sie die Seeschlange vor. Ohne die geringste Furcht näherte sie sich dem riesigen Monster, das sie ohne Mühe durch eine der zwei gewaltigen Nüstern hätte einatmen können. Die Seeschlange neigte den Kopf ein wenig und fixierte die junge Frau mit ihren durchdringenden, giftgrünen Augen, die aus der Nähe betrachtet irisierend funkelten, wie die Schuppen des riesigen Tieres. Miriya kam nicht umhin zu bewundern, mit welcher offensichtlichen Eleganz und Anmut sich die Schlange bewegte.

„Es scheint, als hätte deine Freundin ihre Zunge verschluckt", meinte sie dann und ihre Stimme hatte den singenden Tonfall, den

Miriya von Erzählungen ihrer Eltern her mit dem Gesang von Walen assoziierte. Melodiös und etwas melancholisch und gleichzeitig tief und grollend. Lachen trat blubbernd aus dem mächtigen Schlund hervor.

„Du hast wohl vergessen, sie vorzuwarnen", meinte Ajak dann und trotz seines furchterregenden Auftretens klang er gutmütig und warm.

„Oh", machte Mo entgeistert und blinzelte Miriya alarmiert an, „das habe ich wohl tatsächlich versäumt."

„Was du nicht sagst", seufzte Miriya resigniert.

„Aber dafür ist es jetzt ohnehin zu spät", meinte Mo darauf leichthin und schnippte mit dem Schwanz, was wohl ihr Pendant zum menschlichen Schulterzucken war. „Lass uns gehen!"

Ajak senkte den gewaltigen Schädel, bis sein Unterkiefer im Sand zu liegen kam und Mo bedeutete Miriya mit einer Pfote, aufzusteigen. Zögerlich rappelte sich die junge Frau auf und machte einige halbherzige Schritte auf das Monster zu. Ein giftgrünes Auge folgte ihren Bewegungen, als sie zwischen den Barteln hindurch näher an die Schnauze der Seeschlange trat. Mo trippelte unbekümmert auf eine der Barteln zu und hangelte sich dann mühelos daran empor. Sie arbeitete sich den Schuppen entlang zum Stirnhorn vor, erklomm die kleineren Ausläufer des Rückenkammes hinter dem Horn und hielt sich daran fest.

„Nun mach schon, wir haben nicht ewig Zeit", forderte sie dann Miriya mit ihrer piepsigen Stimme auf. Miriya stand etwas ratlos knapp vor dem giftgrünen Auge Ajaks, das sie noch immer fest im Blick hatte und hob ihre Hände.

„Wo soll ich denn anfassen?", fragte sie.

„Greif eine der Barteln, benutz meinen Mund als Tritt und versuche, das Horn zu fassen zu bekommen", instruierte sie Ajak aus dem Mundwinkel. Miriya tat, wie ihr gesagt wurde und befand sich schon wenige Herzschläge später an das Stirnhorn geklammert auf dem Schädel der Seeschlange.

„Haltet euch gut fest", sagte diese nach einer kurzen Pause, um sicherzugehen, dass Miriya auch wirklich oben angekommen war. Dann hob Ajak ohne weitere Vorwarnung seinen Kopf und sein gesamter Köper wand sich in eleganten Wogen, als er sich aus dem seichten Uferwasser stemmte und den Kopf in Richtung Insel drehte. Miriya schrie kurz auf. Sie rutschte bei jeder Bewegung der Seeschlange unkontrolliert auf den glatten Schuppen herum, und ihr einziger Halt war das Horn, an das sie sich krampfhaft klammerte. Dann war Ajak im offenen Meer und begann, in schlängelnden Bewegungen zu schwimmen, wobei er den Kopf sorgfältig eine halbe Mannslänge über Wasser hielt. Wieder konnte Miriya nicht umhin, die Eleganz und Grazie seiner Bewegungen zu bewundern. Das Licht der langsam höher kletternden Sonne brach sich regenbogenfarbig schillernd in den schwarzen, glänzenden Schuppen und der Rückenkamm pflügte durchs Wasser und hinterließ kleine Gischtkringel auf den sanften Wellen. Mo hob die Schnauze in den Gegenwind, der mit ihren Barthaaren spielte. Sie hatte sich mittlerweile pechschwarz gefärbt und war zwischen Schuppen und Rückenkamm fast nicht auszumachen.

„Wir werden sogar zur rechten Zeit auf In-Hinaii ankommen", rief sie dann Miriya zu, die mittlerweile, nachdem sie sich langsam an die Bewegungsabläufe der Seeschlange gewöhnt hatte, den Ritt sogar ein wenig genoss. Der Gegenwind fegte ihr die Haare aus dem Gesicht, ihre Verzierungen klirrten leise und die Luft roch salzig und frisch. Sie hatte zunächst gedacht, dass es bis nach In-Hinaii nicht allzu weit war, vor allem wenn man auf einer gigantischen Seeschlange ritt, doch sie wurde eines Besseren belehrt. Die Distanz zu In-Hinaii stellte sich als eine Art optische Täuschung heraus und die Insel wurde einfach nicht größer.

„Was meinst du mit ‚zur rechten Zeit ankommen'?", wollte Miriya wissen.

„Ach", meinte Mo ganz beiläufig, „In-Hinaii verschwindet jede Nacht."

„Wie meinst du das? *Verschwindet?*", erwiderte Miriya und versuchte, ihre Stimme vorsichtig neutral zu halten. Eine Insel, die *verschwinden* konnte? *Wohin* verschwinden?!

„Sie verschwindet. Niemand weiß genau wohin. Aber sie tut es jede Nacht, wenn der Mond zur Gänze am Himmel steht. Und sie kommt immer dann zurück, wenn der Mond gegen Morgen halb hinter dem Horizont verschwunden ist", erklärte Mo mit einer Selbstverständlichkeit, die Miriyas Mund offenstehen ließ. Sie beschloss, ihrem Seelenheil zuliebe nicht weiter nachzufragen. Mo schien dies zu begrüßen.

„Stell dir vor, du hättest all das schwimmen müssen", rief sie stattdessen vergnügt und färbte sich meeresgrün. *In der Tat*, dachte Miriya benommen, *ich hätte es nie geschafft.* Eine Weile schwiegen sie alle und schauten aufs Meer hinaus.

Wenn Keyan und Sternensilber mich jetzt sehen könnten, dachte Miriya, halb grinsend. *Auf dem Rücken einer riesigen Seeschlange im Meer vor Kirk-Wana auf dem Weg zu einer Insel, die jede Nacht wussten die Götter wohin verschwand.* Dann brach Mo das Schweigen.

„Wir kommen näher!", rief sie aufgeregt und Miriya sah, dass das Fabeltier tatsächlich Recht hatte. War die Insel zuvor beharrlich in der Distanz verharrt, so war sie jetzt merklich nähergekommen und man konnte nun gut sehen, was Miriya aus der Ferne nur notdürftig und verschwommen hatte ausmachen können. Die Insel war vollkommen überwachsen von einem üppigen Dschungel bestehend aus mächtigen Urwaldriesen und weitgefächerten, riesigen Palmen. Dicke Lianen schlängelten sich durchs Unterholz, das von ausladenden Farnbüscheln und dichten Büschen bewachsen war. Der schmale Streifen steinigen Strandes wurde von monströsen, knorrigen Wurzeln befestigt und sah unwirtlich und abschreckend aus. Über der Insel erkannte Miriya Vögel mit gedrungenen, bunt befiederten Körpern und gebogenen, hakenförmigen Schnäbeln, die misstönend krächzten. Also befand sich In-Hinaii außerhalb der windstillen Zone.

Ajak hielt auf etwas zu, was Miriya beim Näherkommen als winzige Bucht identifizierte, die verdächtig danach aussah, als wäre sie vor langer Zeit von einem riesigen Seeschlangenleib gegraben worden. Und tatsächlich passte Ajaks geschmeidiger Leib genau in die Lücke, als er vorsichtig an der Insel „anlegte" und den Kopf senkte, um seine Passagiere an Land gehen zu lassen. Dann hob er den Schädel wieder an und Miriya und Mo konnten vom felsigen Untergrund des Strandes auf jenen Teil wechseln, den Ajak zuvor als Landeplatz benutzt hatte. Die Steinblöcke da schienen vor langer Zeit von einem beträchtlichen Gewicht pulverisiert worden zu sein und es hatte sich ein grobkörniger, dunkler Sand gebildet, auf dem man einigermaßen angenehm stehen konnte.

„Danke dir für den Transport", sagte Miriya und neigte den Kopf ehrerbietig. Ajak lachte kurz auf; ein tiefer, vibrierender Laut, der die Vögel in ihrer Nähe für einen Moment verstummen ließ, bevor sie scheinbar doppelt so laut weitersangen und -lärmten.

„Das habe ich gern gemacht. Viel Glück bei deiner Suche, Mädchen. Und sei immer auf der Hut, diese Insel kann gefährlich sein", antwortete er dann und wandte sich an Mo.

„Auf ein anderes Mal, kleines Fellknäuel", machte er und ließ seine Zunge leise sirrend kurz über ihren Rücken züngeln. Das Fabeltier kreischte erbost auf und machte einen Satz zur Seite.

„Sie hasst das", erklärte Ajak und lachte dröhnend auf. Er zwinkerte ihnen beiden kurz zum Abschied zu und sie sahen ihm dabei zu, wie er in den brodelnden, schäumenden Fluten verschwand. Bald darauf war das Wasser wieder still und glatt und die leichte Brandung schwappte gluckernd über den steinigen Strand. Miriya konnte sich ein herzhaftes Gähnen nicht verkneifen und erst da wurde ihr bewusst, wie müde sie sich fühlte. Es machte Sinn. Sie hatte nicht eben viel geschlafen in der vergangenen Nacht. Ajaks Warnung kam ihr in den Sinn. Ein unangenehmer Gedanke, wie wenn ein wenig Schnee seinen Weg in den Kragen des Wintermantels fand und eine eisige Spur über den Rücken zog. Miriya erschauderte.

„Und was machen wir jetzt?", fragte Mo neugierig. Sie war jetzt mandarinenorange und sah wach und bereit zu allem aus. Miriya dachte kurz nach. Sie war müde und Ajak hatte gesagt, dass sie besser wachsam sein sollte. Sie drehte sich um und starrte auf das undurchdringlich erscheinende Dickicht vor ihnen. *Die grüne Hölle*, dachte sie nervös. *Wer weiß, was wir da antreffen werden? Und was wird wohl passieren, wenn die Insel verschwindet? Sollten wir dann überhaupt noch hier sein?*

„Ich glaube, wir sollten erstmal einen Rastplatz suchen und uns eine Weile ausruhen", meinte sie schließlich. Mo nickte bekräftigend.

„Eine gute Idee. Du siehst furchtbar müde aus", sagte sie.

„Und wieso bin ich wohl so müde?", erwiderte Miriya mit hochgezogenen Augenbrauen. Arglos sah Mo sie aus großen Unschuldsaugen an. Bevor Miriya ihr Argument weiter ausbauen konnte, musste sie kräftig gähnen und konnte dabei sogar ihre Kieferknochen knacken hören.

„Ich such uns einen Schlafplatz", verkündete Mo heiter. Und wie schon am Tag zuvor verschwand sie ohne weitere Worte flink im Unterholz und ließ Miriya am Strand zurück. Als diese sich schon Sorgen machte, dass sie wieder fast einen ganzen Tag auf das Fabeltier warten musste, kam Mo zurückgetrottet und bedeutete ihr, ihr zu folgen. Nur wenige Herzschläge später erreichten sie die Spitze der kleinen, u-förmigen Bucht und Mo zeigte ihr, wo hinter einem mächtigen Felsbrocken ein unförmiges Loch verborgen war.

„Einen Schlafplatz suchen, hast du gesagt", machte Miriya und kniete sich hin, um die Höhle zu begutachten. Sie würde wohl gerade so knapp hineinpassen.

„Ach, ich habe ganz viele dieser Höhlen, das sind meine Schlafplätze. Manche sind schon recht alt und stinken, aber die hier ist in Ordnung. Heute haben wir wohl Glück gehabt", meinte Mo lässig. Sie sah Miriya zu, wie sich diese ohne weitere Worte in die Höhle schob. *Ja, und Glück gehabt, dass ich zierlich gebaut bin,* dachte sie, als sie sich in der Höhle zusammenrollte. Der Boden des Unterschlupfes war mit altem, platt gelegenem Gras und knisternden, trockenen Blättern bedeckt und die Luft war etwas stickig. Mo schob sich hinter Miriya in die Höhle und rollte sich am Eingang zu einer kleinen, orangen Fellkugel zusammen. Während sie sich noch zurechtrückte, färbte sich ihr Pelz dunkelbraun und sie verschmolz mit dem Hintergrund und dem steinigen Strand vor der Höhle.

„Schlaf schön", murmelte sie, die vor wenigen Herzschlägen noch für alle Abenteuer bereit ausgesehen hatte.

„Du auch", gab Miriya zurück und obwohl die Luft in der Höhle durch ihrer beider Anwesenheit schnell stickiger und unangenehm warm wurde, schlief sie bald darauf schon tief und fest ein, während es ihr Mo leise schnarchend gleichtat.

Der Urwald auf In-Hinaii schien auf nahezu unpassierbare Weise ineinander verflochten zu sein. Lianen zogen sich wie dicke, faserige Schlangen quer durch den ganzen Dschungel und die unterschiedlichen Tierlaute, die aus den grünen Untiefen hervordrangen, klangen längst nicht alle wohlgesinnt. Miriya befand sich am Rande dieser grünen Hölle und seufzte, während sie mit verschränkten Armen dastand und versuchte, ihre Umgebung wahrzunehmen. Mo saß mit sturmgrauem Pelz auf ihrer Schulter und musterte interessiert einige gelb gepanzerten Schmuckschildkröten, die sich gemütlich auf größeren Felsblöcken in der Nähe sonnten. Unwillkürlich färbte sie sich kanarienvogelgelb.

„Wollen wir gehen?", fragte sie dann unternehmungslustig und riss Miriya unsanft aus ihren Gedanken.

„Ajak meinte, wir sollen aufpassen", warf sie skeptisch ein und musterte einige faustgroße Kreaturen, die geschickt einen Palmenstamm erklommen. Sie hatten flauschiges, dunkelbraunes Fell, riesige glänzende Knopfaugen und eine spitze, zitternde Nase. Mo identifizierte sie als Kokosmäuse.

„Die sind harmlos", warf sie ein. „Willst du denn hier Wurzeln schlagen? Wir können auch aufpassen, während wir gehen."

„Momentan *geht* aber nur eine von uns", grummelte Miriya. Sie konnte sich nur schlecht mit dem Gedanken anfreunden, allein in dieses Gewirr aus Büschen, Farnen, Palmen, Lianen und Urwaldriesen zu wandern. Der Dschungel war in ein dämmriges Halbdunkel gehüllt, was nur bewies, wie dicht die Kronen der Bäume sein mussten. Die meisten Bäume hatten über der Erde knorrige, weitreichende Wurzelnetze gebildet und die Erde, in die sie die Spitzen dieser wirren Gebilde steckten, war dunkel und feucht. Auffällige Blumen mit riesigen Kelchen und bunten Blütenblättern füllten das bisschen Wald aus, das die Bäume und Farne mit ihren Wedeln nicht abdeckten und die Luft, die ihnen entgegenströmte, roch salzig und gleichzeitig süßlich und irgendwie stickig.

„Wir können natürlich auch weiterhin in den Urwald starren und darauf warten, dass es Nacht wird", blubberte Mo und verlagerte unruhig ihr Gewicht von einem Hinterbein aufs andere.

Sie hielt sich mit den Vorderpfötchen in Miriyas Haaren fest und hatte den Schwanz locker um ihren Hals gelegt.

„Nur Geduld", beschwichtigte Miriya Mo, „meine Augen müssen sich zuerst ans Halbdunkel gewöhnen."

Einige Herzschläge später konnte sie keine Entschuldigung mehr finden, sich nicht auf den Weg zu machen. Aller Ausreden beraubt, fasste sich die junge Frau ein Herz und trat in den Dschungel ein. Schon nach wenigen Schritten klebte ihr das Kleid an der Haut und ihre Stirn war voller Schweißperlen. Das Fabeltier auf ihrer Schulter sog keuchend die schwüle Luft ein. Miriya blieb einen Moment stehen, um sich an das überraschend feucht-warme Klima zu gewöhnen. Langsam und gleichmäßig sog sie die Luft ein, die sich unangenehm dicht und wasserdurchtränkt anfühlte und so als könnte man sie mit einem Dolch entzweischneiden. Mehr Kokosmäuse huschten raschelnd durchs Unterholz und die Vögel mit dem bunten Gefieder, die Miriya von Ajaks Kopf aus über der Insel hatte kreisen sehen, saßen lärmend auf den wenigen freiliegenden Ästen und aßen fremdartig aussehende Früchte, die sie geschickt mit einem klauengespickten Bein vor sich in der Luft hielten. Wie gesittete Kinder hackten sie kleine Stücke aus den Früchten, die fleischig und feucht aussahen und deren Fruchtsaft heruntertropfte. Fingerlange Insekten, glänzend schwarz mit langen, gebogenen Fühlern und durchsichtigen, schillernden Flügeln produzierten zirpende Laute, langgezogen und weithin hörbar, indem sie rhythmisch ihre Körper zusammenzogen. Miriya wünschte sich plötzlich, dass sie ihre Schuhe nicht so einfach aufgegeben hätte. Sie konnte kaum ausmachen, wohin sie ihre nackten Füße setzte, als sie sich langsam und vorsichtig weiter einen Weg in den Urwald hinein bahnte. Hoffentlich würde sie nicht in etwas Giftiges treten. Mo saß mit offenem Mäulchen auf ihrer Schulter und schaute sich fasziniert um. Sie hatte Miriya früher erklärt, dass sie zwar eine Höhle auf der Insel hatte, dennoch aber nie weiter als bis zu dem felsigen Strand gegangen war.

„Hast du die Käfer da drüben gesehen? Die sehen lecker aus", flüsterte sie Miriya ins Ohr und deutete auf einige handtellergroße Käfer, die eine auffällige, schwarz-gelbe Musterung auf den glänzenden Panzern trugen und emsig im Gänsemarsch einen zerfurchten Baumstamm emporstiegen. Miriya wollte gerade entgegnen, dass die Käfer aussahen, als wären sie giftig, als Mo plötzlich unvermittelt laut schrie.

„*PASS AUF!*"

Instinktiv warf sich Miriya auf den Boden, wobei ihr Herz einen schmerzhaft langen Moment auszusetzen schien. Etwas zischte mit einem scharfen Luftzug dicht an ihnen vorbei und schlug in unmittelbarer Nähe mit einem dumpfen, klatschenden Laut in den Stamm einer riesigen Palme ein. Miriya nahm sich kaum Zeit, das Holzgeschoss zu betrachten, dessen Schaft vibrierend im Stamm auf- und niederwippte: Sie sprang auf, packte Mo, die von ihrer Schulter gefallen war, um die Körpermitte und rannte im Zickzack in die entgegengesetzte Richtung, aus der der Speer geflogen war. Krachend und splitternd brach sie durchs Unterholz, Lianen mit sich zerrend und Farne umrennend und hielt Mo dicht gegen die Brust gepresst. Ihre sämtlichen Sinne arbeiteten plötzlich fieberhaft und auf Hochtouren und sie konnte das kleine Herzchen des Fabeltieres spüren, wie es in einem irrsinnigen Stakkato schlug. Und sie konnte etwas hinter sich hören. Mit leichten, federnden Schritten heftete sich jemand an ihre Fersen und ließ sich auch durch ihren wahnwitzigen Zickzackkurs nicht beirren. Ein Schauer lief der jungen Frau über die verschwitzte Haut. Ihr Atem flog und sie atmete unregelmäßig und keuchend die dicke, schwüle Luft ein und aus. Ihr Verfolger hingegen schien keinerlei Probleme zu haben, weder mit dem Klima, noch mit ihrem verschärften Tempo, das Miriya trotz ihrer aufkommenden Erschöpfung verzweifelt beibehielt. Mo schlang ihre Vorderpfoten so gut es ging um Miriyas Hals, als diese über einige der riesenhaften Wurzelauswüchse stolperte und beinah der Länge nach in die Farne gefallen wäre. Keuchend kämpfte die junge Frau um Balance und zwang sich, weiter zu rennen. Sie registrierte die Grube, die sich von einem Herzschlag auf den nächsten unter ihr auftat, einen Wimpernschlag zu spät. Sie wollte noch Anlauf holen, um über das in der dunklen, feuchten Erde und von Vegetation verborgene nahezu unsichtbare Loch zu springen und sämtliche Muskeln in ihren Beinen schrien im Gleichklang, als sie sie erschöpft zu einem letzten Kraftakt zwang. Doch schon verschwand der Boden unter ihren baren Füßen und sie stürzte mit einem Aufschrei in die Tiefe. Der Sturz war verhältnismäßig kurz und sie kam mit einem mörderischen Aufprall am Grund des Loches auf. Reflexartig versuchte Miriya, sich abzurollen, schaffte eine halbe Drehung und knallte dann gegen die Wände der Grube. Mo segelte piepsend durch die Luft und ruderte verzweifelt mit den Pfötchen. Dann lagen sie beide keuchend und um Atem ringend in der Grube und Miriya kämpfte einen Moment lang damit, bei Bewusstsein zu bleiben.

„Steh auf", stieß Mo hastig hervor und sprang auf ihre vier Pfoten. Ihr Pelz war am ganzen Körper gesträubt und sie hatte die Zähne gebleckt. Miriya stöhnte und drehte sich schwerfällig um. Sterne tanzten wild vor ihren Augen. Sie versuchte, sich auf die Beine zu stemmen, aber als sie ihren rechten Fuß aufsetzte, fuhr ein stechender Schmerz durch ihr Bein und trieb ihr Tränen in die Augen. Sie unterdrückte einen Aufschrei und taumelte gegen die Grubenwand. Übelkeit fuhr in Wellen durch ihren Körper und sie konnte erkennen, dass Schwärze sich in ihre Augenwinkel schlich.

„Bleib nicht liegen, steh auf!", flehte Mo fiepend. Miriya versuchte noch einmal, hochzukommen, drückte verzweifelt und mit zusammengebissenen Zähnen die Schulter in die Grubenwand. Die Schwärze breitete sich aus ihren Augenwinkeln aus und vermischte sich mit den tanzenden Sternen. Kalter Schweiß brach ihr aus, als jegliche Kraft sie verließ. Blass und stumm sank sie gegen die Grubenwand gelehnt zusammen und verlor das Bewusstsein. Mo fiepte leise. Sie stemmte ihre Pfoten in Miriyas Bauch und Brust, ließ ihre kleine, rosa Zunge über das schweißüberströmte Gesicht sausen.

„Miriya", flehte sie, *„steh auf!"*

Als Miriya wieder zu sich kam, war ihr sterbenselend. Ihr rechter Knöchel pochte schmerzhaft und bei jeder Bewegung zuckten heftige, stechende Schmerzen durch ihr Bein. Ihr Kopf brummte und ihre Zunge fühlte sich dick und pelzig an. Sie registrierte vage, dass Mo sich in ein jämmerlich fiependes, zitterndes Bündel auf ihrer Brust zusammengerollt hatte und den Kopf gegen ihr Kinn gedrückt hielt. Miriya schob sie stöhnend von sich und das Fabeltier kam neben ihrem Körper auf und schmiegte sich schutzsuchend gegen ihren Oberarm. Miriya schien nicht genug Luft zu bekommen und ihr war speiübel und als sie sich mühsam halb aufrichtete, um Mo anzusprechen, musste sie unwillkürlich würgen und übergab sich heftig. Hustend lag sie auf einen Ellenbogen gestützt über ihr Erbrochenes gebeugt und versuchte, ihren rebellierenden Magen und pochenden Kopf unter Kontrolle zu bekommen.

„Miriya", jammerte Mo besorgt.

„Wo-?", flüsterte Miriya heiser und der Rest ihrer Frage wurde von einem erneuten Würgen und lautem Husten verschluckt. Die junge Frau sank stöhnend zurück auf den Rücken und starrte angestrengt an die Decke der kleinen Hütte mit den offenen Tür- und Fensterbögen, in der sie lag. Alles drehte sich, aber sie erkannte, dass die Wände der Hütte wohl aus armdicken, aneinandergereihten Ästen gebaut worden waren, wobei das Dach mit riesigen Palmenblättern gedeckt war. Sie erkannte auch, dass sie nicht direkt auf dem Boden lag, sondern auf wohlduftenden Bambusmatten, mit denen die gesamte Hütte ausgelegt war. Dann betrat jemand die Hütte und Miriya spannte sich unwillkürlich an.

„Du bist wach", stellte eine männliche Stimme mit einem starken Akzent fest. Miriyas Blick schwamm einen Moment benommen herum, bevor er sich an den Mann heftete, der über ihr stand. Er war kräftig und bullig gebaut, aber von auffallend kleinem Wuchs. Der Fremde musterte die junge Frau besorgt aus braunen Augen, zwischen denen eine breite, etwas platte Nase über fleischigen Lippen stand. Das rabenschwarze Haar, das er schulterlang trug, war durchzogen von silbernen Strähnen und zu abertausenden von schmalen Zöpfchen geflochten und seine Haut war über und über von Tätowierungen bedeckt. Die geometrischen Muster und kunstvollen Verschnörkelungen waren schwarz, ockergelb, karmesinrot, braun und mitternachtsblau gehalten und dazwischen schimmerte nur ab und zu die karamellfarbene Haut durch. Miriya starrte den Mann verständnislos an. Ihr schmerzgequältes Gehirn hatte Mühe, diese wilde, so gänzlich andersartige Erscheinung zu verarbeiten. Hinter dem Mann trat eine Frau in die Hütte ein, deren gesamte Haut im selben Stil verziert war und die ihre pechschwarzen Zöpfchen hüftlang trug. Wie auch der Mann trug sie nichts außer einem einfachen Lendenschurz am Leib und ihre Züge ähnelten denen des Mannes mit der breiten, platten Nase und den ausladend üppigen Lippen.

„Wie geht es ihr?", wollte die Frau wissen. Mo versuchte erfolglos, sich in Miriyas Haaren zu verstecken und sie konnte das Fabeltier leise jammern hören.

„Nicht gut", erwiderte der Mann knapp. Er drehte sich um und rief etwas in einer seltsam klingenden, kehligen Sprache, die eigentümliche Klick- und Schnalzlaute enthielt. Kurz darauf betrat ein junges Mädchen die Hütte, deren Zöpfchen mit Holzperlen und Federn verziert und zu zwei großen Zöpfen geflochten waren, und bei der die Tätowierungen bis an die Schultern und in die Hälfte der Oberschenkel reichten. Das Mädchen rollte die Bambusmatte zusammen, auf die Miriya sich erbrochen hatte, die breite Nase angeekelt gekräuselt, verschwand mit der besudelten Matte und tauchte gleich darauf mit einer frischen auf, die sie sorgfältig ausrollte.

„Hole Aino", befahl der Mann dem Mädchen und warf Miriya einen besorgten Blick zu. Das Mädchen eilte davon und die Frau in der Hütte murmelte etwas in ihrer Sprache. Sie griff nach einem bauchigen Gefäss, das scheinbar aus Holz gefertigt war und kniete sich neben Miriya.

„Hier", meinte sie, „Wasser." Sie half Miriya, sich ein wenig aufzurichten und hielt ihr dann das Gefäß an den Mund, während sie die junge Frau stützte. Mo lugte verschüchtert zwischen Miriyas Haaren hervor, ihr eigener Pelz ebenso blau-schwarz gefärbt.

„Ein lustiges Haustier hast du da", meinte der Mann, um Miriya von ihren Schmerzen abzulenken und ging ebenfalls neben ihr in die Knie. Mo fing an, zu zittern. Miriya brachte kein Wort heraus. Sie hatte Mühe, das Wasser zu schlucken und fühlte sich, als würde sie es ohnehin gleich wieder hochwürgen. Die Frau stellte das Holzgefäß wieder ab und half Miriya, sich etwas bequemer hinzulegen. Sie bemerkte nur am Rande, dass ihr rechter Fuß mit dünnen Ästen geschient worden war, dann entstand plötzlich Bewegung am Hütteneingang. Das Mädchen war zurück und hinter ihr folgte ein alter Mann. Sein geflochtenes Haar war silberweiß und baumelte frei bis auf seine Brust und er trug einen knorrigen Stab in der Hand, der beinah so lange war wie er selbst. Der Stab war geschmückt mit einer Vielzahl an Kuriositäten, die bei jeder Bewegung sanft klirrten und im Sonnenlicht Reflexe warfen. Die übrigen Menschen in der Hütte neigten ehrfürchtig den Kopf, als der Alte eintrat und machten ihm Platz, sodass er sich seinerseits neben Miriya knien konnte, die nun zu schlottern begonnen hatte.

„Schau mich an", sagte er mit einer Stimme so rau wie tausend Reibeisen. Miriya gehorchte widerspruchslos. Eine Weile musterte der Mann sie schweigend, eine Hand sanft an ihrer Wange. Dann ging er ohne ein Wort aus der Hütte und Miriya konnte hören, wie Mo neben ihrem Kopf empört, aber betont leise nach Luft schnappte.

„Sie können dich doch nicht so liegen lassen", murmelte das Fabeltier.

„Das ist Aino, unser Medizinmann. Er wird sich schon um sie kümmern", erklärte die Frau, leichter Tadel in ihren Augen ob Mos entrüsteter Aussage. Getreu den Worten der Frau kehrte der Medizinmann schon nach kurzer Zeit tatsächlich zurück, in der Hand hielt er einen irdenen Becher mit dampfendem Inhalt.

„Trink das", befahl er Miriya, die wohl sogar Sandbeutlermist gegessen hätte, wenn es nur gegen die pochenden Schmerzen und die Übelkeit half. Sie gab sich Mühe, den Becher in wenigen Zügen zu leeren. Es schmeckte seltsam, erdig und würzig und war ekelerregend dickflüssig. Die junge Frau unterdrückte ein Würgen und sank dann auf ihr behelfsmäßiges Lager zurück. Mo beäugte sie besorgt. Ihrer Miene war zu entnehmen, dass sie an Miriyas Stelle die Flüssigkeit wohl keineswegs oder nur unter Androhung von Konsequenzen getrunken hätte. Kurz darauf durchströmte Miriya ein warmes, prickelndes Gefühl und wohltuende Dunkelheit umfing sie sanft und schützend, als sie in einen tiefen, schweren Schlummer fiel.

Als Miriya das nächste Mal aufwachte, lag sie in einer Hängematte in derselben Hütte, und fühlte sich ungleich besser als bei ihrem letzten Erwachen. Die Sonne warf ihr Licht durch die Schlitze im Palmenblätterdach und den Wänden aus Ästen und durch die Türöffnung konnte sie Kinder sehen, die einander laut kichernd hinterherjagten. Ein Gewicht auf ihrer Brust zeigte ihr, dass Mo immer noch bei ihr war und als sie den Kopf hob, starrte das Fabeltier sie aus großen Augen an.

„Du hast aber lange geschlafen", sagte sie nur und es klang wie eine neutrale Feststellung, wenn nicht ihr Schwanz vor unterdrückter Freude und Erleichterung über Miriyas Erwachen hin und her gezuckt wäre.

„Wie lange habe ich denn geschlafen?", wollte die junge Frau wissen, gähnte herzhaft und streckte sich vorsichtig. Sie fühlte sich etwas matt, als hätte ihr Körper große Arbeit geleistet und wäre nun zufrieden, aber müde.

„Das waren ganze acht Tage", meinte Mo beiläufig und Miriya wäre beinah aus ihrer Hängematte gefallen.

„Acht Tage?!", schrie sie fast. Mo blinzelte sie an.

„Ja, acht Tage. Ajak hat sich schon Sorgen um unseren Verbleib gemacht."

Entsetzt wollte Miriya aus der Hängematte springen, doch ein heißer Schmerz zuckte mit einem Mal durch ihr rechtes Bein und sie stöhnte unterdrückt auf. Ein festgezurrter Verband aus zusammengefalteten Palmenblättern schlang sich um ihren Knöchel, der mit fingerdicken Ästen geschient war. Schemenhaft konnte sich Miriya an die Übelkeit und die Schmerzen erinnern, nachdem sie in die Fallgrube gefallen war. Vorsichtig versuchte sie, die Zehen zu bewegen. Es war möglich, wenn auch schmerzhaft.

„Sie ist aufgewacht", rief in diesem Moment jemand von der Fensteröffnung neben Miriyas Kopf aus und die junge Frau sah nur noch wirbelnde Zöpfchen, als das Kind davonstob. Kichern schien aus allen Richtungen zu kommen. Gleich darauf betraten zwei Männer und eine Frau die Hütte, allesamt von auffällig kleinem Wuchs, stämmig und robust gebaut, mit breiten Nasen, fleischigen Lippen und geflochtenem Haar. Und bei allen war aufgrund der fünffarbigen Tätowierungen kaum ein Fleck der karamellbraunen Haut auszumachen. Miriya starrte sie mit offenem Mund unverhohlen an. Sie hatte bei ihrem letzten Zusammentreffen aufgrund ihrer schlechten Verfassung nicht wirklich registriert, wie ihre Retter tatsächlich aussahen und konnte nun nicht anders, als zu starren.

„Es wird langsam unhöflich", warf Mo locker ein. Das Fabeltier hatte sich ockergelb gefärbt und war bei Miriyas hastigem Versuch, aufzustehen, von ihrer Brust in ihren Schoß geglitten, von wo aus sie die fassungslose junge Frau nun anblinzelte.

„Du bist zu uns zurückgekommen", stellte der Alte fest, dessen unverkennbare Stimme Miriya sofort wiedererkannte. Er hatte ihr den Trank eingeflößt. Sie gab sich einen Ruck und sagte töricht das erstbeste, was ihr in den Sinn kam. „Zurückgekommen von wo?"

Mo verdrehte die Augen und seufzte. Die Frau und der Mann warfen sich einen verwirrten Blick zu, der Alte hingegen schenkte ihr ein zahnloses Grinsen. Er sagte etwas in seiner Sprache und vollführte eine kunstvolle Handbewegung über ihrem Kopf hinunter gegen ihre Stirn.

„Zurückgekommen aus dem Land der Träume", meinte er daraufhin wie selbstverständlich. Miriya war, als er seine Handgeste gemacht hatte, unbeabsichtigt zurückgezuckt. Der Frau war dies nicht entgangen.

„Beruhig dich", sagte sie etwas verärgert und begleitet von einer wegwerfenden Handbewegung, „wir tun dir nichts."

„Lass mich den Verband überprüfen", bat der Mann vorsichtig und hob die Hände. Als er sich Miriyas Lager näherte, wich sie trotz der Bekräftigung der Frau unwillkürlich zurück.

„Sie sehen zum Fürchten aus, aber sie sind tatsächlich sehr freundlich", warf Mo hilfsbereit ein, während die Frau hinter dem Alten die Arme verwarf.

„Wer seid ihr?", brachte Miriya hervor.

„Wir sind die Bewohner In-Hinaiis", antwortete der Alte geduldig lächelnd, „unser Stamm hat keinen Namen. Aber ich glaube, mich zu erinnern, dass wir als ‚Waldläufer von In-Hinaii' in die Annalen eingetragen sind."

„Und wir sind komplett harmlos", warf die Frau heftig ein und ihre Zöpfchen wirbelten durch die Luft. Miriya grinste entschuldigend und ließ zu, dass der Mann sich auf Fußhöhe zu ihr auf die Hängematte setzte und sich am Verband zu schaffen machte.

„Sein Name ist übrigens Niyo", wisperte Mo hilfsbereit in Miriyas Ohr, während der Mann mit geschickten Händen unter den wachsamen Augen Ainos den Verband entfernte. Niyo schenkte ihr ein freundliches Grinsen.

„Es verheilt gut. Noch einen Tag Ruhe und du darfst aufstehen", meinte er dann und zeigte ihr den rechten Knöchel, der noch immer leicht geschwollen war und in verschiedenen Blau- und Grüntönen schillerte. Die Frau schnaubte ungehalten.

„Davor sollte sie wohl zuerst ihr Misstrauen abschütteln", meinte sie leicht höhnisch und machte dabei eine weitausholende Geste.

„Beruhig dich, Gaina", erwiderte der Alte, „es ist verständlich. Für jemanden, der unsere Sitten und Bräuche nicht kennt, sehen wir tatsächlich zum Fürchten aus." Er machte eine beschwichtigende Geste, lächelte Miriya erneut zu und verließ dann die Hütte, die versammelten Kinder auf seinem Fuß folgend. Gaina sah ihm verdrossen hinterher und stieß die Luft zwischen den Zähnen hervor.

„Na gut", machte sie dann in Miriyas Richtung, „Verzeihung." Es klang mehr wie eine zusätzliche Standpauke und als sie dabei die Augen urkomisch verdrehte, musste Miriya unwillkürlich prusten. Sie schlug die Hände vor den Mund, um es zu verbergen. Gaina sah sie aus dunklen Augen verwundert an. Niyo neben Miriya hob in einer Geste der Unschuld die Hände und grinste.

„Bin ich so witzig?", wollte die Frau wissen, halb im Ernst, halb nun ebenfalls grinsend. Miriya grinste breit zurück und nickte, ein spitzbübischer Funke in den bernsteinfarbenen Augen. Da musste Gaina ebenfalls grinsen und stillschweigend schlossen sie Frieden.

Kapitel XII

~

Von heiligen Ritualen

Am Folgetag durfte Miriya endlich aufstehen. Niyo hieß sie an, zuerst einen Moment auf dem Rand der Hängematte sitzen zu bleiben. „Du bist lange gelegen. Lass deinen Körper sich zuerst ein bisschen ans Aufsitzen gewöhnen", meinte er und blieb mit der jungen Frau auf der Hängematte sitzen. Mo wuselte aufgeregt zu ihren Füßen herum und brabbelte Wortfetzen, die niemand verstand. Sie schien außer sich zu sein vor Freude, dass Miriya wieder wohlauf war und schlecht darin, sich in einer solchen Situation zu artikulieren. Nach einer Weile wagte Miriya, aufzustehen und als ihr nicht schwindelig wurde, erlaubte ihr Niyo, nach draußen zu gehen. Die junge Frau humpelte etwas unbeholfen aus der Hütte. Vor ihr beleuchtete das Sonnenlicht eine große, kreisförmige, offensichtlich von Menschen freigelegte Lichtung im dichten Urwald. Kreisförmig angeordnet war auch die stattliche Anzahl an Hütten, die allesamt aus Ästen gefertigt waren, mit Palmenblattdächern und offenen Fenster- und Türöffnungen, genau wie Miriyas Hütte. Die Bewohner In-Hinaiis waren ausnahmslos robust und stämmig, wenn auch allesamt kleiner als Miriya, wobei Niyo als einer der größten Männer im Dorf ihr bis knapp an die Schultern reichte. Wie Niyo, Gaina und Aino waren auch die restlichen Stammesmitglieder mit ähnlichen, fünffarbigen Tätowierungen geschmückt, trugen das schwarze Haar zumeist schulterlang oder länger und in scheinbar abertausende von Zöpfchen geflochten, die wahlweise mit kleinen Verzierungen, Amuletten oder Schmuckstücken ausgestattet waren. Die Kinder liefen zum größten Teil nackt durch die Siedlung, während die Jugendlichen und Erwachsenen in Lendenschürze und grobgefertigten Schmuck gekleidet waren. Miriya war, nachdem sie ihre anfängliche Scheu überwunden hatte, gleichermaßen fasziniert wie erstaunt über dieses eigentümlich anmutende Völkchen, bei dem barbusige Frauen ebenso normal schienen wie nackte Kinder. Sie verbrachte einen belustigten Moment damit, sich vorzustellen, wie die Bewohner Kirk-Wanas wohl darauf reagieren würden, wenn Menschen plötzlich nichts als Lendenschürze trügen. Lendenschürze und Tätowierungen, die wie eine Art Kleidung wirkten und deren Bedeutung ihr Gaina, die sich zu ihnen gesellt hatte, kaum hatte sie Miriya aus der Hütte treten sehen, bereitwillig erklärte.

„Die Tätowierungen sind eine Art Schutz, die uns in den verschiedenen Stationen des Lebens unterschiedlich beschützen sollen. Sie zeigen uns auch, in welcher Lebenssituation wir uns befinden", erläuterte sie sichtlich erfreut darüber, dass Miriya sich so offenkundig für einen so essentiellen Teil ihrer Kultur interessierte.

„Bei ihrer Geburt bekommen unsere Babys ihre erste Tätowierung auf der Brust für ein starkes Herz und raschen Wachstum. Und von da aus breiten sich die Tätowierungen dann aus, neue kommen dazu und so weiter. Ein voll ausgewachsener Erwachsener hat normalerweise nur noch den Rücken frei von Tätowierungen", fuhr Gaina fort und drehte sich, um Miriya den Teil ihrer karamellfarbenen Haut am Rücken zu zeigen, wo noch keine der Zeichnungen in die Haut eingraviert waren. Nach Gaina waren auch ihre zu Zöpfchen geflochtenen Haare ein intrinsischer Teil ihrer Kultur, da das Flechtwerk die Arbeit von mehreren Menschen gleichzeitig verlangte und daher als Förderung des Zusammenhaltes eine wichtige soziale Funktion einnahm. Abgesehen von ihrem üppigen Haupthaar hatten die Waldläufer In-Hinaiis keine Körperbehaarung, keine Augenbrauen, Wimpern, keine Achsel- oder Brusthaare, was ihr kriegerisches Aussehen zusätzlich verstärkte. Nichtsdestotrotz waren die Menschen, obwohl gewandte Krieger und geschickte Jäger, äußerst friedfertig. Sie lebten im Einklang mit dem Dschungel, nahmen dankbar alles an, was der Urwald ihnen an Nahrung und Materialien bot und wenn ihre Jagd erfolgreich ausfiel, so verwerteten sie das geschlagene Tier, bis nichts mehr davon übrig war.

Es war Niyo, der Miriya wenig später beibrachte, dass sie das unbeabsichtigte Opfer einer Treibjagd geworden war. Anscheinend waren einige Jugendliche auf der Jagd nach Wild gewesen, als Miriya sich geräuschvoll durch das Unterholz geschlagen hatte, wie es normalerweise nur Wildschweine tun. Erst nachdem sie den ersten Speer geworfen hatten, hatten die noch unerfahrenen Jäger und Jägerinnen ihren Irrtum erkannt, doch Miriya war schon in Panik geflohen und sie hatten es nicht fertiggebracht, die junge Frau zu stoppen, bevor sie in die Fallgrube gefallen war. Daraufhin hatten sie Miriya schuldbewusst zurück in ihre Siedlung gebracht und sie Niyo und Aino anvertraut.

„Oh", machte Miriya nur, als Niyo seine Erzählung beendet hatte. Sie sah eine Gruppe Jugendlicher, auf seltsam robuste Art und Weise schlaksig und mitten im Wachstumsschub, die in einiger Entfernung beisammen hockten und zerknirscht in sich zusammensanken, als sie Miriyas Blick auf sich ruhen spürten. Eines der Mädchen löste sich nach einem kurzen Wortaustausch und vielen aufmunternden, energischen Handgesten aus der Gruppe und kam zögerlich zu Niyo, Gaina und Miriya hinüber.

„Bitte entschuldige, dass wir dir einen solchen Schrecken eingejagt haben. Es geschah ohne Absicht", meinte das Mädchen mit demselben starken, exotisch anmutenden Akzent, den auch die restlichen Waldläufer annahmen, wenn sie in der allgemeinen Sprache mit Miriya kommunizierten. Das Mädchen stand aufrecht vor Miriya, das Gesicht aufrichtig und die Augen um Entschuldigung bittend. Seine Zöpfchen waren hüftlang, exzentrisch mit Bronzeelementen und farbigen Lederbändern geschmückt und dann zu einem Knoten im Nacken geschlungen, sodass die Stirn- und Seitenpartie offen über ihre leicht angedeuteten Brüste fiel.

„Wir können uns auch nicht erklären, wie wir eine so hübsche Frau mit einem Wildschwein verwechseln konnten", fuhr sie fort und berührte in einer verlegenen Geste kurz ihre Stirn. Miriya hatte bereits festgestellt, dass die Bewohner In-Hinaiis ihren für sie extrem hohen Wuchs und ihre für sie hellen Augen mit Bewunderung zur Kenntnis nahmen. Sie lächelte das Mädchen versöhnlich an und machte den Mund auf, um etwas zu erwidern.

„Keine Sorge", machte Mo spitzzüngig, „es lag wahrscheinlich an ihren Bewegungen und an ihren Ausdünstungen."

Das Mädchen starrte das Fabeltier mit großen Augen an, während Niyo und Gaina ob Miriyas empörtem Gesichtsausdruck zu prusten anfingen. Mo hielt Miriyas Blick ungerührt stand und färbte sich betont langsam himmelblau. Sie hatte sich mittlerweile daran gewöhnt, dass man sie als Miriyas Haustier betrachtete, folgte der jungen Frau auf Schritt und Tritt und warf ab und an kaltschnäuzig ihre Frechheiten in die Runde, wenn Miriya am wenigsten damit rechnete. Und obwohl sie ihrem pelzigen Schatten manchmal am liebsten den Hals umgedreht hätte, so schätzte sie die Anwesenheit des Fabeltieres und dessen tollpatschige, sorgfältig versteckte Fürsorglichkeit und Treue und hatte sie alles in allem gerne um sich. Manchmal dachte sie etwas wehmütig an Sternensilber, der, wenn auch sehr bestimmt und auf seine Weise ausdrucksstark, weniger aufmüpfig und frech und mehr Beschützer und Stütze war.

Miriya versicherte dem Mädchen, dass sie nicht nachtragend war und ihnen schon lange verziehen hatte und als die Jugendliche zu ihren Freunden zurückging, konnte man sie beinah hüpfen sehen vor Erleichterung.

„Wir werden die verbleibenden Tageslichtmomente nutzen, um auf die Jagd zu gehen", informierte Gaina Miriya daraufhin mit einer Geste, die Niyo miteinschloss, „ich würde vorschlagen, du bleibst dem Dschungel fern und stattest Aino einen Besuch ab. Wir kommen zurück, bevor die Insel übergeht."

„Übergeht?", wunderte sich Miriya.

„Das habe ich dir doch schon erzählt", warf Mo ein, „die Insel verschwindet jeden Abend!"

„Oh!", machte Miriya und fragte sich besorgt, was sie in diesem Moment wohl machen sollte, ehe ihr einfiel, dass sie schon mehr als eine Woche auf In-Hinaii verbracht hatte und daher schon mehr als achtmal mit der Insel „übergegangen" war. Niyo las ihre Erkenntnis auf ihrem Gesicht und grinste sie an. „Keine Sorge, dir passiert während dem Übergang nichts. Du gewöhnst dich schnell daran."

Miriya beherzigte Gainas Ratschlag und stattete Aino einen Besuch ab, sobald die Gruppe um Niyo und Gaina in den Urwald verschwunden war. Die Hütte des Medizinmannes stand etwas abseits des großzügigen Kreises, den die restlichen Behausungen beschrieben, unter einem mächtigen Baum mit weitgefächerter Krone und knorrigem, weit ausgebreitetem Wurzelwerk. Er erinnerte an einen Mangrovenbaum und Miriya hatte Bäume wie diesen auf ihrem kurzen Ausflug in den Dschungel zuhauf gesehen, wie sie sich zwischen Palmen und die restliche Vegetation einfügten. Ainos Hütte lehnte schwer gegen einen der beinah kunstvoll gebogenen Wurzelauswüchse und aus dem Innern drang ein dichter, purpurner Rauch aus dem Abzug, der ins Palmenblätterdach eingelassen war. Vor der Hütte an faserigen Schnüren, die um die Wurzelauswüchse geschlungen waren, hingen allerlei kurioser Gegenstände, von getrockneten Eidechsen über Kräuterbüschel bis hin zu runden, aufgefädelten Kugeln, die wie Kotballen aussahen. Unwillkürlich fragte sich Miriya mit einem bangen, flauen Gefühl im Magen, aus was wohl ihr „Heiltrank" bestanden hatte. Mo, die es sich zur Gewohnheit gemacht hatte, auf ihren Schultern zu stehen, den Schwanz locker um ihren Hals gelegt wie eine Pelzstola, starrte fasziniert auf etwas, das wie dünne, verschrumpelte Baumrinde aussah, bis Miriya entsetzt bemerkte, dass es sich um getrocknete Froschhäute handelte. Sie erschauderte und beschloss, lieber nicht nach den Zutaten für ihren Trank zu fragen.

Vor der Türöffnung zu Ainos Hütte hing ein bunter Vorhang aus bodenlangen Schnüren, an denen Muscheln, kleine Amulette, bunte Steine, Federn und ähnliches angebracht waren. Die Gegenstände klirrten im sanften Wind leise gegeneinander und sangen eine hübsche Melodie, als Miriya die Stränge teilte, um einzutreten. Sie hatte bei ihrem Rundgang durch die Siedlung schon beobachtet, dass die Waldläufer nie anklopften, sondern ohne Federlesens in jegliche Hütten eintraten. Im Innern roch es angenehm nach den frischen Bambusmatten, die auf dem Boden ausgelegt waren, sowie nach einer Mischung aus Gewürzen und Kräutern, die Miriya trotz ihrer feinen Nase nicht einordnen konnte. Der Medizinmann saß mit untergeschlagenen Beinen vor einem kleinen Feuer, das bis auf die Glut heruntergebrannt war und in dessen Mitte ein irdener Topf stand, in dem Aino konzentriert rührte. Der purpurne Rauch stieg in bauschigen, kleinen Wölkchen aus der Mischung empor, umspielte das runzlige Gesicht des Medizinmanns und entwich dann aus dem Abzug. Als die junge Frau eintrat, hob er kurz den Kopf, die Augen seltsam verschleiert und entrückt. Er winkte Miriya zu sich und sie ließ sich wortlos ihm gegenüber nieder. Eine Weile schaute sie ihm schweigend zu, wie er einen dickflüssigen Trank herstellte, ähnlich dem, den er Miriya zu trinken gegeben hatte. Als er das Heilmittel in ein hölzernes Gefäss abschöpfte und es mit einem Korken sorgfältig verschloss, gewahrte Miriya zum ersten Mal, dass auf seiner Stirn Schweißtropfen standen. Sie blickte ihn fragend an und er erwiderte ihren Blick aus Augen, die merklich klarer und fokussierter waren als noch Herzschläge zuvor.

„Es bedeutet viel Arbeit, einen Trank richtig zu brühen", erklärte der Medizinmann und schenkte Miriya eines seiner zahnlosen Lächeln. Miriya spürte, dass Mo etwas sagen wollte und hinderte das vorlaute Fabeltier daran, etwas Freches zu blubbern, indem sie mit den Schultern zuckte.

„Ja, ich verstehe", antwortete sie stattdessen schlicht. Aino nickte zufrieden.

„Man muss die richtigen Zutaten finden. Sie sprechen mit einem und bieten sich an. Dann muss man sie richtig zubereiten und die richtigen Gefühle hinzugeben", erläuterte er weiter, seine Reibeisenstimme mit dem starken Akzent ein geduldiger Singsang. Miriya lauschte seinen Ausführungen aufmerksam und staunend, während Mo auf ihren Schultern langsam eindöste. Der Medizinmann schien sich zu freuen, jemanden gefunden zu haben, dem er seine Arbeitsweise erklären konnte und Miriya versuchte, sich so viel wie möglich über die Funktionen und Wirkungen der verschiedenen Zutaten zu merken. Sie wurden erst unterbrochen, als Niyo und Gaina mit ihrer Gruppe von der Jagd zurückkamen, just in dem Augenblick als die Insel gerade „überging". Jubelnde Kinder rannten den erfolgreichen Jägern entgegen, als sie sahen, dass diese ein getigertes Rotschwanzkrokodil erlegt hatten, das sie an einen armdicken Ast gebunden zwischen sich trugen. Mo schreckte aus dem Schlaf hoch und wäre beinah von Miriyas Schulter geglitten, als diese sich erhob, um das unbekannte Tier zu inspizieren. Aino winkte ihr breit grinsend zu, als sie sich bei ihm bedankte. Gerade als sie aus der Hütte des Medizinmannes trat, fand der „Übergang" statt. Für den Bruchteil eines Wimpernschlages schien die Insel von innen heraus zu glühen und zu vibrieren, dann spürte die junge Frau einen mörderischen Ruck, der sich durch ein unangenehmes, flaues Ziehen hinter ihrem Bauchnabel manifestierte. Dann war das Phänomen so schnell vorbei, wie es angefangen hatte und statt der dämmrigen Abendstimmung mit rosafarbenem Licht, die zuvor um In-Hinaii geherrscht hatte, war die Insel nun von einem Schlag auf den anderen in samtene Dunkelheit gehüllt. Außer den funkelnden Sternen am pechschwarzen Himmel gab es kein Licht und ein Mond war nicht sichtbar. Miriya konnte kaum ihre eigene Hand vor Augen erkennen und wollte gerade ihr Unbehagen äußern, als die Waldläufer begannen, in Pech getauchte Holzfackeln zu entzünden, die sie in dafür vorgesehene Vorrichtungen steckten, die überall in der Siedlung verteilt waren und deren eigentlicher Zweck Miriya erst jetzt klar wurde.

„Ganz schön dunkel", brummte Mo. Der Schein der Fackellichter reflektierte sich in ihren Augen und Miriya erkannte, dass das Fabelwesen wohl im Dunkeln sehen konnte.

„Alles in Ordnung?", rief Gaina vom Waldrand aus. Miriya nickte und trat zu der Gruppe, die dabei war, das Krokodil in die Dorfmitte zu schaffen, wo sie es häuten und das Fleisch an alle Stammesmitglieder verteilen würden. Die Dorfkinder tänzelten aufgeregt schnatternd um die Jäger und konnten es scheinbar kaum erwarten, die Fleischbrocken zurück zu ihren Familien zu tragen. Rotschwanzkrokodilfleisch war, wie Niyo Miriya erklärte, eine rare Delikatesse, denn die Tiere waren kräftig und wendig und schwer zu erlegen.

„Zur Feier des Tages", meinte er augenzwinkernd als Miriya ihn fragte, warum sie das Risiko ausgerechnet heute gewagt hatten. Sie errötete leicht, was Gaina dazu veranlasste, ihr einen gutgemeinten Stups mit dem Ellenbogen in die Seite zu geben.

„Keine Sorge, es war kein so großes Risiko. Dieses Exemplar ist ziemlich klein", sagte sie grinsend. Mo fielen fast die Augen aus dem Kopf. Das Tier war mindestens zwei Manneslängen lang!

Miriya mochte sich gar nicht vorstellen, wie groß *große* Exemplare denn werden konnten. Gaina ignorierte ihre betretene Miene und fuhr fort, ihr zu beschreiben, wie zart und saftig das Krokodilfleisch sein konnte, wenn man es richtig über dem Feuer zubereitete. Obwohl Miriya selten bis nie Fleisch aß, lief ihr bei der Beschreibung der Waldläuferin das Wasser im Mund zusammen. Gaina lachte ob ihrem verzückten Gesichtsausdruck und vertröstete sie auf später.

„Wir werden gemeinsam essen. Gedulde dich", meinte sie immer noch grinsend.

Die Waldläufer schürten ein großes Feuer in der zentralen Feuerstelle, die von kopfgroßen Gesteinsbrocken umgeben war und mitten auf dem Dorfplatz lag. Die ganze Siedlung kam zusammen und alle halfen sich gegenseitig, das Krokodilfleisch zuzubereiten. Es wurde gelacht, gescherzt und getratscht, alles in der eigentümlichen Sprache der Menschen von In-Hinaii, die voller unerwarteter Stopps, Klick- und Schnalzlauten war. Miriya gesellte sich zu Niyo und Gaina, die nebeneinander saßen, umrahmt von ihren jeweiligen Familien. Niyo stellte Miriya seine Frau und Kinder vor, drei lebhafte Jungen mit schelmisch funkelnden Augen und hohen Wangenknochen, die sie offensichtlich von Niyos Frau geerbt hatten. Gaina ihrerseits stellte Miriya ihre Eltern vor, beides gutmütige Menschen mit vielen Lachfalten und silberweißen Zöpfchen. Mo unterhielt derweil eine Gruppe Kinder damit, dass sie ihre Pelzfarbe laufend veränderte und schlussendlich so bunt aussah wie die Papageien, die man am Tag im und über dem Urwald sehen konnte. Schließlich konnten sie essen und Miriya hatte tatsächlich noch nie so leckeres, zartes Fleisch gehabt. Mo verdrehte entzückt die Augen, als sie einen Happen verspeiste, den Gaina ihr anbot.

„Unglaublich lecker", brachte Miriya zwischen zwei Bissen hervor. Dann herrschte auf der Lichtung lange genießerisches Schweigen, als das gesamte Dorf sich am gegrillten Krokodilfleisch gütlich tat.

Das Festessen hatte noch lange in die Nacht hinein angehalten und es war viel gelacht und geredet worden. Irgendwann hatten einige

Jugendliche eigentümlich aussehende Musikinstrumente herbeigeschleppt, kleine, seltsam verdrehte Holzflöten und große, bauchige, ausgehöhlte Früchte, die mit Häuten bespannt und farbenfroh verziert waren und als Trommeln dienten. Sie hatten getanzt und gesungen und waren schließlich weit nach Mitternacht schlafen gegangen. Als Miriya in den frühen Morgenstunden plötzlich aufwachte, war es draußen noch immer dunkel. Sie musste dringend. Eine Weile rang sie mit sich und mochte nicht aufstehen, aber der Druck auf ihre Blase wurde nur größer und schließlich erhob sie sich seufzend aus ihrer Hängematte. Gaina hatte ihr am Tag zuvor grob gezimmerte Holzverschläge gezeigt, wo die Waldläufer etwas abseits von der Lichtung hinter einigen mächtigen Farnwedeln ihre Geschäfte verrichteten. Da wollte sie nun hingehen. Mo gähnte und ließ sich dann von Miriya auf deren Schultern heben, um die junge Frau zu begleiten. Draußen war es nicht mehr ganz so stockfinster, aber immer noch deutlich dunkler, als Miriya sich das in den frühen Morgenstunden gewohnt war. Die Insel würde wohl erst in einer Weile übergehen. Die Dunkelheit war körnig und grau und Miriya hatte Schwierigkeiten, Einzelheiten auszumachen. Das mächtige Feuer in der großen Feuerstelle war erloschen und nur einige glühende Aschehügel erinnerten noch daran. Die junge Frau ging an den Hütten vorbei und wandte sich an die kleine Nische im Urwald, durch die sie zu den Toiletten gelangen würde. Plötzlich rief jemand etwas halblaut durch die Stille; eine Serie aus Klick- und Schnalzlauten, vermutlich einer der Wächter, die in der Nacht aufpassten, dass keine wilden Tiere in die Siedlung gelangten.

„Es ist nur Miriya", rief Mo auf Miriyas Schulter und der Mann, der sich aus dem körnigen Halbdunkel schälte, nickte freundlich.

„*Nur* Miriya?", fragte die junge Frau verstimmt. Mo sah sie arglos aus großen Augen an.

„Es hätte ja etwas noch Schlimmeres sein können, nicht wahr?", meinte sie listig. Miriya zog es vor, darauf nicht zu antworten. Dem losen Mundwerk des Fabeltieres hatte selbst sie, die sonst recht schlagfertig sein konnte, nichts entgegenzusetzen. Stattdessen erledigte sie ihr Geschäft schweigend und lief danach die Nische zurück zur Siedlung. Der Urwald war ganz im Gegensatz zum Tag verhältnismäßig still. Ein Grillenchor zirpte melodisch und einige Nachtvögel trillerten gedämpfte Lieder in die feuchtigkeitsschwangere Luft. Glühwürmchen warfen kleine Lichtpunkte durchs dichte, verschlungene Unterholz und nachtaktive Tiere schlüpften raschelnd durch die Farne. Ein Vogel in der Nähe baute sich klopfend eine Höhle in einer Palme und irgendwo verständigten sich Affen schnatternd miteinander. Miriya erreichte den Beginn der Lichtung, als ein unbekanntes Tier in unmittelbarer Nähe plötzlich schrille, hohe Warnrufe ausstieß. Schlagartig änderte sich die träumerische, gedämpfte Atmosphäre des schlafenden Dschungels zu einer nervösen, angespannten Wachsamkeit und sämtliche Geräusche verstummten. Mos Knopfnase zuckte argwöhnisch und ihre Nackenhaare sträubten sich. Einer der Wächter kam geräuschlos herangelaufen, doch noch ehe er Miriya erreichen konnte, blieb er auf einmal unvermittelt stehen, riss die Augen auf, stöhnte laut und sackte in sich zusammen. Miriyas Herz setzte mehrere Schläge aus und ein eisiger Schreck fuhr ihr durch die Glieder. Die Warnrufe waren durchdringend gewesen und durch Mark und Bein gegangen. Sie stieß einen entsetzten Laut aus und eilte zum Wächter, der bewegungslos auf dem Boden lag.

„Was ist mit ihm?", fragte Mo ängstlich.

Miriya drehte den Mann auf den Rücken und starrte schockiert in die weitaufgerissenen, glasigen Augen. Der Wächter war tot. Und was immer ihn getötet hatte, musste direkt hinter ihm gewesen sein. Ein Schauer lief über ihren Rücken und ihre Haare am Hinterkopf stellten sich auf. Sämtliche Instinkte warnten sie vor der violetten, körnigen Dunkelheit des Dschungels neben ihr. Mo japste entsetzt, während Miriya misstrauisch ihren Blick schweifen ließ, aber nichts sah.

„Ich würde nach oben sehen", informierte das Fabeltier sie flüsternd. Mit schreckensgeweihten Augen starrte es auf einen Punkt hoch über Miriya. Deren Herz rutschte nun irgendwo in die Magengegend, als sie langsam den Blick hob. Über ihnen, in der ausladenden Krone einer Palme, saß ein Drache. Miriyas Herz schnellte schmerzhaft zurück in ihre Brust und begann, doppelt so schnell zu schlagen und Adrenalin durch ihren Körper zu pumpen.

Ein Drache?! Die junge Frau schrie auf, ein gellender, panischer Ton, der glücklicherweise die restlichen Wächter alarmierte und die Bewohner der näherstehenden Hütten aufweckte. Erst verspätet registrierte Miriya, dass der „Drache" höchstens katzengroß war, was ihn aber nicht weniger furchteinflößend machte. Sein Körper war dürr und ausgemergelt und die schwarze, schuppige Haut spannte sich satt über die herausstehenden Knochen. Lange, ledrige Schwingen waren zwischen Handgelenken und Hüften der Kreatur gespannt. Riesige, schaurig schimmernde Augen ohne Pupillen glotzten sie an, als das Wesen die Flügel spannte und heiser fauchend spitze, fingerlange Fangzähne in einer langgezogenen Schnauze zeigte. Dann ließ es einen armlangen Schwanz in einer schnellen, schnappenden Bewegung vor sich durch die Luft sausen und einige Bolzen, so dünn wie Miriyas Zeigefinger und so lange wie ihr Unterarm, fuhren knapp vor ihren Füßen in den weichen Urwaldboden und blieben vibrierend stecken. Die junge Frau machte keuchend einen Satz nach hinten.

Das Vieh schießt Stacheln, fuhr es ihr durch den Kopf, als sie geduckt aufkam. *Drachen schießen keine Stacheln, sie speien Feuer!*

„Ein Giftstachler", heulte Mo an ihrem Ohr, sprang von ihren Schultern und wuselte im körnigen Halbdunkel des herankommenden Morgens davon. In-Hinaii suchte sich just diesen Augenblick aus, um überzugehen. Der kurze Moment der Unstabilität, das Ziehen hinter dem Bauchnabel, das kurze Vibrieren des Bodens und die Insel befand sich wieder vor der Küste Kirk-Wanas. Die Sonne, die gerade dabei war, sich über den Horizont zu schieben, warf gleißende Sonnenstrahlen schräg, beinah waagrecht, in das dichte Unterholz und der Himmel war um ein Vielfaches heller als noch einen Wimpernschlag zuvor. Und während ihre Augen noch verzweifelt versuchten, sich an die veränderten Lichtverhältnisse anzupassen, gewahrte Miriya schreckerstarrt, dass Mo falsch gelegen hatte. Da war nicht *ein* Giftstachler, da waren mindestens *sechs*! Hinter ihr erkannten die verbliebenen Wächter ebenfalls den Ernst der Lage und schrien Warnungen, die von den bereits aufgewachten Waldläufern aufgegriffen und vervielfältigt wurden. Die Siedlung erwachte zum Leben. Hektik und Panik kamen nicht auf, jeder schien genau zu wissen, was zu tun war.

„Miriya, verzieh dich von da", brüllte Niyo über den Dorfplatz, „Giftstachler schleudern giftige Stacheln!"

In diesem Augenblick erhoben sich drei der schaurigen Kreaturen mit schrillen, markerschütternden Schreien, die klangen, wie wenn man mit Fingernägeln über eine Schiefertafel fuhr, aus den Baumkronen, in denen sie ausgeharrt hatten. Miriya zog sich instinktiv in den Schutz einiger ausladender Wurzelstränge zurück, als weitere der Giftstacheln durch die Luft sausten. Die Stacheln befanden sich am Schwanzende der drachenähnlichen Wesen und wurden mit schnappenden, blitzschnellen Bewegungen des Schwanzes geschleudert. Voller Ekel sah Miriya, dass die Stacheln unmittelbar nach dem Abwurf bereits nachwuchsen. Das Gift musste stark, wenn nicht tödlich sein, denn die Wurzelstränge, in denen zwei der Geschosse steckenblieben, begannen leise zu zischen und schwarz-schrumpelig im Umkreis von der Größe einer gespreizten Hand zu vermodern.

„Miriya, geh in deine Hütte zurück, du wirst uns nur im Weg sein", rief Gaina hinter einer der Hütten hervor. Sie stand zusammen mit einer Gruppe von Erwachsenen im Schutz der Behausungen. Alle trugen scharf angespitzte Speere und kompakte, beinahe runde Schilder, die Miriya auf den zweiten Blick als Schildkrötenpanzer identifizierte. Sie dachte nicht daran, feige in ihre Hütte zurückzurennen und andere die Arbeit machen zu lassen. Schließlich hatte sie nicht umsonst mit Taren Morgen für Morgen schweißtreibende Trainings absolviert! Ihre Finger flogen zum Bogen, sie zog mit geübtem Griff einen Pfeil aus dem Köcher, legte ihn auf, die Sehne in einer fließenden Bewegung spannend, nahm ihr Ziel ins Visier und während sie sich aus ihrer Deckung erhob, schickte sie den Pfeil auf seine Reise. Sie konnte Niyo und Gaina protestierend rufen hören, was schlagartig abbrach, als ihr Pfeil sicher sein Ziel fand; mit einem dumpfen Klatschen fuhr er in den Halsansatz des Giftstachlers, der in ihre Richtung geflogen war und bohrte sich durch die Bewegung der Kreatur und sein eigenes Momentum bis zum Schaft in den Rumpf des Wesens.

Schmerzerfüllt kreischte es auf und fiel dann krachend zu Boden, wo es zuckend liegen blieb und röchelnd starb. Sein Blut war giftgrün und schien die Vegetation zu versengen, sobald es damit in Berührung kam. Aus den Augenwinkeln sah Miriya, dass ihre beiden Freunde sie mit offenem Mund anstarrten, ehe ihre Gefährten sie daran erinnerten, dass sie eine Bedrohung zu bekämpfen hatten. Speere flogen durch die Luft und Kinder schleuderten faustgroße, brennende Stoffkugeln mittels Geräten, die ein wenig an Steinschleudern erinnerten, aus den Hütten in Richtung der angsteinflößenden Kreaturen. Die Giftstachler mussten ihren Angriff auf die Siedlung gestartet haben, ohne den Übergang zu bedenken und wohl ursprünglich vorgehabt haben, die Waldläufer im Schutz der Dunkelheit unbemerkt zu überfallen. Mit der Helligkeit der aufgehenden Sonne verloren sie jeglichen Vorteil und waren trotz ihrer erbitterten Gegenwehr bald erfolgreich vertrieben. Drei weitere der Kreaturen wurden von Speeren aufgespießt und starben gequält kreischend, die restlichen zwei Stachler verzogen sich fauchend in die Untiefen des Dschungels. Miriya wollte ihnen einige Pfeile hinterherschicken, besann sich dann aber eines Besseren und beschloss, die Pfeile zu sparen. Schließlich war ihr Vorrat an Geschossen nicht unerschöpflich. Sorgfältig wollte sie ihren ersten Pfeil bergen, aber als sie ihn vorsichtig aus dem Körper des Giftstachlers ziehen wollte, erkannte sie, dass das Holz sich beim Kontakt mit dem giftgrünen Blut des Stachlers aufzulösen begonnen hatte.

„Sei vorsichtig", meinte Gaina, die neben sie getreten war, „das Blut ist hochgiftig." Miriya zuckte kurz zusammen, denn die Waldläuferin war geräuschlos neben sie getreten.

„Nichtsdestotrotz", meldete sich Aino von Miriyas anderer Seite aus, „das Gift aus den Giftstacheln kann man für Tränke gebrauchen."

Er instruierte Miriya, wie man die Stacheln aus dem Schwanzende der Kreaturen zog, ohne mit dem Gift in Berührung zu kommen und hieß sie, die „geernteten" Stacheln in ein Holzgefäß zu geben. Gaina, Niyo und einige ältere Kinder folgten seinen Instruktionen ebenfalls, während die restlichen Erwachsenen sich um die Entsorgung der Kadaver kümmerten. Sie brachten sie schweigend fort in den Urwald und nahmen sich dann traurig den Kopf schüttelnd dem Leichnam des Wächters an. Bis jetzt war Miriya zu beschäftigt mit den Geschehnissen gewesen, doch als sie nun sah, wie der verstorbene Mann weggebracht wurde, fielen ihr die leblosen, glasigen Augen wieder ein und sie begann, zu zittern. Aino bemerkte ihre verspätete Reaktion.

„Komm mit und hilf mir mit den Stacheln", sagte er bestimmt, nahm sie an der Hand wie ein kleines Mädchen und zog sie sanft fort. Gaina ließ ihn mit einem Nicken gewähren, während Niyo mit einer Gruppe Männer sicherstellte, dass tatsächlich keine Giftstachler mehr am Waldrand lauerten.

Miriya verbrachte den restlichen Tag beim Schamanen in der Hütte, Mo, die gegen Mittag aus ihrem Versteck hervorgekommen und sich schweigend zu ihnen gesellt hatte, auf ihrem Schoß und damit beschäftigt, das Gift aus den Stacheln zu bekommen. Man musste die Stacheln vorsichtig einzeln erhitzen, bis sie zu rauchen anfingen und konnte dann das Gift, eine durchscheinende Flüssigkeit, vorsichtig aus dem Hohlraum im Stachel in ein Holzgefäß blasen. Dabei musste man aufpassen, dass die Lippen nur mit dem Horn des Stachels und keinesfalls mit dem Gift in Berührung kamen. Aino und Miriya arbeiteten beide hochkonzentriert mit langsamen, sorgfältigen Bewegungen, während wohlriechende Düfte durch die Hütte waberten und Mo auf Miriyas Schoß leise schnarchte. Miriya war zu fokussiert auf die Extraktion des Giftes, als dass sie ihren verwirrten Gedanken nachhängen gekonnt hätte und die Eintönigkeit der Beschäftigung half ihr, sich zu beruhigen. Gegen Abend, kurz nachdem die Insel übergegangen war, brach sie schließlich das Schweigen, nachdem Aino den letzten Giftstachel bearbeitet hatte.

„Sag mal, Aino", meinte sie zögerlich. Ihre Stimme klang ein wenig heiser, da sie den ganzen Tag mehr oder weniger still gewesen war. Sie hatte bis jetzt nicht bemerkt, wie hungrig sie eigentlich war, doch nun da sie sich nicht mehr auf etwas konzentrieren musste, begann ihr Magen, zu knurren. Aino stand wortlos auf, und reichte ihr getrocknete Früchte aus einem irdenen Gefäß.

„Hast du schon einmal vom Kristallzepter gehört?", fragte Miriya, während sie ein Stück getrockneter Frucht auf der Zunge weich werden ließ. Der Medizinmann antwortete nicht sofort. Stattdessen schlug er bedächtig und sehr bewusst die Beine übereinander, als er sich langsam wieder gegenüber der jungen Frau ans Feuer setzte. Eine Weile blickte er wortlos in die ersterbenden Flammen und der flackernde Schein widerspiegelte sich lustig tanzend in seinen Augen. Dann blickte er Miriya über das Feuer hinweg an.

„Das Kristallzepter …", meinte er nachdenklich. „Es ist das, was du suchst."

Miriya nickte und wehrte Mo ab, die aufgewacht war und versuchte, Stücke der getrockneten Früchte aus der Schale in Miriyas Fingern zu klauen. Der alte Mann schaute dem Fabeltier einige Atemzüge lang zu. Dann sagte er etwas in der Sprache der Waldläufer, ein kurzes, harsches Wort, das in einem Klicklaut endete, der Mo innehalten ließ. Miriya blickte Aino fragend an.

„Von einem kristallenen Zepter habe ich noch nie etwas gehört", sagte Aino sanft. Er sah, wie Miriya enttäuscht die Schultern sinken ließ und das Gesicht verzog. „Jedoch gibt es eine Sage, die von Schamane zu Schamane übertragen wird seit unzähligen Generationen."

Er vergewisserte sich, dass er Miriyas Aufmerksamkeit hatte, dann fuhr er mit seiner Reibeisenstimme fort, zu erzählen.

„Nach der großen Katastrophe war unsere Insel durch das Meer vom Festland Kirk-Wanas getrennt. Der Luftraum über dem Ozean wurde nahezu unpassierbar, nur sehr große Flugtiere konnten die herrschenden Turbulenzen und auftriebslosen Gebiete passieren, ohne dabei Unmengen an Energie zu verbrauchen. Die Legende besagt, dass eines Tages eine weiße Frau völlig unerwartet in unsere Mitte fiel. Sie hatte Flügel, war groß gewachsen und ihre Gesichtszüge waren ungleich allem, was wir bis dahin gesehen hatten. Du musst wissen, dass die Insel nach der großen Katastrophe weitgehend keinen Kontakt mehr mit Bewohnern Kirk-Wanas gehabt hatte."

Miriyas Aufmerksamkeit war bei der Erwähnung der geflügelten Frau ungleich stärker geworden. Sie beugte sich gespannt vor und Mo, inspiriert von der Geschichte des alten Mannes, färbte sich schneeweiß.

„Die Frau muss wunderschöne, elfenbeinfarbene Haut gehabt haben und goldene Haare. Sie war völlig erschöpft, ihre blütenweißen Flügel zerzaust, das perlweiße Gewand beschmutzt und zerrissen. Nur die Götter wissen, wie lange sie schon unterwegs gewesen war und wieviel Kraft es sie gekostet haben musste, auf die Insel zu gelangen. Ihr Auftauchen wurde vom damaligen Schamanen als ein Zeichen der Götter gedeutet. Man versorgte sie, flößte ihr Wasser ein und wusch sie. Aber sie wurde immer schwächer. Die Anstrengung, auf die Insel zu fliegen, war wohl zu groß gewesen und ihre Lebensenergie konnte nicht gegen die Erschöpfung ankommen. Doch sie vertraute dem Medizinmann einen Gegenstand an, etwas, was ihr wichtiger war als ihr eigenes Leben und das zu verbergen ihre Mission war. Der Medizinmann musste ihr versprechen, den Gegenstand zu verstecken, sodass ihn niemand finden konnte und das Wissen um seinen Standort niemandem je zu offenbaren. Sie hauchte ihre letzte Lebensenergie aus, kurz nachdem der Schamane ihr dieses Versprechen gegeben hatte."

Mo stieß hörbar Luft aus, während Miriya weiterhin aufmerksam den Schamanen vor ihr anstarrte.

„Also weiß niemand, wo der Gegenstand sich jetzt befindet?", wollte sie ehrfurchtsvoll flüsternd wissen. Ein Holzscheit knackte laut im verglühenden Feuer und Mo zuckte zusammen. Aino stocherte nachdenklich in der Asche. Inzwischen war die Insel übergegangen und es war erneut stockdunkel geworden. Das flackernde Funkeln der Glut hinterließ tanzende Kreise in Miriyas Sichtfeld. Dann fuhr der Schamane fort.

„Der damalige Schamane hielt sich an das Versprechen. Er fürchtete den Zorn der Götter. Allein brach er auf, den Gegenstand zu verstecken und kehrte erst Tage später wieder in die Siedlung zurück. Man veranstaltete eine große Bestattungszeremonie für den verstorbenen ‚Göttervogel', wie man die geflügelte Frau nannte. Ein riesiges Fest, mehrere Tage lang, an dessen Ende man den aufgebahrten Göttervogel feierlich verbrannte, damit sein Geist durch den Rauch in den Himmel hinaufsteigen und zu den Göttern zurückkehren konnte. Bis heute bestatten wir unsere Verstorbenen so", schloss Aino seine Erzählung.

Miriya richtete sich auf. In ihrem Kopf rauschte es.

„Also weiß niemand mehr, wo der Gegenstand ist?", vergewisserte sie sich. Der Medizinmann schenkte ihr ein breites, zahnloses Grinsen. Dann hob er seinen Arm und wies auf die Tätowierungen auf seinem Unterarm.

„Niemand weiß, wo sich der Gegenstand befindet", bestätigte er unverständlicherweise ziemlich vergnügt. „Aber seit jeher bekommt jeder neue Schamane eine ganz besondere Tätowierung auf seinem Unterarm, die ihn als weisen Mann ausweist und die niemand sonst auf In-Hinaii besitzt."

Miriya kniff die Augen im spärlichen Licht zusammen. Sie konnte bei erwachsenen Waldläufern nicht ausmachen, wo eine Tätowierung aufhörte und eine andere begann. Für sie sah das Gesamtbild aus wie ein dichter, verschlungener, fünffarbiger Teppich, der die Menschen In-Hinaiis wie eine zweite Haut überzog. Aino formte einen Kreis mit seinem Mittelfinger und dem Daumen einer Hand und legte sie dann auf seinen anderen Unterarm. Ein kreisförmiges, Mandala-ähnliches Muster, fünffarbig wie die meisten Tätowierungen der Waldläufer, wurde von seinen Fingern umrahmt. Miriya starrte Aino fragend an. Er schenkte ihr ein weiteres, breites Grinsen.

„Du hast eine Aufgabe zu erfüllen. Erinnere dich daran. Denke an Königin Raika", sagte er leise, aber bestimmt. Er berührte über die glimmende Glut hinweg sanft Miriyas Stirn, dann ihre Brust über ihrem Herz bevor er einige Sätze in der Sprache der Waldläufer rezitierte.

„Ich werde dich tätowieren. Was du damit machst, das bleibt deine Entscheidung. Höre auf dein Herz. Und auf die Natur. Gemeinsam werden sie dir den Weg weisen. Es ist kein Zufall, dass ein Fabeltier dich gefunden hat", sagte der alte Mann dann weiterhin grinsend.

„Wie kann mir die Tätowierung helfen?", wollte Miriya wissen. Da lachte der Schamane auf und erhob sich in einer geschmeidigen, überraschend schnellen und kraftvollen Bewegung. Er sagte einige Worte in der Sprache In-Hinaiis, dann gab er ihr einen kurzen Klaps auf den Kopf.

„Sie beschützt dich", sagte er und es klang, als würde er es halb im Spaß, halb tadelnd sagen, „vor allem Bösen, das dich heimsuchen wird."

Mo stöhnte auf.

„Das klingt ja vielversprechend", meinte sie gequält. Dann hellte sich ihre Miene auf. „Hast du gehört: *Ich* habe *dich* ‚gefunden‘!"

Miriya verdrehte die Augen. Natürlich hatte das Fabeltier ausgerechnet diesem Teil der Erklärung die größte Aufmerksamkeit gewidmet.

„Und weißt du auch, *warum* du mich gefunden hast?", fragte sie mit hochgezogenen Augenbrauen. Mo verzog die Miene nachdenklich, der flauschige Nasenrücken krausgezogen.

„Ich weiß nicht. Irgendwie wusste ich einfach, dass ich zu dem Zeitpunkt an jener Stelle sein musste, an der ich dich angetroffen habe. Vermutlich mein unfehlbarer Instinkt", meinte das Fabelwesen bescheiden wie immer. Miriya schnaubte leise.

„Ich hoffe dein ‚unfehlbarer Instinkt‘ offenbart dir bald, wohin wir gehen müssen", erwiderte sie und kniff Mo kurz neckisch in den Schwanz. Diese verzog die Schnauze zu einem Grinsen, das eher einem Zähneblecken glich, und färbte sich purpurn wie die Blumen, die der Schamane zum Trocknen in der Hütte aufgehängt hatte.

„Du wirst schon wissen, warum das Fabeltier bei dir ist, wenn die Zeit gekommen ist", warf Aino beruhigend ein. „Geh jetzt schlafen. Morgen werde ich dich tätowieren. Du sollst nichts mehr essen und nichts mehr trinken bis dahin. Lass dich von Gaina waschen und vorbereiten", wies er die erstaunte junge Frau an, ehe er sie und das Fabeltier freundlich, aber bestimmt aus der Hütte dirigierte.

Gaina weckte Miriya am nächsten Morgen, kurz nachdem die Insel übergegangen war. Rosafarbene Morgenröte färbte den Himmel zart, während die Kuppel noch immer beinah mitternachtsblau war und voller Sternen stand, die nun langsam verblassten. Als Miriya aus ihrer Hütte trat, fiel ihr auf, dass eine der anderen Hütten hell von tanzendem Feuer erleuchtet war.

„Die Familie des verstorbenen Wächters", erklärte Gaina auf ihren fragenden Blick hin knapp, „sie halten die Totenwache. Wir behalten unsere Toten für zehn Übergänge bei uns, dann werden sie verbrannt und so zu den Göttern zurückgeschickt."

Also fünf Tage lang, dachte Miriya traurig. *Ich werde wohl nicht mehr hier sein, wenn sie den Wächter zu den Göttern zurückschicken.*

„Komm", sagte Gaina und führte sie an der Hand ins Dickicht des Dschungels. Sie liefen an dem Ort vorbei, an dem die Waldläufer ihre Geschäfte erledigten und drangen tiefer ins Unterholz vor, bis sie zu einer winzigen Lichtung gelangten. Eine Fläche von der Größe einer Hütte war frei von Bäumen, aber trotzdem dicht bewachsen mit Gestrüpp und Farnen. Einige Steine, die wie riesige Findlinge aussahen, waren zu einem kleinen, überwachsenen Hügel zusammengeworfen zu dessen Fuß sich ein mit kristallklarem, glitzerndem Wasser gefülltes, beinah kreisrundes Naturbassin befand. Es wurde murmelnd von einer Quelle gespeist, die emsig über die dichten Moose der Findlinge hüpfte. Erst beim Näherkommen fiel Miriya auf, dass an Sträuchern und Farnen rund um das kleine Naturbecken bunte Lederschnüre, eigentümlich geflochten und mit fingernagelgroßen, mit seltsamen Zeichen bestückten Bronzeamuletten ausgestattet, hingen. Das Bassin war nur knapp groß genug, einen ausgewachsenen Mann aufzunehmen, sogar wenn es sich dabei um einen Waldläufer In-Hinaiis handelte.

„Der Mondbrunnen", erklärte Gaina in einem ehrfürchtigen Flüsterton. Sie machte rasch einige Zeichen vor ihrem Gesicht und legte dann beide Hände erst auf ihre Brust, dann brachte sie ihre Handflächen vor der Brust gegeneinander, berührte mit den Fingerspitzen die Stirn und murmelte etwas in ihrer Sprache.

„Er ist ein Heiligtum. Nur Schamanen dürfen das Wasser daraus benutzen. Aino macht für dich eine Ausnahme", meinte sie weiter. Sie blieb vor dem mit den farbigen Lederschnüren gekennzeichneten Bereich stehen.

„Zieh dich aus", befahl sie leise. Miriya zögerte und sah sich unsicher um.

„Worauf wartest du noch?", machte Gaina ungeduldig. Ihr schien nicht in den Sinn zu kommen, dass sich die junge Frau schämen könnte, sich nackt in Anwesenheit anderer Menschen zu zeigen. „Zieh dich schon aus. Alles."

Miriya begann zögerlich, sich die Kleider vom Leib zu schälen. Sie hatte sich mittlerweile ans Barfußlaufen gewöhnt und die Felle, die sie von den Hin-Kia geschenkt bekommen hatte, in der Dschungelhitze abgelegt. Daher war sie schnell entkleidet und stand schüchtern mit verschränkten Armen im Urwald. Gaina würdigte sie keines Blickes, sondern begann, leise und feierlich murmelnd Räucherstäbchen entlang der Lederschnur-Markierungen zu verteilen. Die Stäbchen brannten langsam und entließen purpurne Rauchkringel sowie einen starken, süßlich-würzigen Geruch in die Luft. Gaina entzündete mehrere Stäbchen und schritt um Miriya herum, wobei sie ihr den Rauch der Stäbchen entgegenfächerte. Ihre Gesichtszüge wirkten seltsam entrückt und entspannt, während sie mit leiser Stimme in der Sprache In-Hinaiis etwas rezitierte, was sie Miriya später als Schutz- und Reinigungsformeln erklärte.

„Gehe jetzt zum Mondbrunnen und steige hinein. Du musst mit dem ganzen Körper hineintauchen", sagte die Waldläuferin als nächstes. Miriya tat, wie ihr geheißen wurde, wortlos und ohne die Fragen zu stellen, die ihr auf der Zunge herumtanzten wie neugierige Elfen. Das Wasser des Mondbrunnens war erstaunlich kalt und fühlte sich seltsam schwer an. Es umfing die Rundungen der jungen Frau wie eine Wolldecke, war dabei aber wohltuend, kühl und erfrischend. Ihre Haut prickelte, als sie kurz Luft holte und dann untertauchte. Sie erwartete, jeden Moment mit den Füßen an den Boden des Bassins zu stoßen, doch sie erkannte schnell, dass der Mondbrunnen scheinbar bodenlos war. Die Wände des vom Wasser glattgeschliffenen Steinbeckens waren dicht mit kurzem, fellartigem Moos bewachsen und das Becken selbst durch die direkte Sonneneinstrahlung taghell; ein moosgrüner Schlauch, der sich scheinbar unendlich tief in den Boden hinein fortsetzte. Das

Wasser selbst war Süßwasser, enthielt aber auch eine winzige Spur von Salz. *Vermutlich gibt es eine unterirdische Verbindung zum Meer,* dachte Miriya. Die Kühle des Mondbrunnens jagte eine Gänsehaut über ihren Körper, fühlte sich aber dennoch erfrischend und anregend an nach der schwülen Hitze des Dschungels, an die sich Miriya erstaunlich schnell gewöhnt hatte. Als ihr die Luft ausging, tauchte sie vorsichtig wieder auf. Gaina bedeutete ihr, aus dem Becken zu steigen. Sie hatte, als Miriya Unterwasser gewesen war, ihre Kleider zusammengerafft und sie durch einen Lendenschurz ersetzt, der aus getrockneten Gräsern geflochten und mit bunten, getrockneten Blüten durchwirkt war. Entlang den Rändern waren mehr der Bronzeamulette angebracht, zusammen mit kleinen Bronzeglöckchen, die leise klirrten, als die Waldläuferin Miriya in das Kleidungsstück half, ohne die junge Frau zu berühren. Sie bekam kein Oberteil, was sie leicht nervös machte. Sie hatte noch niemandem ihren nackten Oberkörper gezeigt und wünschte sich nichts mehr, als dass ihre Haare lang genug wären um ihre kleinen, wohlgerundeten Brüste zu bedecken. *Zum Glück ist Keyan nicht hier*, dachte sie errötend.

„Wir gehen zurück ins Dorf", verkündete Gaina in diesem Moment und wies den Weg zurück. Schweigend folgte ihr Miriya, die Augen angestrengt auf den Boden vor ihr gerichtet und gegen die Hitze ankämpfend, die in ihr Gesicht stieg. Die Waldläuferin führte sie auf direktem Weg in die Hütte des Medizinmannes, in der dieselben purpurnen Räucherstäbchen ihren angenehmen, süßlich-würzigen Geruch verbreiteten. Aino schien ebenfalls ein Bad im Mondbrunnen genommen zu haben, denn seine Haut war genau wie Miriyas leicht gerötet von der angenehmen Kälte des Wassers und seine Haare waren aus dem Gesicht gestrichen und am Hinterkopf zu einem Knoten geschlungen worden, der mit einer einzelnen, langen, schneeweißen Feder zusammengehalten wurde. Das Feuer war zu einem schwach glühenden Ascheberg niedergebrannt und daneben lagen verschiedene Gegenstände sorgfältig auf einem purpurnen Tuch ausgelegt; ein langer, dünner Holzstab, an dessen Ende kurze, filigrane Nadeln angebracht waren, ein winziger, hammerförmiger Gegenstand und einige runde

Tiegel. Der Medizinmann war in ein Gewand gekleidet, das wie Miriyas Lendenschurz aus getrockneten Gräsern und Blüten geflochten und mit Amuletten und Glöckchen gesäumt war. Es war eine rechteckige, knielange Matte, die eine Öffnung für den Kopf freiließ und um die Hüften mit einer purpurnen Schärpe zusammengehalten wurde. Aino bedeutete Gaina, die Hütte zu verlassen. Dann „badete" er Miriya in dem purpurnen Rauch der Stäbchen, bevor er sie wortlos aufforderte, sich mit untergeschlagenen Beinen zu setzen. Er stimmte einen Singsang in der Sprache der Waldläufer an und schaufelte dabei Hände voll Rauch über Miriyas Haupt. Sie fühlte sich durch den aromatischen Rauch und die leicht stickige Atmosphäre in der Hütte schläfrig und seltsam entrückt. Sie konnte keinen klaren Gedanken mehr fassen und auch nicht mehr ihren Gedanken nachhängen. Ihr Kopf war wie leergefegt und mit purpurnem Rauch gefüllt. Sie spürte kaum, wie der Schamane sich neben sie setzte, ihren Arm nahm und mit den Geräten auf dem purpurnen Tuch zu tätowieren anfing. Er hämmerte in geschickten, kleinen Bewegungen die schwarze Farbe in ihre Haut, wobei er halblaut seinen Singsang fortsetzte, doch Miriya war seltsam taub und schmerzunempfindlich.

Das Fabeltier weiß den Weg … wisperte eine körperlose Stimme durch die purpurnen Rauchschwaden in ihrem Kopf. *Es wird dich zu dem führen, was du suchst …* Bilder tauchten vor ihrem inneren Auge auf, faserig und undeutlich. Ein Pfad durch den Dschungel. Ein riesiger, kegelförmiger Auswuchs, vollkommen überwuchert vom Urwald. Dunkelheit und Felswände. Und dann ein mächtiges Beben und etwas, das wie ein furchtbares, grollendes Röhren klang.

Miriya tauchte keuchend aus ihrer Trance auf. Sie lag im wohltuenden Halbdunkel ihrer Hütte in der Hängematte, während die Sonne durch das Palmenblätterdach goldene Muster auf ihre Gestalt zeichnete. Man hatte sie ihres Lendenschurzes entledigt, ihr aber nichts anderes angezogen. Miriya fuhr hoch. Sie war allein, Schweißperlen glitzerten auf ihrer bronzefarbenen Haut und sie fühlte sich schwer und seltsam schwebend. Um ihren linken Unterarm war eine grobe Bandage aus Palmenblättern geschlungen, unter der die Haut leicht schmerzhaft pochte. Miriya ließ sich zu-

rücksinken und versuchte, zu erfassen, was sie in ihrem Trance-
zustand gesehen hatte. Mo würde ihr also den Weg weisen. Ob
das Fabeltier davon wusste? Und was war das schreckliche Röhren gewesen, das sie am Ende gehört hatte? Dachte sie daran zurück, breitete sich ein flaues Gefühl in ihrer Magengegend aus,
eine undefinierbare, panikartige Angst. Sie richtete sich erneut auf,
und sah, dass ihre eigenen Kleider fein säuberlich gefaltet neben
einem irdenen Gefäss voller Lebensmittel lagen. Erst da erkannte
sie, wie hungrig sie war. Sie kleidete sich an und aß alles, was sich
in dem Gefäß befand. Dann trat sie nach draußen. Vor ihrer Hütte warteten Mo, Gaina, Niyo und Aino auf sie. Es musste später
Nachmittag sein und die Sonne warf ihre Strahlen schräg durch
das Dschungeldickicht. Aino nickte nur. Gaina trat vor und reichte Miriya ihre Ausrüstung, den Köcher, ihre Seitentasche, die Seile. Feierlich und schweigend half sie Miriya, alles anzuziehen. Als
letztes hob sie den Bogen und betrachtete ihn kurz nachdenklich.

„Ich habe nicht geglaubt, dass du wirklich damit kämpfen kannst,
aber du hast mich Lügen gestraft. Du wirst im Dschungel bestehen können, solange du wachsam bleibst und auf dein Herz und
die Natur hörst. Ich sorge mich nicht um dich", sagte sie und gab
Miriya den Bogen.

„Es war uns eine Ehre, Miriya", fügte Niyo an und sie alle
neigten den Kopf, eine Hand auf die Brust gelegt. „Wir sind in
Gedanken bei dir auf deinem Weg. Mögen die Götter dir wohlgesonnen sein. Komm heil zu uns zurück!"

Aino gab ihr einen gutgemeinten Klaps auf den Oberarm.

„Warte zwei Übergänge, dann kannst du die Bandage abnehmen. Höre auf dein Herz und die Natur und lasse dich von deinen Instinkten leiten. Nimm dich in Acht. Böse Geister wachen
über das, was du zu finden suchst", sagte er und zog Miriya erstaunlich kraftvoll am Nacken zu sich herab, um seine Stirn an die
ihre zu legen. Gaina und Niyo taten es ihm nach. Miriya bedankte sich ebenfalls feierlich bei ihren neuen Freunden, dann nahm
sie den Beutel voller Proviant, den Gaina ihr reichte und machte
sich mit Mo auf ihren Schultern auf, das Kristallzepter zu finden.

Kapitel XIII
~
Von Verlust

Keyan wachte wegen eines komischen Geräuschs auf. *War er eingenickt?* Er hatte die Übersicht verloren, wie viele Tage Raika nun schon im Koma lag, aber die Medizin der Wassermenschen gepaart mit dem Wissen der Heiler in Kirk-Wana hatten in seinem Fall Wunder gewirkt. Obwohl er noch immer leichte Bandagen trug, konnte er sich nun um einiges einfacher und schmerzfreier bewegen und hatte vor Kurzem sogar begonnen, aufzustehen und im Krankenflügel herum zu humpeln. Ki-Ara hatte sich auf seinem Bett langgestreckt und war eingeschlafen, Sarahi saß zusammengesunken auf ihrem Stuhl am Bett der Königin. Raika war noch immer nicht aufgewacht, nahm kaum Wasser und Nahrungsbrei zu sich und machte den Anschein, in einem schrecklichen Albtraum gefangen zu sein. Manchmal schrie sie auf, stöhnte oder krümmte sich zusammen. Aber jetzt lag sie still in ihrem Bett, die Haut wächsern und bleich, auf ihrer Stirn glitzerten Schweißperlen. Das ganze Kissen schien verschwitzt zu sein. Keyan, der sich am Kopfende seines Bettes niedergelassen hatte, um Ki-Ara genug Platz zum Schlafen zu bieten, streckte sich. Seine Rippen knackten besorgniserregend laut und er ließ es sofort bleiben. Ein kurzer, leiser Fluch entwich seinen Lippen. Seit er sich wieder einigermaßen normal bewegen konnte, vergaß er manchmal, dass sein Körper noch immer im Heilprozess war.

Wieder ertönte das seltsame Geräusch. Beunruhigt sah er sich im abgedunkelten Krankenflügel um. Es musste in den frühen Morgenstunden sein, kurz bevor die aufgehende Sonne den Himmel erhellen würde und das Halbdunkel im Raum war von einer körnigen Konsistenz, die es schwierig machte, etwas deutlich zu erkennen. Dann sah er plötzlich den Unterschied. Raika hatte die Augen geöffnet! Mit glasigen, weit aufgerissenen Augen starrte sie an die Decke. Das komische Geräusch, das Keyan vernommen hatte, erzeugte sie irgendwie beim Atmen. Beim Anblick ihrer unnatürlich weit aufgerissenen Augen rieselte dem jungen Mann ein Schauer über den Rücken. Er schob sich vorsichtig vor, beugte sich über die Königin.

„Raika", sagte er sanft und leise, „könnt Ihr mich hören?"

Er berührte sie sanft an der Schulter. Ihre Lippen bewegten sich. Keyan brachte sein Ohr näher an ihren Mund.

„Drachen ...", hauchte sie tonlos. Ihr Atem begann, schneller zu gehen. „Alles verloren ..." Sie klang verzweifelt, hysterisch. Kurze Erkenntnis flackerte über ihre in Panik verzogenen Gesichtszüge, ihr Atem kam in kurzen, keuchenden Stößen.

„Helft ihr!", wimmerte sie, ihre Stimme ein hoher, schriller Ton, in dem Grauen beinah greifbar mitschwang. Keyans Herz setzte einige Schläge aus, er vergaß fast zu atmen.

„Raika, seht mich an", sagte er, seine Stimme dringlich und bestimmt. Seine Hand umfasste ihren Oberarm, als ihr Atem sich weiter beschleunigte. Ihre Brust hob sich in einem trockenen Schluchzer.

„Miriya", stieß sie hervor, „helft ihr ..."

Eisig kalt schloss sich Angst wie Frostfinger um sein Herz. *Miriya?*

„Raika, bitte schau mich an!", flehte er.

Neben ihm schreckten Sarahi und Ki-Ara aus dem Schlaf hoch und beide fuhren sofort auf.

„Aria", wisperte die Königin, verzweifelt und ebenso dringlich wie Keyan sie zuvor angesprochen hatte. „Aria. Helft ihr!" Erneut fuhr ein trockenes Schluchzen durch ihren schmalen Körper. Ki-Ara wollte etwas sagen, doch ehe sie den Mund aufmachen konnte, bäumte sich Raika plötzlich vollkommen überraschend auf.

„*HELFT IHR!*", kreischte sie grauenerfüllt und verzweifelt und ihre tastenden Finger fanden Keyans Schulter und seinen Oberarm und krallten sich in sein Gewand. Er unterdrückte ein schmerzerfülltes Stöhnen. Sie stierte ihm einen Augenblick lang wild in die Augen, ihre Finger wie Schraubstöcke um seinen Oberarm, dann füllten sich ihre Augen mit Tränen und sie ließ sich in ihr Kissen zurücksinken.

„Helft ihr", wimmerte sie und schlug die Hände vors Gesicht. „Ich habe sie in den Tod geschickt ..."

„Schau mich an, Raika", sagte Keyan, seine Stimme noch heiserer als sonst, eisern umklammerte Angst sein Herz. Doch die Königin hatte die Augen geschlossen und war verstummt. Sie schien zurück in ihr Koma gefallen zu sein und Tränen rollten verloren über ihre bleichen Wangen, während sich ihre Atmung normalisierte. Sarahi und Ki-Ara standen da wie vom Blitz getroffen, Keyan war gelähmt vor Angst.

Drachen? Was hatte das zu bedeuten? Wer war Aria?

Was war mit Miriya geschehen?

Miriya wanderte durch den dichten Dschungel. Die immergrüne Umgebung, die schwüle Luft, das spärlich einfallende, goldene Sonnenlicht und die gleichbleibende Geräuschkulisse gaben ihr das Gefühl, wie in Trance durch den Urwald zu irren. Mo saß wie eine zu heiße Pelzstola auf ihren Schultern, den Schwanz lose um den Hals der jungen Frau gelegt und tannengrün gefärbt. Sie schwiegen beide, aufmerksam darauf bedacht, ungewöhnliche Geräusche aus der Umgebung zu filtern und allfällige Gefahren rechtzeitig zu erkennen. Als Miriya die Waldläufer beim zweiten kurzgehaltenen Abschied am Waldrand auf den kegelförmigen Auswuchs und die unheimlichen Geräusche aus ihrem Trancetraum angesprochen hatte, hatte Niyo gemeint, dass es sich beim Auswuchs vermutlich um den Kegelberg Leico handelte, der inmitten der grünen Hölle lag und von den Waldläufern gemieden wurde, weil es hieß, dass in seinem Innern schreckliche Dämonen hausten, die den Boden zum Beben bringen und Feuer schleudern konnten. Gaina hatte sie daraufhin sorgenvoll angeschaut.

„Von all den Orten auf In-Hinaii solltest du da als allerletztes hingehen", hatte sie gesagt und angefügt, dass die unheimlichen Laute aus Miriyas Traum wohl das Gebrüll der Dämonen in Leico gewesen waren. *Nichtsdestotrotz*, dachte Miriya nun, als sie barfuss und vorsichtig durch das dichte Unterholz stapfte, *nichtsdestotrotz würde sie wohl zuerst zu Leico gehen müssen, wollte sie dem Trancetraum Glauben schenken. Höre auf dein Herz und die Natur*, hatte Aino gesagt. Schon allein deswegen war sie gewillt, den Traum als einen Wink des Schicksals anzusehen und ihm zu folgen. Seufzend stieß sie Luft aus und folgte weiter dem kaum sichtbaren Pfad, den irgendein größeres Tier vor ihnen in das Unterholz geschlagen hatte.

Langsam legte sich die Abenddämmerung wie ein Tuch über den Urwald In-Hinaiis. Die Insel ging über und Miriya realisierte erstaunt, dass sie den Übergang nun tatsächlich kaum noch bemerkte, wo er am Anfang noch so schockierend deutlich gewesen war. An das kurze Ziehen in der Nabelregion, das den Übergang jeweils begleitete, hatte sich die junge Frau mittlerweile gewöhnt und innerhalb einiger Herzschläge wurde die sanfte Dämmerung von nachtschwarzer Dunkelheit abgelöst. Das Mondlicht, das diese Nacht schien, vermochte nur an wenigen Stellen durch das Dickicht zu scheinen. Die Urwaldriesen fächerten sich in großer Höhe zu undurchdringlichen Geflechten zusammen wie ein riesenhafter, unförmiger Dom. Großkelchige Orchideen wuchsen wie Farbklekse im Immergrün des uralten Waldes. Kleine Kokosmäuse sprangen von Liane zu Liane und verständigten sich mittels Piepslauten, die Miriya trotz ihrer scharfen Ohren und Wachsamkeit kaum wahrnehmen konnten. Wo das Mondlicht sich durch das Blätterdach hindurchkämpfen konnt, bildete es silberne Pfützen am Boden und kleine Nachtvögel schwirrten durch die nun angenehm kühle Luft. Wo auch immer In-Hinaii in der Nacht hinging, es musste deutlich weniger schwül und heiß sein. Am Boden, zwischen den Farnen und knorrigen Luftwurzeln, bewegten sich nachtaktive Tiere sorgfältig, aber emsig und manchmal hallte das Brechen eines morschen Astes wie ein Peitschenknall durch die Nacht, was Mo jeweils zusammenzucken ließ. Das Fabeltier lauschte angespannt auf etwaige Gefahren, ihre Pfötchen fest in Miriyas Schultern gegraben, die Schnurrbarthaare zuckend, wann immer sie prüfend in der Luft schnupperte. Die junge Frau spürte, wie sie langsam ermüdete und gegen ihren Willen zu taumeln anfing. Sie wollte sich nicht ausruhen. Nicht hier, nicht jetzt. Seit sie an jenem Tag aufgebrochen waren, hatte sie eine Dringlichkeit und eine nagende Unruhe befallen. Sie spürte, dass sie sich beeilen musste, dass sie endlich das Zepter finden musste. Warum, das wusste sie nicht, aber sie hoffte inständig, dass es Raika, Sternensilber, Keyan und ihren anderen neuen Freunden gut ging.

„Du solltest dich ausruhen", flüsterte Mo plötzlich an ihrem Ohr und sie machte unwillkürlich einen Satz.

„Du hättest mir beinah einen Herzanfall eingejagt!", fauchte die junge Frau entnervt und versuchte, ihr Herz zu beruhigen, das einen Schlag ausgesetzt zu haben schien. Ein Ast fuhr dem Fabeltier ins Gesicht, als sie weiter durchs Dickicht stolperte.

„Miriya, bleib auf dem Pfad", machte Mo.

Miriya konnte schon lange keinen Pfad mehr erkennen. Schon kurz nachdem die Insel übergegangen war, hatte die Fährte, der sie gefolgt war, aufgehört. Sie hatte auf Mos Gespür vertraut und war, solange das Fabeltier nicht protestiert hatte, einfach weiter geradeaus gegangen, so gut es ging. In der Tat schien Mo instinktiv zu wissen, wo sie langgehen sollte und hatte sie ein paar Mal mehr oder weniger sanft zurück auf einen Pfad gebracht, den außer dem Fabeltier selbst und vermutlich den Schamanen In-Hinaiis niemand zu erkennen vermochte.

Ein weiterer Ast schlug Mo entgegen. „Miriya!"

„Schon gut, schon gut. Es tut mir leid. Man kann kaum die eigene Hand vor Augen erkennen, geschweige denn einen Pfad, der nur für deine Instinkte zu existieren scheint …", maulte Miriya zurück.

„Du solltest dich ausruhen", wiederholte sich Mo dieses Mal eindringlicher.

„Wo denn?", wollte Miriya wissen. Sie war nun so müde, dass sie kaum zwei Gedanken beieinander halten konnte. So ein geeignetes Nachtlager zu finden war undenkbar.

„Wenn du weiter wie beduselt durch den Dschungel schwankst, machst du dich nur zur Zielscheibe", meinte das Fabeltier gnadenlos.

„Sag mir, wo ich mich verstecken soll", entgegnete die junge Frau, die auf Mos Kommentar nicht viel erwidern konnte, da selbst ihr Sturkopf zugeben musste, dass das Fabeltier recht hatte. Sie spürte mehr, als dass sie sah, wie das possierliche Tier auf ihren Schultern sich streckte, den Kopf hob und die Luft mit zitternder Schnauze prüfte.

„Klettere vorsichtig auf den Baum da, der riecht sicher. Aber *sehr* vorsichtig. Wenn du fällst, können die Waldläufer morgen deine Überreste einsammeln."

Miriya murmelte einige unverständliche Sätze, die sie selbst kaum zu verstehen vermochte und setzte sich dann in Bewegung. Wie eine Schlafwandlerin ertastete sie den Weg am Baum hoch zur ersten Astgabel, die Mo für geeignet befand. Dort klemmte sie sich zwischen Ast und Stamm und schlief sofort ein. Mo blieb in Alarmbereitschaft, mit zuckenden Schnurrhaaren und gesträubten Nackenhaaren und wachte erstaunlich pflichtbewusst über Miriyas Schlaf.

Ein Sonnenstrahl kitzelte die junge Frau in der Nase. Miriya rümpfte die Nase und musste trotzdem niesen. Sie zuckte zusammen, öffnete ihre Augen und blickte in den grünen Abgrund unter sich. Einen Moment lang sprang ihr der überwachsene Boden beinah entgegen und sie rang mit der Schwerkraft. Dann fing sie sich und fragte sich einen verdatterten Augenblick lang orientierungslos, wie sie in die Astgabel gekommen war.

„Du bist endlich wach!", meinte Mo von hinten. Miriya drehte vorsichtig den Oberkörper, um das Fabeltier, das hinter ihr auf dem Ast saß und sich sonnte, in ihr Blickfeld zu bekommen. Das Tierchen sah sie aus seinen unschuldigen Knopfaugen wohlwollend an. Es schien sich nicht im Geringsten über die Pause aufzuregen, sondern hatte sich stattdessen, kaum dass die Insel in den frühen Morgenstunden übergegangen war und die ersten Sonnenstrahlen ihren Weg durchs verschlungene Geäst gefunden hatten, in eines der seltenen Fleckchen Sonnenlicht gelegt und vor sich hingedöst.

Miriya fühlte sich erstaunlich frisch und ausgeruht. Um sie herum dampfte der Urwald in der morgendlichen Hitze, Orchideen öffneten enthusiastisch ihre Blütenkelche und die unermüdliche Geräuschkulisse eines typischen Tages im Dschungel drang an ihre Ohren. Mo machte sich auf, einige essbare Früchte und Wurzeln zu finden und Miriya kramte im Proviantbeutel nach einigen getrockneten Fleischstreifen. Sie konnte sich in der Tat nicht mehr daran erinnern, wie sie in die Astgabel gekommen war und war leicht beeindruckt von sich selbst. Was sie mit Sicherheit sagen konnte, war, dass sie am Vortag augenscheinlich weit genug gelaufen war, um es aus dem Territorium der Waldläufer zu schaffen. Jegliche Zeichen menschlicher Präsenz waren verschwunden und die bunten Lederbänder mit eingeflochtenen Amuletten und Bronzeglöckchen, die sie zuvor als Wegmarkierungen immer wieder angetroffen hatte, waren weg, ebenso wie die kaum sichtbaren, aber dennoch merklich niedergetrampelten Pfade, die die Waldläufer auf ihren Jagdzügen benutzten, um schnell voranzukommen.

Mo kehrte zurück, lautlos und mit einer Traube grüner, faustgroßer Früchte im Schlepptau, die in eine Schale gespickt mit weichen, harmlosen Dornen gehüllt waren. Sie verbrachten eine kurze Weile damit, die Früchte aus ihren Schalen zu knacken und das süße, seltsam geleeartige Fruchtfleisch zu essen. Dann beschloss Miriya, zwecks Orientierung, den Baum so weit wie möglich hochzuklettern. Mo begab sich auf ihren nun angestammten Platz auf den Schultern der jungen Frau, als diese sich hochhievte und vorsichtig, aber geschickt von Ast zu Ast die Baumkrone erklomm. Sie hatten Glück gehabt mit ihrem Baum, der zu einer höher gewachsenen Spezies gehörte und die meisten der umliegenden Palmen etwas überragte. Faserige, kräftige Lianen spannten sich in der Baumkrone und verbanden die Urwaldriesen in einem grünbraunen, verschlungenen Netz. Einige bunte Vögel flatterten laut lamentierend davon, als Miriya an ihren Nestern vorbeikam und Kokosmäuse spähten neugierig aus Astlöchern hervor. Die Luft, wenn auch immer noch schwül und voller Hitze, wurde mit der Höhe doch etwas kühler und als sie endlich aus dem Dickicht der umliegenden Vegetation kamen, empfing sie eine sanfte, erfrischende Brise, die nach Seeluft und Salzwasser roch. Mo steckte seufzend die Schnauze in die Luft.

„Ajak macht sich hoffentlich keine Sorgen um uns", meinte das Fabeltier, das laut eigener Aussage viel Zeit mit der riesenhaften Seeschlange verbrachte, wenn es nicht gerade seltsame junge Frauen wie selbstverständlich durch einen Dschungel führte, den es unter normalen Umständen nimmer betreten hätte.

„Den einzigen Teil von In-Hinaii, den ich kenne, ist der Strand, von wo aus wir gestartet sind", meinte sie in einem vergnügten Plauderton, gerade als Miriya endlich über das Blättermeer blicken konnte. Überall ragten einzelne Baumkronen aus dem endlos erscheinenden Ozean aus grüner Vegetation und bunten Blumen. Kleine Vögel nutzten die Aufwinde, die sich zwischen den Baumkronen und den unteren Luftschichten des Himmels bildeten, um dicht über dem Dschungel zu kreisen. Miriya fiel auf, dass in höheren Luftschichten keine Vögel mehr waren. Sie schaute sich um und kniff die Augen dabei zusammen. Die Sonne war hier, hoch über dem Großteil der Bäume, deutlich stärker und blendete. In ihrem Trancetraum war Leico überwuchert und verwachsen mit dem Urwald gewesen, doch sie hatte gehofft, dass der Kegelberg in der Realität im Blättermeer sichtbar war.

„Schau mal da", meinte Mo in diesem Augenblick und deutete mit ihrem Löwenschwanz in die Richtung, die entgegengesetzt zu Kirk-Wana lag. Miriya wandte sich um und ihr Herz machte einen aufgeregten Satz: Ein Felskegel ragte in einigem Abstand zu ihrer momentanen Position aus dem Dschungel. Leico war kaum sichtbar zwischen den Baumkronen. Umgeben von Urwaldriesen und mächtigen Palmen war nur die Spitze gerade eben sichtbar. *Mos Augen müssen um ein Vielfaches schärfer sein als die meinen*, dachte Miriya beeindruckt. Sie selbst hätte das rötliche Felsgestein im immergrünen Ozean kaum erkannt, und konnte nur mit Mühe die Umrisse des erstaunlich symmetrischen Kegels ausmachen.

„Lass uns gehen", machte Mo entschlossen, nachdem sie beide eine Weile schweigend in die Ferne gestarrt hatten. Miriya machte sich also auf den Weg den Baum hinab. Der Abstieg dauerte wesentlich länger und war schweißtreibende Arbeit und als Miriya endlich am Boden ankam, zitterten ihre Arme und Beine unkontrolliert und sie musste eine Weile verschnaufen. Dann machten sie sich auf in Richtung Leico. Mo, die nun nicht mehr auf Miriya aufpassen musste, begann, ihr in leichtem Plauderton Geschichten und Episoden aus ihrem Leben zu erzählen und Miriya ergab sich dem stetig dahinplätschernden Strom aus Sätzen, während sie sich ihren Weg durchs unwegsame Unterholz bahnte.

Gegen Abend kamen sie in einen Hain, der sich wie eine niedere Kuppel über mehrere Manneslängen ihres Weges spannte. Kopfgroße, birnenförmige Früchte hingen von auffällig dünnen Stängeln in den Hain, umgeben von spiralförmigen Schlingen und herzförmigen Blättern. Ein leichtes Rascheln fuhr durch den Hain, als die junge Frau ihn betrat. Mo witterte aufmerksam.

„Das sind komische Früchte", meinte sie, gerade in dem Augenblick, als ein lautes Klatschen beide zusammenfahren ließ.

„Was war das?", fragte Miriya verdutzt und stolperte einige Schritte weiter in den Hain, als sie sich um die eigene Achse drehte, um den Ursprung des Geräusches zu finden. Der Hain war merkwürdig bar jeglichen Lebens; keine Blüten, keine kleinen Säugetiere und keine bunten Vögel, bloß die gigantischen, purpurnen Früchte, die im Licht der schwindenden Sonne leicht zu pulsieren schienen. *Pulsieren*, fragte sich Miriya just in dem Moment, als das Klatschen ein weiteres Mal erklang. Und dieses Mal fühlte die junge Frau den Luftzug, als eine der Früchte gefährlich nahe an ihr vorbeizischte und zu Boden fiel. Mo keuchte erschrocken auf. Eine Explosion aus Fruchtfleisch, gelben Samen und klebrigem Saft erfolgte und Miriya machte einen Satz zurück, weiter in den Hain hinein. Über ihren Köpfen schüttelten sich einige der Früchte in einem Anflug eines beunruhigenden Eigenlebens und das Pulsieren wurde stärker. Die Luft war plötzlich durchwirkt von einer subtilen Feindseligkeit, unheilschwanger und abweisend, die von den Pflanzen auszugehen schien, die den Hain bildeten. Zwei weitere Früchte lösten sich unvermittelt von ihren Stängeln und rauschten mit einem fauchenden Geräusch gen Boden. Miriya konnte knapp ausweichen.

„Die Früchte *zielen* auf uns!", brachte sie vollkommen befremdet hervor, während sich Mos kleine Krallen in ihre Schultern bohrten.

„Ja, das kann ich sehen. *Lauf!*", erwiderte das Fabeltier, die Stimme triefend vor Ironie und durchsetzt mit Furcht zugleich. Sie musste sich nicht wiederholen: Während der Hain sich vor Zorn aufzuplustern schien und die Früchte sichtbar pulsierten, warf sich die junge Frau herum und rannte so schnell sie konnte durch den Hain. Sie wollte nicht herausfinden, was passieren würde, wenn die Früchte sie treffen würden. Weitere Früchte sausten bedrohlich dicht an ihrem Kopf vorbei und zerplatzten laut klatschend mit einem ekelerregenden, schmatzenden Geräusch. Miriya schlug

Haken, um den wie Geschosse herabregnenden Früchten zu entgehen, ihr Herz schmerzhaft gegen die Rippen hämmernd, ihr Atmen unregelmäßig und keuchend. Als sie endlich das Ende des Hains erreichte, fühlte es sich an, als würde dieser ihr einen unfreundlichen Atemzug voller Genugtuung und Selbstzufriedenheit entgegenschnauben. *Komm bloß nicht zurück*, schienen die spiralförmigen Pflanzen und purpurnen Früchte zu schreien. Miriya lehnte sich keuchend gegen eine Palme.

„Das war knapp", meinte sie mit rasendem Herzen.

„Ja, tatsächlich", pflichtete ihr Mo murmelnd bei, die scheinbar aus Empathie ebenfalls keuchte, obwohl sie nichts weiter hatte tun müssen, als sich auf Miriyas Schultern zu halten. Als Miriya genug Luft geschöpft hatte, um dies anzusprechen, meinte das Fabeltier kokett: „Es war nicht eben einfach, sich festzuhalten!"

Miriya schnaubte.

„Schau mal, die Früchte schlagen bereits Wurzeln", meinte sie statt einer Antwort und deutete auf die Stellen, wo die Früchte am Boden förmlich explodiert waren und ihre Samen verstreut hatten. Überall schoben sich hellgrüne Keimlinge aus dem saftgetränkten Boden und öffneten harmlos und scheinheilig ihre herzförmigen Blättchen. Darüber trieben neue, rosafarbene Früchte aus den zurückgelassenen Stängeln und reiften beinah sichtbar zu den riesenhaften, purpurnen Geschossen heran.

„Erstaunlich", machte Mo und klang tatsächlich fasziniert.

„Die Wunder der Natur", meinte Miriya halb ehrfürchtig, halb ironisch. „Wenn sie mich nicht gerade töten wollen, können sie in der Tat faszinierend sein!"

Mo musste piepsend lachen.

„Wir sollten uns wohl einen Baum zum Übernachten suchen", sagte sie dann. Es war dunkler geworden und der Übergang der Insel schien kurz bevorzustehen. Miriya pflichtete Mo bei, was dieser einen überraschten Laut entlockte. Einige Herzschläge bevor die Insel überging, kuschelten sich Mo und Miriya in eine von dichten Farnen verborgene Höhle zwischen knorrigen Wurzelsträngen und als die Dunkelheit der Übergangswelt sie umfing, waren die beiden schon eingeschlafen.

Keyan humpelte unruhig im Krankenflügel auf und ab. Seit Raika am Morgen zuvor kurzzeitig aus ihrem Koma erwacht war, hatte eine tiefgreifende, nagende Unruhe von ihm Besitz ergriffen. Ihre Worte gingen ihm nicht mehr aus dem Kopf und wiederholten sich in einer ermüdenden, besorgniserregenden Endlosschleife. Was war mit Miriya geschehen? Warum war alles verloren? Und wo im Namen der Götter gab es *Drachen* auf Kirk-Wana? Die Abendsonne an einem mit weißen, fusseligen Wolken verhangenen Himmel schickte ihre letzten Strahlen durch die flockige Schicht und die hohen Fensterbögen des Krankenflügels warfen lange, gebogene Flecken milchig-weißen Lichtes auf die leeren Betten und den blankpolierten Boden. Nur Raikas Bett war durch einen lichtundurchlässigen Vorhang von den vorwitzigen Sonnenstrahlen geschützt. Neben Raikas ordentlich hergerichtetem Bett sah Keyans Bett unordentlich und zerwühlt aus, die Laken zu einem unförmigen Haufen zusammengeworfen, die Kissen eingedrückt und zerknittert. Es sah eher so aus, als wäre Keyan derjenige, der sich in Fieberträumen hin und her warf und seine Decken nassschwitzte. Sarahi und Ki-Ara waren gegangen, um mit den Hochzeitsanwärtern zu sprechen und sie zu vertrösten. Man hatte beschlossen, dass Raikas Zustand vorerst geheim gehalten werden sollte, um die Bevölkerung Kirk-Wanas nicht zu beunruhigen. Daher wussten die Anwärter, sowie der königliche Rat und das Volk nur, dass die Königin zurzeit unpässlich war, sich aber bestimmt bald auf dem Pfad der Genesung befinden würde.

Sieht nur leider nicht so aus, dachte Keyan mit einem kurzen Seitenblick auf Raikas schlafende Gestalt. Ihr Atem hatte sich beruhigt und ging kräftiger als zuvor und sie schien allgemein ruhiger zu sein. Vielleicht war der komische Ausbruch der Höhepunkt ihres seltsamen Zustands gewesen und sie befand sich tatsächlich auf dem Weg der Besserung. Irgendwie bezweifelte er es.

Keyan seufzte und trat an eines der hohen Bogenfenster. Seine rechte Seite erinnerte ihn schmerzhaft pochend daran, dass sein Körper ebenfalls noch immer *auf dem Weg* der Besserung war. Es fiel ihm schwer, Knie und Ellenbogen zu biegen und aufgrund der langen Liegezeit hatte sich die Muskelmasse in seinem Körper verkleinert. Vor allem an seiner rechten Seite konnte er erkennen, dass die Muskeln sich zurückgebildet hatten. Er musste wohl bald wieder mit dem Trainieren anfangen. Der junge Mann stützte sich mit dem gesunden Ellenbogen auf den Fenstersims und schaute einen Augenblick dem Treiben der Stadt zu. Er fühlte sich distanziert und abgekapselt, hatte seit geraumer Zeit keine Gänge mehr durch die Straßen Kirk-Wanas getätigt und vermisste die Freiheit und Weite der Ebene, durch die er mit Onyx oft geritten war. Beim Gedanken an Onyx machte sein ohnehin schon gequältes Herz einen schmerzhaften Satz. Nylo, der ihn nun, da er sich bewegen konnte und sein Gesundheitszustand sich verbesserte, in regelmäßigen Abständen besuchte und ihm Bericht erstattete, hatte ihm angeraten, sich bald ein neues Reittier auszusuchen. Es brauchte eine Menge Training, Geduld und Beharrlichkeit, bis Pferde, die eigentlich Fluchttiere waren, ruhig durch Menschenmengen gehen und allen sonstigen Aufgaben nachgehen konnten, die als Mitglied der Palastwache so anfielen.

„Ich bin sicher, Onyx hätte dir dasselbe geraten", hatte sein Stellvertreter gemeint, als Keyan erwidert hatte, dass er mehr Zeit brauchte, sich an den Gedanken zu gewöhnen, ein neues Reittier abzurichten. Nylo hatte verständnisvoll genickt. Einen geliebten Weggefährten aufgrund hohen Alters zu verlieren, war schon schlimm genug. Einen treuen Freund in der vollen Blüte seines Lebens zu wissen und dann zuschauen zu müssen, wie dieser so grausam und plötzlich daraus gerissen wurde, war ungleich schwerer zu verdauen. Er hatte Keyan tröstend die Hand auf die gesunde Schulter gelegt.

„Wann immer du dich dazu imstande fühlst", hatte er gemeint und war dann von dannen gegangen. Keyan seufzte erneut. Er hatte nicht das Gefühl, dass er sich sehr bald imstande fühlen würde, ein neues Reittier auszuwählen.

„Ihr klingt sehr traurig. Ist alles in Ordnung?" fragte aus dem Nichts eine bekannte Stimme hinter ihm. Keyan fuhr hoch, als hätte er sich am Fenstersims verbrannt und für einen irren Moment dachte er, er hätte halluziniert. Ruckartig drehte er sich um.

Königin Raika hatte sich im Bett aufgerichtet und schaute ihn aus etwas müden, blauen Augen fragend an.

„Ihr seid wach?", keuchte Keyan überflüssigerweise und verschluckte sich beinah an seiner eigenen Zunge vor lauter Überraschung. Als er seinen Hustenanfall unter Kontrolle gebracht hatte und mit schmerzenden Rippen an Raikas Bett gehumpelt war, sank die Erkenntnis endlich vollends ein.

„Ihr seid wach!", sagte er in einer Mischung aus Freude, Nervosität und Aufregung. Sein Herz klopfte fast spürbar in seiner Brust und tat hin und wieder einen kribbeligen, kleinen Sprung. Raika sah müde aus wie jemand, der lange mit einer schweren Krankheit gerungen hatte und nun nach langem Genesungsschlaf allmählich aufwachte. Dunkle Ringe unter den Augen verunstalteten ihre makellose Haut, ihr hübsches Gesicht war blass, spitz und eingefallen. Das Haar war zerzaust, stumpf und ohne den üblichen Glanz und sie zitterte vor Erschöpfung. Aber ihre Augen funkelten wach und aufmerksam und voller unausgesprochener Fragen. Keyan setzte sich etwas schwerfällig und vorsichtig zu ihr auf die Bettkante. Sie folgte seinen sorgfältig bemessenen, bedächtigen Bewegungen.

„Was ist denn mit euch geschehen?", wollte sie mit höflicher Neugier wissen. Dann verengte sie ihre Augen zu schmalen Schlitzen und musterte Keyan durchdringend von oben bis unten. Er rutschte unbehaglich hin und her und fragte sich, warum sie ihn formell ansprach, wo sie dies doch eigentlich nur bei öffentlichen Auftritten taten. Raika ließ ihn ihre Frage nicht beantworten. Sie beendete ihre prüfende Musterung seiner Person und zog ihre Knie in einer so untypischen Art an ihre Brust, dass Keyan sie beinah mit offenem Mund angestarrt hätte. Gerade noch rechtzeitig erinnerte er sich daran, dass dies wohl nicht angebracht war.

„Es tut mir sehr leid, aber es fällt mir schwer, mich zu erinnern. Wer seid ihr denn?", sagte sie dann und legte ihren Kopf leicht schräg, während sie mit ihren Armen die Knie umschlang. Nun klappte Keyans Mund dennoch auf. Fassungslos starrte der junge Mann seine Gebieterin an und sein Kopf, vor einem Herzschlag noch voller Fragen, war auf einen Schlag wie leergefegt.

„Wie bitte?", wollte er wissen. Sie sah ihn an und in ihren Augen konnte er Angst aufflackern sehen, gepaart mit Neugier und Unverständnis. Sie schien sich tatsächlich nicht an ihn erinnern zu können.

„Ihr wisst nicht, wer ich bin", machte er lahm, unbewusst in die Höflichkeitsform wechselnd. Sie sah ihn unbehaglich an.

„Das scheint euch sehr zu treffen. Das tut mir außerordentlich leid", sagte sie, aufrichtig besorgt und beschämt zugleich, „ich weiß leider nicht einmal, wer ich selbst bin."

„Endlich!", hauchte Miriya voller Ehrfurcht. Sie standen am Fuße Leicos und der Bergkegel, der aus der Ferne kaum sichtbar aus dem immergrünen Dickicht gelugt hatte, ragte nun majestätisch vor ihnen empor. Miriya und Mo standen mit in den Nacken gelegten Köpfen da und blickten an dem kegelförmigen, erhaben wirkenden Koloss hoch, dessen rotes, zerfurchtes Gestein vor allem am Fuße des Berges überwuchert war mit Farnen, Moosen und kleineren Bäumen, deren Wurzeln sich tapfer an die Furchen geheftet hatten. Gegen oben, wo sich der Kegel hin zu einer abgeflachten Spitze verjüngte, war der Berg mehr oder weniger frei von Vegetation, doch das, was auf Leicos Oberfläche wuchs, klammerte sich verbissen daran fest und war mit Lianen und Flechten mit den umliegenden Urwaldriesen verbunden.

„Da müssen wir hochklettern", hauchte Mo, ebenfalls erfasst von Ehrfurcht. Dies kam nicht von ungefähr: Der Bergkegel, so hatte Niyo ihr erklärt, war bei den Waldläufern eine hochheilige Stätte, ein Ort, den sie zugleich verehrten und fürchteten.

„In alten Zeiten hatte man wohl Menschenopfer zum Berg geschickt, um die Feuerdämonen zu besänftigen, aber das tun wir schon lange nicht mehr. Niemand nähert sich Leico", hatte er gemeint. Es war allerdings unschwer zu erkennen, dass dieser Bergkegel eine heilige Stätte gewesen war. Vergilbte Lederschnüre mit von Moos überwucherten, grün gewordenen Amuletten und Bronzeglöckchen waren am Fuße Leicos verteilt und an einer Stelle sah man, wo vor unvorstellbar langer Zeit eine Kletterhilfe aus fest geflochtenen Pflanzenfasern an Leicos Flanke angebracht gewesen war. Die Schneise, nun von der Natur wieder zurückgewonnen, war erstaunlicherweise noch immer ein kleines bisschen sichtbar.

„*Wir?*", schnaubte Miriya und verrenkte sich beinah den Nacken in dem Versuch, das Fabeltier auf ihren Schultern mit skeptisch hochgezogenen Brauen bedeutungsvoll anzustarren. „Ich befürchte, *ich* bin diejenige, die klettern wird!"

Mo schenkte ihr ein unverschämtes Grinsen, bevor sie ernst wurde.

„Du musst da hoch bis zum Gipfel", sagte sie und in ihrer Stimme schwang netterweise ein Hauch Mitleid mit.

„Was für eine Überraschung", meinte Miriya ironisch und schaute sich kurz um.

„Ich glaube, am sichersten ist es, wenn du die Schneise hochkletterst. Da sind vor dir schon Menschen hochgeklettert, das sollte also machbar sein", riet Mo ihr fachmännisch.

Menschenopfer sind da hochgeklettert, dachte Miriya und das mulmige Gefühl, das sich in ihrem Magen eingenistet hatte, seit sie allein auf In-Hinaii unterwegs war, verstärkte sich. Ihr Mund fühlte sich plötzlich schrecklich trocken an und ihre Zunge irgendwie pelzig.

„Und du bist dir sicher, dass dies der richtige Weg ist?", wollte sie wissen und ihre Stimme klang plötzlich hohl und etwas atemlos.

„Es mag zwar seltsam klingen und ich weiß nicht warum, aber ich bin ziemlich sicher, dass dies der richtige Weg ist. Und es ist der einzige Weg", erwiderte das Fabeltier mit einer Bestimmtheit, die jegliche Zweifel von Miriya beiseite wischte.

„Also los", meinte diese optimistischer, als sie sich fühlte, „halt dich gut fest, meine Liebe!"

Miriya machte sich daran, an Leicos Flanke emporzuklettern. Sie hatte ursprünglich darauf beharren wollen, Mo mit einem Seil auf ihren Schultern festzuzurren, aber das Fabeltier hatte darauf bestanden, dass es sich sehr gut auch ohne Seil festkrallen konnte. Es hatte keinen Zweck gehabt, zu argumentieren, denn das Fabeltier war ebenso stur wie Miriya und diese wollte keine Energie für Nichtigkeiten verschwenden. Stattdessen studierte sie für einen Moment eine ungefähre Route, die sie klettern wollte, bevor sie sich daran machte, den Bergkegel in Angriff zu nehmen. Eigentlich hatte sie sich an den Überresten der Kletterhilfen festhalten wollen, was angenehmer und geradliniger gewesen wäre, aber als sie energisch an dem faserigen, brüchig anmutenden Seil gezogen hatte, um dessen Festigkeit zu überprüfen, war eine Wolke trockenen Staubs aufgestoben und die Seilreste in einem unordentlichen Haufen zu ihren Füßen gelandet. Nun waren nur noch die in die Felswand gehauenen Metallhaken übrig, grün angelaufen und einige gefährlich schief.

„Ich schätze mal, die kann ich nicht benutzen", seufzte die junge Frau ergeben.

„Das hat man denen doch angesehen", meinte Mo trocken.

„Hoffnung stirbt zuletzt", erwiderte Miriya leichthin und begann, sich von Furche zu Furche an der Bergflanke hochzuarbeiten. Bald schon war sie in Schweiß gebadet und sämtliche Muskeln in ihren Armen und Beinen protestierten. Sie fühlte sich ein wenig wie an dem Tag, an dem sie Aria aus der Feder beschwört hatte. Leicos Felswände waren dank der kegelförmigen Gestalt des Berges glücklicherweise leicht geneigt, aber das rötliche Gestein war von einer merkwürdigen Konsistenz, brüchig und sandig und Miriya rutschte immer wieder ab oder brach versehentlich Brocken des körnigen Steins aus den Furchen der Bergflanke. Mehr als einmal sank sie mehrere Armlängen in die Tiefe und ihr Herz immer tiefer in ihre Magengegend, wenn die sandigen Gesteinslagen ihrem Gewicht nachgaben. Ihr Atem kam keuchend und stoßweise und sie fühlte sich seltsam flatterhaft und fiebrig. Die schwüle Luft machte es schwierig, ruhig zu atmen und der Schweiß wurde zu einer unangenehm klebrigen Masse, die ihre dünne Bekleidung an Rücken, Schenkel, Brüste und Bauch pappte und ihre Bewegungsfreiheit einschränkte. Mo krallte sich leise murmelnd an ihren Schultern fest und barg ihren Kopf in Miriyas Haaren. Moose und Farnwedel versprachen trügerischen Halt und für jede Armlänge, die sie zurücklegte, rutschte sie wenig später eine halbe Armlänge ab. Ihre Finger und ihre Zehen begannen, zu krampfen und wund zu werden, Nägel brachen ab. Miriya biss die Zähne zusammen. Aus der Ferne hatte es so ausgesehen, als würde der Urwald Leico fast vollkommen verschlingen, doch je höher sie kletterte, desto deutlicher wurde, dass die abgeflachte Spitze deutlich höher als die Baumkronen der Urwaldriesen war. Die Furche, in die Miriya ihren linken Fuß gesteckt hatte, gab nach und die junge Frau krallte sich verzweifelt am Gestein fest, um nicht schon wieder abzurutschen. Keuchend drückte sie ihre Stirn an den Felsen, der durch die sie umgebende Hitze und die ab und an durchscheinenden Sonnenstrahlen aufgewärmt war. Es war ihr, als würde sie ein sanftes Pochen aus dem Innern des Felskegels spüren, wie ein langsam im Schlaf schlagendes Herz. Sie erschauderte. War tatsächlich etwas dran an den Erzählungen von den Feuerdämonen? Sie hoffte inständig, dass es sich nur um Übertreibungen der Waldläufer handelte. Selbst in ausgeruhtem Zustand wäre es wohl nahezu undenkbar gewesen, es alleine mit Dämonen aufzunehmen und in ihrem momentanen Zustand wäre es vollkommen ausgeschlossen. *Da könnte ich mich ebenso gut einfach als Zwischenverpflegung anbieten*, dachte sie in einem Anflug von Galgenhumor.

„Du solltest rasten", meinte Mo in diesem Augenblick. Ihr war aufgefallen, dass Miriya nicht nur langsamer und schwerfälliger geworden war, sondern dass sie den Halt viel öfter verlor als noch zu Beginn ihrer Kletterei.

„Wo denn?", wollte Miriya atemlos wissen, die Stirn immer noch müde gegen den Felsen gepresst. Leicos Flanken mochten von Furchen durchzogen sein, aber Felsvorsprünge und Spalten, die groß genug waren, einen Menschen aufzunehmen, gab es so gut wie keine. Mo fiepte kurz etwas, das Miriya in ihrer erschöpften Verfassung nicht verstand, dann kletterte das Fabeltier umständlich auf Miriyas Kopf, deren Haarverzierungen als Kletterhilfen nutzend. Sie schien sich einen Moment umzusehen, dann sprach sie erneut. „Siehst du die schmale Felsnase da oben, gleich neben dem Metallhaken? Die könnte breit genug sein."

Miriya wartete, bis das Fabeltier wieder sicher auf ihren Schultern saß, bevor sie das schweißüberströmte Gesicht nach oben wandte. Etwa drei Manneslängen über ihr ragte in der Tat ein schmaler Felsvorsprung aus der zerklüfteten Felswand. Die Felsnase sah nicht sehr stabil oder vertrauenserweckend aus, aber die junge Frau beschloss, auf die besonderen Sinne des Fabeltieres zu vertrauen. Mühsam arbeitete sie sich hoch, darauf bedacht, keine Fehltritte zu begehen. Sie war nun auf der gleichen Höhe wie die Baumkronen der umliegenden Urwaldriesen und ein Sturz aus dieser Höhe hätte zweifellos mit dem Tod geendet. Seltsamerweise verspürte sie keine Angst vor einem Sturz. Sie fühlte sich nur schrecklich erschöpft, aber getrieben von der Dringlichkeit ihre Aufgabe, die Raika ihr anvertraut hatte, zu beenden und sie hatte das Gefühl, dass der Berg auf eine merkwürdige Art und Weise ihre Energie in sein rotes, sandiges Gestein absorbierte. Endlich konnte sie sich keuchend mit zitternden Gliedern auf die schmale Felsnase schieben. Schweratmend und schwitzend lehnte sie sich gegen den warmen Felsen. Undeutlich nahm sie das Panorama vor sich wahr. Wie ein immergrünes Meer erstreckte sich der Urwald vor ihr über In-Hinaii und in der Distanz konnte die junge Frau das azurblaue Meer glitzern sehen. Dunst stand über dem Dschungel in der Luft und bald würde die Insel übergehen. Miriya war sich nicht sicher, ob es eine gute Idee war, dermaßen ungeschützt in der stockdunklen Nacht nach dem Übergang auf einem so ausgestellten Platz zu verharren. Sie legte den Kopf in den Nacken und versuchte zu erkennen, wie weit entfernt der Gipfel noch war. Es war noch ein erstaunliches Stück Weg bis zur Bergspitze und Miriya musste einen kurzen Anflug von Panik und Hoffnungslosigkeit niederkämpfen.

„Lass uns eine Weile Kräfte schöpfen", sagte Mo. Sie kletterte bedacht von Miriyas Schultern und legte sich platt wie eine Flunder neben der jungen Frau auf den sonnengewärmten Stein. Ihre Fellfarbe war ein glänzendes Kastanienbraun, das sie mehr denn je wie einen Otter mit einem Löwenschwanz aussehen ließ. Miriya wartete darauf, dass sich ihre Atmung normalisierte, dann schloss sie die Augen und ließ die leichte Brise über ihren verschwitzten Körper streichen. Ihre tastende Hand fand das seidige Fell ihrer kleinen, pelzigen Gefährtin, die sie trotz ihrer vorlauten Schnauze liebgewonnen hatte und sie streichelte das Fabeltier, das sich wollig räkelte.

Keiner der beiden hörte das Scharren von scharfen Krallen auf Stein und das leise, schnurrende Einatmen eines Jägers über ihnen. Keiner der beiden wurde auf den kaum fühlbaren Regen aus kleinen Felssplittern aufmerksam, als der Schatten sich in Position schob. Doch beide hörten den gurgelnden Schrei, als der Schatten sich von der Felswand löste und auf sie hinabschnellte. Miriya hatte kaum Zeit zu schreien, als der Angreifer schwer zwischen ihnen landete und sich augenblicklich auf die junge Frau warf. Die Haut des Wesens war glibberig weich und ekelerregend dehnbar. Wie ein schlabberiges, geleeartiges Tuch schob sich der Schatten in Windeseile über die Gestalt der jungen Frau, deren Formen nahtlos ausfüllend und annehmend.

„Miriya", heulte Mo hilflos. Das Fabeltier wollte ihrer Freundin zu Hilfe eilen, sprang in einem verzweifelten Satz auf den Rücken der seltsam formlosen Masse und begann, sich in dem klebrigen, weichen Körper zu verbeißen. Das Wesen stieß einen weiteren gurgelnden Schrei aus voller Hunger und Blutlust. Es schüttelte sich in einer kraftvollen Bewegung und Mo wurde von seinem Rücken geschleudert. Ohnmächtig vor Schreck und Schock musste Miriya mitansehen, wie das Fabeltier schreiend und mit den Pfötchen rudernd über den Rand der Felsnase rutschte und in die Tiefe stürzte.

„MOOO!!!", kreischte sie verzweifelt und das Wesen schob seinen glibberigen Körper fauchend über ihren geöffneten Mund. Würgend versuchte sie, ihre Lippen zu schließen, als die Kreatur sich weiter ausbreitete und die Masse sich über ihr Gesicht, ihre Nase und ihre Augen schob. Panisch versuchte sie, einzuatmen, aber die klebrige, geleeartige Masse ließ keine Luft durch. Da begann Miriya, wie wild zu zappeln und sich zu winden und es war ihr vollkommen gleichgültig, dass sie vermutlich bald ebenfalls über den Rand der schmalen Felsnase in die Tiefe rutschen und wie Mo in den Tod stürzen würde. Sie wollte atmen, sie brauchte Luft. LUFT! Ihre Faust traf etwas vergleichsweise Härteres in der gallertartigen Masse und sie spürte, wie das Wesen zusammenzuckte. Dann zog es sich heulend zurück und Luft strömte in ihre Lungen. Erleichtert hielt sie einen Herzschlag lang inne. Dann stieß die

Kreatur erneut einen gurgelnden Schrei aus und wollte die junge Frau abermals anspringen. Miriya reagierte instinktiv ohne nachzudenken. Sie war dieses Mal gefasst auf den Angriff und konnte irgendwie ausweichen und gleichzeitig nicht in die Tiefe stürzen. Einen schrecklichen Moment lang balancierte sie auf dem Rand des Felssimses und hielt die Luft an, während sie ihren vor Anstrengung zitternden Körper zwang, das Gleichgewicht wiederzufinden. Geduckt kam sie am Rand der Felsnase auf und wandte sich ihrem Angreifer zu. Ihre Instinkte übernahmen die Führung über ihren Körper, als ihre Finger zu ihrer Seitentasche flogen und den Dolch zückten. Die Sonne fing sich grell in der Klinge wieder und das Wesen vor Miriya zögerte einen Augenblick. Lange genug für Miriya, die Kreatur zum ersten Mal richtig zu sehen: eine seltsam formlose, geleeartige Masse, manneslang im Durchmesser und mit kleinen, glänzenden Äuglein, die sie wohl zuvor bei ihrem verzweifelten Versuch, das Wesen abzuschütteln, mit der Faust getroffen hatte. Die Kreatur war gesäumt von tückischen, gebogenen Krallen, wie ein Teppich von Fransen gesäumt war und sie bewegte sich vorwärts, indem sie sich geschickt über den Boden wälzte und ihre Masse so verteilte. Miriya musste ihren Brechreiz unterdrücken. Das Wesen war ebenso rötlich gefärbt wie das bröckelige, raue Gestein Leicos, was es nahezu unmöglich machte, es auszumachen, solange es still gegen die Felswand gepresst war. Miriya fragte sich ein oder zwei Herzschläge lang, was für Beute die Kreatur wohl normalerweise schlug, denn Tiere schienen sich generell nicht sehr nahe an den Bergkegel heranzuwagen, doch sie hatte keine Zeit, ihre Gedanken zu Ende zu spinnen, denn das Wesen zog sich zusammen wie in einem Krampf und schnellte dann durch die Luft Miriya entgegen. Ein weiterer gurgelnder Schrei entwich dem Geschöpf aus einem Maul, das Miriya nicht ausmachen konnte. Und vermutlich auch nicht ausmachen *wollte*! Stattdessen machte sie geschwind eine Rolle vorwärts auf der engen Felsnase und spürte, wie das Wesen nur fingerbreit über ihr hinwegschrammte. Und spürte ebenfalls einen stechenden Schmerz in der erhobenen Dolchhand. Sie schrie erschrocken auf und wäre beinah erneut über den Rand des Felssimses gefallen. Gerade noch rechtzeitig konnte sie ihren Schwung bremsen. Miriya keuchte vor Schmerz und Anstrengung und drehte sich wieder nach ihrem Angreifer um, während warmes, klebriges Blut aus einer langen, tiefen Wunde an ihrem Unterarm quoll, die das Geschöpf gerissen hatte. Ein kurzer, unkontrollierter Schluchzer drang über Miriyas Lippen und sie schwankte kurz. Sämtliche Muskeln schrien vor Schmerzen und die Wunde sandte brennende Wogen durch ihren Arm. Hoffentlich war das Vieh nicht giftig! Es war an Leicos Flanke aufgekommen und hatte die Klauen in die Felswand geschlagen, wo es sich mühelos festhielt und einen erneuten Angriff vorbereitete. Der metallene Geschmack von Miriyas Blut, das nun ihre Hand hinuntertropfte, schien es rasend vor Hunger zu machen und es pulsierte in ekelerregenden Schüben, bevor es erneut gurgelnd schrie und sich der jungen Frau entgegenwarf. Miriya machte einen hastigen Ausfallschritt. Und ihre Füße traten ins Leere. Sie schrie grauenerfüllt auf und bekam den Rand der Felsnase zu fassen, als sie fiel. Mit aller verbliebenen Kraft krallte sie sich verzweifelt fest. Das Geschöpf hingegen war, getrieben von Gier nach Miriyas Blut, über die junge Frau hinweg in den Abgrund gesprungen. Ein erleichterter Schluchzer blieb ihr in der Kehle stecken, als sie spürte, wie ihre Finger krampften und ihre Kraft in den Armen nachließ. Die Wunde in ihrem Unterarm pochte und schmerzte heftig und Blut lief nun ihren Ellenbogen und den Oberarm hinunter, als sie dennoch versuchte, sich festzuhalten. Keuchend versuchte sie, Halt mit ihren Füßen zu finden. Lange konnte sie sich nicht mehr halten. Schweiß strömte über ihr Gesicht, lief ihren Rücken und zwischen ihren Brüsten hinunter. Ihr ganzer Körper zitterte vor Anstrengung, ihre Muskeln schrien. Vollkommen panisch versuchte sie, ihre Füße in eine der vielen Furchen zu bohren, aber ihre Zehen und Waden krampften und sie konnte sich trotzdem nicht halten. Weder halten, noch auf die Felsnase zurück hochziehen. Plötzlich rutschte sie mit dem verletzten Arm ab, ließ den Felssims los. So sehr sie auch versuchte, sie konnte ihren Arm nicht mehr anheben. Nutzlos baumelte er neben ihrem Körper und sie spürte, wie sich Schweiß in der Handfläche sammelte, mit der sie sich noch an die Felsnase klammerte.

Jetzt ist es so weit, schoss es ihr durch den Kopf. *Das war's!* Sie schluchzte, trocken und erschöpft. Sie würde Keyan nie wiedersehen. Und Sternensilber auch nicht. Raika würde ihr nie verzeihen. Sie war gescheitert! Ihr Handballen rutschte langsam ab. Sie konnte fühlen, wie der Abgrund sie fast magisch anzog. Es spielte keine Rolle mehr. Sie wollte nur noch schlafen. Die Kraft in ihrem Körper ließ endgültig nach. Miriya stürzte in die Tiefe.

Ihre Hoheit Königin Raika saß steif in ihrem Bett im Krankenflügel. Keyan, Sarahi und Ki-Ara standen an ihrem Bett und musterten sie. Sarahi hatte die Königin zurecht gemacht, sie gewaschen und in ein einfaches, butterblumengelbes Seidenkleid mit langen, bauschigen Ärmeln gehüllt. Die Zofe hatte Raikas Haare zu einem losen Kranz um den Kopf geflochten und den Rest der Haare sorgfältig am Hinterkopf hochgesteckt. Ein schlichtes Diadem war in den Haarkranz geflochten und einige Strähnen kringelten sich auf die vorstehenden Schlüsselbeine. Dennoch würde niemand realisieren, dass die Königin keine Ahnung hatte, wer sie war, geschweige denn, was sie zu tun hatte. Nervös zwirbelte Raika eine Strähne ihres Haares um ihren Zeigefinger. Keyans, Sarahis und Ki-Aras betroffene Blicke sagten ihr, dass die Königin das normalerweise nicht tun würde. Sie ließ es bleiben und fuhr stattdessen fahrig über den seidigen, angenehm kühlenden Stoff ihres Kleides.

„Was soll ich denn nun tun?", fragte sie die Menschen, die an ihrem Bett versammelt waren und sie so ratlos anstarrten, wie sie sich fühlte.

„Ihre Hoheit, es gibt eine Menge Aufgaben, die in den nächsten Tagen anfallen", warf Sarahi hilfsbereit ein, sachlich und vorsichtig neutral. Ki-Ara klopfte sich in einer Geste nervöser Hilflosigkeit auf den Oberarm und ihre Schwingen plusterten sich auf.

„Raika, ehrlich gesagt gibt es nichts, was du tun kannst, solange du dich nicht daran erinnerst, wer du bist", wandte sie ein, gewohnt direkt und ohne Umschweife, ihre rauchige Stimme ruhig und gelassen. Keyan stieß seufzend Luft aus und wechselte sein Standbein, um die schmerzende rechte Seite zu entlasten.

Wenn er ehrlich war, wäre er am liebsten in sein Krankenbett zurückgekrochen und hätte sich jeglicher Verantwortung entziehen mögen. Die Heiler hatten Ihre Hoheit untersucht, doch niemand hatte eine Erklärung für die Tatsache, dass Raika ihr Gedächtnis verloren zu haben schien.

„Wir können uns das nicht erklären", hatte ein bärtiger, drahtiger Heiler beunruhigt gemeint. „Es kann aber durchaus sein, dass ihre Erinnerungen im Verlauf der nächsten Tage zurückkommen."

Im Verlauf der nächsten Tage, dachte Keyan. Er fühlte sich ohnmächtig und verzweifelt und Raikas Worte während ihres komischen Anfalls ließen ihn einfach nicht los. Eine Gänsehaut fuhr über seine Arme und seinen Rücken. Wo war Miriya wohl im Moment? War sie noch am Leben? Ein eiskalter Schauer erfasste ihn und hastig verdrängte er diesen letzten Gedanken. Daran mochte er nicht denken, solange noch Hoffnung bestand.

„Vielleicht hilft es dir, dich ein wenig im Palast umzusehen", meinte Ki-Ara in diesem Moment und unterbrach abrupt Keyans Gedankengänge. Der junge Mann nickte zustimmend. „Das könnte vielleicht tatsächlich helfen!"

Raika sah Sarahi aus großen Augen an. Die Zofe lächelte zuversichtlich.

„Dann werde ich Euch Pantoffeln holen und wir machen einen kleinen Spaziergang durch den Palast", meinte sie dann und eilte davon. Ki-Ara wandte sich ebenfalls um.

„Ich werde den Heilern mitteilen, dass wir uns für eine Weile aus dem Krankenflügel entfernen", sagte die Vogelfrau und ließ Keyan mit Raika zurück. Die Königin erhob sich langsam aus ihrem Krankenbett und verharrte einen Moment am Bettpfosten, die schmalen, feingliedrigen Hände am Bettgestell. Keyan trat neben sie, für den Fall, dass sie einen Schwächeanfall hatte und hinfiel.

Sternensilber würde reagieren, wenn Miriya in Gefahr wäre, dachte er, während er sicherstellte, dass er Raika würde auffangen können. Er hatte den stattlichen Hengst im königlichen Stall besucht, nachdem Raika ihren Anfall gehabt hatte und das Einhorn hatte ruhig und einigermaßen entspannt gewirkt, wenn auch auffällig traurig ob der Tatsache, dass es von seiner geliebten Schwester getrennt war. Keyan, dessen Körper nach dem mühsamen, langsamen Abstieg vom Krankenflügel in die Stallungen schmerzhaft gepocht und protestiert hatte, hatte Sternensilber über die Nüstern gestreichelt.

„Keine Sorge. Sie kommt bestimmt zu uns zurück", hatte er gehaucht und das Einhorn hatte ihn aufmerksam angeschaut und ihm schließlich freundlich seinen Atem ins verschwitzte Gesicht geblasen. Der junge Mann hatte sich vorgenommen, das Einhorn so oft wie möglich zu besuchen.

„Ihr seid in Gedanken weit weg", meinte Raika sanft. Keyan fand ihren Blick mit dem seinen und er konnte leichte Besorgnis und Neugier in ihren blauen Augen lesen.

„Ich frage mich, ob Ihr mir etwas sagen könnt", sagte er entgegen jeglicher Vernunft. Da die Königin sie alle beharrlich und konsequent in Höflichkeitsformen ansprach, traute er sich nicht, dem entgegenzuwirken und benutzte ebenfalls formelle Ausdrücke. Nun sah Raika ihn erwartungsvoll an. Sie konnte ein hoffnungsvolles Funkeln in den moosgrünen Augen dieses gutaussehenden, großgewachsenen Mannes erkennen, der sich ihr als Kommandant der Palastwache vorgestellt hatte.

„Miriya", sagte er schließlich zögerlich. „Ihr habt im Schlaf von ihr gesprochen. Könnt Ihr Euch gar nicht an sie erinnern?"

Raika pausierte einen Augenblick und eine feine, kaum sichtbare Falte tauchte zwischen ihren Augen auf. Wäre er nicht so voller Sorgen gewesen, Keyan hätte beinah gelächelt. Nur zu gut kannte er diese kleine Falte, die immer dann zum Vorschein kam, wenn die Königin angestrengt nachdachte. *Miriya zieht dabei ihre Nase kraus*, dachte er mit einem Anflug von Wärme.

„Es tut mir wirklich leid. Ich kann mich an nichts erinnern", sagte die Königin in diesem Augenblick. „Ist Miriya Eure Frau?"

Er stockte, starrte sie einen Augenblick fassungslos und verlegen zugleich an. Dann verneinte er und sie konnte sehen, wie der hoffnungsvolle Funke in seinem Blick einem Ausdruck unterdrückter Verzweiflung Platz machte. Er umfasste vorsichtig ihre Oberarme und drehte sie zu sich um.

„Ihr spracht von Gefahr und von Drachen. Und davon, dass Ihr Miriya in den Tod geschickt habt. Bitte, versucht, Euch zu erinnern!" Er verstärkte unabsichtlich seinen Griff um ihre Oberarme, seine Stimme scharf und dringlich. „*Bitte* erinnert euch!"

Raika starrte ihn an, stumm, wortlos. Sah die stumpfe Traurigkeit und Panik, die er erfolgreich verborgen gehalten hatte, seit sie aufgewacht war, in schmerzlicher Deutlichkeit in seinen Augen. Und die Enttäuschung. Sie schüttelte heftig den Kopf.

„Ich versuche es. Wirklich! Es ist alles schwarz wie ein Vorhang. Ich habe *nichts*, keinerlei Erinnerungen", stieß sie hervor, heftiger als beabsichtigt und spürte zu ihrem Entsetzen, wie Tränen in ihre Augen stiegen und ein Kloß sich in ihrem Hals formte. „Du hast *keine* Ahnung, wie sehr ich mich erinnern möchte. Wie sehr es schmerzt, die Enttäuschung in euren Augen zu sehen, wenn ich mich an euch erinnern soll und es nicht *kann*", flüsterte sie heiser und die Tränen brannten in ihren Augen. Sie wollte etwas hinzufügen, aber ihre Stimme brach und Tränen rannen wie glitzernde Perlen über ihre Wangen. Sie versuchte, ein Schluchzen zu unterdrücken.

„Verzeih", murmelte Keyan, nun ebenfalls mit den Tränen kämpfend. Die Tatsache, dass sie ihn, wenn vermutlich auch unbeabsichtigt, mit dem informellen „Du" angesprochen hatte, stellte ein Stück verlorengegangener Vertrautheit zwischen ihnen wieder her. Er ließ ihre Oberarme los und zog sie in seine Arme. Raika erwiderte seine feste Umarmung mit der gleichen Intensität, barg ihren Kopf an seiner Brust und er legte sein Kinn behutsam an ihre Schläfe. Und so standen sie lange Zeit beisammen, eingehüllt in eine Wolke aus Traurigkeit und unbehelligt von Sarahi und Ki-Ara, die sich bei ihrem Anblick taktvoll zurückzogen. Und die untergehende Sonne schickte blutrote Strahlen durch den tristen Nebel aus Verzweiflung.

Kapitel XIV
~
Von unerwarteten Begegnungen

„Miriya."

Jemand sprach zu ihr. Sie schlug die Augen auf. Ihre Umgebung war gedämpft weiß und alles wie von einer Schicht dünnen, wabernden Nebels überzogen.

Bin ich tot, fragte sie sich gleichermaßen schockiert und fasziniert. *Ich habe den Aufprall nicht einmal gespürt*! Die junge Frau seufzte erleichtert und erhob sich leichtfüßig und fließend wie schon lange nicht mehr. Sie fühlte sich federleicht. Sie ging einige Schritte, unter ihren Füßen bildete die glitzernde Nebelschicht perlweiße Wolken, die sich sanft um ihre Zehen kringelten. Als sie sich einer plötzlichen Eingebung folgend umdrehte, sah sie mit einem erschrockenen Keuchen ihren Körper gegen Leicos Felswand gelehnt daliegen, blut- und schweißüberströmt. Unwillkürlich fuhr ihre Hand zu ihrem Unterarm und tastete nach der Verletzung. Ihre Finger trafen auf eine feine Narbe, die vom Ellenbogen bis fast zum Handgelenk verlief.

„Miriya!"

Etwas regte sich in ihrem Herzen, ein leichtes Flattern; der Geist einer Erinnerung. Sie kannte diese Stimme! Ihre Augen füllten sich mit Tränen, ihr Herz schlug aufgeregt in ihrer Brust. Das war unmöglich. War das nicht-? Sie drehte sich um und blickte ihren Eltern entgegen.

„Mama!", schluchzte sie, „Papa!" Glücksgefühle rieselten wohlig durch ihren Körper, als ihre Stimme versagte. Stattdessen warf sie sich in die Arme ihrer Mutter und diese lachte ihr typisches, melodisches Lachen, das so entsetzlich ansteckend gewesen war und dem man nur mit ganz viel Willenskraft hatte widerstehen können. Sie beide sahen genauso aus, wie Miriya sie in Erinnerung hatte; ihre Mutter mit dem hüftlangen, blau-schwarzen Zopf und den heiteren Augen in der Farbe von Vergissmeinnicht; ihr Vater mit den schalkhaft funkelnden, haselnussbraunen Augen und dem wirren Schopf dunkelblonden Haares. Als ihre Eltern sie kräftig in die Arme schlossen, umfing Miriya deren gewohnter, so vertrauter Geruch nach Kokosnuss und Leder, nach Zimt und Stall. Sie wollte für immer in der Umarmung ihrer Eltern verbleiben. Doch dann fasste ihre Mutter sie an den Schultern und schob sie sanft, aber bestimmt eine Armlänge von sich weg. Ihre strahlend blauen Augen fanden Miriyas, die in der Farbe von Tigerauge funkelten. Die junge Frau erkannte den ruhigen, entschlossenen Ernst in den Augen ihrer Mutter und bemerkte, dass auch ihr Vater sie mit ebendiesem Blick musterte. Hatte sie etwas falsch gemacht?

„Miriya. Hör gut zu. Du hast eine Aufgabe zu erfüllen", sagte ihre Mutter mit fester Stimme, „du gehörst noch nicht hierher."

Ihre Stimme klang wie immer und doch hatte sich ein leichtes Echo hineingeschlichen, als würden sie weit voneinander entfernt in einer Höhle stehen.

„Aber …", stammelte Miriya wie betäubt, „ich *bin* hier. Wir sind wieder zusammen. Freut ihr euch denn nicht, mich wiederzusehen?"

Ihr Vater lächelte und kniff sie zärtlich und sanft in die Nase, wie er das immer zu tun gepflegt hatte, wenn sie lustige Fragen gestellt hatte.

„Natürlich freuen wir uns, dich wiederzusehen. Du bist wunderschön und stark geworden, meine geliebte Tochter!" Ihre Mutter nickte bekräftigend. Dann wurde seine Stimme eindringlicher und der Ernst kehrte in die Augen ihrer Eltern zurück. Miriya registrierte in diesem Augenblick, dass, obwohl sie ihre Eltern vor sich hatte und sie berühren konnte, diese sich seltsam anfühlten, ein wenig als wären sie aus sehr festen Wolken gesponnen, aber nicht vollständig da. Sie sah, wie ihre Eltern ihre Feststellung zur Kenntnis nahmen.

„Du bist noch nicht vollständig hier Miriya, meine Liebe. Dein Körper lebt noch", erklärte ihre Mutter und strich ihr einige Haarsträhnen in einer liebevollen Geste aus dem Gesicht. „Du hast eine Aufgabe zu erfüllen."

„Aber wie denn?", erwiderte Miriya trotziger und kindischer, als sie vorgehabt hatte, „selbst, wenn ich es wider Erwarten schaffe, das Zepter zu bergen, aus dem Dschungel finde ich nie wieder von allein raus. Und Mo ist tot. Was spielt es schon für eine Rolle, ob ich hier und jetzt endgültig sterbe oder in naher Zukunft kläglich und langsam im Dschungel?"

Ihre Mutter fasste sie sanft am Kinn und blickte ihr erneut tief in die Augen. Sie hatte den typischen Ausdruck auf dem Gesicht, den sie immer gehabt hatte, wenn sie ihre Tochter hatte tadeln wollen.

„Miriya, versteh. Für dich ist noch nicht der Zeitpunkt gekommen zu sterben. Du bist noch nicht reif dafür. Und Mo war es auch nicht."

„Mo lebt?"

„Ja, meine Liebe. Sie lebt. Sie hatte genug Glück, in ein Büschel dichter Farnwedel zu fallen und das Unterholz des Dschungels hat ihren Fall zusätzlich gebremst. Sie beschloss, Hilfe zu holen", bestätigte ihre Mutter.

„Aber es spielt keine Rolle mehr, ob Mo lebt oder nicht. Und ob Hilfe kommt oder nicht. Ich will nicht zurück. Ich will euch nicht schon wieder verlieren", flüsterte Miriya und die Tränen, die ihr nun über die Wangen strömten, ließen ihre Stimme heiser und verzweifelt klingen. Ihr Vater strich ihr übers dichte, glänzende Haar.

„Du verlierst uns nicht, mein Liebes", sagte er besänftigend, „du hast uns nie verloren. Wir waren und sind immer bei dir und eines Tages werden wir endgültig glücklich wiedervereint werden."

„Aber bis dahin musst du an die Lebenden denken", fuhr ihre Mutter fort, „denk an Sternensilber. Und an Keyan."

Miriya hob ruckartig den Kopf. „Ihr wisst von Keyan?"

„Natürlich, geliebte Tochter. Wir sind immer mit dir", meinte ihr Vater und Miriya fühlte, wie sie gegen ihren Willen errötete.

„Denk an Raika. An Aria. An deine anderen neuen Freunde. Sie alle werden unendlich traurig sein, wenn du nicht wiederkommst. Sie alle glauben an dich und vertrauen auf dich und sind in Gedanken bei dir", sagte ihre Mutter. „Besinne dich. Denk an deine Aufgabe. Wir sind hier, wir sind immer bei dir. Du kannst uns nicht verlieren. Aber du kannst sie alle verlieren. Uns wirst du bestimmt wiedersehen, denn wir bleiben bei dir und warten auf dich."

Ihre Eltern zogen Miriya an sich und sie alle legten ihre Stirnen aneinander. Die junge Frau schloss für einen Moment die Augen, atmete tief den vertrauten, geliebten Duft ihrer Eltern ein. *Sternensilber. Keyan. Raika. Aria. All die anderen Freunde, Taren, Darijo, Ki-Ara und Sia-Ara. Xylen und Xanos. Salina war für ihre Aufgabe gestorben.*

Sie stieß langsam und bewusst die Luft aus, öffnete entschlossen ihre Augen.

„Ihr habt Recht. Ich liebe euch und ich werde euch immer im Herzen tragen. Und eines Tages werden wir uns wiedersehen", sagte Miriya langsam und mit fester Stimme. „Ich gehe zurück und beende, was ich angefangen habe. Das Vertrauen meiner Freunde soll nicht betrogen werden!"

„Genau!", sagte ihr Vater mit einem kräftigen Nicken, „gut gesprochen!"

„Wir lieben dich auch Miriya, Liebes. Über alles", sagte ihre Mutter und gab ihr einen Kuss auf die Stirn. Sie umarmten sich lange und innig, dann lösten sie sich sanft voneinander. Ihr Vater grinste sie plötzlich vergnügt an.

„Nur so nebenbei: Lass dir Keyan bloß nicht durch die Lappen gehen", meinte er in seiner gewohnt schalkhaften Art und ihre Mutter verdrehte theatralisch die Augen und gab ihm einen kräftigen Stups mit dem Ellenbogen in die Rippengegend. Auch das war typisch ihre Eltern. Miriya musste lachen, obwohl sie trotz ihres gefassten Entschlusses ein wenig traurig war, sich zeitweise von ihren Eltern trennen zu müssen. Ihre Mutter streckte ihre Hand aus und offenbarte eine Kette in ihrer geöffneten Handfläche.

„Ein Geschenk von uns. Und ein Glücksbringer. Damit du weißt, dass wir immer bei dir sind", meinte sie lächelnd. Miriya nahm staunend die feingliedrige Kette, deren unglaublich filigranen Glieder aus Silber waren und sich kunstvoll ineinander verschlangen wie winzige Ranken. Der Anhänger an der Kette war in Silber gefasst, ein daumennagelgroßes Tigerauge, das auf natürliche Art und Weise die etwaige Form eines Herzes hatte. Miriya drückte einen Kuss darauf und legte sich die Kette um den Hals.

Das Tigeraugenherz kam zwischen ihren Brüsten zur Ruhe und sie schob die Kette unter ihre Kleider, um sie zu schützen. Dann küsste sie ihre Eltern zum Abschied noch einmal, umarmte sie ein letztes Mal kräftig und ging dann rückwärts die paar Schritte dahin zurück, wo ihr geschundener Körper gegen Leicos Flanke gelehnt reglos dalag.

„Viel Glück", sagten ihre Eltern gleichzeitig und winkten zum Abschied. Miriya warf ihnen Kusshände zu, dann kehrte sie in ihren Körper zurück.

Sarahi fand Keyan am Fußende von Raikas Bett sitzend, die Königin neben sich. Sie lehnte sich gegen den jungen Mann und hatte ihre feingliedrigen Finger in seine größeren, breiteren verschlungen. Sie mussten schon eine ganze Weile so dagesessen haben, denn Keyans Gesichtsausdruck zeigte der Zofe, wie sehr sich der Kommandant der Palastwache zusammenreißen musste, sich die Schmerzen nicht anmerken zu lassen. Er überragte die Königin um beinah einen ganzen Kopf, sodass sie bequem ihre Schläfen gegen seine Schulter lehnen konnte. Unwillkürlich musste Sarahi an Miriya denken und sie konnte für einen flüchtigen Augenblick die junge Frau an Keyans Seite sehen, stolz, tapfer und entschlossen. Wo Miriya wohl nun sein mochte?

Keyan und Raika starrten beide abwesend und regungslos ins Leere und Sarahi stellte mit einem kurzen Schreck fest, dass die Königin geweint haben musste. Auch Keyan machte einen todunglücklichen Eindruck, sein Blick seltsam erloschen und stumpf. Als Sarahi sich unbehaglich räusperte, um auf sich aufmerksam zu machen, löste er sich behutsam von Raika, starrte ihr einen Augenblick lang wortlos in die Augen und erhob sich dann, um schweigend aus dem Krankenflügel zu humpeln. Raika strich sich fahrig übers Gesicht.

„Es ist schon spät, Eure Hoheit. Ihr solltet Euch schlafen legen", meinte Sarahi sanft, als Raika Anstalten machte, dem jungen Mann zu folgen, der langsam und mit so viel Würde wie mit seinen schmerzenden, protestierenden Gliedern möglich war aus dem Raum gegangen war. Raika seufzte und nickte.

„Ihr habt wohl recht", erwiderte sie leise. Sarahi konnte nicht umhin, bei dem formellen „Ihr" kurz zu pausieren. Sie hatte sich noch immer nicht daran gewöhnen können, dass Raika ihr Gedächtnis verloren hatte und sie in der Höflichkeitsform ansprach.

„Lasst mich Eure Kleider wechseln und die Haare machen", sagte Raikas Hauptzofe, um ihre Reaktion zu überspielen und die Königin ließ es schweigend zu, dass Sarahi ihr in ihr spitzenbesetztes Nachthemd aus blassrosa Seide half. Die Zofe löste ihre Haare aus der lockeren Frisur, kämmte die vollen, hellblonden Strähnen aus und massierte behutsam duftende Öle in die Längen, bevor sie die Haare zu einem losen Seitenzopf flocht, der der Königin über die linke Schulter fiel. Sie bettete die Königin zurecht, deckte sie sorgfältig zu und wünschte ihr eine gute Nacht.

„Schlaft gut", entgegnete Raika abwesend und schenkte der Zofe ein gutgemeintes Lächeln, das ein wenig gezwungen wirkte. Sarahi erwiderte freundlich das Lächeln und zog sich zurück. Sie wollte gemeinsam mit Ki-Ara und den Heilern diskutieren, wie sie weiter verfahren sollten.

Raika hingegen fand keinen Schlaf. Sie lag still im Krankenflügel, der in silbernes Mondlicht getaucht war und musterte die hohe, gewölbte Decke. Schließlich seufzte sie und stand auf. Im Dunkeln zu liegen und ihren eigenen Gedanken zu lauschen, die sich rastlos und verwirrt im Kreis drehten, führte zu nichts. Stattdessen beschloss sie, leise und unauffällig durch den Palast zu wandern, der laut der Zofe und dem Kommandanten ihr eigener war. *Laut meiner Zofe und* meinem *Kommandanten*, dachte sie mit einem Anflug schlechten Gewissens. Es schmerzte sie mehr als sie zugab, das Aufflackern von Hoffnung, das sie jeweils in ihren Augen sah, wenn sie sie ansprach und die jähe Ernüchterung, die zu vertuschen sie sich große Mühe gaben, die Raika aber dennoch nicht verborgen blieb. Wie gerne würde sie sich an diese Menschen erinnern können, die sie voller Liebe und Zuneigung umsorgten. Sie musste die beiden und auch die Vogelfrau gut kennen, denn ihr offensichtliches Unbehagen und den kurzen Moment der Überraschung, wenn sie sie mit Höflichkeitsformeln ansprach, waren ihr ebenfalls nicht entgangen. Und sie hätte sich jedes Mal auf die

Zunge beißen mögen, wenn ihr eine formelle Anrede heraus-
rutschte, aber sie konnte sich einfach nicht dazu bringen, sie in falsche Sicherheit zu wiegen und mit ihren Vornamen anzusprechen.

Raika blickte auf und fand sich am Eingang zum Wintergarten
wieder. Wie von fremden Gedanken geleitet war sie automatisch
und scheinbar ohne ihr Zutun hierher gewandert und drückte nun
entschlossen die Türen zu diesem magischen Ort auf. Kaum hatten sich die schweren Glastüren geräuschlos hinter ihr geschlossen, umfing sie schon der süße Duft all der verschiedener Blüten,
denen der Wintergarten ein Zuhause bot. Der Mond überzog alles mit einem silbernen Film und die kiesbestreuten Wege führten
wie kleine, verschlungene Quellen durch das Pflanzenmeer. Die
meisten Pflanzen hatten ihre Blüten geschlossen und weilten in der
Nachtruhe, während andere augenscheinlich ihre Lebensenergie
vom Mondlicht bezogen und ihre Köpfe in Richtung der Mondsichel streckten. Einige glockenförmige Blumen, die in Trauben
an langen Stängeln hingen, gaben leise, gläsern klingende Töne
von sich. Elfen schwirrten wie kleine Irrlichter durch den nächtlichen Garten und einige Kolibris tranken Nektar aus langen, trom-
petenförmigen Blüten. Handtellergroße Schmetterlinge gaukelten
durch die angenehm vom Blütenduft gesättigte Luft und ruhten
sich auf seerosenförmigen, tellergroßen Blumen aus. Seidenhörnchen huschten durch das dichte Blattwerk, das cremefarbene, ge-
streifte Fell silbern im Mondlicht und die buschigen Schwänze
aufmerksam erhoben. Sie kamen Raika zutraulich entgegen, als
diese durch den Wintergarten wanderte und ihren Blick über die
friedliche, stille „Landschaft" gleiten ließ. Die Kreaturen und Tiere
im Wintergarten schienen diese künstlich geschaffene Umgebung
längst als ihr Zuhause akzeptiert zu haben, sie wirkten glücklich
und gesund und machten nicht den Anschein, dass sie sich ein-
gesperrt oder eingeengt fühlten. Raika ging in die Knie und ließ
eines der neugierigeren Hörnchen an ihren ausgestreckten Fingern schnuppern. Das possierliche Tierchen legte seine winzigen
Pfötchen auf ihre Handfläche und schien zu prüfen, ob sie Nüsse
zwischen ihren Fingern verborgen hielt. Nach einer gründlichen
Inspektion starrte das Seidenhörnchen Raika kurz in die Augen,

ließ ein paarmal die Schnurrhaare zucken und verschwand dann mit einem Schlenker des buschigen, gekringelten Schwanzes im Dickicht. Raika setzte ihr zielloses Wandern fort, während Elfen wie kleine Sternschnuppen über ihren Kopf hinwegschwirrten und ihr kichernd freundlich zuwinkten.

Inmitten des Wintergartens trafen die mit glatten Kieseln bestreuten Pfade zusammen und bildeten einen kreisrunden, kleinen Platz, in dessen Mitte ein orchideenförmiger Brunnen leise plätscherte. Vor dem Brunnen stand eine verschnörkelte, kurze Bank aus weißem Stein, umgeben von Pflanzen und Blumen. Raika setzte sich auf die Bank und ließ die zufriedene, himmlische Atmosphäre des Wintergartens auf sich wirken. Ein kleiner, gepunkteter Vogel landete auf der Spitze des Brunnens und gab eine gedämpfte, fremdartige Melodie zum Besten, während zu ihren nackten Füßen junge Seidenhörnchen spielten. Raika schaute den Hörnchen beim Spielen zu und spürte, wie sie endlich zur Ruhe kam. Ihre Gedanken, zuvor aufgewirbelt und konfus wie windgepeitschte Wolken an einem sturmgrauen Himmel, verlangsamten sich, ordneten sich. Der komische Druck und die Angespanntheit, die sie seit ihrem Erwachen verspürt hatte, fielen von ihr ab und sie holte seufzend tief Luft. Und plötzlich glaubte sie, zwischen den großen, tropfenförmigen Blättern einer Staude neben dem Brunnen eine zierliche Katze zu sehen. Das zartgliedrige Tier hatte halblanges, glänzendes, perlweißes Fell und große, strahlende, veilchenblaue Augen. Einen Wimpernschlag lang kreuzten sich die Blicke des fast zerbrechlich wirkenden, possierlichen Geschöpfes und der gedächtnislosen Königin und etwas regte sich in Raika. Die Katze erinnerte sie an jemanden. Jemanden, den sie sehr gut kannte. Die Katze erhob sich spielerisch leicht und anmutig und kam auf sie zu. Erhaben setzte sie eine seidige Pfote vor die andere, den buschigen Schwanz freundlich erhoben. Sie blickte Raika erneut tief und bestimmt in die Augen, ein Bildnis majestätischen Stolzes und makelloser Eleganz, und schien der Frau zuzunicken. Dann miaute sie leise und melodisch und verschwand zwischen den ausladenden Blütenblättern neben der Bank. Raika starrte für einen langen Augenblick mit aufgerissenen Augen auf den Punkt, an dem die Katze verschwunden war, dann fuhr ein Ruck durch ihren gesamten Körper. Keuchend sog sie die Luft ein, richtete sich kerzengerade auf. Sie fühlte sich, als wäre sie soeben vom Blitz getroffen worden, ihre Fingerspitzen leicht kribbelnd, ihr Herz laut hämmernd.

„Meine Güte", keuchte sie atemlos und griff sich an die Schläfen. „*Miriya!*"

Miriya stöhnte schmerzerfüllt auf. Glühende Schmerzen schoßen durch ihren Körper, und ihr Unterarm pochte wütend. Sie war blut- und schweißüberströmt und ihr ganzer Körper war müde und zerschlagen. Die Sonne schien brennend heiß auf ihren geschundenen Körper, ihr Kopf dröhnte und ihr war speiübel. Keuchend kniff sie die Augen zusammen, richtete mit Mühe ihren Oberkörper auf. Sie musste die ganze Nacht lang ohne Bewusstsein gewesen sein und den Übergang der Insel nicht im Entferntesten zur Kenntnis genommen haben. Als sich ihre Augen an das gleisende Sonnenlicht gewöhnt hatten, versuchte Miriya, herauszufinden, wo sie war. Leicos Flanke schmiegte sich sandig und furchig gegen ihren Rücken, unangenehm heiß und rau gegen den dünnen Stoff ihres Kleides, das nach dem Angriff der klauengesäumten Kreatur mehr oder weniger in Fetzen hing. Sie befand sich auf einem unglaublich schmalen Felssims nur wenige Manneslängen unter der Felsnase, von der sie abgestürzt war. Die leicht abgeschrägte Felswand des kegelförmigen Berges hatte ihr scheinbar das Leben gerettet. Und etwas Weiches, Gallertartiges, auf dem sie gelandet war. Als sie sah, was ihren Fall gedämpft hatte, musste sie unwillkürlich würgen und die plötzliche Bewegung löste eine Explosion an Schmerzen aus. Unter ihr lag das geleeartige Monster, das krallengesäumte Wesen, das sie am Tag zuvor attackiert hatte! Miriya schüttelte sich angewidert. Sie wollte so schnell wie möglich, so weit wie möglich von dem Vieh wegkommen! In langsamen, schmerzbegleiteten Bewegungen schaffte sie es, sich mit ihrem gesunden Arm und ihren Beinen von dem unförmigen, wabbeligen Leichnam zu ziehen. Mit einem schmatzenden Geräusch ließ die gallertartige Masse sie schließlich gehen und sie lag keuchend vor

Anstrengung und Schmerzen neben dem Kadaver. Die umliegenden Urwaldriesen warfen ein Muster aus Schatten und Licht auf ihren pochenden, müden Körper, als sie sorgsam darauf bedacht den Krallen des Wesens nicht zu nahe zu kommen, sich an Leicos Felswand empor zurück in die Senkrechte zog und ihren Rücken wieder gegen das Gestein lehnte. Langsam drangen ihr der metallene Geruch von Blut und der salzige Geruch von Schweiß in die Nase, als sie erschöpft dasaß und sich fragte, wie bei allen Göttern sie es zum Gipfel Leicos schaffen sollte. Auf Hilfe warten konnte sie wohl aber ebenfalls nicht, denn ihr Geruch nach Blut und Schweiß, sowie der ekelerregend süßliche Gestank, den die tote Kreatur neben ihr ausströmte, würde über kurz oder lang Aasfresser anlocken. Oder Räuber, die auf Aasfresser warten würden. Sie konnte nicht hierbleiben. Miriya schloss kurz die Augen und da sah sie ihre Eltern vor sich stehen, lächelnd und winkend. Sie schauten ihre Tochter eng umschlungen an, Stolz und die Gewissheit, dass Miriya es schaffen würde, funkelten in ihren Augen. Sie tastete unwillkürlich nach der Halskette, die ihre Eltern ihr *irgendwie* geschenkt hatten. Das Tigerauge ruhte kühl und beruhigend zwischen ihren Brüsten. Sie *musste* es schaffen. Um ihrer Eltern Willen. Und um aller anderer Willen! Entschlossenheit durchströmte ihren Körper in energiegeladenen Wellen, als sich die Finger ihrer unverletzten Hand um das Schmuckstück unter ihrem Kleid schlossen.

Du schaffst es, Liebes, hörte sie ihre Eltern flüstern; ein leichter, bestätigender Windstoß, der liebkosend über ihre verschwitzten, verklebten Züge fuhr.

Sie konnte nicht sagen, wie lange sie neben dem verendeten Monster gesessen hatte, mit geschlossenen Augen, die unverletzte Hand zu der Kette ihrer Eltern gehoben, den Rücken an Leicos Flanke geschmiegt. Sie hatte ursprünglich nur vorgehabt, zu verweilen, bis die Schmerzen aufgehört hatten, durch ihren Körper zu pochen, aber irgendwie hatte sie angefangen, vor sich hinzudämmern und war schließlich eingedöst, hin- und hergleitend zwischen einem Zustand erholsamen Schlafes und pochender Schmerzen. Als sie schließlich hochschreckte, fuhr sie vor allem aus ihrem Dämmerzustand hoch, weil sie den Übergang der Insel wahrnahm. Die Dunkelheit umfing sie wie ein wohltuendes, kühles Tuch und sanfte, nächtliche Aufwinde entlang der Bergflanken brachten einen angenehmen Luftzug.

Ich muss weiterklettern, dachte Miriya benommen und versuchte, ihre Lethargie abzuschütteln. Die Schmerzen hatten ein wenig nachgelassen und sie fühlte sich kräftig genug, sich am gesunden Arm und mit den Füßen schiebend an der Felswand hochzuziehen. Die Wunde an ihrem Unterarm pochte immer noch unheilverkündend, doch sie hatte zu bluten aufgehört und das Viech war offensichtlich nicht giftig gewesen. Obwohl es stockdunkel war und sie die Hände nicht vor den Augen sah, begann sie zu klettern, langsam und vorsichtig. Die Muskeln in ihrem Körper protestierten schon nach wenigen Armlängen ob der erneuten Tortur, aber sie biss die Zähne zusammen und kämpfte sich verbissen vorwärts. In ihrem Kopf blieb kein Platz für Zweifel oder Aufgeben, kein Raum für Schmerzen oder Trauer; ihre Aufgabe nahm sämtliche Gedanken ein, regierte jegliche ihrer unendlich langsamen Bewegungen und ihren Entschluss, den Gipfel zu erreichen. Eiserne Entschlossenheit und eine nagende Dringlichkeit trieben sie vorwärts, ließen sie Erschöpfung und Durst vergessen.

Als sie einmal innehielt, keuchend mit einer Zunge, die trocken und pelzig an ihrem Gaumen klebte und Atem, der unregelmäßig und stoßartig kam, hörte sie von weit her wieder ihre Eltern.

Hör nicht auf, Liebes. Sei tapfer, klettere weiter. Glaub an dich, du kannst es schaffen. Du wirst es schaffen!

Und dann, als die Insel gerade in den blassrosa getünchten Morgen Kirk-Wanas überging, griffen ihre Finger plötzlich ins Leere. Über ihr gab es keine Felswand mehr. Miriya schob sich mit letzter Kraft über den Rand, auf den abgeflachten Gipfel Leicos, der den kegelförmigen Berg aus der Ferne aussehen ließ, als hätte jemand die Spitze abgeschnitten. Sie reckte ihr verschwitztes Gesicht gen Himmel, keuchend, bebend, vollkommen erschöpft. Über ihr tanzten Wolken wie vergnügte Schafe über den pastellblauen Morgenhimmel. Sie hatte Leicos Gipfel erreicht. *Sie hatte es geschafft!*

Keyan fuhr aus dem Schlaf hoch, als jemand laut an die Türe seiner sich im Palast befindlichen Wohnung klopfte. Er war auf dem breiten, einladenden Fenstersims seines kleinen, gemütlichen Wohnzimmers eingeschlafen, auf dem er zu sitzen pflegte, wenn er nachdachte. Es war noch dunkel, musste aber schon Morgen sein, denn es wurde langsam heller. Stöhnend richtete er sich aus seiner gegen die Wand gesunkenen Haltung auf und fragte sich einen Augenblick lang, wie er mit seinem schmerzenden Körper in dieser sitzenden Position hatte einschlafen können. Als er sich schlafgetrunken vom Fenstersims erhob, behutsam sein Gewicht auf die Füße verteilend, wurde die Türe zu seiner Wohnung ungeduldig aufgestoßen.

„Was zum –", wollte er ungehalten bellen, dann gewahrte er die schmale Gestalt, die auf ihn zueilte und sein Fluch blieb ihm im Hals stecken.

„Keyan", sagte Ihre Hoheit, Königin Raika, mit verhaltener Aufregung in der Stimme und fasste ihn fest an den Oberarmen, „ich kann mich wieder erinnern!"

Keyan sah Raika fassungslos an mit offenem Mund. Plötzlich waren sämtliche Schmerzen vergessen.

„Wo sind Sarahi und Ki-Ara?", wollte sie wissen. *Tatsächlich*, dachte er wie benebelt, *sie kann sich* tatsächlich *wieder erinnern*. Ihr ganzes Wesen und Auftreten war wieder das der Königin von Kirk-Wana, das seiner langjährigen Freundin und Vertrauten. Er unterdrückte nur mit großer Mühe ein vollkommen unerwünschtes, erleichtertes Aufschluchzen und schloss sie kurzerhand in die Arme.

„Keyan!", machte sie betroffen und erwiderte die Umarmung für einige Herzschläge. „Es tut mir so unendlich leid, dass ich mich nicht erinnern konnte. Das muss so furchtbar für euch gewesen sein!"

„… nicht entschuldigen", brachte er hervor, „es war nicht deine Schuld …"

Sie löste sich sanft aus seiner Umarmung und lächelte ihn kurz an. Ihr typisches Raika-Lächeln; beinah wäre er doch noch in Tränen ausgebrochen.

„Wie gut, dass du dich wieder bewegen kannst! Ich habe mir solche Sorgen gemacht", meinte sie dann und es kam ihm erst da in den Sinn, dass sie ihn zum ersten Mal bewusst seit seiner Rückkehr nach Kirk-Wana außerhalb seines Krankenbettes und ohne haufenweise Verbände sah.

„Wir haben uns auch große Sorgen um dich gemacht, Raika", antwortete er. „Du hast lange geschlafen. Und merkwürdige Dinge gesagt, während du schliefest."

Sie atmete kurz und scharf ein, fasste sich an den Kopf. Als sie ihm in die moosgrünen Augen sah, funkelten ihre veilchenblauen beunruhigt.

„Lass uns zu Ki-Ara und Sarahi gehen. Wir müssen reden!"

Sie fasste ihn an der Hand und zog ihn mit sich, trotz ihrer Hast darauf bedacht, ihm nicht wehzutun. Die unerwarteten Geschehnisse, sowie die Aussicht, dass er vielleicht bald mehr brauchbare Informationen von der Königin erfahren würde, ließen ihn die Schmerzen schlucken. Mit vom unbequemen Schlafen steifen Gliedern biss er die Zähne zusammen und hinkte hinter ihr her, als sie energisch vor ihm dahinschritt in Richtung der kleinen Wohnungen im Palast, wo, wie sie nun wieder wusste, normalerweise Ki-Ara bei ihren Besuchen einquartiert war. Raika platzte ohne Umschweife und mit einem keuchenden Keyan im Schlepptau in die Wohnung, in der die Vogelfrau zusammen mit Sarahi am Fenster saß und leise und dringlich mit ihr diskutierte. Die Heiler waren längst gegangen und hatten die beiden Frauen alleine gelassen. Eine Lösung hatten sie alle noch immer nicht gefunden.

„Ki-Ara, Sarahi", sagte Raika ohne Einleitung und beide Frauen starrten sie für einen langen Moment vollkommen fassungslos und mit offenen Mündern an, genauso, wie Keyan das nur wenige Augenblicke zuvor getan hatte. Dann fuhr Sarahi hoch.

„Raika", heulte sie, „Ihr könnt Euch doch nicht so zeigen!"

Erst da fiel Keyan auf, dass die Königin, die ihn immer noch fest an der Hand gepackt hielt, in ihrem spitzenbesetzten Nachthemd, einem Hauch aus nichts, neben ihm stand. Er keuchte und hätte einen Satz zurück gemacht, hätten nicht seine sämtlichen

Glieder pochend protestiert. Beschämt wandte er sich ab. Raika hingegen machte eine ungeduldige Handbewegung.

„Seid nicht so empfindlich!", schalt sie, „Wir kennen uns schließlich schon ein ganzes Leben lang!"

„Du erinnerst dich", stellte Ki-Ara wie vom Donner gerührt fest. Die Vogelfrau stand auf, den allgemeinen Rummel um Raikas Bekleidung ignorierend, und schloss ihre langjährige Freundin in die Arme. „Wie gut, dass du wieder bei uns bist!"

„Ich freue mich ebenfalls", entgegnete Raika. Sie ließ es zu, dass Ki-Ara und Sarahi sie für einen Moment umarmten, dann entzog sie sich ihnen behutsam, aber bestimmt.

„Wir müssen reden", sagte sie und bedeutete den dreien, ihr in den Thronsaal zu folgen, wo sie sich hinter dem Thron an dem runden Tisch niederließen, an dem Raika normalerweise mit ihren Beratern oder mit Würdeträgern auf Besuch diskutierte. Sarahi bestand darauf, der Königin einen ihrer eigenen Überwürfe zu bringen, was diese ungeduldig mit den Augen rollend zuließ. Sie war wieder so sehr Raika, dass Keyan unwillkürlich lächeln musste. Er setzte sich schwer neben Ki-Ara und die Vogelfrau nahm kurz seine Hand und drückte sie froh. Dann wandte sie sich an die Königin.

„Du lagst in einer Art Koma, Raika. Kannst du dich daran erinnern?", fragte Ki-Ara.

Die Königin nickte. „Ja, ich weiß. Ich habe Dinge gesehen."

Sie schauderte. Alle starrten sie wortlos an.

„Drachen", sagte Raika tonlos, wie in Gedanken versunken. Sie starrte auf ihre Hände, die in ihrem Schoß ruhten. „Ich träumte davon, wie Drachen Miriya attackierten und sie in Stücke zu reißen drohten. Dann sah ich Aria im Traum."

Ki-Ara neigte den Kopf.

„Aria", sagte sie nachdenklich.

„Wer ist Aria?", wollte Keyan wissen. Sarahis fragender Blick sagte ihm, dass er nicht der Einzige mit einer Wissenslücke war.

„Aria war Königin von Kirk-Wana. Vor langer, langer Zeit. Sie gehörte dem Volk der Vogelmenschen an und wurde vom Kristallzepter in eine Feder verwandelt."

„Die Feder, die du Miriya mitgegeben hast!", hauchte Keyan und spürte, wie eine Gänsehaut über seine Unterarme rieselte.

„Genau", meinte Ki-Ara mit hochgezogenen Brauen. „Ich hatte den Eindruck gewonnen, dass die Feder zu Miriya wollte. Deshalb gab ich sie ihr mit. Ohne zu wissen, in welcher Form oder Weise Arias Feder ihr hilfreich sein würde."

„Konnte sie Miriya retten?", warf Sarahi ein. Keyan sah sie kurz dankbar an. Ihm war dieselbe Frage auf den Lippen gelegen. Raika legte die Stirn in Falten.

„Ich weiß es nicht. Ich sah nur, wie Aria auf Miriya zuflog. Dann war da nur noch Schmerz."

Ki-Ara sah die mühsam im Zaum gehaltene Beunruhigung, die kurz über Keyans Züge glitt. Sie legte ihm die Hand auf den Unterarm.

„Wenn Miriya einen Weg gefunden hat, Aria aus der Feder zu befreien, dann hat sie eindeutige Vorteile gegen Drachen", meinte sie beruhigend.

Aber, dachte Keyan hilflos, *Drachen!* Raika unterbrach sie alle.

„Gerade eben hatte ich im Wintergarten eine erneute Vision", teilte sie Sarahi, Ki-Ara und Keyan mit und alle drei sahen sie nun wieder aufmerksam an.

„Ich sah Miriya", meinte Raika zögernd und warf Keyan einen Blick zu, der sein Herz in die Kniekehlen sinken ließ. „Sie war blutüberströmt, lag auf einem Berg aus rötlichem Felsgestein. Sie hat sich nicht bewegt."

Keyan starrte sie an, nun offenkundig panisch und mit einem solchen Ausdruck von Schmerzen in den unruhig flackernden Augen, dass sich Raikas Herz zusammenzog.

„Sie ist *tot*?", würgte er hervor, ein raues, tonloses Flüstern, das ihnen allen einen Schauer über den Rücken jagte.

„Das glaube ich nicht", sagte Raika sanft und nahm seine Hände, die nun kalt waren, „das darf nicht sein. Wir *müssen* daran glauben, dass sie noch lebt. Wir *müssen* an Miriya glauben!" Sie drückte mit ruhiger Entschlossenheit seine Hände und er starrte hilflos in ihre Augen, wie ein Ertrinkender auf der Suche nach einem Rettungsring. Dann erhob er sich.

„Ich muss sie suchen gehen", meinte er nur und wollte sich zum Gehen wenden. Ki-Ara öffnete ihren Mund, um ihn von seiner irrsinnigen Idee abzubringen, doch in dem Moment verdunkelte ein riesenhafter Schatten die hohen, bogenförmigen Fenster des Thronsaales und etwas Großes landete auf dem Balkon, auf dem Keyan vor einer gefühlten Ewigkeit beinah Miriya geküsst hätte. Alle erstarrten, als die Morgensonne goldene Reflexe über den Boden des Raumes tanzen ließ. Keyan starrte mit offenem Mund auf den gewaltigen perlweißen Adler, der auf dem Balkon stand und ihn durch das Glas der Balkontüren mit stechend scharfen Augen durchdringend musterte. Dann reckte der Adler, in dessen Gefieder hie und da die goldenen Federn eingestreut waren, in denen sich das Sonnenlicht brach, und pochte mit dem gebogenen Schnabel gegen die Flügeltüren. Hinter ihm hörte er die Frauen scharf Luft einsaugen, dann lief Ki-Ara mit raschelnden Flügeln an ihm vorbei und öffnete die Türen.

„Aria", hauchte sie ehrfürchtig und sank vor dem mächtigen Adler auf die Knie. Das majestätische Tier warf ihr einen kurzen Blick zu, dann klackerte sie mit dem Schnabel.

„Sei nicht komisch. Ich bin nicht mehr die Königin!", sagte sie trocken und Ki-Ara fuhr zerknirscht hoch, während die Adlerdame eintrat.

„Du musst Ki-Ara sein?", fragte sie dann und musterte die Vogelfrau ebenso stechend und durchdringend wie kurz zuvor Keyan.

„Genau", antwortete Ki-Ara herausfordernd, die ob Arias barscher Aussage zuvor ihre Scheu verloren hatte.

„Schon besser. So gefällst du mir", sagte die Adlerdame und hätte wohl ihre Brauen anerkennend hochgezogen, hätte sie denn welche gehabt. Stattdessen wandte sie sich an Keyan. „Und du musst Keyan sein, Kommandant der Palastwache."

Eine Feststellung, keine Frage und er nickte nur, zu überfordert mit ihrer schieren Anwesenheit und atemberaubender Präsenz, als dass er mehr hätte tun können.

„Die Götter allein wissen, wie oft Miriya deinetwegen mit diesem träumerischen Blick abgedriftet ist" Sie verdrehte die Adleraugen, was bei ihr so eigentümlich unangebracht aussah, wie Kleider an einem Pferd. Miriyas Name ließ in schlagartig ernüchtern.

„Ihr habt Neuigkeiten von Miriya?", wollte er wissen, auf einen Schlag aufrecht und stolz dastehend und wieder ganz in seiner Rolle als Kommandant der Palastwache, als den die Adlerdame ihn wenige Wimpernschläge zuvor identifiziert hatte. Sie warf ihm einen weiteren scharfen Blick zu.

„In der Tat", meinte sie dann und ging mit raschelnden Federn an ihm vorbei. Im Vorbeigehen sah er für den Bruchteil eines Atemzuges frische, lange Narbenwülste unter dem glänzenden Gefieder der Adlerdame hervorblitzen, dann fiel ihr Flügel über die Stelle, als sie mit unbeholfenen Schritten in Richtung Thron ging, ihre Fänge ein Klicken auf dem polierten Boden. Raika, die in der Zwischenzeit vom runden Tisch aufgestanden und neben den Thron getreten war, stieß ein kurzes, ehrfurchtsvolles Keuchen aus, als der gewaltige Adler sich vor ihr aufbaute.

„Aria. Wie schön, dass Ihr aus der Feder befreit worden seid", meinte sie, mühsam um Fassung ringend, was sie, ganz die Königin, die sie war, gekonnt zu überspielen vermochte. Aria klackerte abermals mit dem Schnabel.

„Raika", grüßte sie und neigte kurz respektvoll den Kopf. „Genug der langen Reden. Wir müssen Miriya helfen."

Die Aussicht vom Gipfel Leicos war atemberaubend. Während Miriya sich bemühte, Kräfte zu tanken, ließ sie ihre Blicke über die Landschaft zu Leicos Füßen schweifen. Der Dschungel erstreckte sich wie ein grünes, wogendes Meer, das plötzlich endete und in den richtigen, azurblau glitzernden Ozean überging. So hoch über dem schwülen, dichten Urwald war die Luft zwar immer noch warm, aber es wehte ein angenehmer Wind, dessen frischer, salziger Geruch Miriyas Lebensgeister belebte. Die Schäfchenwolken, die sie am Morgen bei ihrer Ankunft auf der abgeflachten Spitze Leicos gesehen hatte, hatten sich mittlerweile verdichtet und zu großen, pilzförmigen Gebilden zusammengeschlossen. Die junge Frau hoffte, dass es nicht zu regnen anfangen würde. Sie hatte keine Ahnung, wie sie von diesem Punkt aus weiterverfahren sollte. Mo hatte sehr deutlich und sehr bestimmt geklungen, als sie gesagt hatte, dass Miriya bis zum Gipfel klettern musste, aber sie hatte nie erwähnt, was danach geschah. *Ich kann wohl schlecht den Berg höflich bitten, sich für mich zu öffnen*, dachte sie mit einem Anflug von Ironie. *Bei Arias Feder hat es gewirkt.* Beinah war sie versucht, es auch hier auszuprobieren, aber sie kam sich sehr töricht vor, wie sie dasaß und Worte suchte, um einen Berg zu bitten, sie aufzunehmen. Sie hatte vom Boden aus nirgends Höhlen oder Felsnischen ausmachen können, die groß genug waren, einem Menschen Einlass in das Innere des Bergkegels zu gewähren. *Aber die Menschen, die hier hochgeklettert sind, um sich zu opfern, müssen auch irgendwie in den Berg gekommen sein*, spann sie den Gedanken weiter, während der Wind ihr durchs Haar fuhr. Der Schweiß war nun, nachdem sie die Hälfte des Tages damit verbracht hatte, reglos auf dem natürlichen Plateau zu sitzen und ihren Gedanken nachzuhängen, getrocknet und obwohl ihre Muskeln noch immer ausgelaugt waren und ihr Unterarm noch immer schmerzhaft pochte und sich heiß anfühlte, fühlte sie sich allgemein etwas ausgeruhter und lebendiger. Aber wie kam sie nun ins Innere des Berges? Miriya wandte sich um und bedachte die abgeflachte Oberfläche des Gipfels mit einem prüfenden Blick. Das Plateau, auf dem sie saß, war rau und furchig und tiefe Risse zogen sich durch den rötlichen, sandigen Felsen. Doch es gab kein Loch und keinen verborgenen Höhleneingang. Miriya verbrachte den größten Teil des Nachmittags damit, nach versteckten Eingängen zu suchen. Quälend langsam schleppte sie sich vorwärts, während sich ihre Muskeln bei jedem Schritt mit schmerzhafter Deutlichkeit zu Wort meldeten. Sie biss die Zähne zusammen und suchte weiter. Doch die Insel ging über und sie hatte noch immer keinen Eingang gefunden. In ihrer Verzweiflung hatte sie sogar tatsächlich versucht, den Berg höflich zu bitten, sich zu öffnen. Aber nichts war geschehen. Entmutigt saß Miriya im Zentrum des Plateaus und starrte in den schwarzen, sternenlosen Himmel, der die Gefilde regierte, in die die Insel nachts überging.

Was soll ich bloß tun, dachte Miriya und spürte, wie aufkommende Panik sie rastlos machte. Den ganzen Nachmittag hatte sich Verzweiflung aufgebaut und ihr Herz schwerer und schwerer werden lassen. Sie wiegte sich mit angezogenen Beinen vor und zurück. *Wie komme ich in den verflixten Berg?!* Miriya verlor plötzlich die Balance und streckte aus purem Reflex ihren verletzten Arm aus, um sich aufzufangen. Die Wunde, die eben erst angefangen hatte, zu verkrusten, öffnete sich erneut, glühende Schmerzen durch Miriyas Körper sendend. Sie unterdrückte mühsam einen Aufschrei, als sie auf dem Ellenbogen landete. Die junge Frau konnte fühlen, wie wieder Blut aus der Wunde auszutreten begann und sie fluchte innerlich. Wie dumm von ihr! Es war stockdunkel wie immer, wenn es Nacht auf In-Hinaii war, doch Miriya konnte sich vorstellen, mehr als dass sie sah, wie ihr Blut den Unterarm hinunter rann und auf die brüchige, rissige Oberfläche Leicos tropfte. Gerade wollte sie einen Streifen ihres Kleides opfern, um die Wunde notdürftig irgendwie zu verbinden, da hörte sie es. Ein tiefes, grollendes Rumpeln aus dem Innern des Berges. Miriyas Herz setzte einen Schlag aus und sank dann tief in ihre Kniekehlen.

Die Dämonen Leicos!

Ein rötliches Licht begann, auf der Oberfläche des Gipfels zu schimmern und es dauerte einen angsterfüllten Augenblick, bis Miriya erkannte, dass es ihre Blutstropfen waren, die so leuchteten. Das Licht wurde stärker, während sie zuschaute, wie die Blutstropfen ins Gestein des Berges sickerten und schließlich vollständig verschwanden. Das rötliche Licht erlosch.

„Das war's?", fragte Miriya ungläubig. „Das ist alles? Ich bin den ganzen Weg hier hochgeklettert für *das*?"

Wut kochte in ihr hoch. All die Schmerzen, die sie erdulden musste und all den Schweiß und die Tränen, die sie vergossen hatte, um hierher zu kommen. Und der Berg öffnete sich nicht. In einer Geste hilflosen Zornes schlug sie ihre Handflächen auf die Oberfläche des Berges, als wollte sie ihn ohrfeigen. Das Grollen erklang wieder und unter ihren Handflächen begann die Oberfläche des Gipfels zu glühen. Das rötliche Licht ihrer Blutstropfen breitete sich in Linien aus, die den Rissen im Felsen folgten. Miriya keuchte erschrocken auf, als sie spürte, wie der Berg unter ihr zu vibrieren anfing. Das rötliche Licht wurde stärker, während das Rumpeln lauter wurde und ein knirschendes Knacken zu hören war.

Blut, dachte Miriya panisch und seltsam fasziniert zugleich, während sie versuchte, eine Stelle zu finden, die sie als sicher empfand. *Es braucht ein Blutopfer, um den Berg zu öffnen! Was eigentlich Sinn machte, wenn man bedachte, dass es Menschenopfer gewesen waren, die sich bisher bis auf die Spitze Leicos vorgewagt hatten–* Sie konnte den Gedanken nicht zu Ende denken, denn mit einem jaulenden, kreischenden Laut, der an ein schwerverletztes Tier erinnerte, begann Leico, sich knirschend und knackend entlang der Risse zu öffnen, während das Rumpeln zu einem unterschwelligen, bedrohlich knurrenden Beben wurde. Erschrocken sog Miriya Luft ein, als sie endlich erkannte, dass es keine sichere Stelle auf dem Plateau gab. Der Berg spaltete sich entlang der Risse, die sich über die gesamte Oberfläche zogen wie ein Netz mit ungleichmäßigen Maschen. Sie würde einfach fallen! *Wie die Menschenopfer in die Tiefe Leicos stürzen.*

„Neeeiiiin!", heulte sie und versuchte, sich am Rand des Plateaus festzuhalten, als das Knirschen in ein ohrenbetäubendes Knacken und Splittern ausartete und der Berg sich ächzend und stöhnend auseinanderbog. Gerade weit genug, einen Menschen aufzunehmen. Unbarmherzig schoben sich die Gesteinsplatten auseinander, gaben einen klaffenden, tiefschwarzen Schlund frei. Miriya fühlte, wie ihr der Boden unter den Füßen weggerissen wurde. Mühselig und keuchend vor Schmerzen und Angst klammerte sie sich an eine kleine Felsnase am Rande des Abgrundes. Schließlich erstarb das Rumpeln und Grollen, das Ächzen und Stöhnen und Leico beruhigte sich. Miriya fand sich, zum zweiten Mal innert kurzer Zeit an beiden Armen über einem Abgrund baumelnd vor und kalter Schweiß brach ihr aus. Sie ruderte wild mit den Beinen, um irgendwie einen Felsvorsprung zu finden, an dem sie sich abstoßen und zurück auf sicheren Boden drücken konnte. Doch ihre Muskeln, ohnehin schon geschunden und gequält von der Tortur ihres Aufstieges, ließen sie kläglich im Stich. Zum zweiten Mal innerhalb kurzer Zeit verlor die junge Frau den Halt und stürzte schreiend in die Tiefe. Der Felskegel hatte sie verschluckt.

„Wie meinst du das, ‚Wir müssen Miriya helfen?'", wollte Raika unbehaglich wissen. Sie alle standen nun um den gewaltigen Adler herum und blickten ihn fragend an.

„Miriya ist auf dem Weg zur Insel In-Hinaii", antwortete Aria wie selbstverständlich und als würde diese Aussage sämtliche Fragen klären. Als Raika, Keyan, Ki-Ara und Sarahi sie weiterhin ausdruckslos anstarrten, verdrehte sie die Adleraugen.

„In-Hinaii?", machte sie, „die Dämoneninsel?"

Niemand reagierte und die Adlerdame seufzte auf.

„Ihr wart wohl schon lange nicht mehr in der grünen Bibliothek!", stellte sie trocken fest und plusterte ihr Gefieder entrüstet auf.

„Gibt es auf der Insel Drachen?", hauchte Raika, Dringlichkeit und Schock deutlich in ihrer Stimme hörbar. Die Adlerdame glättete ihre Federn wieder und legte den Kopf schief.

„Drachen? Ich weiß nichts von Drachen. Aber die Insel war zu meiner Zeit bekannt dafür, von Feuerdämonen bewohnt zu sein. Es hieß immer, man habe vor unvorstellbar langer Zeit Handel mit den Inselbewohnern betrieben, bis die Feuerdämonen genug davon hatten und sämtliche Waldläufer vernichteten. Niemand hat sich seit damals auf die Insel gewagt", erzählte Aria.

„Ich verstehe nicht ganz", warf Keyan ein, dem das Herz bis zum Hals klopfte, „wieso geht Miriya ausgerechnet auf diese Insel?"

„Gibt es einen besseren Ort, das Kristallzepter zu verstecken, als auf einer Insel, die niemand betreten will?", fragte Aria zurück, den Kopf jetzt schräg in Keyans Richtung gelegt. Ki-Ara neben ihr massierte sich mit zusammengezogenen Brauen die Schläfen.

„Davon hat Darijo nichts gesagt", ächzte sie, „was sollen wir denn nun tun?"

Aria plusterte sich erneut auf und begann, statt einer Antwort geräuschvoll ihr Gefieder zu putzen. Sie alle starrten den riesigen Vogel einen Augenblick fassungslos an, während er sich klackernd und raschelnd energisch mit dem Schnabel durch die Federn fuhr. Keyan wollte gerade empört den Mund öffnen, um sie zurecht zu weisen.

„Ich kann gut nachdenken, wenn ich mein Gefieder putze", meinte Aria da, als hätte sie die Gedanken der umstehenden Men-

schen gelesen. Sie zog bedächtig einzelne Federn durch den Horn-
schnabel und schüttelte sich ab und zu raschelnd. Raika, Ki-Ara,
Keyan und Sarahi hatte es die Sprache verschlagen.

„Ich habe folgende Idee", meinte Aria nach einer geraumen
Zeit, in der die anderen ihr schweigend und entrüstet beim Putzen zugeschaut hatten.

„Wir alle fliegen so schnell wie möglich zur Küste und nach
In-Hinaii. Vielleicht können wir Miriya noch vor den Feuerdämonen bewahren."

„Ich dachte, nichts kann über dem Meer fliegen?", warf Ki-
Ara ein, während die anderen noch immer dabei waren, den Vorschlag einsinken zu lassen.

„Es wird ein unglaublicher Kraftakt für euch sein, aber ihr
könnt es schaffen. Ihr *müsst* es irgendwie schaffen", erwiderte Aria.

„*Ihr?*!", echote Ki-Ara, nun offen empört, „was ist mit dir? *Dir*
würde es doch sicher leichter fallen, auf die Insel zu kommen?"

Aria schüttelte ein letztes Mal ihr Gefieder und, scheinbar zufrieden mit dem Resultat ihrer Putzbemühungen, wandte sich
der Vogelfrau zu.

„Ich wurde vor kurzem von Bergtrollen verletzt und bin nicht
in der körperlichen Verfassung, nach In-Hinaii zu fliegen. Deshalb
bin ich nach Kirk-Wana gekommen, um Hilfe zu suchen", erklärte sie wie beiläufig im leichten Plauderton und als würde es nicht
um sie persönlich gehen. Ki-Ara öffnete erneut den Mund, doch
in diesem Moment straffte sich Keyan neben ihr und nickte knapp.

„Machen wir es so", meinte er entschlossen, und erwiderte
den prüfenden Blick des Adlers ruhig und bestimmt. Raika sah
ihn an, als wäre sie nicht sicher, ob er noch ganz bei Verstand war.

„Dieser Plan ist selbstmörderisch", sagte sie langsam und an
niemanden bestimmtes gerichtet. „Ich habe Miriya auf einem
Bergkegel liegen sehen, blutüberströmt. Was immer sie verletzt
hat, wird uns ebenfalls attackieren. Wir können ihr nicht helfen,
wenn wir uns selbst retten müssen! Und was, wenn es tatsächlich
Drachen auf In-Hinaii gibt? Wer kann es mit einem Drachen auf-
nehmen, ganz zu schweigen davon, dass ich *mehrere* gesehen habe!"

Sie alle schwiegen betroffen. Dann räusperte sich plötzlich Sarahi.

„Wir können Miriya nicht im Stich lassen", sagte sie und ihre Stimme klang fest und entschlossen.

„Du bist dafür", fragte Raika ungläubig, „wie leicht können alle Beteiligten sterben!"

„Miriya ist etwas Besonderes. Ich glaube, wir alle können uns darauf einigen", meinte Sarahi, „sie berührt die Kreaturen dieser Welt und die Natur wie keine andere. Aria, die Adlerkönigin, war bis jetzt nicht mehr als eine Legende, eine Feder, die in die Obhut der Vogelmenschen gegeben wurde, weil niemand ihren Nutzen sah. Nun ist sie hier bei uns, gesandt von den Göttern dieser Welt. Kirk-Wana will uns etwas sagen. Die Götter wachen über uns, die Könige Kirk-Wanas wachen über uns. Sie werden uns helfen, Miriya wohlbehalten zu bergen. Niemand muss sterben. Wir müssen auf Kirk-Wana vertrauen. Und auf Miriya!"

Nach dieser beeindruckenden Rede war es eine Weile still. Dann klackerte Aria befürwortend mit dem Schnabel.

„Weise gesprochen, werte Zofe", lobte sie, „genauso ist es. Lass uns keine Zeit mehr verlieren!"

Alle wandten sich Raika zu. Diese seufzte, dann nickte sie nun ebenfalls entschlossen.

„Lass uns Miriya retten!", sagte sie.

Kapitel XV
~
Von unbekannten Gefilden

Eine Rutsche!!! Da war eine steile, steinerne Rutsche, die spiralförmig entlang Leicos runder Kegelform in die Tiefe führte. Als
Miriya nach einem kurzen Fall etwas unsanft und atemlos auf der
gewölbten, kühlen Fläche der Rutsche gelandet war, hätte sie vor
Glück weinen mögen. Doch das Schicksal ließ ihr keine Zeit, sich
von dem Schock zu erholen: Unbarmherzig zog sie die Schwerkraft in die schwarze, bodenlose Tiefe des Berges. Die Rutsche,
ein rinnenförmiges Halbrund, war überraschend glattgeschliffen,
führte aber nicht gleichmäßig in stetigen Rundung nach unten,
sondern in ungleichen, steilen Senkungen, die es Miriya unmöglich machten, ihre Geschwindigkeit und Bewegungen zu steuern.
Stattdessen trudelte sie unkontrolliert die steinerne Rinne hinab,
überschlug sich manchmal schmerzerfüllt aufschreiend oder prallte
unsanft und vor Schmerzen keuchend gegen die Wände. Es war
mehr Sturz als Rutschen und es kam ihr vor wie eine Ewigkeit.
Sie ahnte mehr, als dass sie fühlte, wie die Spiralen größer und
ausladender wurden, was ihr sagte, dass sie tiefer und tiefer in den
Berg vordrang. Der Felskegel musste unterirdisch weiterführen,
denn Miriya kam es vor, als hätte sie schon lange ebenerdig aufkommen müssen. Eine weitere Kurve ließ sie ächzend zum gefühlten abertausendsten Mal gegen die Außenwand krachen, und
eine Welle aus Schmerz raste durch ihren geschundenen Körper.
Sie würde voller blauer Flecken sein, wenn sie erst mal am Ende
der Rutsche ankam! Gerade als sie diesen Gedanken zu Ende gedacht hatte, bog sich die Rutsche kurz und ziemlich abrupt nach
oben und hörte dann urplötzlich auf. Mit einem Schrei wurde
Miriya ins undurchdringliche Dunkel des Berginnern katapultiert
und klatschte hörbar und mit einem weiteren atemlosen Schrei
gegen die Felswand, bevor sie zu Boden fiel und keuchend liegen
blieb. Falls es hier tatsächlich Feuerdämonen gab, so hatte sie sich
wohl zur Genüge angekündigt und konnte sich unauffälliges An-

schleichen sparen! Eine Weile lag sie da, alle Viere von sich gestreckt und versuchte keuchend, ihre Atmung zu beruhigen. Es war so dunkel, dass sie kaum ihre Hand vor Augen sehen konnte und seltsamerweise war es unangenehm stickig und warm im Innern des Berges. Sie hatte eigentlich erwartet, dass es kühl und angenehm sein würde. Ihre Augen begannen, sich an die pechschwarze Dunkelheit zu gewöhnen und sie konnte Schemen und Umrisse wahrnehmen, wenn sie die Augen zusammenkniff. Der Boden unter ihr war unangenehm uneben und von unförmigen, harten Gegenständen bedeckt. Es dauerte einige Herzschläge, bis die geschockte junge Frau endlich begriff, dass sie auf einem Friedhof lag. Unter ihr stapelten sich vergilbte, vor Alter verbogene, geborstene Knochen! Die Knochen der armen Seelen, die nicht so glücklich wie Miriya gewesen waren und, statt der Rutsche entlang, senkrecht in die Tiefe gestürzt waren. *Oder*, dachte Miriya grauenerfüllt, *vielleicht war das die Aufgabe der Menschenopfer gewesen: sich zu Tode zu stürzen, um die Feuerdämonen zu besänftigen. Niemand hätte einen Sturz aus dieser Höhe überlebt.* Wie viele unglückselige Auserwählte waren wohl genau an der Stelle regelrecht zerschellt, an der sie selbst nun keuchend und verschwitzt lag? Ein Schauer lief ihr über den gesamten Körper und sie setzte sich ruckartig auf. Und spürte, wie ihr ein feucht-warmer Luftzug entgegenstrich wie der Atem eines riesigen Raubtieres. Sie kniff die Augen zu schmalen Schlitzen zusammen und konnte schließlich die Umrisse eines niederen Tunnels ausmachen, in den die Rutsche überzugehen schien. Stöhnend rappelte sich Miriya auf und bei jeder Bewegung zerborsten unter ihren nackten Füßen alte, von der fauligen Wärme brüchig gewordene Knochen mit einem trockenen, entnervenden Knacken.

Es wäre ein richtiges Kunststück, wenn die Feuerdämonen bei der ganzen Geräuschkulisse, die ich veranstalte, nicht schon auf mich aufmerksam geworden sind, dachte sie leicht panisch, als sie sich mit dem gesunden Arm der Wand entlangtastete und vorsichtig einen Fuß vor den anderen setzte, darauf bedacht, so wenig Knochen wie möglich zu zerstören. Dann stand sie etwas geduckt in dem engen, dunklen Tunnel, den die schwarze Dunkelheit füllte wie

wabernder Nebel und der sachte abwärts führte, weiter ins scheinbare Herz der Insel. Sie zögerte einen Augenblick, fragte sich, ob
sie nicht besser umdrehen sollte. Würde es tatsächlich Dämonen
oder andere Monster hier unten geben, wäre sie des Todes. Selbst
in gesundem, kräftigem Zustand konnte sie in der allesumfangen-
den Dunkelheit nicht zu ihrem vollen Potenzial kämpfen und in
dem geschundenen, jämmerlichen Zustand, in dem sie sich momentan befand, war an einen Kampf nicht zu denken. Aber zurück konnte sie nicht, dafür war die Rutsche zu steil und zu glatt.
Sie würde sich nur den Hals brechen bei dem Versuch und dann
konnte sie ebenso gut in den Tunnel gehen und von Feuerdämonen verspeist werden. Miriya tastete sich vorsichtig der Wand
entlang durch den Tunnel. Es war unwirklich still, so still, dass
sie ihr eigenes Blut durch die Adern rauschen hören konnte, als
wären es Wasserfälle und ihr Herzschlag von den Wänden zu wi-
derhallen schien wie tausende Buschtrommeln. Vor ihr erkannten
ihre nun ans Dunkel gewöhnte Augen ein schwaches, rötliches
Licht, nicht ungleich dem, das sie zuvor auf der Spitze Leicos gesehen hatte, als der Berg ihr Blut absorbiert hatte. Kam die rötliche Farbe des Gesteins wohl von all dem Blut, das der Kegelberg
im Verlauf der Jahrtausende von den Menschenopfern aufgeso-
gen hatte? Die Vorstellung war so gruselig, dass Miriya sich unwillkürlich schütteln musste. Das unförmige Oval, aus dem das
rötliche Licht schien, wurde größer und größer und schließlich
stand die junge Frau am Ende des Tunnels in einer Höhle, deren
Decke besorgniserregend niedrig, während der Raum erstaunlich
rund war. Miriya erkannte überrascht, dass das rötliche Licht von
denselben Steinen ausgestrahlt wurde, die sie andersfarbig bei den
Höhlentieren angetroffen hatte. Wie Blutflecken waren die rötlich schimmernden Steine über die gesamten Wände verteilt und
sandten ihr unheimliches, fahles Licht durch den Raum. Der Boden der Höhle war in ein symmetrisch anmutendes Muster unter-
teilt und Miriya blieb skeptisch stehen. Es roch ranzig und faulig
hier und ihre sämtlichen Instinkte schrien ihr Warnungen zu, die
zu ignorieren sie nicht bereit war. Was würde geschehen, wenn
sie das steinige Mosaik aus flachen, ungleichmäßigen, verschie-

denfarbigen Steinen betreten würde, das den Boden des Raumes auskleidete? Irgendetwas kam ihr seltsam vertraut vor und sie kniff die Augen zusammen, um mehr vom Raum auszumachen. Ihr gegenüber sah sie einen dunkleren Fleck, der wohl den Ausgang aus der Höhle markierte. Konnte sie einfach einmal quer durch den Raum schreiten? Wohl eher nicht. Was sollte sie nur tun? Die Leuchtsteine tauchten die Wände, in die sie eingelassen waren, in schauriges, rotes Licht und betonten die schwammartige, furchige Oberfläche der Höhlenwände und Decke. Der Raum musste alt sein und im Verlauf der Zeit waren kleinere Geröllblöcke aus den Wänden und der Decke gebrochen und im Raum gelandet, wo sie die scheinbar makellose Symmetrie des gemusterten Bodens störten. Astartige Gebilde lugten an manchen Orten zwischen den Gesteinsbrocken hervor, aber Miriya konnte beim besten Willen nicht ausmachen, was sie sein mochten. Sie beschloss, sich vorsichtig in den Raum zu wagen und beim geringsten Hauch von Gefahr den Rückzug anzutreten. Um sich den Weg ein wenig besser auszuleuchten, griff sie nach einem der größeren Leuchtsteine in ihrer Nähe, der aus der Felswand emporragte, als wartete er nur darauf, gepflückt zu werden. Mit einem klirrenden Scheppern ploppte der Stein aus dem Felsen, als sie kräftig genug zog. Er passte angenehm in ihre Faust. Sie wog in ein paarmal probehalber mit angewinkeltem Arm. Im Fall der Fälle würde der Stein auch ein passables Wurfgeschoss abgeben. Ihr Blick fiel dabei auf die frische Tätowierung auf ihrem Unterarm, deren feine Linien aus fünf Farben vom Schein des Leuchtsteines irgendwie scheinbar dreidimensional wurden. Und plötzlich sog sie keuchend Luft ein. Jetzt wusste sie, warum der Boden des Raumes ihr so bekannt vorkam! Sie starrte entgeistert auf ihre Tätowierung, dann zurück auf den Boden. *Es war das gleiche Mandala-ähnliche Muster!* Nur die Farben waren teilweise anders. *Heißt das, ich muss auf den Pfaden gehen, die die gleiche Farbe wie in meiner Tätowierung aufweisen,* fragte sie sich. Und gab sich selbst die Antwort, die auch hätte von Mo oder Aria kommen können: *Stell dich nicht dämlich an, natürlich sollst du das tun!* Miriya sog noch einmal tief Luft ein. Dann begann sie ihren Weg durch das Mandala, sorgsam darauf bedacht, nicht auf die Steine zu treten, die andersfarbig als in ihrer Tätowierung waren. Es dauerte eine ganze Weile und sie konzentrierte sich so sehr auf ihre Aufgabe, dass sie den Torbogen, der das Ende des Raumes markierte, gar nicht wahrnahm. Sie war mittlerweile wieder schweißüberströmt, einerseits wegen der ansteigenden Hitze im Berginnern, andererseits weil sie hochkonzentriert bei der Sache war. Erst als der ranzige, faulige Geruch durch den Torbogen in ihre Richtung strömte, hob sie kurz den Kopf. Und starrte ins grinsende Gesicht eines zahnlosen Totenkopfes. Miriya schrie auf und fuhr unwillkürlich zurück. Der Schrei hallte von den Wänden wider und maskierte das laute Klicken, das ertönte, als sie schreckensstarr auf einen falsch gefärbten Stein trat. Etwas sauste unheilvoll fauchend durch die Luft, und sie konnte spüren, wie rund um sie Gegenstände mit scharfen, klatschenden Geräuschen in die naheliegende Wand und den Boden fuhren. Dann spürte sie einen dumpfen Aufschlag in ihrem Oberschenkel und ein stechender Schmerz fuhr durch ihr Bein. Erneut schrie sie auf, blieb aber dankbarerweise an Ort und Stelle stehen. Ihre zitternden Finger trafen auf Holz, das sich in ihren Oberschenkel gebohrt hatte. Ein fingerbreiter, unterarmlanger Holzbolzen, ähnlich dem, der dem grinsenden Totenschädel, der sie eben so sehr erschreckt hatte, durch eine leere Augenhöhle stak. Und plötzlich wusste sie, was die astähnlichen Gebilde waren, die im Raum verteilt waren. Sie schauderte erneut. Wie grausam, wie entsetzlich! Niemand, der nicht die Tätowierung hatte, konnte auch nur im Entferntesten darauf hoffen, diese Höhle unbescholten zu passieren. Und offensichtlich hatte es unglückselige Individuen gegeben, denen das Schicksal weniger Glück zugedacht hatte als Miriya. *Oder aber*, dachte sie schlotternd, *der Mechanismus, der die Bolzen auf ihre Reise schickt, ist mit der Zeit ungenauer geworden. So oder so*, dachte sie mit einem flauen Gefühl im Magen, *ich muss den Bolzen loswerden.* Knirschend biss sie die Zähne zusammen und drehte an dem Holzstab in ihrem Oberschenkel. Glühender, sengender Schmerz fuhr durch ihren Körper und für einen Augenblick sah sie tausende Sterne flimmernd vor den Augen tanzen und drohte, die Orientierung zu verlieren. Sie kauerte sich ächzend hin und kämpfte gegen die aufsteigende Übelkeit an. Würde sie hier ihr Gleichgewicht verlieren, würde sie nicht mit dem Leben davonkommen. So viel Glück hatte niemand zweimal! Sie ruckelte probeweise erneut am Holzpfahl und brach in kalten Schweiss aus, als der Schmerz erneut versuchte, ihr das Bewusstsein zu rauben. Es musste sich nur um eine Fleischwunde handeln, denn hätte der Bolzen lebenswichtige Adern getroffen, würde mehr Blut strömen.

Komm schon, beiss die Zähne zusammen, feuerte sie sich an, hysterisch und entschlossen zugleich, das Holz aus ihrem Körper zu entfernen. Sie wappnete sich für die nächste Schmerzenswelle, fasste dann den Bolzen fest an und zog ohne Rücksicht auf Verluste. Ihr Schmerzgeheul hallte von den Wänden wider, aber sie schaffte es, den Holzpflock mit einem übelkeitserregenden Schmatzen aus ihrem Fleisch zu ziehen. Tränen liefen über ihre Wangen und Galle stieg in ihren Mund. Sie beugte sich vor und erbrach sich würgend auf die bunten Steine. Für eine Weile verharrte sie zitternd, in kalten Schweiß gebadet, und wartete darauf, dass die Wogen aus Schmerz abflachten.

Nicht aufgeben, Liebes, glaubte sie ihre Eltern hauchen zu hören. Sie umfasste das Tigerauge unter ihrem Kleid mit der gesunden Hand und stemmte sich entschlossen in die Höhe. Den bitteren Geruch der Galle in ihrem Mund ignorierend konzentrierte sie sich wieder darauf, den letzten Rest des Mandalas entlangzugehen, sorgsam darauf bedacht, das an der Wand aufgespießte Skelett zu ignorieren, das zu dem grinsenden, zahnlosen Totenschädel gehörte. Hatte sie wirklich gedacht, das Zepter zu bergen würde *einfach* werden?! Keuchend lehnte sie sich gegen den Torbogen, als sie den Rest des Pfades hinter sich gebracht hatte und erlaubte sich eine Verschnaufpause.

Jeder noch so tief schlafende Dämon war jetzt vermutlich wach und mit einem Bein, das bei jedem halbherzigen Schritt pochend Schmerzen durch ihren Körper sandte, würde sie nicht einmal mehr wegrennen können. Nach vorne war ihre einzige Option. Was würde wohl als nächstes auf sie warten?

Keyan stand in den Stallungen bei Sternensilber. Ein Stallbursche war, kaum hatten sie ihren Entschluss gefasst und einen groben Plan entworfen, in den Thronsaal gestürmt, um sie zu informieren, dass der Einhornhengst unruhig war. *Sehr* unruhig. *Das war die Untertreibung des Jahrhunderts*, dachte Keyan mit klopfendem Herzen. Das wilde Einhorn wieherte zornig in seiner Box, warf den Kopf mit dem silbernen Horn wie verrückt hin und her und schlug wie wahnsinnig um sich. Ein erneuter mächtiger Hufschlag krachte unweit von der Stelle, an der Keyan und Raika standen, gegen die Stallwand und ließ die ganze Box erzittern.

„Oh nein", machte Raika panisch, „oh nein. Es ist definitiv etwas mit Miriya geschehen."

Keyan neben ihr zügelte mühsam seine Emotionen, die in eiskalten Wellen aus Angst und Panik und Übelkeit durch seinen Körper wogten. Seine sämtlichen Sinne schrien, sich auf das nächstbeste Pferd zu schwingen und davon zu galoppieren in Richtung Küste, zu Miriya. *Seiner* Miriya. Es *durfte* ihr einfach nichts geschehen sein. Er stieß einen leisen, beruhigenden Pfiff zwischen den Zähnen aus, der ruhiger erklang, als er erwartet hatte. Sternensilber hielt inne und schnaubte rau und erschöpft.

„Sternensilber", machte Keyan leise, besänftigend.

„Sei bloß vorsichtig", brummte Aria vom Eingang der Stallungen aus, wo sie mit Ki-Ara und Sarahi stand, „er spaltet dir den Schädel, wenn er dich mit diesen Hufen oder dem Horn erwischt."

Ki-Ara warf ihr einen Blick mit hochgezogenen Augenbrauen zu.

„Nicht sehr hilfreich", zischte sie und die riesenhafte Adlerdame plusterte entrüstet das Gefieder auf.

„Sternensilber", sagte Keyan erneut. Der Hengst drehte sich um, fixierte den jungen Mann mit seinem Blick aus den wilden, funkelnden Augen. „Alles gut. Beruhige dich."

Keyan hob den gesunden Arm, bot dem wilden Einhorn seine ausgestreckte Handfläche. Eine Weile stand Sternensilber einfach da, hoch aufgerichtet, schwer atmend, die Flanken schweißnass. *Wie lange er wohl schon so getobt hat*, ging es Keyan durch den Kopf. Dann lief ein Zittern durch den Hengst. Raika neben ihm tat einen kleinen Schritt zurück und packte den Kommandanten der

Palastwache leise aufkeuchend am Ellenbogen. Der Hengst kam langsam auf Keyan zu, schob den Kopf durch die dafür vorgesehene Öffnung und legte seine weichen Nüstern in Keyans ausgestreckte Hand. Rau und schwer atmend wieherte er kurz, seine Ohren zuckten, sein Schweif peitschte nervös durch die Luft.

„Alles gut", flüsterte Keyan und legte seinen Kopf an die heiße Stirn des Einhorns, unter die silbernen Windungen des Hornes. „Wir gehen noch heute los und holen sie."

Sternensilber blies ihm seinen warmen Atem ins Gesicht, dann zog er sich zurück und blieb etwas unschlüssig wirkend inmitten seiner ausladend großen Box stehen. Er schien begriffen zu haben, was der junge Mann ihm mitgeteilt hatte, denn er beruhigte sich merklich. Raika atmete hörbar aus und lächelte ihm kurz zu.

„Dein Talent mit Pferden", meinte sie. Dann wurde sie wieder ernst. „Ich will niemanden beunruhigen, aber es muss definitiv etwas mit Miriya vorgefallen sein, sonst würde er nicht so reagieren. Wir müssen uns beeilen!"

Als hätte er darauf gewartet, materialisierte sich in diesem Augenblick, kaum hatte Raika ihren Mund geschlossen, ein junger, schlaksiger Bursche mit einem peitschenden Knall aus dem Nichts neben Ki-Ara. Während die umstehenden Menschen wie Tiere erschrocken zusammenzuckten, schien die Vogelfrau sich das plötzliche Auftauchen gewohnt zu sein, denn sie zuckte nicht einmal mit den Wimpern und wandte sich wie selbstverständlich dem Jungen mit den in allen Richtungen abstehenden, schwarzen Haaren und den intensiv hellgrünen Augen zu.

„Darijo", sagte sie mit ihrer rauchigen Stimme, „du kommst gerade zur rechten Zeit. Hast du all meine Befehle nach Ayara weitergeleitet?"

„Wort für Wort", meinte der Bursche mit einem kecken Grinsen. Keyan konnte seinen Blick kaum von den spitzen Ohren abwenden, die unübersehbar aus dem ungezähmten Haarschopf des Jungen ragten. Er hatte schon einiges über die Teleporter gelesen und gehört, aber nie selbst einen angetroffen. Es überraschte ihn, dass Ki-Ara auf du und du mit ihnen war, ohne das Raika davon wusste. *Auf der anderen Seite*, dachte er mit einem mentalen Schulterzucken, *sie muss Raika auch nicht über alle Aktivitäten in ihrem Umfeld auf dem Laufenden halten.*

„Gut", machte Aria an Ki-Aras Stelle und Darijos mächtig beeindruckter Blick machte klar, dass er nicht auf den Anblick eines riesigen, sprechenden Adlers gefasst gewesen war.

„Faszinierend", meinte er an die Adlerdame gewandt.

Aria sah aus, als wolle sie aalglatt etwas erwidern, aber in diesem Moment tat es eine Reihe peitschender Knalle und rund um den Jungen tauchten weitere Teleporter auf.

„Ki-Ara", sagte ein bulliger, kräftig gebauter Mann, der unverkennbar mit Darijo verwandt sein musste und nickte respektvoll. Alle neigten die Köpfe zum Gruß und stellten sich kurz vor. Dann sprach wieder Darijos Vater.

„Wir bringen euch so weit in Richtung Küste wie möglich. Sia-Ara und die anderen sind schon da und warten auf euch", informierte er die Leute aus Kirk-Wana, die nicht minder fasziniert von den Teleportern waren, wie Darijo kurz zuvor von Aria gewesen war. Raika nickte entschlossen.

„Gut", sagte sie, „lasst uns gehen."

Sarahi machte ein Geräusch, das wie eine Mischung aus einem unterdrückten Ächzen und dem Beginn einer Protestrede klang. „Eure Hoheit, ich halte es für unangebracht, dass Ihr mitgeht."

Raika wandte sich an ihre Hauptzofe, der trotz der allgemeinen Geschäftigkeit nicht entgangen war, dass Raika sich zuvor im Palast von zwei weiteren Zofen hatte in Reisegewänder kleiden lassen. Sie trug einen tannengrünen Überwurf aus festem, wasserabweisendem Stoff über einer bequemen, taillierten Tunika und lederverstärkten Beinkleidern und hohe, robuste Lederstiefel. Keyan hatte sich mühselig und unter Schmerzen und unterdrücktem Fluchen mithilfe von Nylo in seine Uniform gekleidet, während Ki-Ara, die schon in Reisegewändern in Kirk-Wana erschienen war, ungeduldig auf sie gewartet hatte, um in die Stallungen zu Sternensilber zu eilen.

„Ich stimme Sarahi zu", meinte Keyan, bevor Raika etwas erwidern konnte und sie warf ihm den vernichtenden Blick zu, der ihn als Kind jeweils umgehend zum Schweigen gebracht, ihm aber auch zufriedenstellend gezeigt hatte, dass er sie bei etwas ertappt hatte. Aria klackerte mit dem Schnabel und einige Pferde hoben nervös ihre Köpfe in ihren Boxen.

„Ich gehe mit", sagte die Königin bestimmt und in einem Tonfall, der keinerlei Widerrede zuließ, auch nicht von den Menschen, denen sie am nächsten stand. „Ich gehe mit, weil ich es war, die Miriya geschickt hat, das Zepter zu finden. Ich trage die Verantwortung und ich bin ihr das schuldig."

Darauf konnte niemand etwas einwenden und es folgte ein kurzes, betretenes Schweigen, das Raika dazu nutzte, sich neben Darijos Vater zu platzieren und ihm ihre Hand auf den Arm zu legen. Aria machte eine Geste, die in menschlicher Form wohl ein Schulterzucken gewesen wäre und stellte sich inmitten der Teleporter auf.

„Dann lass uns nicht noch mehr Zeit verschwenden", schloss sie, „wir gehen."

Miriya kniff angestrengt die Augen zusammen. Bei dem Zwischenfall mit dem Skelett hatte sie ihren Leuchtstein verloren und die übrigen Steine in dem Raum mit dem Bodenmuster warfen ihr Licht nur schwach in die Dunkelheit jenseits des Torbogens. Wenn jemand den nachfolgenden Raum mit ähnlichen Abwehrmechanismen ausgestattet hatte wie diesen, dann wäre sie ohne Beleuchtung aufgeschmissen. Sie traute sich nicht, einen Fuß in den Raum zu setzen und drückte sich unschlüssig auf der Raumschwelle herum. Unterarm und Oberschenkel pochten schmerzhaft und machten rasche Abwehrbewegungen oder überhastete Fluchtversuche unmöglich. Sie musste sich sicher sein, dass der nächste Raum gefahrlos passierbar war. Was danach kam, stand in den Sternen.

Ein melodischer Ton setzte plötzlich und unerwartet ein und ließ ihr Herz abermals in die Kniekehlen sinken. Der vibrierende, irgendwie bekannte Ton durchfuhr das ganze unterirdische Gewölbe und pflanzte sich im Echo fort. Dann gewahrte Miriya das Leuchten, das aus ihrer Seitentasche kam und realisierte, dass sich die Nymphenkugel wieder zu Wort meldete. Sie nahm die warme Kugel aus der Tasche. Die bunten Schlieren, die sich normalerweise träge in ihrem Rund drehten, waren verschwunden und durch einen feurigen Kern ersetzt worden, der warmes Licht ausströmte. Endlich sah Miriya, wo sie sich befand und der Schreck fuhr ihr durch sämtliche Glieder. Sie stand am Eingang zu einem unregelmäßig geformten, höhlenähnlichen Raum, dessen Decke erahnen ließ, dass die Höhle ursprünglich von oben her zugänglich gewesen war. Irgendwann in der Vergangenheit musste der Raum verschüttet und der Zugang dabei verschlossen worden sein. Das Licht der Nymphenkugel erzeugte huschende Schatten auf den ausgebleichten Knochen, die den Boden der Höhle bedeckten wie einen Teppich. Es waren Tierskelette, tausende von ihnen. Pferde, Kühe, Sandbeutler, Wale. Allesamt große Tiere, zusammengekrümmt und mit gebrochenen Gliedmaßen und die meisten ohne Köpfe. Schaudernd ließ Miriya ihren Blick über den Tierfriedhof gleiten und ihr ganzer Körper zitterte nicht nur vor Müdigkeit und Schmerzen. Tanzende Schatten wurden an die zerfurchten, zusammengestauchten Wände und die bröckelig anmutende Decke geworfen, als sich Miriya mit der leuchtenden Nymphenkugel in der erhobenen Hand einen Weg durch die Skelettlandschaft bahnte. Sie konnte keinen Ausgang ausmachen und der Schattenwurf in der Höhle machte es ungleich schwieriger, dunklere Stellen von helleren zu unterscheiden. Sie würde den Wänden entlanggehen und alles abtasten müssen. Gerade als sie diesen Gedanken zu Ende geführt hatte, flackerte die Nymphenkugel in ihrer Hand kurz auf und erzitterte. Von woher auch immer die Kugel ihre Energie bezog, sie war endlich und würde wohl bald ausgehen. Sie musste sich beeilen! Miriya schaffte ein knappes Viertel des Raumes, ehe die Kugel erlosch und ihr beruhigendes, melodiöses Summen erstarb. Die junge Frau steckte die Nymphenkugel zurück in ihre Seitentasche und fuhr fort, ihre Hände suchend über die rauen Steinwände gleiten zu lassen, bis sie völlig unverhofft keinen Widerstand mehr spürte und beinah kopfüber in den Tunnel vor ihr getaumelt wäre. Sie schob sich entlang der Wand aus dem Raum voller Skelette in den Tunnel, in dem es erstaunlich angenehm roch, fast wie nach Blumenwiesen.

Die junge Frau ließ sich entlang der Wand auf den Boden gleiten, zog nach einigen schmerzerfüllten Versuchen mühsam beide Beine an und umarmte ihre Knie. Sie war erschöpft und am Ende ihrer Kräfte. Erst jetzt realisierte sie, wie angespannt sie während der ganzen Zeit in diesem unterirdischen Höhlenwerk gewesen war. Die arglose, beinah blumig anmutende Atmosphäre in diesem Tunnel und die Tatsache, dass sie noch nicht attackiert oder von weiteren Holzbolzen durchbohrt worden war, ließ sie sich entspannen und bevor sie sich noch ermahnen konnte, es nicht zu tun, legte sie ihre Stirn auf ihre Knie und schlief augenblicklich an Ort und Stelle ein.

Miriya wusste nicht, wie lange sie schlafend gegen die Höhlenwand gelehnt zugebracht hatte, aber als sie aufwachte, taten ihr sämtliche Knochen im Leib weh. Ganz zu schweigen von sämtlichen Muskeln inklusive solcher, von deren Existenz sie nicht einmal annähernd gewusst hatte. Stöhnend richtete sie sich auf und streckte sich mit schmerzverzerrtem Gesicht. Dann betastete sie ihre Wunden am Unterarm und am Oberschenkel und stellte fest, dass beide trocken waren und sich dem Anschein nach notdürftig verkrustet hatten. Dumpfer Schmerz pochte durch Arm und Bein, gerade stechend genug, als dass sie ihn nicht hätte ignorieren können, aber nicht stark genug, sie am Aufstehen zu hindern. Dennoch waren ihre sämtlichen Bewegungen langsam, sorgsam darauf bedacht, weder die Wunden erneut aufzureißen, noch ein größeres Ausmaß an Schmerzen als absolut nötig zu verursachen und sie war sich empfindlich bewusst, dass sie ein gefundenes Fressen für jegliche Raubtiere darbot, die in diesen feuchtwarmen Tiefen residieren mochten. Sie fragte sich unbehaglich, wie groß dieses unterirdische Tunnel- und Höhlensystem wohl sein mochte und erinnerte sich dann daran, dass Teile wie die Höhle hinter ihr offensichtlich vor langer Zeit einmal von der Oberfläche In-Hinaiis aus zugänglich gewesen waren. Warum wohl? Und warum war alles verschüttet worden? Mühsam und seltsam schwindelig schleppte sie sich vorwärts, eine Schulter gegen die aufgeheizte Felsenwand gestützt.

Und dann weitete sich vor ihr der Tunnel aus und ein sanftes, seltsam perlweiß-goldenes Licht reizte ihre mittlerweile an die Dunkelheit gewöhnten Augen. Sie kam in eine Kammer, die die Form einer eleganten, hochgewölbten Glocke hatte. In den Wänden befanden sich schmale, verschnörkelte Adern perlweißer und goldener Leuchtsteine, allesamt nur ungefähr kieselsteingroß. Es sah aus, als würde sie in einem Raum stehen, dessen Wände von milchigen, funkelnden Sternenstraßen überzogen waren; wunderschön! Einen Augenblick lang blieb sie mit offenem Mund stehen, mitten im Eingang der Kammer und konnte sich kaum sattsehen an diesem Naturschauspiel. Dann gewahrte sie in der Mitte der Kammer einen Steinsockel aus weißem, poliertem Stein, in den fremdartige, altehrwürdig wirkende Muster und Schnörkel gemeißelt waren, die mit Gold ausgefüllt waren. Der Sockel wirkte fehl am Platz, passte nicht wirklich hierher. Er schien das sanfte Licht der Leuchtsteine aufzufangen und wiederzugeben, sodass sich eine anmutig scheinende Aura aus weiß-goldenem Licht um ihn sammelte, in dessen Glanz die Luft nebelähnliche Kringel und Spiralen zeichnete. Miriya trat in die Kammer auf den Sockel zu. Sie fühlte sich fremdgesteuert, als würde eine auswärtige Gewalt sie führen, als sie in die Kammermitte humpelte. Warmes Licht umspielte sie, ließ vertrocknetes Blut und vom Schweiß zurückgelassene Salzkrusten glitzern wie ein überirdisch schönes Kunstwerk auf ihrer bronzenen Haut. Verträumt hob sie den verletzten Arm, starrte ihre Hand an, als würde sie nicht zu ihrem Körper gehören. Der Sockel vor ihr schien leise, fast unhörbar zu summen, als sie die Hand sinken ließ und ihn sich anschaute. Er war oben abgeflacht, *wie Leicos Gipfel*, fuhr es Miriya durch den seltsam entrückten Kopf. Sie hatte bis jetzt keine Ahnung gehabt, was sie tun musste, um das Kristallzepter zu finden, war lediglich ihren Instinkten und dem Weg gefolgt, den das Schicksal für sie ausgelegt zu haben schien. Und selbst jetzt wusste sie nicht, was sie tun musste, doch ihr Körper schien plötzlich zu übernehmen. Es war, als hätte sie das alles schon einmal getan, als wüssten ihre Muskeln und Gliedmaßen genau, was von ihnen erwartet wurde, während ihr Kopf einfach nachfolgte. Sie hob beide Hände, blickte sie für einen Moment abermals im perlweiß-goldenen Licht an, das um sie waberte wie feiner Nebel an einem frühen Herbstmorgen in Ke-Inda. Dann legte sie ihre Hände auf die abgeflachte Stelle an der Spitze des Sockels. Er war wohltuend kühl und fühlte sich so fremdartig an, wie er aussah. Die goldenen Muster schienen kurz aufzuleuchten und die junge Frau war auf einmal wieder hellwach. Etwas geschah um sie herum.

Bewegung kam in die Kammer, in die durchscheinenden Nebelfetzen aus Licht um sie herum; das Summen, von dem sie geglaubt hatte, es sich eingebildet zu haben, wurde lauter. Sie glaubte, Gelächter zu hören, weit weg und angenehm plätschernd wie eine kleine Bergquelle. Nebulöse Gestalten tauchten in ihren Augenwinkeln auf und verschwanden, sobald sie den Kopf in ihre Richtung drehte. Miriya bemerkte, dass sie ihre Hände nicht vom Sockel lösen konnte, aber dies bereitete ihr erstaunlicherweise keine Sorgen. Etwas bewegte sich um sie herum, wie das zarte Flattern von Schmetterlingsflügel und Miriya wusste instinktiv, dass sie nicht mehr allein in der Kammer war. Ähnlich wie in der Schlucht der Nymphen vor gefühlten Millionen von Jahren drang ein Flüstern an ihre Ohren, umspielte sie wie fleischgewordene Luft, ließ kleine konzentrische Wellen in der Aura um den Sockel entstehen wie Regentropfen auf der glatten Oberfläche eines Teiches. Sie wagte kaum zu atmen, besorgt, dass sie was auch immer gerade geschah, stören konnte. Und dann schälte sich aus den dunstigen Nebelfetzen aus Luft und Kringeln vor ihr eine schmale Gestalt heraus. Erstaunt sah Miriya sich Auge in Auge mit ihrem Spiegelbild; über und über mit Blut, Schmutz und Schweiß bedeckt, das Kleid ein trauriges Überbleibsel zerfetzten Stoffes, das an ihren Schultern herabhing. Ihre Haare, einstmals seidige, glänzende Wellen blaufunkelnden Schwarzes hingen in verklebten Strähnen auf ihre Schultern, der Haarschmuck starr vor Dreck und Schweiß. Überall hatte sie Kratzer und Schrammen und sie sah unglaublich müde und zerschlagen aus, mit riesigen, blau-schwarzen Schatten unter Augen, die groß und verletzlich wirkten. Miriya starrte sich selbst an, unfähig, etwas zu tun oder zu sagen. Sie mochte unendlich erschöpft und entkräftet wirken, aber in den Augen ihres Spiegelbildes las sie auch eiserne Entschlossenheit, kühle Willensstärke, ruhiges Selbstbewusstsein. Sie war noch immer Miriya, noch immer ihr Siebzehn-Sommer-altes Ich und doch war sie anders. Erwachsen. Stark. Erfahrener. Mehr sie selbst, als sie das jemals zuvor gewesen war. Ein Gefühl von Stolz breitete sich in ihr aus und sie hob unwillkürlich ihr Kinn, straffte ihre Schultern. In ihren Augenwinkeln tanzten die nebulösen Gestalten, anerkennend wispernd und spielerisch lachend. Dann zogen sie sich zurück. Ihr Spiegelbild lächelte ihr verschmitzt zu, hob eine Hand wie zum Gruß und verschwand in ihr selbst. Ein warmes, heilendes Gefühl breitete sich in der jungen Frau aus und sie musste unwillkürlich ebenfalls lächeln.

Und dann erschien abermals eine Gestalt vor ihr, hochaufgeschossen, zierlich. Die Haltung erhaben, majestätisch, den ovalen Kopf kokett leicht schräg gelegt auf dem langen, schlanken Hals. Augen von einem strahlenden Stahlgrau, durchwirkt von moosgrünen und azurblauen Flecken, blickten Miriya durch lange, dichte Wimpern herausfordernd an. Feine Augenbrauen, energisch gebogen, befanden sich am Anfang einer hohen Stirn und liefen in eine kleine, gerade Nase über üppig geschwungenen Lippen über. Das Haar der Frau war weißblond, strahlend und durchwirkt mit Goldfäden und reichte in sanften, scheuen Wellen bis an ihre wohlgerundeten Hüften. Sie trug ein bodenlanges, schlichtes Gewand aus weißem Stoff, der mit Goldknöpfen lose zusammenhalten wurde und nur spärlich ihre kleinen, festen Brüste verhüllte und der ihre makellose, in einem hellen, warmen Honigton schimmernde Haut betonte. Ein schmaler, geflochtener Goldreifen auf ihrem Haupt vervollständigte die atemberaubend schöne Erscheinung, die nun eine feingliedrige Hand lächelnd zum Gruß hob.

„Wurde auch langsam Zeit, Mädchen!", sagte die Frau mit einer angenehm rauchigen Stimme und dem vor zärtlichem Spott und gutgemeinter Ironie triefenden Tonfall, den Miriya unter tausenden von Stimmen erkannt hätte, noch ehe sie die mächtigen, weißgefiederten, golddurchwirkten Schwingen registrierte, die auf dem Rücken der Vogelfrau gefaltet waren.

„Aria!", hauchte sie ehrfürchtig.

Aria warf der Sumpflandschaft, zu deren Rand die Teleporter sie transportiert hatten, einen besorgten Blick zu.

„Hier habe ich Miriya zum letzten Mal bis an die Küste begleitet", meinte sie. Keyan und Raika sahen sich entgeistert die gefährlich anmutende, stinkende Umgebung an. Hinter ihnen diskutierte Ki-Ara mit den Teleportern und den Vogelmenschen, die von Ayara herteleportiert worden waren, wie sie die flügellosen Mitglieder ihres Rettungstrupps am besten an die Küste Kirk-Wana bekommen konnten, ohne den Sumpf zu Fuß durchqueren zu müssen. Keyan hielt sich dicht bei Raika, die zu beschützen er Sarahi hoch und heilig versprochen hatte. Die Hauptzofe war in Kirk-Wana geblieben und hatte gemeint, sie würde alles auf Miriyas Rückkehr vorbereiten. *Hoffentlich bringen wir Miriya tatsächlich mit uns zurück*, dachte Keyan und starrte auf die eintönige Moorlandschaft vor ihm, aus der karge Bäumchen ihre knochigen Äste wie mahnende Finger gen Himmel streckten.

„Miriya bedeutet dir unglaublich viel", machte Raika neben ihm. Es war eine Feststellung, keine Frage und er bedachte sie mit einem Blick, der keine Worte benötigte. Sie ließ leise ein perlendes Lachen ertönen.

„Ihr gebt ein gutes Paar ab", meinte sie zärtlich und gab ihm einen sanften Stups in die gesunde Seite.

„Noch ist nichts verloren, Keyan. Miriya wird es schaffen", sagte sie dann, ihren veilchenblauen Blick fest in seinem moosgrünen verankert, nachdem er immer noch nichts gesagt hatte. Seine Finger fanden ihre Hand und drückten sie dankbar. Sprechen konnte er nicht, zu leicht würden seine sämtlichen, bis jetzt erfolgreich, aber mühsam verborgen gehaltenen Emotionen sich entladen. So war es schon immer gewesen zwischen ihm und Raika, schließlich kannten sie sich schon seit ihrer gemeinsamen Kindheit im Palast. Sie kannten einander zu gut, konnten wortlos kommunizieren. Er zwang sich, sie schwach anzulächeln und sie erwiderte es aufmunternd.

Wie sehr wie wie uns trotz allem verändert haben, dachte Raika seltsam ergriffen. Eben noch hatten sie gemeinsam im Palast Fangen gespielt, er der Sohn des Kommandanten der Palastwache, sie die

Königstochter aus einer langen Linie an Regenten, die Kirk-Wanas Geschicke seit jeher geleitet hatten. Obwohl sie beinah sechs Sommer älter war als er, waren sie sich schon immer so nah gewesen wie Geschwister, die sie beide nie gehabt hatten. Freunde und Vertraute seit Kindertagen und manch einem schien es schwierig gewesen zu sein, sich vorzustellen, dass sie nie mehr als enge Freunde gewesen waren. Ihr verstorbener Ehemann hingegen hatte ihre Beziehung verstanden, wie fast kein anderer, und sie war ihm immer dankbar gewesen, dass er nie eifersüchtig reagiert hatte. *Weil wir unsere eigene, ganz besondere Beziehung gehabt haben*, dachte sie mit einem Anflug von Wehmut. Keyan erkannte, dass ihre Gedanken zu ihrem Gatten und in die Vergangenheit gewandert waren und schwieg respektvoll. Er beobachtete, wie die Vogelmenschen eine Vorrichtung ausbreiteten, die es ihnen erlauben würde, Raika und Keyan zwischen sich zu transportieren. Dann musterte er die Königin von der Seite her. Er konnte sich noch so gut an sie erinnern: Ein hübsches, zierliches Mädchen mit einem wunderschönen, ansteckenden Lächeln. Manchmal hatten sie auf den Ländereien Fangen gespielt, zusammen mit Sarahi, einigen Dienern und Raikas Versprochenem, der schon früh ebenfalls mit ihnen bei Hofe gelebt hatte. Er sah die zukünftige Königin vor sich, lachend hinter ihm herrennend, während der Wind ihr das lange, geflochtene Blondhaar über die Schultern riss, ihre Wangen rot färbte und mit ihrem von Grasflecken übersäten Kleid spielte. Unwillkürlich musste er aufrichtig lächeln und vergaß alles um sie herum für einen Herzschlag. Sie fing seinen Blick auf und lächelte erneut zurück. Auch sie konnte sich gut an den verspielten, lachenden Jungen mit dem verschmitzten Grinsen und dem zerzausten Haarschopf erinnern, den zu zähmen seine Mutter jeweils an den Rand der Verzweiflung getrieben hatte. Keyan war immer zu Streichen aufgelegt, aber niemals scheu gewesen, Verantwortung zu übernehmen für seine Taten. Und dann war sein Vater verstorben, plötzlich und viel zu früh, und Keyans Mutter hatte den Verlust nicht verkraften können. Es war ihr eigener Sohn gewesen, der sie kurz nach dem Verscheiden seines geliebten, geachteten Vaters gefunden hatte, nachdem sie sich mit Gift das Leben genommen hatte. Seit diesem schicksalshaften Tag war aus dem übermütigen, lachenden und scherzenden Jungen ein ernsthafter, ruhiger junger Mann geworden, der gelernt hatte, seine Emotionen und Gefühle zu verbergen und der sich Fremden gegenüber höflich distanziert gab und nur sehr wenige Menschen wirklich an sich heranließ. Dass Miriya es innert dieser kurzen Zeit geschafft hatte, hinter sämtliche Barrikaden zu gelangen, die Keyan um sich und sein Herz aufgebaut hatte, zeigte Raika einmal mehr, wie besonders diese erstaunliche junge Frau doch war. Und dass er sich ihr so sehr geöffnet und ihr sein wahres Selbst offenbart hatte und nun so offenkundig besorgt um ihr Wohlergehen war, zeigte Raika ebenfalls, dass Miriya etwas Besonderes *für Keyan* war. *Wäre es meine Schuld, dass ich sie auseinandergerissen habe, ich würde es mir nie verzeihen*, dachte sie mit einem schmerzhaften Ziehen in ihrem Herz. Sie sah in seinen Augen dieselben Gefühle für Miriya, die sie für ihren verstorbenen Ehemann empfunden hatte und die Stärke dieser Gefühle nach der kurzen Zeitspanne, in der sich die zwei nun erst kannten, überraschte die Königin.

„Sie wird es schaffen, Keyan", machte sie erneut und legte ihm eine Hand auf den Oberarm.

„Und wenn wir es ebenfalls schaffen wollen, dann sollten wir langsam aufbrechen, statt träumerisch in die Sumpflandschaft zu starren", warf Aria ein, gewohnt direkt und ohne ein Blatt vor den Schnabel zu nehmen. Ki-Ara sah aus, als wolle sie sich an Arias statt entschuldigen, aber Raika winkte ab. Obwohl die Adlerdame erschreckend ehrlich und direkt war, so bevorzugte sie diese Art, denn immerhin wusste sie so zumindest, woran sie war. Außerdem schien diese brüske Ausdrucksweise einfach typisch Aria zu sein und sie meinte, sich an einige Berichte aus der grünen Bibliothek zu erinnern, die diesen Charakterzug an der damaligen Königin von Kirk-Wana ebenfalls erwähnten. *Salina hat das recht lustig gefunden*, dachte sie erneut wehmütig.

„Lass uns gehen", machte Keyan neben ihr und führte sie am Arm zu der auf dem Boden liegenden Vorrichtung. Ki-Ara erklärte ihnen, wie sie in das Gewirr aus Gurten und Schlaufen sitzen mussten, sobald sie in der Luft waren. Keyan besah sich die Vorrichtung ein wenig sorgenvoll. Es sah ziemlich unbequem aus und würde in seinem momentanen Zustand wohl ein Spießruten-Flug werden. *Aber für Miriya ist es das allemal wert,* dachte er mit zusammengebissenen Zähnen, als sie sich endlich in die Lüfte erhoben, wie auf einer Schaukel aufgespannt zwischen vier kräftigen Vogelmänner, während Ki-Ara, Sia-Ara und Aria vor ihnen dahinflogen. Auf zur Küste!

Kapitel XVI

~

Von Feuerdämonen

Aria, die legendäre Königin von Kirk-Wana, neigte den Kopf erneut, eine elegante, wenn auch etwas überhebliche Geste, die vom amüsierten Funkeln in ihren Augen aufgehoben wurde.

„Das hat aber gedauert", meinte sie und klang dabei so sehr wie ihr gefiedertes Alter Ego, dass Miriya unwillkürlich lächeln musste.

„Ja", meinte sie gespielt leichthin und zuckte mit den Schultern, „da waren ein Ozean und dann ein Berg im Weg."

Arias perlendes Gelächter füllte die Kammer.

„Aber jetzt bist du hier, Miriya. Ich bin stolz auf dich", sagte sie dann und schenkte ihr ein aufrichtiges, fast mütterlich anmutendes Lächeln, „und deine Eltern sind es auch."

Ein warmes Gefühl breitete sich erneut in Miriya aus und die pochenden Schmerzen schienen etwas nachzulassen.

„Du suchst etwas bestimmtes, Miriya", meinte Aria und verschränkte die Hände vor der Brust. Die Goldfäden in ihren Haaren fingen das perlweiß-goldene Licht des Sockels auf und schimmerten wie die aufgehende Morgensonne am Horizont. Miriya blickte der Königin fest in die stahlgrauen Augen, in deren Rund die moosgrünen und azurblauen Flecken wie winzige Diamanten glitzerten.

„Ich bin gekommen, um das Kristallzepter von Kirk-Wana zu finden. Für Ihre Hoheit, Königin Raika", sagte sie dann sehr bestimmt.

Aria nickte.

„In der Tat", meinte sie wohlgesonnen, „und niemand hat es mehr verdient, mit dem Zepter hier herauszugehen. Aber zunächst möchte ich dir die Geschichte um das Zepter erzählen."

„Die Höhlentiere haben mir schon davon erzählt", wandte Miriya ein und kam sich äußerst linkisch und unhöflich vor. Aria warf den Kopf in den Nacken und abermals füllte ihr perlendes Gelächter die Kammer und fuhr wie ein liebkosender Windhauch über Miriyas verschwitzte, verklebte Haut.

„Ja, das haben sie. Aber sie wissen nicht, was passierte, nachdem ich in eine Feder verwandelt wurde", entgegnete sie, mit jenem süffisanten Grinsen auf den vollen Lippen, das Miriya bei ihrer Adlergestalt nur anhand des Tonfalles hatte erahnen und hören können. „Das weiß niemand ausser mir. Schliesslich weilt ein Teil von mir seit jenem Moment der Verwandlung im Zepter. Und ich möchte, dass du es auch weißt. Manche Dinge sollten nicht in Vergessenheit geraten, um der Menschen Willen, die dafür ihr Leben gegeben haben."

Miriya dachte unwillkürlich an die Vogelfrau, von der Aino ihr erzählt hatte. *Die Legende besagt, dass eines Tages eine weiße Frau völlig unerwartet in unsere Mitte fiel*, hatte er gesagt.

„Meine Schwester-", sagte Aria leise und Traurigkeit schwang in ihrer Stimme mit. „Sie dachte, es wäre ihre Pflicht, das Kristallzepter zu verstecken. Stattdessen starb sie allein und einsam auf einer Insel weit weg von den ihren."

„Aber sie war erfolgreich. Sie starb in dem Wissen, ihre Aufgabe vollendet und das Kristallzepter versteckt zu haben. Das muss eine Erleichterung gewesen sein", warf Miriya sanft ein. Aria schürzte die Lippen.

„Das mag sein. Aber hätten die Bewohner Kirk-Wanas damals auf mich gehört, dann wäre nichts von alledem passiert." Eine feine Falte zeigte sich plötzlich zwischen ihren Augenbrauen, dann wedelte sie abwesend mit ihren feingliedrigen Fingern vor dem Gesicht, als wolle sie Rauch vertreiben.

„Aber das ist lange her und bereits geschehen. Und Grolle hegen hat noch niemandem geholfen", meinte sie dann entschieden. „Aber lass mich dir berichten, was geschah, nachdem Aiyla das Zepter den Waldläufern von In-Hinaii anvertraut hatte."

Miriya nickte aufmerksam, entschlossen, kein Wort zu vergessen und so Aiylas Andenken zu ehren.

„Der Medizinmann, den Aiyla mit dem Verstecken des Kristallzepters betraut hatte, wusste genau, wo er diesen geheimnisvollen Gegenstand verbergen würde: Im Berg der Feuerdämonen, Leico. Der heilige Berg, dem man jedes Jahr ein Menschenopfer schenkte. Niemand würde sich dem Berg nähern und die Feuerdämonen würden das Zepter bewachen. Also brach er auf, das Zepter nach Leico zu bringen und es gelang ihm. Er machte einen Kult daraus, ein geheimes Ritual. Einmal im Jahr, genau sechs Monde nach dem Menschenopfer, kam der Schamane der Waldläufer nach Leico zurück, betrat diese Kammer und huldigte dem Kristallzepter. Nach und nach wurde der Ort, was er heute ist und meine menschliche Form, ein Schatten meiner Selbst, erwachte, um ebenfalls eine schützende Hand über das Zepter zu halten. Um meiner Schwester Willen."

Sie machte eine Pause, schaute sich kurz in der Kammer um, als würde sie alles zum ersten Mal sehen.

„Aber die Feuerdämonen von Leico sind nicht wirklich Dämonen, Miriya. Dieser Berg", sie hob beide Arme und machte eine umfassende Geste, „dieser Berg ist eigentlich ein Vulkan und die wütenden Feuerdämonen waren nicht mehr als Vulkanausbrüche. Mehr als alles andere war das hier früher einmal ein geheimer, gehüteter Brutplatz."

„Brutplatz von was?", hauchte Miriya, der jetzt plötzlich eine Gänsehaut über den Rücken rieselte. Kein Wunder war es hier unten so unangenehm warm! Nun verstand sie auch die eigentümliche Form Leicos.

„Du hast die Brutkammer doch schon gesehen", meinte Aria mit hochgezogenen Brauen, „sie war früher von der Luft aus zugänglich. Und die Drachen kamen aus der Parallelwelt, in die In-Hinaii jede Nacht übergeht."

„Drachen?!", echote Miriya, nun mit echter, siedend heißer Panik, die durch ihren Körper pulsierte. Es gab *Drachen*? *Hier*? Sie war verloren! Das mächtige Beben kam ihr in den Sinn, das sie während ihrer Trance gespürt hatte, das furchtbare, grollende Röhren.

„Ja, genau. Dies war der Brutplatz der Drachen. Hier konnten sie ihre Eier ungestört bebrüten, geschützt durch den Übergang der Insel, ein sicherer Hafen. Bis der Vulkan eines Tages so mächtig ausbrach, dass Teile des Gipfels weggesprengt wurden und die Brutkammer unter sich begruben."

Miriya stieß unwillentlich ein leises Keuchen aus.

„Also sind die Drachen weg?", fragte sie milde erleichtert. *Keine Brutstätte, keine Drachen*, dachte sie und versuchte, ihr rasendes Herz zu beruhigen. Aria lachte kurz auf.

„Zu der Zeit, als die Brutkammer verschüttet wurde, hatten die Drachen längst ein weiteres Objekt zum Beschützen gefunden. Sie bewachen das Zepter mit derselben Leidenschaft, derselben Eifersucht und Zerstörungswut wie früher ihre Brut-"

In diesem Augenblick ertönte ein urgewaltiges Röhren aus den Tiefen der Insel und die Kammer erzitterte. Miriya keuchte erschrocken auf.

„Sie mögen geschlummert haben, aber deine Nähe zum Zepter hat sie aufgeweckt", sagte Aria, leichte Besorgnis in der Stimme.

„Nein", fügte sie nahtlos an, Miriyas Gedanken richtig deutend, „es war nicht deine tollpatschige, lärmige Art nach Leico zu kommen. Sie spüren, dass ich kurz davor bin, dir das Zepter anzuvertrauen."

„Wieso ich? Wieso gibst du das Zepter ausgerechnet mir?", wollte Miriya tonlos wissen. Aria seufzte kurz, dann sah sie der jungen Frau durchdringend in die Augen, Wohlwollen und Zuneigung im intensiven, scharfen Blick.

„Weil du das Zepter nicht für dich finden willst, sondern für Raika. Weil du selbstlos all die Gefahren, all die Unannehmlichkeiten und Unsicherheiten auf dich genommen hast für eine Person, die du kaum kennst. Weil du etwas Besonderes bist, Miriya. Die Natur liebt dich, Kirk-Wana vertraut dir. Die Feenvölker, Schattenwölfe, Hin-Kia, Nymphen, Teleporter, wilden Einhörner, Höhlentiere, Waldläufer. Du berührst sie alle. Keines dieser Völker war und ist dafür bekannt, sich jedem zu offenbaren, aber niemand hat gezögert, wenn es um dich ging. Ki-Ara gab dir meine Feder, ein Heiligtum. Das Zepter will gefunden werden, wenn die Zeit reif ist und es will von *dir* gefunden werden."

Aria hob eine Hand, eine elegante Geste und drehte die geöffnete Handfläche nach oben.

„Jetzt bist du hier und ich gebe dir das Zepter. Für Raika", sagte sie ernst. „Aber wie ich bereits sagte, früher bewachten die Drachen ihre Brut. Heute bewachen sie stattdessen das Zepter.

Sie haben es zu ihrer Aufgabe gemacht, es zu beschützen, denn sie spüren instinktiv dessen Macht. Und sie beschützen das Zepter auf eine ganz andere Art als ich."

Miriya wurde es flau im Magen.

„Kannst du ihnen nicht befehlen, mich in Ruhe zu lassen? Immerhin stehle ich das Zepter nicht. Du gibst es mir freiwillig", sagte sie nervös und das flaue Gefühl breitete sich in ihrem Magen aus und ließ ihre Beine schlottern. Sie würde keine Chance gegen Drachen haben. Nicht einmal gegen *einen* von ihnen.

Aria grinste ein trauriges, humorloses Grinsen.

„Ich wünschte, ich könnte dir helfen. Aber die Drachen gehorchen niemandem und sie werden nichts unversucht lassen, das Zepter wieder zurückzuholen. Sie werden dich jagen!" Ihr Blick glitt an der jungen Frau herab, registrierte die Wunde am Unterarm, Miriyas lädierten Oberschenkel. „Dein Vorteil wird sein, dass du klein bist. Schaffst du es vom Strand weg, kannst du dich verstecken."

„Vom Strand?", echote Miriya, der Arias Blick nicht entgangen war.

Aria nickte und schenkte ihr ein Lächeln, dieses Mal aufrichtig und aufmunternd, wie eine Komplizin.

„Ich kann dir nicht helfen, denn ich bin nur ein Gedanke, eine nebulöse Figur. Mein richtiger Körper ist da draußen irgendwo", meinte sie und Miriya wollte etwas einwerfen, aber Aria hob ihre Augenbrauen auf die Art, die die junge Frau von der Adlerdame nur zu gut kannte, sogar ohne die kühn geschwungenen Augenbrauen, die Arias menschliche Gestalt hatte. „Aber, ich kann dir dennoch ein wenig unter die Arme greifen. Ich kann dich zurück an den Strand Kirk-Wanas bringen und von da aus musst du selbst zurechtkommen."

„Der Luftraum über dem Meer – die Drachen werden mir nicht folgen können", gab Miriya hoffnungsvoll zurück, doch Aria verzog gequält das Gesicht.

„Drachen sind unglaublich groß und unglaublich kräftig. Sie allein sind in der Lage, den Luftraum nahezu mühelos zu bewältigen. Sie und ich. Als Adler. Wenn Aria da draußen ist, dann vervielfachen sich deine Überlebenschancen ungemein."

Und Aria ist nach Kirk-Wana zurückgeflogen, dachte Miriya wie betäubt. Die Einzige, die ihr hätte helfen können.

„Ich gebe dir nun das Kristallzepter, Miriya aus Ke-Inda", machte Aria in diesem Moment feierlich. Sie ballte die erhobene Hand zur Faust, schloss konzentriert die Augen. Um sie herum wurde das Flüstern und Murmeln lauter, die nebelartige Luft bewegte sich in hektischeren Schnörkeln und Kringeln. Der Sockel unter Miriyas Händen wurde warm, sein sanftes Glühen zu einem gleißenden Glanz. Und unter ihren Füßen spürte Miriya, wie der Berg sich wütend schüttelte, wie Kreaturen fauchend aus einem langen, tiefen Schlaf erwachten. Ein erneutes Brüllen zerriss die feierliche Atmosphäre, aber Aria reagierte nicht darauf. Stattdessen öffnete sie ihre geballte Faust in einer graziösen Wurfbewegung nach oben und ein goldenes Licht schien aus ihrer Handfläche zu scheinen. Als Aria die Augen öffnete, war das Stahlgrau einem goldenen Feuer gewichen und über ihrer geöffneten Handfläche erschien ein unterarmlanger Gegenstand, sich langsam drehend in der goldenen Lichtsäule, die von Arias Hand ausging.

Das Kristallzepter!

Der Künstler, der es gefertigt hatte, hatte dem Kristall die verschlungene, filigrane Form einer kronenförmigen Blume gegeben, die in einen in sich verdrehten, elegant verschnörkelten Blütenstiel überging. Kleine, herzförmige Blätter gingen vom Stiel aus, während das Handstück in der Mitte des Stiels frei von Blättern und glatt war. Der Kristall funkelte und glitzerte in der Lichtsäule und Miriya konnte nichts weiter tun, als das Zepter mit offenem Mund staunend und ehrfürchtig anzustarren. Ihr Blick glitt über die vollendete, elegante Form, die liebevoll herausgearbeiteten Details und die nahezu lebensechte Darstellung der Königsblume.

Ein wütendes, rasendes Röhren riss sie aus ihrer Ehrfurcht und jagte einen Schauer über ihren Rücken. Der Boden unter ihren Füßen zitterte und vibrierte, kleine Steine lösten sich klirrend aus der Decke der Kammer und prasselten um sie herum auf das Gestein des Bodens. Aria kümmerte sich nicht darum. Sie hob ihre andere Hand, fuhr der Lichtsäule und der Länge des Zepters entlang von oben nach unten hin zu ihrer Handfläche.

Das Zepter und die Lichtsäule folgten ihren Bewegungen und verschwanden in einem glühenden, goldenen Ball, den sie einen Herzschlag lang in ihren zusammengeführten Fäusten hielt. Goldene Strahlen entflohen zwischen ihren Fingern und zeichneten goldene Muster auf die bebenden Wände. Dann erlosch die Lichtquelle und Aria öffnete ihre Handflächen, um einen münzgroßen, flachen Anhänger aus weißem Stein zu offenbaren. In das Rund des Anhängers war unverkennbar eine stilisierte Königsblumenblüte eingeritzt. Sie warf Miriya ein verschmitztes, selbstzufriedenes Lächeln zu. Ein erneutes zorniges Brüllen riss abrupt ab und ging über in ein heiseres, drohendes Knurren, das tausendmal schlimmer als das Röhren zuvor war und das der jungen Frau einen Schauer nach dem anderen über den Rücken jagte. Sie konnte förmlich hören, wie die furchterregenden Kreaturen sich aufrappelten, fauchend die steifen Glieder streckten. Ein Geräusch, als würden Schwingen probehalber ausgestreckt und wieder eingezogen, erklang zusammen mit einem reißenden Kreischen, als der Boden unter ihren Füßen sich wütend aufbäumte. Miriya keuchte und klammerte sich am Sockel fest. Aria blieb unberührt. Sie trat durch den Sockel hindurch näher an Miriya heran und fädelte den Anhänger, in dem sie das Zepter gebannt hatte, an die Halskette, die Miriya erst vor kurzem von ihren Eltern geschenkt bekommen hatte. Der überraschend schwere Steinanhänger kam neben dem herzförmigen Tigerauge zwischen ihren Brüsten zu ruhen.

„Du wirst wissen, was zu tun ist, um das Kristallzepter zu rufen, wenn die Zeit dafür gekommen ist, Miriya", sagte Aria, die nun so dicht vor der jungen Frau stand, dass diese ihren Atem hätte auf dem Gesicht spüren müssen. Stattdessen fühlte sie nur pure, warme Energie an den Stellen, an denen ihre Arme durch den Astralkörper der Adlerkönigin reichten. Die Kraft und Energie, die die Vogelfrau ausströmte, hinterließen ein angenehmes Prickeln auf Miriyas verschwitzter Haut, und übertrugen Zuversicht und Mut.

„Ich werde dich nun an die Küste bringen, Miriya. Sei gewahr, dass die Drachen schnelle Flieger sind und ihre Herzen sind gefüllt mit Zorn und Zerstörungswut gegen jeden, der es wagt, ihren Schatz zu stehlen", sagte Aria, ihre Hände an Miriyas Wangen gehoben.

„Aber ich stehle ihn nicht. Du gibst ihn mir", wiederholte Miriya mit klopfendem Herzen und trockenem Mund.

„Das spielt in ihren Augen keine Rolle", meinte Aria traurig lächelnd. Sie fixierte Miriyas Blick mit ihren nun wieder stahlgrauen Augen und ihre Stimme gewann eine fiebrige Dringlichkeit. „Noch kannst du umkehren, Miriya. Noch sind sie nicht aus Leico hervorgekrochen und wenn du das Zepter bei mir lässt, werden sie zurück in ihren Schlaf fallen."

Miriya blickte in diese Augen, das Stahlgrau, gesprenkelt von Azurblau und Moosgrün. Und sah ihre ganze Reise noch einmal vor sich. Salina und Kupferfell, die Tirpoltiere im Wald, Ki-Ara und Ayara, die Stadt der Nymphen und der See der Wassermenschen, Aria der Adler und das Dorf der Hin-Kia, die Höhlentiere, Mo und Ajak und ihre Eltern und wieder Salina, Taren, Toa und Seera, Xylen und Xanos, Ki-Ara und Sia-Ara, Darijo und seine Familie, Gaina und Aino und Niyo und Sarahi, Raika und Sternensilber. Und dann. *Keyan*. All die Hoffnung. All den geteilten Schmerz, die erlebten Abenteuer. Die Liebe. Das Vertrauen.

Du schaffst es, flüsterte der Nebel um sie herum. Aria, die Vogelfrau, schaute sie fest an, das Stahlgrau ihrer Augen beinah überirdisch leuchtend. Und Miriya schüttelte den Kopf entschlossen, bestimmt. Ruhe breitete sich in ihrem Körper aus und ihr Herzschlag normalisierte sich.

„Ich kehre nicht um. Nicht ohne das Zepter. Dies ist meine Aufgabe und ich habe sie angenommen, um sie zu beenden. Sonst wäre alles vergeben gewesen, alles umsonst", sagte sie und dachte an Salina und Kupferfell und Onyx.

Aria nickte heftig.

„Das und nichts anderes habe ich von dir erwartet, Miriya aus Ke-Inda. Du bist tapfer und du bist stark. Du kannst es schaffen, so die Götter denn wollen", hauchte sie, ihre Stirn nur fingerbreit von Miriyas Stirn entfernt. Dann trat sie einen Schritt zurück und Miriya war endlich in der Lage, ihre Finger von der Plattform des Sockels zu lösen. Aria neigte den Kopf in dieser für sie so typischen Bewegung, ihre Augen funkelten kurz amüsiert auf, als ihre Augenbrauen sich aufwärts in Richtung ihrer Haarlinie schoben.

„Und versuch einfach, dich nicht allzu ungeschickt anzustellen, Mädchen", meinte sie keck und drückte Miriyas Hand herzlich, bevor sie sich dazu anschickte, die junge Frau an die Küste zu bringen. Und das letzte, was Miriya hörte, bevor sie am Strand von Kirk-Wana in einem Strudel aus Farben und goldenem Licht materialisierte, war das Splittern und Kreischen von Tonnen von Gestein, als Leico sich aufbäumte und das ohrenbetäubende Röhren von wütenden Drachen, die sich ihres Schatzes beraubt sahen.

Sie hatten den Sumpf passiert und waren an der Stelle gelandet, an der das saftige Gras überging in den breiten, sandigen Küstenstreifen. Zwischen den sanften Hügeln der Dünen glitzerte azurblau das Meer. Aria landete neben Keyan, der mit schmerzverzogener Miene vorsichtig seine Gliedmaßen ausstreckte. Raika neben ihm versuchte, sich nicht anmerken zu lassen, dass die Transportweise, die die Vogelmenschen für sie fabriziert hatten, auch für jemanden, der körperlich nicht angeschlagen war, eine Tortur war. Sie hatte um eine Pause gebeten, bevor sie sich über den Ozean wagten, nachdem sie Keyans schmerzerfülltes Gesicht gesehen hatte, das er sorgsam hatte vor ihr verborgen halten wollen.

„Wir sollten uns ausruhen, bevor wir in die auftriebslose Zone vorstoßen", hatte Raika gemeint und Ki-Ara hatte ihr zugestimmt.

„Außerdem müssen wir zuerst In-Hinaii lokalisieren", hatte sie eingeworfen.

„Wir müssen näher an In-Nuya heran. In-Hinaii ist ein ehemaliger Ausläufer des Gebirgszuges, der unter Wasser weiter hinausreicht", meinte Aria, der eine Pause ebenfalls gerade recht kam, auch wenn sie das niemals zugegeben hätte. Darijo, der mit Sia-Ara mitgeflogen war, um sich ihren Standort an der Küste merken zu können, verkündete, dass er sich in sein Dorf zurückteleportieren würde, um mehr Unterstützung herbringen zu können. Ki-Ara nickte zustimmend.

„Dann sollten wir wohl versuchen, In-Hinaii zu finden", meinte sie und starrte mit zusammengekniffenen Augen, die sie mit den Händen beschattete, über den breiten Sandstrand ins Meer hinaus.

Und in diesem Augenblick ging ein gewaltiger, markerschütternder Ruck durch den Boden und fegte sie alle von den Füßen.

„Bei allen Göttern, was war das?", keuchte Raika. Unter ihnen erzitterte der Boden in hektischen, wütenden Nachwehen des anfänglichen Ruckes. Vor ihnen warfen sich Bärenfische laut und panisch heulend aus den schäumenden Fluten und robbten, so schnell ihre gedrungene, fürs Schwimmen gedachte Körperform es ihnen erlaubte, in Richtung der Gruppe aus Kirk-Wana, die sich mühevoll hochrappelten.

„Was *war* das?", wollte Sia-Ara alarmiert wissen. Aria öffnete den Schnabel, um etwas zu sagen und in diesem Moment schraubte sich schräg vor ihnen, in direkter Linie zu In-Nuya draußen auf dem Meer ein gigantischer Feuerball in den Himmel, während pilzförmige, schwarze Rauchwolken aufstoben.

„Leico ist erwacht", sagte Aria, und es klang seltsam tonlos und überhaupt nicht wie die schlagfertige, leicht unverschämte Adlerdame.

„Ein Vulkanausbruch", meinte Ki-Ara und es klang mehr wie eine Frage, als wie eine Feststellung. Keyan erfüllte der Anblick des Feuer- und Magmaregens, den man nun von Weitem über den Wogen aus pechschwarzem Rauch sehen konnte, mit einer tiefen, lähmenden Unruhe. Panik breitete sich wie ein eiskaltes Feuer in ihm aus.

„Was hat das zu bedeuten?", wollte er wissen, mit einer Stimme, die erstickt vor Sorgen und Unwohlsein war. Seine Frage verklang ungehört, als Raika neben ihm einen erstickten Schrei ausstieß und ihn unsanft und hart am Oberarm packte.

„Keyan", stammelte sie, „*Drachen*!"

Aria hatte Miriya an den Fuß In-Nuyas gebracht, zurück dahin, wo der Gebirgszug quer durch Kirk-Wana überging in einen felsigen Küstenstreifen und schließlich eintauchte ins Meer, um sich bis hin zu In-Hinaii in der Ferne fortzusetzen. Die Erde bebte und Feuerstöße fuhren fauchend aus Leicos zerfetzten Berghälften.

„Ihr Götter", rief Miriya entsetzt, „die Waldläufer!"

„Keine Sorge", entgegnete Aria gelassen, „ich habe Mo geschickt, sie zu warnen. Mit etwas Glück bleiben sie verschont."

Eine erneute Schockwelle sandte flockige Gischt sprühend über die Küstenfelsen, Bärenfische heulten in Panik. Eine Wand aus bedrohlichem, schwarzem Rauch hüllte die Insel ein, während der Berg in ihrer Mitte bebend und röhrend Aschewolken und Lavafetzen in den nun rußschwarzen, wolkenbedeckten Himmel spuckte.

„Jetzt gibt es kein Zurück mehr, Miriya. Die Drachen wurden geweckt", sagte Aria genau in dem Augenblick, als ein ohrenbetäubendes Brüllen das Grollen des Vulkans übertönte. Selbst aus dieser Distanz ging der Laut Miriya durch Mark und Bein und sie keuchte entsetzt. Unter ihnen setzte sich das Zittern und Beben der Erde fort, Vögel und Flugreptilien stoben in panisch kreischenden Wolken aus der schwarzen Rauchschicht um In-Hinaii und fielen wie Steine in die tobenden, brüllenden Wogen des Ozeans, sobald ihre Kräfte in der auftriebslosen Zone versagten.

„Vielen Dank für alles, Miriya aus Ke-Inda. Ich werde zurückgerufen", meinte Aria neben der vor Schreck zitternden jungen Frau. Sie schloss Miriya in die Arme, eine letzte Welle aus Zuversicht und Wärme und Energie.

„Leb wohl, meine Liebe. Ich wünsche dir alles Glück dieser Welt. Mögen die Götter mit dir sein!", sagte Aria, legte ihre Stirn noch einmal kurz an Miriyas Stirn und war dann in einem erneuten Wirbel aus Farben und goldenem Licht verschwunden.

Miriya konnte nichts sagen und nichts machen. Stumm und starr stand sie wie betäubt am Strand, während zornige Wogen fauchend und schäumend ihre nackten Füße umspülten und heiße, tobende Windfetzen voller Asche und Rauch an ihren Kleiderfetzen rissen. Sie konnte ihre Augen nicht von dem schrecklichen Naturschauspiel abwenden, obwohl ihre sämtlichen Sinne und Instinkte schrien, sie solle davonrennen. *Das war ihre Schuld.* Sie hatte Tod und Verderben und Feuer und Asche und Magma über In-Hinaii gebracht. Sie hatte die Feuerdämonen entfesselt! Hoffentlich würden ihr die Waldläufer das verzeihen. Dann gewahrte sie plötzlich etwas aus ihren Augenwinkeln, ein kleines, kanarienvogelgelbes Wesen, das durch den Sand auf sie zugewuselt kam.

„Mo", rief sie und es klang mehr wie ein erleichtertes Aufschluchzen, als wie ein Ausruf. Das Fabeltier keuchte, das Fell glitzernd und nass. Vermutlich war es eben erst aus den Fluten gekommen. Die kleinen, schwimmhautbewehrten Pfötchen griffen
weit aus, als das Tierchen mit mächtigen Sätzen über den Küstenstreifen hetzte.

„Was stehst du denn da noch so blöde rum?", brüllte Mo statt
eines Grußes, „*RENN ENDLICH WEG*!!!"

Ihre Worte rissen Miriya aus der schlafwandlerischen Trance,
in die Leicos Ausbruch sie versetzt hatte. Anstatt starr vor Entsetzten zuzuschauen, wie sich etwas Riesiges, Monströses brüllend und
fauchend aus Leicos zerfetztem Gipfel wand, bückte sie sich instinktiv, packte Mo unsanft um die Körpermitte, warf sich herum
und rannte los. Sämtliche Gliedmaßen protestierten schmerzend
und pochend und mit glühender Schärfe meldeten sich ihr Oberschenkel und ihr Unterarm zurück. Es spielte keine Rolle. Keuchend, mit brennenden Lungen und linkischen Schritten preschte sie über den Sandstrand, umgeben von fliehenden Küstentieren
und panischen Schreien.

Hinter ihr ertönte ein Röhren, grauenvoll und furchterregend,
als der erste Drache sich endlich aus der Öffnung gewunden hatte.
Gigantische, ledrige Schwingen spannten sich, öffneten sich mit
einem Knall. Bösartige, geschlitzte Pupillen suchten den weit entfernten Strand ab, fanden den fliehenden Punkt, der Miriya war.
Muskeln spielten unter der dunkelgrün geschuppten Haut, lange,
schreckliche, mörderisch aussehende Klauen wurden ausgefah-
ren. Knirschend und kreischend zerbarst Leicos sandige Hülle, als
der Drache sich an seiner Flanke festhielt, um seinen Artgenossen aus dem Innern des feurigen, fauchenden Lavastrudels krie-
chen zu lassen. Sie waren riesig, um ein Vielfaches größer als Aria
und sie strahlten pure, schwarze Bösartigkeit aus, stanken nach
Tod und Verderben. Armlange, dünne Fangzähne fuhren auseinander, schimmernd und funkelnd, grüner Speichel rann an den
messerscharfen Rändern hinab. Eine gespaltene Schlangenzunge
fuhr aus dem hungrigen Rachen hervor, prüfte zitternd die asche-
und glutgeschwängerte Luft. Der zweite Drache, dessen Schup-

pen bräunlich schimmerten, schüttelte sich fauchend und stellte den gezackten Kamm auf, der vom Nacken bis zur Schwanzspitze verlief. Dann erhoben sie sich in die Luft, steuerten aufs Festland zu. In ihren boshaften, vor Wut und Rachedurst glühenden Augen spiegelte sich nur etwas wider: Miriya.

Sie lief, sie rannte. Sie stolperte und fing sich mit unmenschlicher Anstrengung wieder auf. Mo klammerte sich an die Reste ihres Kleides, bibbernd und zitternd. Sie kämpfte sich durch den losen Sand, keuchend, bebend. Sand und Asche geriet in ihre Luftröhre, ließ sie hustend und würgend um Luft ringen. Es war drückend heiß, obwohl sturmgraue Wolken am Himmel hingen und der von In-Hinaii aus aufsteigende Rauch die Sonne zusätzlich verdunkelte. Ihre Umgebung war eine Welt aus Schreien, Panik, Hast. Sie zwang sich vorwärts, ungeachtet der glühend heißen Schmerzen, die nun bei jedem Schritt, jedem Stolpern durch ihr Bein fuhren. Sie unterdrückte ein erschöpftes, aufgelöstes Schluchzen. Alles begann, vor ihren Augen zu verschwimmen. Sie würde es nicht schaffen. Sie war zu langsam, zu angeschlagen. Und sie konnte es jetzt hören, über den tosenden Ausbruch des Vulkans Leico, konnte das Pfeifen ledriger Schwingen hören, das sich ihr näherte.

Sie werden mich töten, dachte sie mit panischer Gewissheit, gerade als sie völlig unerwartet über eine dahinkriechende Schildkröte stolperte. Und der Länge nach hinfiel. Mo wurde von ihr geschleudert, landete kreischend im Sand.

„Lauf weg!", hustete Miriya dem Fabeltier zu, „Rette dich!" Sie wollte den Steinanhänger von ihrer Kette nesteln, um ihn Mo zu geben, aber ihre Finger zitterten zu stark, waren zu schwach. Sie würde nicht mehr aufstehen können, sie war besiegt. Keuchend und spuckend und hustend blieb sie liegen, registrierte nur dumpf, dass Mo sich in die Fluten warf und im aufgewühlten Meer verschwand. Mühsam stemmte sich Miriya hoch, drehte sich auf den Rücken. Und sah die beiden Drachen in ihrer ganzen, furchtbaren Pracht.

Ich kann nicht kampflos aufgeben, fuhr es der jungen Frau durch den Kopf, trotzig entgegen allen Widrigkeiten. Ihre bebenden

Finger fanden den Bogen um ihre Schultern, zogen einen Pfeil aus dem Köcher. Keuchend versuchte sie, den Bogen zu spannen, aber sie war am Ende ihrer Kräfte und die Bogensehne zu satt angezogen für ihre erschöpften, schmerzhaft und pochend protestierenden Muskeln. Die beiden Drachen senkten ihre riesigen Körper, fuhren nur Armlängen vom Meer entfernt pfeifend durch die Luft. Sie konnte die Blutgier und Rachelust in ihren gemeinen, furchteinflößenden Augen sehen, konnte die vor Geifer glitzernden Fänge wahrnehmen und die ausgestreckten, furchtbaren Krallen der Vorderpfoten. Panik sandte Adrenalin durch ihren Körper wie eine letzte, verzweifelte Welle aus Energie. Sie winkelte ihr gesundes Bein an, griff die Bogensehne mit beiden Händen und spannte den Pfeil entlang ihres ausgestreckten Beines ein. Der vordere, braune Drache stieß ein markerschütterndes Röhren aus wie in ihrem Trancetraum. Sie ließ den Pfeil los, sirrend flog das Geschoss durch die Luft. Miriya hatte auf die Augen des braunen Drachens gezielt, aber der Pfeil verfehlte das Gesicht des Monsters und prallte nutzlos am dichtgeschuppten Schlüsselbein ab. Doch die Drachen flogen instinktiv ein Ausweichmanöver, drehten in einer erschreckend eleganten Spirale ab und rasten nur um Armeslängen entfernt an Miriya vorbei, die am liebsten vor Erleichterung aufgeschluchzt hätte. Sie hatte sich einige Herzschläge Zeit verschafft, *eine Verschnaufpause*, dachte sie, gerade als die Stacheln, mit denen die Spitzen der Drachenschwänze versehen waren, sich in ihre Seite bohrten und ihre Haut von der Hälfte bis zur Achse aufrissen. Schreiend krümmte sie sich, brüllte vor Schmerzen. Die Drachen drehten ab, flogen eine weite Schleife übers Festland und kamen zurück. Tränen und Schweiß liefen Miriya übers Gesicht. Sand und Salzwasser gerieten in ihre Wunden, während das Blut aus ihrer Seite, aus ihrem Oberschenkel und ihrem Unterarm den hellen Sandstrand besudelte. Sie schluchzte, trockene Schluchzer, die ihren ganzen Körper erschütterten. Der Schmerz, sengend heiß und glühend wie ein Metalldraht im Feuer, vernebelte ihre Sinne. Aus ihren Augenwinkeln sah sie, wie schwarzes Nichts sich um ihr Sichtfeld legte, wie bunte Sterne vor ihren Augen tanzten. Es war vorbei, es war zu Ende. Sie konnte nicht mehr.

Es tut mir leid, entschuldigte sie sich innerlich bei all jenen, die sie im Stich ließ.

Ihr Bewusstsein schwand. Undeutlich hörte sie das Rauschen der Wellen, das Pfeifen der Schwingen, als die Drachen zurückkehrten. Und irgendwo, weit entfernt und vermutlich nur ein Produkt ihrer Einbildung, glaubte sie, einen vielstimmigen Aufschrei zu hören – *Miriya*! Dann schlossen sich in einer mörderischen Explosion an Schmerzen mit scharfen Klauen bewehrte Pfoten um ihre Körpermitte, hoben sie mit einem rabiaten Ruck vom Boden. Ein ohrenbetäubendes, triumphierendes Brüllen erklang in ihren Ohren. Der Drache, der sie gepackt hielt, preschte dicht über der Wasseroberfläche dahin, während es ihr schwindelte. Miriya war schlecht vor Schmerzen, sie konnte sich nicht bewegen und jede Erschütterung sandte eine Welle aus Schmerzen durch ihren Körper und einen Schwall Galle in ihren Mund. Und gerade als sie glaubte, das Bewusstsein zu verlieren, gerade als sie sich ihrem unvermeidlich erscheinenden Schicksal fügen wollte, explodierte unter ihnen der Ozean.

Stumm vor Entsetzen und starr vor Grauen hatte die Gruppe aus Kirk-Wana beobachtet, wie sich aus der tosenden, feuerspeienden Säule in der Ferne etwas herausgeschält hatte, das selbst auf diese Entfernung unmissverständlich als Drachen identifizierbar war.

„Nein", hauchte Raika, die immer noch schmerzhaft Keyans Oberarm umklammert hielt, schließlich, als die Gestalten von zwei Drachen deutlich durch die Rauch- und Aschewolken sichtbar waren. „*Nein!*"

Sie zitterte wie Espenlaub und ihre Finger fühlten sich durch den Stoff seiner Uniform eiskalt und klamm an.

„Nein, das darf nicht wahr sein!", würgte die Königin hervor und es klang wie ein trockenes, verzweifeltes Aufschluchzen. Sie wandte Keyan ihr in Schock versteinertes Gesicht zu, das kreideweiß geworden war.

„Bitte sag mir, dass Miriya nicht auf dieser Insel ist", brachte er tonlos hervor, als er in ihre veilchenblauen Augen starrte auf der

Suche nach Bestätigung und Zuversicht. Er fand nur Hoffnungslosigkeit und Schuld.

„Ich habe sie in den Tod geschickt", schluchzte sie und sank auf die Knie, ihre bebenden Hände nun vor den Mund geschlagen.

„Niemand weiß, ob Miriya auf der Insel ist", warf Ki-Ara ein, die ebenfalls schockiert aussah, es aber geschafft hatte, ihre Gelassenheit und Rationalität zu behalten. Keyan unterdrückte mühsam ein Schlottern und wandte sich der Vogelfrau zu, die neben ihrer Tochter stand und deren Schultern umfangen hatte.

„Vielleicht ist sie schon wieder auf Kirk-Wana und im Moment auf dem Weg zurück in die Hauptstadt", sagte Ki-Ara ruhig, ihre scharfen Augen auf die Stelle gerichtet, an der die Drachen nun ihre Köpfe reckten. Keyan versuchte, tief durchzuatmen und beugte sich dann mühselig zu Raika hinunter, die neben ihm im Sand kauerte und schluchzte. Er legte ihr eine Hand sanft auf die Schulter.

„Ki-Ara hat Recht. Vielleicht machen wir uns umsonst Sorgen", sagte er leise und es klang so falsch und leer in seinen Ohren, dass er sich am liebsten auf die Zunge gebissen hätte. Für den Fall, dass Miriya tatsächlich schon auf dem Rückweg in die Hauptstadt war, hatten sie die Teleporter, die Ki-Aras Ruf gefolgt und mit Darijo nach Kirk-Wana gekommen waren, ins Dorf der Hin-Kia und zum See der Wassermenschen geschickt, um Taren und Xylen zu bitten, ein Auge offenzuhalten. Beide hatten versichert, dass sie umgehend die Hauptstadt in Kenntnis setzen würden, sollte Miriya bei ihnen auftauchen. Dasselbe galt natürlich auch für die Vogelmenschen und Teleporter und auch die Nymphen hatten sich bereit erklärt, zu helfen.

Raika reagierte nicht, sondern sah einfach weiter schluchzend auf das Inferno in der Distanz und die beiden Drachen, die nun ihre Flügel zu spannen schienen. Sie spürte Keyans Hand auf ihrer Schulter, spürte, dass er ebenfalls den Tränen nahe war. Sie hob ihr tränennasses Gesicht, fing den todtraurigen Blick aus den moosgrünen Augen auf.

„Es tut mir so leid, Keyan", flüsterte sie und spürte, wie sich die Finger auf ihrer Schulter anspannten. Er schüttelte stumm den

Kopf, innerlich bebend und vollkommen leer. Er hatte gedacht, nach dem Tod seiner Eltern könnte es nicht mehr schlimmer kommen. Er hatte gedacht, Gefühle, stärker und lähmender als die unendliche Trauer und die eiskalte Hoffnungslosigkeit, als er seine Eltern zu Grabe getragen hatte, waren unmöglich. Er hatte sich getäuscht. Er konnte Miriya nicht verlieren. Nicht, nachdem sie sich erst seit so Kurzem kannten. Nicht, ohne ihre Verbindung, dieses besondere, delikate und gänzlich unbekannte Band zwischen ihnen, zur Gänze erforscht, voll ausgekostet und erfahren zu haben. Nicht ohne genossen zu haben, was er gedacht hatte niemals erfahren zu können.

„Sie ist nicht auf der Insel, Raika", flüsterte er, mehr um sich selbst zu überzeugen, als sie zu beruhigen und zu seinem Entsetzen klang seine Stimme nun ebenfalls wie ein Schluchzen. Neben ihm wandte Aria ruckartig den Kopf, als sie zuschauten, wie die Drachen pfeilschnell in Richtung Festland rauschten, mit lähmender Geschwindigkeit und ohne den geringsten sichtbaren Kraftaufwand trotz der windstillen Zone. Die Adlerdame sträubte ihr Gefieder und für einen irren Moment dachte Keyan, sie würde wieder damit beginnen ihre Federn zu ordnen und zu putzen. Stattdessen stieß sie ein überhaupt nicht adlertypisches Keuchen aus.

„Sie ist tatsächlich nicht auf der Insel", stieß sie hervor, bevor sie mit einem peitschenden Knall ihre Schwingen auseinanderriss und sich mit hastigen, dringlichen Bewegungen in den Himmel schraubte. Die anderen folgten ihrem Kurs, bis sie etwas im Sandstrand der Küste sahen. Eine zierliche Gestalt in der Ferne, die durch den hellen Sand taumelte.

„*MIRIYA*", erklang ihr vielstimmiger Schrei des Entsetzens, als die Drachen todbringend und mit grauenerregender Geschwindigkeit über die nun hilflos am Boden liegende Gestalt kamen.

Der Drache verstärkte seinen Klammergriff um Miriya, die mit einem schmerzerfüllten Aufschrei wie eine Puppe in seiner Pfote herumgewirbelt wurde, als er versuchte, ein Ausweichmanöver zu fliegen. Unter ihnen teilten sich die Fluten in einem brüllenden, tosenden Strudel aus Gischt und dunkelgrauen Wellen, als die mächtige Seeschlange sich ihnen entgegenwarf. Ajaks Kiefer schlossen sich, erbarmungslos und fest wie eine Falle, fuhren mit einem grauenhaften Reißen durch Schuppen, Muskeln und Fleisch, als er sich in die Seite des Drachens verbiss. Das gewaltige Tier röhrte vor Schmerz und Überraschung, als die Seeschlange ihre Fänge in seiner Schulter vergrub. Für einen Augenblick sah es so aus, als würde er Ajak aus seinem natürlichen Lebensraum reißen, doch dann brüllte der Drache ohrenbetäubend auf und verlor abrupt an Höhe. Ein Ruck ging durch beide Schuppenleiber, als der Drache seine ledrigen Schwingen knallend in den Wind stemmte, um zu vermeiden, dass die Seeschlange ihn in ihr Element zog. Der zweite Drache brüllte ebenfalls, voller Wut und Rachedurst. Miriya wurde durch die Luft geschleudert, als der erste Drache seinen Kampf verlor und mit einem zornigen Röhren und einem gewaltigen Ruck in die tobenden, wirbelnden Fluten fiel. Wasser spritzte auf, glitzernde, gischtgekrönte Vorhänge, die mit unglaublicher Wucht den zweiten Drachen trafen. Das Tier schüttelte sich, rasend vor Wut, und pflückte Miriya aus der Luft, bevor sie den kämpfenden Giganten ins Wasser folgen konnte. Abermals schlossen sich klauenbewerte Pfoten in einer lähmenden, schmerzhaften Umarmung um ihren geschundenen Körper, und sie hatte nicht einmal mehr die Kraft, gequält aufzustöhnen, als der Drache eine Schraube flog, um den durch die Luft peitschenden Flügeln und Schwänzen der ringenden Monster unter ihnen zu entgehen. Der erste Drache versuchte, Ajak abzuschütteln, sich aus den Fängen des Meeres zu befreien, doch die Seeschlange war dabei, ihren geschmeidigen, schuppigen Körper um die sich wehrende Echse zu schlingen. Miriya, die kaum noch gegen die Ohnmacht ankämpfen konnte, gewahrte den Blick des Drachens, gerade als die Fluten gischtsprühend über seinem Kopf zusammenschlugen und ihn verschluckten, ein Funkeln voller Angst und Unverständnis. Dann sanken die riesenhaften Körper, und verschwanden wirbelnd und in einer Explosion aus Luftblasen im sturmgrauen Ozean, der gekrönt war von den Asche- und Rauchwolken, die sich kreisförmig um In-Hinaii hinaus ins Meer ausdehnten. Der zweite Drache kreischte, eine Mischung aus blindem Zorn und wütender Trauer und der schrille Laut ging ihr durch Mark und Bein, während die Übelkeit und die Dunkelheit sie nun endgültig für sich beanspruchten.

Umsonst, dachte sie, als ihr Sichtfeld immer mehr verschwamm und wohltuende Schwärze sich ihrer annahm, Ajaks Kampf war umsonst gewesen. Fauliger Atem rollte in Wellen über sie, als der Drache sie näher an seine hässliche Schnauze brachte.

Vorbei, endlich keine Schmerzen mehr, fuhr es ihr durch den Kopf und sie entschuldigte sich innerlich erneut bei all den Freunden, die sie enttäuscht hatte.

Es tut mir so leid!

Ein dumpfer Knall, ein mörderischer Ruck durch den Drachen. Ein Röhren, getränkt von rasender Wut und Schmerz. Goldene Reflexe. Miriya verlor das Bewusstsein.

Kapitel XVII
~
Von Schmerzen und Bangen

Aria schlug ohne zu zögern ihre goldenen Krallen in die verwundbare Seite des Drachens, der sich so sehr auf Miriya in seinen Pfoten konzentriert hatte, dass er die Adlerdame nicht hatte kommen sehen. Jetzt schrie er auf vor Schmerzen und vor Wut und schüttelte sich zornig, um den Adler abzuschütteln. Aria wich gekonnt dem zackenbewehrten Schwanz aus, der zuvor Miriya zum Verhängnis geworden war und der nun mit todbringender Gewalt auf sie zu sauste. Sie löste ihre Fänge aus der Seite des Drachens, nicht ohne faustgroße Stücke Hautfetzen und Muskelmasse aus der heftig blutenden Wunde zu reißen. Sie flog eine Schleife und stieß einen schrillen Adlerschrei aus, der den rasenden Drachen zusätzlich zur Weißglut zu treiben schien. Er stieß ein ohrenbetäubendes Röhren aus, stemmte die Schwingen mit einem lauten Knallen gegen den Wind und legte seinen gewaltigen Körper in die Senkrechte. Gerade als Aria sich fragte, was die Echse denn nun vorhatte, zog diese in einer ruckartigen Bewegung den Kopf zurück und ein blubberndes Grollen war zu hören, nur Wimpernschläge bevor der Drache den Rachen öffnete und eine glühende Feuersbrunst fauchend in Arias Richtung spie. Der Feuerball wurde mit solcher Wucht durch die Luft geschleudert, dass die Adlerdame kaum Zeit hatte zu reagieren. Sie ließ sich hastig fallen und konnte sich erst kurz über der rauen, windgepeitschten Wasseroberfläche abfangen. Die auftriebslose Zone machte es ihr schwerer als gedacht, zu manövrieren und sie brauchte jede Unze an Kraft und Konzentration, die sie aufbringen konnte. Ihre Wunden, die ihr das schmerzhafte Zusammentreffen mit den Bergtrollen beigebracht hatte, meldeten sich pochend und sengend zurück und sie spürte, dass sie ihren einen Flügel kaum noch unter Kontrolle hatte. Sie musste Miriya irgendwie befreien und so schnell wie möglich das Weite suchen. *Rasch!*

Unter sich gewahrte sie einen kleinen, kanarienvogelgelben Schatten, der dicht unter der gischtgekrönten Meeresoberfläche dahinsauste und sich dann im Graublau des aufgebrachten Ozeans verlor. Der Drache sandte einen zweiten Feuerball nach der Adlerdame, dem sie ebenfalls nur mit Mühe ausweichen konnte und der ihr einige Federn gräßlich versengte. Sie stieß ihren schrillen Adlerschrei aus, wütend und besorgt zugleich. Abermals flog sie ein halsbrecherisches Manöver um den Drachen, stürzte sich wieder auf ihn gerade als er Anstalten machte, seinen Flug zurück nach In-Hinaii fortzusetzen. Die Luft war nun, so nahe an der Insel und dem immer noch tobenden Vulkan, voller Aschepartikel und Rauchschwaden, und Glut wirbelte glühend durch die Luft wie betrunkene Glühwürmchen. Arias Augen tränten. Sie wusste, sie hatte noch eine letzte Chance, dann würde sie die Kraft, den Drachen ein weiteres Mal zu attackieren, nicht mehr aufbringen können. *Geschweige denn die Kraft, mich in Sicherheit zu bringen*, dachte sie grimmig und wappnete sich. Der Drache hatte sich herumgeworfen und flog mit einer spürbaren Dringlichkeit in Richtung Insel. Aria konnte sehen, dass die Wunde, die sie geschlagen hatte, noch immer viel Blut verlor. Sie musste schmerzen, so dicht wie sie beim Flügelansatz war und sie musste den Drachen schwächen. Niemand, nicht einmal ein so großes Reptil, konnte diese Mengen an verlorenem Blut einfach so wegstecken. Die Adlerdame warf sich nach vorne, mit all ihrer verbliebenen Kraft. Sie näherte sich dem fliehenden Tier in dessen totem Winkel und mit dem fauchenden Toben des Vulkans und dem Brüllen der aufgewühlten See konnte er sie wohl nicht hören, denn er reagierte erst, als es schon zu spät war. Mit einem schrillen Kampfschrei schlug Aria mit aller Gewalt, die ihrem stromlinienförmigen Körper innewohnte, ihre goldenen Fänge abermals in die Seite des Drachens. Und dieses Mal traf sie ihn dank ihrer Raubvogelinstinkte an der besonders weichen Stelle am Halsansatz, wo sich ihre Krallen tief und gnadenlos ins Fleisch und in die Muskelmasse bohrten, splitternd das Schlüsselbein zermalmten und die Halsschlagader zerfetzten. Der Drache schrie auf, eine schreckliche Mischung aus Todesqualen und rasendem Zorn, und schlug um sich, gerade als Aria den Kopf vorschnellen ließ und ihren Schnabel im Hals der Bestie verkeilte. Blut und Geifer spritzten durch die Luft, der Drache erwischte sie an ihrer empfindlichen Seite, doch sie ließ nicht los. Er floh nun nicht mehr, sondern schlug unkontrolliert um sich, blind vor Schmerz und Zorn, während sein Schwanz die bedrohlich rauschenden Wogen des Ozeans unter ihnen peitschte und Gischt aufspritzen ließ. Seine Bewegungen glichen mehr und mehr einem Todeskampf, als der Blutverlust aus seiner zerstörten Halsschlagader langsam seinen Tribut forderte. Dennoch schaffte er es irgendwie, mit seinem Flügel Aria so zu treffen, dass diese schmerzerfüllt kreischend davongeschleudert wurde und um ein Haar im Meer gelandet wäre. Wasser schwappte über ihren Körper, als sie sich herumwarf und angestrengt versuchte, nicht in den Ozean zu tauchen. Sie hätte keine Chance gehabt, sich aus den Fluten zu befreien. Der Drache brüllte erneut, nun mischte sich Angst in den Schmerz und die Wut. Er wandte Aria seine hässliche Schnauze zu, Miriya noch immer wie ein Stück Stoff zwischen seinen Pfoten verkeilt. Sie bewegte sich nicht. Arias Herz setzte einen Schlag aus, als sie sah, mit wieviel Blut die Fetzen des Kleides der jungen Frau durchtränkt waren.

Sie *durfte* nicht tot sein! Der Blick des Adlers fixierte den des Drachens, dessen Bewegungen sich nun merklich verlangsamt hatten. Und dann ließ er Miriya einfach fallen, während seine Augen ihren Glanz verloren und den Blick Arias losließen. Mit einem heiseren, röchelnden Schrei fiel der Drache ins Meer, das tosend und tobend über ihm zusammenschlug und ihn in einem Strudel aus Luftblasen und Gischt in die Tiefen des Ozeans zog.

„*Miriya!*", schrie Aria entsetzt. Sie konnte die junge Frau nicht sehen und befürchtete, dass der Strudel um den sich immer noch windenden Drachen sie mit sich in die Tiefe ziehen würde. „*MIRIYA!*"

Ein eleganter, schwarzer, langgezogener Schatten schob sich aus dem Blaugrau des aufgewühlten Ozeans. Erneut glaubte sie, einen kanarienvogelgelben Punkt in den Wogen auszumachen.

Die Seeschlange, dachte sie. Die legendäre Seeschlange, die die Küste von Kirk-Wana ihr Heim und Eigen nannte und von der man in den Legenden viel Gutes, aber auch viel Grausames las. *Ajak*, dachte Aria nun keuchend vom Aufwand, sich in der auftriebslosen Zone in der Luft zu halten, das war der Name. Ajak, Herr der Ozeane. Und Miriya hatte ihn offensichtlich als Freund gewonnen! Der mächtige, dreieckige Kopf teilte die Fluten, durchdringende, grüne Augen suchten den Adler.

„Aria", machte Ajak und die Adlerdame erkannte zu ihrer Erleichterung, dass seine Barteln sich behutsam um den zierlichen, fast zerbrechlich anmutenden Körper Miriyas geschlungen hatten. Auf ihrem Bauch gewahrte sie das kanarienvogelgelbe Geschöpf, das gemeinsam mit der Seeschlange zu ihrer Rettung geeilt war.

„Bring sie an Land", sagte die Seeschlange mit einer dermaßen ruhigen, natürlich anmutenden Autorität, dass selbst Aria nichts entgegnete. „Bring sie an Land. Sie verliert viel Blut."

„Gedankt sei dir, Ajak, Herr der Ozeane", brachte Aria hervor, während sie sich mit pochender Seite darauf konzentrierte, Miriya in ihre Fänge zu schließen, ohne sie noch mehr zu verletzen. Die junge Frau sah schlimm aus, über und über mit Blut verschmiert, regungslos und blass und mit tiefen, dunklen Schatten unter den Augen. Was einstmals seidige, wellige Haarpracht gewesen war, war jetzt schmutz- und staubverklebt und mit Salzwasser durchtränkt und ihre Lippen waren blau.

„Beeil dich, Adler", sagte Ajak knapp und sie nickte nur. Sie blieb nicht, um zu sehen, wie die Seeschlange dem Drachen nach in die Tiefen des Ozeans entschwand, sondern raffte all ihre verbliebenen Kräfte zusammen, um Miriya ans Festland zu bringen. Das kanarienvogelgelbe Geschöpf klammerte sich an ihre Fänge und gleichzeitig an Miriyas Oberarm und rief ihr etwas zu, was sie über das Tosen und Fauchen des Vulkans und des Meeres nicht verstand. Ihr Körper schmerzte, ihre Seite pochte. Aber sie musste es ans Festland schaffen. *Sie musste!* Für Miriya!

Die Gruppe aus Kirk-Wana hatte mit angehaltenem Atem und schreckgeweiteten Augen zugeschaut, wie Aria und Ajak die Drachen bekämpft hatten. Raika hatte vergessen, zu weinen. Stattdessen hatte sie ihre Hände in Keyans Bein verkrallt und starrte leichenblass in die Ferne. Ki-Ara und Sia-Ara hielten sich bebend umschlungen und Keyan stand einfach nur da, Panik und Furcht und Zorn und Hilflosigkeit fuhren wie rasende Bestien durch seinen Körper, während sein Herz so schnell und heftig schlug, dass er glaubte, es würde ihm demnächst aus dem Brustkorb springen. Sein gesamter Körper war zum Zerreißen angespannt, seine Hände zu Fäusten geballt und er hatte Mühe, sich zum Atmen zu zwingen, verdammt, tatenlos zuzuschauen. Sämtliche Instinkte schrien nach Miriya und er wollte sich in die Fluten stürzen und ihr zu Hilfe eilen. Stattdessen stand er, genau wie der Rest ihrer schockerstarrten, grauenerfüllten Gruppe, wie versteinert am Sandstrand und schaute zu, wie Ajak den ersten Drachen aus der Luft pflückte und Aria sich auf den zweiten stürzte. Sie merkten nicht einmal, dass Darijo in einem peitschenden Knall und mit mehreren kräftigen Männern und seiner Mutter im Schlepptau zurückkehrte. Der schlaksige Junge wirbelte zu Ki-Ara herum.

„Wo ist Miriya?", meinte er alarmiert, bekam aber keine Antwort. Stattdessen vernahmen sie alle das schmerz- und zornerfüllte Röhren des zweiten Drachens, Augenblicke bevor er in sein wässriges Grab sank und Aria sich mühselig davon bewahrte, ihm zu folgen. Dann verharrte der riesige Adler einige Herzschläge lang in der Luft über dem Wasser, warf sich dann mit großem Aufwand herum und raste, so schnell es die auftriebslose Zone erlaubte, dicht über der Wasseroberfläche in ihre Richtung. Selbst auf die Distanz gewahrten sie alle, dass die Adlerdame Schlagseite hatte und sich längst nicht mehr mit derselben Eleganz und in demselben Fluss bewegte. Sie schien große Mühe zu haben, durch den windstillen Raum zu fliegen. In ihren Fängen hielt sie etwas eng an sich gepresst. „*Miriya!*"

Keyans Herzschlag beschleunigte sich noch mehr, zu einem schmerzhaften, unregelmäßigen Stakkato, was ihm nahezu unmöglich erschien und erst als die Menschen um ihn herum in einem entsetzten Aufseufzen aus ihrer Schockstarre erwachten, realisierte er, dass er ihren Namen laut ausgesprochen hatte.

„Miriya?!", rief Darijo, nun mit echter Panik in der Stimme. Raika neben Keyan zog sich an seinem Bein und Oberkörper auf ihre eigenen Füße, was ihm ein schmerzerfülltes Keuchen entlockte. Sie taumelte an ihm vorbei, auf den sich nähernden Adler zu, der nun gefährlich einseitig flog und sich kaum noch über der Wasseroberfläche halten konnte.

„Miriya", schluchzte sie und watete in die Fluten, während die wütende Gischt sprühend um ihre Beinkleider fauchte. In der Ferne erstarb der Funken- und Lavaregen aus Leicos zerfetztem Kegel und nur die Rauchschwaden waberten bedrohlich um den nun erloschenen Vulkan. Rund um den Berg hatte der Urwald Feuer gefangen und hätten die dichten Asche- und Rauchwolken nicht die Sicht versperrt, hätte man selbst in dieser Entfernung die glutroten Lavaströme wahrgenommen, die sich den Berg hinab durch den Dschungel fraßen.

Aria hielt auf Raika zu, die nun hüfttief im wirbelnden Wasser stand und ihr ihre Arme entgegenstreckte. Die Adlerdame keuchte völlig am Ende ihrer Kräfte. Sie konnte sich nur noch mit großer Mühe in der Luft halten, selbst hier, wo die auftriebslose Zone sich langsam aber sicher wieder mit Aufwinden füllte. Schmerzen wallten durch ihre Seite, jedes Mal, wenn sie ihre Flügel bewegte und sie wusste, dass sie keine Kraft mehr für eine anständige Landung hatte. *Hoffentlich verletze ich Miriya nicht noch zusätzlich*, dachte sie nach Luft ringend. Sie konnte den metallenen Geruch nach Blut riechen und die vom Drachen versengten Federn. Unter ihr krallte sich Mo an Miriya und vor ihr gesellten sich Ki-Ara und Darijo zu Raika, mit ausgestreckten Armen, als würden sie den mächtigen Adler auffangen können. Aria hatte keine Kraft mehr, bei diesem Gedanken belustigt zu schnauben. Stattdessen breitete sie mit einem Knall ihre Flügel aus, stemmte sich gegen den Flugwind und brachte sich in die Senkrechte, während ihre Schwanzfedern ins Meer tauchten. Wasser spritzte auf und der Wind fegte allen die Haare aus dem Gesicht. Irgendwie schaffte es Aria mit letzter Kraft, Miriya in den ausgestreckten Armen zu deponieren, bevor sie durch ihren eigenen Schwung durch die Luft katapultiert wurde und unsanft und ungraziös mehr fiel als landete. Erneute spritzte Wasser auf und Sand wurde durch die Luft geschleudert, als sie in einer Explosion aus Gischt und Federn kurz über der Wassergrenze auf dem Strand aufkam, während Keyan und Sia-Ara und Darijos Mutter an ihr vorbeieilten, um den anderen zu helfen, Miriya an den Strand zu bringen. Aria blieb erschöpft liegen. Eine Welle aus Übelkeit überrollte sie und sie drohte, das Bewusstsein zu verlieren.

„Weiteratmen", sagte eine Stimme neben ihr und sie öffnete müde ein Auge. Darijos Vater stand mit den verbliebenen Teleportern neben ihr. Er bückte sich, um sie zusammen mit seinen Männern in eine bequemere Position zu bringen.

„Kümmert euch nicht um mich. Miriya ist wichtiger", brachte sie hervor und hätte sich vor Erschöpfung beinah an der eigenen Zunge verschluckt. Darijos Vater zuckte mit den Schultern.

„Zu viele Köche verderben den Brei", meinte er und wies über seine Schultern zu dem Ort, an dem sich die anderen über Miriya beugten, die bewegungslos im Sand lag.

„Miriya-", flüsterte Keyan, seine Stimme so rau wie tausende Reibeisen. Er und Raika knieten zu beiden Seiten von Miriyas Kopf und stützten ihren Oberkörper, Ki-Ara, Darijo, seine Mutter und Sia-Ara neben sich. Die junge Frau, die reglos, leichenblass und blutverschmiert dalag, sah furchtbar aus. Ihre Kleidung hing in Fetzen und ihre Haut und Haare waren entweder blut-, schweiß- oder schmutzverkrustet. Raika strich ihr zärtlich Haare aus dem Gesicht, in dem die Augen mit dunklen Schatten unterlegt und die Wangen seltsam eingefallen waren. Aus tiefen Wunden an Unterarm, ihrer Seite und ihrem Oberschenkel sickerte Blut in den Sand.

„Ist sie tot?", schluchzte das kanarienvogelgelbe Geschöpf, das auf Miriyas Brust hockte und sich an ihren Oberarm klammerte. Alle Anwesenden starrten Mo einen Augenblick wortlos an. Das Fabeltier hatte das ausgesprochen, was sie nicht auszusprechen gewagt hatten. Keyan schüttelte hilflos den Kopf und packte Miriya sanft bei den Schultern.

„Miriya, bitte. Du darfst nicht aufgeben. *Bleib bei mir*", brachte er hervor, flehentlich und beinah ohnmächtig vor Angst und den Schmerzen, die ihr Anblick in ihm auslösten. Sie sah so schlimm aus, dass es ihm das Herz zusammenschnürte und sich ein Kloß in seinem Hals ansammelte, wenn immer er seinen Blick von ihrem stillen Gesicht zu ihrem geschundenen Körper wandte. Ihm gegenüber nahm Raika mit Tränen in den Augen Miriyas Hand vorsichtig in ihre.

„Bitte sei nicht tot", hauchte sie tonlos, wobei sie sich leicht vor und zurück wiegte, als würde ihr das Trost spenden.

„Eure Hoheit", meldete sich da Darijos Mutter zu Wort, die bis dahin schweigend neben der Königin gekniet und Miriya von oben bis unten inspiziert hatte. „Sie atmet, wenn auch schwach. Wir müssen sie so schnell wie möglich in den Palast zurückbringen, sonst hat sie keine Chance."

Die Teleporterin sprach ruhig, nüchtern, mit der Routine einer Frau, die zusammen mit anderen jahrelang ihresgleichen aus den gelegentlichen Unfällen in den Minen hatte bergen und verarzten müssen. Und ihre Gelassenheit übertrug sich auf die anderen. Als sie fortfuhr, Anweisungen zu geben, ohne auf die Zustimmung Raikas zu warten, hörten ihr alle aufmerksam zu und machten, was von ihnen verlangt wurde.

„Sie verliert eine Menge Blut und muss so schnell wie möglich in die Obhut von Heilern gebracht werden", erklärte Darijos Mutter Keyan und Raika und zog einige fingerdicke Phiolen aus dem Beutel, den sie mit sich gebracht hatte. Darijo neben ihr verzog instinktiv das Gesicht, als er die dickflüssige Lösung sah, die seine Mutter großzügig auf Miriyas Wunden verteilte, während die anwesenden Teleporter und Vogelmenschen ihre Anweisungen ausführten. Es zischte leise, sobald die orangefarbene Flüssigkeit in Kontakt mit den teilweise bereits entzündeten Wundrändern kam und ein beißender Geruch breitete sich aus, der allen, die bisher noch keine Tränen in den Augen gehabt hatten, welche in die Augen trieb.

„Was ist das für Teufelszeug?", würgte Mo, für deren empfindliche Nase der unangenehme, säuerliche Geruch noch viel schlimmer sein musste. Darijos Mutter hob eine Augenbraue.

„Dieses ‚Teufelszeug' hemmt den Blutfluss und versiegelt die Wunden vorübergehend", meinte sie kühl. Das Fabeltier zuckte schuldbewusst zusammen.

„Aha", meinte sie lahm.

„Ich werde sie nach Kirk-Wana zurückteleportieren. Ihr kommt bitte nach", sagte Darijos Mutter dann. Keyan sah kurz so aus, als wollte er etwas einwenden, ließ dann aber zu, dass die Teleporterin Miriya behutsam aus seinen und Raikas Armen löste. Sie hüllte die junge Frau sorgfältig in die Decke ein, die die Teleporter ihr gebracht hatten. Die Vogelmenschen hatten sich mittlerweile Aria angenommen und kümmerten sich um den riesigen Adler.

„Wir sehen uns im Palast", verabschiedete sich Darijos Mutter, nickte Keyan und Raika knapp zu und löste sich dann mit dem üblichen, peitschenden Knall in Nichts auf.

„Kannst du nicht einfach stillsitzen?", krächzte Aria ungehalten, „du machst mich nervös!"

Keyan, an den ihre mürrischen Worte gerichtet waren, hielt kurz inne, warf ihr einen Blick zu, der selbst die Adlerdame zum Schweigen brachte und fuhr dann fort, vor den geschlossenen Flügeltüren des Krankenflügels auf und ab zu gehen. Sämtliche Glieder schmerzten ihn und seine rechte Seite meldete sich pochend zu Wort, wie schon seit dem Moment, in dem er hatte aufstehen und laufen können. Dennoch konnte er sich nicht dazu bringen, abzusitzen. Um ihn herum hatten sich Ki-Ara und Sia-Ara ineinander verschlungen auf dem breiten Fenstersims des am nächsten stehenden Fensters zusammengerollt, Darijo saß mit seinem Vater daneben und starrte teilnahmslos ins Leere. Sogar Mo war verstummt und hatte sich schweigend auf Sia-Aras Schoß zusammengerollt. Raika war ein Bündel Elend am Fuße einer nahestehenden Säule. Sie hatte sich, vor was sich wie eine Ewigkeit anfühlte, an der Säule entlang zu Boden sinken lassen, ihre angezogenen Beine mit den Armen umarmt und das Gesicht in den Armen verborgen und nicht einmal Sarahi hatte sie davon überzeugen können, sich einen bequemeren Sitzplatz zu suchen. Geschweige denn einen Sitzplatz der einer Königin würdig war. Aber Raika saß einfach da und wiegte sich sanft vor und zurück und nichts und niemand konnte zu ihr durchdringen. Keyan hingegen konnte nicht stillsitzen. Er ging weiter auf und ab, sein Herz ein stetes, sorgenvolles Pochen in seiner Brust, sein Magen ein kleiner, verkrampfter Knoten, der ein flaues Gefühl und kalten Schweiß durch seinen gesamten Körper jagte, während er den Kloß in seinem Hals einfach nicht loswerden konnte.

Kaum hatten die Teleporter sie alle zurück nach Kirk-Wana gebracht, waren sie zum Krankenflügel geeilt, nur um von Heilern aufgehalten zu werden, die resolut die Türen des Flügels verschlossen hatten. Niemandem war es erlaubt, den Saal zu betreten, schon gar nicht den zerzausten, sandigen, teilweise tränenüberströmten Kreaturen, die nach Rauch und Asche stanken und allesamt entnervte, flehende Gesichtszüge aufwiesen. Die streng aussehende Heilerin mit den straff in einen Knoten am Hinterkopf zurückgekämmten, schlohweißen Haaren, die zurückgeblieben war, um sich um sie zu kümmern, hatte laut und deutlich klargestellt, dass niemand in ihrem Zustand auch nur eine Zehe oder Klaue in den Krankenflügel setzen konnte. Also hatten sie sich krank vor Sorgen und zitternd vor mühsam im Zaum gehaltener Emotionen in ihre privaten Gemächer oder Wohnungen begeben, um sich zu waschen und sich sauber und repräsentabel zu machen. Das war nun schon eine Weile her und es war Abend geworden, ohne dass sie Neuigkeiten bekommen hätten. Mittlerweile hatte sich Sternensilber zu ihnen gesellt. Der Einhornhengst hatte sich seit Miriyas Ankunft gebärdet wie toll und niemand hatte es gewagt, sich ihm in den Weg zu stellen, als er sich mit einem mächtigen Tritt aus seiner Box befreit und in den Palast begeben hatte. Nun stand das wunderschöne Tier majestätisch neben dem riesigen Adler und hatte die Flügeltüren, hinter denen Miriya behandelt wurde, mit seinen feurigen Augen fixiert. Stumm und starr wie eine Statue stand er da und ließ sich von niemandem, nicht einmal von Keyan, überreden, zurück in den Stall zu gehen. Sie alle warteten sorgenvoll, vereint in ihrer bangen Erwartung und leicht hoffnungsvollem Verlangen. Miriya *musste* überleben!

Gerade als das silberne Mondlicht lange Schatten durch die hohen Bogenfenster warf, öffnete sich die Türe zum Krankenflügel leicht und Darijos Mutter schob sich heraus und schloss die Türe hinter sich. Sie sah müde und abgearbeitet aus, als sie sich gegen die Türflügel lehnte und kurz die Augen schloss. Keyan hielt inne, alle starrten die Teleporterin an. Das flaue Gefühl, dass sich in seinem Magen angesammelt hatte, wurde unsäglich stärker und trieb ihm Galle in den Mund, während sich ein Zittern in seinem Körper ausbreitete, dass er nur mühsam unter Kontrolle halten konnte. Ki-Ara löste sich von ihrer Tochter und trat an Keyans Seite, wobei sie seinen gesunden Oberarm sanft umfasste. Raika warf einen Blick auf die Teleporterin und brach in ein nerventötendes, trockenes Schluchzen aus.

„Oh nein", würgte sie tonlos hervor, „... alles meine Schuld ... Ich habe sie in den Tod geschickt ..." Sarahi flüsterte etwas in ihr Ohr, das sie zum Schweigen brachte, während Aria sich unbehaglich aufplusterte.

„Mutter?", durchbrach Darijo die darauffolgende Stille, eine nervöse, flehende Frage. Seine Mutter seufzte, fuhr sich mit einer fahrigen Bewegung durchs zerzauste Haar. Ihre Kleider waren voller Blut. *Miriyas Blut.* Keyan schluckte leer und wäre ins Taumeln gekommen, hätten Ki-Aras ruhige, stete Präsenz und ihre Arme ihn nicht gestützt.

„Sie lebt", sagte Darijos Mutter, an Keyan gerichtet, dessen Blick an ihren Lippen hing, wie die Augen und Hoffnungen eines Ertrinkenden am rettenden Ufer in der Ferne. „Aber niemand kann sagen, ob sie den Blutverlust überleben wird. Sie hat *viel* Blut verloren und ihre Wunden sind tief. Einige haben sich entzündet und ihr Gesamtzustand ist miserabel."

Keyan sog Luft ein und zu seinem Entsetzen klang es mehr wie ein keuchendes Schluchzen. Er zitterte nun so stark, dass selbst Sia-Ara es sehen konnte, die noch immer auf dem Fenstersims saß und ihre eigenen zitternden Finger hilflos durch Mos kanariengelbes Fell gleiten ließ.

„Ich will zu ihr", brachte er hervor und es war keine Frage oder Bitte, sondern eine Aussage, deren Eindringlichkeit selbst Sternensilber aufhorchen ließ. Der Hengst stieß ein raues Schnauben hervor und schüttelte sich kurz und heftig, bevor er einen Schritt auf die Teleporterin zumachte, die nun ihren Sohn in die Arme schloss.

„Es tut mir leid", meinte sie erneut an Keyan gewandt, „niemand kann zu ihr. Nicht, solange ihr Zustand so unstabil ist."

Für einen Moment sah es so aus, als wolle Keyan etwas erwidern, als wolle er seinen Weg in den Krankenflügel freikämpfen falls nötig. Dann sackte er zusammen und Ki-Ara schaffte es gerade noch, ihn auf das Fenstersims neben ihre Tochter zu hieven. Raika wiegte sich schneller vor und zurück, schluchzte hilflos und schreckerfüllt. Aria warf ihr einen kurzen, entnervten Blick zu.

„Weinen und klagen wird uns nicht weiterhelfen", meinte sie dann, ihre Stimme fest und bestimmt, ähnlich wie Ki-Aras, „und es wird Miriya nicht weiterhelfen. Sie lebt. Und sie ist eine starke, junge Frau. Sie wird kämpfen. Und wir dürfen unsere Hoffnung nicht verlieren. Sie lebt, das ist alles, was zählt."

Ki-Ara nickte zustimmend.

„Wir können Miriya am meisten helfen, indem wir an sie glauben und ihr all unsere Unterstützung und all unsere Gedanken und Energie widmen. Sie kann es schaffen", sagte die Vogelfrau und Sarahi nickte heftig, Tränen in den Augen, die sie energisch wegwischte. Raika tat einen langen, schlotterigen Atemzug, stieß langsam die Luft wieder aus. Auch sie nickte, wischte sich ihr tränenüberströmtes Gesicht mit den weit ausgestellten Ärmeln ihres einfachen, anthrazitfarbenen Kleides trocken. Sie schob sich der Säule entlang hoch, taumelte kurz und straffte sich dann.

„Für Miriya", sagte sie schlicht.

Um Keyan drehte sich alles und er fühlte sich eiskalt an, als hätte die Aussage von Darijos Mutter ihn in Eiswasser getaucht. Die ganze Szene kam ihm so bekannt vor, so schrecklich bekannt. Er konnte sich noch daran erinnern, als wäre es gestern gewesen, an diesen Moment, als die Heiler aus ebenjenem Krankenflügel getreten waren, in dem nun Miriya um ihr Leben kämpfte, um ihm und seiner Mutter zu bestellen, dass sein Vater es *nicht* schaffen würde. Als seine Mutter bebend vor Schmerz und Trauer, die sie unterdrückt hielt für ihren Sohn, zusammengebrochen war, weil es einfach zu viel geworden war. Als er selbst, eiskalt und wie in Watte verpackt, ohnmächtig und unfähig sich zu artikulieren, die Hand seines Vaters umklammert gehalten hatte, während dieser seine Augen für immer schloss. Und als er seine Mutter gefunden hatte, reglos und ohne Puls, aber noch immer warm und seine Welt für immer zusammengebrochen war. In tausend Splitter. Was, wenn Miriya starb? Wie würde er weitermachen können, wenn sie, die ihm Sonnenschein gebracht hatte wie niemand anders, nicht mehr war? Und er hätte ihr nicht einmal sagen können, was er für sie empfand; wie sehr er für sie empfand. Einen flüchtigen Augenblick lang erinnerte er sich zurück, zurück an jenen Augenblick in einem Muschelbett, als sich ihre Lippen berührt hatten und ihr Duft nach sonnengetränktem Savannengras und Holz ihn sanft umfangen hatte. Eine einzelne Träne rann seine Wange hinunter. Energisch wischte er sie weg. Miriya war am Leben. Und sie würde kämpfen, so wie sie das bis jetzt getan hatte.

„Wir dürfen nur die Hoffnung nicht verlieren", sagte Aria unerwartet sanft, als sie seinen Blick mit ihren Adleraugen auffing.

Er erwiderte ihren Blick mit brennenden Augen und einem Kloß im Hals, sich bewusst, dass sämtliche Blicke auf ihm ruhten. Er schluckte bitter und schwerfällig, kämpfte alle Zweifel und beunruhigenden Gedanken nieder, alle Angst und Panik und straffte sich.

„Für Miriya", wiederholte er leise und bestimmt.

Miriya rannte auf ihn zu, lachend, winkend. Ihr seidiges, glänzendes Haar wehte im Wind, die bunten Verzierungen farbenfrohe Hingucker in den blau-schwarzen Wellen. Sie trug ein einfaches, cremefarbenes Kleid, tailliert, mit ausgestellten Glockenärmeln und aus Stoff, der ihre wohlgeformte, zierliche Figur sanft umschmeichelte. Ihre Haut leuchtete bronzen und ebenmäßig, und ihre Augen schimmerten und funkelten wie Tigerauge. Sie sah so wunderhübsch aus. Sie erreichte ihn, streckte ihre feingliedrigen Hände aus. Und sie lächelte ihn an. Ihr Lächeln sandte Wellen aus Wärme und Geborgenheit durch seinen Körper, die ihm das Herz aufgehen ließen und ihm bestätigten, dass er sie auf immer in seinem Leben haben wollte. Ihr Geruch nach Holz, nach sonnengewärmtem Savannengras und Sommerblumen umspielte ihn und ließ sein Herz schneller schlagen.

„Keyan", rief sie, „Keyan, *wach auf*!"

Und sie zwickte ihn unsanft und grob in den Arm. Keyan schreckte aus dem Traum hoch und wäre beinah vom Fenstersims gefallen. Mo auf seiner Brust keuchte erschrocken auf und klammerte sich an seinem Gewand fest, während er darum kämpfte, die Balance wiederzugewinnen. Sämtliche Gliedmaßen waren steif und starr von seiner ungemütlichen Schlafposition und es dauerte einige Herzschläge, bis er wieder wusste, wo er war und was passiert war.

„Schön, dass du wach bist", meinte das Fabeltier auf seiner Brust selbstzufrieden. Es hatte sich dunkelbraun gefärbt und sah mehr denn je wie ein Otter aus. Keyan starrte Mo einen Wimpernschlag lang entgeistert an.

Wie hatte er bloß einschlafen können?!

„Miriya", machte er und stand ruckartig auf. Mo konnte sich gerade noch rechtzeitig mit einem beherzten Sprung aufs Fensterbrett vor einem Sturz bewahren und funkelte den Kommandanten der Palastwache ungehalten an. Keyan stand im dunklen Korridor vor dem Krankenflügel, in dem sie alle ausgeharrt hatten, bis Darijos Mutter ihnen ihre Momentaufnahme von Miriyas Gesundheitszustand überbracht hatte. Dann hatte sie darauf bestanden, dass ihr Mann und Darijo sich mit ihr in eine der Gästewohnungen im Palast zurückzogen, um dort auf weitere Neuigkeiten zu warten.

„Ob wir nun hier im Korridor warten oder in der Gästewohnung spielt ja wohl keine große Rolle", hatte sie unwirsch gemeint, als ihr Sohn aufbegehrt hatte. Ki-Ara hatte daraufhin Sia-Ara einen auffordernden Seitenblick zugeworfen und Darijos Mutter beigepflichtet und auch sie und ihre Tochter hatten sich zum Warten in ihre Gästewohnung begeben, nicht ohne Sarahi das Versprechen abzuringen, sie sofort in Kenntnis zu setzen, falls es Änderungen in Miriyas Zustand gab. Sarahi hatte darauf bestanden, dass Raika sich in ihre Gemächer begab und versuchte, etwas Schlaf zu bekommen.

„Raika", hatte sie sanft, aber bestimmt gemeint und dabei alle üblichen Höflichkeitsfloskeln, die sie in der Öffentlichkeit gegenüber der Königin verwenden sollte, in den Wind geschlagen, „du kannst Miriya nicht helfen, wenn du vor Erschöpfung umkommst!"

Raika, die sich kaum noch auf den Beinen halten konnte, hatte taumelnd einsehen müssen, dass ihre Hauptzofe wohl recht hatte und hatte sich von ihr wegführen lassen. Aria hatte sich kurz aufgeplustert, dann eine Bewegung gemacht, die bei einem Menschen wohl ein Schulterzucken gewesen wäre und sich dann neben Keyan am Bogenfenster niedergelassen, mit Mo im Schlepptau. Sternensilber hatte niemand zu irgendetwas überreden können und so stand der stattliche Einhornhengst auch nun immer noch unbeweglich an der Stelle gegenüber den Flügeltüren zum Krankenflügel, wo er sich zu Beginn weg positioniert hatte. Keyans ruckartige Bewegungen entlockten ihm nur ein kurzes überraschtes Schnauben, dann warf er dem jungen Mann einen beinah tadelnd anmutenden Blick zu und fuhr fort, die Flügeltüren zu hypnotisieren. Neben sich hörte Keyan Arias regelmäßige Atemzüge. Sie alle waren furchtbar erschöpft und mitgenommen gewesen und ihre Körper hatten sich allem Anschein nach die so dringend benötigte Ruhe mit sanfter Gewalt zurückgeholt.

„Warum hast du mich geweckt?", wollte Keyan flüsternd von dem Fabeltier wissen, das ihn aus großen Knopfaugen musterte.

„Ich glaube, jemand kommt zur Türe", antwortete Mo und deutete bedeutungsvoll mit der Schnauze auf die Flügeltüren. Und als hätte dieser Jemand auf ihre Aussage gewartet, öffneten sich die Türen just in diesem Augenblick. Ein gedämpfter Lichtstrahl malte einen dünnen Streifen auf die Säule, an der zuvor Raika gelehnt hatte. Der Heiler, den Keyan mit einem panischen, schmerzhaften Aussetzer seines Herzes als den Hauptheiler in Raikas persönlichem Ärzteteam identifizierte, steckte den kahlen Kopf aus dem Türspalt und warf einen suchenden Blick durch den nun leeren Korridor. Es war ein großer, dürrer Mann ohne Haupthaar, aber mit einem beeindruckend langen, schneeweißen Bart und ebenso beeindruckend langen, schneeweißen Brauen. Eine Aura ruhiger Autorität und grossen Wissens umgab ihn und zusammen mit dem Blick aus schiefergrauen Augen, der alles zu durchleuchten schien, gab er eine durchaus eindrückliche Erscheinung ab, die ihm großen Respekt und Aufmerksamkeit von Seiten seiner Gegenüber einbrachte.

„Kommandant Keyan", wandte er sich an das einzige menschliche Geschöpf, das im Korridor verblieben war. Seine Stimme war ein wisperndes, trockenes Raspeln, wie vergilbende Herbstblätter in einer sanften Brise und dennoch hatte er nie Mühe, sich Gehör zu verschaffen.

„Heiler Wano, ich höre", brachte Keyan heraus.

„Wir haben Miriya aus Ke-Inda so gut es geht stabilisiert. Wenn Ihr wollt, könnt Ihr Euch zu ihr begeben", bestellte Wano ihm. Ein kurzer Lichtstrahl aus Hoffnung und Erleichterung fuhr durch den jungen Mann. Er trat zum Heiler gleichzeitig mit Sternensilber und Mo. Wano schürzte seine Lippen.

„Ich fürchte, Tiere sind nicht erlaubt im Krankenflügel", meinte er resolut und entlockte Mo ein erzürntes Schnauben und Sternensilber ein gereiztes Stampfen mit den Hufen, das Aria weckte.

„Was ist passiert?", murmelte sie verschlafen.

„Wir können zu Miriya", brachte Keyan hervor.

„Genauer gesagt, *Ihr* dürft zu Miriya, Kommandant Keyan. Tiere aller Art sind nicht erlaubt im Krankenflügel und könnten den ohnehin prekären Zustand der Patientin weiter verschlimmern", warf der Heiler ein und als Aria ihren Schnabel öffnete, fügte er bestimmt hinzu, „mit Verlaub, Ihre Durchlaucht, ich fürchte dies gilt auch für Tiere, die der Amtssprachen mächtig und ehemalige Königinnen Kirk-Wanas sind. Wir müssen die Hygienevorschriften streng einhalten, wenn wir so delikate Patienten wie momentan präsent haben."

Seine Worte und sein Tonfall machten klar, dass die Diskussion für ihn beendet war und sowohl Aria als auch Mo, beide nicht auf den Mund gefallen und normalerweise nie um eine Antwort verlegen, waren sprachlos. Sternensilber schien irgendwie verstanden zu haben, dass seine Anwesenheit seiner geliebten Schwester Schwierigkeiten bringen könnte. Er warf Keyan einen resignierten Blick zu und bezog wieder seine ursprüngliche Position. Keyan seinerseits warf Aria und Mo einen hilflosen, entschuldigenden Blick zu.

„Heiler Wano, dies sind enge Freunde Miriyas. Vielleicht wäre eine Ausnahme angebracht", wandte er ein.

„Schon gut, Keyan", schnappte Aria und plusterte sich empört auf, „wir *Tiere* warten hier draußen. Sei so gut und gib uns rasch Bescheid, wie es Miriya geht."

Sie warf Wano einen giftigen Blick zu, der den Heiler beinah unmerklich erschaudern ließ, was nur Keyan wahrnahm. Der junge Mann nickte knapp und Wano winkte ihn durch den Türspalt und schloss die Flügeltüren leise hinter dem Kommandanten. Der Krankenflügel war abgedunkelt und sämtliche schweren Vorhänge vor die nachtschwarzen Fenster gezogen worden. Das am weitesten von den Türen entfernte Bett war durch gedämpftes Kerzenlicht behutsam erhellt und mit blickdichten Paravents aus festen Stoffbahnen vom Rest des Saales abgetrennt worden. Keyans Herz setzte erneut schmerzhaft und angsterfüllt einen Schlag aus, dann zog es sich angespannt zusammen und sandte eine eiskalte Welle aus Panik durch seinen Körper, die er zu ignorieren versuchte. Genauso hatte der Krankenflügel ausgesehen, als er seinen Vater zum letzten Mal gesehen hatte. Der beißende, fremdartig anmutende Geruch von starken Kräutertinkturen, vermischt mit einem metallenen Hauch von Blut und durchwirkt vom leisen Flüstern einer Gruppe an Heilern, die um ein Pult in der Nähe des Lagerraumes des Krankenflügels standen und die Köpfe zusammensteckten, bildeten eine seltsam künstliche Atmosphäre, gezwungen ruhig und dennoch eigentümlich beruhigend. Das sanft flackernde Licht stammte von Kerzen aus ätherischen Ölen und Kräutersuden, die zum einen dazu dienten, unangenehme Gerüche zu neutralisieren, aber deren sich anmutig kräuselndem, silbern schimmerndem Rauch auch eine heilende Wirkung zugeschrieben wurde.

Wano ging mit langen, festen Schritten voraus zum Bett hinter den abschirmenden Raumteilern und winkte Keyan, der hinkend folgte, zu sich. Der junge Mann trat neben den Heiler und erstarrte, unfähig einen einzigen Gedanken zu fassen. Vor ihm im Bett lag Miriya, eine schmale, beinah zerbrechlich wirkende Gestalt in einem Meer aus Laken. Sie war so weiß wie die Lagen aus Leinen, in die sie bis unters Kinn eingehüllt war. Ihr Gesicht war spitz, die Augen, untermalt von tiefen, dunklen Schatten, waren geschlossen, ihre Wangen eingefallen und ihre sonst so vollen, schöngeschwungenen Lippen dünne, bläulich angelaufene Striche, als würde sie krampfhaft Schmerzen unterdrücken. Man hatte sie offensichtlich sorgfältig gebadet und von allem Schmutz, Blut und Schweiß befreit, dennoch erschienen ihre Haare struppig und strähnig und hatten ihren Glanz und Schwung verloren. Sogar die bunten Verzierungen schienen an Farbe verloren zu haben. Keyan erschrak heftig und sein Herz flatterte unruhig in seiner Brust. Sie sah mehr tot als lebendig aus, fahl und reglos und wie ein Schatten ihrer Selbst, unvorstellbare Schmerzen und übermenschliche Erschöpfung in der Form einer zierlichen, jungen Frau. Keyan öffnete den Mund, wollte etwas sagen, aber alles, was seinen trockenen Lippen entwich, war ein gequälter Laut, etwas zwischen einem Aufschluchzen und einem Stöhnen. Er setzte sich mühsam auf die Bettkante, fühlte sich so hilflos und schockgefrostet, wie er sich nur einmal zuvor in seinem Leben gefühlt hatte, als er seine Eltern zu Grabe hatte tragen müssen. Instinktiv fanden seine Hände Miriyas eine Hand, die unter den Lagen aus Laken hervorlugte. Er nahm sie vorsichtig in die seinen, die vor unterdrückten Gefühlen bebten. Miriyas Hand war eiskalt und klamm. Neben ihm erklärte Wano mit leisen, sorgfältig gewählten Worten, dass sie Miriyas Wunden versorgt und verbunden hatten, dass sie die junge Frau in ein dickes Baumwollnachthemd gehüllt und in viele Schichten aus Leinen und daunengefüllten Decken gebettet hatten und dass Bettpfannen voller glühender Kohlen unter der Matratze steckten, um sie zusätzlich zu wärmen.

„Aber sie ist eiskalt", brachte Keyan hervor, seine Stimme ein tonloses Flüstern.

„Der hohe Blutverlust und die starke Entkräftung. Ihr Körper befindet sich sozusagen im Winterschlaf, um all die verbliebene Energie zu wahren und zu bündeln", meinte der Heiler sorgenvoll.

„Sie atmet momentan nur mit Hilfe", fuhr er fort und deutete auf die gläserne Maske mit den abdichtenden Rändern, die einen guten Teil von Miriyas unterer Gesichtshälfte bedeckte und von der ein Schlauch zu einem leise ratternden Kasten führte, ähnlich der Maschine, die Keyan im Krankensaal der Wassermenschen mit Sauerstoff versorgt hatte. Keyan streckte eine Hand aus und strich der jungen Frau zärtlich eine matte Haarlocke aus der Stirn.

„Miriya", flüsterte er kaum hörbar. Ihr Anblick schmerzte ihn so sehr, dass sich seine Kehle zusammenschnürte und ihm beinah die Luft wegblieb. Er hätte alles dafür gegeben, ihr ihre Schmerzen abnehmen zu können, hätte ohne zu zögern alle auf sich genommen.

Wano räusperte sich.

„Mit Verlaub, ich möchte ehrlich sein", sagte er dann und fuhr fort, als er Keyan nicken sah, „es steht sehr schlecht um sie. Wie bereits gesagt, ihre Atmung ist sehr unzuverlässig und sie hat viel Blut verloren. Ich fürchte, wir können nicht sagen, ob ihr Körper in der Lage ist, den Blutverlust auszugleichen. Sie ist äußerst schwach und instabil und wenn sich die Wunden weiter entzünden, müssen wir Wundfieber fürchten. Das wäre ihr sicherer Tod."

Keyan lauschte mit bangem, pochendem Herzen und das flaue Gefühl in seinem Magen drohte ihn zu übermannen. Er hatte Mühe, den Ausführungen des Heilers zu folgen, sein Kopf fühlte sich an wie mit Sejamwolle vollgestopft, wie leergefegt und in einer merkwürdig schwerelosen, schrecklich stillen Schockstarre, die ihn lähmte und ihm den Atem abschnürte. Wano musste ihm seinen Gefühlszustand angesehen haben, denn er legte ihm beruhigend eine Hand auf die Schulter und wies einen der anderen Heiler an, ihm einen Beruhigungstee zu bringen.

„Versucht, tief durchzuatmen", meinte Wano hilfsbereit, während er Keyan zwang, den Tee so heiß wie möglich so schnell wie möglich zu trinken, „was ich eben gesagt habe mag aussichtslos und entmutigend klingen, aber noch ist nichts verloren."

Keyan warf Miriya einen kurzen Blick über den Rand des dampfenden Kräutersuds zu. Das bittere, scharfe Getränk schien seine Wirkung bereits zu entfalten und half ihm, klare Gedanken in der vakuumartigen Leere seines Kopfes zu sammeln. Sein Herzschlag verlangsamte sich, aber die Angst und das flaue Gefühl, das seine Brust klamm umfing, blieb. Miriya sah so verletzlich aus, so zerbrechlich. Die Glasmaske beschlug sich kaum sichtbar mit einem leichten, silbernen Nebel, wann immer die Maschine die junge Frau dazu zwang, einen Atemzug zu tun. Dieser filigrane Hauch Lebens bei jedem Ausatmen gab Keyan einen kleinen Funken Hoffnung, der sich in seiner Brust entzündete und gegen die auftretende Entmutigung und das lähmende Angstgefühl anzukämpfen begann, unterstützt vom Tee des Heilers. Keyan drückte kurz und unendlich sanft Miriyas Hand, dann stand er auf.

„Ich werde die anderen wissen lassen, was Ihr mir eben mitgeteilt habt", sagte er und wandte sich zum Gehen.

„Bitte tut das. Ich werde veranlassen, dass ein Stuhl an Miriyas Bett gebracht wird, auf dem Ihr trotz Eurer eigenen Beschwerden gut sitzen könnt", meinte Wano, dem Keyans Hinken und unterdrückte Schmerzlaute nicht entgangen waren und dessen Miene man ansehen konnte, dass er Keyans absichtliches Ignorieren seiner eigenen körperlichen Verfassung missbilligte. Der junge Mann winkte dankbar, bevor er die Flügeltüren öffnete und beinah von Sternensilbers Horn aufgespießt worden wäre, als das wilde Einhorn sich in den Krankensaal schieben wollte. Aria und Mo waren aufgesprungen, kaum dass die Türe sich einen Fingerbreit geöffnet hatte. Keyan schaffte es erstaunlicherweise, Sternensilber davon abzuhalten, zu seiner geliebten Schwester zu stürmen. Stattdessen fixierte der Hengst den Kommandanten der Palastwache mit einem aufmerksamen Blick aus Augen, die wild, aber auch flehentlich schimmerten. Aria und Mo starrten den jungen Mann ebenfalls herausfordernd und in banger Erwartung an.

Keyan lehnte sich gegen die wieder geschlossenen Türen, wie zuvor Darijos Mutter, schloss kurz die Augen und stieß Atem langsam aus, um sich zu sammeln. Ein neuer Tag näherte sich leise, scheu und färbte die Schwärze der Nacht in ein graublaues, körniges Zwielicht. Der Himmel draußen war noch immer dunkel, aber man konnte hoch aufgetürmte Wolkenwälle erkennen, die die verblassenden Sterne bedeckten und das Mondlicht absorbierten.

„Sag schon was!", maulte Mo ungehalten und zutiefst beunruhigt zugleich. Das Fabeltier konnte nicht stillstehen und wechselte ständig von einem Pfotenpaar aufs andere, was ihr irritierte Blicke von Aria und Sternensilber einbrachte, die beide komplett bewegungslos dastanden und Keyan anschauten. Einen Moment lang dachte er, dass er in Tränen ausbrechen würde, würde er auch nur ein einziges Wort sagen und seine Zunge fühlte sich an, als wäre sie nicht mehr länger Teil seines Körpers.

„Wird sie sterben?", brachte Mo hervor und es klang wie ein aufschluchzendes Quieken. Keyan schüttelte den Kopf und es kostete ihn große Kraft und Beherrschung, in ruhigen, gefassten Worten wiederzugeben, was ihm Heiler Wano alles gesagt hatte. Aria, Mo und Sternensilber lauschten.

„Noch ist nichts verloren", schloss Aria für Keyan, wobei sie unbeabsichtigt Wanos Worte echote. Keyan zwang sich zu einem kurzen, bejahenden Lächeln.

„Bitte entschuldigt mich für einen Moment", stieß er dann hervor und entfernte sich mit raschen, hinkenden Schritten, bevor ihm seine Fassade entgleiten konnte.

„Vielen Dank für die Informationen", sagte Aria an den sich entfernenden Kommandanten gerichtet.

„Wir werden Raika, Ki-Ara und die Teleporter in Kenntnis setzen", schloss sie, Keyan einen ihrer seltenen, offen mitfühlenden Blicken nachwerfend. Unter ihr nickte Mo heftig und wieselte davon in Richtung der Gästewohnungen.

„Ich werde dann wohl mal in Raikas Gemächer hinauf*gehen*. All die Treppen hoch, *zu Fuss!*", rief Aria dem Fabeltier bedeutungsvoll hinterher, aber das kleine, possierliche Tierchen ignorierte sie gekonnt. Der Kampf mit dem Drachen in der auftriebslosen Zone hatte Aria viel abverlangt und obwohl sie sich nichts anmerken ließ, schmerzte ihr ganzer Körper und sie wusste, dass sie sich schonen musste. Leise Schimpfworte vor sich hinmurmelnd wandte sie sich zum Gehen, während Sternensilber unverwüstlich seine Position vor den Flügeltüren wieder aufnahm und würdevoll sein Warten und Wachen fortsetzte.

Als Raika aus einem tiefen, bleiernen Schlaf erwachte, war es früher Morgen und ein von riesigen, bauschigen Wolkentürmen verhangener Himmel ließ nur wenig Sonnenlicht passieren. Es sah nach Regen aus und widerspiegelte die trübe, triste Stimmung, in der sich Raika vorfand. Einen Augenblick lang fragte sie sich, warum sie sich so erschlagen und leer fühlte, dann kam ihr alles mit scharfer, schmerzhafter, herzzerreißender Klarheit wieder in den Sinn. Sie keuchte auf.

„Miriya!", machte sie und war mit einem Satz auf den Beinen.

„Raika", wandte sich Sarahi an ihre Herrin. Die Zofe hatte neben dem Bett auf das Erwachen der Königin gewartet, und sich mit kleinen Handarbeiten davon abgehalten, zu sehr ihren Gedanken nachzuhängen. Zeitgleich mit Raika war sie aufgesprungen und hatte sämtliche Nadeln, Scheren und Stoffbänder in ihrem Schoss auf dem Boden verteilt.

„Was ist mit Miriya?", wollte Raika wissen, während sie sich ohne Sarahis Hilfe hastig in ein schweres, silbergraues Brokatgewand kleidete, das hochgeschlossen war, Puffärmel hatte und ein schlichtes, ineinander verschnörkeltes Blumenmuster in anthrazit aufwies, in das in regelmäßigen Abständen kleine Hämatittropfen eingestickt waren. Sarahi gab es auf, das Chaos an Stickutensilien vom Boden aufzulesen und zwang Raika, sich von ihr zurecht machen zu lassen, anstatt direkt zum Krankensaal zu eilen. Während sie die Haare der Königin sorgfältig bürstete, mit Rosenölen bearbeitete und dann locker und leicht am Hinterkopf hochtürmte und mit kleinen, Hämatit-besetzten Broschen feststeckte, erzählte die Hauptzofe, was Aria ihr nach Luft ringend und keuchend mitgeteilt hatte, sobald sie es in die Gemächer der Königin geschafft hatte.

„Sie muss beatmet werden", hauchte Raika entsetzt, „oh ihr Götter!"

„Miriya ist eine starke junge Frau. Und so tapfer. Sie wird kämpfen", meinte Sarahi mit mehr Bestimmtheit, als sie sich selbst zugestand. Aber Raika sah so unendlich schuldbewusst, schockerstarrt und den Tränen nah aus, dass sie sich keine Schwäche eingestehen konnte.

„Keyan ist bei ihr", erwiderte die Königin; eine Feststellung, keine Frage. Sarahi nickte.

„Ich denke, er wird an ihrem Bett anzutreffen sein", bestätigte sie.

„Du hättest mich direkt wecken sollen", sagte Raika etwas vorwurfsvoll nach einem kurzen Moment des Schweigens, während dem Sarahi einen filigranen, rankenförmig gestalteten Silberreif in ihren Haaren befestigte, der, passend zum Kleid, kleine Hämatittropfen über ihre Stirn verteilte. Ihr Gegenüber im Spiegel starrte sie aus müden, sorgenverhüllten Augen trostlos an.

„Ihr brauchtet den Schlaf, Eure Hoheit", erwiderte Sarahi, für mehr Nachdruck auf die Höflichkeitsformen zurückgreifend. „Aber jetzt seid ihr bereit, zu Miriya zu gehen."

Das ließ sich Raika nicht zweimal sagen. Sie eilte geschwind die Treppen hinunter, den Stoff ihres Brokatkleides mit beiden Händen hochgerafft, damit sie ungehindert und rasch die Stufen hinabsteigen konnte. Hunderte von Gedanken rauschten durch ihren Kopf, als sie Gänge und Korridore entlangeilte, die vom spärlichen Tageslicht des trüben Regentages nur schwach erhellt wurden. Ihr Herz klopfte ihr bis zum Hals, Furcht, Bangen und Schuldgefühle wechselten sich ab und trieben ihr eiskalte Schauer über den Rücken. Ihre Finger krallten sich klamm und schwitzig zugleich im festen, weichen Stoff ihres Kleides fest. Vor den Flügeltüren zum Krankensaal traf sie zu ihrer Überraschung auf einen geduldig wartenden Sternensilber, aber auch auf Aria und Mo, die mit sauertöpfischen Gesichtern die Türen zum Krankenflügel durchbohrten.

„Was ist denn mit euch los?", wollte Raika wissen, ehrlich erstaunt.

Aria schenkte ihr einen komischen Seitenblick, während Mo zornig schnaubte.

„*Tieren* ist der Zutritt zum Krankenflügel untersagt", antwortete Aria verärgert und gekränkt.

Raika konnte sich ob der trübsinnig-zornigen Gesichtsausdrücken ein kurzes Lächeln kaum verkneifen.

„Lasst mich mit Wano sprechen. Ich bin sicher, wir können hier eine Ausnahme machen", meinte sie halb belustigt, halb be-

schwichtigend, als sie kurz anklopfte und sich dann durch die Türöffnung schob. Hoffnungsvolle Blicke folgten ihr in den Krankensaal. Sternensilber schnaubte leise und bittend.

Im Krankenflügel waren noch immer alle Vorhänge zugezogen
und die Kerzen verströmten mildes, angenehmes Licht, sowie einen dezenten Geruch basierend auf den Kräutern und ätherischen
Ölen, aus denen sie hergestellt worden waren. Die Heiler hatten
sich in das dem Krankensaal angrenzende Studienzimmer zurückgezogen, das gemeinsam mit dem Lagerraum für die Tinkturen,
Kräutersude, Tees, getrockneten Kräuter und allem, was man
sonst noch für die Herstellung von Medizin und zur Behandlung
von Kranken und Verletzten benötigte und dem Zubereitungs-
zimmer, wo alles hergestellt wurde, das Herzstück des Krankenflügels bildete. Raika eilte mit klopfendem Herzen und flauem
Gefühl im Magen den Gang zwischen den Betten hindurch, hin
zu der einen Lagerstätte, die mit den Paravents abgeschirmt war.
Sie trat um die Raumtrenner herum und sofort wurde ihr Blick,
sowie sämtliche Gedanken von der zerbrechlich wirkenden Gestalt in den Laken beansprucht. Wie blass und leblos Miriya aussah, wie gequält und gebeutelt, wie gebrochen und geschunden.
Wie zuvor schon Keyan brachte Raika nicht mehr zustande als
ein schmerzerfülltes, schluchzendes Stöhnen, das sie im letzten
Moment zu unterdrücken suchte, als sie aus den Augenwinkeln
ihren Kommandanten der Palastwache gewahrte, der in einem
gepolsterten Stuhl neben dem Bett saß und einfach nur miserabel
aussah. Sie hob ihre zarten Finger an den Mund, versuchte, ruhig
zu atmen und die Gewalt über ihre Stimme zurückzugewinnen.
Keyan sah todtraurig und vollkommen erschöpft und zerschlagen
aus, so wie sie ihn noch nie gesehen hatte. Nicht einmal nach dem
Tod seiner Eltern, aber damals hatte er sein Bestes getan, sich seine Verfassung ihr gegenüber nicht anmerken zu lassen. Nun aber
schien er jenseits des Punkts zu sein, an dem er sich noch groß
um sein Auftreten kümmerte. Ihre Blicke trafen sich kurz und der
unverhohlene Schmerz in seinem Blick schnürte ihr die Kehle zu
und ließ ihr Herz aussetzen. Sie wollte etwas sagen, aber in die-

sem Moment trat Heiler Wano zu ihnen und schilderte der Königin mit leisen, klaren Worten, wie es um Miriya stand. Keyan verzog kurz das Gesicht, fuhr sich fahrig durchs Haar. Er hatte sich nach seinem Gespräch mit Aria und Mo kurz in den Wintergarten zurückgezogen, um all die Eindrücke zu verdauen und sich zu sammeln, dann war er zurück in den Krankenflügel geeilt und saß seither wie auf Nadeln an Miriyas Bett. Obwohl der Stuhl, auf dem er saß, bequem ausgepolstert und von Wano gutgeheißen worden war, spürte er seine noch nicht gänzlich verheilten Verletzungen pochend und schmerzhaft und er saß unbehaglich vornübergebeugt, damit er Miriya so nahe wie möglich sein konnte. Er nahm kaum wahr, dass Wano sich wieder entfernte, doch dann holte ihn Raika aus seinen trüben Gedanken, indem sie sich vorsichtig auf die Bettkante zu Miriya setzte und die junge Frau lange traurig ansah. Ihre Hände, die sie in ihren Schoß gelegt hatte, krampften sich um den aufgerafften Brokatstoff ihres Kleides.

„Alles meine Schuld", murmelte sie schließlich leise, schuldbewusst. Sie beugte sich vor und strich Miriya sanft über die Wange, mühsam die Tränen unterdrückend. Keyan wandte den Blick ab, musterte angestrengt die Tinkturen und Kräutersude auf Miriyas Nachttisch und Raika realisierte, dass er ebenfalls mit den Tränen kämpfte. Sie wollte etwas hinzufügen, als plötzlich eiskalte Finger schwach ihre Hand umfingen. Raika zuckte zusammen und ihr Blick schoss von Keyan zu Miriya. Die junge Frau blinzelte sie benommen aus schmerzverschleierten Augen an.

„Miriya", keuchte Raika und nahm die klammen Finger in die ihren. Keyan fuhr herum.

„Miriya, bei den Göttern! Du bist wach!", flüsterte die Königin ungläubig und freudige Erregung ließ ihr Herz schneller schlagen. Miriya hielt ihren Blick fixiert, unendliche Schmerzen sprachen aus den stumpfen Augen unter schweren Lidern, als sie unendlich langsam ihre Hand an Raikas Unterarm entlangwandern ließ, hoch in Richtung ihrer Schulter. Ihre Atemmaske, zuvor erschreckend klar, beschlug sich funkelnd von innen, ihre Lippen, noch immer blau vor Kälte, bewegten sich, formulierten schwach einige Worte.

„Ich hole Wano, Miriya", sagte Raika, legte Miriyas Finger sanft in Keyans, der nun neben ihr stand, ebenso freudig erregt wie die Königin selbst. Diese eilte los, während Keyan beide Hände um Miriyas zitternde, feingliedrige Finger schloss.

„Miriya, du bist wach. Den Göttern sei Dank", brachte Keyan rau flüsternd hervor, seine Stimme noch heiserer als sonst und voller kaum zurückhaltbaren Gefühlen. Sie schloss entkräftet die Augen, schluckte schwer. Durch den silbern schimmernden Nebel, der die Glasmaske beschlug, sah er, wie sie erneut ihre Lippen bewegte, ein einziges Wort formte. *Keyan.* Sie flocht ihre kalten Finger schwerfällig durch seine, drückte kurz und fast unmerklich seine Hand. Und sein Herz überlief vor Emotionen. Er beugte sich vor, legte vorsichtig und ganz sanft seine Stirn gegen die ihre, während stumme Tränen der Erleichterung über seine Wangen in seine Bartstoppeln rannen.

„Exzellent", meinte Wano neben ihm, „sie ist aufgewacht!"

Keyan trat unwillig zurück, um dem Heiler Platz zu machen, aber seine Finger blieben mit Miriyas Fingern verflochten. Raika war um das Bett herumgegangen und hatte Miriya sanft eine Hand auf den Oberarm unter dem Lakenmeer gelegt, während Wano erklärte, dass er die Atemmaske kurz lösen würde, damit Miriya sprechen konnte. Die junge Frau öffnete ihre Augen, die kurz ohne Fokus durch den Raum schwammen, bevor sie abermals Raikas Blick fanden.

„… Schuld …", hauchte sie, tonlos und rau und kaum fähig, deutliche Worte zu produzieren. „… Nicht … Eure Schuld …", brachte sie hervor und obwohl die Worte kaum vernehmbar waren, so waren alle Anwesenden in der Lage, die Dringlichkeit und Entschlossenheit hinter den Worten zu spüren. Raika stieß einen Laut aus, ein unterdrücktes Aufschluchzen, als ihr Tränen in die Augen schossen und wie glitzernde Perlen über ihre Wangen kullerten.

„Danke", flüsterte sie und strich Miriya erneut sanft über die Wange. Die junge Frau schloss wieder die Augen, hustete kurz und schien kaum in der Lage, Luft einzuatmen. Wano befestigte die gläserne Atemhilfe wieder über Miriyas Mund und Nase und erklärte Keyan und Raika, wie man die Maske lösen und wieder richtig anbringen konnte. Dann zog er sich zurück, um einige weitere Tinkturen vorzubereiten.

„Miriya", wisperte Keyan leise und zärtlich und nahm wieder seine Position an ihrem Bett ein. Ihr Blick wanderte von Raika zu dem jungen Mann und eine einzelne Träne zog eine glitzernde Spur über ihre leichenblasse Wange. Sie versuchte nicht mehr, zu sprechen, begnügte sich damit, in den moosgrünen Tiefen seiner Augen zu versinken, diese beruhigenden Tiefen voller Emotionen, voller Zuneigung und Zärtlichkeit und Erleichterung. *Keyan.* Endlich. Sie fühlte sich unglaublich schwach und die Schmerzen, die durch ihren Körper fuhren wie glühende Drähte, die jemand durch ihr Fleisch zog, trieben sie fast in den Wahnsinn, während eiskalte Schauer in Wellen durch ihre entkräfteten, vollkommen zerschlagenen Glieder fuhren. Sie konnte ihre Umgebung nur undeutlich ausmachen, sah alles verschwommen und wie durch einen Schleier aus Schmerz und alles war dumpf und wie in Watte gepackt. Ein splitterndes Krachen drang verzögert und gedämpft an ihre Ohren, Keyans Augen verschwanden aus ihrem Fokus. Und dann blickten andere Augen in die ihren, wild, frei, unzähmbar, wie dunkelblaue, lodernde Flammen. *Sternensilber.* Sie sah nicht, wie der Raum zwischen ihrem Bett und den Paravents sich langsam füllte, mit Ki-Ara, Sia-Ara, mit Sarahi, mit Darijo und seinen Eltern, mit Aria und Mo und Raika und Keyan und Sternensilber. Sie hörte nicht, wie Wano entrüstet Luft holte, als er die Tiere im Krankenflügel sah und wie Raika ihn sanft, aber bestimmt zurechtwies. Sie spürte kaum die Hände ihrer Freunde, die sich vorsichtig und Trost spendend auf ihre Arme legten, sorgsam darauf bedacht, ihr nicht noch mehr Schmerzen zuzuführen. Aber sie nahm die Anwesenheit all dieser liebgewonnen Wesen wahr, all die Unterstützung und Aufmunterung, die sie ihr weitergaben und da schlief sie ein, ein Lächeln auf ihren Lippen. *Endlich zuhause!*

Kapitel XVIII
~
Von Verwandlung

Miriya blieb das Herz stehen. Die Drachen flogen auf sie zu, zornerfüllt, fauchend, todbringend. Die junge Frau konnte die Luft durch die ledrigen Schwingen zischen hören. Panisch wollte sie sich herumwerfen und davonlaufen. Sie *musste* wegkommen. Aber es ging nicht. *Es ging nicht*! Sie konnte sich nicht bewegen. Nicht einen Schritt. Wie versteinert sah sie die furchteinflößenden Reptilien näherkommen, hörte das markerschütternde Röhren, roch Asche, Feuer und Lava in der Luft. *Ohnmacht*. Wie eine eisige Welle überschwappte sie lähmende, atemraubende Ohnmacht. Wieso konnte sie nicht davonlaufen? *Wieso*? Erschrocken schrie sie auf, ein erstickter, gedämpfter Laut. Sie wollte sich befreien, wollte loskommen. Sie begann, mit den Armen und Beinen zu rudern, wollte sich herumwerfen. Es fühlte sich an, als hätte jemand Steine an ihre Gliedmaßen gebunden. Dutzende von Steinen, die sie herunterzogen, die sie an Ort und Stelle festhielten und deren Befestigung ihr furchtbar sengende Schmerzen durch den ganzen Körper jagten. Sie brach in Schweiß aus, begann unkontrolliert zu zittern. Es war hoffnungslos. Sie hob den Kopf. Und sah, wie der vorderste Drache seine hässliche Schnauze öffnete. Er war schon so nahe, dass sie das boshafte, heimtückische Glitzern in seinen Augen gegen das Flammenmeer ausmachen konnte. Sie sah, mit panisch klopfendem Herzen und vor Schmerz beinah schreienden Gliedern, wie sich ein Feuerball in der leicht geöffneten Schnauze formte. Sie wollte schreien. Sie wollte rennen. Konnte es nicht. Der Drache brüllte ohrenbetäubend, dann spie er ihr einen mächtigen Feuerball entgegen und drehte ab. Schrecklich verlangsamt musste die junge Frau mit ansehen, wie sich die fauchende, lodernde Kugel ihr unbarmherzig näherte. Und sie traf. Mit voller Wucht, ohne dass sie den Hauch einer Chance gehabt hätte, auszuweichen. Unerträgliche Schmerzen durchfuhren sie, glühend scharf, heiß, als der Feuerball ihre Haut von den Knochen schmolz und ihre Haare verbrannte. Sie konnte es riechen, verkohltes Fleisch. Und sie öffnete den Mund, schrie. Ein kläglicher Laut, der mehr an ein trockenes Aufschluchzen erinnerte, voller stummer Verzweiflung und Qual.

„*Miriya!*" Ein heiseres, dringliches Flüstern an ihrem Ohr. Sie fuhr aus ihrem Albtraum hoch, in Schweiß gebadet, ihr Körper ein einziger, glühender Schmerz und immer noch unfähig sich zu bewegen. Moosgrüne Augen voller Sorge und Anteilnahme nahe an ihrem Gesichtsfeld. Genau da, wo sie noch scharf Umrisse erkennen konnte. Silbernes Mondlicht schattierte die Bartstoppeln, das halblange, unordentlich verstrubbelte Haar. *Keyan.*

„Miriya, beruhig dich", flüsterte Keyan. Er hob eine Hand und strich der jungen Frau zärtlich einige Haarsträhnen aus dem verschwitzten Gesicht. Unter der Atemmaske konnte er sehen, wie sie stoßweise in keuchenden Atemzügen Luft holte. Silbrige Wolken kondensierten Atems glitzerten am Glas der Maske. Er legte ihr sanft die Hand auf die bebende Schulter, seine warmen Finger an ihrer klammen Haut, auf ihrem unruhigen, rasenden Puls. „Alles in Ordnung. Ich bin bei dir."

Sie starrte ihn an, aus Augen, in denen so viel Angst und Schmerzen schwammen, dass es ihm das Herz zusammenzog und die Luft abschnürte. Was hätte er dafür gegeben, ihr das alles abnehmen zu können.

„Drachen", stieß sie hervor. Es war ein raues Flüstern, panisch und weinerlich zugleich. Die kondensierten Atemwolken auf ihrer Atemmaske schlossen sich zitternd zu Wassertröpfchen zusammen, die wie Tränen am Glas entlang zum Rand der Maske rollten.

„Keine Drachen hier", erwiderte er beruhigend und fügte beiläufig hinzu, „nur ein Adler und ein Fabeltier. Aber die können auch ziemlich furchteinflößend sein."

Er konnte sehen, dass es einen Moment dauerte, bis sie seinen Versuch, sie aufzumuntern und abzulenken, registriert hatte.

„Mo. Aria … in Ordnung?", machte sie angestrengt. Es kostete sie all ihre Konzentration, ihre Zunge um die Silben der einzelnen Worte zu schlingen. Als würden ihr die Zeilen entwischen wie sich windende Fische.

„Und Sternensilber ebenfalls. Und Raika und Ki-Ara und der Rest. Alle sind in Ordnung", antwortete Keyan flüsternd. „Alle", fuhr er stockend fort, „bis auf-" Er brach ab. *Bis auf dich*, hatte er sagen wollen, völlig unnötig in der gegebenen Situation.

Miriyas Augen schweiften ab. Sie konnte verschwommen erkennen, dass es mitten in der Nacht sein musste. Der Krankenflügel war dunkel, nur silbernes Mondlicht drang durch die schmalen, hohen Milchglasfenster in den stillen Raum. Eines der Fenster war leicht geöffnet, um frische Nachtluft hereinzulassen. Miriya konnte die verschiedenen Rufe nachtaktiver Tiere hören, leise, vertraute Laute im Gegensatz zu dem bedrohenden, markerschütternden Röhren und Brüllen der Drachen. Sie begann, unkontrolliert am ganzen Körper zu zittern. Wellen aus Schmerzen fuhren pochend im Rhythmus ihres unregelmäßig rasenden Pulses durch ihre geschundenen, bandagierten Gliedmaßen. Keyans Stimme drang wohltuend an ihr Ohr. Sie realisierte schwach, dass seine Hand noch immer auf ihrer Schulter ruhte und konzentrierte sich bebend auf die Wärme seiner Finger.

„Es ist vorbei, Miriya. Denke nicht daran", ermahnte er sie sanft. Sie suchte seinen Blick mit dem ihren, hielt ihn fest wie eine Ertrinkende den Rettungsring.

„Vorbei", murmelte sie benommen. Ihre unverletzte Hand fand die seine auf ihrer Schulter und sie flocht unendlich langsam und behäbig ihre Finger durch die seinen. Er drückte sanft ihre eiskalten Finger. Vorsichtig hob er ihre Hand an seine Lippen und drückte ihr einen zärtlichen Kuss auf den klammen Handrücken. Und als sein Blick dann erneut den ihren suchte, merkte er, dass sie wieder weggedöst war.

In den folgenden Tagen behielt Miriya ihr unruhiges, von Albträumen geplagtes Schlafmuster bei, glitt panisch murmelnd und schwer atmend von einem dämmrigen, verschwommenen Wachzustand in schweißgetränkte, wirre Schlafphasen. Sarahi hatte es auf sich genommen, der jungen Frau in regelmäßigen Abständen klare Brühe und heilende Kräutersude einzuflößen, während Keyan Miriyas Schlaf bewachte. Trotz der Albträume wurde Miriya täglich ein kleines Stück kräftiger und die Heiler stellten erfreut kleine Besserungen fest, die sie freudestrahlend Königin Raika berichteten. Mos und Arias Anwesenheit wurde zähneknirschend akzeptiert, ebenso wie die Präsenz Sternensilbers. Das wilde Einhorn ließ sich von niemandem, nicht einmal von Keyan, dazu bewegen, zurück in die Stallungen zu kehren. Und niemand wagte es, das herrliche Tier zu zwingen. Erst als Miriya eine geraume Zeit später in der Lage war, sich selbst im Bett aufzurichten und beinah ohne die Hilfe der Atemmaske zu atmen, konnte sie in kurzen, atemlosen Sätzen das Einhorn dazu überreden, die Stallungen aufzusuchen.

„Miriyas Ritter in schimmernder Rüstung", meinte Mo neckisch, während sie vom Fußende von Miriyas Krankenlager aus träge zuschaute, wie Sternensilber sich vom nervösen Stallburschen davonführen ließ. Aria schnaubte, ein Laut so ungleich dem eines Adlers, dass die Heiler im hinteren Teil des Krankenflügels kurz alarmiert von ihren Tätigkeiten aufschauten. Die Adlerdame warf dem Fabeltier einen Blick zu, bei dem man förmlich die erhobene Augenbraue fühlen konnte. „Ihr Ritter in schimmernder Rüstung? Ich glaube nicht, dass ihr Ritter eine schimmernde Rüstung trägt."

Mo richtete sich auf, den Kopf schräggelegt, Schalk glitzernd in den Knopfaugen. Sie musterte Keyan, der auf einem bequem gepolsterten Stuhl neben dem Bett im Sitzen vor sich hindöste.

„Er trägt definitiv Leder", stellte sie aalglatt fest und wäre sie ein Mensch gewesen, hätte sie wohl von einem Ohr zum anderen gegrinst. Aria klackerte amüsiert mit dem Schnabel. Aus Miriyas Richtung erklang ein gedämpftes Keuchen. Adler und Fabeltier wandten überrascht die Köpfe.

„Du bist noch wach!", rief Mo.

„Du hast uns gehört!", stellte Aria trocken fest.

Miriya schob sich langsam und sorgfältig darauf bedacht, die Wellen aus Schmerzen auf einem Minimum zu halten, an den Kissen entlang hoch in eine halbsitzende Stellung. Die Atemmaske hielt sie in der gesunden Hand auf ihren Knien.

„Ich bin wach. Und ich habe euch gehört", sagte sie, ihre Stimme ein kraftloses Echo ihres ursprünglichen melodiösen Singsanges. „Und lachen ist nicht gut für meine Rippen", fügte sie ächzend hinzu.

„Normalerweise bist du für einen Wimpernschlag wach und döst gleich wieder weg", meinte Mo.

„Fühlst du dich etwas besser?", wollte Aria wissen und in ihrer Stimme schwang ungewöhnlich viel Fürsorge mit.

„Ja, ein bisschen", antwortete Miriya, nachdem sie kurz nachdenklich in ihre Maske geatmet hatte. Sie konnte noch immer an einer Hand abzählen, wie oft sie ihre Umgebung klar und nicht von Schmerzen verschleiert erkennen konnte und dieser Tag war ein guter Tag. Sie hätte zuvor in Sternensilbers dunkelblauen Augen versinken können, in diesen Tiefen aus Vertrauen und Geborgenheit. Nun erkannte sie, dass es später Nachmittag sein musste. Die Sonne warf ihre letzten Strahlen goldenen Lichtes durch die Milchglasfenster des Krankenflügels und in den Schatten verkündete ein Hauch Purpur das Näherkommen der Dämmerung. Miriya wandte den Blick Keyans dösender Gestalt zu. Er hatte sich an diesem Morgen hergerichtet, ein Bad genommen und die Kleidung gewechselt. Dunkelbraune Strähnen fielen ihm seidig auf die breiten Schultern, die sich langsam und gleichmäßig hoben und senkten. Er hatte die Bartstoppeln gleichmäßig gestutzt, was ihm einen elegant-verwegenen Ausdruck verlieh. Aria räusperte sich.

„Ich glaube, wir gehen", meinte sie bedeutungsschwer in Mos Richtung. Das Fabeltier wollte aufbegehren, aber Aria brachte sie mit einem scharfen Blick aus ihren Adleraugen zum Schweigen.

„Wir *alle* gehen *jetzt*", wiederholte sie dieses Mal lauter und alle Heiler hasteten in den Aufenthaltsraum, der dem Krankenflügel angeschlossen war. Aria scheuchte Mo vor sich her aus dem Krankenflügel. Miriya musste unwillkürlich grinsen. Sie beugte sich mühsam vor und kniff Keyan sanft in den Oberschenkel. Der junge Mann fuhr hoch.

„Alles in Ordnung?", wollte er besorgt wissen und setzte sich zu Miriya auf die Bettkante.

„Ich habe Sternensilber in die Stallungen geschickt", erzählte Miriya, deren Kopf beim Anblick seiner moosgrünen, fürsorglichen Augen plötzlich wie leergefegt war. Sie fixierte ihre Aufmerksamkeit auf die gläserne Maske in ihrer Hand. Keyans leises, heiseres Auflachen entfachte eine winzige Explosion in ihrer Magengegend, unterhalb des Brustbeins.

„Ja, er hat ziemlich deutlich gemacht, dass er nicht von deiner Seite weichen wird, bis er sieht, dass es dir besser geht", erwiderte er leichthin. Er rückte sich etwas bequemer zurecht, denn obwohl er nun schon beinah gänzlich schmerzfrei war, waren die verletzten Glieder noch immer steif und erschwerten ihm noch immer teilweise natürliche Bewegungsabläufe. Er beugte sich etwas vor und war ihr plötzlich unglaublich nah. Sie konnte seine Körperwärme spüren und sein angenehm würziger Duft stieg ihr in die Nase. Ein wohltuendes Kribbeln breitete sich in ihrem Körper aus, während ihr die Hitze ins Gesicht stieg, als sie jäh realisierte, dass dies das erste Mal seit ihrer Rückkehr war, dass sie bei vollem Bewusstsein mit Keyan sprach. Er schien dies ebenfalls zu realisieren, als er sie mit einem undeutbaren Blick musterte.

„Ich war wohl etwas wirr in letzter Zeit", murmelte sie, peinlich darauf bedacht, irgendetwas zu sagen, „bitte verzeih-"

„Miriya", flüsterte er stattdessen leise, ein raues Hauchen. Ein wohliger Schauer fuhr ihren Rücken hinunter, ihr Herz schien jeden zweiten Schlag auszusetzen. Seine Finger fanden ihr Kinn, hoben es sanft an. Das goldene Licht der untergehenden Sonne ließ seine Augen wie Smaragde strahlen, als er ihren Blick festhielt. Ihre Augen funkelten zum ersten Mal seit ihrer Rückkehr wieder wie Tigerauge in den schwindenden Sonnenstrahlen. Miriya stockte unwillkürlich der Atem, als sie den Ernst in den Tiefen seiner Augen sah. Ernst und Zärtlichkeit und eine Zuneigung, die sie teilten, die in Worte zu fassen, sie beide jedoch unfähig waren. Seine Finger wanderten ihren Kieferknochen entlang, strichen liebevoll Haarsträhnen hinter ihr Ohr. Sie legte ihre gesunde Hand über die seine, die nun in ihre Haare fuhr und beugte sich vorsichtig vor.

„Keyan", hauchte sie, als er seine Stirn an die ihre legte. Sein Atem strich über ihr Gesicht. Die Sonne glitt nahtlos hinter die Berge und alles war in dämmriges, purpurn-goldenes Licht getaucht. Und dann fanden seine warmen Lippen die ihren.

Als Miriya das nächste Mal aufwachte, fand sie an Keyans üblichem Platz Raika vor. Die Königin war wie immer makellos hergerichtet, das weiß-blonde Haar in schimmernden Wellen auf dem Kopf aufgetürmt und festgesteckt mit Nadeln, die in geschliffenen Bernsteinkugeln endeten. Ihr bronzefarbenes Kleid war hochgeschlossen, fließend, mit ausladenden Puffärmeln und geschickt platzierten Öffnungen, die mit Bernsteinnadeln neckisch zusammengehalten wurden.

„Man hat mich wissen lassen, dass es dir besser geht", fing Raika an. Miriyas Blick wanderte kurz zu Mo am Fußende ihres Bettes und das Fabeltier schenkte ihr ein breites Grinsen. Die Königin nahm vorsichtig Miriyas Hand in die ihren.

„Ich kann nicht aussprechen, wie sehr es mich freut, zu sehen, dass du am Genesen bist, Miriya", sagte sie herzlich. Ihre Augen schimmerten feucht.

„Das ist deiner Pflege zu verdanken", erwiderte Miriya, seltsam verlegen.

„Das ist doch selbstverständlich", lachte Raika. „Aber genug davon. Ich bringe Gäste."

Bevor Miriya Zeit hatte, zu reagieren, klopfte es an der Türe, eine komische Mischung aus Zaghaftigkeit und der Gewohnheit, sich lautstark anzukünden. Miriya unterdrückte ihren Rippen zuliebe ein Lachen; es gab nur eine Person, die so klopfen konnte! Taren steckte den Kopf durch die Türflügel zeitgleich mit Toa und Seera. Als der Hin-Kia die beiden Frauen am Ende des Krankenflügels gewahrte und sich ihrer Aufmerksamkeit bewusst war, stieß er die Türe breit grinsend auf und erlaubte den Schattenwölfen, mit klickenden Schritten zu Miriyas Krankenlager zu traben. Mo keuchte erschrocken auf, als sie die riesigen, anmutigen Tiere erblickte und ihre Nackenhaare stellten sich unwillkürlich auf, während sie sich reflexartig so kalkweiß färbte wie die Laken unter ihr.

„Hin-Taya, den Göttern sei Dank, dass du noch lebst", sagte Taren, sein Auftreten eine Mischung aus Aufregung, unbändiger Freude, Verlegenheit und Rührung. Raika neigte lächelnd den Kopf, pflückte das Fabeltier vom Bett und stand auf.

„Ich lasse euch ein wenig Zeit zu- zu viert", lachte sie, während Seera es sich interessiert witternd genau da bequem machte, wo zuvor noch Mo gebibbert hatte. Toa hechelte aufgeregt und freudig, die Vorderpfoten aufs Bett in der Nähe von Miriyas Ellenbogen gestellt.

„Woher weißt du denn, dass ich in Kirk-Wana bin?", wollte Miriya verwundert wissen, Toas Liebkosungen ungeschickt abwehrend. Taren kniff sie spielerisch in den gesunden Arm und schaute sie belustigt an.

„Hin-Taya. Du magst dir dessen nicht bewusst sein, aber deine Reise hat eine Menge Bewohner Kirk-Wanas näher zusammengebracht", meinte er in seiner typischen, nonchalanten Leichtigkeit und fuhr grinsend ob ihrer überraschten Miene fort, „Eines schönen Tages hat mich dieser nette Teleporter namens Darijo gesucht mit der Botschaft, dass Keyan wieder in Kirk-Wana ist und seither stehen wir in ständigem Austausch, nicht nur mit der Hauptstadt Kirk-Wana, sondern auch mit den Seemenschen, den Teleportern und den Vogelmenschen. Ki-Ara ist erstmal ein bisschen furchteinflößend, aber man gewöhnt sich daran."

Miriya wusste nicht recht, was sie darauf sagen sollte. Stattdessen ließ sie ihre gesunde Hand peinlich berührt durch Toas Nackenhaare gleiten. Dies schien Taren an etwas zu erinnern. Der Hin-Kia sog kurz scharf Luft ein, was die Schattenwölfe lediglich dazu bewog, kurz mit den Ohren zu zucken, während die junge Frau im Bett heftig zusammenzuckte und sich auf einmal wieder ihres geschundenen Körpers schmerzhaft bewusst wurde.

„Dagegen habe ich eine Lösung", machte Taren, dem Miriyas schmerzverzogener Gesichtsausdruck nach ihrem Zusammenzucken nicht verborgen blieb.

„Kannst du meine Körperhälfte austauschen?", ächzte Miriya. Sie fragte sich unwillkürlich, wie sie bei ihrem Gespräch mit Raika zuvor bloß in der Lage gewesen war, die pochenden Wellen aus glühendem Schmerz zu ignorieren. Taren grinste sie nur breit an. Dann sah er sich kurz verstohlen um, um zu überprüfen, ob sich Heiler im Krankenflügel befanden. Als er erkannte, dass die Luft rein war, zog er ein irdenes Gefäß in der Form einer handgroßen Amphore aus den Untiefen der Felle, die seinen gut gebauten Oberkörper bedeckten.

„Hör zu, Hin-Taya, es klingt ekliger als es ist", begann er, während er zuerst der Amphore, dann der jungen Frau in ihrem Krankenlager einen kurzen Blick zuwarf.

„Schattenwolfspeichel", stellte Miriya trocken fest. Toa hechelte und sah äußerst selbstzufrieden aus.

„Genau", sagte Taren wie beiläufig, „großzügigerweise zur Verfügung gestellt von Toa und Seera höchstpersönlich."

Er bemerkte Miriyas Blick, eine Mischung aus Skepsis, Ergebenheit und Ekel.

„Der Speichel hat wirklich eine heilende Wirkung, Hin-Taya, glaub mir", meinte der junge Mann, eine Augenbraue amüsiert gehoben. Sein Tonfall versetzte Miriya zurück in das Dorf der Hin-Kia, auf den Übungsplatz, als sie vor einer gefühlten Ewigkeit zusammen Bogenschießen trainiert hatten. Wie lange mochte das wohl schon her sein?

„Und erfahrungsgemäß wirkt es auch, wenn man es mit herkömmlichen Wundsalben und Suden mischt. Dann wird die Konsistenz gar nicht weiter auffallen", fügte er hinzu und holte Miriya wieder in den Krankenflügel in Kirk-Wana zurück. Sie musste ob seiner Versuche, ihr diese unkonventionelle Methode der Heilung schmackhaft zu machen, grinsen.

„Wenn du es zu den anderen Phiolen auf den Beistelltisch stellst, werde ich den Heilern nahelegen, den Speichel zu benutzen", sagte sie schließlich. Es gab keinen Grund, den Heilmethoden der Hin-Kia und ihrer treuen Freunde, den Schattenwölfen, zu misstrauen. *Außerdem*, dachte sie ergeben, eine neue Welle aus Schmerz mühsam bekämpfend, *ist es ein Naturprodukt*. Toa stieß ihr wie zur Aufmunterung die feuchte Schnauze sanft ins Gesicht, bevor er sich neben Taren stellte.

„Gedankt sei euch allen", brachte Miriya heraus. Obwohl sie sich zuvor munterer gefühlt hatte, drängte sich nun wieder eine bleierne Müdigkeit an die Oberfläche. Weder Taren noch Toa oder Seera schien dies entgangen zu sein.

„Wir gehen dann wieder, Hin-Taya", sagte Taren leise und schenkte ihr ein Lächeln, das wie ein Sonnenaufgang strahlte, „werde rasch wieder gesund und munter."

Der Hin-Kia legte ihr kurz die warme, kräftige Hand auf die Schulter, beugte sich dann vor und pflanzte ihr einen Kuss auf die Stirn. Hinter ihnen räusperte sich jemand diskret. Taren wandte sich um, eine natürliche, leicht überraschte Geste, ohne dass es so aussah, als fühlte er sich bei etwas ertappt, das er nicht hätte tun dürfen. Miriya war zu müde, um eine Reaktion zu zeigen. Die glühenden Drähte, die sich durch ihre Körperhälfte zu fressen schienen, waren wieder schlimmer geworden. Gleichzeitig konnte sie besagte Körperhälfte nicht bewegen, was ihr ein wachsendes Gefühl beunruhigender Ohnmacht bescherte.

„Taren aus Hin-Kia", hörte sie eine ruhige, leicht heisere Stimme in einem neutral-interessierten Tonfall sagen. Die eine Stimme, die sie aus tausenden von Stimmen hätte wiedererkennen können. Keyan. Taren neben ihr stutzte einen Moment, offensichtlich nicht gewahr, wie er den Kommandanten der königlichen Palastwache in einem formellen Umfeld ansprechen sollte.

„Kommandant Keyan", erwiderte er einen Herzschlag später, straffte sich und neigte respektvoll den Kopf zum Gruß. Einen Wimpernschlag lang war eine kaum merkliche, leicht nervöse Anspannung zwischen den beiden jungen Männern spürbar, während beide nicht recht wussten, wie und in welcher Funktion sie einander begegnen sollten. Dann grinste Keyan plötzlich.

„So sieht man sich wieder", meinte er leichthin und verschob sein Gewicht so, dass er entspannt dastand, „mein Vater pflegte zu sagen, wenn einen der Zufall mehr als einmal vereint, wird man sich so schnell nicht mehr los."

Nun bewegte sich auch Taren in eine entspannte Position, die Schattenwölfe begannen zu hecheln. Ein Grinsen breitete sich auf dem Gesicht des Hin-Kia aus, gutmütig und dennoch bewusst großspurig, ganz Taren. Hätte Miriya noch genug Kraft gehabt, sie hätte theatralisch mit den Augen gerollt.

„Dann wirst du mich wohl so schnell nicht mehr los", stellte der Hin-Kia schlicht fest. Keyan nickte kurz und trat näher.

„Darüber bin ich nicht traurig. Wir müssen die Freundschafts-
bande, die durch Miriyas Reise geschmiedet wurden, ehren und
aufrechterhalten", sagte er, die Stimme aufrichtig und respektvoll,
„außerdem habe ich von Aria einige Anekdoten über dich gehört."
Trotz der aufkommenden Müdigkeit konnte Miriya Tarens Gesichtsausdruck ob dieser Worte ansehen, dass sich der junge Mann
für den Bruchteil eines Herzschlages unbehaglich fragte, welche
Anekdoten die Adlerdame dem Kommandanten wohl erzählt hatte.

Keyan grinste erneut: „Du scheinst ein guter Mann zu sein,
aufrichtig und tüchtig und ehrlich. Ich freue mich schon auf unsere Zusammenarbeit."

Taren erwiderte sein Grinsen. „Darauf freue ich mich ebenfalls, Keyan aus Kirk-Wana. Auch ich habe nur das Beste von dir
gehört", meinte er, Respekt und Freundschaft eminent in seiner
gutmütigen Stimme. Und während Miriya ins Land der Träume
abdriftete und die beiden Männer sich kumpelhaft zum Abschied
die Hände schüttelten, wurde ihr plötzlich bewusst, dass sie Keyan tatsächlich noch gar nichts über ihre Reise erzählt hatte. *Das
werde ich so schnell wie möglich nachholen*, war ihr letzter, schläfri-
ger Gedanke.

Mithilfe des Schattenwolfspeichels, den Miriya wohlwissentlich
nicht näher als das beschrieb, was es im Grund genommen war
und den die Heiler, wie schon Xanos' Tinkturen zuvor, kommentarlos in ihre Pflegeabläufe miteinbezogen, genas die junge Frau
nun unerwartet rasch. Auch sie selbst war darüber sowohl erstaunt,
wie auch erfreut. Tagsüber leisteten ihr Mo und Aria, Sarahi und
manchmal Darijo oder Taren oder ab und an Raika Gesellschaft
und gegen Abend pflegte Keyan, sich nach seinen täglichen Pflich-
ten als Kommandant an ihr Bett zu setzen. In diesen trauten Stunden entfernten sich sowohl Freunde wie auch die Heiler diskret
und ungefragt aus dem Krankenflügel und Keyan setzte sich zu
Miriya ins Bett und lauschte ihren Erzählungen, ihren Kopf vorsichtig an seine Schulter gebettet und umhüllt von dem ihm so
vertrauten Geruch nach warmen, sonnendurchfluteten Savannen
und Holz und Sommerblumen. Er erzählte ihr auch, wie es ihm

ergangen war und seine warme, leicht raue Stimme war ein sanftes, behagliches Vibrieren an ihrer Wange, während seine Zuneigung und Wärme sie umgab wie eine federleichte, schützende Decke.

Die Wellen aus Schmerz verebbten nach und nach, wurden erträglicher. Miriya konnte langsam ihre Glieder wieder bewegen, in vorsichtigen, linkischen Bewegungen, die ihr den gutmütigen Spott Mos und Arias eintrugen, die es genossen, sich gegenseitig in rascher Abfolge freche, lustige oder fast schon unanständige Wortfetzen zuzuwerfen und sich dabei gegenseitig hochzuschaukeln. Die beiden teilten den gleichen, eher derb gehaltenen, brutal ehrlichen Sinn für Humor und formten ein spitzzüngiges Duo, dem nicht viele Paroli zu bieten vermochten. *Da haben sich ja zwei gefunden*, dachte Miriya, zu gleichen Teilen amüsiert und schicksalsergeben. Während die Adlerdame und das Fabeltier Miriya also wegen ihrer unbeholfenen, unkoordinierten Gesten liebevoll aufzogen, schienen diese sowohl Taren wie auch Raika unbehaglich werden zu lassen, weil sie nicht wussten, wie sie darauf reagieren sollten. Keyan, der aus eigener Erfahrung wusste, wie frustrierend dieser Zustand sein konnte, schwieg wohlwissentlich, dass Miriya nun klar genug war, ihm mit ihrer spitzen Zunge über den Mund fahren zu können, würde er es wagen, sie deswegen zu necken.

Miriyas schreckliche Wunden schlossen sich, ohne sich zu infizieren und verwandelten sich nach und nach in dünne, weiße Narben, blasse Erinnerungen an den Schmerz und das Leid, das die junge Frau hatte erdulden müssen, um das Kristallzepter zu bekommen. Die Heiler begannen, Miriyas Gliedmaßen zu bewegen und mit ihr normale Bewegungsabläufe zu üben, sodass sie nach etwas mehr als einem Mond endlich zum ersten Mal an Keyans Arm zu den Stallungen laufen konnte, um Sternensilber zu besuchen.

„Geht es?", fragte Keyan besorgt. Er hatte seinen Arm um ihren Oberkörper gelegt und stützte die junge Frau, während diese sich ihrerseits auf eine Holzkrücke stützte, die ihr das Gehen ermöglichte. Miriya nickte knapp und biss die Zähne zusammen. Obwohl die Schmerzen kontinuierlich abnahmen, bewegte sie sich noch immer, als würde sie auf rohen Eiern gehen und zwischendurch schossen immer mal wieder kurze, scharfe Blitze aus

Schmerzen durch ihre lädierte Körperhälfte. Aber sie wollte unbedingt Sternensilber, ihren Bruder, besuchen und hätte sich eher in eine dieser fleischfressenden Pflanzen gesetzt, als zuzugeben, dass sie Schmerzen hatte. Am Fuße der geschwungenen Haupttreppe machten sie eine Pause. Miriya, schwer atmend, lehnte sich gegen einen Sockel, der zur eleganten Balustrade gehörte. Keyan an ihrer Seite schwieg und stand still, eine stete, felsenfeste, warme Präsenz in ihrem Leben. Am liebsten hätte sie sich an ihn gekuschelt und ihn gebeten, sie zurück in den Krankenflügel zu tragen. Stattdessen griff sie sich reflexartig an den Hals und berührte die Kette ihrer Eltern, wie sie das in den vergangenen Tagen zu tun gepflegt hatte, immer wenn die Schmerzen wieder unerträglicher geworden waren. Das Tigerauge lag kühl und wohltuend in ihrer Handfläche und schien ihr unerklärlicherweise immer wieder neue Kraft zu geben. Auch an diesem Tag schöpfte sie neue Energie und wollte den herzförmigen Stein gerade in ihren Ausschnitt zurückschieben, als ihre Finger an den Anhänger aus weißem Stein stießen, der laut Aria das Zepter beinhalten sollte. *Ich muss Königin Raika das Kristallzepter überreichen*, schoss es Miriya durch den Kopf, als sie die Linien der stilisierten Königsblumenblüte auf dem Anhänger mit den Fingern nachzeichnete und sie nahm sich fest vor, dies baldmöglichst zu erledigen.

„Bist du sicher, dass es eine gute Idee ist, Sternensilber zu besuchen? Die Heiler meinten, du solltest dich noch nicht überanstrengen", unterbrach Keyan unwissentlich ihren Gedankengang. Miriya ließ die Anhänger in ihrer Bluse verschwinden. Das Gewand aus weichem, in komplizierten Mustern geflochtenem Leinen reichte ihr bis über die Knie und wurde in der Taille mit einem verknoteten Stoffgürtel zusammengehalten. Sie strich kurz mit den Fingern über den weiß und zartblau gestreiften Stoff, der sowohl ihre Verbände fast gänzlich verbarg, als auch den Schweiß ihrer Anstrengungen auffing. Dann ballte sie die gesunde Hand zur Faust.

„Ja", meinte sie bestimmt, „ich möchte Sternensilber besuchen."

Keyan nickte schicksalsergeben, wohlweislich, dass er gegen ihren Sturkopf nicht ankommen würde. *Im Fall der Fälle kann ich sie immer noch zurücktragen*, dachte er, sich im Kopf eine Art Notfallplan zurechtlegend, wie ihn seine Tätigkeit bei Hofe mit der Zeit gelehrt hatte.

Sternensilber war über alle Maße erfreut, seine Schwester endlich außerhalb des Krankenflügels und, wenn auch sehr wackelig, auf den Beinen zu sehen und Miriya strahlte ebenfalls über das ganze Gesicht, als sie ihre Stirn an die ihres Bruders legte. Das Einhorn schien instinktiv zu wissen, dass es vorsichtig mit der noch immer geschwächten jungen Frau umgehen musste und im Gegensatz zu vorherigen Ausbrüchen unbändiger Freude seitens des mächtigen Tieres musste Keyan sich dieses Mal nicht darum sorgen, dass es dabei versehentlich Miriya mit seinem Horn aufspießen könnte. Nach dem Besuch war die junge Frau allerdings so erschöpft, dass Keyan sie tatsächlich ein Stück die große, geschwungene Steintreppe vor dem Thronsaal hoch in den Krankenflügel trug. Er tat es kommentarlos und innerlich zärtlich grinsend, als er feststellte, dass Miriya schon friedlich eingeschlafen war, kaum hatte er die ersten drei Treppenstufen hinter sich gebracht.

Seit ihrem Besuch bei Sternensilber war Miriya von einer inneren Unruhe erfasst. Die Tatsache, dass das Kristallzepter sich noch immer in ihrem Besitz befand, ließ sie sich fühlen, als hätte sie ihre Aufgabe noch nicht ganz zu Ende gebracht. Deshalb fand sie sich schon wenige Tage nach ihrem Spaziergang zu den Stallungen allein auf Streifzug im Palast vor. Sie hatte eine tief schlafende, leise schnarchende Mo mit Aria im Krankenflügel gelassen.

„Bist du sicher, dass ich nicht mitkommen soll? Du bist imstande, irgendwo hinzufallen, wo dich niemand so schnell findet", hatte die Adlerdame wie beiläufig gemeint und hätte Miriya sie nicht so gut gekannt, wäre ihr die geschickt verborgene Fürsorge nicht aufgefallen. Sie hatte grinsend abgewunken und darauf bestanden, dass sie kein Kleinkind war und so weit genesen, dass sie einen kurzen Spaziergang allein schaffen würde. Obwohl sie nicht recht wusste, warum, so sagte ihr ein Gefühl, dass sie Raika das Zepter nicht zwingend im Beisein von anderen geben wollte. Die Handlung fühlte sich so persönlich und intim an, dass sie nicht sicher war, ob die Königin dies mit jemandem teilen mochte.

Eine hilfsbereite Bedienstete mit Pausbacken und einer Flut Ringellöckchen in den warmen Farbtönen von jungem Herbstlaub bestellte Miriya, dass Ihre Hoheit Königin Raika sich im Wintergarten aufhielt, um sich von den Strapazen des vorangegangenen Treffens mit den möglichen Ehepartnern, die ihre Berater ausgewählt hatten, zu erholen. *Wie seltsam, wenn einem vorgegeben wird, wen man heiraten soll*, dachte die junge Frau, als sie durch die Gänge des Palastes lief, ihre Schritte langsam und vorsichtig, aber beständig. Sie musste einen weiteren Bediensteten um Hilfe bitten, um den Aufenthaltsort der Königin zu finden, denn sie fand sich in der Weitläufigkeit des Palastes nur schwer zurecht und hatte nicht genügend Kraftreserven, um auf gut Glück herumzuwandern, wie sie das getan hätte, wäre sie vollkommen gesund und kräftig gewesen.

„Hier entlang", meinte der gutmütige, redselige Diener, der darauf bestanden hatte, sie zu begleiten, um sicherzustellen, dass sie an den richtigen Ort kam und öffnete Miriya hilfsbereit den Zugang zum Wintergarten. Sie trat ein in dieses winzige, friedliche Ökosystem voller kichernder Elfen und schaukelnder, schillernder Schmetterlinge. Die Luft war erfüllt von einer Vielzahl angenehmer Blumendüfte und vom emsigen Treiben funkelnder Kolibris und allerlei Kleintieren, die auf Futtersuche herumstreiften zwischen den gesunden Stauden in all den verschiedenen Schattierungen von Grün. Miriya, die noch nie zuvor im Wintergarten gewesen war, schritt staunend die weißen Kieswege entlang, ihr weich fließendes, opalgrünes Kleid sanft rauschend. Der mit kleinen Opalen besetzte Mittelteil des Kleides, der sich an ihre Taille schmiegte ohne unangenehmen Druck auf ihre genesenden Körperteile auszuüben, lockte einige Elfen an, die ihrerseits staunend und mit kindlicher Verspieltheit die irisierenden Steine bewunderten. Miriya verharrte einen Augenblick, um den kleinen Kerlchen die Möglichkeit zu geben, sich die Steine genau anzusehen. Dabei wurde sie gewahr, dass sie schon fast ins Herz des Wintergartens gelangt war, wo ein schmucker, kleiner Brunnen in der Form einer Orchidee leise vor sich hinmurmelte. Und wo Raika gedankenverloren auf einer kurzen Bank saß und Miriya scheinbar gar nicht kommen gehört hatte. Sie schaute erst auf, als die jungen Seidenhörnchen, die zu ihren Füßen übermütig gebalgt hatten, sich nach dem Neuankömmling umsahen.

„Miriya", machte Raika erfreut, „wie schön, dich zu sehen." Sie stand auf und die champagnerfarbenen Lagen aufwändig mit Goldstickereien und funkelndem Perlmutt verzierter Seide ihres Kleides mit hochgeschlitzten Ärmeln flossen in einer Kaskade aus glitzernden Reflexen ihren Körper hinunter. Auch ihr Haar war exquisit geflochten und mit Goldschnüren und weißen Perlmuttblumen durchwirkt, während lose Strähnen sich verspielt um ihr hübsches Gesicht ringelten. Ihrer zierlichen Glasschuhe hatte sie sich resolut entledigt und trat Miriya barfüßig entgegen.

„Setz dich doch", meinte die Königin, nachdem sie die junge Frau zur Begrüßung herzlich umarmt hatte. Miriya folgte ihrer Bitte noch so gerne, hatte sie der Gang durch den Palast doch mehr gefordert, als sie gedacht hätte. Eine Weile saßen sie schweigend nebeneinander und genossen die einmalige, friedfertige Atmosphäre, die sie in ein warmes Netz aus Geborgenheit und Harmonie einhüllte. Dann wandte sich Raika mit vorsichtiger Neugier an Miriya. „Du suchst mich aus einem bestimmten Grund auf?"

Es war mehr eine Feststellung, als eine Frage gewesen und Miriya nickte. Sie drehte sich etwas unbeholfen und steif der Königin zu, die sie verhalten erwartungsvoll musterte.

„Ich habe dir das Zepter noch gar nicht gegeben", sagte sie dann.

Überraschung breitete sich auf Raikas edlen, ebenmäßigen Gesichtszügen aus, während in ihren Augen ein gespannter Funke in den veilchenblauen Tiefen zu tanzen begann.

„Aber du hattest kein Zepter bei dir, als wir dich gefunden haben", warf die Königin ein, ihre Stimme vorsichtig neutral gehalten.

„Das ist richtig", erwiderte Miriya, nun von der mühsam unterdrückten Aufgeregtheit der Königin neben sich angesteckt. Sie zog ihre Kette aus dem sanft ihre Schlüsselbeine umspielenden Ausschnitt und zeigte Raika verschwörerisch lächelnd den münzgroßen, flachen Anhänger aus weißem Stein mit der eingeritzten, stilisierten Königsblumenblüte. „Das Zepter befindet sich im Innern dieses Schmuckstücks."

„*Da drin?*", wollte Raika ungläubig wissen.

Miriya nickte triumphierend, während ein winziger Teil von ihr sich leicht nervös fragte, wie sie denn wohl das Kristallzepter aus dem Anhänger holen sollte. *Aria hat gesagt, ich werde wissen, wie man das Zepter aus dem Anhänger beschwört, wenn die Zeit gekommen ist*, dachte sie dann darauf vertrauend, dass die ehemalige Königin Kirk-Wanas schon gewusst hatte, wovon sie sprach. Sie wandte sich wieder an Raika.

„Hiermit übergebe ich Eurer Hoheit Königin Raika von Kirk-Wana das Kristallzepter. Meine Aufgabe ist somit erfüllt", deklamierte sie feierlich. Sie nahm den Anhänger von der Kette und hielt ihn auf ihrer flachen Hand. Einer inneren Eingebung folgend schloss sie die Augen, lenkte all ihre Energie und Aufmerksamkeit auf den Anhänger und stellte sich das Kristallzepter in all seiner Pracht vor. Die Konturen der eingeritzten Königsblume begannen, golden zu glühen und formten eine Säule strahlenden Lichts über der Hand der jungen Frau, deren bronzene Haut den Schein leuchtend wiedergab. Atemlos schaute Raika zu, wie das Zepter erschien, sich langsam und anmutig aus dem goldenen Strahl herausschraubte; die elegante, in sich gedrehte Form aus funkelndem, glitzerndem Kristall, gekrönt mit der verschlungenen, filigran anmutenden, lebensecht wirkenden Königsblume, die kleinen, herzförmig gehaltenen Blätter, die sich kunstvoll um den Blütenstiel wanden. Der Königin entfuhr unwillkürlich ein leiser, staunender Laut, ein atemloses Ausatmen im Angesicht dieses magisch anmutenden, schöpferischen Meisterwerkes. Miriya öffnete lächelnd die Augen, erleichtert, dass sie es ohne Umschweife geschafft hatte, das Kristallzepter heraufzubeschwören. Sie war aufs Neue vollkommen gefangen von der beinah übernatürlich schönen Erscheinung, die sich funkelnd und glitzernde Reflexe um sich werfend im goldenen Lichtstrahl drehte. Dann nahm sie, einer erneuten Eingebung folgend, das Zepter vorsichtig in die Hand und löste es aus der Lichtsäule, die daraufhin umgehend erlosch. Den Anhänger legte sie neben sich auf die Steinbank und bot Raika mit einer angedeuteten Verbeugung das Kristallzepter dar. Die Königin musterte das Zepter gebannt und mit Freudentränen in den Augenwinkeln. In ihrer Brust schlug ihr Herz ein erwartungsvolles Stakkato und schien sich jeden zweiten oder dritten Schlag zu überschlagen vor Glück. Schon alleine der Anblick des so lange herbeigesehnten Gegenstands erfüllte sie mit einem Gefühl, das zu beschreiben sie als unmöglich befand. Es war eine Mischung aus Schicksal, aus Bestimmung. Es fühlte sich richtig an, als hätte das Kristallzepter schon ewig zu ihr gehört, als wäre sie mit einem abgespalteten Teil ihrer Seele wiedervereint worden. Ihre Hoheit Königin Raika nahm das Kristallzepter freudestrahlend entgegen. Und begann, golden zu glühen. Miriya starrte sie irritiert und zugleich leicht alarmiert an, als sie ihr makelloses Gesicht überrascht verzog und dann verblüfft aufschrie.

Im Krankenflügel hob Aria zur gleichen Zeit ruckartig den herrlichen, weißbefiederten Kopf. Voller Erstaunen wurde Mo Zeugin, wie die Adlerdame anfing zu glühen. Ein goldenes Licht, zuerst schwach und zaghaft, dann immer heller und stärker, das aus ihrem Innern zu treten schien und sie schließlich gleißend und das Fabeltier blendend ausfüllte und umfing. Glitzernde Dunstschlieren tauchten aus dem Ball leuchtenden Goldes auf und umfingen das Rund, in dessen Mitte Aria nun schwebte.

„Aria", heulte Mo unsicher, ob sie bei der Adlerdame bleiben oder Hilfe holen sollte. Drei Heiler kamen herbeigeeilt und Sarahi, die eben den Krankenflügel betreten hatte, um Miriya einen Besuch abzustatten, blieb mit offenem Mund ob des unerwarteten Spektakels stehen.

„Was passiert mit ihr?", wollte das Fabeltier fiepsend wissen, genau in dem Moment, in dem die Schlieren, die aus kristallen schimmernden Wasserperlen zu bestehen schienen und das strahlende, goldene Licht funkelnd vervielfachten, sich in unsteten, wallenden Bewegungen um die Lichtkugel, die Aria war, zu drehen begannen. Ein Summen wurde laut, melodisch und überirdisch schön, als die Schlieren sich immer schneller um Arias blendende Lichthülle drehten. Hatte man zu Beginn des Vorgangs noch die Umrisse des Adlers im Licht erahnen können, so war Aria nun vollkommen verborgen. Mit einem Mal fuhren goldene Strahlen aus dem Innern der Kugel, durchdrangen messerscharf und gleißend die Dunstschlieren, die ob den Berührungen leise zischend ausfaserten und sich mit dem Gold der Lichtkugel zu vermischen schienen. Das Summen hielt an, feierlich und formell. Spürbar baute sich Druck im Innern des goldenen Rundes auf, das jetzt an eine funkelnde Sonne inmitten des Krankenflügels erinnerte. Alle Anwesenden mussten sich zu diesem Zeitpunkt von der gleißenden Helligkeit abwenden, da es so sehr blendete. So realisierten sie nur indirekt, wie der atemraubende, zu Herzrasen führende Druck sich mit einem verhaltenen, aber deutlich hörbaren, gläsernen Knall urplötzlich entlud und eine flammenförmige Druckwelle aus goldenem Licht kreisförmig aussandte, die die Heiler und Sarahi von den Füßen fegte und Mo die Schnurrhaare ansengte. Niemand sah, wie sich zeitgleich ein wabernder, silbriger Schemen aus dem Zentrum der Lichtkugel löste und aus dem Krankenflügel huschte. Sie hörten nur alarmiert, wie Aria einen gellenden Adlerschrei ausstieß. Eine Kaskade weißer und goldener Federn entsprang der Mitte des Lichtballs, der nun langsam und leicht flackernd erlosch, während das Summen allmählich verstummte und sich in eine bedeutungsschwere, bleierne Stille ausdehnte, die nur von Mos atemloser, beunruhigter Frage durchbrochen wurde: „Aria?!"

Im Wintergarten war Miriya ihrerseits schreckerstarrt Zeugin desselben Vorganges bei Raika geworden. In stummem Entsetzen musste sie mitansehen, wie die Königin in dem goldenen Ball gleißenden Lichts verschwand und von den silbern schimmernden Dunstschlieren umfangen wurde. Auch sie musste ihre Augen geblendet schließen und die Druckwelle raubte ihr den Atem, während das Summen in ihren Ohren widerklang. Erst als sie Raika erschrocken aufschreien hörte, öffnete sie alarmiert die Augen, nur um zu sehen, wie Stoffbahnen der champagnerfarbenen Seide wie eine glänzende, schimmernde Pfütze zu Boden gingen, während das Leuchten der Kugel langsam erstarb.

„Raika", brachte die junge Frau heraus, erschrocken keuchend. Um sie herum war das sonst so emsige Grün des Wintergartens wie leergefegt. Sämtliche Tierchen und Elfen hatten sich schreckerfüllt in die weiter entfernten Teile ihrer gläsernen Behausung in Sicherheit gebracht. Das Kristallzepter hatte sich zuvor als glitzernder Gegenstand aus dem Zentrum von Raikas Lichtkugel gelöst und war vibrierend und glühend über dem Rund des Strahlenbündels zum Schweben gekommen, gerade in dem Augenblick, in dem Miriya ihre Augen hatte schließen müssen. Deshalb hatte sie, wie auch alle Anwesenden im Krankenflügel, den silbrigen Schemen ebenfalls nicht gesehen, der sich aus Raikas Lichtkugel gelöst hatte und zum Zepter gehuscht war. Miriya sah auch nicht, wie sich ein weiterer Schemen durch die gläserne Verkleidung des Wintergartens schob und sich zum ersten Schemen im Kristallzepter gesellte. Sie sah nur, wie nach der Druckentladung das Zepter noch einmal gleißend hell aufglühte und dann sachte zu Boden sank, wo es arglos und unschuldig funkelnd liegenblieb.

„Raika?!", wiederholte Miriya ihre ungläubige, beunruhigte Frage, als klirrend sämtlicher Schmuck der Königin aus der erlöschenden Lichtkugel auf ihr champagnerfarbenes Kleid fiel. Die junge Frau ließ sich unbeholfen und leise ächzend von der Steinbank auf ihre Knie sinken und wollte ihre Hände nach den Habseligkeiten Raikas ausstrecken, als etwas aus dem nun beinah zur Gänze erloschenen Lichtball heraus auf die Steinbank sprang. Es war eine feingliedrige, wunderhübsche Katze mit weißem, flauschigem, halblangem Fell und durchdringenden, veilchenblauen Augen. Miriya wandte dem possierlichen, schönen Tierchen das schreckerstarrte Gesicht zu. Dieses fixierte sie mit seinen großen, beeindruckenden Augen.

„Miriya", sagte es, die Stimme so vertraut, so voll und melodiös, einem Glockenspiel im Wind ähnelnd, „ich bin's. Raika."

„Aria, alles in Ordnung?", wollte Sarahi vorsichtig besorgt wissen. Sie hatte sich zusammen mit den Heilern wieder hochgerappelt und war näher an die erlöschende Lichtkugel getreten. Zu ihren Füßen lagen die weißen und goldenen Federn wie ein komisch anmutender Teppich. Bevor sie sich bücken konnte, um die Federn zu inspizieren, kam Keyan raschen Schrittes durch den Krankenflügel gelaufen. Er hatte den unnatürlichen Druck und die daraus resultierende, verhaltene Explosion mitbekommen, da er sich in der Nähe aufgehalten hatte und war herbeigeeilt, um nachzuschauen, was es gewesen war und um sich zu vergewissern, dass niemandem etwas passiert war.

„Was ist geschehen?", wollte er überrascht wissen und kam neben Sarahi zum Stehen, gerade als Mo ihr sorgenvolles Gesichtchen zu ihm hob und die Goldkugel endgültig erlosch. Und der Kommandant der Palastwache fuhr beschämt keuchend zurück, als er die Frau gewahrte, die splitterfasernackt inmitten der ausgefallenen Federn sitzend aus der erloschenen Lichtkugel auftauchte. Sie war von atemberaubender Schönheit, feingliedrig und majestätisch mit erhabenen Gesichtszügen und auffälligen, strahlend stahlgrauen Augen, durchwirkt von moosgrünen und azurblauen Flecken. Ihre Haare waren weiß-blond, durchzogen von Goldfäden wellten sie sich üppig bis auf die Hüften der Erscheinung und verbargen somit ihre Nacktheit teilweise. Dann wurden die Schwingen sichtbar, weiß gefiedert und ab und an golddurchzogen. Mo sog voller Überraschung die Luft ein, während Sarahi und die Heiler stumm und zur Salzsäule erstarrt mit offenen Mündern dastanden. Die Vogelfrau hob den grazilen Kopf in einer anmutigen Geste, ihre Augenbrauen wanderten keck in Richtung Haaransatz.

„Na sowas, das Wollknäuel ist sprachlos", grinste sie selbstzufrieden, „das muss man erstmal hinbekommen!"

„*Aria*?!", keuchte Mo vollkommen entgeistert. Keyan wurde einen Moment schwindelig, als auch bei ihm die Erkenntnis schlagartig einsetzte, wie wenn ein Blitz in einen alleinstehenden Baum fuhr. Die Vogelfrau vor ihnen war tatsächlich Aria!

„Natürlich bin ich Aria, wer denn sonst!", erwiderte die Vogelfrau trocken, ihre rauchige Stimme und ihr süffisanter Tonfall vollkommen identisch mit denselben ihrer ehemaligen Adlergestalt. Sie erhob sich würdevoll, lief zum nächsten Bett und zog das Laken herunter, das sie sich wie eine Toga um den zierlichen Körper schlang. Sie warf Keyan, der immer noch peinlich berührt bemüht war, nicht in Richtung ihrer nackten Gestalt zu blicken, einen amüsierten Blick aus ihren stechenden Adleraugen zu.

„Damit dem Kommandanten nicht der Kopf raucht", meinte sie aalglatt und besah sich dann ihre Federn auf dem Boden, „schade darum. Ich werde mir daraus einen Mantel machen lassen."

„Was ist denn mit dir passiert?", platzte Mo heraus, gleichermaßen fasziniert und überwältigt. Aria setzte sich lässig neben ihr auf Miriyas Bett und hielt einen Moment augenscheinlich gedankenverloren inne. Dann meinte sie langsam: „Ich nehme an, Raika hat das Kristallzepter bekommen. Miriya wollte sie vorhin suchen gehen. Weiß jemand, wo sie hingegangen ist?"

„Königin Raika wollte kurz im Wintergarten zur Ruhe kommen", meldete sich Sarahi zu Wort, die Stimme seltsam gedämpft und etwas heiser vor Überraschung.

„Dann sollten wir uns wohl dahin begeben", schlug Aria vor. Sie wirkte, als würde sie die allgemeine Verwirrung und Fassungslosigkeit und die daraus resultierende Aufmerksamkeit, die ihrer Person gewidmet war, in vollen Zügen genießen.

Aria, Sarahi, Mo und Keyan stießen im Gang zum Wintergarten auf eine etwas verdattert aussehende Miriya, die, so schnell ihr regenerierender Körper es ihr erlaubte, dahineilte, eine grazile, possierlich anmutende Katze mit fingerlangem, weißem Seidenfell und eindrucksvollen, veilchenblauen Augen neben sich. Die junge Frau blieb stockstill stehen, als sie Aria gewahrte und ihr Mund öffnete sich langsam, als sie die Vogelfrau erkannte, deren Astralkörper ihr auf In-Hinaii das Kristallzepter übergeben hatte. Scheinbar waren ihr Geist und Körper wieder vereint worden, während Raika ihre menschliche Gestalt hatte aufgeben müssen.

„Schau mal einer an – Raika!", machte die Vogelfrau begeistert, und ging vor der Katze in die Hocke, ihr Laken vor den Brüsten zusammenraffend.

„Aria, wie schön!", gab die Katze würdevoll zurück.

„Raika, du bist eine Katze", sagte Keyan lahm, vollkommen überwältig ob all der fantastischen Geschehnisse. Raika die Katze verzog ihre delikat geformte Schnauze zu etwas, das wohl ein glückseliges Lächeln darstellen sollte und ihre feinen, perlweißen Schnurrbarthaare sträubten sich lustig. Obwohl sie sich erst noch an ihre neue Gestalt gewöhnen musste, fühlte sie sich wie zuvor, als sie das Zepter zum ersten Mal gesehen hatte. Eins mit sich selbst und endlich vereint mit jedem Aspekt ihrer Persönlichkeit. Sie fühlte sich großartig, als sie sich auf ihr pelziges Hinterteil setzte, den buschig-seidigen Schwanz stolz erhoben und ihre lieben Freunde aus ihren ausdrucksstarken Katzenaugen triumphierend anschaute. „Ich habe endlich meine wahre Gestalt als Regentin gefunden."

Es waren äußerst turbulente Tage, die den Verwandlungen folgten. Während Miriya sich immer besser und natürlicher bewegen konnte und schließlich freudestrahlend aus dem Krankenflügel entlassen wurde, mussten sich Raikas Berater damit abfinden, dass es keine Hochzeit geben würde und die auserwählten möglichen Ehemänner wieder nach Hause schicken. Sie taten dies zunächst widerwillig, mussten allerdings bald erkennen, dass das Volk Kirk-Wanas, dem man von der Legende ums Kristallzepter erzählt hatte, ohne Wenn und Aber hinter Ihrer Hoheit Königin Raika stand. Und es waren nicht nur die Bewohner der Hauptstadt Kirk-Wanas. In einer einzigartigen Abstimmung beschloss das Land Kirk-Wana nahezu einstimmig, dass Ihre Hoheit Königin Raika von nun an die alleinige Königswürde innehaben und ihr Amt ohne einen Ehemann an ihrer Seite ausüben durfte. Von überall her wurden daraufhin Glückwunsch-, und Treue- und Unterstützungsbekundungen in den Palast geschickt. Ein großes Fest wurde angesetzt, zu dem alle Freunde und Verbündeten der Hauptstadt eingeladen waren. Es diente vor allem auch dazu, die verschiedenen Bevölkerungsgruppen des Landes Kirk-Wana, die sich unter anderem auch dank Miriya zusammengefunden hatten, miteinander vertraut zu machen, damit in Zukunft die Zusammenarbeit und gegenseitige Freundschaft gewährleistet blieb. Schon lange war es her, dass der Palast so viele Würdeträger und Oberhäupter empfangen hatte und es herrschte emsiges, fieberhaftes Vorbereiten und Planen, bei dem Raika, Keyan, Miriya, und Aria mit Ki-Ara die Köpfe zusammensteckten. Raika hatte Miriya bald nach ihrer Wahl zur alleinigen Herrscherin über das Land gebeten, ihr als Botschafterin zur Seite zu stehen und die junge Frau, die vom Krankenflügel ohne viel Federlesens auf dessen ausdrücklichen Wunsch in Keyans Wohnung eingezogen war, akzeptierte dankbar und überglücklich. Ihre neue Funktion würde es ihr erlauben, im Namen Raikas auf Sternensilber durchs Land zu reisen und all ihre neugewonnenen Freunde zu besuchen und mit ihnen zusammenzuarbeiten. Etwas besseres hätte sie sich nicht ausmalen können. Und natürlich erlaubte es ihr neues Amt auch, dass sie bei Keyan im Palast bleiben und sich mit ihm ein gemeinsames Leben aufbauen konnte, ein Gedanke, bei dem ihr Herz aufblühte wie eine äußerst seltene Rose in der warmen Morgensonne.

„Miriya, hör auf zu träumen und beweg dich gefälligst in Raikas Gemächer. Wir haben nicht ewig Zeit, bis die ersten Gäste eintreffen", mahnte eine gewohnt vorlaute Mo, korallenrot gefärbt, die junge Frau, die dankbar lächelnd kurz innegehalten und ihren Gedanken nachgehangen hatte.

„Schon gut, ich eile", rief sie über ihre Schulter und begab sich über die eng gewundenen Treppen hinauf in die Gemächer der Königin. *Wie gut es sich doch anfühlt, endlich wieder eine alte Beweglichkeit, Kraft und Kondition zu haben,* dachte sie vergnügt, als sie zwei Treppenstufen auf einmal nehmend den Turm hinaufsauste. Sarahi war eben damit fertig geworden, Aria einzukleiden. Die Vogelfrau hatte beschlossen, Ki-Ara die Führung Ayaras zu überlassen und bei Hofe zu bleiben, wo sie sich in Raikas ehemaligen Gemächern eingenistet hatte und der Königin mit ihrem immensen Erfahrungsschatz und mit Rat und Tat zur Seite stand. Einzige Bedingung war gewesen, dass Raika ebenfalls in ihren Gemächern verbleiben durfte und so teilten sie sich die luftigen Kammern in der Spitze Kajiras.

„Miriya", machte Sarahi, die ob dem geschäftigen Treiben im Palast förmlich aufblühte, „du kannst dir schon einmal meinen Kleidervorschlag ansehen."

Die Hauptzofe hatte der jungen Frau ein raffiniert geschnittenes Kleid aus goldenem Brokatstoff bereitgelegt, in das golden schimmernde Seidenbahnen eingearbeitet waren und das Sarahi kunstvoll um Miriyas zierliche Form würde drapieren müssen. Goldene Nadeln mit eingearbeitetem Tigerauge lagen bereit, um das Kleid festzustecken und passend dazu ein unglaublich filigranes Goldgeschmeide ebenfalls aus Tigerauge. Die Haare würde sie kunstvoll geflochten am Hinterkopf hochgesteckt tragen, befestigt mit Kugeln aus Tigerauge und durchwirkt mit gezwirbelten Goldfäden. Einige Strähnen würden kunstvoll über eine Schulter und dezent um ihr Gesicht drapiert werden. Sie würde ganz bestimmt wunderschön aussehen! Die Zofe hatte sich mit ihrer Wahl selbst übertroffen.

Miriyas Hand wanderte zu der Kette ihrer Eltern, an dem das Herz aus Tigerauge kühl zwischen ihren Brüsten ruhte. Die helle, dünne Narbe, die von ihrem Handgelenk zu ihrem Ellenbogen führte, nahm sie schon gar nicht mehr wahr. Einen Moment hielt sie das Tigerauge-Herz in ihren Fingern, bevor sie einen Kuss darauf drückte und es wieder in ihren Ausschnitt sinken ließ. Sie hatte sich schon vor einer Weile all ihres restlichen Schmuckes entledigt, all ihrer Holzperlen- und Lederschnurketten und all den bunten Verzierungen in ihren Haaren, die sie jeweils an ihre Eltern erinnert hatten. Doch nun hatte sie das Herz aus Tigerauge, das einen neuen Lebensabschnitt eingeläutet hatte, während ihr alter Schmuck kennzeichnend für einen vergangenen gewesen war. Er lag sauber und sorgfältig verstaut in einer seidenausgekleideten Box in ihrer Wohnung, wertvolle Erinnerungsstücke, die sie ihr Leben lang verwahren und schätzen würde, so wie alles, was sie auf dieser schicksalsverändernden Reise geschenkt bekommen hatte. Sternensilber hingegen hatte seinen Mähnenschmuck behalten wollen und trug ihn nach wie vor stolz, denn er war von seiner geliebten Schwester gemacht worden.

„Lass uns anfangen", meinte Sarahi in diesem Augenblick unternehmungslustig und begann mit zwei anderen Zofen, Miriya für die Festlichkeiten herauszuputzen.

Keyan stand in seiner Festtagsuniform am Fuße der geschwungenen Treppe zum Thronsaal, wie er das vor so vielen Monden schon gemacht hatte, als Miriya gemeinsam mit Raika zum allerersten Mal die Stufen hinuntergeschwebt gekommen war. Es herrschte geschäftiges Treiben, Diener wuselten umher, Palastwachen unterhielten sich angeregt mit Gästen und man hörte von überall her interessierte Diskussionen, Gelächter und Scherze. Und dann wurden alle Anwesenden plötzlich auf einen Schlag still. Alle Augen wandten sich der Treppe zu und Keyans Herz schlug Purzelbäume, als er die schlanke, zierliche Gestalt erkannte, die an Raikas und Arias Seite feierlich und strahlend die Stufen hinunterkam. Miriya sah in ihrem goldenen Kleid beinah überirdisch schön aus in seinen Augen. Sie lächelte selig. Einen Arm hatte sie in Arias Armbeuge gelegt. Die Vogelfrau sah nicht minder atemberaubend aus in ihrem anthrazitfarbenen Kleid aus schimmerndem Damast, das enganliegend ihren wohlgeformten Körper betonte und einen gewagten, tiefsitzenden Rückenausschnitt aufwies, der Raum für ihre blütenweißen, golddurchwirkten Schwingen ließ. Das Kleid ließ ihre beeindruckenden Augen strahlen und war mit in Silber eingefassten Perlen und Rosenquarzen bestickt. Ihre Haare trug sie offen, nur lose durch ein schmales, verschlungenes Silberdiadem um die Stirn aus dem Gesicht gehalten. Neben ihr schritt Raika die Treppenstufen hinunter, einen filigranen, silbernen Reif in der Form von ineinandergreifenden Königsblumen auf dem Katzenhaupt. Sie trug ein zart geflochtenes, saphirblaues Seidenhalsband um den Hals, das mit Silberschnüren durchwirkt war und winzige Silberglöckchen aufwies, damit man die Katze in dem weitläufigen Palast nicht versehentlich übersah.

Keyan verbeugte sich feierlich lächelnd vor den Damen, die wie Elfen herangeschwebt kamen. Aria knuffte ihn im Vorbeigehen kumpelhaft mit der einen Schwinge in die Seite, Raika schnippte mit dem erhobenen Schwanz einen lebhaften Gruß. Miriya hingegen blieb bei Keyan stehen und für einen langen Moment hielten seine moosgrünen Augen voller Zuneigung, Stolz und Liebe ihren Blick aus Augen wie funkelndes Tigerauge und er konnte in den rehbraunen Tiefen dieselben aufrichtigen, tiefempfundenen Gefühle lesen, die auch er für sie empfand. Sie war sein für immer und ewig und er gehörte ihr, mit Haut und Haaren und Herz und Seele. Glücksgefühle durchströmten sie beide, kribbelnd und wohltuend und er zog sie kurz an sich, drückte sie fest und gab ihr einen Kuss auf den Scheitel.

„Du siehst umwerfend aus", flüsterte er heiser und kaum hörbar.

„Gleichfalls", gab sie zurück, leicht atemlos und mit freudig klopfendem Herzen, das beinah überquoll von der Liebe, die sie für diesen außergewöhnlichen Mann empfand, den das Schicksal so gnädig an ihre Seite gestellt hatte. Dann hob er elegant ihren Handrücken an seine warmen Lippen, verbeugte sich leicht und verschränkte dann seine Finger in den ihren, während sie sich hinter Aria und Raika aufstellten, die darauf warteten, angekündigt zu werden. Als die Flügeltüren zum Thronsaal aufschwangen, sah Miriya kurz das Kristallzepter funkeln. Es hatte einen Ehrenplatz neben dem Thron Raikas bekommen, wo es auf einem Sockel auf scharlachroten Samt gebettet ruhte. Dort würde es bleiben, bis die Zeit gekommen war und Raikas Nachfolge ihre wahre Gestalt als Regent über Kirk-Wana erhalten durfte und Raika ihre Katzengestalt abgeben und ihre menschliche Form wiederhaben würde. Der Thronsaal war voller Menschen, voller Freunde. Ki-Ara und Sia-Ara waren da, strahlend neben Darijo und seinen Eltern stehend. Um Toa, der vollkommen natürlich und arglos neben Taren stand, hielten die Umstehenden respektvoll Abstand. Mayla schwirrte vergnügt gurrend über die Köpfe der Menge. Sie würde Xylen und Xanos später von den Festlichkeiten berichten. Gaina und Niyo in ihrer ganzen exotisch anmutenden Pracht zogen neugierige Blicke auf sich, was sie nicht zu stören schien, während neben ihnen Krokus und Lavendel mühsam einen übermütigen Goldquirl bezähmen mussten. Irgendwo wuselte Mo in feierlichem Goldpelz durch die Menge. Sie würde ihrerseits Ajak, dem Herrn der Ozeane, später Bericht erstatten. Miriya, ohnehin schon beinah trunken vor Glückseligkeit, musste ob der Anwesenheit all dieser so liebgewonnenen Freunde einige Tränen der Rührung unterdrücken.

Als der melodiöse Trompetenschall erklang, schwiegen alle Gäste und wandten sich erwartungsvoll der doppelflügeligen Eingangstür zum Thronsaal zu. Der Ansager räusperte sich theatralisch, bevor er mit lauter, klangvoller Stimme verkündete: „Gewahrt, Ihre Hoheit Raika, die Katzenkönigin von Kirk-Wana!"

Ehrfurchtsvolles Schweigen folgte der Königin von Kirk-Wana, als sie erhaben mit erhobenem Haupt und Schwanz durch die

Menschenmenge zu ihrem Thron neben dem Kristallzepter schritt und die Menge sich feierlich vor ihr teilte, während alle sich verbeugten, wenn die Königin sie passierte. Aria schritt hinter der Katzenkönigin her und wie auch Raika, war sie mühelos dazu in der Lage, den Raum mit ihrer bloßen Anwesenheit einzunehmen. So verbeugten sich die Menschen nicht nur vor der Königin selbst, sondern auch vor der Vogelfrau.

Und es war in diesem Augenblick, als Miriya an Keyans Arm hinter Aria herschritt, den Rücken stolz gestreckt und sich Keyans wärmender Anwesenheit angenehm bewusst, dass für sie die Reise, die Suche nach dem Kristallzepter, ihre schicksalshafte Aufgabe, endlich zu einem Ende kam. Ein wohliger Schauer rieselte durch Miriyas Körper. Wie sehr die Reise sie doch verändert hatte! Aufgebrochen war sie als elternloses Mädchen aus einem Dorf, das sie verachtet und gefürchtet hatte, das sie ausgeschlossen und links liegengelassen hatte. Unsicher, ohne Wurzeln, ohne Rückhalt, in der Vergangenheit lebend und verschlossen war sie gewesen, hatte nur Sternensilber vertraut. Und dann hatte die Reise, jene schicksalshafte Fügung und die Personen, die dabei ihren Weg gekreuzt hatten, sie nach und nach verwandelt. In eine junge Frau, stolz, stark, mutig, unabhängig. Sie hatte gelernt, sich selbst zu vertrauen und sich zu öffnen, andere in ihr Leben zu lassen, von denen sie das Gefühl hatte, dass sie da hineingehörten. *Und ich habe nicht nur das Kristallzepter gefunden*, dachte Miriya lächelnd. Sie hatte sich selbst gefunden, sie hatte viele neue Freunde gefunden, eine Familie, die sie sich selbst hatte aussuchen können. Sie hatte sich endlich mit dem Tod ihrer Eltern ausgesöhnt, im Wissen, dass sie beide im Schoße der Götter wohlbehalten und freudestrahlend über ihre Tochter wachten. Und sie hatte Liebe gefunden. Die eine Person, die ihre Seele zum Singen und ihr Herz zum Blühen brachte. Ihren Seelenpartner. Keyan. Sie warf ihm einen kurzen Blick zu, aus den Augenwinkeln, unter dichten, langen Wimpern und er, der den Blick bemerkt hatte, drückte kurz und sanft ihre Hand in der seinen. *Ja*, dachte Miriya glückselig, *ich habe endlich meinen Platz im Leben gefunden. Hier gehöre ich hin. Meine Familie. Mein Zuhause.*

HERZ FÜR AUTOREN A HEART FOR AUTHORS À L'ÉCOUTE DES AUTEURS MIA KAPΔIA ΓIA ΣYΓΓ
TA FÖR FÖRFATTARE UN CORAZÓN POR LOS AUTORES YAZARLARIMIZA GÖNÜL VERELIM S
RE PER AUTOR(ET HJERTE FOR FORFATTERE EEN HART VOOR SCHRIJVERS TEMOS OS AUT
ÖINKÉRT SERCE DLA AUTORÓW EIN HERZ FÜR AUTOREN A HEART FOR AUTHORS À L'ÉCO
ÇÃO BCEЙ ДУШОЙ K ABTOPAM ETT HJÄRTA FÖR FÖRFATTARE À LA ESCUCHA DE LOS AUTO
EURS MIA KAPΔIA ΓIA ΣYΓΓPAΦEIΣ UN CUORE PER AUTORI ET HJERTE FOR FORFATTERE EEN
ER ÖINKÉRT SERCE DLA AUTORÓW EIN HERZ FÜ
SCHR S A ÃO BCEЙ ДУШОЙ K ABTOPAM ETT HJÄRTA FÖ

Die Autorin

Die 1989 in der Schweiz geborene Désirée Rickenbacher hatte schon immer ein Talent für Sprache(n). Nach dem Besuch eines Gymnasiums mit Schwerpunkt Spanisch schloß sie ein Studium der englischen Sprach- und Literaturwissenschaft ab. Zusätzlich machte sie die Ausbildung zur Gymnasiallehrerin und unterrichtete über den ganzen Globus verteilt, unter anderem auch in Japan, dem ein besonderer Platz in ihrem Herzen gehört. Mittlerweile wieder zurück in der Schweiz unterrichtet unsere Autorin und genießt den Alltag mit ihren beiden Katzen. Das Schreiben hat sie während ihres bewegten Lebens immer begleitet und sie lässt sich von den vielen Kulturen, die sie kennengelernt hat, zu ihren wunderbar ausgeschmückten Welten inspirieren.

novum VERLAG FÜR NEUAUTOREN

Der Verlag

*Wer aufhört
besser zu werden,
hat aufgehört
gut zu sein!*

Basierend auf diesem Motto ist es dem novum Verlag
ein Anliegen neue Manuskripte aufzuspüren, zu ver-
öffentlichen und deren Autoren langfristig zu fördern.
Mittlerweile gilt der 1997 gegründete und mehrfach
prämierte Verlag als Spezialist für Neuautoren in
Deutschland, Österreich und der Schweiz.

**Für jedes neue Manuskript wird innerhalb
weniger Wochen eine kostenfreie, unverbind-
liche Lektorats-Prüfung erstellt.**

Weitere Informationen zum Verlag und
seinen Büchern finden Sie im Internet unter:

www.novumverlag.com